A Bíblia de Barro

A Bíblia de Barro

Conspiração e morte no Iraque
em busca pelo livro sagrado

Julia Navarro

TRADUÇÃO
Luís Carlos Cabral

Ediouro

Título original
La Biblia de Barro

Capa
Joca Terron

Copidesque
Cristiane Pacanowski

Revisão
Damião Nascimento
Danielle Machado

Produção editorial
Juliana Romeiro

CIP-BRASIL. CATALOGAÇÃO-NA-FONTE
SINDICATO NACIONAL DOS EDITORES DE LIVROS, RJ.

N241b Navarro, Julia, 1953-
A Bíblia de barro / Julia Navarro ; tradução Luís Carlos Cabral. - Rio de Janeiro : Ediouro, 2006.

Tradução de: La Biblia de barro
ISBN 85-00-01754-6

1. Romance espanhol. I. Cabral, Luís Cabral. II. Título.

05-2904. CDD 863
CDU 821.134.2-3

R. Nova Jerusalém, 345 — Bonsucesso
Rio de Janeiro — RJ — CEP: 21042-230
Tel.: (21)3882-8200 — Fax: (21)2260-6522
www.ediouro.com.br

Para Fermín e Alex, sempre,
e para meus amigos, os melhores com os
quais seria possível sonhar.

1

Chovia sobre Roma quando o táxi parou na praça de São Pedro. Eram dez horas da manhã.

O homem pagou a corrida e, sem esperar pelo troco, apertando sob o braço um jornal, aproximou-se com rápidas passadas do primeiro controle em que, rotineiramente, se comprovava se os visitantes que chegavam à basílica estavam adequadamente vestidos. Nada de *shorts*, minissaias, *tops* ou bermudas.

Uma vez no interior do templo, o homem nem ao menos parou diante da *Pietá* de Michelangelo, a única obra de arte que, entre as muitas entesouradas no Vaticano, conseguia comovê-lo. Hesitou alguns segundos até conseguir se orientar, e depois encaminhou-se até os confessionários, onde àquela hora sacerdotes de vários países ouviam, em sua língua materna, fiéis vindos de todas as partes do mundo.

De pé, apoiado em uma coluna, esperou, impacientemente, que outro homem acabasse de se confessar. Quando viu que se levantava, dirigiu-se ao confessionário. Um cartaz informava que aquele sacerdote exercia seu ministério em italiano.

O sacerdote esboçou um sorriso ao contemplar a figura enxuta daquele homem vestido em um terno de bom corte; tinha os cabelos brancos cuidadosamente penteados para trás e os gestos impacientes de quem estava acostumado a mandar.

– Ave Maria Puríssima.

– Sem pecado concebida.

– Padre, eu me acuso: vou matar um homem. Que Deus me perdoe!

Depois de dizer estas palavras, o ancião se levantou e, diante dos olhos atônitos do sacerdote, perdeu-se rapidamente no meio do enxame de turistas que lotavam a basílica. Ao lado do confessionário, atirado no chão, deixou um jornal amassado. O religioso levou alguns minutos para se recuperar. Outro homem havia se ajoelhado e perguntava-lhe, com impaciência:

– Padre, padre, o senhor está passando bem?

– Sim, sim... Não, não... Me perdoe...

Saiu do confessionário e recolheu o jornal. Percorreu com os olhos a página em que estava aberto: concerto de Rostropovich em Milão; êxito de bilheteria de um filme sobre dinossauros; congresso arqueológico em Roma com a participação de renomados professores e arqueólogos: Clonay, Miller, Smidt, Arzaga, Polonoski, Tannenberg; este último nome estava assinalado por um círculo vermelho...

Dobrou o jornal e, com o olhar perdido, abandonou o lugar, deixando com a palavra na boca aquele homem que continuava de joelhos esperando a hora de confessar seus pecados e cumprir suas penitências.

***

– Quero falar com a Sra. Barreda.

– Da parte de quem?

– Sou o Dr. Cipriani.

– Um momento, doutor.

O ancião passou uma das mãos pelos cabelos e foi acometido por um ataque de claustrofobia. Respirou fundo tentando se acalmar, enquanto deixava o olhar vagar por aqueles objetos que o haviam acompanhado ao longo dos últimos quarenta anos. Seu escritório cheirava a couro e a fumo de cachimbo. Sobre a mesa, repousava um porta-retratos com duas fotos, a de seus pais e a de seus três filhos. Havia colocado a de seus netos sobre a prateleira da lareira. Ao fundo, um sofá e um par de poltronas de espaldar alto, uma luminária de pé com uma tulipa cor de creme; as estantes de mogno que cobriam as paredes e abrigavam milhares de livros, os tapetes persas... Aquele era seu escritório, estava em sua casa, tinha de ficar tranqüilo.

– Carlo!

– Mercedes, conseguimos encontrá-lo!

– Carlo, o que você está dizendo?...

A voz da mulher delatava uma grande tensão. Parecia desejar e temer, com a mesma intensidade, a explicação que estava prestes a ouvir.

– Entre na internet, procure a imprensa italiana, em qualquer jornal, nas páginas de cultura... Ali está.

– Você tem certeza?

– Sim, Mercedes, tenho certeza.

– Mas por que nas páginas de cultura?

– Você não se lembra do que se dizia no campo?

– Sim, claro, sim... Então, ele... Faremos aquilo. Diga-me que você não vai deixar para trás.

– Não, não vou fazer isso. E nem você, e eles tampouco; vou contatá-los agora. Temos de nos encontrar.

– Você não quer vir a Barcelona? Tenho lugar para todos.

– O lugar tanto faz. Ligarei para você daqui a pouco. Preciso agora falar com Hans e com Bruno.

– Carlo, é ele mesmo, de verdade? Você tem certeza? Precisamos confirmar. Coloque-o sob vigilância, não podemos voltar a perdê-lo de vista, não importa o que isso irá nos custar. Se você quiser, faço agora mesmo uma transferência. Contrate os melhores. Não pode sumir...

– Já tomei todas as providências. Não o perderemos, não se preocupe. Voltarei a ligar.

– Carlo, estou indo para o aeroporto. Vou pegar o primeiro avião que estiver saindo para Roma. Não posso ficar aqui...

– Mercedes, não faça nada até que eu ligue de novo. Não podemos cometer erros. Ele não escapará. Confie em mim.

Desligou o telefone sentindo a mesma angústia que havia percebido na mulher. Conhecendo-a, não descartava a hipótese de que em duas horas ligasse de Fiumicino. Mercedes era incapaz de ficar quieta e de esperar, e, naquele momento, menos do que nunca.

Discou um número de telefone de Bonn e esperou, impacientemente, até que alguém respondesse.

– Quem é?

– O professor Hausser, por favor.

– Quem quer falar com ele?

– Carlo Cipriani.

– Aqui é Berta. Como vai você?

– Ah, Berta, querida, que alegria sinto em ouvir sua voz! Como estão seu marido e seus filhos?

– Estão bem, obrigada, com vontade de vê-lo de novo. Eles não conseguem esquecer as férias que passamos há três anos em sua casa da Toscana. Nunca será possível lhe agradecer o bastante. Você nos convidou em um momento em que o Rudolf estava à beira do esgotamento e...

– Vamos, vamos, não agradeça. Na verdade, também estou querendo muito vê-los de novo. Vocês estão sempre convidados. Berta, seu pai está em casa?

A mulher percebeu um tom de urgência na voz do amigo de seu pai e interrompeu a conversa com certa preocupação.

– Sim, vou chamá-lo agora mesmo. Você está passando bem? Está acontecendo alguma coisa?

– Não, querida, nada, só gostaria de conversar um pouco com ele.

– Sim, ele já vai atender. Até logo, Carlo.

– Tchau, querida!

Alguns instantes depois, a voz forte e grave do professor Hausser lhe chegava pela linha telefônica.

– Carlo...

– Hans, você está vivo!

Os dois homens ficaram em silêncio, cada um ouvindo a respiração carregada de tensão do outro.

– Onde você está?

– Em casa, em Roma. Encontrei-o por acaso, folheando um jornal. Sei que você não gosta da internet, mas vá a ela e procure nas páginas de cultura de qualquer jornal italiano; ali você o encontrará. Contratei uma agência de detetives para que o vigiem durante 24 horas e sigam-no aonde quer que vá se deixar Roma. Precisamos nos ver. Já falei com Mercedes. Vou ligar agora para o Bruno.

– Irei a Roma.

– Não sei se é uma boa idéia. Não sei se a gente deve se ver aqui.

– Por que não? Ele está aí e temos de fazer aquilo. Vamos fazer.

– Sim. Não há nada no mundo que possa nos impedir.

– Nós mesmos faremos aquela coisa?

– Se não encontrarmos alguém, acho que sim. Eu faço. Tenho pensado nisso durante toda a minha vida, em como seria, o que sentiria... Estou em paz com minha consciência.

– Isso, meu amigo, a gente só vai saber quando tudo estiver terminado. Que Deus nos perdoe, ou, pelo menos, nos compreenda.

– É o que eu espero. Estão me chamando pelo celular... É o Bruno. Desligue. Eu voltarei a ligar.

– Carlo!

– Bruno, eu ia ligar para você agora mesmo...

– A Mercedes me ligou... É verdade?

– Sim.

– Vou voar imediatamente de Viena para Roma. Onde nos encontramos?

– Bruno, espere...

– Não, não vou esperar. Esperei ao longo de mais de sessenta anos e se ele apareceu não vou esperar nem mais um minuto. Quero participar, Carlo, quero fazer.

– A gente vai fazer. Então, está bem. Venha para Roma. Vou ligar de novo para a Mercedes e o Hans.

– Mercedes já foi para o aeroporto. O meu avião sai de Viena dentro de uma hora. Avise ao Hans.

– Eu espero vocês aqui em casa.

Era meio-dia. Pensou que ainda teria tempo de passar na clínica e pedir à secretária que cancelasse todas as consultas marcadas para os próximos dias. A maioria de seus pacientes já estava sendo atendida por Antonino, seu filho mais velho, mas alguns velhos amigos insistiam que fosse ele quem desse a última palavra sobre seu estado de saúde. Não se queixava. Isso o mantinha ativo e o obrigava a continuar estudando todos os dias a misteriosa maquinaria do corpo humano. No entanto, ele sabia que, na verdade, o que o mantinha vivo era o doloroso desejo de acertar umas contas. Havia dito a si próprio que não poderia morrer até que o fizesse, e essa manhã, no Vaticano, enquanto se dirigia ao confessionário, ia dando graças a Deus por ter permitido que vivesse até aquele dia.

Sentiu uma dor aguda no peito. Não, não era o prenúncio de um infarto: era angústia, apenas angústia, e raiva contra esse Deus no qual não acreditava, mas ao qual rezava e repreendia, certo de que não era ouvido. O que ele tinha a ver com Deus? Nunca se havia ocupado dele. Nunca. Ele o abandonara quando mais precisara dele, quando acreditava, inocentemente, que bastava ter fé para salvar-se e escapar do horror. Como havia sido estúpido! Agora voltava a pensar em Deus, certamente porque, aos 75 anos, qualquer pessoa sabe que está mais perto da morte do que da vida e, no centro da alma, diante da inevitável viagem para a eternidade, disparam as sirenes do medo.

Pagou o táxi e desta vez aceitou o troco. A clínica, situada em Parioli, um bairro tranqüilo e elegante de Roma, funcionava em um edifício de quatro andares no qual trabalhavam vinte especialistas, além de dez clínicos gerais. Era sua obra, fruto de sua vontade e seu esforço. Seu pai teria sentido orgulho dele, e sua mãe... Percebeu que seus olhos ficaram úmidos. Sua mãe o teria abraçado com força, sussurrando que não havia nada que ele não pudesse alcançar, que a vontade é capaz de tudo, que...

– Bom-dia, doutor.

A voz do porteiro da clínica devolveu-o à realidade. Entrou com passo firme, o corpo ereto e dirigiu-se a seu consultório, localizado no primeiro andar. Foi cumprimentando os outros médicos e apertando a mão de alguns pacientes que se detinham ao reconhecê-lo. Sorriu ao vê-la. No fundo do corredor desenhava-se a silhueta esbelta de sua filha. Lara ouvia, pacientemente, uma mulher trêmula que segurava com força a mão de uma adolescente. Fez um gesto de carinho para a menina e despediu-se da mulher. Ela não o tinha visto e ele não fez nada para fazer-se notar; mais tarde passaria por sua sala.

Entrou na ante-sala de seu consultório. Maria, a secretária, ergueu os olhos do computador.

– Doutor, como o senhor chegou tarde hoje! Há uma porção de ligações pendentes, e, além do mais, o senhor Bersini está para chegar; já acabaram de submetê-lo a todos os exames e, embora tenham lhe dito que sua saúde é de ferro, insiste em que o senhor o veja e...

– Maria, atenderei o senhor Bersini assim que ele chegar, mas cancele todas as consultas marcadas para depois. É provável que não apareça aqui por alguns dias; estão chegando alguns amigos de fora e terei de lhes dar atenção...

– Está bem, doutor. Até quando devo deixar de marcar novas consultas?

– Não sei, mas a avisarei; pode ser uma semana, no máximo duas... Meu filho está na clínica?

– Sim, e sua filha também.

– Sim, já a vi. Maria, estou esperando um telefonema do presidente da agência Investigações e Seguros. Pode passá-la, mesmo se eu estiver com o senhor Bersini, entendido?

– Sim, entendi, doutor, pode deixar. Quer que eu ligue para seu filho?

– Não, não, deixe-o em paz. Ele deve estar na sala de cirurgia. Ligaremos para ele depois.

Encontrou os jornais organizados com perfeição sobre a escrivaninha. Pegou um deles e procurou as últimas páginas. A manchete era: "Roma: capital da arqueologia mundial." A notícia tratava de um congresso sobre as origens da humanidade promovido pela Unesco. E ali, na lista dos participantes, estava o sobrenome do homem que procuravam havia mais de meio século.

Como era possível que de repente estivesse ali, em Roma? Onde havia estado? Será que ninguém tinha memória? Custava-lhe entender que um homem como aquele pudesse participar de um congresso mundial promovido pela Unesco.

Recebeu seu antigo paciente Sandro Bersini e fez um grande esforço para escutar suas lamúrias. Garantiu-lhe que tinha uma saúde de ferro, o que, além do mais, era verdade, mas pela primeira vez em sua vida não teve constrangimento de não se mostrar solícito e convidou-o, amavelmente, a se retirar, com a desculpa de que outros pacientes o esperavam.

Assustou-se com o toque do telefone. Percebeu, instintivamente, que era a ligação da Investigações e Seguros.

O presidente da agência explicou-lhe, sinteticamente, como havia sido o resultado das primeiras horas de investigação. Tinha colocado seis de seus melhores homens na sede do congresso.

A informação que o homem lhe transmitiu surpreendeu Carlo Cipriani. Tinha de haver um erro, a menos que...

Claro! O homem que procuravam era mais velho do que eles, e teria tido filhos, netos...

Sentiu uma fisgada de decepção e de raiva; sentia-se enganado. Chegara a acreditar que aquele monstro havia reaparecido e agora descobria que não era ele. No entanto, alguma coisa lhe dizia que estavam perto, mais perto do que jamais haviam estado. Por isso, pediu ao presidente da Investigações e Seguros que não interrompesse a vigilância, independentemente de até onde tivessem de ir e de quanto fosse custar.

– Papai...

Antonino entrara no escritório sem que ele tivesse percebido. Fez um esforço para recompor a expressão porque sabia que seu filho o observava preocupado.

– Como estão as coisas, filho?

– Bem, enfim, como sempre. Em que você estava pensando? Nem percebeu minha chegada.

– Você continua com o mesmo péssimo hábito de criança: não bate na porta.

– Ora, pai, não brigue comigo.

– E eu estou brigando com você?

– Algo o está contrariando... Eu o conheço e sei que hoje as coisas não saíram como você esperava. O que terá sido?

– Você se engana. Está tudo bem. Ah! Pode ser que durante alguns dias eu não venha à clínica. Sei perfeitamente que não faço falta, mas você precisa saber.

– Como não faz falta? Nossa, como você está hoje! Posso saber por que você deixará de vir? Vai viajar para algum lugar?

– Mercedes e também Hans e Bruno estão chegando.

Antonino fez cara feia. Sabia como os amigos eram importantes para o pai, embora deixassem-no inquieto. Pareciam uns velhos inofensivos, mas não eram. Sempre lhe provocaram um sentimento de medo.

– Você devia casar com Mercedes – gracejou.

– Não diga besteira!

– Mamãe morreu há 15 anos e você parece se sentir bem ao lado de Mercedes. E ela também é sozinha.

– Chega, Antonino. Estou saindo, filho...

– Você esteve com Lara?

– Vou passar para vê-la antes de ir embora.

***

Aos 65 anos, Mercedes Barreda ainda conservava muito da antiga beleza. Alta, magra, morena, de porte elegante e gestos firmes, impunha-se diante dos homens. E talvez por isso nunca se casara. Dizia a si mesma que não conseguira encontrar um homem à sua altura.

Era dona de uma construtora. Fizera fortuna trabalhando sem descanso e sem nunca se queixar. Seus empregados consideravam-na uma pessoa dura, mas justa. Nunca havia deixado um operário na mão. Pagava o que tinha de pagar, todos tinham segurança, preocupava-se em respeitar escrupulosamente seus direitos. A fama de dura provinha, certamente, do fato de jamais ter sido vista rindo, nem mesmo sorrindo, mas também nunca puderam acusá-la de ter uma atitude autoritária ou de ter levantando a voz. No entanto, havia alguma coisa nela que a fazia se impor aos demais.

Vestindo um *tailleur* bege e usando como única jóia um pingente de pérolas, Mercedes Barreda atravessou com passos rápidos os corredores intermináveis de Fiumicino, o aeroporto de Roma. Uma voz anunciava a chegada do vôo de Viena no qual viajava Bruno, de modo que poderiam seguir juntos para a casa de Carlo. Hans chegara uma hora antes.

Mercedes e Bruno trocaram um longo abraço. Não se viam havia mais de um ano, embora conversassem com freqüência por telefone e trocassem mensagens pela internet.

– E seus filhos? – perguntou Mercedes.

– Sara já é avó. Minha neta Elena teve um menino.

– Ou seja, você é bisavô. Bem, você até que não está mal para quem é uma velharia. E seu filho Davi?

– Um solteirão empedernido, igual a você.

– E sua mulher?

– Deborah ficou protestando. Brigamos há cinqüenta anos pelo mesmo motivo. Ela quer que eu esqueça; não entende que jamais poderemos fazer isso. Não queria que viesse. Você sabe, embora não queira reconhecer, ela tem medo, muito medo.

Mercedes assentiu. Não culpava Deborah por seus temores, e nem pelo fato de querer segurar seu marido. Sentia simpatia pela esposa de Bruno. Era uma boa mulher, amável e silenciosa, sempre disposta a ajudar ao próximo. Deborah, por sua vez, não sentia por ela o mesmo afeto. Quando, uma vez ou outra, visitara Bruno em Viena, Deborah a recebera como boa anfitriã, mas não conseguira esconder o temor que lhe inspirava "a Catalã", como sabia que ela assim lhe chamava.

Na verdade, era francesa. Seu pai havia fugido de Barcelona quando a guerra civil espanhola estava prestes a terminar. Era anarquista, um homem bom e carinhoso. Na França, como tantos outros espanhóis, quando os nazistas entraram em Paris aderiu à Resistência; foi nela que conheceu a mãe de Mercedes, que trabalhava como correio, e se apaixonaram; a filha nasceu no pior momento e no pior lugar.

Bruno Müller acabara de completar setenta anos. Tinha cabelos brancos como a neve e olhos azuis. Mancava, e por isso recorria à ajuda de uma bengala com empunhadura de prata. Nascera em Viena. Era músico, um pianista extraordinário, como também o havia sido seu pai. Sua família vivia para e pela música. Quando fechava os olhos, via a mãe sorrindo enquanto tocava piano a quatro mãos com sua irmã mais velha. Aposentara-se havia três anos; até então, Bruno Müller fora considerado um dos melhores pianistas do mundo. Seu filho David também havia se dedicado de corpo e alma à música: sua vida era o violino, aquele delicado Guarini do qual jamais se separava.

Hans Hausser havia chegado à casa de Carlo Cipriani meia hora antes. Aos 67 anos, o professor Hausser ainda se impunha por sua altura. Media mais de um metro e noventa, e como era muito magro, parecia um homem frágil, mas não o era.

Nos últimos quarenta anos, dera aulas de física na Universidade de Bonn, teorizando sobre os mistérios da matéria, esquadrinhando os segredos do Universo.

Como Carlo, também era viúvo, e deixava que Berta, sua filha única, cuidasse dele.

Os dois amigos estavam degustando uma xícara de café quando a governanta entrou com Mercedes e Bruno no escritório do médico. Não perderam tempo com formalidades. Estavam reunidos para matar um homem.

– Bem, vou lhes contar como estão as coisas – começou Carlo Cipriani. – Hoje de manhã, me deparei com o sobrenome Tannenberg no jornal. Para não perder tempo, antes de ligar para vocês entrei em contato com a Investigações e Seguros. No passado, cheguei a pedir a esta agência que tentasse localizar a pista de Tannenberg, não sei se vocês se lembram... Bem, o diretor, que foi meu cliente, me ligou há algumas horas para me dizer que, de fato, há um Tannenberg no congresso de arqueólogos que está sendo realizado em Roma, no palácio Brancaccio. Mas não é o nosso homem: trata-se de uma mulher que se chama Clara Tannenberg, de nacionalidade iraquiana. Tem 35 anos e é casada com um iraquiano, um homem bem relacionado com o regime de Saddam Hussein. É arqueóloga. Estudou na cidade do Cairo e nos Estados Unidos, e, apesar de sua juventude, certamente graças à influência do marido, ele também arqueólogo, dirige uma das poucas escavações que ainda subsistem no Iraque. O marido estudou na França e fez doutorado nos Estados Unidos, onde viveu uma longa temporada; ali se conheceram e casaram-se antes que os norte-americanos decidissem transformar Saddam em demônio. Esta é sua primeira viagem à Europa.

– Tem alguma relação com ele? – perguntou Mercedes.

– Com Tannenberg? – indagou Carlo. – É possível. Poderia ser sua filha. E, se é assim, espero que por meio dela possamos chegar a ele. Como vocês, não acredito que tenha morrido, mesmo havendo naquele cemitério uma lápide com o nome dele e o dos pais.

– Não, ele não está morto – afirmou Mercedes. – Eu sei que não está morto. Senti durante todos esses anos que o monstro vivia. Como disse Carlo, essa mulher pode ser sua filha.

– Ou sua neta – acrescentou Hans. – Ele deve estar com quase noventa anos.

– Carlo, o que vamos fazer? – perguntou Bruno.

– Segui-la, não importa aonde vá. A Investigações e Seguros pode mandar alguns homens para o Iraque, embora isso vá nos custar uma pequena fortuna. No entanto, precisamos ter consciência de que, se finalmente o louco do George Bush resolver invadir o Iraque, teremos de procurar outra agência.

– Por quê? – O tom de Mercedes era de impaciência.

– É que para ir a um país em guerra é necessário um tipo de homem que seja mais do que um detetive particular.

– Você tem razão – concordou Hans.– Além do mais, temos de tomar uma decisão. O que acontecerá se o encontrarem, e se, de fato, essa Clara Tannenberg tiver alguma coisa a ver com ele? Eu vou dizer a vocês: precisamos de um profissional... De alguém que não se importe em matar. Se ele ainda está vivo, deve morrer, e se não...

– E se não, que morram seus filhos, seus netos, qualquer pessoa que tenha seu sangue.

A voz de Mercedes estava tomada pela raiva. Não estava disposta a ceder ao mais leve sentimento de piedade.

– Estou de acordo – assentiu Hans –, e você, Bruno?

O concertista de piano mais admirado do último terço do século XX não hesitou em responder positivamente.

– Bem, conhecemos alguma agência dessas que oferecem mercenários para esse tipo de serviço? – perguntou Mercedes, dirigindo-se a Carlo.

– Amanhã me darão dois ou três nomes. Meu amigo, o presidente da Investigações e Seguros, garante que existem umas duas agências britânicas que contratam ex-membros do SAS e outros homens de forças especiais de exércitos de meio mundo. Há, também, uma empresa norte-americana, uma multinacional da área de segurança... Bem, segurança aqui é um eufemismo. Ela dispõe de soldados particulares que podem ser enviados a qualquer lugar do mundo para lutar por qualquer causa bem remunerada. Creio que se chama Global Group. Decidiremos amanhã.

– Está bem, mas está claro para nós que os Tannenberg devem morrer, não importa se forem mulheres ou até mesmo crianças...? – voltou a perguntar Hans.

– Não insista – interferiu Mercedes. – Passamos a vida inteira esperando por este momento. Não me importaria de matá-los pessoalmente.

Acreditaram nela. Eles também sentiam o mesmo ódio. Um ódio que havia crescido com uma violência irrefreável quando os quatro viviam no inferno.

***

– Com a palavra, a senhora Tannenberg.

O coordenador do seminário sobre "Cultura na Mesopotâmia" deixou o estrado livre para a mulher miúda e decidida que, apertando algumas pastas contra seu peito, dispôs-se a fazer uso da palavra.

Clara Tannenberg estava nervosa. Sabia quanto estava em jogo naquele momento. Procurou com os olhos, no meio do público, o marido, que sorria para animá-la.

Durante alguns instantes, perdeu a concentração, pensando em como Ahmed era bonito. Alto, magro, com o cabelo negro como a noite e os olhos de um negro ainda mais intenso. Era mais alto do que ela, 15 anos mais velho, mas compartilhavam uma mesma paixão: a arqueologia.

– Senhoras e senhores, hoje é um dia muito especial para mim. Vim a Roma para pedir-lhes ajuda, para implorar-lhes que levantem sua voz para evitar a catástrofe que pode desabar sobre o Iraque.

Um rumor tomou conta da sala. As pessoas ali presentes não estavam dispostas a ouvir o discurso de uma arqueóloga desconhecida cujo principal mérito parecia ser o de estar casada com um membro do clã de Hussein que, por acaso, era o diretor do departamento de Escavações do Iraque. No rosto de Ralph Barry, coordenador do seminário sobre a Mesopotâmia, desenhou-se um esgar de tédio. Seus temores pareciam se confirmar; sabia que a presença de Clara Tannenberg e de seu marido Ahmed Huseini traria problemas. Tinha tentado impedi-la por todos os meios, que eram muitos quando se levava em conta que trabalhava para um homem poderoso, o presidente-executivo da fundação Mundo Antigo, a instituição que se responsabilizara por boa parte das despesas do congresso. Nos Estados Unidos, ninguém que se dedicasse à arqueologia contrariaria seu chefe, Robert Brown. Mas estavam em Roma, onde sua influência era mais limitada.

Robert Brown era um guru do mundo da arte. Havia destinado objetos únicos a vários museus de todo o mundo. A coleção de tábuas mesopotâmicas exposta em diversas salas da fundação era considerada a melhor do mundo.

Brown havia feito da arte sua vida e seu grande negócio. Uma noite, no final dos anos 1950, quando tinha apenas trinta anos e tentava abrir caminho como *marchand* em Nova York, conhecera uma pessoa numa festa na casa de um pintor de vanguarda onde havia gente de tudo quanto é tipo. Na manhã seguinte, aquele homem lhe fez uma proposta que mudou sua vida, pois reorientou sua profissão e o ajudou a colocar em marcha um negócio muito lucrativo: o de convencer importantes companhias multinacionais a destinarem fundos a uma fundação privada com o propósito de financiar escavações e pesquisas ao redor do mundo. Desse modo, as multinacionais atingiam um duplo objetivo: reduziam impostos e adquiriam certa respeitabilidade diante dos sempre desconfiados cidadãos. Guiado por seu mentor, um homem tão rico como poderoso e influente em Washington, pôs a fundação Mundo Antigo em funcionamento. Tratava-se de um patronato integrado por banqueiros e homens de negócios, que eram, afinal, os que compareciam com dinheiro; reuniam-se com ele duas vezes ao ano; primeiro, para a aprovação do orçamento, e depois, para a prestação de contas dos gastos. A próxima reunião seria, precisamente, no final daquele mês de setembro. Robert Brown transformou Ralph Barry, um homem famoso no mundo acadêmico, em seu braço direito. Barry era um professor reputado. A relação de Brown com seu mentor, George Wagner, o homem que o inserira na cúpula, era de uma fidelidade canina. Ele mantinha, zelosamente, seu nome em segredo; durante todos aqueles anos, havia cumprido suas ordens sem contestar; fizera o que jamais pensou que faria, era uma marionete em suas mãos. Mas sentia-se feliz que fosse assim.

Tudo o que era, tudo o que tinha, devia a ele.

Brown dera instruções precisas a Ralph Barry, diretor do Departamento da Mesopotâmia da fundação Mundo Antigo e ex-professor de Harvard: ele devia impedir que Clara Tannenberg e seu marido participassem do congresso e, se isso não fosse possível, pelo menos tinha de evitar que falassem.

Barry havia estranhado as instruções de Brown, porque sabia que seu chefe conhecia o casal, mas em nenhum momento passara por sua cabeça desobedecer a suas ordens.

Clara era consciente da animosidade do auditório. Ficou vermelha de raiva. O "tio" Robert financiava aquele congresso, e ela fazia parte do pacote. Engoliu a saliva antes de continuar.

– Senhores, não vim falar de política, mas sim de arte. Venho pedir sua ajuda para salvar o legado artístico da Mesopotâmia. Ali começou a história da humanidade e, se houver guerra, ela poderá desaparecer. Venho, também, pedir-lhes outro tipo de ajuda. Não se trata de dinheiro.

Ninguém riu da piada, e Clara sentiu-se pior, mas estava decidida a continuar, por mais que sentisse na pele a profunda irritação do auditório.

– Há muitos anos, há mais de meio século, meu avô, que integrava uma missão arqueológica nas proximidades de Harã, encontrou um poço coberto com restos de tábuas. Vocês sabem que isso era comum. Ainda hoje encontramos tábuas que foram utilizadas por camponeses para construir suas casas.

"As tábuas com que o poço havia sido coberto tinham registrados o volume de cereais colhidos na última safra e a extensão de determinadas lavouras. Havia centenas de tábuas, mas duas delas não pareciam pertencer ao mesmo grupo das outras, não apenas pelo conteúdo, mas pelos caracteres que haviam sido usados pelos que as escreveram, como se seu redator, ao fazer as incisões no barro, ainda não manejasse com destreza o cálamo."

A voz de Clara adquiriu um tom de emoção. Estava prestes a revelar a razão de sua vida, aquilo com que não havia deixado de sonhar desde que conquistara o uso da razão, motivo pelo qual havia se tornado arqueóloga, que era mais importante para ela do que tudo e qualquer pessoa, até mesmo Ahmed.

– Durante mais de sessenta anos – prosseguiu – meu avô guardou essas duas tábuas nas quais alguém, decerto um aprendiz de escriba, conta que seu parente Abraão[1] ia lhe revelar como o mundo havia se formado e outras histórias fantásticas sobre um Deus que tudo pode e que tudo vê, e que, certa ocasião, aborrecido com os homens, inundou a terra. Os senhores percebem o que isto significa?

"Todos nós sabemos a importância que teve para a arqueologia e a história, mas também para a religião, a descoberta dos poemas acádios da Criação, o *Enuma Elish*, o relato de Enki e Ninhursag ou do Dilúvio no Poema de Gilgamesh.

[1] Na Bíblia, o patriarca Abraão é chamado de "Abrão" e sua esposa de "Saray". Seus nomes mudam para Abraão e Sara quando Deus lhes promete que terão descendência. Abrão e Abraão são duas formas dialetais do mesmo nome; Abraão se explica pela assonância com Ab Hamôn: "pai de multidão".

Pois bem, segundo essas tábuas encontradas por meu avô, o patriarca Abraão trouxe sua própria visão da criação do mundo, influenciada, sem dúvida, pelos poemas babilônicos e acádios sobre o paraíso e a criação.

"Hoje também sabemos, porque a arqueologia assim o demonstrou, que a Bíblia foi escrita no século VII antes de Cristo, em um momento em que os governantes e sacerdotes israelitas tinham necessidade de fundamentar a unidade do povo de Israel, e para isso necessitavam de uma história comum, uma epopéia nacional que servisse a seus próprios objetivos políticos e religiosos.

"Em seu empenho em contradizer o que é descrito na Bíblia, a arqueologia descobriu verdades e mentiras. Até hoje é difícil separar a lenda da história, porque elas estão entrelaçadas. Mas o que parece claro é que os relatos são recordações de um passado, histórias antigas que aqueles pastores que emigraram de Ur para Harã levaram posteriormente até Canaã...

Clara ficou em silêncio, esperando a reação de seus colegas, que a ouviam em silêncio: uns com tédio, outros com certo interesse.

– ... Arã... Abraão..., na Bíblia, encontramos uma genealogia minuciosa dos "primeiros homens", desde Adão; essa trajetória chega aos patriarcas pós-diluvianos, aos filhos de Sem, dos quais um de seus descendentes, Taré, gerou Nacor, Arã e Abrão, que mais tarde mudou seu nome para Abraão, pai de todas as nações.

"Salvo o relato minucioso da Bíblia em que Deus ordena a Abraão que deixe sua terra e sua casa para dirigir-se a Canaã, não se pôde demonstrar que tivesse havido uma primeira migração de semitas de Ur a Harã antes de chegar a seu destino, determinado por Deus, na terra em Canaã. E o encontro entre Deus e Abraão teve de acontecer em Harã, onde, conforme sustentam alguns biblicistas, o primeiro patriarca vivera até a morte de seu pai, Taré.

"Certamente, quando Taré dirigiu-se para Harã, o fez não apenas acompanhado de seus filhos Abraão e da esposa deste, Sara, e de Nacor e de sua mulher, Melca. Foi acompanhado também por Ló, o filho de seu filho Arã, morto na juventude. Sabemos que naquela época as famílias formavam tribos que se deslocavam de um lugar a outro com seus rebanhos e pertences, e que se assentavam, periodicamente, em lugares onde cultivavam um pedaço de terra para atender a suas necessidades de subsistência. De modo que Taré, ao deixar Ur para se assentar em Harã, o fez acompanhado por outros familiares, parentes em graus mais ou menos próximos. Pensamos... Meu avô, meu pai, meu marido Ahmed Huseini e eu pensamos que um membro da família de Taré, certamente um aprendiz de escriba, teve uma relação muito estreita com Abraão e que este lhe explicou suas idéias sobre a criação do mundo, sua concepção a respeito do Deus único e quem sabe quantas coisas mais. Durante anos, procuramos na região de Harã outras tábuas do mesmo autor. O resultado foi nada. Meu avô dedicou a vida a pesquisar num raio de cem quilômetros em volta de Harã e não encontrou nada. Bem, o trabalho não foi em vão: nos museus de Bagdá, Harã e Ur e em tantos outros há centenas de tábuas e objetos que minha família desenterrou, mas não encontramos as tábuas com os relatos de Abraão que...

Com gesto mal-humorado, um homem levantou a mão e agitou-a, o que levou Clara Tannenberg a perder a concentração.

– Sim... O senhor quer dizer alguma coisa?

– A senhora está afirmando que Abraão, o patriarca Abraão, o Abraão da Bíblia, o pai da nossa civilização, contou a não sei quem sua idéia de Deus e do mundo, e que esse não sei quem a escreveu, como se fosse um jornalista qualquer, e que seu avô, que decerto nenhum de nós teve o prazer de conhecer, encontrou essa prova e a guardou durante mais de meio século?

– Pois sim, é isso o que estou dizendo.

– Ah! Então me diga por que não disseram nada até agora? E poderia também ter a amabilidade de nos informar quem são seu avô e seu pai? Já sabemos alguma coisa a respeito de seu marido. Aqui, todos nós nos conhecemos e sinto lhe dizer que, para nós, você é uma ilustre desconhecida, a quem, por sua inútil intervenção, eu qualificaria de infantil e fantasiosa. Onde estavam as tábuas de que fala? A que tipo de testes científicos elas foram submetidas no intuito de comprovar sua autenticidade e datar a época a que está dizendo que pertencem? Senhora, é preciso comparecer aos congressos com trabalhos resolvidos, não com histórias de família, de família de aficionados da arqueologia.

Um murmúrio percorreu toda a sala enquanto Clara Tannenberg, vermelha de ira, ficava sem saber o que fazer: se saía correndo ou insultava aquele homem que a estava ridicularizando e ofendendo sua família. Respirou fundo para ganhar tempo, e viu como Ahmed se levantava, com olhar furioso.

– Caro professor Guilles... Sei que o senhor teve milhares de alunos em sua longa vida de docente na Sorbonne. Eu fui um deles; e, ao longo de meus estudos, o senhor sempre me deu distinção de honra. Na realidade, obtive distinção de honra em todas as disciplinas, não apenas na sua, e creio recordar que na Sorbonne foi feita menção especial ao "meu caso", porque, insisto, durante cinco anos a minha nota em todas as disciplinas foi a de distinção de honra e, ainda por cima, formei-me com um adicional *cum laude*. Depois, professor, tive o privilégio de acompanhá-lo em suas escavações na Síria, e também no Iraque. O senhor se lembra dos leões alados que encontramos perto de Nippur em um templo dedicado a Nabu? Pena que as figuras não estivessem intactas, mas pelo menos tivemos a sorte de encontrar uma coleção de carimbos cilíndricos de Asurbanipal... Sei que não tenho nem seus conhecimentos nem sua reputação, mas estou há anos dirigindo o departamento de Escavações Arqueológicas do Iraque, embora o órgão seja hoje um departamento morto; estamos em guerra, uma guerra não declarada, mas de qualquer forma guerra. Sofremos há dez anos um bloqueio cruel e o programa de petróleo por alimentos mal dá para subsistirmos como povo. As crianças iraquianas morrem porque nos hospitais não há remédios e porque suas mães não conseguem comprar comida, de modo que podemos destinar pouco dinheiro a escavações que nos permitam procurar nosso passado, na realidade o passado da civilização. Todas as missões arqueológicas abandonaram seu trabalho, à espera de tempos melhores.

"Em relação à minha esposa, Clara Tannenberg, ela passou anos como minha assistente; escavamos juntos. Seu avô e seu pai foram homens apaixonados pelo passado que, em seu tempo, ajudaram a financiar algumas missões arqueológicas..."

– Ladrões de túmulos! – gritou alguém da platéia.

Aquela voz e a explosão de riso nervoso de algumas pessoas da platéia se cravaram como punhais em Clara Tannenberg. Mas Ahmed Huseini não se alterou e continuou falando como se não tivesse ouvido nada de ofensivo.

– Pois bem, estamos certos de que o autor dessas duas tábuas que o avô de Clara guardou transferiu a elas os relatos que assegura lhe foram narrados por Abraão. De fato, podemos estar falando de uma descoberta transcendental da história da arqueologia, mas também da religião e da tradição bíblica. Creio que deveriam permitir que a doutora Tannenberg continuasse. Clara, por favor...

Clara olhou, agradecida, para seu marido, respirou fundo e, temerosa, dispôs-se a continuar. Se algum outro membro da velharia a interrompesse e tentasse humilhá-la, não iria se deixar pisotear. Seu avô sentiria-se decepcionado se tivesse visto a cena que estavam vivendo. Ele não queria que pedisse ajuda à comunidade internacional. "São todos uns filhos-da-puta arrogantes que acreditam que sabem alguma coisa." Seu pai tampouco teria permitido que fosse a Roma, mas seu pai estava morto e seu avô...

– Durante anos nos concentramos em Harã procurando restos das outras tábuas que estamos certos de que existem. Não encontramos nenhum vestígio. Exatamente na parte superior das duas encontradas por meu avô aparecia o nome de Shamas. Em alguns casos, os escribas costumavam colocar seu nome na parte superior da tábua, assim como o do supervisor do trabalho. No caso dessas duas tábuas, só aparecia o de Shamas. Os senhores se perguntaram quem é Shamas?

"Desde que os Estados Unidos declararam o Iraque como seu pior inimigo, as incursões aéreas têm sido freqüentes.

"Os senhores recordarão que há dois meses alguns aviões norte-americanos que sobrevoavam o Iraque disseram ter sido atacados por mísseis disparados da terra, ataque ao qual responderam despejando uma carga de bombas. Pois bem, na zona bombardeada, entre Basora e a antiga Ur, em uma aldeia chamada Safran, ficaram a descoberto os restos de uma edificação e uma muralha cujo perímetro calculamos em mais de quinhentos metros.

"Diante da situação do Iraque, não foi possível dar a atenção merecida a essa edificação, por mais que meu esposo e eu, ao lado de um contingente de operários, tivéssemos começado a escavar com mais vontade do que recursos. Acreditamos que o edifício pode ter sido o armazém de uma casa de tábuas ou outro anexo de um templo. Não sabemos a natureza exata. Encontramos restos de tábuas e a surpresa foi que entre esses restos encontramos uma com o nome de Shamas. Seria o mesmo Shamas que tivera relações com Abraão?

"Não sabemos, mas pode ser que sim. Abrão empreendeu a viagem a Canaã com a tribo de seu pai. Existe a crença de que o patriarca ficou em Harã até a morte de seu pai, e só então, iniciou a viagem à Terra Prometida. Shamas fazia parte da tribo de Abraão? Acompanhou-o a Canaã?

"Quero pedir aos senhores que nos ajudem. Nosso sonho é o de que seja criada uma missão arqueológica internacional. Se encontrarmos essas tábuas... Ao longo de anos, perguntei-me em que momento Abraão deixou de ser politeísta, como seus contemporâneos, e passou a acreditar em um único Deus."

O professor Guilles voltou a levantar a mão. O velho professor da Sorbonne, um dos mais reputados especialistas do mundo em cultura mesopotâmica, parecia disposto a amargar o dia de Clara Tannenberg.

– Senhora, insisto em que nos mostre as tábuas de que fala. Caso contrário, permita-nos debater aquilo que nos trouxe aqui, tema ao qual poderemos dar nossa contribuição.

Clara Tannenberg não agüentou mais. Um raio de ira atravessou seus olhos azuis.

– O que está acontecendo, professor? Não suporta que alguém que não seja o senhor possa saber alguma coisa a respeito da Mesopotâmia e, mais que isso, fazer uma descoberta? O seu ego fica tão atingido...?

Guilles se levantou com parcimônia e dirigiu-se ao público:

– Voltarei ao auditório quando se voltar a falar de coisas sérias.

Ralph Barry achou que era obrigado a intervir. Pigarreou e dirigiu-se à vintena de arqueólogos que assistiam, mal-humorados, ao espetáculo protagonizado por aquela colega desconhecida.

– Lamento o que está acontecendo. Não entendo por que não somos um pouco mais humildes. Ouçamos o que nos relata a Dra. Tannenberg. Ela é uma arqueóloga, assim como nós. Qual é a razão de tantos preconceitos? Está expondo uma teoria; ouçamos e depois opinemos, mas desqualificá-la *a priori* não me parece ser muito científico.

A professora Renh, da Universidade de Oxford, uma mulher de meia-idade com o rosto curtido pelo sol, levantou a mão, pedindo para falar:

– Ralph, aqui todos nós nos conhecemos... A Sra. Tannenberg apresentou-se contando algo sobre umas tábuas que não mostrou, nem mesmo em fotografia. Desenvolveu uma argumentação, assim como seu marido, sobre a situação política do Iraque, que eu, pessoalmente, lamento, e expôs uma teoria sobre Abraão que, francamente, me parece mais ser um fruto da fantasia do que de um trabalho científico.

"Mas estamos em um congresso e, enquanto em outras salas nossos colegas de outras especialidades estão apresentando trabalhos e conclusões, nós... Tenho a impressão de que nós estamos perdendo tempo.

"Sinto muito, mas penso como o professor Guilles. Eu gostaria que começássemos a trabalhar.

– É isso o que estamos fazendo – gritou, indignada, Clara.

Ahmed levantou-se e, enquanto ajeitava a gravata, dirigiu-se aos presentes sem olhar para ninguém em particular.

– Quero lhes lembrar que as grandes descobertas arqueológicas vieram pelas mãos de homens que souberam ouvir e procurar entre as brasas das lendas. Mas os senhores não querem nem ao menos considerar o que estamos lhes expondo. Esperam... Sim, esperam para ver o que acontecerá no momento em que Bush atacar o Iraque. Os senhores são ilustres professores e arqueólogos de países "civilizados", e assim, por terem uma simpatia maior ou menor por Bush, não vão arriscar a pele defendendo um projeto arqueológico que supostamente poderá socorrer o Iraque. Posso entender, mas o que não compreendo é a razão dessa atitude fechada que os impede até de ouvir e tentar averiguar se algo do que dizemos é ou pode ser verdade.

A professora Renh voltou a levantar a mão.

– Professor Huseini, insisto em pedir que nos apresente alguma prova do que diz. Pare de nos julgar e, sobretudo, deixe de fazer discursos. Somos adultos e estamos aqui para discutir arqueologia e não política. Não construa armadilhas apresentando-se como uma vítima. Exponha alguma evidência do que estão defendendo.

Clara Tannenberg levantou-se e começou a falar, sem dar tempo a Ahmed para responder à mulher.

– Não temos as tábuas aqui. Os senhores sabem que, devido à situação do Iraque, não nos deixariam sair com elas. Possuímos algumas fotografias; não são de boa qualidade, mas, pelo menos, podem comprovar a existência das tábuas. Estamos pedindo-lhes ajuda, ajuda para escavar. Não dispomos de meios suficientes para fazê-lo. No Iraque de hoje, a arqueologia é a última preocupação de todos. Já é muito difícil sobreviver.

Um silêncio pesado acompanhou desta vez suas palavras. Depois, os participantes levantaram-se e abandonaram a sala.

Ralph Barry aproximou-se de Ahmed e Clara com gestos aparentemente compungidos.

– Sinto muito. Fiz o que pude, mas já havia lhes dito que este não me parecia o melhor momento para que vocês interviessem no congresso.

– O senhor fez o inimaginável para que não pudéssemos fazê-lo – respondeu-lhe Clara, com tom desafiador.

– Senhora Tannenberg, a conjuntura internacional afeta a todos nós. A senhora sabe que no mundo da arqueologia procuramos sempre nos manter afastados da política. Caso contrário, seria impensável que houvesse missões arqueológicas em determinados países. Ahmed, você sabe que é impossível encontrar qualquer tipo de ajuda agora. Diante da situação política, a fundação não acha que seja viável considerar uma escavação no Iraque. Nosso presidente seria criticado e o conselho de administração não daria permissão. Já lhes expliquei que, devido às circunstâncias, o melhor teria sido que sua presença no congresso tivesse sido discreta, mas vocês se empenharam em fazer o contrário. Enfim, esperemos que o que aconteceu hoje à tarde não termine se transformando em um escândalo...

– Não somos politicamente corretos e parece que contaminamos – provocou-o uma furiosa Clara.

– Por favor! Expus as circunstâncias com sinceridade; vocês as conhecem tanto quanto eu. Ainda assim, não percam as esperanças. Observei que o professor Yves Picot os ouviu com atenção. É um homem peculiar, mas também é uma autoridade na matéria.

Ralph Barry arrependeu-se de ter-lhes falado de Picot. Mas era correto. O excêntrico professor havia escutado Clara com interesse. No entanto, com seus antecedentes, o interesse de Picot talvez não fosse apenas acadêmico.

Chegaram exaustos ao hotel. Aborrecidos consigo mesmos e entre eles. Clara sabia que uma tormenta se avizinhava. Ahmed a havia defendido, sim, mas estava certa de que ficara chateado com sua forma de apresentar as coisas.

Havia lhe pedido, insistentemente, que não mencionasse seu avô nem seu pai, que restringisse seu depoimento à atualidade; devido à situação do Iraque, ninguém correria para comprovar o que haviam dito. Mas ela quis render uma homenagem a seu avô e a seu pai, a quem adorava e com quem aprendera tudo o que sabia. Não dizer que seu avô era o descobridor das tábuas teria sido como roubá-lo.

Entraram no quarto no momento em que a camareira acabava de arrumá-lo. Continuaram sem dizer palavra, esperando que a criada saísse.

Ahmed procurou um copo na geladeira e serviu-se de uísque com gelo. Não ofereceu nada a Clara, e assim ela mesma teve de se servir de Campari. Sentou-se, esperando a explosão da tormenta.

– Você se colocou em uma posição ridícula – afirmou Ahmed, com dureza. – Você fica patética falando de seu pai, de seu avô e de mim. Meu Deus, Clara, nós somos arqueólogos, não estamos brincando de arqueólogos, nem estávamos em uma festa de formatura da universidade, onde é preciso agradecer ao papai pelo fato de ser tão bonzinho! Eu lhe disse, disse e repeti, que não mencionasse seu avô, mas você tinha de fazer o que tivesse vontade, sem medir as conseqüências, sem perceber o que estava desencadeando, o que pode desencadear. Ralph Barry pediu que fôssemos discretos, deixou claro que seu "chefe" Robert Brown quer que escavemos, mas não pode nos ajudar diretamente, estariam arriscando o próprio pescoço. Não pode dizer a seus amigos da administração que têm interesse em uma arqueóloga desconhecida, neta de um velho amigo e casada com um iraquiano bem-visto pelo regime, e que vai ajudá-los. Ralph Barry disse em alto e bom som: Robert Brown estaria cavando sua própria cova. O que você pretendia, Clara?

– Não vou roubar meu avô! Por que não posso falar dele, de meu pai nem de você? Não tenho motivos para me envergonhar. Eles eram antiquários e gastaram fortunas ajudando a escavar no Iraque, na Síria, no Egito... Em...

– Acorde, Clara, caia em si! Seu avô e seu pai são simples comerciantes. Não podem ser considerados mecenas! Cresça, torne-se mulher, pare de sentar no colo de seu avô!

Ahmed calou-se repentinamente. Sentia-se cansado.

– A *Bíblia de Barro*, assim a chamava meu avô. O Gênesis contado por Abraão... – sussurrou Clara.

– Sim, a *Bíblia de Barro*. Uma bíblia escrita no barro mil anos antes da versão em papiro.

– Uma descoberta transcendental para a humanidade, mais uma prova da existência de Abraão. Ou você está achando que estamos equivocados?

– Eu também quero encontrar a *Bíblia de Barro*, mas hoje, Clara, você jogou fora a melhor oportunidade que tínhamos para fazê-lo. Essa gente faz parte da elite da arqueologia mundial. E nós temos de pedir perdão por sermos quem somos.

– E quem somos, Ahmed?

– Uma arqueóloga desconhecida casada com o diretor do Departamento de Escavações de um país com regime ditatorial cujo dirigente foi condenado porque não serve mais aos interesses dos poderosos. Há anos, quando vivia nos Estados Unidos, ser iraquiano não era uma desvantagem, pelo contrário. Saddam combatia o Irã porque isso servia aos interesses de Washington. Assassinava curdos com as armas que os norte-americanos lhe vendiam, armas químicas proibidas pela Convenção de Genebra, as mesmas armas que agora estão procurando. É tudo mentira, Clara, e, por isso, é necessário obedecer às normas. Mas para você nada do que acontece à sua volta tem importância; para você, Saddam, Bush e quem possa morrer por culpa deles são a mesma coisa. Seu mundo limita-se a seu avô, nada mais.

– Você está de que lado?

– Como?

– Você ataca o regime de Saddam, parece compreender os norte-americanos, outras vezes parece que o aborrecem... Com quem você está?

– Com ninguém. Estou sozinho.

A resposta surpreendeu Clara. Ficou impressionada com a sinceridade de Ahmed, ao mesmo tempo que lhe doía descobrir esse sentimento de desarraigamento de seu marido.

Ahmed era um iraquiano demasiadamente ocidentalizado. Fora perdendo suas raízes ao longo e ao largo do mundo. Seu pai havia sido diplomata, um homem afeito ao regime de Saddam, premiado com várias embaixadas: Paris, Bruxelas, Londres, México, o consulado de Washington... A família Huseini vivera bem, muito bem, e os filhos do embaixador haviam se transformado em verdadeiros cosmopolitas: estudaram nos melhores colégios europeus, aprenderam vários idiomas e ascenderam às mais exclusivas universidades norte-americanas. Suas três irmãs casaram-se com ocidentais e não suportaram voltar a viver no Iraque. Cresceram livres, em países democráticos. E ele, Ahmed, também havia bebido o leite da democracia em cada novo destino para o qual seu pai fora enviado, de modo que achava o Iraque asfixiante, embora sempre tivesse, ao voltar, os privilégios inerentes aos filhos do regime.

Teria permanecido nos Estados Unidos, mas havia conhecido Clara, e seu avô e seu pai queriam que ficasse ao lado deles no Iraque. Por isso, resolveu regressar.

– E agora, o que vamos fazer? – perguntou Clara.

– Nada. Não podemos fazer mais nada. Amanhã ligarei para o Ralph para que nos explique as dimensões do desastre que você provocou.

– Voltaremos para Bagdá?

– Você tem alguma idéia mais genial?

– Não seja sarcástico! Fiz o que acreditava que devia fazer, devo isso a meu avô. Está certo, é um homem de negócios, mas ama a Mesopotâmia mais do que ninguém, e inculcou esse sentimento em meu pai e em mim. Poderia ter sido um grande arqueólogo, mas não teve a sorte de poder se dedicar à sua vocação. Mas foi ele e apenas ele quem descobriu aquelas duas tábuas, quem as guardou durante mais de meio século, quem gastou seu dinheiro para que outros escavassem procurando os rastros de Shamas... Quero lembrar que os museus do Iraque estão repletos de peças e tábuas encontradas em escavações financiadas por meu avô.

Uma careta de desprezo desenhou-se no rosto de Ahmed. Ela se sobressaltou. De repente, seu marido lhe pareceu uma pessoa estranha.

– Seu avô sempre foi um homem discreto, Clara; e seu pai também. Nunca fizeram exibições gratuitas. Sua atuação de hoje os teria decepcionado. Não foi isso o que lhe ensinaram.

– Me inculcaram o amor pela arqueologia.

– Tornaram você obcecada pela *Bíblia de Barro*. Foi isso o que aconteceu.

Fez-se silêncio. Ahmed bebeu o uísque de um só gole e fechou os olhos. Nenhum dos dois queria continuar falando.

Clara enfiou-se na cama pensando em Shamas e imaginou-o com um cálamo fino na mão desenhando no barro...

2

– Quem fez a primeira cabra?

– Ele.

– E por que uma cabra?

– Pela mesma razão que fez todos os seres que vivem na Terra.

O menino conhecia estas respostas, mas gostava de provocar seu tio Abrão.[1] Este havia mudado muito. Há tempos transformara-se em um homem estranho, que procurava a solidão e afastava-se dos seus, dizendo que precisava pensar.

– Pois não entendo a razão. Para quê quer as cabras? Para que cuidemos delas? E por que quer a gente, para nos fazer trabalhar?

– Quero você para que aprenda.

Shamas ficou calado. Seu tio lhe recordava que a essa hora deveria estar na casa das tábuas fazendo suas tarefas. Seu outro tio, o *um-mi-a*,[2] voltaria a se queixar dele a seu pai e este voltaria a repreendê-lo.

Esta manhã, a caminho da casa das tábuas, vira seu tio Abrão caminhando entre as cabras à procura de pastos verdes e o havia seguido, mesmo sabendo que seu tio preferia ficar só e não falar com ninguém. No entanto, mostrava-se sempre paciente com ele. Na verdade, não era seu tio direto, e sim um parente distante de sua mãe, mas pertenciam à mesma tribo; todos reconheciam a autoridade de Taré, o pai de Abrão, embora o prestígio do filho corresse paralelamente ao do pai e muitos homens da tribo acorressem a Abrão em busca de conselhos e orientação. Taré não se ofendia, porque já era um ancião e passava boa parte do dia cochilando. Quando morresse, seria Abrão quem se encarregaria de cuidar de todos.

– Me aborreço – explicou o menino, a título de desculpas.

– Ah, sim? E o que o aborrece?

– O *dub-sar*[3] que nos ensina não é muito alegre, certamente porque ainda não domina o cálamo como o *ses-gal*[4] ou o *um-mi-a* Ur-Nisaba gostariam. O *dub-sar* Ili, que é quem cuida de nós, não gosta de crianças, impacienta-se

[1] Nos diálogos entre Shamas e o Patriarca, optou-se por usar a primeira acepção: Abrão.

[2] Mestre.

[3] Escriba.

[4] Grande irmão.

e nos obriga a repetir as mesmas frases até que a seu juízo estejam perfeitas. Depois, quando, ao meio-dia, exige que digamos a lição em voz alta, fica aborrecido se vacilamos e não tem piedade na hora de nos mandar fazer exercícios de escrita e de matemática.

Abrão sorriu. Não queria que o pequeno Shamas ficasse ainda mais ousado, coisa que aconteceria se demonstrasse que compreendia a rigidez de seu mestre. Shamas era o menino mais inteligente da tribo e sua missão era estudar para ser um escriba ou um sacerdote. Precisavam de homens sábios para fazer os cálculos necessários à construção dos canais que levariam a água à terra seca. Homens que soubessem organizar os celeiros, controlar a distribuição do trigo, conceder empréstimos; homens que preservassem o conhecimento das plantas, dos animais e da matemática, que soubessem ler nas estrelas, que fossem capazes de pensar em algo que não fosse apenas a necessidade de alimentar sua prole.

O pai de Shamas fora um grande escriba, um mestre, e o menino, como muitos homens de sua família, havia sido favorecido pelo dom da inteligência. Não podia desperdiçá-la, porque a inteligência era o dom que Ele outorgava a alguns homens com o propósito de tornar mais fácil a existência dos demais, e no intuito de combater aqueles que, sendo igualmente inteligentes, deixavam-se inspirar pelo Mal.

– Você deve ir, antes que comecem a procurá-lo e sua mãe a ficar preocupada.

– Minha mãe viu que eu o seguia. Está tranqüila, sabe que estando com o senhor não me acontecerá nada.

– Mas isso não evita que fique triste, porque tem consciência de que você não está aproveitando a oportunidade de aprender.

– Tio, o *dub-sar* Ili nos obriga a invocar Nidaba, a deusa dos cereais, e garante que foi ela quem nos inspirou o conhecimento dos símbolos.

– Você deve aprender o que *dub-sar* lhe ensina.

– Sim, mas o senhor acredita que é Nidaba quem nos inspira?

Abrão ficou em silêncio. Não queria confundir a mente do menino, mas também não podia deixar de dizer o que pensava, como havia sentido, até chegar a transformar em certeza, que esses deuses venerados não estavam inflados por nenhum espírito; eram, simplesmente, de barro. Ele sabia disso muito bem; seu pai, Taré, modelava a argila e fornecia aos templos e palácios os deuses saídos de suas mãos.

Ainda recordava a dor que causou a seu pai no dia em que este o encontrou em sua oficina cercado dos cacos em que havia convertido as figuras que ainda estavam secando antes de serem transformadas, definitivamente, em deuses.

Não sabia por que agira daquela forma, mas quando entrou na oficina do pai, sentiu um impulso irrefreável de destruir aquelas peças de barro diante das quais os homens dobravam estupidamente a nuca, convencidos de que as desgraças e os benefícios chegavam da mesma forma por intermédio daquelas figuras nascidas das mãos de seu pai.

Atirou-as no chão e pisoteou-as; depois, sentou-se para esperar pelas conseqüências de sua atitude. Não havia nada naquelas figuras; se fossem deuses, teriam desencadeado sua fúria contra ele, teriam-no castigado. Não aconteceu nada, e a única ira que conheceu foi a de seu pai ao ver que o fruto de seu trabalho havia virado uma pequena montanha de cacos.

O pai recriminou seu comportamento sacrílego, mas Abrão respondeu-lhe, com ironia, que Taré sabia melhor do que ninguém, posto que as construía, que naquelas figuras não havia nada além de barro, e o convidou a pensar.

Mais tarde, pediu-lhe perdão por destruir o fruto de seu trabalho, limpou os restos do barro destruído e até começou a amassar a argila para ajudá-lo a construir outros deuses para vender.

– Shamas, você deve aprender o que Ili ensina, porque isso vai ajudá-lo a discernir as coisas, e chegará um dia em que poderá separar sozinho o joio do trigo, mas até lá não despreze nenhum conhecimento.

– Outro dia, falei d'Ele e Ili ficou aborrecido... Disse que não devia dirigir ofensas a Istar, a Isin, a Inana, a...

– E por que você lhes falou d'Ele?

– Porque não paro de pensar no que o senhor me diz. É isso, eu não acredito que haja algum espírito dentro da imagem de Istar. Como não posso vê-Lo, tenho certeza de que existe.

Abrão ficou surpreso com o raciocínio do menino: acreditava no que não via exatamente porque não via. Mas também sabia da admiração que o pequeno lhe professava porque, devido à idade avançada de Taré, era de fato o chefe da tribo e sua palavra era lei.

– Aprenda, Shamas, aprenda. Vá para a escola e deixe-me pensar.

– Ele fala com o senhor?

– Sinto que sim.

– Mas fala com palavras, como falamos o senhor e eu...?

– Não, assim não, mas eu o escuto com tanta clareza como se estivesse ouvindo você. Mas não diga nada a ninguém.

– Guardarei seu segredo.

– Não é nenhum segredo, mas, na vida, é necessário aprender a ser discreto. Ande, vá para a escola; não deixe que Ili fique mais aborrecido.

O menino se levantou da pedra onde estava sentado e acariciou o pescoço de uma cabra branca que, indiferente ao que acontecia a seu redor, mastigava a relva com evidente prazer.

Shamas mordeu o lábio e, esboçando um sorriso, fez um pedido a Abrão.

– Eu gostaria que o senhor me contasse como Ele nos inventou e por que o fez. Se o fizesse, eu o escreveria, usaria o cálamo de osso que meu pai me deu de presente. Eu só o utilizo quando o mestre me manda fazer alguma coisa importante... Assim eu poderia praticar...

Abrão fixou o olhar em Shamas, sem responder ao pedido do menino. Ele tinha dez anos. Seria capaz de compreender a complexidade desse Deus que se revelava a ele? Tomou uma decisão.

– Vou lhe contar o que me pede. Você escreverá minhas palavras em suas tábuas e as guardará com todo cuidado. E só as divulgará quando eu lhe disser. Seu pai terá de saber, sua mãe também, mas ninguém mais. Falarei com eles. Mas a condição é a de que você não volte a faltar à escola. Não discuta com seu mestre; ouça e aprenda.

O pequeno assentiu satisfeito e saiu correndo. Ili ficaria aborrecido com ele por chegar atrasado, mas não dava importância. Abrão iria lhe contar segredos de seu Deus, um Deus que não era de barro.

Ili torceu a cara quando viu entrar na sala um suado Shamas ainda agitado pela corrida.

– Falarei com seu pai – ameaçou-o o escriba.

O escriba continuou dando sua aula. Pretendia que os meninos se familiarizassem com as tábuas de cálculo e, sobretudo, que entendessem a magia dos números e as abreviaturas usadas para desenhar as dezenas.

Shamas deslizava o cálamo pela argila escrevendo tudo o que Ili explicava para depois ler a seu pai e assombrar sua mãe.

– Pai, você poderia me dar algumas tábuas? – perguntou Shamas.

Seu pai levantou o rosto da tábua que tinha entre as mãos, espantado com o pedido do filho. Estava anotando as observações que há anos fazia do céu. Dos oito filhos que tinha, Shamas era seu favorito, mas também o que mais o preocupava por sua extrema inteligência. Seu primo Abrão também havia avaliado o menino.

– Ili lhe passou dever de casa?

– Não, não é isso. O tio Abrão vai me contar por que Ele fez o mundo.

– Ah!

– Me disse que falaria com você.

– Ainda não falou.

– Você vai permitir, pai?

O homem suspirou. Sabia que seria totalmente inútil não permitir que Shamas ouvisse as histórias de Abrão. Seu filho sentia devoção pelo parente. Além do mais, Abrão era um homem de coração limpo, muito inteligente para acreditar que um pedaço de barro fosse um deus. Ele também não acreditava, mas ficava quieto. Tanto fazia, desde que pudesse continuar estudando o dia e a noite, a correnteza da água, a espessura da terra... Abrão acreditava em um Deus que era o princípio e o fim de todas as coisas. Preferiria que Shamas conhecesse esse Deus a que modelassem em sua mente fazendo-o crer que um pedaço de argila estava dotado de poder.

– Você disse ao Ili?

– Não. Por que haveria de fazê-lo? Você permite, pai?

– Sim. Escreva tudo o que Abrão lhe contar.

– Guardarei as tábuas comigo.

– Você não prefere levá-las à casa das tábuas?

– Não, pai, Ili não entenderia o que Abrão vai me contar.

– Você tem certeza? – perguntou-lhe, brincando, seu pai. – Ili é inteligente, embora tenha pouca paciência para ensinar. Não se esqueça disso, Shamas, e respeite-o.

– Eu o respeito, pai. Mas Abrão me disse que é ele quem decide a quem e como fala de Deus.

– Faça o que Abrão lhe disse.

– Obrigado, pai. Pedirei à mamãe que guarde as tábuas e não permita que ninguém mexa nelas.

O menino saiu de casa aos pulos para procurar a mãe. Depois iria atrás da argila no pequeno depósito onde seu pai fazia suas próprias tábuas. Estava ansioso para começar. No dia seguinte, encontraria-se com Abrão. Este saía com as cabras antes mesmo do alvorecer, porque, como havia lhe explicado, era a melhor hora para pensar.

Para Shamas era difícil madrugar, mas não se importava de levantar cedo se fosse para ouvir Abrão.

O menino sentia-se impaciente para começar, pois estava convencido de que seu tio iria lhe revelar grandes segredos. Havia noites em que não conseguia conciliar o sono perguntando-se de onde saíra o primeiro homem e a primeira mulher, a primeira galinha, o primeiro touro, quem havia revelado o segredo do pão, e como os escribas haviam descoberto a magia dos números.

Desesperava-se tentando encontrar respostas até que adormecia exausto, mas em desassossego por não ser capaz de encontrá-las.

Os homens esperavam cheios de expectativas sentados à porta da casa de Taré. O ancião os havia convocado. Na verdade, era Abrão quem queria dirigir-se aos pais de família, mas o chefe da tribo era seu pai, Taré, e ele lhe havia pedido para chamar os homens.

– Devemos sair de Ur – disse-lhes Taré. – Meu filho Abraão lhes explicará os motivos. Venha, Nacor, sente-se a meu lado enquanto seu irmão fala.

Os murmúrios foram se calando enquanto Abrão, em pé, examinava um a um. Depois, com uma voz não desprovida de emoção, anunciou que Taré os conduziria até Canaã, uma terra abençoada por Deus, onde se assentariam e nasceriam seus filhos e os filhos de seus filhos. Convidou-os a se preparar para partir quando estivessem dispostos.

Taré respondeu às inquietações dos homens e seu filho Nacor fez uma demonstração de desagrado diante de todos eles. Abandonar a terra de Ur não lhes seria fácil. Ali haviam nascido seus pais e os pais de seus pais. Ali pastavam seus rebanhos e tinham seus afazeres. Canaã parecia-lhes muito distante; apesar disso, todos foram arrebatados pela esperança de uma vida melhor em uma terra prenhe de frutos, com pastos abundantes e rios caudalosos para mitigar a sede.

Em Ur, lutavam contra o deserto cavando canais com a finalidade de desviar as águas do Eufrates e poder regar a terra para que lhes desse o trigo com que amassar o pão. Sua existência não era prazerosa, por mais que na tribo de Taré alguns de seus homens fossem escribas e contassem com a proteção do templo e do palácio. Havia, também, entre eles bons artesãos e dispunham de rebanhos abundantes. As cabras e as ovelhas forneciam-lhes leite e carne, mas mesmo assim passavam boa parte da vida olhando o céu, esperando que os deuses lhes trouxessem uma chuva que empapasse o solo e enchesse os açudes.

Reuniriam todos os pertences e, conduzindo seus rebanhos, empreenderiam a viagem seguindo o curso do Eufrates até o norte. Levariam dias preparando-se e despedindo-se de outros familiares e amigos. Nem todos poderiam viajar: os enfermos e os anciões que mal podiam caminhar ficariam sob os cuidados de outros membros mais jovens da família, os quais algum dia seriam chamados a Canaã, mas, até lá, ficariam em Ur. Cada família devia decidir quem empreenderia a viagem e quem ficaria.

Yadin, o pai de Shamas, reuniu a esposa, os filhos e as esposas destes, seus tios diretos e os filhos de seus tios, os quais acudiram também com seus filhos; assim, todos os membros mais diretos de sua família juntaram-se ao amanhecer em sua casa, onde se protegeram do frio atrás dos muros de adobe.

– Acompanharemos Taré até a terra de Canaã. Alguns de vocês ficarão aqui, cuidando dos que deixarmos; os enfermos também ficarão sob sua proteção. Você, Josen, será o chefe da família na minha ausência.

Josen, o irmão mais novo de Yadin, sentiu-se aliviado. Não queria ir embora: vivia no templo, onde tinha a responsabilidade de redigir cartas e contratos comerciais, e não ambicionava mais do que continuar descobrindo o mistério encerrado nos números e nos astros.

– Nosso pai – continuou dizendo Yadin – está muito velho e não pode nos acompanhar. Suas pernas mal o sustentam em pé, e há dias em que seu olhar perde-se no horizonte e não consegue articular palavra. Você, Josen, tomará as providências para que nada lhe falte; e, das nossas irmãs, ficará Jamisal, que, por estar viúva e não ter filhos, poderá cuidar de nosso pai.

Shamas ouvia fascinado as determinações de seu pai. Sentia cócegas na barriga, fruto da impaciência. Se fosse por ele, já teria iniciado a viagem à procura dessa terra de que falava Abrão. De repente, sentiu uma fisgada de preocupação: se partissem, não poderia escrever a história do mundo que Abrão prometera lhe contar.

– Quanto tempo levaremos para chegar?

A pergunta do menino surpreendeu Yadin, porque era uma ousadia que uma criança se atrevesse a interromper os mais velhos. O olhar severo do pai fez o menino enrubescer; baixou os olhos e, murmurando uma desculpa, ficou olhando para o chão.

No entanto, Yadin respondeu à inquietude de Shamas.

– Não sei quanto tempo levaremos para chegar a Canaã nem se precisaremos passar algum tempo em algum outro lugar. Quem sabe o que acontece quando se inicia uma viagem? Preparem-se para quando Taré der o sinal de partida.

Shamas viu recortada no horizonte a figura ereta de Abrão e correu até ele. Estava havia dois dias tentando encontrar seu tio e agora uma oportunidade se apresentava.

Abrão sorriu ao ver Shamas correndo, com o rosto esfogueado devido ao calor e ao esforço. Cravou o cajado em que se apoiava e aguardou que o pequeno chegasse até ele, enquanto procurava com o olhar alguma árvore onde pudesse refugiar-se dos últimos raios de sol.

– Descanse – disse a Shamas. – Venha, vamos nos sentar ao lado daquela figueira, perto do poço.

– Quando o senhor vai começar a me contar a história do mundo?

– Ah, é isso que o preocupa!

– Se formos embora, não vamos poder cozinhar argila para fazer as tábuas... Meu pai não me deixará levar mais do que o necessário.

– Shamas, você escreverá a história da Criação porque o Senhor gosta de você. Por isso, você não deve se preocupar. Ele decidirá como e quando.

O menino não pôde esconder uma careta de decepção. Não queria esperar, sentia necessidade de escrever aquela história, de compreender por que Ele decidira se complicar criando o mundo, porque, por mais que desse voltas na cabeça, não entendia para que o havia feito, a não ser que estivesse entediado e quisesse fazer com os homens as mesmas brincadeiras que suas irmãs faziam com contas e bonecas. Mas, apesar de seu intenso desejo, tinha de fazer uma confissão a Abrão.

– Ili vai com a gente?

– Não.

– Vou sentir sua falta. Às vezes penso que tem razão de ficar chateado comigo, porque não presto atenção em suas explicações e...

O menino ficou na dúvida. Não sabia se devia continuar falando. Abrão não lhe perguntou e ficou esperando que o pequeno se decidisse.

– Sou quem pior escreve na escola, minhas tábuas de exercícios têm erros... Hoje me enganei no exercício de cálculo... Prometi a meu pai e a Ili que vou melhorar, que nunca mais terão de chamar minha atenção, mas o senhor deve saber disso, porque talvez queira que seja outro o que escreva a história do mundo, alguém que não cometa erros com a ponta do cálamo...

Shamas calou-se, esperando a sentença de Abrão. O menino, nervoso, mordia o lábio, arrependido de não ser um estudante melhor. Ili reprovava-o por perder tempo especulando e fazendo perguntas absurdas. Queixara-se a seu pai e este o repreendera, mas o pior foi ter dito que estava decepcionado. Agora temia a decepção de Abrão e que este colocasse um ponto final em seu sonho de escrever a história do mundo.

– Você não se esforça suficientemente na escola.

– Não – respondeu o menino, temeroso.

– E mesmo assim ainda acha que se eu lhe contar a história da Criação você a escreverá sem erros?

– Sim, sim, pelo menos tentarei. Tenho pensado que é melhor que o senhor vá me contando pouco a pouco e depois, em casa, eu irei escrevendo bem devagar, manuseando o cálamo com cuidado. A cada dia mostrarei o que escrevi e, se estiver indo bem, o senhor continuará me contando a história...

Abrão olhou seriamente para ele. Pouco lhe importava que a impaciência do menino o levasse a cometer erros sobre as tábuas ou que sua mente especulativa o levasse a fazer perguntas que Ili, o mestre, não sabia responder, ou que a ânsia de liberdade de Shamas o levasse a não prestar atenção nas explicações do escriba.

Shamas tinha outras virtudes, e a principal era a de ser capaz de pensar. Quando fazia uma pergunta, esperava por uma resposta lógica, não se conformava com as respostas que os mais velhos costumam dar às perguntas feitas pelas crianças.

Os olhos de Shamas brilhavam com intensidade, e Abrão pensou que entre todas as pessoas que faziam parte da tribo aquele menino era a que melhor compreendia os desígnios de Deus.

– Eu vou lhe contar a história da Criação. Começarei pelo dia em que Ele decidiu separar a luz das trevas. Mas agora volte para casa. Eu o avisarei quando chegar o momento.

3

Lá fora fazia um calor infernal; àquela hora, em Sevilha, o termômetro estava marcando quarenta graus. O homem passou a mão pela cabeça, na qual não restava um único fio de cabelo. Seus olhos azuis, fundidos nas órbitas, mas com o brilho duro do aço, estavam cravados na tela do computador. Apesar de seus mais de oitenta anos, era apaixonado pela internet.

O telefone assustou-o.

– Enrique, Robert Brown acaba de me ligar. Aconteceu o que nós temíamos: a menina falou no congresso de Roma.

– E contou...

– Sim...

– Você falou com o Frank?

– Há um minuto.

– George, o que vamos fazer?

– O que havíamos previsto. Alfred está avisado.

– Você já começou a tocar o plano?

– Sim.

– Robert saberá como fazer?

– Robert? É esperto, como você sabe, e é muito obediente. Faz o que eu mando e não pergunta nada.

– Quando éramos crianças, era você quem manejava melhor os fios das marionetes que nos davam de presente no Natal.

– Manejar os fios dos homens é um pouco mais complicado.

– Não para você. Em todo caso, chegou o momento de colocar um ponto final nessa história. E Alfred? Não voltou a entrar em contato com você?

– Não, não entrou.

– Deveríamos falar com ele.

– Falaremos, mas é inútil; quer continuar fazendo seu próprio jogo e isso nós não poderemos permitir. Agora nosso único remédio é seguir de perto a neta. Não podemos permitir que fique com o que é nosso.

– Você está certo, mas não gosto da idéia de nos confrontarmos com o Alfred. Deve haver algum modo de fazê-lo voltar à razão.

– Depois desses anos todos resolveu jogar sozinho! O que está propondo é uma traição.

– Devemos falar com ele. Vamos tentar.

Acabara de desligar o telefone quando o ruído de passos apressados o colocaram em estado de alerta. Como um furacão, entrou no quarto um jovem alto, magro e bem-apessoado, vestindo roupas de montar.

– Olá, meu avô, estou suando.

– Estou vendo. Não me parece muito inteligente você ter saído para montar com este calor.

– Álvaro me convidou para ver os bezerros que comprou.

– Você não estava espicaçando touros, não é verdade?

– Não, vovô, prometi-lhe que não o faria.

– Como se você cumprisse suas promessas... Onde está seu pai?

– No escritório.

– Você vai me deixar trabalhar?

– Mas, vovô, você não tem mais idade para trabalhar! Largue o que está fazendo e vamos almoçar no clube.

– Você sabe que me aborreço com as pessoas do clube.

– Na verdade, tudo em Sevilha o aborrece. Você não vai a lugar algum. Vovó tem razão: você é um chato.

– Vovó sempre tem razão. Sou um chato, mas toda esta gente me deixa aturdido.

– Isso é por causa de sua educação britânica.

– Talvez seja mesmo por isso, mas agora me deixe. Preciso pensar. Onde está sua irmã?

– Viajou para Marbelha. Foi convidada para ficar na casa dos Kholl.

– E nem me disse até logo... Vocês ficam a cada dia mais mal-educados.

– Espere aí, vovô, não seja tão antiquado! Além do mais, Elena não gosta de estar aqui, no campo. Só você, papai e eu gostamos da fazenda, mas nem vovó nem mamãe nem Elena gostam. Ficam asfixiadas no meio de tantos touros e cavalos. Bem, você vem para o clube ou não?

– Não. Vou ficar aqui. Não tenho vontade de sair com todo esse calor.

Quando o ancião ficou sozinho, sorriu consigo mesmo. Seu neto era um bom garoto, menos apalermado do que a irmã. Na verdade, a única coisa que reprovava neles é que ambos gostavam muito de ter uma vida social intensa. Ele sempre procurara se relacionar pouco. Sua mulher, Rocío, havia sido uma bênção. Tinham se conhecido naquelas circunstâncias... Apaixonaram-se e ela se empenhou em casar. No princípio, o pai dela se opôs, mas depois entendeu que era inevitável e, afinal de contas, ele tinha bons avais. E desta maneira se casou com a filha de um delegado provincial do regime de Franco que enriquecera depois da guerra graças ao mercado negro. Seu sogro envolveu-o no negócio, embora mais tarde tenha se dedicado a importação e exportação e se tornado um homem muito rico. Mas Enrique Gómez Thomson sempre procurara ser discreto e não chamar a atenção além do imprescindível. A sua era uma digna família sevilhana, bem relacionada, respeitada, que jamais havia dado corda a falatórios nem escândalos.

Sempre seria grato à mulher. Sem ela, não teria conseguido ir adiante.

Pensou em Frank e em George. Eles também haviam tido sorte, embora, na realidade, ninguém lhes tenha dado nada de presente. Simplesmente, haviam sido mais espertos do que os demais.

***

Robert Brown deu um soco na mesa e sentiu uma dor aguda na mão. Estava havia mais de uma hora ao telefone. Primeiro, havia recebido um telefonema de Ralph, para contar a história da intervenção de Clara, o que havia lhe provocado uma forte dor de estômago. Depois, fora obrigado a informar a seu mentor, George Wagner, que o havia criticado por não ter sido capaz de evitar a intervenção da garota.

Clara era cheia de caprichos, sempre havia sido. Como era possível que Alfred tivesse uma neta daquelas? Helmut era diferente. O rapaz nunca deu nenhum desgosto a Alfred. Era lamentável que tivesse morrido tão cedo.

O filho de Alfred era um homem inteligente; jamais havia sido indiscreto; seu pai ensinou-lhe a ser invisível e o rapaz aprendera a lição, mas Clara... Clara comportava-se como uma menina mimada. Alfred havia lhe permitido o que não permitira a Helmut. Babava com a neta mestiça.

Helmut havia se casado com uma iraquiana de cabelos negros e pele de marfim. Alfred aprovara o casamento, que a ele parecia vantajoso porque, dizia, seu filho passaria a fazer parte de uma antiga família iraquiana. Uma família influente e rica, muito rica, com amigos poderosos em Bagdá, na cidade do Cairo, em Amã, e assim seriam respeitados e levados em conta onde quer que estivessem. E depois, Ibrahim, o pai de Nur, a esposa de Helmut, era um homem culto e refinado.

Pensou em Nur. Nunca se destacara em nada, exceto por sua beleza, e Helmut parecia fascinado por ela. Embora, pensando melhor, aquela mulher fosse mais inteligente do que parecia. Com as muçulmanas, nunca se sabe a que se ater.

Alfred havia perdido o filho e a nora quando Clara era adolescente e criara mal sua neta. Robert nunca gostara de Clara. Deixava-o nervoso chamando-o de tio Robert, aborrecia-o sua segurança, que beirava a insolência, e, além do mais, ficava aborrecido com a lengalenga estúpida com a qual o martirizava cada vez que se encontravam.

Quando Alfred enviou-a aos Estados Unidos, pedindo-lhe que cuidasse dela, não podia imaginar quão cansativa seria a responsabilidade, mesmo tendo procurado mantê-la o mais distante possível de Washington. Mas ele não podia contrariar Alfred; afinal, era seu sócio e um amigo muito especial de seu mentor, George Wagner. Por isso matriculou-a na Universidade da Califórnia. Afortunadamente, havia se apaixonado pelo tal de Ahmed, um homem inteligente com o qual se podia lidar. Casá-la com Ahmed Huseini fora um acerto. Com Huseini era possível fazer negócios. Alfred e ele haviam se entendido muito bem com Ahmed; o problema era Clara.

O diálogo que acabara de manter com Ralph Barry havia azedado seu dia; provocou-lhe uma forte dor de cabeça exatamente na hora em que tinha de almoçar com o vice-presidente e um grupo de amigos, todos homens de negócios interessados em conhecer a data em que o Iraque seria bombardeado. Mas a conversa que acabara de ter com seu mentor havia sido ainda pior. O homem o havia instado a tomar as rédeas da situação e, se não houvesse mais remédio, que até mesmo ajudasse o casal. Já que fora revelada a existência da *Bíblia de Barro*, não podiam permitir que Alfred e sua neta ficassem com ela. As ordens haviam sido taxativas: apoderar-se da *Bíblia de Barro*, se aparecesse, é claro.

– Smith, ligue de novo para Ralph Barry.

– Sim, Sr. Brown. Acaba de ligar a assistente do senador Miller a fim de confirmar se o senhor participará do piquenique que a esposa do senador organizou para este final de semana.

"Outra estúpida", pensou Brown. "Todos os anos ela organiza a mesma farsa: uma festa campestre em sua chácara de Vermont, onde nos obriga a beber limonada encolhidos sobre mantas de caxemira estendidas no chão." Mas Brown sabia que teria de ir; Frank Miller era mais do que um senador: era um texano com interesses no ramo petrolífero. Ao maldito piquenique compareceriam os secretários de Defesa e de Justiça, o secretário de Estado, a conselheira de Segurança Nacional, o diretor da CIA... E também seu mentor. Era a ocasião ideal para falar a sós sem que ninguém lhes prestasse atenção, precisamente porque o fariam diante de centenas de olhos. O pior era o número de ficarem todos estirados no chão comendo salgadinhos e fingindo que se sentiam extremamente bem. A cada setembro o famoso piquenique transformava-se em um verdadeiro pesadelo para ele.

O telefone e a voz de Ralph Barry afastaram-no de seus pensamentos.

– Diga, Robert...

– Ralph, alguém relaciona a Sra. Tannenberg com a gente?

– Não, em absoluto. Eu já lhe disse para não se preocupar. Apesar dos protestos de alguns professores, era difícil impedir que participassem. Ahmed Huseini trabalhou durante anos com muitos arqueólogos. Não era possível escavar no Iraque sem sua autorização.

– Bem, melhor assim, mas você devia ter impedido.

– Robert, não era possível. Ninguém podia evitar que se inscrevesse no painel sobre a Mesopotâmia e muito menos que tentasse intervir. Não houve jeito de convencê-la. Ela me garantiu que tinha o consentimento do avô e que isso devia ser suficiente para você.

– Alfred está ficando gagá.

– Pode ser; em todo caso, a neta está obcecada pela *Bíblia de Barro*... Fale a verdade: você acha que ela existe?

– Sim, mas ela não deveria ter revelado sua existência. Agora não. No final, a encontraremos e será nossa.

– Mas como?

– Não teremos outra alternativa a não ser ajudá-los a encontrá-la, e quando a encontrarem... Tendo em vista o que aconteceu, só nos resta mudar de plano. Serão capazes de formar um grupo de arqueólogos para planejar a escavação? Teremos de dar um jeito para que encontrem fontes de financiamento. Teremos de pensar em alguma coisa.

– Robert, a situação no Iraque não é propícia à realização de escavações. Todos os governos europeus, e também o nosso, aconselham a não viajar para a região. Seria um suicídio ir para lá agora. Deveríamos esperar.

– Eu estou ouvindo você direito, Ralph? Saiba que este é o melhor momento para ir ao Iraque. Estaremos lá, mas faremos tudo à minha maneira. O Iraque virou a terra das oportunidades. Só um ingênuo não saberia ver isso.

– O professor Yves Picot é o único que parece interessado na história de Clara. Ele me disse que gostaria de conversar com Ahmed. O que devo fazer?

– Que conversem, então. Confio em Ahmed. Ele sabe o que deve fazer, mas antes peça-lhe que mande a mulher para Bagdá ou para o inferno, mas que parta antes de acabar com todos nós.

Ralph riu entre os dentes. A misoginia de Robert Brown era quase doentia. Aborrecia-se com as mulheres, quase adoecia em contato com elas. Era um solteirão empedernido, que, pelo que se sabia, não tinha relações sentimentais de nenhum tipo. Tinha dificuldades até de ser amável com as esposas de seus amigos. Não tinha nem mesmo uma secretária, como todo mundo; Smith era um sexagenário poliglota e esticado que levara toda a sua vida ao lado de Robert Brown.

– Certo, Robert. Verei o que posso fazer para que Clara regresse a Bagdá. Falarei com Ahmed. Mas ela não é uma mulher fácil. É orgulhosa e teimosa.

"Como seu pai e seu avô", pensou Brown, "mas sem sua inteligência".

***

O assessor do presidente gostava da cozinha espanhola, e por isso o havia convidado para almoçar perto do Capitólio em um restaurante espanhol.

Robert Brown chegou primeiro. Era sempre radicalmente pontual. Odiava se fazer esperar e que o fizessem esperar. Esperava que o assessor presidencial não tivesse sido atrasado por alguma emergência de última hora.

Pouco a pouco foram chegando os comensais: Dick Garby, John Nelly e Edward Fox. O homem da Casa Branca foi o último a chegar e mal conseguia dissimular um humor de cão.

Explicou-lhes que as negociações com os europeus para que o conselho de Segurança das Nações Unidas concordasse com a ação militar contra o Iraque estavam ficando complicadas.

– Há estúpidos em toda parte. Os franceses estão na deles, como sempre; acham que ainda são alguma coisa e são uma merda. A atitude dos alemães é uma traição; a Alemanha tem a obrigação moral de nos apoiar, mas esse governo vermelho-verde está mais preocupado em conseguir aplausos da imprensa livre do que em cumprir seus compromissos.

– Mas sempre poderemos contar com o Reino Unido – disse, em tom professoral, Dick Garby.

– Sim, mas isso não é suficiente – respondeu, com gesto grave, o assessor de Bush. – Temos também os italianos, espanhóis, portugueses, poloneses e não sei mais quantos países, mas eles não contam; fazem volume, mas não contam. Os mexicanos também estão contra a gente e os russos e chineses esfregam as mãos vendo nossas dificuldades.

– Quando vamos atacar? – perguntou, diretamente, Robert Brown.

– Os preparativos estão em marcha. Quando os meninos do Pentágono nos disserem que estão prontos, bombardearemos o Iraque de verdade. Calculo que no máximo em cinco ou seis meses. Estamos em setembro, podemos calcular que lá pela primavera. Vocês serão avisados.

– Teríamos de começar a organizar o comitê para a reconstrução do Iraque – disse Edward Fox.

– Sim, já estamos pensando nisso. Em três ou quatro dias vocês serão contatados. O bolo é grande, mas é preciso estar entre os primeiros para aproveitar os melhores pedaços – respondeu o vice-presidente. – Mas digam-me o que vocês querem, e aí iremos adiantando as coisas.

Enquanto degustavam o bacalhau ao *pil-pil*, um prato típico do norte da Espanha, os quatro homens assentavam as bases dos negócios que fariam futuramente no Iraque. Todos tinham interesses em empresas de construção, petróleo, bens de produção; era muito o que seria destruído e muito o que depois seria necessário levantar...

O almoço foi proveitoso para os quatro. Voltariam a se encontrar no fim de semana no piquenique dos Miller. Lá continuariam conversando, sempre que suas esposas permitissem.

Robert Brown voltou para a fundação, situada em um edifício de vidro e aço não muito distante da Casa Branca. A vista era agradável, mas ele nunca conseguira gostar completamente de Washington. Preferia Nova York, onde a instituição mantinha um pequeno edifício localizado no Village. Era um casarão do final do século XVIII, construído por um imigrante alemão que enriquecera vendendo telas que importava da Europa. Foi a primeira sede da fundação, e, embora não tivesse nenhuma utilidade, nunca quiseram desfazer-se dela. Quando estava em Nova York, marcava os encontros importantes no escritório de sua residência, um esplêndido duplex debruçado sobre o Central Park. Havia reformado a parte de baixo para poder trabalhar e no andar de cima construíra um salão, além do dormitório.

Ralph Barry também gostava do casarão do Village; ele sim trabalhava ali quando tinha de ir a Nova York. Essa também era uma desculpa que Brown se dava para não descartar a casa. Afinal, Barry era seu braço direito, o motor da fundação.

– Smith, quero falar com Paul Dukais. Agora.

Menos de um minuto depois estava ouvindo a voz roufenha de Dukais ao telefone.

– Paul, meu amigo, gostaria muito de jantar com você.

– Claro, Robert, vamos marcar uma data.

– Hoje à noite.

– Hum! Impossível. Minha mulher está me levando à ópera. Terá de ser amanhã.

– Não nos resta muito tempo, Paul. Estamos prestes a iniciar uma guerra. Livre-se da ópera.

– Com guerra ou sem ela, tenho de ir à ópera. Para poder fazer a guerra, preciso de paz no *front* doméstico, e Doris queixa-se de que não a acompanho aos acontecimentos sociais que, segundo ela, nos dão respeitabilidade. Robert, eu prometi a ela e à minha filha, e por isso, mesmo que declaremos a Terceira Guerra Mundial hoje à noite, serei obrigado a ir à ópera. Poderemos jantar amanhã.

– Não, vamos deixar o jantar de lado. Precisamos nos ver na primeira hora. Eu o convido a tomar o café da manhã em minha casa. É melhor do que ir ao meu escritório ou ao seu. O que você acha de sete da manhã?

– Robert, não exagere. Estarei em sua casa às oito.

Brown trancou-se em seu escritório. Às sete e meia, Smith bateu suavemente na porta.

– Ainda precisa de mim, Sr. Brown?

– Não, Smith, pode ir. A gente se vê amanhã.

Trabalhou mais um pouco. Havia elaborado um plano minucioso do que faria nos próximos meses. A guerra estava a ponto de começar e ele queria ter tudo previsto.

***

Quando passava pela porta do palácio de Congressos, Ralph Barry cruzou com um homem jovem, de cabelos castanhos, magro e nervoso, que discutia com um agente de segurança, insistindo que o deixassem entrar.

A atenção de Barry foi despertada pela insistência do jovem. Não, não era arqueólogo, nem jornalista, nem historiador; negava-se, categoricamente, a dizer quem era, mas insistia em entrar. Nesse momento, chegou o táxi que havia pedido, e assim ficou sem saber como terminara a batalha dialética entre o guarda e o jovem.

O som iluminava o obelisco da Piazza del Popolo. Ralph Barry e Ahmed Huseini estavam almoçando juntos no La Bolognesa. Como sempre, o restaurante estava repleto de turistas. Eles dois também o eram.

– Explique-me a situação exata do lugar onde estão os restos do edifício. O senhor Brown insistiu para que você me dê todas as coordenadas. Quero saber, também, de que recursos precisam para agir sozinhos. Não podemos intervir. Seria um escândalo. Uma fundação norte-americana não pode investir um dólar em uma escavação no Iraque. Outra coisa: você pode controlar sua esposa, Clara? Ela é... Perdoe-me o adjetivo, mas ela é muito indiscreta.

Ahmed sentiu-se incomodado pela menção a Clara. Nisso sim, era um perfeito iraquiano. No Iraque não se falava de mulheres, e muito menos das mulheres de outro.

– Clara tem orgulho do avô.

– É muito louvável, mas o melhor serviço que pode lhe prestar é não colocá-lo em evidência. Alfred Tannenberg baseou seu sucesso nos negócios na discrição. Você sabe muito bem como sempre foi consciencioso a esse respeito. Por isso, não entendemos por que veio para anunciar neste momento a existência da *Bíblia de Barro*. Dentro de alguns meses, quando os Estados Unidos tiverem se acertado com o Iraque, poderíamos organizar uma missão para escavar. Talvez se você pedisse a Alfred para falar com Clara, para lhe explicar algumas coisas...

– Alfred está doente. Não vou aborrecê-lo relacionando seus males; tem 85 anos e encontraram um tumor em seu fígado. Não sabemos quanto tempo viverá; por sorte, a cabeça ainda está funcionando perfeitamente. Seu gênio continua a ser o de mil demônios, e cuida de tudo, não solta as rédeas do negócio. Quanto a Clara, é sua menina, e nada do que ela faça ou diga lhe parece ruim. Ele decidiu que era o momento de trazer à luz a *Bíblia de Barro*. Sei que é a primeira vez que George Wagner e Robert Brown discordam dele, mas você o conhece: é praticamente impossível lutar contra sua vontade. Ah, Ralph, esqueça que a presença norte-americana no Iraque vai ser um passeio militar. A invasão não servirá para nada.

– Não seja pessimista. Você logo verá como as coisas mudarão. Saddam é um problema para todos. E não acontecerá nada com vocês; o Sr. Brown tomará todas as providências para que possam voltar aos Estados Unidos. Fale com Alfred.

– Seria inútil. Por que o Sr. Wagner ou o Sr. Brown não fazem isso? É mais provável que Tannenberg dê ouvido a eles.

– O Sr. Brown não pode falar com o Iraque. Você sabe que as comunicações estão sob intervenção, que qualquer telefonema para o Iraque é grampeado. Quanto a George Wagner... É Deus, e eu não faço parte de sua corte celestial. Sou um simples empregado da fundação.

– Então não se preocupe com Clara. Ela não representa nenhum problema no Iraque. Eu vou lhe dizer quais são nossas necessidades, mas me pergunto se será possível começar a escavar com meu país sofrendo um bloqueio. A última das preocupações de Saddam é encontrar outras tábuas cuneiformes. Pode ser que não consigamos encontrar gente para trabalhar, e aqueles que encontrarmos terão de ser pagos diariamente.

– Diga-me quanto; eu procurarei levantar.

– Você sabe que nosso problema não é o dinheiro, mas os recursos. Precisamos de mais arqueólogos; Alfred pode comprar os equipamentos e o material, mas os especialistas estão na Europa, nos Estados Unidos. Meu país está quebrado; mal conseguimos conservar, a duras penas, o patrimônio de nossos museus.

– Alfred não deve financiar esta missão, pelo menos diretamente. Chamaria muito a atenção. Há milhares de olhos no Iraque, por isso seria mais prático encontrar financiamento no exterior, em alguma universidade européia. O professor Yves Picot está interessado em falar com você. É alsaciano, um homem muito especial. Deu aulas em Oxford e...

– Sei quem é Picot; não é, veja bem, meu arqueólogo preferido. É muito heterodoxo, e as más línguas dizem que foi convidado a abandonar Oxford devido a uma relação sentimental com uma aluna, uma coisa que é taxativamente proibida na instituição. É um homem que não respeita as normas.

– Você não vai me dizer, nessas circunstâncias, que está preocupado com as normas. Picot conta com um grupo de antigos alunos que o adoram. É rico. Seu pai tem um banco nas ilhas do Canal; na verdade, pertencia à família da mãe de Picot, e ali trabalha toda a família, menos ele. É um sujeito insuportável, pedante, despótico. Eu diria que é um arqueólogo que tem sorte: a sorte de ter contado com uma família endinheirada. Sei, sei perfeitamente que não é uma raridade, mas é a única pessoa que se interessou pelas tábuas encontradas por Alfred. Você resolve se quer ou não falar com ele. Picot é o único arqueólogo suficientemente louco para ir fazer escavações no Iraque.

– Falarei com ele, mas a opção não me agrada.

– Ahmed, você não tem nenhuma outra opção. Sinto ter de dizê-lo dessa maneira. Robert quer que você leve uma carta dele a Alfred. Ela será enviada amanhã. Uma pessoa chegará de Washington com ela. Será entregue a mim e eu a passarei a você. Você já sabe que os dois sempre preferiram se comunicar por meio de correspondências pessoais. Desta vez, pegaremos a resposta de Alfred em Amã, e não na cidade do Cairo.

– Quer saber de uma coisa? Eu também fico me perguntando por que exatamente agora Alfred resolveu tornar pública a existência dessas tábuas e por que o Sr. Brown, depois de ter ficado tão zangado, resolveu nos ajudar.

– Sabe, Ahmed? Eu também não sei, mas eles nunca se equivocam.

4

– Coma, Mercedes.

– Não tenho fome, Carlo.

– Pois faça um esforço e coma – insistiu ele.

– Estou farta desta espera. Deveríamos fazer alguma coisa! – exclamou Mercedes, contrariada.

– Você nunca deixará de ser impaciente – sentenciou Hans Hausser.

– Não acredite nisso. O passar do tempo obrigou-me a controlar minha impaciência. As pessoas que trabalham comigo lhe diriam que sou impassível – respondeu Mercedes.

– Eles não a conhecem – disse, rindo, Bruno Müller.

Os quatro amigos jantavam na casa de Carlo Cipriani. Esperavam que o presidente da agência Investigações e Seguros enviasse-lhes um dossiê contendo as últimas novidades. A qualquer momento ouviriam a campainha da porta e, alguns segundos mais tarde, a governanta de Carlo entraria na sala de jantar para entregar-lhes um envelope de papel pardo semelhante àquele que havia chegado pela manhã. Fazia uma hora que o envelope deveria ter chegado, e Mercedes estava intranqüila.

– Carlo, ligue para ele. Deve ter acontecido alguma coisa.

– Mercedes, não aconteceu nada, simplesmente ele precisa relatar por escrito todo o trabalho do dia e isso leva seu tempo, e meu amigo vai querer passar os olhos antes de enviá-lo a nós.

Finalmente ouviram o toque distante da campainha e alguns passos se aproximando da sala de jantar.

– Ela não está vindo sozinha! – garantiu Mercedes.

Os três homens olharam para ela, achando estranho. Dois segundos depois, a governanta abria a porta da sala de jantar e fazia um homem entrar. O presidente da Investigações e Seguros trazia na mão o envelope de cor parda.

– Carlo, desculpe-me pelo atraso, imagino que vocês estejam impacientes.

– Pois sim – respondeu Mercedes –, estávamos. Prazer em conhecê-lo.

Mercedes Barreda estendeu a mão para Luca Marini, presidente da Investigações e Seguros, um sessentão bem conservado, elegantemente vestido e com uma tatuagem no punho, discretamente escondida por um relógio de ouro e aço.

"O terno está um pouco apertado", pensou Mercedes. "Este sujeito é daqueles que acham que se vestirem um número menor parecerão menos gordos. Tem pneuzinhos."

– Sente-se, Luca. Você já jantou? – perguntou, solícito, Carlo Cipriani.

– Não, não jantei. Estou vindo do escritório. Sim, aceitarei algo, mas, sobretudo, me cairia bem uma bebida.

– Muito bem, você vai jantar conosco. Apresento-lhe meus amigos, o professor Hausser e o professor Müller. Mercedes já tomou a iniciativa de se apresentar.

– Sr. Müller, suponho que esteja acostumado que lhe digam, mas sou um grande admirador seu – disse Marini.

– Obrigado – sussurrou Müller, incomodado.

A governanta colocou um prato e talhares na mesa e ofereceu a Luca Marini uma travessa com canelones. Ele se serviu generosamente, não levando em conta a impaciência de Mercedes, que o olhava furiosamente por ter-se sentado para jantar em vez de informá-los a respeito do conteúdo do envelope pardo.

Mercedes resolveu que não gostava de Marini. Na verdade, não gostava de ninguém que fosse lerdo, e o presidente da Investigações e Seguros o era. Parecia-lhe o cúmulo da desconsideração que estivesse envolvido com canelones enquanto eles esperavam.

Carlo Cipriani exibiu uma estranha paciência. Esperou que o amigo terminasse de jantar falando de temas genéricos: a situação no Oriente Próximo, a luta no Parlamento entre Berlusconi e a esquerda... O tempo.

Quando Luca Marini terminou a sobremesa, Carlo sugeriu que fossem beber alguma coisa em seu escritório, onde poderiam conversar com tranqüilidade.

– Queremos ouvi-lo – apressou-o Carlo.

– Bem, a garota não foi hoje ao congresso.

– Que garota? – perguntou Mercedes, irritada com o tom entre machista e paternalista adotado por Marini.

– Clara Tannenberg – respondeu Marini, também irritado.

– Ah, a Sra. Tannenberg! – exclamou Mercedes, com ironia.

– Sim, hoje a Sra. Tannenberg preferiu ir às compras. Gastou mais de quatro mil euros entre a Via Condotti e a Via de la Croce. É uma consumidora compulsiva. Almoçou sozinha no café Il Greco. Um sanduíche, um doce e um *cappuccino*. Depois, foi ao Vaticano e ficou no museu até fechar. Quando eu estava vindo para cá, me avisaram que acabara de entrar no Excelsior. E se não voltaram a me ligar é porque ainda não saiu de lá.

– E o marido? – perguntou o professor Hausser.

– O marido saiu tarde do hotel e passeou sem rumo por Roma até as duas, quando foi almoçar no La Bolognesa com Ralph Barry, o diretor da fundação Mundo Antigo, um homem influente no mundo da arqueologia. Barry foi professor em Harvard e é respeitado em todos os círculos acadêmicos. Embora este congresso tenha sido realizado sob os auspícios da Unesco, a fundação Mundo Antigo, junto com outras fundações e empresas, responsabilizou-se pelas despesas.

– E por que o Sr. Barry e o Sr. Ahmed almoçaram juntos? – quis saber Bruno Müller.

– Dois de meus homens conseguiram sentar perto deles e captaram alguns detalhes da conversa. O Sr. Barry parecia desolado com o comportamento de Clara Tannenberg, e o marido estava irritado. Falaram de um tal de Yves Picot, um dos professores que participaram do congresso, que, aparentemente, poderia estar interessado nas tábuas mencionadas no informe da manhã. Mas parece que Ahmed Huseini não confia muito em Picot. Vocês encontrarão no envelope um currículo do personagem e informações sobre algumas de suas andanças. É um sujeito mulherengo e bastante briguento.

"Ahmed Huseini garantiu ao Sr. Barry que não tem problemas de dinheiro. O que lhe faltam são arqueólogos, gente preparada para trabalhar. E o mais interessante: Ralph Barry informou a Huseini que amanhã ou depois lhe entregará uma carta de Robert Brown, presidente da fundação Mundo Antigo, para que a leve a um homem, um tal de Alfred, que parece ser avô da menina, e..."

– É ele – gritou Mercedes –, o pegamos!

– Acalme-se, Mercedes, e deixe o Sr. Martini terminar. Conversaremos depois.

O tom de voz de Carlo Cipriani não admitia réplicas e Mercedes ficou calada. Seu amigo tinha razão. Conversariam depois que Marini fosse embora.

– O informe contém tudo, mas meus homens acham que entenderam que esse Alfred e o Sr. Brown comunicam-se há anos por meio de cartas levadas por intermediários, e que a resposta do tal Alfred será recolhida em Amã.

"Huseini tomará o café da manhã com Picot; depois, se nada mudar, o casal viajará para Amã. Fizeram reservas nas linhas aéreas jordanianas para as três da tarde. Vocês precisam resolver se querem que eu coloque homens meus nesse avião ou se encerramos o caso."

– Devem segui-los, aonde quer que forem – ordenou Cipriani. – Mande uma boa equipe, não importa quantos homens precise deslocar, mas quero saber tudo a respeito desse Alfred: se é o avô de Clara Tannenberg, onde vive, com quem, o que faz. Precisamos de fotografias. É importante que você consiga fotografias, e, se for possível, um vídeo que nos permita vê-lo da melhor forma possível. Luca, queremos saber de tudo.

– Isso vai lhes custar uma fortuna – garantiu Luca Marini.

– Não se preocupe com nossa fortuna – interveio Mercedes – e procure não perder de vista Clara Tannenberg e seu marido.

– Use o que for necessário, Luca, mas não os perca de vista.

O tom grave de Carlo Cipriani impressionou o presidente da Investigações e Seguros.

– O melhor que eu posso fazer é contratar gente de lá – respondeu Marini.

– Faça o que for necessário fazer, já lhe dissemos. E agora, querido amigo, se você não se importa, gostaríamos de ler seu informe...

– Muito bem, claro, já estou saindo. Se você precisar de algum esclarecimento, não hesite em me chamar. Estarei em casa.

Carlo Cipriani acompanhou Marini até a porta, enquanto Mercedes, impaciente, rasgava o envelope e começava a ler sem se despedir do detetive.

– A roupa e o relógio não disfarçam o que ele é – murmurou a Catalã.

– Mercedes, não seja preconceituosa – repreendeu-a Hans Hausser.

– Preconceituosa? É um novo-rico com terno feito sob medida, nada mais do que isso. E, com certeza, o terno está muito apertado.

– E também é inteligente – disse Carlo, que nesse momento voltava ao escritório. – Foi um bom policial, passou muitos anos na Sicília combatendo a Máfia, viu muitos de seus homens e de seus amigos morrerem assassinados até que sua mulher lhe deu um ultimato: ou deixava a polícia ou ela o deixava, e assim, aposentou-se antecipadamente e montou essa empresa, que o tornou rico.

– Mesmo que use roupas de seda, uma macaca continuará sendo macaca... – insistiu Mercedes.

– O que você está dizendo? – perguntou-lhe Bruno, que não entendia o que a amiga dizia.

– Nada, é um ditado espanhol que quer dizer o seguinte: não adianta uma pessoa vestir uma boa roupa para fingir que é da nobreza; sempre será possível perceber qual é sua origem.

– Mercedes! – O tom de Hans era de reprovação.

– Bem, não falemos mais de Luca – interferiu Carlo. – Ele é eficiente e é isso o que importa. Vejamos o que diz o informe.

Luca Marini havia tirado quatro cópias, de maneira que cada um recebeu a sua. Leram e releram, em silêncio, todos os detalhes concernentes a Clara Tannenberg e a seu marido, Ahmed Huseini.

Mercedes quebrou o silêncio que havia se instalado durante a leitura. Sua voz soou grave e não desprovida de emoção.

– É ele. Conseguimos encontrá-lo.

– Sim – assentiu Carlo –, também acho. Eu me pergunto por que se tornou visível depois de tantos anos.

– Não deve ter sido voluntariamente – disse Bruno Müller.

– Acho que sim – insistiu Carlo. – Como se explica que a neta participe deste congresso e peça ajuda internacional para escavar? Colocou o foco sobre ela, e ela se chama Tannenberg.

– Suponho que não era essa sua intenção – interveio o professor Hausser.

– Por quê? – perguntou Mercedes. – Como podemos saber o que pretende ao expor a neta?

– De acordo com este informe, Ahmed Huseini garante que Alfred Tannenberg adora a neta – respondeu Müller –, e por isso deve haver um motivo poderoso para deixá-la aparecer. Ele ficou invisível durante os últimos cinqüenta anos.

– Sim, tem de haver uma razão para que tenha feito o que fez – disse Carlo, mas a mim me intriga a relação dele com esse Robert Brown, ao que parece um respeitabilíssimo norte-americano pertencente à elite, amigo pessoal de quase todos os membros da administração Bush, presidente de uma fundação de prestígio internacional. Não sei, mas algo não está se encaixando.

– E também não sabemos o que Tannenberg faz – complementou Müller.

– Dedica-se a antiguidades, conforme diz o informe – observou o professor Hausser.

– Isso é tão ambíguo... Mas, como pode ter ficado invisível durante esses anos todos, tendo essas amizades? – perguntou-se Mercedes em voz alta.

– Teríamos de obter informações sobre esse Robert Brown. Suponho que Luca poderá consegui-las. Mas agora devemos resolver o que nós vamos fazer, vocês não acham?

Todos concordaram com Carlo. Era o momento de decidir que passos deviam dar. Acordaram que Mercedes, Hans e Bruno ficariam mais dois ou três dias em Roma à espera de notícias de Amã. Pediriam também a Marini que sua agência ou outra que recomendasse lhes preparasse um bom informe sobre Robert Brown.

– Bem, admitamos que Alfred Tannenberg seja mesmo a pessoa que estamos procurando. Como o mataremos e quando? – perguntou Mercedes.

– Luca me falou sobre certas agências que fazem qualquer tipo de trabalho, como já lhes disse – lembrou Carlo.

– Pois então vamos procurar agora mesmo uma delas e contratar um homem para fazer o trabalho – insistiu Mercedes. – Temos de estar preparados para o momento em que a identidade de Tannenberg for confirmada. Quanto antes acabarmos com isso, melhor. No dia em que o monstro estiver morto, dormirei tranqüila.

– Vamos matá-lo, Mercedes, não tenha a menor dúvida a respeito disso – afirmou, categoricamente, Bruno Müller –, mas precisamos fazer a coisa direito. Suponho que você não aparece numa dessas agências dizendo que quer contratar um assassino. Carlo, abusando de sua amizade com Luca Marini, me parece que é ele quem nos deve orientar sobre a contratação do serviço.

Ficaram conversando até a madrugada. Não queriam deixar de imaginar ou de comentar um único detalhe. Sentiam-se perto do desfecho; finalmente iriam cumprir o juramento que haviam feito tantos anos atrás. Nenhum deles achava que a vingança chegara tarde demais. Bastava cumpri-la.

Distribuíram as tarefas e acertaram liberar recursos para pagar a Luca Marini e ao homem que aceitasse assassinar Tannenberg.

***

No café Il Greco da Via Condotti não havia quase ninguém. Carlo Cipriani e Luca Marini bebiam um *cappuccino*. Fazia calor para setembro, e os turistas ainda não haviam ocupado a praça de Espanha. As lojas elegantes da Via Condotti também não tinham aberto suas portas. Àquela hora, Roma ainda se espreguiçava.

– Carlo, há alguns anos você salvou a minha vida. Aquele tumor... Não vou reprovar nada do que você vá fazer, mas, diga-me, o que há por trás disso tudo?

– Meu amigo, há coisas que não podem ser explicadas. Quero apenas o nome e um contato em alguma dessas agências que têm homens dispostos a tudo.

– Quando você diz "a tudo" está se referindo a quê?

– Precisamos de alguém que saiba se defender, porque pode ser que tenha de pôr a cabeça na boca do lobo. Viajar para o Oriente Próximo neste momento não é a mesma coisa que visitar a Euro Disney. Dependendo do que você averiguar, o destino pode ser o Iraque. Quanto você acha que vale a vida no Iraque nos dias de hoje?

– Você está me enganando. Ainda não perdi meu olfato de policial.

– Luca, quero que você me ponha em contato com uma dessas agências, nada mais. E quero contar com sua discrição, quero ter certeza de que irá guardar seu devido segredo profissional. Foi você mesmo quem me disse que se houvesse guerra não poderia enviar seus homens, foi você quem me sugeriu que contratássemos uma dessas agências.

– Há umas duas agências formadas por ex-membros do SAS. Os britânicos são muito profissionais, eu os prefiro aos norte-americanos. A meu ver, a melhor é a Global Group. Está aqui – acrescentou, entregando-lhe um cartão. – Aí estão o endereço e os telefones. O serviço central fica em Londres. Você pode perguntar por Tom Martin. A gente se conhece há muito tempo. É um bom cara, duro, cético, mas um bom cara. Vou ligar para lhe dizer que o trate como se fosse um amigo. Cobra uma barbaridade.

– Obrigado, Luca.

– Não agradeça, mas estou preocupado; não sei bem o que você e seus amigos querem fazer. Quem mais me dá medo é essa mulher, Mercedes Barreda. Não há em seus olhos um fiapo de piedade.

– Você se equivoca com ela. É uma mulher excelente.

– Intuo que você pode se meter em uma grande enrascada. E, se for assim, eu o ajudarei até onde puder; ainda tenho bons contatos na polícia. Procure ser prudente e não confie em ninguém.

– Nem mesmo em seu amigo Tom Martin?

– Em ninguém, Carlo, em ninguém.

– Bem, levarei em conta seu conselho. Estou querendo lhe pedir também outro informe sobre Robert Brown, um informe mais detalhado. Queremos saber tudo a respeito desse mecenas.

– Certamente, não há problema. Para quando você quer?

– Para já.

– Eu imaginava. Vamos pensar em três ou quatro dias. O que você acha?

– Se não há outro remédio...

– É o mínimo...

Nessa mesma hora, na cafeteria do hotel Excelsior, Ahmed Huseini e Yves Picot também se acomodavam para tomar o café da manhã.

Os dois tinham mais ou menos a mesma idade. Eram arqueólogos, cosmopolitas, mas o destino os tinha transformado em párias.

– Achei muito interessante o que você e sua mulher relataram.

– Fico contente por você pensar assim.

– Sr. Huseini, eu não gosto de perder tempo e suponho que você também não, e por isso irei ao ponto. Mostre-me, se é que as tem, as fotos desse par de tábuas extraordinárias de que você e sua esposa falaram.

Ahmed tirou as fotos de uma surrada pasta de couro e entregou-as a Picot, que as examinou cuidadosamente durante algum tempo, sem dizer uma palavra.

– Bem, o que você está achando? – perguntou-lhe, com certa impaciência, Ahmed.

– Interessante, mas teria de vê-las para fazer um juízo definitivo. O que vocês estão querendo?

– Que uma missão arqueológica internacional nos ajude a escavar os restos desse edifício. Temos a impressão de que pode ser uma casa de tábuas anexa a um templo, ou, talvez, uma dependência do próprio templo. Precisamos de material moderno e de arqueólogos experientes.

– E de dinheiro.

– Sim, claro, você sabe que não é possível escavar sem dinheiro.

– E, em troca?

– Em troca de quê?

– De equipamento humano, material e dinheiro.

– A glória.

– Você está brincando? – respondeu Picot, aborrecido.

– Não, não estou. Se encontrarmos tábuas onde se conte o Gênesis[1] ditado por Abraão, a descoberta de Tróia ou de Cnossos serão *pecata minuta*.

– Não exagere.

– Você sabe tão bem como eu o alcance de uma descoberta desse tipo. Ela teria uma transcendência histórica, além de religiosa e política.

– E vocês, o que vão ganhar? Seu empenho chama a atenção, ainda mais quando levamos em conta a situação de seu país. Parece uma frivolidade pensar em escavar quando se sabe que dentro de pouco tempo o Iraque será bombardeado. Além do mais, seu patrão Saddam está disposto a permitir que uma missão arqueológica estrangeira comece a escavar? Ele não fará uma das suas, como, por exemplo, prender todos nós sob a acusação de espionagem?

– Não me faça repetir uma coisa que você sabe muito melhor do que eu: esta seria a descoberta arqueológica mais importante dos últimos cem anos. Quanto a Saddam, ele não impedirá que arqueólogos europeus trabalhem no Iraque. Seria até uma boa propaganda. Não haverá problemas.

– A menos que os ianques bombardeiem vocês, e não acredito muito que eles se preocupem muito com arqueologia. Com certeza nem sabem onde fica Ur.

– Você decide.

[1] "E Abrão com a face por terra. Deus lhe falou assim: 'Quanto a mim, eis minha aliança contigo: serás pai de uma multidão de nações. E não mais te chamarás Abrão, mas teu nome será Abraão, pois eu te faço pai de uma multidão de nações.'" Gênesis, 17, 5 (Bíblia de Jerusalém).

– Vou pensar. Diga-me como posso localizá-lo.

Ahmed Huseini deu-lhe seu cartão. Os dois homens se despediram com um aperto de mão. Outro homem sentado à mesa ao lado, que lia distraidamente um jornal, conseguira gravar toda a conversa.

5

Robert Brown vivia sozinho, embora não fosse bem assim, pois Ramón González também morava na casa de dois andares situada nos arredores de Washington.

A casa era grande. Cinco quartos, três salões, uma sala de jantar e o escritório, mais as dependências de serviço, onde Ramón tinha seu próprio apartamento privado.

O mordomo estava havia mais de trinta anos a serviço de Brown. Era ajudado nas tarefas da casa por uma mulher hispânica como ele, que vinha todos os dias para fazer o trabalho pesado, e pelo jardineiro, um ítalo-americano tagarela.

Ramón González era dominicano. De mãos dadas com a irmã, imigrara para Nova York quarenta anos atrás. Os dois conseguiram trabalho na casa de um corretor que vivia na Quinta Avenida. Lá aprenderam o ofício de servir. Depois de trabalhar em umas duas casas, ele conheceu Robert Brown e desde então não saíra de seu lado.

Brown era um chefe exigente, mas passava a maior parte do tempo fora de casa. Mal falava, exigia uma estrita discrição, pagava generosamente e permitia que tivessem muito tempo livre.

González lhe era absolutamente fiel e desfrutava a comodidade de não ter de ocupar-se de nada que não fosse o velho solteirão.

Havia servido o café da manhã no pequeno salão, iluminado àquela hora por pálidos raios de sol filtrados pela persiana.

Brown estava prestes a descer; faltavam dois minutos para as oito. A campainha da porta principal soou e Ramón González apressou-se em ir receber o convidado do Sr. Brown.

– Bom-dia, Sr. Dukais.

– Bom-dia, ainda que frio. Preciso de um café bem forte, com pouca água, e estou morrendo de fome; para chegar aqui a tempo, saí de casa sem ter comido absolutamente nada.

Ramón não fez nenhum comentário; só esboçou um sorriso a modo de resposta e conduziu Paul Dukais até o salão. Lá já o esperava Robert Brown.

Ramón serviu o café da manhã e saiu, fechando a porta para que os dois homens pudessem conversar com tranqüilidade.

Brown não era daqueles que perdem tempo e menos ainda com alguém como Dukais. Afinal de contas, como em tantas outras empresas, ele também tinha um importante pacote de ações da Planet Security. Conhecera Dukais quando ele ainda era um aduaneiro corrupto do porto de Nova York.

– Eu preciso que você mande uns homens para o Iraque.

– Tenho alguns milhares de homens preparados. Quando a guerra começar, vão precisar de segurança. Ontem fui procurado por meu contato no departamento de Estado; querem que meus homens cubram determinados pontos quando nossas tropas estiverem em Bagdá. Estou há meses contratando homens, tenho-os em todos os lugares.

– Já sei como o negócio funciona, não precisa me contar, Paul, e me ouça. Quero que você mande vários grupos, alguns via Jordânia, outros pelo Kuwait, Arábia Saudita e Turquia. Parte dos homens ficará em vários pontos das fronteiras, onde esperarão até receberem ordens.

– Que tipo de ordens?

– Não me faça perguntas estúpidas.

– Suponho que os iraquianos devem estar fechando suas fronteiras, e se eles não o estão fazendo, o farão os turcos, os kuwaitianos ou sei lá quem. Você quer homens na fronteira e também dentro do Iraque. Não pode esperar, como todo mundo?

– Não estou dizendo para mandá-los amanhã; estou pedindo para você organizar vários grupos que devem estar preparados para o momento em que eu der a ordem. Tente encontrar homens que possam se confundir com a paisagem.

– É perigoso infiltrar homens antes do tempo. Nossos amigos da secretaria de Defesa estão organizando um bom bombardeio para daqui a alguns meses, me disseram que na primavera; não cometamos erros, pois isso prejudicaria o negócio.

– Repito que não é necessário que eles cheguem com muita antecedência; eu lhe direi a data exata em que devem estar lá dentro. Depois sairão tão depressa como entraram; não ficarão mais do que três ou quatro dias a partir do começo do bombardeio.

– O que vamos conseguir com isso?

– A história da humanidade.

– Que maluquice é esta que você está me dizendo?

– Seus homens ficarão sob as ordens de outros homens que os estão esperando. Não me encha com suas perguntas.

O olhar de Robert Brown assustou Paul Dukais. Sabia que não se podia brincar com aquele homem. Levara tempo para conhecê-lo, para saber o que havia por trás de seus trejeitos elegantes, e o que descobrira lhe dava medo, um medo profundo. Por isso, decidiu parar com as provocações. Para ele, tanto fazia o que queria fazer no Iraque.

– Agora quero que você leve uma carta a Roma, para entregá-la a Ralph Barry. Dentro de 15 dias me traga a resposta, que virá de Amã.

– Está certo.

– Paul, não pode haver falhas. Esta é a operação de maior envergadura que jamais fizemos. Temos uma oportunidade única. Não cometa erros.

– Eu os cometi até agora?

– Não, não cometeu. É por isso que está rico.

"E estou vivo", pensou Dukais. Não se enganava a respeito de sua relação com Robert Brown; aquele homem de modos esquisitos e discreto seria capaz de qualquer coisa. Ele sabia disso muito bem, eram sócios há muitos anos.

– Quando você tiver o plano pronto e os homens escolhidos, quero que me explique tudo, detalhadamente.

– Não se preocupe. É o que farei.

– Paul, não é um exagero da minha parte dizer que esta conversa nunca existiu, que ninguém deve saber dessa missão. Eu respondo perante o conselho de administração do patronato da fundação, e seus membros não devem saber de nada disso. Eu estou avisando porque de repente, por acaso, você pode encontrar algum dos membros do conselho e soltar a língua.

– Já lhe disse para não se preocupar.

***

O homem deu por encerrada a reunião do conselho de administração. Já era hora do almoço, quando ele aproveitava para dar uma cochilada na quietude de seu escritório. O ruído da rua não chegava até o vigésimo andar do edifício nova-iorquino de onde dirigia seu império.

Os anos não passavam à toa e sentia-se cansado. Madrugava porque não dormia bem durante a noite, e ocupava as horas lendo e escutando Wagner. A melhor hora para descansar era o meio-dia, quando afrouxava a gravata, tirava o paletó e tombava no sofá.

Sua secretária tinha ordens terminantes para não passar nenhuma ligação ou entrar para molestá-lo, acontecesse o que acontecesse.

Só havia um único telefone que poderia arrancá-lo do sono reparador. Um pequeno celular que sempre estava com ele, do qual não se separava nem mesmo quando, como nesse momento, preparava-se para dormir.

Acabara de deitar quando o apitinho quase imperceptível do celular sobressaltou-o.

– Sim, George, é Frankie. Você já estava dormindo?

– Estava quase. O que aconteceu?

– Já falei com o Enrique. Poderíamos ir a Sevilha e passar alguns dias com ele ou, então, marcar um encontro em algum lugar da costa, em Marbelha, que está cheia de velhos como a gente. Na Espanha, em setembro ainda faz calor.

– Ir à Espanha? Não, não acho que seja necessário. Já lançamos muitos anzóis, não vamos agora nos enredar também.

– E Alfred...

– Virou um velho estúpido. Não controla mais nada.

– Não seja injusto. Alfred sabe o que têm nas mãos.

– Não, não sabe mais. Lembre-se do que armou. Empenhou-se em puxar fios que não devia, e agora volta a fazer a mesma coisa.

– Era filho dele, você teria feito a mesma coisa.

– Eu não tive filhos, e por isso não sei.

– Mas eu tenho filhos e entendo que não se conforme.

– Devia fazê-lo, devia aceitar as coisas como elas são. Não pode devolver a vida a Helmut. O rapaz tentou bancar o esperto. Alfred conhece as regras, sabia o que podia acontecer. E agora volta a equivocar-se por conta dessa neta caprichosa.

– Eu não acredito que ele tenha se tornado um perigo. Alfred sabe o que está em jogo, e a neta é uma mulher inteligente.

– Que tem lhe embaralhado os miolos, e por causa dela vive cometendo erros. Dissemos que lhe explicasse a verdade. Não quis, prefere continuar com a pantomima diante dela. Não, Frankie, não podemos ficar sem fazer nada. Não chegamos até aqui para que um velho sentimental fique com tudo.

– Nós também somos velhos.

– E eu quero continuar sendo. Acabo de participar de uma reunião do conselho de administração; devemos nos preparar para a guerra. Vamos ganhar dinheiro, Frankie.

– Nem a mim nem a você o dinheiro importa mais, George.

– Não, você tem razão, não é o dinheiro. É o poder, saber que estamos entre aqueles que mexem os fios. Agora, se você não se importa, preciso dormir.

– Ah, estava esquecendo. Na semana que vem irei a Nova York.

– Então, velho amigo, vamos encontrar um modo de nos vermos.

– Talvez pudéssemos dizer a Enrique para ir a Nova York.

– Prefiro vê-lo em Nova York do que em Sevilha. Não me agrada ir até lá, não estou tranqüilo.

– Você sempre foi um pouco paranóico, George.

– Eu sou é prudente, por isso chegamos até aqui. Lembro a você que muitos outros caíram por ter cometido erros. Eu também tenho vontade de ver o Enrique, mas prefiro não encontrá-lo se isso nos colocar em perigo.

– Já somos velhos, ninguém sabe...

– Cale-se! Eu repito que quero continuar sendo velho. Eu o avisarei se for possível encontrá-lo em Nova York.

Frank serviu um uísque enquanto desligava o telefone. George, o cauteloso e desconfiado George, sempre provara ter razão.

Tocou um sininho de prata que tinha sobre a mesa do escritório e um segundo depois entrou na sala um homem uniformizado de branco.

– Está precisando de mim, senhor?

– José, os senhores que eu esperava já chegaram?

– Ainda não, senhor. A torre de controle nos avisará quando o aviãozinho se aproximar.

– Bem, me informe.

– Sim, senhor.

– E minha esposa?

– A senhora está descansando; doía-lhe a cabeça.

– E minha filha?

– A Sra. Alma saiu de manhã cedo com seu esposo.

– É verdade... Traga-me outro uísque e alguma coisa para comer.

– Sim, senhor.

O criado saiu em silêncio. Frank gostava de José. Discreto, falava pouco e era eficiente. Cuidava dele melhor do que jamais cuidara sua mulher cheia de caprichos.

Emma era muito rica. Esse fora seu principal defeito, embora para ele significasse uma vantagem. Bem, também sua falta de beleza lhe havia pesado como uma pedra.

Tinha tendência para engordar; era de pequena estatura e morena, muito morena. A cor da pele de Emma era quase negra, uma pele apagada, desprovida de suavidade. Não se parecia com Alicia.

Alicia era negra. Totalmente negra e bela, escandalosamente bela. Estavam juntos havia 15 anos. Conhecera-a no bar daquele hotel do Rio enquanto esperava um de seus sócios. A garota havia ido ao ponto, oferecendo-se sem disfarces. E ficara para sempre. Era sua, pertencia-lhe, e sabia a sorte que poderia ter se tivesse o atrevimento de enganá-lo com outro.

Ele era um velho, sim, e por isso lhe pagava regiamente. Quando morresse, Alicia poderia gastar a fortuna que lhe deixaria como herança, além do belo estúdio em Ipanema e as jóias que lhe dera de presente.

Quando a conheceu, Alicia acabara de completar vinte anos; era quase uma menina de pernas compridas e pescoço interminável; ele era um homem de setenta que não assumia sua ancianidade. Podia permitir-se uma jovem como aquela: tinha dinheiro suficiente para que algumas mulheres fizessem a pantomima de considerá-lo ainda um homem.

Ligaria para Alicia e iria visitá-la no Rio. Que se preparasse.

Na verdade, não gostava de sair muito da imensidão de sua fazenda, situada nos limites da selva. Ali sentia-se seguro, com seus homens percorrendo dia e noite os muitos quilômetros do perímetro, protegido ainda por um sofisticado sistema de sensores e outros artifícios que tornavam impossível a irrupção de intrusos.

Mas pensar em Alicia havia lhe trazido uma sacudidela de vitalidade, e na sua idade isso era impagável. Além do mais, tinha de ir a Nova York, e assim teria de qualquer maneira que passar pelo Rio.

6

Clara Tannenberg e Ahmed Huseini esperavam, impacientes, um táxi na porta do Excelsior. Nenhum dos dois prestou atenção em um homem magro, de cabelos castanhos, que, nervoso, descia de outro táxi e entrava com exaltação no hotel.

Seu táxi chegou um minuto depois, e por isso também não viram esse mesmo homem sair correndo do Excelsior em direção ao táxi que os transportava.

O homem voltou a entrar e foi até a recepção.

– Partiram. Vocês se importariam de me dizer se eles estavam indo para o aeroporto, se estavam deixando Roma?

O recepcionista olhou-o com desconfiança, embora o aspecto do homem só aparentasse normalidade. Traços amáveis, cabelo cortado a navalha, porte elegante, apesar de vestir roupas esportivas.

– Senhor, não posso lhe dar essa informação.

– É muito importante que eu fale com eles.

– Entenda, senhor, nós não sabemos para onde vão nossos clientes depois que deixam o hotel.

– Mas, ao pedir um táxi, terão dito para onde... Por favor, eu lhe imploro, é muito importante.

– Veja, eu não sei o que lhe dizer, deixe-me consultar...

– Se o senhor fosse muito amável e me dissesse apenas se foram para o aeroporto...

Alguma coisa na voz e no olhar do homem levou o veterano recepcionista a quebrar seu código profissional.

– Certo, estão indo para o aeroporto. Esta manhã mudaram a data do vôo para Amã. O avião parte em uma hora. Chegaram tarde, a senhora se atrasou e...

O homem correu de novo em direção à rua, onde enfiou-se no primeiro táxi que passava.

– Para o aeroporto, depressa!

O taxista, um velho romano, olhou pelo retrovisor. Seguramente, era o único taxista romano que não se contagiava com a pressa dos passageiros, e assim dirigiu com toda calma até Fiumicino, apesar do desespero que via refletido no rosto de seu passageiro.

Ao chegar ao aeroporto, procurou um monitor que o informasse sobre a saída dos vôos para Amã e dirigiu-se rapidamente até a porta pela qual deveriam embarcar os passageiros para a Jordânia.

Tarde demais. Todos os passageiros já haviam passado pela aduana e o *carabiniere* negou-se a deixá-lo passar.

– São meus amigos, não pude me despedir deles, é só um minuto. Pelo amor de Deus, deixe-me passar!

O *carabiniere* mostrou-se irredutível e pediu-lhe que fosse embora.

Começou a andar pelo aeroporto sem rumo, sem saber o que fazer nem em quem confiar. Só sabia que devia falar com aquela mulher, fosse onde fosse, custasse o que custasse, mesmo que tivesse de segui-la até o fim do mundo.

***

Na escada do avião, sentiram o golpe do calor misturado com o aroma espesso de especiarias. Voltavam para casa, voltavam ao Oriente.

Ahmed desceu a escada do avião na frente de Clara, levando uma bolsa Vuitton. Atrás dela, um homem não a perdia de vista, ao mesmo tempo em que tentava não ser percebido.

Não tiveram nenhum problema ao passar pela aduana. Os passaportes diplomáticos abriam-lhes todas as portas, e Amã, por mais que jurasse lealdade a Washington, tinha sua própria política, e desta não fazia parte confrontar Saddam, por menos que gostasse do ditador iraquiano. Mas o Oriente é o Oriente, e a muito ocidentalizada família real jordaniana era craque na diplomacia mais sutil.

Um automóvel que esperava por Clara e Ahmed na saída do aeroporto levou-os ao Marriot. Já era tarde, de modo que jantaram em seus aposentos. A tensão entre eles continuava.

– Vou ligar para meu avô.

– Não é uma boa idéia.

– Por quê? Estamos em Amã.

– Com os norte-americanos vigiando por todos os lados. Amanhã cruzaremos a fronteira. Você não pode esperar?

– Realmente, não; tenho vontade de falar com ele.

– Quer saber de uma coisa? Estou cansado de seu comportamento mimado.

– Você acha que é um capricho querer falar com meu avô?

– Você deveria ser mais prudente, Clara.

– Por quê? Passo a vida ouvindo que devo ser mais discreta e prudente. Por quê?

– Pergunte a seu avô – respondeu Ahmed, mal-humorado.

– Estou perguntando a você.

– Você é inteligente, Clara, cheia de caprichos, mas inteligente, e suponho que ao longo dos anos tenha tirado suas próprias conclusões, por mais que seu avô continue tratando-a como se fosse uma menina.

Clara ficou em silêncio. Na verdade, não sabia se queria que lhe dissessem tudo o que intuía. Mas eram tantos os cabos soltos... Nascera em Bagdá, como a mãe, e passara a infância e a adolescência entre a cidade do Cairo e Bagdá. Amava igualmente as duas cidades. Custou-lhe muito convencer o avô a lhe permitir terminar seus estudos nos Estados Unidos. Acabou conseguindo, sabendo que deixava o avô muito inquieto.

Vivera bem na Califórnia. São Francisco foi a cidade em que virou uma mulher, mas sempre soube que não viveria ali. Sentia falta do Oriente, dos cheiros, dos sabores, do sentido do tempo... E de falar árabe. Ela pensava em árabe, sentia em árabe. Por isso apaixonou-se por Ahmed. Os garotos norte-americanos pareciam-lhe insossos, por mais que lhe tivessem revelado tudo o que no Oriente lhe era vedado pelo fato de ser mulher.

– De qualquer maneira, vou ligar para ele.

Pediu à telefonista que fizesse uma ligação com Bagdá. Levou alguns minutos para ouvir a voz de Fátima.

– Fátima, é Clara!

– Minha menina, que alegria! Vou avisar ao senhor.

– Não estará dormindo?

– Não, não; está lendo no escritório. Ficará muito contente em falar com você...

Pelo telefone lhe chegava a voz de Fátima chamando Ali, o criado do avô, para que o avisasse.

– Clara, querida...

– Vovô...

– Você está em Amã?

– Acabamos de chegar. Estou com vontade de vê-lo, de estar em casa.

– O que aconteceu com você?

– Por que esta pergunta? Acha estranho que eu queira vê-lo?

– Não, mas eu a conheço. Quando era menina, você sempre se refugiava em mim quando alguma coisa lhe acontecia, mesmo quando não me dizia do que se tratava.

– Não fui bem em Roma.

– Eu já sei.

– Já sabe?

– Sim, Clara, já sei.

– Mas como já sabe?

– Você vai começar a me fazer perguntas agora?

– Não, mas...

O homem suspirou, cansado.

– E Ahmed?

– Está aqui.

– Bem, ajeitei tudo para que vocês tenham um bom regresso ao lar. Diga a seu marido que quero falar com ele.

Clara estendeu o telefone a Ahmed e este conversou brevemente com o avô da esposa. O velho queria que estivessem quanto antes em Bagdá.

À primeira hora da manhã, Clara e Ahmed estavam no saguão do hotel, esperando o carro que ia levá-los ao Iraque. Nenhum dos dois percebeu que estavam sendo vigiados por quatro homens que aparentemente não se conheciam. Na noite anterior haviam enviado seu informe a Marini. Até aquele momento não se produzira nenhuma novidade.

Cruzar a fronteira não apresentava nenhum problema para Ahmed e Clara, mas sim para os homens de Marini. Tinham se dividido de dois em dois e pago para que motoristas experientes levassem-nos ao outro lado. Não havia sido fácil, porque ninguém que não tivesse família no Iraque ou estivesse envolvido com o contrabando tinha qualquer interesse em cruzar a fronteira.

Conseguiram pagando com generosidade a seus motoristas, recomendados pelo hotel de Amã, aos quais deram uma recompensa para não perder de vista um Toyota verde com tração nas quatro rodas que ia à frente deles.

Não havia muito tráfego na estrada para Bagdá, apenas o suficiente para perceberem que por ali saía e entrava de tudo.

Quando chegaram a Bagdá já era noite. Um dos carros seguiu o Toyota até um bairro da cidade e o outro dirigiu-se ao hotel Palestina. Haviam lhes dito que era ali que estava a maioria dos ocidentais e, afinal de contas, eles se apresentavam como homens de negócios, por mais que fosse ao menos suspeito afirmar que naquelas circunstâncias políticas estavam indo fazer negócios em Bagdá.

O Toyota freou diante de um portão e ficou esperando que fosse aberto. Os homens de Marini não pararam. Já sabiam onde Clara Tannenberg vivia. No dia seguinte, dariam uma olhada.

A casa de dois andares, protegida por invisíveis homens armados, ficava no meio de um jardim muito bem cuidado. A Casa Amarela, como era conhecida pela cor dourada sempre primorosamente pintada, localizava-se no bairro residencial. Anteriormente, fora residência de um comerciante britânico.

Fátima aguardava no vestíbulo, sentada em uma poltrona, e cochilando. O ruído da porta a despertou. A mulher era xiita e havia tomado conta de Clara desde que ela era pequena. No começo, a menina tinha medo das roupas pretas de Fátima, mas acostumara-se e mais tarde encontrou nela a doçura que faltava à mãe.

Fátima ficara viúva ainda muito jovem. Fora obrigada a viver na casa de sua sogra, onde nunca foi bem recebida nem bem tratada. Mas suportou seu destino sem dizer uma palavra, enquanto criava o único filho.

Um dia, a sogra a enviou àquela casa onde vivia um estrangeiro com sua jovem esposa, uma egípcia, a senhora Alia. E ali ficou para sempre. Serviu a Alfred Tannenberg e à esposa, acompanhou-os em seus deslocamentos à cidade do Cairo, onde o casal tinha outra residência, e, sobretudo, cuidou do primeiro filho do casal, Helmut, e depois da filha deste, Clara.

Agora era uma anciã que perdera o filho na maldita guerra com o Irã. Não lhe restava nada, a não ser Clara.

– Menina, você está com uma cara péssima.

– Estou muito cansada.

– Deveria parar de viajar e começar a ter filhos. Já está ficando velha.

– Você tem razão; vou tê-los, depois de encontrar a *Bíblia de Barro* – respondeu Clara, rindo.

– Ai, menina, cuidado para que não aconteça com você o que aconteceu comigo. Tive um único filho, perdi-o e hoje estou sozinha.

– Você tem a mim.

– Sim, é verdade, tenho você; caso contrário, não sei para que me serviria estar viva.

– Vamos, Fátima, não faça drama, acabo de chegar. E meu avô?

– Descansa. Hoje passou o dia todo fora e chegou cansado e preocupado.

– Disse alguma coisa?

– Apenas que queria jantar; fechou-se em seu quarto e ordenou que não o molestássemos.

– Então o verei amanhã.

Ahmed foi para o quarto enquanto as duas mulheres continuavam conversando. Estava cansado. No dia seguinte iria trabalhar no ministério, onde teria de apresentar um informe sobre o congresso de Roma. Grande fracasso! Mas ele era um privilegiado. Não ignorava isso por mais que sentisse náuseas pelo fato de sê-lo. Há muitos anos sentia-se incomodado consigo mesmo. Primeiro, ao descobrir que sua família pertencia à elite de um regime ditatorial. Mas não tivera coragem de renunciar a tantos privilégios e preferiu enganar-se dizendo que sua lealdade era à família e não a Saddam. Depois, conhecera Clara e os Tannenberg, e sua vida caiu no abismo para sempre. Havia se corrompido como jamais pensou que pudesse fazer. Não podia culpar Alfred. Ele aceitara entrar para sua organização e herdá-la sabendo o que isso significava. Se sua posição com Saddam era sólida por conta de seus laços familiares, com Alfred havia-se convertido em intocável, já que este tinha amigos poderosos em volta do ditador.

Mas Ahmed tinha a cada dia mais dificuldades em viver consigo mesmo e, sobretudo, com uma mulher como Clara, que se recusava a ver o que acontecia a seu redor, que preferia viver na ignorância para não sentir o horror e para poder continuar amando a quem amava.

Não a amava mais, embora, na realidade, fosse bem possível que nunca a tivesse amado. Quando se conheceram em São Francisco, achou que a garota era ótima para uma aventura. Falavam árabe, tinham amigos comuns em Bagdá, ambos conheciam suas respectivas famílias, embora mal se conhecessem.

O fato de serem imigrantes os uniu. Clara era uma imigrante de luxo, com dinheiro em abundância em sua conta-corrente. Ele dispunha de recursos suficientes para viver em um cômodo estúdio de onde via o amanhecer sobre a baía de São Francisco.

Foram viver juntos; tinham muito em comum; ambos eram iraquianos, arqueólogos, sua língua materna era o árabe e tinham a mesma sensação de liberdade nos Estados Unidos, embora sentissem falta de seu país e das pessoas de lá.

Quando o pai visitou-o em São Francisco, foi obrigado a casar-se com Clara. Era um casamento cheio de vantagens, e ele intuía que as coisas iriam mudar. Entre os diplomatas circulava a informação de que Saddam já não era um títere necessário ao governo dos Estados Unidos. Por isso, era preciso pensar no futuro: casou-se com aquela garota abençoada, extremamente rica e excessivamente protegida e mimada.

Clara entrou no quarto, assustando Ahmed.

– Ah, você já está aqui – disse a mulher, cumprimentando-o. – Fico chateada quando você não fala com Fátima. Passou na sua frente e nem olhou para ela.

– Eu disse a ela boa-noite. Não tenho mais nada a lhe dizer.

– Você sabe o que Fátima significa para mim.

– Sim, sei o que significa para você.

O tom de Ahmed a surpreendeu, embora, na realidade, ultimamente seu marido se comportasse como se estivesse o tempo todo entediado e ela fosse uma carga difícil de carregar.

– O que está havendo com você, Ahmed?

– Comigo? Só estou cansado.

– Eu o conheço e sei que algo está acontecendo.

Ahmed olhou-a fixamente. Tinha vontade de dizer em alto e bom som que ela não o conhecia, que na realidade nunca o havia conhecido e que estava farto dela e de seu avô, mas que já era tarde para fugir. Porém não disse nada.

– Vamos descansar, Clara. Amanhã temos de trabalhar. Tenho de ir ao ministério, e, além disso, temos de preparar seriamente a escavação. Pelo que me disseram em Roma, haverá guerra, embora aqui ninguém queira acreditar nisso.

– Meu avô sim.

– Sim, seu avô sim. Anda, vamos para a cama. Desfaremos as malas amanhã.

***

Alfred Tannenberg estava em seu escritório com um dos sócios, Mustafá Nasir. Discutiam calorosamente quando Clara entrou.

– Vovô...

– Ah, você já está aqui! Entre, filha, entre.

Tannenberg cravou seu olhar de aço em Nasir e este esboçou um amplo sorriso.

– Minha menina querida, há quanto tempo não a vejo! Você já não me dá a honra de vir nos visitar na cidade do Cairo. Minhas filhas sempre perguntam por você.

– Olá, Mustafá – o tom de Clara não era amistoso, pois havia escutado seu avô discutir com o egípcio.

– Clara, estamos trabalhando. Quando terminarmos eu chamo você.

– Está certo, vovô, vou sair para fazer compras.

– Que a acompanhem.

– Sim, sim, Fátima também irá.

Clara saiu acompanhada por Fátima e um homem que era ao mesmo tempo motorista e guarda-costas. Foram para o centro de Bagdá no Toyota verde.

A cidade era uma sombra pálida do passado. O cerco promovido pelos Estados Unidos ao regime de Saddam empobrecera os iraquianos, que tinham de se virar para sobreviver.

Os hospitais ainda funcionavam graças a algumas ONGs, porém era cada vez mais angustiante a falta de remédios e de alimentos.

Clara sentiu um ódio profundo por Bush, pelo que estava fazendo. Ela não gostava de Saddam, mas odiava aqueles que os estavam sitiando, afogando. Percorreram o bazar até encontrar um presente para Fátima, que aniversariava.

Nenhuma das duas mulheres percebeu a presença daqueles estrangeiros que pareciam segui-las pelos becos recônditos do bazar. Mas o guarda-costas detectou a presença de dois homens, com aspecto de turistas disfarçados, que encontravam ao dobrar cada esquina. Não disse nada às mulheres para não alarmá-las.

Quando voltaram à Casa Amarela, o homem foi procurar Alfred Tannenberg, adiantando-se a Clara. Mustafá Nasir já havia ido embora.

– Eram quatro homens em dois grupos – explicou o guarda-costas ao patrão. – Era evidente que nos seguiam. Seu próprio aspecto os delatava. A forma de se vestir, os traços dos rostos... Estou certo de que não eram iraquianos ou egípcios ou jordanianos... Também não falavam inglês. Parece-me que falavam italiano.

– O que você acha que eles queriam?

– Saber para onde a senhorita estava indo. Não acho que tivessem a intenção de fazer-lhe alguma coisa, embora...

– Nunca se sabe. Tome as providências para que não vá sozinha a nenhum lugar, que outros dois homens as acompanhem, sempre armados. Se acontecer alguma coisa com minha neta, você não viverá para contar a história.

Não era necessário proferir tal ameaça. Yasir não tinha a menor dúvida de que se acontecesse alguma coisa com Clara ele pagaria com a própria vida, e não seria nem o primeiro nem o último homem que morreria por desejo expresso de Tannenberg.

– Sim, senhor.

– Reforce a segurança da casa. Quero um controle estrito sobre tudo e de todos aqueles que entram e saem daqui. Nada de jardineiros desconhecidos que aparecem para substituir um primo doente, nem de amáveis vendedores ambulantes. Não quero ver nenhum rosto desconhecido, a menos que eu o autorize pessoalmente. Vamos surpreender agora esses misteriosos perseguidores. Quero saber quem são, por quem foram enviados e para quê.

– Será difícil pagar todos eles.

– Não preciso de todos. Basta um.

– Sim, senhor, mas será necessário que a senhorita Clara volte a sair.

– Sim, de fato. Minha neta será a isca. Mas faça com que ela não perceba nada e, sobretudo, que não lhe aconteça nada. Você responde com sua vida, Yasir.

– Eu sei, senhor. Não acontecerá nada a ela. Confie em mim.

– Eu só confio em mim, Yasir, mas que não lhe ocorra equivocar-se.

– Não o farei, senhor.

Tannenberg chamou a neta. Ficou uma hora ouvindo suas queixas sobre os acontecimentos de Roma. Ele já sabia que as coisas não poderiam sair bem. Seus amigos queriam que esperasse a queda de Saddam para organizar uma missão arqueológica que desentranhasse os restos daquela edificação encontrada entre as antigas Ur e Babilônia. Uma missão que, além da *Bíblia de Barro*, sem dúvida arrancaria da terra outras tábuas e algumas estátuas. Uma missão igual a tantas outras que haviam financiado. Mas não esperaria. Não podia, sabia que estava consumindo os últimos dias de sua vida. Em suma, deviam restar-lhe três, quatro, seis meses. Exigira do médico que lhe dissesse a verdade, e esta não era outra: o final se aproximava. Tinha 85 anos e o fígado cheio de pequenos tumores. Há menos de dois anos haviam cortado um pedaço daquele órgão vital.

Clara ficaria sob os cuidados de Ahmed e com dinheiro suficiente para viver o resto da vida, mas, sobretudo, queria lhe dar um presente, aquele que ela lhe pedia desde que era uma adolescente: ser a arqueóloga que encontraria a *Bíblia de Barro*. Por isso, a havia enviado a Roma: para que tornasse pública a existência dessas duas tábuas que ele encontrara quando era mais jovem do que ela agora.

A comunidade arqueológica podia rir quanto quisesse da história das tábuas de Abraão, mas já sabia de sua existência, embora a considerasse uma fantasia. Ninguém poderia arrebatar a glória da neta. Ninguém, nem mesmo eles, seus queridos amigos.

Já tinha pronta a carta que um de seus homens levaria a Amã para entregá-la a outro homem que, por sua vez, a levaria até Washington, ao escritório de Robert Brown, para que este a entregasse a George Wagner, mas antes de enviá-la precisaria ocupar-se dos intrusos que seguiam Clara; provavelmente teria de acrescentar alguma coisa ao texto. Esperava falar com Ahmed à noite. Pela manhã, quando lhe entregara a carta de Brown, achou que estava tenso.

Confiava em Ahmed porque conhecia sua ambição e sua vontade de escapar para sempre do Iraque. E só poderia fazer isso com seu dinheiro. O dinheiro que Clara herdaria e que Ahmed desfrutaria enquanto estivesse com a neta.

Os homens de Marini estavam preparados desde o amanhecer. Haviam encontrado um bom lugar para vigiar as entradas e saídas da Casa Amarela: um café situado na esquina oposta da rua. O dono era amável e, embora não parasse de lhes perguntar o motivo de sua estada em Bagdá, o lugar servia para que não fossem vistos pelos homens que faziam a segurança da Casa Amarela.

Às oito, viram Ahmed sair no Toyota verde. Ele estava na direção, mas a seu lado havia um homem que não parava de olhar para todos os lados. Clara só saiu de casa às dez da manhã, acompanhada por uma mulher vestida de preto da cabeça aos pés. Também estavam acompanhadas por um homem, desta vez em um carro Mercedes com tração nas quatro rodas. Eles o seguiram.

O Mercedes foi para os arredores de Bagdá. Os homens de Marini seguiram-no, cheios de confiança.

Estavam andando há mais de meia hora quando o Mercedes desviou-se por um caminho de terra cercado de palmeiras. Os homens da Investigação e Seguros hesitaram, mas resolveram seguir em frente. O Mercedes acelerou e seu perseguidor manteve-se a uma prudente distância. Seus ocupantes não estavam dispostos a perder de vista uma mulher que deveria conduzi-los ao ancião que precisavam fotografar.

De repente, o Mercedes acelerou, levantando uma nuvem de terra seca; um segundo depois, apareceram, vindo de dois caminhos adjacentes, várias caminhonetes que pareciam pretender investir contra o primeiro carro dos homens de Marini. Estes perceberam muito tarde que os carros os estavam cercando e obrigavam-nos a parar. O segundo carro dos investigadores italianos parou em seco. Não carregavam armas, não tinham como enfrentar os homens armados que se aproximavam do carro de seus companheiros. Viram como os arrancaram do carro e começaram a golpeá-los. Não sabiam o que fazer: se fossem ajudá-los, eles também se transformariam em vítimas, mas também não podiam ficar assistindo impávidos àquele espancamento brutal. Decidiram voltar para a estrada em busca de ajuda, e por isso deram marcha a ré. Não estavam fugindo, diziam a si mesmos, embora em seu foro íntimo soubessem que de algum modo o estavam fazendo.

Não puderam ver que um de seus companheiros fora obrigado a se ajoelhar, e que haviam disparado um tiro em sua nuca. O outro não pôde segurar o vômito. Dois minutos depois, os dois estavam mortos, jogados numa valeta.

***

Carlo Cipriani cobriu o rosto com as mãos. Mercedes permanecia pálida, mas impassível, sentada a seu lado, enquanto Hans Hausser e Bruno Müller revelavam em seus rostos o horror e a angústia que lhes causava o que Luca Marini estava lhes contando.

Haviam acudido ao escritório do presidente da agência Investigações e Seguros. Marini os instara a ir até ali. A empresa estava de luto. O silêncio dos empregados não deixava lugar a dúvidas.

No dia seguinte, chegariam de avião os dois cadáveres dos homens da Investigações e Seguros.

Assassinados. Foram mortos depois de terem sido brutalmente espancados. Seus companheiros não sabiam o que haviam dito nem a quem. Só que dez caminhonetes, cinco de cada lado, haviam-nos obrigado a parar. Eles chegaram a ver como eram golpeados; quando voltaram, mais tarde, com uma patrulha do exército que encontraram na estrada, deram com os corpos sem vida de seus companheiros. Exigiram uma investigação e estiveram prestes a ser detidos como principais suspeitos. Ninguém viu nada, ninguém sabia de nada.

A polícia interrogou-os usando métodos sumários, cuja lembrança traduzia-se em algumas contusões e cortes no rosto, no peito e no estômago. Depois de várias horas de interrogatório, colocaram-nos em liberdade e convidaram-nos a sair quanto antes do Iraque.

A embaixada da Itália apresentou um protesto formal, e o embaixador pediu uma entrevista urgente com o ministro das Relações Exteriores. Responderam-lhe que se encontrava em visita ao Iêmen. Naturalmente, a polícia investigaria o estranho acontecimento, que parecia obra de alguma gangue de delinqüentes envolvida com roubos.

Nos bolsos dos mortos não encontraram nada: nem documentos, nem dinheiro ou um simples maço de cigarros. Nada. Seus assassinos levaram tudo.

Luca Marini revivia seus piores dias de chefe da polícia antimáfia da Sicília, quando tinha de chamar as mulheres de seus companheiros para anunciar-lhes que seus maridos haviam caído, abatidos pelos tiros dos pistoleiros.

Pelo menos naquelas circunstâncias havia um funeral oficial, aparecia o ministro, colocavam uma medalha no féretro e a viúva recebia uma pensão generosa do Estado. Desta vez, o enterro seria privado, não haveria medalhas e teriam de evitar que a imprensa metesse o nariz no assunto.

– Sinto muito, mas o que aconteceu ultrapassa tudo que seria possível imaginar. Dou por rasgado meu contrato com vocês. Estão metidos em alguma coisa grande, com assassinos no meio. Mataram meus homens para avisá-los de que devem deixar em paz quem quer seja que estejam procurando.

– Gostaríamos de ajudar as famílias desses homens – disse Mercedes. – Diga-nos qual é a quantia correta nestes casos. Sei que não poderemos lhes devolver a vida, mas pelo menos poderemos ajudar os que deixaram.

Marini olhou para Mercedes, espantado. A mulher não era dada a hesitações. Tinha o senso prático que têm todas as mulheres, mas, além disso, não perdia tempo derramando lágrimas.

– Isso depende de vocês – respondeu. – Francesco Amatore deixa mulher e uma menina de dois anos. Paulo Silvestre estava solteiro, mas a seus pais cairá bem uma ajuda, pois têm outros filhos para criar.

– O senhor acha que um milhão de euros é suficiente, meio milhão para cada família? – perguntou Mercedes.

– Suponho que é uma quantia generosa – respondeu Luca Marini. – Mas precisamos tratar de outro assunto. A polícia quer saber por que dois de meus homens estavam no Iraque, quem pagou para que os enviasse e para quê. Até agora driblei como pude, mas estou sendo esperado amanhã pelo diretor-geral. Ele exige respostas, pois o ministro as está cobrando dele. E embora sejamos velhos amigos e saiba que me ajudarão, tenho de lhe dar essas respostas. Agora, digam-me o que querem que eu diga e o que preferem que omita.

Os quatro amigos olharam-se em silêncio, conscientes da delicadeza da situação. Era muito complicado explicar à polícia as razões que levaram um médico aposentado, um professor de física, um concertista de piano e uma empresária da construção a contratar os serviços de uma agência de investigações que enviara quatro homens ao Iraque.

– Diga-nos você qual seria a razão mais plausível – pediu-lhe Bruno Müller.

– Na verdade, vocês nunca me disseram por que queriam saber da moça e nem quem estão procurando no Iraque.

– É um assunto que não diz respeito a ninguém – disse Mercedes, com voz gélida.

– Senhora, há dois mortos, e por isso a polícia acredita que temos de dar respostas.

– Luca, você nos permite falar um minuto a sós? – pediu-lhe Carlo Cipriani.

– Sim, agora mesmo, vocês podem usar a sala de reunião. Quando lhes ocorrer alguma coisa, avisem-me.

O presidente da Investigações e Seguros os acompanhou a uma sala anexa a seu escritório, fechando suavemente a porta.

Carlo Cipriani foi o primeiro a falar.

– Temos duas alternativas: ou dizer a verdade ou procurar uma desculpa plausível.

– Não há desculpas plausíveis quando há cadáveres – afirmou Hans –, e menos ainda com dois cadáveres de inocentes. Se pelo menos fossem deles...

– Se dissermos a verdade, será o fim de tudo. Vocês perceberam?

O tom de voz de Bruno tinha uma nota de angústia.

– Não estou disposta a me render agora, por isso pensemos em um modo de enfrentar esta situação. Isto não é a coisa mais grave que aconteceu em nossas vidas, é, apenas, um contratempo a mais, doloroso e inesperado, mas apenas um contratempo.

– Meu Deus, como você é dura, Mercedes! – A exclamação de Carlo saiu do fundo de sua alma.

– Dura? Você está mesmo dizendo que sou dura? Carlo, passamos anos nos preparando, dizendo que seríamos capazes de enfrentar todas as dificuldades. Bem, aqui as temos. Agora, em vez de lamentar, pensemos.

– Não sou capaz – disse, em voz baixa, Hans Hausser. – Não me ocorre nada.

Mercedes olhou-o com desgosto. Depois, levantando-se, tomou conta da situação.

– Bem, Carlo, você e eu somos velhos amigos; eu estou de passagem em Roma, e já lhe disse que, diante do fato de que a guerra parece inevitável, quero que minha empresa esteja entre as que ficarão com um pedaço do bolo da reconstrução. E é por isso que, apesar da minha idade, estou vislumbrando a possibilidade de ir eu mesma a Bagdá para ver a situação de perto e conhecer as futuras necessidades. Você me disse que sou uma velha louca, que para isso existem agências de investigações, gente preparada, capaz de avaliar a situação de uma zona de conflito. Apresentou-me a outro velho amigo, Luca Marini. Eu tinha minhas dúvidas, preferia ter contratado uma agência espanhola, mas no final optei pela Investigações e Seguros. Aceitemos a versão dos iraquianos; mataram os homens de Marini para roubá-los. Nada extraordinário considerada a situação do Iraque. Naturalmente, estou desolada e quero ajudar as famílias com uma pequena indenização. É esta a versão.

Os três homens olharam para ela com admiração. Era incrível que em um segundo lhe ocorresse uma desculpa como essa. Ainda que a polícia não acreditasse, era plausível.

– Vocês estão de acordo ou têm outra idéia?

Não lhes ocorria nada, de modo que aceitaram a versão idealizada por Mercedes.

Quando a relataram a Lucas Marini, este ficou pensando. Não era ruim, salvo se alguém desse com a língua e contasse que seus homens haviam seguido Clara Tannenberg em Roma.

– Sim, tem razão – aceitou Mercedes –, não deveríamos misturar as duas coisas. Você não tem motivo para dizer que dois dias antes seus homens seguiam alguém em Roma. Este não é o "caso", pois nada aconteceu em Roma. O problema foi o Iraque.

– Bem – insistiu Marini –, mas o "caso", como você diz, começou em Roma e tem relação com essa mulher. Além do mais, não sabemos o que meus homens disseram antes de morrer. É mais do que provável que tenham explicado que trabalhavam para a Investigações e Seguros e que tinham a missão de seguir Clara Tannenberg.

– Você, certamente, tem razão – interferiu Hans Hausser –, mas a polícia iraquiana não disse nada sobre seus outros homens e, pelo que sabemos, tampouco o embaixador. Depois, os iraquianos encerraram o caso. Por isso, não vejo motivo para que não seja encerrado aqui também.

– Sr. Marini – disse Mercedes, muito séria –, deram-nos um aviso com o assassinato de seus homens. Um aviso macabro. É a forma que encontraram para dizer até onde estão dispostos a ir caso nos aproximemos mais dele ou dos seus.

– Do que você está falando, Mercedes? A quem se refere? – Luca Marini não podia ocultar sua curiosidade. Estava cansado dos mistérios partilhados por aqueles quatro velhos.

– Luca, não nos ocorre nada melhor do que já dissemos. Ajude-nos se estiver achando que esta versão não será satisfatória para a polícia italiana.

O tom grave de Carlo Cipriani comoveu o presidente da Investigações e Seguros. Cipriani era seu médico, um velho amigo que havia salvo sua vida quando outros médicos achavam que não valia a pena operá-lo, que estava desenganado. De modo que o ajudaria por mais que o aborrecesse aquela mulher, Mercedes Barreda.

– Vocês deveriam confiar em mim, me dizer a quem estão perseguindo e por quê. Assim eu poderia entender melhor o que aconteceu.

– Não, Luca, não diremos mais nada – afirmou Carlo. – Sinto muito. Não é falta de confiança.

– Está bem, fico com a explicação da Sra. Barreda. Espero que meus amigos da polícia sejam compassivos e não apertem minhas porcas mais do que o imprescindível. As famílias de meus homens estão desoladas, mas acreditam que eles morreram devido ao caos do Iraque. Bush já recrutou duas famílias italianas para sua causa contra o "império do mal". Tenho falado com a mulher de Francesco e com os pais de Paolo. Nenhuma das duas famílias sabia o que foram fazer no Iraque, eles não comentavam detalhes de seu trabalho em casa. De modo que não causarão maiores problemas, e se, além de tudo, vocês estiverem mesmo dispostos a lhes dar essa indenização... Bem. Ligarei para dizer como me saí com meus amigos da polícia.

– Perdoe-me por voltar a perguntar, mas você tem certeza de que não disse a seus homens quem os tinha contratado?

– Não, Carlo, não o fiz. Você não queria que nenhuma outra pessoa soubesse da existência de vocês, apenas eu, e quando dou minha palavra eu a cumpro.

– Obrigado, amigo.

Despediram-se sem mais rodeios.

– Vamos beber alguma coisa – sugeriu Mercedes –, estou mentalmente esgotada.

Foram para um velho café. O sol brilhava sobre Roma, mas os quatro tinham a alma destemperada.

– Ele nos descobriu – afirmou Bruno.

– Não, não; não descobriu – respondeu Mercedes. – Os homens de Marini não lhe disseram nada porque não sabiam de nada.

– Não percamos o sentido da realidade – afirmou Hans Hausser. – Já somos adultos, não podemos ficar paranóicos.

– Vamos esperar que Luca nos chame para dizer como foram as coisas na polícia – propôs Carlo. – E agora, amigos, tenho de deixá-los. Preciso passar na clínica; se não o fizer, meus filhos vão começar a se preocupar. O que vocês acham de a gente se encontrar na hora do jantar?

– Carlo – interrompeu-o Mercedes –, acho que a nenhum de nós faria mal descansar. A gente se vê amanhã.

– Sim, Mercedes tem razão. Acho que nos fará bem nos separarmos durante algumas horas para pensar e evitar ficar dando voltas no mesmo ponto – sentenciou Bruno.

– Como queiram.

Os quatro amigos despediram-se na porta do café. Precisavam de algumas horas de solidão, de reencontro consigo mesmos.

Mal tinha acabado de despachar com a secretária, quando Lara entrou no escritório do pai.

– Até que enfim o vejo, papai! Onde você se meteu com seus amiguinhos?

– Vamos, Lara, que maneira de se referir a uns anciões...

– É que você desapareceu, papai. Estávamos até preocupados, não é verdade, Maria?

– Sim, doutora.

– Obrigado, Maria, continuaremos amanhã.

Maria saiu do escritório do Dr. Cipriani, deixando-o com sua filha.

– Espero que você não se atrase hoje à noite – disse Lara.

– Esta noite?

– Mas, papai, não me diga que você esqueceu que é o aniversário da mulher do Antonino e vamos todos jantar na casa deles...

– Sim, o aniversário! Não, não havia esquecido. Achei que você estivesse falando de outra coisa.

– Pensamento fatal. O que você comprou para ela? A gente sabe que a mulher de Antonino é um pouco especial.

– Pensava em passar agora na Gucci.

– Mais uma vez um lenço?

– É o que me ocorreu.

– Melhor uma bolsa. Quer que eu o acompanhe?

Carlo olhou para a filha e sorriu. Sim, seria agradável passear com ela e ouvir tudo o que quisesse contar sobre o que acontecera naqueles dias na clínica.

***

Alfred Tannenberg ouvia impassivelmente o coronel. Conheciam-se havia muitos anos e o coronel sempre lhe prestara bons serviços. Custava-lhe caro, muito caro, mas valia a pena. O coronel pertencia ao clã de Saddam, os dois eram de Tikrit, e fazia parte de seu círculo de confiança no departamento de Segurança do Estado, de modo que Tannenberg estava sempre informado do que acontecia no palácio.

– Vamos, diga-me quem mandou esses homens – insistia o coronel.

– Juro que não sei. Eram italianos, de uma empresa chamada Investigações e Seguros, e foram contratados para seguir Clara, mas não disseram nada além disso, creio que porque não sabiam mais. Se soubessem, garanto que teriam falado.

– Não creio que alguém tenha interesse em fazer alguma coisa com sua neta.

– Eu também não acredito, mas se alguém o fizer, será como um castigo para mim.

– E você, velho amigo, tem muitos inimigos.

– Sim, e também amigos. Conto com você.

– Sabe que sim, mas eu gostaria que me dissesse algo mais. Você tem amigos poderosos. Não os terá ofendido?

Alfred não se mexeu em sua cadeira nem alterou a expressão de seu rosto.

– Você também tem amigos poderosos. Nada menos do que George Bush, que vai mandar para cá seus fuzileiros navais para lançá-los ao mar.

O coronel deu uma risadinha enquanto acendia um cigarro egípcio. Gostava deles porque eram aromáticos.

– Você teria de me dizer algo mais; caso contrário, será difícil ajudar a proteger Clara.

– Garanto que não sei quem enviou esses dois homens. O que estou lhe pedindo é que você reforce a segurança da Casa Amarela e esteja atento a qualquer informação. Sou eu quem lhe pede que me ajude a averiguar quem mandou esses desgraçados.

– Eu o farei, amigo, farei. Quer saber de uma coisa? Estou preocupado há vários dias. Acho que haverá guerra, por mais que o palácio pense que Bush nos ameaça, mas, no último momento, dará para trás. Minha impressão é a de que vai tentar acabar aquilo que seu pai começou.

– Eu também acho.

– Gostaria de colocar minha esposa e minhas filhas a salvo. Meus dois filhos estão no exército, e por isso posso fazer muito pouco por eles agora, mas as mulheres... Preocupa-me o que custará.

– Vou cuidar disso.

– Você é um bom amigo.

– E você também.

Alfred Tannenberg não sabia quem nem por que havia mandado seguir Clara. Os investigadores eram italianos, e por isso alguém os contratara em Roma e eles haviam seguido a pista de sua neta até o Iraque. Ou talvez estivessem procurando por ele. Mas quem? Ou talvez quisessem assustá-lo, avisá-lo de que não poderia romper com as normas, que não lhe permitiriam entregar à neta a *Bíblia de Barro*.

Sim, pensou, eram "eles", seus velhos amigos. Mas desta vez não se saíram bem. Sua neta encontraria a *Bíblia de Barro* e a glória seria sua. Não permitiria que ninguém cruzasse a vida de Clara.

Sentiu-se aturdido, mas fazendo um esforço sobre-humano continuou andando até o carro. Seus homens não podiam ver nele nenhum sinal de debilidade. Teria de suspender a viagem à cidade do Cairo. O especialista o esperava para fazer novos exames e operá-lo, se fosse necessário. Mas não ia voltar a enfrentar uma sala de cirurgia, agora menos do que nunca. Poderiam anestesiá-lo para sempre. Eles eram capazes disso e de muito mais. E não porque não gostassem dele: gostavam, mas ninguém podia ferir as normas. Além do mais, pensou, por mais que os médicos tentassem, era inútil esperar que prolongassem sua vida. A única coisa que lhe restava era acelerar ainda mais os planos para que Clara começasse a escavar.

Pediu que o levassem ao ministério da Cultura. Precisava ver Ahmed.

Ahmed estava falando ao telefone quando Tannenberg entrou em seu escritório; esperou com impaciência até que terminasse a conversa.

– Boas notícias: era o professor Picot – disse Ahmed depois de desligar. – Não se compromete com nada, mas diz que virá para dar uma olhada. Se o que vir o convencer, voltará com uma equipe para começarmos a escavar. Vou chamar Clara. Temos de organizar tudo.

– Quando esse tal de Picot vai chegar?

– Amanhã. Está vindo de Paris. Quer que sigamos imediatamente para Safran; também quer ver as duas tábuas... O senhor precisará mostrá-las.

– Não, eu não verei esse Picot. Você sabe que nunca vejo ninguém que não deva ver.

– Nunca soube qual é o critério que o senhor usa para ver umas pessoas e outras não.

– Isso não lhe diz respeito. Você ficará encarregado de tudo; quero que esse arqueólogo os ajude. Ofereça-lhe o que estiver faltando.

– Alfred, Picot é rico. Não há nada que possamos lhe oferecer. Caso fique convencido de que as ruínas de Safran valem a pena, virá; caso contrário, nada nem ninguém o convencerá.

– Onde estão os arqueólogos iraquianos? O que foi feito deles?

– Você sabe que nunca tivemos grandes arqueólogos; somos poucos, e os que puderam foram embora há algum tempo. Dois dos melhores estão dando aula em universidades norte-americanas, e já são mais norte-americanos do que a Estátua da Liberdade; não voltarão jamais. Além do mais, lembro que há meses nós, funcionários, estamos recebendo apenas metade do salário, e que isto aqui não é os Estados Unidos, onde há fundações, bancos, empresas que se dedicam a financiar missões arqueológicas. Isto aqui é o Iraque, Alfred, o Iraque. Por isso, você não vai encontrar mais arqueólogos do que eu e dois outros que a duras penas nos ajudarão.

– Mas serão bem pagos. Falarei com o ministro. Vocês vão precisar de um avião que os leve a Safran, ou talvez seja melhor um helicóptero.

– Poderia ir a Basora e dali...

– Não percamos tempo, Ahmed. Falarei com o ministro. A que horas chega Picot?

– Amanhã à tarde.

– Leve-o ao hotel Palestina.

– Não poderíamos convidá-lo para ficar em casa? O hotel não está em seus melhores momentos.

– O Iraque não está em seus melhores momentos. Sejamos civilizados ao modo europeu, onde ninguém se enfiaria em sua casa sem conhecê-lo, e nós não conhecemos Picot. Além do mais, não quero ninguém perambulando pela Casa Amarela. Terminaríamos nos encontrando e já lhe disse que eu não existo para Picot.

Ahmed assentiu às indicações do avô de Clara. Seria feito o que ele dizia, como sempre. Ninguém contrariava Alfred Tannenberg.

– O coronel lhe disse alguma coisa sobre os homens que seguiam Clara?

– Não, sabe menos do que a gente.

– Era necessário matá-los?

Alfred franziu o cenho. Não gostou da pergunta de Ahmed. Este surpreendeu-se por ter verbalizado seu pensamento.

– Sim, era. Quem os enviou agora sabe que tipo de jogo nós jogamos.

– Estão atrás de você, não é verdade?

– Sim.

– Por causa da *Bíblia de Barro*?

– É isso que ainda preciso averiguar.

– Nunca lhe perguntei sobre isso, na verdade ninguém se atreve a tocar no assunto, mas seu filho foi morto?

– Sofreu um acidente no qual ele e Nur morreram.

– Ele foi morto, Alfred?

Ahmed olhou com dureza para o ancião, mas este sustentou seu olhar. Nem mesmo pestanejava quando remexiam na ferida aberta pela morte de Helmut e sua esposa.

– Helmut e Nur estão mortos. Não há nada mais que você deva saber.

Os dois homens se mediram durante alguns segundos, mas foi Ahmed quem desviou o olhar, incapaz de suportar o gelo dos olhos daquele ancião que a cada dia lhe parecia mais terrível.

– Você tem alguma dúvida, Ahmed?

– Não.

– Melhor assim. Tenho sido tão sincero quanto posso com você. Você conhece a natureza de meu negócio. Algum dia ele será seu; certamente, antes do que você imagina, e eu quero isso. Mas não me julgue; não o faça, Ahmed, não permito que ninguém o faça, nem mesmo você, e de nada lhe serviria o escudo de Clara.

– Eu sei, Alfred, sei o tipo de homem que você é.

Não havia desprezo no tom da voz de Ahmed, apenas a constatação de que sabia que estava trabalhando para o próprio demônio.

7

Às quatro da tarde, não havia vivalma no bairro de Santa Cruz, o bairro de ruas estreitas e praças modestas que sintetiza melhor do que nenhum outro a essência de Sevilha. Os batentes das janelas dos balcões da casa de dois andares ocupada pela família Gómez estavam fechados. O sol de setembro empenhava-se em chegar aos quarenta graus, e, apesar do ar condicionado que amenizava o calor solar, ninguém em são juízo em Sevilha teria deixado as guarnições de madeira das janelas abertas, nem mesmo entreabertas.

O frescor era dado pela escuridão; além do mais, aquela era a hora da sesta.

O mensageiro apertou pela terceira vez a campainha, entediado. A mulher que lhe abriu a porta parecia mal-humorada. Notava-se que estivera dormindo e a campainha a havia arrancado do torpor da tarde.

– Este envelope é para Dom Enrique Gómez. Disseram-me para entregar-lhe pessoalmente.

– Dom Enrique está descansando. Pode deixar comigo que eu o entregarei.

– Não, não posso, tenho de ter certeza de que Dom Enrique recebeu o envelope.

– Ouça, estou dizendo que lhe darei.

– E eu lhe digo que ou entrego o envelope a ele ou levo-o de volta comigo. Sou um mensageiro e faço aquilo que me mandam fazer.

– Ouça, faça-me o favor de me dar o envelope!

– Eu lhe digo que não!

A mulher havia levantado a voz e o mensageiro também. Ouviu-se um rumor de vozes e uns passos apressados.

– O que está havendo, Pepa?

– Nada, senhora, este mensageiro insiste em dizer que tem de entregar pessoalmente um envelope ao senhor e eu estou lhe dizendo que não.

– Dê-me o envelope – pediu a mulher ao mensageiro.

– Não, também não vou entregá-lo à senhora. Ou o entrego ao Sr. Gómez ou vou embora.

Rocío Alvarez olhou o mensageiro de cima a baixo, pensando em fechar a porta na cara dele. Mas um sexto sentido impediu-a de fazê-lo. Ela sabia que devia ser prudente em relação a tudo que dizia respeito a seu marido. E por isso, mordendo o lábio inferior e muito a contragosto, mandou Pepa ir ao andar de cima avisar ao marido.

Enrique Gómez desceu em seguida e mediu o mensageiro com um olhar; chegou à conclusão de que era isso, apenas um mensageiro.

– Rocío, Pepa, não se preocupem, eu atendo a este senhor.

Arrastou a palavra "senhor" para incomodar o mensageiro que, suado e com um palito de fósforo entre os dentes, observava-o de maneira impertinente.

– Ouça, chefe, eu não queria atrapalhar sua sesta, eu faço o que me mandam e me disseram que lhe dê este envelope em mãos.

– Quem o envia?

– Ah, isso eu não sei! A empresa me entregou e eu trouxe. Se quiser saber de alguma coisa, ligue para a empresa.

Não se deu ao trabalho de responder. Assinou o recibo, pegou o envelope e fechou a porta. Ao virar o corpo, encontrou Rocío, ao pé da escada, olhando-o com preocupação.

– O que está havendo, Enrique?

– O que está acontecendo, mulher?

– Não sei, mas me senti sufocada, como se nesse envelope chegassem más notícias.

– Mas isso é coisa que se diga, Rocío! O mensageiro era um estúpido a quem disseram que trouxesse o envelope e o entregasse a mim e não arredou pé, feito um burro. Vamos, vá descansar, que, com este calor, não se pode fazer outra coisa. Eu subirei em seguida.

– Mas se é alguma coisa...

– Mas o que poderá ser, mulher! Ande, deixe-me.

Sentou-se atrás da mesa de seu escritório e abriu, com preocupação, o volumoso envelope do tamanho de uma folha. Não pôde evitar uma careta de desgosto e asco ante as fotografias que tinha diante de si. Procurou uma carta dentro do envelope e não ficou surpreso ao ver em uma página a letra apertada de Alfred Tannenberg.

Mas quem eram esses homens que haviam sido mortos?

Voltou a passar os olhos pelas fotografias. O que via eram dois homens arrebentados por pauladas, com os rostos irreconhecíveis. Em outra série, apareciam com um buraco de bala na cabeça.

Na página, apenas três palavras: "Desta vez, não."

Rasgou o papel em pequenos pedaços e guardou-os no bolso da jaqueta para jogá-los na privada. Quanto às fotos, não sabia o que fazer com elas, por isso, por enquanto, as guardaria no cofre.

Quando subiu para o quarto, sua mulher o esperava inquieta.

– O que era, Enrique?

– Uma besteira, Rocío, uma besteira. Não se preocupe. Ande, vamos descansar, que ainda não são cinco horas.

***

O mensageiro aproximou-se dos dois homens que conversavam animadamente enquanto tomavam o café da manhã num canto do bar do hotel do qual se avistava a praia de Copacabana. Encaminhando-se ao de mais idade, entregou-lhe um envelope grande, volumoso, do tamanho de uma página.

– Perdoe-me, senhor, acabam de trazer isso para o senhor e na recepção me indicaram que estava aqui.

– Obrigado, Tony.

– De nada, senhor.

Frank dos Santos colocou o envelope em uma pasta e continuou conversando despreocupadamente com seu sócio. Ao meio-dia, chegaria Alicia e iriam almoçar; depois passariam a tarde e a noite juntos. Fazia muito tempo que não vinha ao Rio, um tempo muito longo, pensou. Viver nas margens da selva fazia com que perdesse a noção do tempo.

Pouco antes das 12, subiu à suíte que tinha reservada no hotel. Olhou-se no espelho do vestíbulo dizendo-se que para um velho de 85 anos ainda tinha uma certa postura. Mas dava no mesmo, pois Alicia se comportaria como se ele fosse Robert Redford. Pagava-a para isso.

***

Estava prestes a subir em seu avião privado quando viu um de seus secretários correndo pela pista.

– Sr. Wagner, espere!

– O que aconteceu?

– Veja, senhor, um mensageiro trouxe este envelope. Vem de Amã e, ao que parece, é muito urgente. Insistiram que o senhor deveria recebê-lo imediatamente.

George pegou o envelope e, sem agradecer, continuou subindo a escadinha do avião.

Sentou-se em uma cômoda poltrona e, enquanto sua aeromoça particular lhe preparava um uísque, rasgou o envelope.

Observou as fotos com um gesto de desprezo e amassou com fúria o papel manuscrito de Alfred com três palavras: "Desta vez, não."

Levantou-se do assento e fez um sinal para a aeromoça. Esta apressou-se a acudir para receber ordens de seu chefe.

– Diga ao comandante que cancele o vôo. Tenho de voltar ao escritório.

– Sim, senhor.

A fúria ia dominando seu olhar. Enquanto cruzava a pista a caminho do terminal de aviões privados, pegou seu celular e fez uma chamada para muitos quilômetros de distância.

***

Maldita Sra. Miller. Robert Brown maldizia intimamente a esposa do senador. Sentia dores nas costas por estar sentado sem nenhum encosto sobre uma manta no gramado da mansão dos Miller. E, para culminar, ainda não vira seu mentor. Dissera que se veriam no piquenique, mas ele não havia aparecido.

Sentiu alívio ao ver Ralph Barry se aproximar. Ele o livraria da chata da esposa do senador, que tentava convencê-lo a doar uma generosa quantia de dólares para os futuros órfãos do Iraque.

– Você sabe, querido Sr. Brown, que a guerra deixará seqüelas. Desgraçadamente, as crianças sempre ficam com a pior parte, e por isso minhas amigas e eu formamos um comitê para ajudar os órfãos.

– Naturalmente, a senhora pode contar com minha colaboração pessoal, Sra. Miller. Quando a senhora achar que for oportuno, diga-me para onde devo transferir a quantia que me indicar.

– Oh, quão generoso! Eu não devo dizer-lhe com quanto deve colaborar. Deixo a seu critério.

– Talvez dez mil dólares?

– Fantástico! Dez mil dólares nos seriam de grande ajuda.

Ralph Barry aproximou-se. Tinha nas mãos um envelope volumoso, que lhe entregou.

– Acaba de chegar de Amã. O mensageiro afirma que é urgente.

Robert Brown levantou-se pedindo desculpas à esposa do senador e dirigiu-se até a casa para procurar um lugar discreto. Barry o acompanhava, sorridente e relaxado. Para um professor como ele, ombrear-se com a nata da sociedade de Washington significava poder dizer que havia chegado ao topo.

Em uma pequena sala, encontraram um canto onde sentar. Brown abriu o envelope e retirou as fotos. Sua expressão virou uma careta.

– Que covarde! – exclamou. – Que filho-da-puta!

Depois leu a nota com as três palavras manuscritas: “Desta vez, não.”

Ralph Barry percebeu a tensão de seu chefe, mas esperou que ele lhe mostrasse as fotos do envelope. Brown, porém, não o fez. Voltou a guardá-las, sem ocultar um gesto de raiva.

– Procure Paul Dukais.

– O que está havendo?

– Nada que lhe diga respeito, embora, pensando bem... Vou lhe dizer: temos problemas, problemas com Alfred. Não ficarei muito tempo nesta festa estúpida. Assim que falar com Paul, irei embora.

Ralph Barry não fez nenhum comentário e foi procurar o presidente da Planet Security.

***

O helicóptero sobrevoou Tell Mughayir, a antiga Ur, antes de avistar Safran; ao aterrissar, levantou uma poeira amarela que honrava o nome da aldeia.

A Safran moderna constitui-se por apenas três dúzias de casas construídas com adobe e intemporais, embora no telhado de algumas delas a antena de televisão delate a época. A menos de um quilômetro, a antiga Safran surge cercada por postes e cercas que delimitavam o perímetro com cartazes de "Proibido entrar" e "Propriedade do Estado".

Pouco importava aos camponeses de Safran como seus antepassados viviam; já era suficiente o que tinham de viver no presente. O que eles achavam estranho, isso sim, é que desde a queda da maldita bomba alguns soldados haviam acampado perto da cratera onde diziam que estavam os restos de uma antiga aldeia ou talvez de um palácio. Quem sabe houvesse ali algum tesouro, mas a presença dos quatro soldados era dissuasória.

O coronel não tinha podido deslocar mais do que quatro homens para aquela recôndita aldeia entre Ur e Basora, mas eles eram suficientes para manter na linha os camponeses, que voltavam a observar o céu, surpresos e com medo do ruído infernal do helicóptero.

Yves Picot observava Clara Tannenberg de soslaio. Parecia-lhe exótica. Olhos azuis cor de aço em um rosto moreno emoldurado por uma vasta cabeleira castanha. A beleza dela não surgia à primeira vista; era necessário ir olhando-a pouco a pouco para perceber a harmonia de suas feições e de seu olhar inteligente e inquieto.

Tinha considerado-a uma histérica cheia de caprichos, mas talvez tivesse se precipitado no julgamento. Sem dúvida, a vida a tratara bem; bastava ver como se vestia naquele Iraque cada vez mais empobrecido. Além disso, a conversa que haviam tido na noite passada, jantando no hotel, somada à que mantinham quase aos gritos no helicóptero, levavam-no a intuir que Clara era mais do que uma moça mimada e voluntariosa; parecia ser uma arqueóloga capaz, embora fosse ver isso daqui a pouco, quando estivesse em ação.

Quem de fato era um arqueólogo envolvente era Ahmed Huseini. Era evidente. Huseini não dizia uma palavra desnecessária, e as que pronunciava estavam carregadas de razão e de conhecimentos profundos sobre a realidade mesopotâmica.

O helicóptero militar aterrissou perto da tenda onde os quatro soldados do coronel se resguardavam.

Desceram à terra tentando tapar o rosto. Em um segundo estavam mastigando a poeira fina e amarelada daquele lugar distante, enquanto alguns aldeões curiosos aproximavam-se para ver quem estava chegando.

O chefe da aldeia reconheceu Ahmed Huseini e dirigiu-se a ele; depois, cumprimentou Clara com uma inclinação de cabeça.

Acompanhados pelo chefe da aldeia e pelos soldados, percorreram o lugar.

Picot e Ahmed escorregaram pela cratera que deixava entrever os restos de uma edificação da qual, por falta de recursos, só haviam podido desimpedir um perímetro de duzentos metros.

Yves Picot ouvia com atenção as explicações de Ahmed, e este respondia a todos os questionamentos apresentados pelo arqueólogo francês.

Havia, a descoberto, um pequeno aposento quadrado com muitas estantes onde amontoavam-se restos de tábuas destroçadas.

Clara não suportava estar contemplando lá de cima o vaivém dos dois homens e ouvindo Ahmed explicar que as poucas tábuas que tinham sido encontradas intactas haviam sido trasladadas a Bagdá. Impaciente, pediu aos soldados que a ajudassem a descer até onde eles estavam.

Ficaram mais de três horas olhando, raspando, medindo, resgatando restos de tábuas das quais mal se podia ler o conteúdo, tão pequenos eram os pedaços a que tinham sido reduzidas.

Quando saíram da cratera, estavam cobertos por uma fina camada de pó amarelo.

Ahmed e Picot conversavam animadamente sem prestar muita atenção em Clara. Os dois homens pareciam compartilhar seu pesar, admitindo cada um a competência do outro na matéria.

– Poderíamos montar o acampamento ao lado da aldeia. Poderíamos contratar alguns homens daqui para nos ajudar nas tarefas mais elementares. Mas precisamos de especialistas, gente preparada que não destroce a edificação. Ademais, como você mesmo viu, pode ser que encontremos outras, entre elas a antiga Safran. Poderia conseguir tendas do exército, embora não sejam confortáveis, e talvez mais alguns soldados para garantir a segurança.

– Não gosto de soldados – afirmou, categoricamente, Picot.

– Nesta parte do mundo eles são necessários – respondeu Ahmed.

– Ahmed, os satélites espiões varrem o Iraque, de modo que se detectarem um acampamento militar, no dia em que resolverem bombardear o país arrasarão este lugar. Acho que devemos fazer as coisas de outra maneira. Nada de tendas militares, nem de soldados. Pelo menos nada mais do que estes quatro, que podem servir de elemento dissuasório se algum aldeão quiser bancar o esperto. Se eu vier a escavar, será com equipes civis e material civil.

– Você virá? – perguntou, com certa ansiedade, Clara.

– Ainda não sei. Quero ver estas duas tábuas de que vocês me falaram, mais as outras que dizem ter encontrado aqui com a rubrica desse Shamas. Antes de analisá-las, não terei uma opinião mais sólida. Em princípio, isto parece interessante; acredito, como seu marido, que se trata de um antigo templo-palácio e que, além das tábuas, poderíamos encontrar outros objetos. Mas também não posso afirmá-lo categoricamente. A resposta que eu tenho de dar à pergunta que me estou fazendo é se o que vejo vale a pena transferir para cá vinte ou trinta pessoas com os meios requeridos por uma escavação desta natureza, e o custo econômico que envolverá, em circunstâncias que não são as mais apropriadas. Qualquer dia, aparecerão os F-18 do Tio Sam e os fritarão. Vão arrasar o Iraque, e não vejo motivo para que não nos arrastem se estivermos aqui. Duvido muito que dêem importância ao fato de que viemos tentando resgatar as ruínas de um templo-palácio de alguns séculos antes de Cristo. Por isso, vir agora para cá é correr um risco desnecessário. Talvez depois da guerra...

– Mas não podemos deixar isso assim! Tudo será destruído!

A voz de Clara denotava angústia.

– Sim, a senhora, sem dúvida, tem razão. Os F-18 não deixarão nada, exceto mais poeira amarela; a questão é saber se quero arriscar a vida, além de dinheiro, envolvendo-me numa aventura como esta. Não sou Indiana Jones e tenho de analisar, correndo o risco de me equivocar, quanto tempo mais ou menos os ianques levarão para começar a bombardear, quanto tempo levaria para formar uma equipe e transferi-la para cá, quanto tempo investiríamos para obter algum resultado...

"A guerra deve começar quando muito em seis ou oito meses. Leiam os jornais. Descobri há muito tempo que os jornais contam tudo, mas o volume de informações e a barafunda de notícias é tal que acabamos não percebendo o que é evidente. Bem, em seis meses conseguiríamos alguma coisa? Em minha opinião, não. Vocês sabem que uma escavação desta envergadura requer anos."

– De modo que você já tomou a decisão. Só veio por curiosidade – afirmou, mais do que perguntou, Clara.

– Você tem razão. Vim porque sentia curiosidade; quanto à decisão, ainda não a tenho de todo tomada. Faço o papel de meu próprio advogado do diabo.

– As tábuas que você quer ver estão em Bagdá, onde poderá avaliá-las. Queríamos que antes tivesse uma idéia deste lugar – interveio Ahmed.

O chefe da aldeia convidou-os a refrescar-se e tomar uma xícara de chá e comer alguma coisa. Aceitaram, colaborando com as bolsas de comida que haviam levado com eles. Para Ahmed e Clara foi uma surpresa ouvir Picot falar em árabe.

– Você fala árabe bastante bem. Onde aprendeu? – perguntou Ahmed.

– Comecei a estudá-lo no dia em que decidi que minha vocação era a arqueologia. Se quisesse escavar, uma boa parte seria em países de língua árabe, e como nunca gostei de intermediários, comecei a aprender o idioma. Não falo perfeitamente, mas o suficiente para entender e ser entendido.

– E também lê e escreve?

– Sim, também leio e escrevo.

O chefe da aldeia acabou revelando ser um homem sagaz, entusiasmado por ter ali aqueles visitantes que, se resolvessem escavar, trariam prosperidade às pessoas do lugar.

Conhecia Clara e Ahmed porque eles tinham começado as escavações, até que foram obrigados a abandoná-las por falta de recursos. Os homens da aldeia não tinham conhecimentos suficientes para ajudá-los sem destruir o que encontrassem no caminho.

– O chefe está nos oferecendo alojamento em sua casa para passar a noite. Também podemos fazê-lo na tenda militar que trouxemos no helicóptero. Amanhã poderíamos visitar a região para termos uma idéia do lugar; poderíamos, inclusive, ir até Ur, se é que não podemos voltar a Bagdá agora. Você decide.

Yves Picot não levou muito tempo para tomar uma decisão. Aceitou passar a noite em Safran para visitar, no dia seguinte, seus arredores. Esta viagem adquiria para ele uma nova dimensão. O trajeto de helicóptero desde Bagdá, a solidão imensa da terra amarela que se abria diante de seus olhos, o desconforto como elemento de aventura. Pensou que talvez nunca voltasse àquele lugar e, no caso de fazê-lo, seria com uma vintena de pessoas, de modo que não poderia desfrutar a quietude que a tudo envolvia.

Ahmed previra a possibilidade de que ficassem para dormir, de modo que o coronel dera ordens aos soldados que os escoltavam para que dispusessem de tendas e de rações alimentares, e havia pedido a Fátima que preparasse algumas bolsas com comida e bebida. A mulher tinha se esmerado, preparando-lhes diversas travessas de saladas, *humus*, frango frito, além de petiscos e vários tipos de frutas.

Clara protestara pelo excesso de comida, mas Fátima não se mostrara disposta a admitir que viajassem sem o que lhes havia preparado, e por isso estavam bem servidos.

Os soldados ergueram duas tendas, perto das de seus quatro companheiros que vigiavam as ruínas. Picot poderia dormir com eles, e na outra ficariam Ahmed e Clara. Mas o chefe da aldeia insistiu que Ahmed e Clara dormissem em sua casa e assim ficou decidido, para satisfação de Picot, que poderia desfrutar uma tenda só para ele.

Beberam chá e comeram pistache junto a outros homens que se aproximaram da casa do chefe da aldeia. Ofereciam-se para trabalhar nas escavações. Queriam definir as quantias que receberiam por cada jornada de trabalho. E Ahmed, secundado por Picot, começou a negociar, coisa que duraria muito tempo.

Às dez da noite, a aldeia estava mergulhada no silêncio. Os camponeses amanheciam com o sol, e por isso iam se deitar cedo.

Clara e Ahmed acompanharam Picot a sua tenda. Eles também haviam começado assim que o sol levantara.

Depois, em silêncio, dirigiram-se até os restos daquela edificação que os havia fascinado. Sentaram-se sobre a areia, apoiados nos muros de adobe daquele palácio milenar. Ahmed acendeu um cigarro para Clara e outro para ele. Os dois fumavam, mas juravam a cada dia que seria o último, sabendo que não cumpririam a promessa. Mas, no Iraque, quem fumava não era transformado em um proscrito, como nos Estados Unidos ou na Europa. As mulheres fumavam em casa ou em lugares fechados, nunca na rua; Clara seguia essa norma.

O manto de estrelas parecia suavizar ainda mais a noite. Clara meio que cochilava tentando imaginar como teria sido aquele lugar há dois mil anos. Naquele silêncio, ouvia centenas de vozes de mulheres, de crianças, de homens. Camponeses, escribas, reis, todos passavam por ali, diante de seus olhos fechados, e eram tão reais como a noite.

Shamas. Como teria sido Shamas? Imaginava Abraão, pai de todos os homens, como o pastor seminômade que fora, vivendo em tendas, atravessando o deserto com seus rebanhos de cabras e ovelhas, dormindo a céu aberto em noites estreladas como aquela.

Abraão devia ter uma longa barba cinza e o cabelo espesso e emaranhado. Era alto, sim, via-o alto, de porte imponente, a inspirar respeito aonde quer que fosse.

A Bíblia também o apresentava como um homem astuto e duro, como um condutor de homens, além de rebanhos.

Mas por que Shamas acompanhou o clã até Harã e depois voltou? Isso é o que se podia deduzir dos restos de tábuas encontradas ali em Safran.

– Clara, acorde, vamos, já é tarde.

– Não estou dormindo.

– Sim, sim, está; ande, vamos.

– Vá você, Ahmed; deixe-me ficar um pouco neste lugar.

– É tarde.

– São apenas 11 horas e os soldados estão por perto, nada me acontecerá.

– Clara, por favor, não fique aqui.

– Você pode ficar comigo, assim, em silêncio, como estávamos. Está com sono.

– Não. Fumarei outro cigarro e depois iremos. Tudo bem?

Clara não respondeu. Não pensava em sair daquele lugar por um bom tempo. Queria continuar sentindo o frio do adobe encostado nas costelas.

8

Ili abraçou Shamas. O menino estava partindo com seu clã e sentia uma fisgada de tristeza e, ao mesmo tempo, um grande alívio. Era impossível disciplinar o petiz. Sim, ele era inteligente, mas incapaz de se concentrar em coisa alguma pela qual não tivesse interesse. Certamente não voltaria a vê-lo, embora essa não fosse a primeira vez que o clã de Taré marchava para o norte à procura de pastos levando produtos para comercializar.

Ouvira alguns homens dizerem que agora, provavelmente, iriam até as margens do Tigre e chegariam a Assur, de onde seguiriam para Harã.

Fossem por onde fossem, o fato é que levaria muito tempo para voltar a vê-los, se é que todos regressariam algum dia.

– Lembrarei de tudo o que você me ensinou – prometeu Shamas.

Ili não acreditou. Sabia que muito do que lhe ensinara perdera-se no ar, pois em muitas das aulas Shamas nem ao menos o escutava. Deu uma palmada nas costas do menino e entregou-lhe alguns cálamos de cana e osso. Era um presente para um aluno do qual nunca se esqueceria; os muitos momentos agridoces que ele o havia feito passar ficariam para sempre em sua memória.

Mais de cinqüenta pessoas puseram-se em marcha levando seus pertences e animais.

Shamas procurou Abrão, que caminhava na frente ao lado de Yadin, seu pai, e de outros homens do clã. O menino não conseguiu que nenhum deles lhe desse atenção. Os homens ainda não haviam chegado a um acordo sobre o caminho a seguir, e Taré, cansado, encerrou a discussão determinando que não se afastariam do Eufrates, que se aproximariam da Babilônia, passariam por Mari e dali seguiriam para Harã e depois continuariam até chegar a Canaã.

O menino compreendeu que deveria deixar passar alguns dias para pedir a Abrão que começasse a relatar a Criação. Em primeiro lugar, teriam de se habituar à rotina da caminhada, por mais que ela fosse uma repetição de outras que já haviam sido feitas. Nos primeiros dias, sempre surgiam atritos, até que uns e outros se acostumassem a caminhar no ritmo das ovelhas e das cabras e a viver tendo o céu como teto.

Uma tarde, enquanto as mulheres abasteciam-se de água no Eufrates e os homens contavam o rebanho, Shamas viu Abrão afastar-se por um caminho e foi atrás dele.

Abrão seguiu por um bom pedaço, depois sentou-se em uma pedra larga e plana ao lado do rio e ficou, distraidamente, atirando na água pedrinhas que estavam ali na beira, a seu alcance.

Shamas percebeu que Abrão meditava, e por isso ficou escondido. Não queria importuná-lo. Esperaria que voltasse ao acampamento para falar com ele.

Algum tempo depois, ouviu Abrão chamá-lo.

– Venha, sente-se aqui – disse ao menino, indicando uma pedra próxima.

– O senhor sabia onde eu estava?

– Sim, você me acompanhou desde o acampamento, mas sabia que não me importunaria até que acabasse de pensar.

– O senhor falou com Ele?

– Não, hoje Ele não quis falar comigo. Procurei-o, mas não senti sua presença.

– Talvez porque eu estivesse por perto – respondeu o menino, compungido.

– É possível, mas talvez Ele não tenha nada a me dizer.

A resposta tranqüilizou Shamas; achou natural que Deus não falasse só por falar.

– Eu trouxe cálamos, um presente de Ili.

– Então vocês acabaram se reconciliando?

– Procurei ser um aluno melhor, mas sei que não fiz minhas tarefas da maneira que todos esperavam. Não é que eu não queira saber das coisas, é claro que quero, mas...

– Você prefere acompanhar o clã?

– Sempre?

– Sim, sempre.

– Posso aprender tudo o que Ili sabe indo de um lugar a outro?

– Há outros lugares onde podem lhe ensinar. Agora Ili já foi deixado para trás, pense em outra coisa.

– Sim, por isso o segui, queria pedir-lhe que começasse a me contar como Ele fez o mundo, e por quê.

– Eu o farei.

– Mas quando?

– Podemos começar amanhã.

– E por que não agora?

– Porque está escurecendo e sua mãe estará preocupada, sem saber onde você está.

– O senhor tem razão, mas em que momento de amanhã?

– Eu lhe direi. Vamos, não nos atrasemos mais.

No entanto, não começaram no dia seguinte, nem no outro, tampouco no que veio depois. As longas caminhadas, os cuidados com o rebanho, um incidente ou outro com aldeões dos lugares onde acampavam impediam Abrão de encontrar a calma necessária para explicar a Shamas por que Ele criara o mundo. Mas o menino não desistia de perguntar a Abrão sobre aquele Deus mais poderoso do que Enlil, Ninurta e até mesmo Marduk, de modo que durante a longa caminhada até Harã ouviu Abrão dizer que o único Deus era Ele, que os outros eram apenas figuras de barro.

– Então Marduk não lutou contra Tiamat?

– Tiamat, a deusa do caos... – respondia, sorridente, Abrão. – Você acredita que há um deus encarregado do caos, outro da água, outro dos cereais, outro das ovelhas, outro das cabras?

– Foi o que Ili me ensinou. Veja. Marduk lutou contra Tiamat e dividiu-a em dois pedaços; com um, fez o Céu, e, com o outro, a Terra. E de seus olhos brotaram os rios Tigre e Eufrates, e com o sangue do marido da deusa, o deus Kingu, modelou o homem. Marduk disse a Ea: "Vou amassar sangue e formar ossos. Vou criar um selvagem, cujo nome será 'homem'. Vou criar um ser humano, o homem, que desenvolva o culto aos deuses para que possam estar à vontade."

Shamas repetiu as palavras que ouviu tantas vezes de Ili, que instava seus alunos a aprender o *Enuma Elish*, o poema da criação do homem.

– Veja, ao que parece você aprendeu alguma coisa do que Ili lhe ensinou.

– Sim, mas me diga a verdade, Marduk existe?

– Não, não existe.

– Só existe o seu Deus?

– Só existe Deus.

– Então todos os homens estão equivocados, menos o senhor?

– Os homens tentam explicar o que acontece e olham para o céu pensando que há nele um deus para cada coisa. Se eles olhassem dentro do próprio coração, encontrariam a resposta.

– Quer saber de uma coisa? Eu procuro olhar meu coração como o senhor me aconselha, mas não consigo encontrar nada.

– Sim, encontra sim. Você encontrou o caminho para chegar a Deus, pois pergunta por Ele e quer encontrá-Lo.

– É verdade que o senhor destruiu a oficina onde Taré modelava imagens de deuses?

– Não a destruí, só quis demonstrar que eram apenas barro, e que dentro daquele barro não havia nada. Meu pai era um construtor de deuses. Taré é por acaso um deus?

O menino riu com vontade. Não, realmente Taré não era um deus. O velho pai de Abrão, com sua barba desgrenhada, não parecia ser um deus. Gritava, aborrecido, quando as crianças não lhe permitiam descansar nas horas em que o sol ardia, e ordenhava as cabras ao amanhecer. Os deuses não ordenham cabras, dizia Shamas a si mesmo.

Conforme iam se aproximando do norte, o tempo mudava imperceptivelmente. Uma tarde, o céu coloriu-se de cinza e depois descarregou milhões de gotas d'água sobre o acampamento de Taré.

Protegidos pelas tendas, os homens conversavam, as mulheres preparavam o alimento do fim do dia e as crianças brincavam de driblar a segurança das tendas de pele. Um ancião anunciou que já estavam perto dos pastos de Harã, e Taré confirmou, dizendo que ali descansariam durante algum um tempo, uma vez que tinham parentes naquele lugar e ele mesmo provinha dali.

Shamas ficou contente. Tinha vontade de se assentar em algum lugar. Decididamente, não havia gostado daquela história de ficar indo de um canto para outro. Sentia até mesmo falta da casa das tábuas, onde Ili dava aulas. Salvo suas conversas com Abrão, nenhuma pessoa do clã parecia especialmente interessada em falar de nada que não fosse a saúde do rebanho e os incidentes da jornada.

Naquela noite, sob o manto de chuva, enquanto Taré explicava-lhes que ficariam em Harã, Shamas perguntou ao pai se poderia encontrar outras casas de tábuas onde pudesse dar continuação à sua aprendizagem.

Yadin surpreendeu-se ao ouvir o pedido do filho.

– Eu achava que ir à escola era um castigo para você.

– Você estava enganado, pai. Acho melhor aprender do que caminhar.

– É assim que nós vivemos, Shamas. Não deprecie aquilo que somos.

– Não, pai, eu não deprecio. Gosto de dormir olhando as estrelas e de brincar desde o amanhecer. Dei nomes a todas as nossas cabras e ovelhas e aprendi a ordenhar. Mas sinto falta de saber.

O pai de Shamas ficou pensativo. Sabia da inteligência de seu filho, e esta viagem o transformara a olhos vistos: de repente, sentia saudades do conhecimento.

Falaria com Taré e com Abrão para decidir a sorte do menino.

O clã assentou-se fora das muralhas de Harã. Taré voltaria a modelar a argila com a ajuda de seus filhos Abrão e Nacor. Suas mãos eram capazes de dar forma a um deus, mas também modelavam tijolos e elaboradas vasilhas.

Não lhes faltaria, pois, meios de ganhar o sustento, e também possuíam rebanhos de ovelhas e de cabras e um bom número de burros de carga.

Yadin pediu a Taré que encontrasse um modo de permitir a Shamas retomar seu aprendizado.

Certa tarde, ao cair do sol, Abrão procurou Shamas. Encontrou-o brincando com outros meninos, mas percebeu que havia uma nuvem de tristeza no rosto do pequeno.

– Shamas! – chamou-o Abrão.

O menino acudiu, apressado.

– Agora que chegamos, pensei que talvez eu pudesse lhe contar a história do mundo. Já podemos cozinhar a argila para fazer as tábuas e, como você tem seus cálamos, poderia escrever a respeito dos motivos que levaram Deus a nos criar. Você sabe que de tudo o que a vista alcança só permanecerá o que ficar escrito?

– Foi Ele quem lhe disse isso?

– Senti dentro de mim. Os filhos dos nossos filhos podem acreditar nas histórias dos deuses pelo simples fato de que outros homens as deixaram escritas, para sempre, na argila cozida. E é por isso, para que O conheçam e tomem conhecimento daquilo que Ele fez, que nós, Shamas, vamos contar essa história.

– Nós?

– Sim, eu contarei e você escreverá; foi você quem me fez essa proposta antes de deixarmos Ur.

– Então vamos fazer – respondeu o menino, entusiasmado, consciente da sua nova responsabilidade. – Quando vamos começar?

– Quero que você prepare algumas tábuas para amanhã. Elas devem estar prontas na hora em que o sol começar a declinar. Eu começarei a contar a história do mundo para você ali ao lado daquelas palmeiras que ficam perto de nossas tendas. Estarei esperando por você.

Shamas correu até sua tenda, preocupado. Fazia muito tempo que não deslizava o cálamo sobre a argila. Teria esquecido como se fazia? Pediu, então, a seus pais que lhe permitissem preparar umas tábuas para que pudesse praticar. Não queria decepcionar Abrão, mas, sobretudo, não queria decepcionar a si próprio.

Quando as tábuas ficaram prontas, escreveu, como Ili lhe ensinara, seu nome na parte superior de cada uma: Shamas.

"Vou escrever a história do mundo. Abrão me a contará. Assim os homens saberão por que Ele os criou."

Shamas examinou a tábua e não se sentiu satisfeito com o resultado. Havia perdido a agilidade com o cálamo e os sinais estavam tortos. Resolveu continuar praticando até que a escrita se tornasse aceitável.

"Marduk é apenas um figura de barro. Os deuses de barro são apenas barro. O Deus de Abrão não pode ser visto, por isso é Deus. Não pode ser modelado, nem pode ser espatifado."

O menino voltou a olhar a tábua com olho crítico. Seu pai lançou um olhar por cima de seu ombro.

– Shamas, o que você está escrevendo?

– Só estou praticando, pai.

– Não se preocupe tanto assim – disse Yadin, com carinho.

– Não posso escrever a história do mundo com esses sinais tortos que nem eu mesmo entendo – queixou-se o menino.

– Seja paciente. Você vai conseguir.

"Só há um Deus que reina sobre o céu e a terra e não compartilha seu poder com mais ninguém", continuou escrevendo Shamas, e foi assim até que a luz do sol desapareceu no horizonte, e então não pôde fazer outra coisa, exceto dormir.

Bem cedo, assim que amanheceu, Shamas pediu ao pai que lhe preparasse novas tábuas para que pudesse continuar a aperfeiçoar sua escrita. Queria que Abrão não se envergonhasse dele quando lesse o que lhe contaria.

Antes de sair para cuidar do gado, Yadin ajudou o menino a preparar várias tábuas. Depois iria à cidade conversar com os sacerdotes; queria que eles se encarregassem de completar a formação de Shamas. Taré se comprometera a acompanhá-lo, posto que era um homem conhecido na cidade.

"Para falar com Deus temos de procurá-Lo em nosso coração. Abrão disse que Ele não fala com palavras; os homens devem sentir o que quer que façam. Eu O procuro dentro de mim, mas ainda não sou digno de ouvi-Lo. Creio que entre todos nós o único eleito por Ele foi Abrão."

E assim Shamas continuou escrevendo durante todo o dia, até que o sol começou a descer no horizonte e, quase correndo, foi até o palmeiral onde Abrão já o esperava.

Shamas mostrou a Abrão as tábuas e este não fez nenhum gesto nem de assentimento nem de reprovação.

– Você se esforçou e isso é suficiente, Shamas.

– Procurarei fazer melhor.

– Eu sei.

O menino sentou-se apoiando as costas em uma palmeira; prendeu a tábua entre as pernas e segurou o cálamo na mão esquerda, já que era canhoto.

Abrão começou a falar, e as palavras que ditava pareciam vir da espessura do céu:

– No princípio, Deus criou o céu e a terra. Ora, a terra estava vazia e vaga, as trevas cobriam o abismo, e um grande vento agitava a superfície das águas. Deus disse: "Haja luz", e houve luz. Deus viu que a luz era boa, e Deus separou a luz e as trevas. Deus chamou à luz "dia" e às trevas "noite". Houve uma tarde e uma manhã: primeiro dia.

"Deus disse: 'Haja um firmamento no meio das águas e que ele separe as águas das águas', e assim se fez. Deus fez o firmamento, que separou as águas que estão sob o firmamento das águas que estão acima do firmamento, e Deus chamou ao firmamento 'céu'. Houve uma tarde e uma manhã: segundo dia.

"Deus disse: 'Que as águas que estão sob o céu se reúnam num só lugar e que apareça o continente', e assim se fez. Deus chamou ao continente 'terra' e à massa das águas 'mares', e Deus viu que isso era bom.

"Deus disse: 'Que a terra verdeje de verdura; ervas que dêem sementes e árvores frutíferas que dêem sobre a terra, segundo sua espécie, frutos contendo sua semente', e assim se fez. A terra produziu verdura; ervas que dão semente segundo sua espécie, árvores que dão, segundo sua espécie, frutos contendo sua semente, e Deus viu que isso era bom. Houve uma tarde e uma manhã: terceiro dia.

"Deus disse: 'Que haja luzeiros no firmamento do céu para separar o dia e a noite; que eles sirvam de sinais, tanto para as festas quanto para os dias e os anos, que sejam luzeiros no firmamento do céu para iluminar a terra', e assim se fez. Deus fez os dois luzeiros maiores, o grande luzeiro como poder do dia e o pequeno luzeiro como poder da noite, e as estrelas. Deus os colocou no firmamento do céu para iluminar a terra, para comandar o dia e a noite, para separar a luz e as trevas; e Deus viu que isso era bom. Houve uma tarde e uma manhã: quarto dia.

"Deus disse: 'Fervilhem as águas um fervilhar de seres vivos e que as aves voem acima da terra, sob o firmamento do céu', e assim se fez. Deus criou as grandes serpentes do mar e todos os seres vivos que rastejam e que fervilham nas águas segundo sua espécie, e as aves aladas segundo sua espécie, e Deus viu que isso era bom. Deus os abençoou e disse: 'Sede fecundos, multiplicai-vos, enchei a água dos mares, e que as aves se multipliquem sobre a terra.' Houve uma tarde e uma manhã: quinto dia.

"Deus disse: 'Que a terra produza seres vivos segundo sua espécie; animais domésticos, répteis e feras segundo sua espécie', e assim se fez. Deus fez as feras segundo sua espécie, os animais domésticos segundo sua espécie e todos os répteis do solo segundo sua espécie, e Deus viu que isso era bom.

"Deus disse: 'Façamos o homem à nossa imagem, como nossa semelhança, e que eles dominem sobre os peixes do mar, as aves do céu, os animais domésticos, todas as feras e todos os répteis que rastejam sobre a terra.'

"Deus criou o homem à sua imagem, à imagem de Deus Ele o criou, homem e mulher Ele os criou. Deus os abençoou e lhes disse: 'Sede fecundos, multiplicai-vos, enchei a terra e submetei-a; dominai sobre os peixes do mar, as aves do céu e todos os animais que rastejam sobre a terra.' Deus disse: 'Eu vos dou todas as ervas que dão semente; que estão sobre toda a superfície da terra, e todas as árvores que dão frutos que dão semente/ isso será vosso alimento. A todas as feras, a todas as aves do céu, a tudo o que rasteja sobre a terra e que é animado de vida, eu dou como alimento toda a verdura das plantas', e assim se fez. Deus viu tudo o que tinha feito; e era muito bom. Houve uma tarde e uma manhã: sexto dia.

"Assim foram concluídos o céu e a terra, com todo o seu exército.

"Deus concluiu no sétimo dia a obra que fizera e no sétimo dia descansou, depois de toda a obra que fizera. Deus abençoou o sétimo dia e o santificou, pois nele descansou depois de toda a sua obra de criação.

"Essa é a história do céu e da terra, quando foram criados."[1]

Abrão ficou em silêncio enquanto Shamas acabava de escrever o que lhe havia contado. O menino não levantara os olhos da tábua e Abrão se deu conta do esforço que ele fizera para gravar cada linha nas colunas verticais sem cometer nenhum erro.

Shamas estendeu as tábuas a Abrão. Havia alguns sinais difíceis de entender, mas, em geral, o menino realizara com êxito a redação a respeito da origem do mundo.

– Entende-se bastante bem. Agora guarde estas tábuas em um lugar seguro, onde seus irmãos não possam quebrá-las, nem incomodem sua mãe. Pergunte a seu pai, ele lhe indicará o lugar. Bem, o que você pensa a respeito do que lhe contei?

– Penso que...

– Diga. O que você teme?

– Não quero aborrecê-lo, Abrão, mas a criação do mundo por Deus se parece com a criação do mundo pelos deuses.

– Sim, mas há várias diferenças.

– Quais?

[1] O Gênesis, segundo a Bíblia de Jerusalém.

– Vou lhe dar um exemplo: no poema de *Enuma Elish* que Ili ensinou-lhe a recitar, Marduk cria o homem matando a deusa Tiamat e seu esposo, o deus Kingu. Mas Marduk, por sua vez, também havia sido criado. Os deuses não criam nada, fazem o homem a partir do que já existe, mas quem cria o que existe? Deus cria porque resolveu criar, e cria a partir do nada, porque não necessita de nada para criar.

– Mas eu acho que há semelhanças entre o que o senhor está me contando e o que Ili me contava.

– Em alguma coisa sim. Há homens que intuíram um princípio criador e inventaram histórias de deuses para explicá-lo.

– Porque não souberam escutá-Lo?

– Porque não é fácil escutá-Lo. Vivemos muito ocupados pensando em nós mesmos com muita preocupação. Deus nos castigou, castigou todos os homens, os primeiros e os que virão depois de nós; condenou-nos a buscar o sustento com nosso trabalho, a padecer de dores e de enfermidades, a vagar pela terra... É por isso que o homem não tem muito tempo para procurar Deus.

– E por que ele nos castigou? Por que castigou todos os homens? Eu ainda não fiz nada, pelo menos nada que tenha sido muito grave...

– Você tem razão, mas os primeiros pais pecaram e, por isso, todos nós fomos condenados.

– Não me parece justo.

– Quem é você para julgar Deus?

– Mas por que hei de aceitar a culpa de algo que não cometi?

– Amanhã eu lhe contarei. Traga as tábuas e o cálamo.

A luz havia praticamente ido embora e, por isso, Abrão e Shamas encaminharam-se ao acampamento onde o clã se preparava para descansar da longa jornada. Yadin fez um sinal para Abrão. Queria falar a sós com ele.

– Meu filho não está feliz.

– Eu sei.

– Ele sente falta de Ur, até mesmo de Ili. Quer aprender. Fui ao templo com Taré; Shamas foi aceito, mas tenho medo de que mencione suas histórias e isso nos cause algum tipo de problema. Peça-lhe que não afirme que há um único Deus ou isso chegará aos ouvidos do rei e acabaremos sofrendo as conseqüências.

– Yadin, você acredita...?

– Sim, Abrão, temos de ser prudentes. Seu pai também conversará com você.

O clã se assentaria em Harã durante algum tempo antes da viagem às terras de Canaã. E assim os homens foram erguer as casas de palha e adobe onde todos viveriam até que chegasse o momento de partir. Yadin deu a Shamas um buraco para guardar as tábuas em que ia escrevendo, pacientemente, o ditado de Abrão.

Shamas ardia de impaciência todos os dias, esperando a hora de sentar-se ao lado de Abrão no palmeiral.

Ele já sabia o que levara Deus a castigar todos os homens. A tolice de Adão era imperdoável, pensava o menino. Deus havia criado um lugar para ele viver, o paraíso, onde havia todo tipo de árvores boas de serem comidas, e havia colocado, no meio daquele jardim, a árvore da ciência do Bem e do Mal, a única da qual não devia se aproximar, porque, se comesse de seus frutos, morreria.

– Não entendo por que ele comeu – matutava Shamas.

– Porque Deus nos deu liberdade para decidir. Diga-me, Shamas, você se lembra de quando Ili proibiu vocês de pular da janela da escola porque podiam se machucar?

– Sim.

– E quantos pularam?

– Bem, eu pulei.

– Você e outros colegas, e um deles, se não me falha a memória, quebrou algum osso. Você tem amigos que nunca mais andaram com a mesma desenvoltura que tinham antes de pular. Não é verdade que você sabia que isso podia acontecer?

– Sim.

– Mas você pulou.

– Mas quebrar um osso ou morrer são coisas diferentes – argumentava Shamas.

– Sim, são diferentes, mas Adão e Eva acharam que se comessem os frutos daquela árvore virariam deuses e não conseguiram resistir à tentação de prová-los. Quando vocês pularam da janela, não pensaram que poderiam se machucar; Adão e Eva também não pensaram nos riscos.

– Ontem eu percebi que a criação de Eva se parece com a história de Enki e Ninhursag.

– E por quê? – perguntou Abrão, espantado com a memória prodigiosa de Shamas, que tinha ouvido aquelas histórias dos lábios de seu mestre na casa das tábuas quando ainda era muito pequeno.

– Enki também vive no paraíso – respondeu Shamas, recitando –, onde "o corvo não emite grasnidos, o pássaro-ittidu não emite o grito do pássaro-ittidu, o leão não mata, o lobo não rouba...". Bem, o senhor sabe melhor do que eu.

Nesse paraíso também não há dor, e Ninhursag, sem dor no corpo, vai trazendo ao mundo outras deusas. Ninhursag criou oito plantas e Enki comeu os frutos dessas plantas, e por causa disso Ninhursag aborreceu-se e condenou-o à morte. Mas quando o vê padecer, vai criando outras divindades para curar suas enfermidades. O senhor se lembra do poema? Ninhursag diz a Enki: "Irmão meu, onde lhe dói/ Meu dente me dói. / À deusa Ninsutu hei dado à luz para ti." Depois cria Ninti, a "deusa da costela", para curá-lo do padecimento dessa parte do corpo. Enki adoece porque come as plantas que não deve comer e é castigado; Adão e Eva comem da árvore da sabedoria do Bem e do Mal e a partir desse momento são condenados à morte. Eles e todos nós.

– Você será um homem sábio, Shamas, só desejo que saiba usar a sabedoria para chegar a Ele e que a razão não cegue seu caminho.

– Como a razão pode me afastar de Deus?

– Porque você pode cair na tentação de acreditar que entende de tudo, de imaginar que sabe tudo. E isso pode acontecer porque somos um reflexo de Deus.

– Por que Deus colocou na entrada do jardim do Éden querubins com espadas vibrantes?

– Eu já lhe disse: para impedir que o homem comesse da árvore da vida e recuperasse a imortalidade.

– Como sabemos o que é a imortalidade?

– Porque levamos sua recordação escrita no coração.

9

Um sacerdote de cabelos castanhos, alto, magro, nervoso, percorria a basílica de São Pedro sem encontrar um lugar onde pudesse ajoelhar-se e rezar com certa intimidade e recolhimento. A basílica parecia-lhe estranha, era mais um monumento ao poder e à soberba dos homens do que a Casa de Deus. Passou duas vezes diante da *Pietá* de Michelangelo e achou que só nas linhas puras do mármore havia algum traço de espiritualidade.

Na realidade, há vários dias não tinha a menor importância quanto tempo rezasse, nem o tamanho de seu desespero: Deus não estava presente e o deixara a sós com sua consciência vagando de um lugar ao outro.

Voltou à praça de São Pedro e nem mesmo o sol de setembro parecia ser capaz de aquecer sua alma.

Fracassara em sua procura por Tannenberg. Não havia chegado a tempo de falar com aquela mulher que, primeiramente, sumira em um táxi no tráfego infernal de Roma e depois, quando conseguiu chegar ao aeroporto, já havia embarcado rumo a Amã.

Ficara tentado a comprar uma passagem para o próximo vôo que tivesse como destino a capital jordaniana, mas, chegando lá, seria capaz de encontrá-la?

Estava ficando louco, a impotência o estava enlouquecendo. Não parava de ir de um lugar a outro, mas sem fazer realmente nada. Seu pai havia ligado para ele de manhã cedo, mas pedira que dissessem que não estava. Não se sentia capaz de falar com ninguém, muito menos com ele.

– Gian Maria...

O jovem virou-se, sobressaltado. A voz rotunda do padre Francesco o assustara.

– Padre...

– Venho observando você há algum tempo; parece uma alma penada. O que está havendo?

O padre Francesco era confessor do Vaticano havia mais de trinta anos. Tinha ouvido e perdoado todas as misérias que os homens corriam para descarregar entre aqueles muros à procura de perdão. Sentia apreço pelo jovem sacerdote que havia alguns meses começara a exercer o papel de confessor na basílica. Gian Maria emanava esperança e bondade em partes iguais, e ele sentia-se confortado diante da fé firme do jovem.

O padre Francesco estava preocupado com ele; não o havia visto nos últimos dias; e quando perguntou, disseram-lhe que o padre não estava bem; ao vê-lo agora, deu-se conta de que o mal de que padecia estava em algum lugar de sua alma.

– Padre Francesco, eu... Eu não sei se posso lhe dizer.

– Por quê? Talvez eu possa ajudá-lo.

– Não posso quebrar o segredo da confissão.

O velho sacerdote ficou em silêncio. Depois, pegou o jovem pelo braço e, driblando os turistas, saíram da basílica de São Pedro.

– Convido-o a tomar um café.

Gian Maria tentou resistir, mas o padre Francesco não lhe deu opção.

– O segredo da confissão é sagrado, e por isso, por nada nesse mundo, eu lhe pediria para quebrá-lo, mas talvez possa ajudá-lo a encontrar uma saída para o imenso sofrimento que vejo estampado em seu rosto.

Entraram em um café que ficava fora do Vaticano, onde àquela hora havia quase ninguém.

O padre Francesco conduziu habilmente a conversa por terrenos em que, sem que Gian Maria quebrasse seu segredo, ele pudesse tomar pé da dimensão da tragédia que se abatia sobre o jovem sacerdote. Depois de falar durante quase uma hora, Gian Maria lhe fez uma pergunta direta.

– Padre Francesco, se o senhor soubesse que alguém vai fazer algo terrível, tentaria evitá-lo?

– É claro. Nós, os sacerdotes, também temos a obrigação de evitar o mal. Mas fazê-lo pode me afastar daqui e ainda assim não sei se o conseguirei...

– Mas deve fazê-lo.

– Não sei por onde começar.

– Você é inteligente, Gian Maria, sabe que deve tomar uma decisão e, uma vez tendo-a tomado, precisa ter muita clareza a respeito de como vai enfrentar esse mal que quer evitar.

– O senhor acha que meu superior me permitirá ir embora? Nem ao menos sei quanto tempo levarei para voltar...

– Falarei com o padre Pio. É meu velho amigo, estudamos juntos no seminário. Vou pedir que lhe dê uma licença para sair.

– Obrigado, padre. É verdade que o fará? Falando com o senhor, tudo parece mais fácil.

– Não, seguramente o que o atormenta não é algo fácil de abordar, mas você precisa pelo menos tentar. Primeiro, deve se tranqüilizar, depois, pensar...

Meia hora mais tarde, o padre Francesco havia voltado a seu confessionário no Vaticano e Gian Maria caminhava pelas ruas procurando soluções.

O congresso de arqueólogos terminara, e era mínima a informação que conseguira obter sobre aquela mulher. Ninguém parecia saber nada sobre ela; uma desconhecida, disseram-lhe; não é ninguém, insistiram outros. Estava ali por causa de seu marido, um tal de Ahmed Huseini. De repente, deu-se conta de que poderia encontrá-la. Estivera tão ofuscado pensando nela que não fora capaz de perceber que sempre soubera onde estava.

Sentiu-se imensamente estúpido e, ao mesmo tempo, feliz. Sim, apesar de tudo, feliz. Como não se dera conta antes?

Apoiou-se em uma das gigantescas colunas da praça de São Pedro. Sabia que devia tomar uma decisão, que não podia fraquejar e nem, muito menos, voltar atrás.

Seu marido, haviam lhe dito, era o chefe do departamento de Escavações do Iraque. Portanto, para encontrá-la, deveria ir a Bagdá. A viagem lhe pareceu uma penitência. Mas tinha de fazê-la, era sua obrigação.

Foi andando até uma agência de viagens próxima do Vaticano e ali, timidamente, pediu uma passagem de avião para Bagdá.

Não, não havia passagens para Bagdá; não era fácil ir ao Iraque. Além do mais, por que queria ir a Bagdá? Não soube o que responder e improvisou uma mentira sobre os motivos da viagem: tinha amigos que trabalhavam em uma ONG e ia prestar-lhes auxílio. Os funcionários da agência olharam para ele com menos desconfiança e lhe prometeram ver o que seria possível fazer.

Duas horas mais tarde, saiu da agência com uma passagem de avião para Amã nas mãos. Viajaria até a capital da Jordânia, onde dormiria, e pouco depois partiria para Bagdá, e, chegando ali..., que Deus o ajudasse.

Dirigiu-se a sua casa e entrou sigilosamente. Não queria falar com ninguém nem dar explicações. Acreditava que o padre Francesco falaria com seu superior, o padre Pio. Quanto a sua família, a irmã se inquietaria, estava convencido disso, mas não queria despedir-se dela porque o forçaria a falar e ele não poderia. Nesta questão estava presente tudo aquilo em que acreditava.

E assim trancou-se em seu quarto, e quando chamaram-no para jantar, agradeceu, dizendo que estava sem fome e cansado. Não insistiram. Na quietude do quarto, redigiu uma carta aos seus explicando que estava tirando umas férias breves; precisava descansar e de um tempo para pensar. Sabia que lhes causaria um grande desgosto, mas não podia fazer outra coisa. Depois ligaria para dizer que estava bem.

Foi acordado pela luz do amanhecer. Não tinha fechado as cortinas. Quando abriu os olhos, lembrou-se do que tinha pensado fazer e começou a chorar em silêncio. No dia anterior tudo parecia tão fácil... Mas à luz do novo dia viu-se assaltado por um sem-fim de dúvidas. Olhou para o céu através da janela e pela primeira vez perguntou-se onde estava Deus.

***

Anoitecia quando o helicóptero aterrissou em uma base aérea próxima de Bagdá.

– Você está cansado ou quer jantar conosco? – perguntou Ahmed.

– Estou cansado, mas não há nenhum inconveniente. Podemos jantar juntos. Você me mostrará as tábuas esta noite?

– Acho que é melhor você vir amanhã ao meu escritório, onde poderá examiná-las pelo o tempo que quiser.

– Está certo. Onde vamos jantar?

– Se estiver bem para você, virei buscá-lo em uma hora. Apesar do bloqueio, ainda há um restaurante ou outro onde se pode comer em Bagdá.

Clara não foi ao escritório do marido. A intuição lhe dizia que havia se estabelecido uma corrente de simpatia e reconhecimento entre Ahmed e Picot e que ela poderia ser um fator de distorções. Por isso, resolveu passar a manhã fazendo compras com Fátima pelos becos do bazar. As duas mulheres estavam protegidas por quatro homens armados que não as perdiam de vista.

Fátima recriminava Clara por sua obstinação em não ter filhos.

– Com o tempo, seu marido acabará a abandonando, ou trazendo uma mulher que lhe dê filhos para casa.

– O mundo mudou, Fátima, os homens de hoje querem outras coisas, não apenas filhos. Eu estou muito perto de tocar um sonho com as próprias mãos. Não posso ficar grávida agora; não poderia escavar.

– Você diz a mesma coisa há vários anos, nunca encontra um momento oportuno para ser mãe. Filha, os homens são homens, não acredite que são diferentes porque uns estudaram e outros não, ou porque viveram em outros países, com outros costumes. O sangue pede sangue, seja para dar vida ou para a vingança e a morte, mas o chamado do sangue é sentido por todos aqui.

Fátima apontou para o ventre diante do olhar divertido de Clara.

– Sim, filha, eu sei que você acha que sou uma velha e que não sei nada a respeito dos outros mundos, dos lugares por onde você tem andado, mas não acredite que os homens sejam diferentes. E, além do mais, seu marido é iraquiano.

– Ahmed é diferente, ele não foi educado aqui.

– Mas é iraquiano e você também é. Não importa de onde venham seu avô e seu pai. Você nasceu aqui, embora sua avó e sua mãe sejam egípcias.

Por volta do meio-dia, Clara dirigiu-se ao Ministério da Cultura, enquanto Fátima, carregada de bolsas de compra, voltava à Casa Amarela.

Ahmed e Picot estavam quase de saída quando Clara chegou ao escritório do marido.

– Veja só, nem iam me esperar!

– Não, íamos ligar para que você fosse diretamente ao restaurante – esclareceu Ahmed.

Clara não se atrevia a perguntar ao professor Picot o que havia decidido. Era incapaz de adivinhar a decisão do francês a partir da conversa entre os dois homens, de maneira que esperou, pacientemente, que começassem a ser servidos no restaurante.

– Este é o melhor *humus* do Oriente – declarou Ahmed, dirigindo-se a Picot.

– Sim, é muito bom.

Os dois homens continuaram falando das qualidades da pasta de grão-de-bico, sem se referir em nenhum momento às tábuas nem à decisão de Picot.

– O que você achou das tábuas, professor?

A pergunta de Clara, direta e sem preâmbulos, não o pegou desprevenido; na realidade, estava esperando por ela.

– Extraordinárias. Talvez não seja fora de propósito estabelecer uma relação entre o Abraão da Bíblia e esse escriba chamado Shamas. Seria uma descoberta com importante alcance científico e religioso. Realmente, vale a pena arriscar.

– Então, você virá?

– Digamos que encontro argumentos de peso para fazê-lo. Já disse a seu marido que lhe darei uma resposta no máximo em uma semana. Estou partindo amanhã, mas não tardarei em procurá-los. Esta tarde fotografaremos as tábuas. Quero estudar as fotografias atentamente. Sinto muito estar partindo sem ter conhecido seu avô.

– Ele está muito doente, não tem condições de receber ninguém. Ou está no hospital ou está em casa, acamado. Eu também sinto, porque ele teria o maior prazer em conhecê-lo.

– Seria interessante que me contasse como e em que circunstâncias encontrou as primeiras tábuas.

– Mas nós já lhe contamos – respondeu, com prudência, Clara.

– Sim, mas não é a mesma coisa. Perdoe a minha insistência, mas se ele melhorar em algum momento, gostaria muito de vê-lo.

– Vamos dizer isso a ele – respondeu Ahmed –; a ele e a seus médicos, que são as pessoas que decidem.

Yves Picot sentia curiosidade em conhecer o avô de Clara. Tinha a impressão de que lhe davam desculpas para que seu encontro com o velho homem não acontecesse, circunstância que aumentava ainda mais sua curiosidade. Se decidisse voltar, insistiria; naquele momento, tinha de aceitar as explicações que lhe davam.

Ahmed embalou cuidadosamente as tábuas. Sabia que Tannenberg as reclamaria quando regressasse à Casa Amarela. O ancião não se separava delas, havia até mandado instalar em seus aposentos uma caixa-forte para guardá-las. Fátima era a única pessoa que entrava no quarto de Tannenberg; ele só confiava nela. Anos antes, um criado recém-contratado para trabalhar na Casa Amarela levara uma surra de pau por ter entrado nos aposentos de Tannenberg. O homem não tinha o que confessar, e assim, apesar dos golpes recebidos, nada pôde dizer, mas foi despedido sem contemplações.

As tábuas eram para Tannenberg uma espécie de talismã. Transformara-as em uma obsessão, e essa obsessão havia sido herdada por Clara.

Uma vez embaladas as tábuas, depositou-as numa caixa metálica preparada especialmente para seu transporte.

– Por que Picot não quer jantar conosco esta noite? – perguntou Clara, mais para si mesma do que para seu marido.

– Vai embora na primeira hora de amanhã. Deve estar cansado.

– Você acha que ele vai voltar?

– Não sei; se eu fosse ele, não o faria.

No rosto de Clara aflorou uma careta de espanto. Parecia que havia sido golpeada.

– Mas, o que você está dizendo? Como pode dizer uma coisa dessas?

– É a verdade. Você acredita que vale a pena vir procurar tábuas em um país sitiado?

– Não se trata de procurar tábuas, trata-se de encontrar o Gênesis segundo Abraão. É como se alguém tivesse dito a Schliemann que não valia a pena procurar Tróia ou a Evans que renunciasse a encontrar Cnossos. O que está havendo com você, Ahmed?

– Você não percebe, Clara? Você não percebe o que está acontecendo com este país? Não vê a fome dos outros porque não é você quem a sofre. Não vê a angústia das mães que sabem que seus filhos e maridos estão desenganados por falta de remédios, porque a seu avô nada falta. Na Casa Amarela, o tempo não existe.

– O que está acontecendo com você, Ahmed? Está me reprovando o quê? Você começou a se comportar assim em Roma, e desde que voltamos percebo que está a cada dia mais desgostoso e incomodado comigo. Por quê?

Olharam-se, medindo um ao outro, avaliando o desencontro talvez irreversível que se havia produzido entre eles, sem saber em que momento nem por quê.

– Falaremos disso. Este não me parece ser o melhor momento.

– Sim, você tem razão, vamos.

Quando chegaram à Casa Amarela, cada um procurou um lugar onde pudesse estar distante do outro. Clara foi procurar Fátima na cozinha. Ahmed fechou-se em seu escritório. Colocou no equipamento de som a *Heróica*, de Beethoven, serviu-se um uísque com gelo e, sentado numa poltrona com os olhos fechados, tentou recompor-se por dentro. Tinha uma única solução: deixar a Casa Amarela para sempre e optar pelo exílio ou continuar morrendo por dentro pouco a pouco. Se ficasse, teria de fazer um esforço com Clara; ela não admitia nada pela metade, e menos ainda quando se tratava de sentimentos. Mas poderia continuar vivendo como se não estivesse acontecendo nada, como se não estivesse acontecendo nada com ele?

Abriu os olhos e deparou-se com Alfred Tannenberg olhando-o fixamente. O olhar do ancião era desapiedado e brutal.

– Diga, Alfred.

– O que está acontecendo?

– O que está acontecendo? Você está se referindo a quê?

– Onde está a caixa com as tábuas?

– Ah, a caixa! Perdão por não tê-la levado para você imediatamente. Vim diretamente para o escritório, dói-me a cabeça e estou cansado.

– Problemas no ministério?

– É o país que tem problemas, Alfred. Qualquer coisa que aconteça agora no ministério da Cultura será irrelevante. Mas não, não tenho problemas; na verdade, não tenho trabalho. Não há nada a fazer por mais que mantenhamos a farsa de que estamos vivendo em uma situação de normalidade.

– Você vai começar a criticar agora o Saddam?

– Tanto faria se o fizesse, a não ser que alguém me denuncie e eu acabe em alguma prisão.

– Não nos convém que matem Saddam. Para o nosso negócio, será melhor que as coisas continuem como estão.

– Isso é impossível, Alfred, nem mesmo você vai poder mudar o curso da História. Os Estados Unidos vão invadir o Iraque e ficarão com o país; aos norte-americanos acontece a mesma coisa que com você: será bom para seus negócios.

– Não, eles não farão nada. Bush é um bravateador que gasta sua energia em ameaças. Puderam acabar com Saddam durante a guerra do Golfo e não o fizeram.

– Ou não puderam ou não quiseram. Mas não importa o que fizeram naquele momento; desta vez atacarão.

– Eu já lhe disse que isso não acontecerá – afirmou, com raiva, Tannenberg.

– Sim, sim, acontecerá. E seremos arrasados. Nós lutaremos primeiro contra eles, depois entre nós, sunitas contra xiitas, xiitas contra curdos, curdos contra qualquer outra facção, dá no mesmo. Estamos condenados.

– Mas como você se atreve a dizer tais disparates! – gritou Tannenberg. – Quer dizer que agora você tem o dom da profecia e condena a todos nós!

– Você sabe melhor do que eu. Se não soubesse, não estaria forçando a barra para escavar em Safran. Não estaria cometendo os erros que sabe que comete, não teria se colocado a descoberto como sabe que fez. Sempre admirei sua inteligência e seu sangue frio; não me decepcione dizendo que não vai acontecer nada, que isto tudo não passa de uma mera crise política.

– Cale-se!

– Não, é melhor falar, é melhor dizer em voz alta o que não temos nem coragem de pensar. Só assim poderemos evitar mais erros do que os necessários. Precisamos ser francos um com o outro.

– Como você se atreve a falar assim comigo? Você não é ninguém, você é o que eu quis que você fosse.

– Sim, em parte você tem razão. Sou o que você quis que eu fosse, não o que eu quero ser. Mas estamos no mesmo barco. E garanto que não gosto de navegar com você nesta travessia, mas, já que não tenho outro remédio, tento evitar o naufrágio.

– Diga o que tem para dizer. Pode ser a última coisa que você dirá nesta casa.

– Quero saber o que você está planejando. Você sempre tem uma via de escape. E não entendo o que está pretendendo. Mesmo no caso de que Picot venha a escavar, teremos, no máximo, seis meses, e nesse tempo é impossível ter resultados. Você sabe disso tanto quanto eu.

– Estou protegendo Clara, estou salvando a vida dela e estou lhe dando um lugar no futuro. Faço bem em fazê-lo, porque vejo que você não é um homem que possa protegê-la.

– Clara não precisa de ninguém que a proteja. Sua neta vale mais do que você está disposto a reconhecer. Ela não precisa de mim nem de ninguém; a única coisa de que precisa é se libertar de você, de mim, de todos nós. Ela precisa sair deste buraco.

– Você está ficando louco – a voz de Tannenberg voltava a ser dura como o gelo.

– Não, estou mais sensato do que nunca. Imagino que você esteja forçando as coisas porque sabe, como eu, que restam poucos meses para o Iraque continuar sendo um país, um país como o conhecemos, e o futuro será, usarei um adjetivo benevolente, pelo menos incerto. É por isso que você está se preparando para voltar à cidade do Cairo. Você não estará mais aqui quando começarem a nos bombardear, não estará mais aqui quando os norte-americanos "passarem a lista" dos amigos de Saddam. Mas, enquanto isso não acontece, você prepara uma boa revelando ao público que pode existir uma *Bíblia de Barro*.

– A *Bíblia de Barro* é a herança de Clara. Se ela encontrá-la, não precisará se preocupar com mais nada pelo resto da vida. Obterá o reconhecimento internacional, será a arqueóloga que sempre quis ser.

– E que papel você reservou para você?

– Eu estou morrendo. Você sabe muito bem disso. Um tumor está me devorando o fígado. Não tenho nada a ganhar nem a perder. Morrerei na cidade do Cairo, pode ser que daqui a seis meses, talvez menos. Exigi que os médicos me dissessem a verdade; pois bem, a verdade é que estou morrendo. Não é, também, uma grande novidade, já que vou completar 87 anos. Mas não morrerei sem ter encontrado a *Bíblia de Barro*. Mesmo que este país entre em guerra, subornarei a quem precisar para ter homens que trabalhem dia e noite em Safran. Eles não conseguirão descansar até que encontrem as tábuas que estamos procurando.

– E se elas não existirem?

– Estão lá, eu sei.

– Podem ter virado caco, poeira. E aí, o que você fará?

Tannenberg ficou em silêncio, sem conseguir disfarçar o imenso ódio que começava a sentir por Ahmed.

– Vou lhe dizer o que vou fazer: vou começar a proteger Clara. Não me fio em você.

O ancião deu meia-volta e saiu da sala. Ahmed passou a mão na testa. Suava. A discussão com o avô de Clara deixara-o exausto.

Serviu outro uísque e o bebeu de um só gole; e mais um, mas decidiu que o beberia lentamente; uma dose para pensar.

10

Enrique Gómez passeava pelo parque de Maria Luisa procurando a sombra das árvores centenárias. Tinha no estômago um nó do qual não tinha conseguido se livrar desde que recebera as fotos da execução daqueles dois desgraçados.

Frankie insistira para que se vissem e George terminara aceitando o encontro, mas com repugnância. Desde o momento em que se separaram cinqüenta anos atrás, haviam sido raros os seus encontros. Levando em conta sua idade, talvez o próximo fosse o último. O mais surpreendente é que George terminara aceitando que se vissem em Sevilha. George opusera-se com toda a energia de que era capaz, mas Frankie o havia convencido de que em Sevilha seriam menos visados.

George estava jogando golfe havia alguns dias em Marbelha. Frankie estava em Barcelona. Mais algumas horas e os três amigos se encontrariam na penumbra do bar do hotel Alfonso XIII.

Emma, a esposa de Frankie, tinha se esforçado para que todos ficassem hospedados no mais emblemático hotel de Sevilha, no hotel no qual ficavam todos aqueles que eram mencionados no *Who's Who* ou nas páginas de papel cuchê das revistas de moda.

Rocío estava inquieta. Há vários dias pressionava Enrique com perguntas que não eram respondidas. Afortunadamente, naquela tarde havia ido à casa de sua irmã para assistir à prova do vestido de noiva de sua sobrinha. Enrique não lhe dissera que ao cair da tarde teria um encontro no Alfonso XIII.

George chegaria de carro e depois voltaria a Marbelha. Frankie ficaria uns dois dias como qualquer turista milionário de passagem por Sevilha. Só se veriam durante o tempo necessário. Uma hora, duas, no máximo três.

Saíra logo de casa, porque precisava respirar. Sentia aquele maldito nó no estômago.

Enrique almoçara com Rocío e seu filho José; seus netos Borja e Estrella estavam em Marbelha, aproveitando os últimos dias do verão, que na Andaluzia arrasta-se até setembro. José dissera-lhe que havia percebido sua preocupação, o que só serviu para confirmar os piores temores de Rocío.

Quando o deixaram na hora da sesta, tentou dormir, mas não conseguiu; por isso levantou-se da cama e, quando ouviu Rocío sair de casa, também saiu. Deixou para trás os becos e as discretas praças do bairro de Santa Cruz e foi caminhar sem rumo no parque, esperando a hora de ir ao encontro de seus amigos de outrora.

George estava sentando a uma mesa que ficava em um canto afastado do bar. Enrique dirigiu-se até ele. Os olhos dos dois brilhavam. Era a emoção do reencontro. Mas não se abraçaram, só apertaram as mãos. Sabiam que não deviam chamar a atenção.

– Você está bem – disse George.

– E você também.

– Somos uns velhos agora; você menos do que eu.

– E Frankie?

– Acho que aparecerá a qualquer momento; supõe-se que esteja hospedado aqui.

– Sim, foi o que ele me disse, que Emma havia se empenhado.

– Está bem. De qualquer jeito, teríamos de nos encontrar em algum lugar. O que você tem pensado?

– Alfred está doente, sabe que vai morrer, sabe que é uma questão de meses, e já não se importa com mais nada, só com a neta. E por isso está agindo como um louco, sem levar em conta as conseqüências.

– Eu penso a mesma coisa. O que você acha que ele quer?

– Quer que a neta encontre a *Bíblia de Barro.* Se for assim, a Bíblia será dela e de ninguém mais.

– E o tal do Picot que ele pretende contratar?

– Não se pode iniciar uma escavação desse porte sem ter profissionais, sem contar com a colaboração de arqueólogos de verdade. Alfred pode contratar todos os operários de que necessitem, mas precisa de arqueólogos, e no Iraque não há.

Frank dos Santos entrou no bar procurando-os com o olhar. Foi até eles sem um gesto a mais. Nem mesmo lhes deu a mão, sentou-se e fez um sinal para o garçom que já se aproximava para lhe perguntar o que ia beber.

– Alegro-me em vê-los. Bem, acho que não estamos tão mudados, temos apenas sessenta anos a mais – riu, entre os dentes, Dos Santos.

– Bem, podemos nos consolar dizendo-nos que estamos tão bem quanto há sessenta anos, mas temos a idade que temos, estamos na reta final – interrompeu-o George Wagner. – O que você acha que Alfred está fazendo?

– Ah, Alfred! Ele está fazendo o que faria um homem desesperado. Seus amigos do Pentágono vão fritar Saddam. Não sabemos se o Iraque existirá daqui a alguns meses, e por isso não lhe resta outra opção: ou encontra a *Bíblia de Barro* agora ou ela nunca será sua – respondeu Frank dos Santos.

– Poderíamos procurá-la depois da guerra – murmurou George.

– Sabemos como as guerras começam, mas ninguém sabe como elas acabam.

A afirmação de Enrique Gómez foi taxativa e seus amigos concordaram.

– Quando vão começar a bombardear? – perguntou o sevilhano.

– No máximo em março – respondeu George.

– Estamos em setembro – observou Frank –, de modo que são, no máximo, seis meses, seis meses para encontrar a *Bíblia de Barro*.

– Se há dois meses os norte-americanos não tivessem jogado bombas naquela região que fica entre Mughayir e Basora, a velha edificação não teria sido encontrada; o destino quis que fosse agora – disse, com convicção, Gómez. – Bem, o que nós vamos fazer?

– Se eles conseguirem encontrar as tábuas intactas, ou ao menos em condições de serem reconstruídas, o feito passará a fazer parte dos anais dos descobrimentos arqueológicos. Não precisamos dizer qual será o valor das tábuas no mercado. Isso sem levar em conta a pressão que o Vaticano sem dúvida fará para ficar com elas, considerando que elas provam a inspiração divina do patriarca Abraão. O Gênesis relatado por Abraão é uma descoberta extraordinária. O idiota do Bush será capaz de dá-las de presente ao Vaticano, num gesto de boa vontade, posto que o papa está contra a guerra.

A reflexão de George deixou seus dois amigos pensativos.

– E por isso Alfred fará o impossível para aproveitar o escasso tempo de que dispõe – afirmou George. – Mas por que se revelou por meio da neta?

A resposta foi dada mais uma vez por Enrique Gómez.

– Para que ninguém lhe arrebate as tábuas. Agora todos os homens do mundo sabem que no Iraque um grupo local encabeçado por Ahmed Huseini e sua extravagante esposa encontrou os restos de um templo ou palácio e que ali podem estar umas tábuas ditadas pelo mesmíssimo Abraão. Aconteça o que acontecer, ninguém mais seguirá a mesma direção. Daí a palhaçada de Roma.

– Ele está se arriscando muito – observou Frank.

– Sim, mas está morrendo, e por isso não lhe restam muitas alternativas – insistiu Gómez. – Bem, George, sua gente sabe quem contratou os italianos?

O aludido negou com a cabeça.

– Não, não conseguimos averiguar. Sabemos que eram homens de uma empresa que se chama Investigações e Seguros. Alguém contratou os serviços dessa companhia para que seguisse Clara Tannenberg. Mas meus homens não encontraram nada nos arquivos da Investigações e Seguros, nem um papel, nem uma referência. Nada. O contrato teria sido feito pelo presidente ou por algum dirigente, alguém que não tivesse de dar explicações, apenas ordens. Mas agora não podemos meter nossos narizes. O dono da Investigações e Seguros é um antigo policial antimáfia, várias vezes condecorado e com amigos em toda a estrutura policial. Se cometermos algum erro, a única coisa que vamos conseguir será colocar a polícia italiana em nosso encalço.

– Mas precisamos saber quem contratou esses homens e por quê. Temos um flanco a descoberto – insistiu Frank.

– Sim, temos; foi por isso que eu lhes disse que devemos reforçar as medidas de segurança e não cometer erros. Há uma infiltração em algum lugar, ou, então, Alfred enganou além da conta algum de seus sócios locais e estes estão querendo lhe dar uma lição – explicou George.

– Há um buraco negro que não somos capazes de enxergar.

Enrique Gómez não podia dissimular sua angústia, angústia que se traduzia em um permanente nó na boca do estômago.

– Você tem razão – assentiu George. – Há um buraco negro e precisamos encontrá-lo. Pela primeira vez na vida enfrento uma situação que não controlamos. A questão do Alfred é outra; podemos controlá-lo e o faremos. Bem, vocês acham que podemos contar com o marido da neta, com Ahmed Huseini? Esse homem me parece ser uma peça-chave. Nossa gente de lá tem informado que Huseini está farto de Alfred e também de sua esposa; dizem que ele perdeu todo o respeito por nosso velho amigo e há alguns dias foram ouvidos gritando. O marido de Clara é um homem valioso e inteligente.

– Temo que sua consciência esteja despertando – sentenciou Frank. – Ao menos é o que se deduz do informe que todos lemos sobre os últimos dias na Casa Amarela. Não há nada mais perigoso do que alguém que resolva ser decente no último minuto. Trata-se de uma pessoa que fará qualquer coisa para tentar corrigir seu passado.

– Então, não contaremos com ele; vamos, simplesmente, usá-lo – afirmou, sem reservas, George. – Bem, agora quero que vocês ouçam o que tenho pensado em fazer. Meus amigos, esta será, sem dúvida, a última vez que nos veremos e temos de estar de acordo a respeito de todos os passos que vamos dar. Consideramo-nos muito.

– Consideramos que poderemos morrer tranqüilamente cada qual em sua casa no dia que nos tocar – respondeu Frank.

Enrique Gómez sentiu outra fisgada de dor no estômago.

Os três homens continuaram falando. George entregou a cada um deles uma pasta cheia de papéis.

Passava das dez e meia da noite quando deram a conversa por concluída. Haviam bebido vários uísques acompanhados de porções de excelente presunto e de bom queijo. Enrique respondera a duas chamadas impacientes de Rocío, que lhe perguntara onde estava e se iria jantar em casa. Frank disse a Emma que se adiantasse e fosse ao tablado flamengo onde tinham mesa reservada junto a outros turistas que viajavam no mesmo grupo deles em um passeio pela Espanha.

"Eu não preciso dar explicações a ninguém", pensou George. Sentiu-se satisfeito por ter podido manter-se por si mesmo, sem precisar de ninguém. Os cabelos brancos lhe garantiam a respeitabilidade que todo mundo esperava que tivesse um homem de sua fortuna e posição. Havia lhe custado muito defender sua solidão, sobretudo diante das advertências de seus amigos, que o instavam a se refugiar em uma relação matrimonial. Mantivera-se firme e vencera a partida. Vivia com uma corte de criados que cuidavam dele em silêncio sem alterar jamais sua rotina. Não precisava de nada mais.

Foi o primeiro a sair. Dirigiu-se ao carro que alugara em Marbelha. Devido à sua idade avançada, quiseram brincar com ele quando mostrou a carteira de motorista. Mas não há nada que o dinheiro não resolva e menos ainda em uma cidade como Marbelha. E assim pôde alugar um confortável Mercedes Benz último modelo. A tecnologia alemã continuava sendo a melhor.

Frank pediu um táxi à recepção, enquanto Enrique Gómez saía ao calor da noite, decidido a caminhar até sua casa, no bairro de Santa Cruz.

O nó no estômago apertava tanto que às vezes sentia que não poderia mais respirar. Nem mesmo o encontro com seus velhos amigos tivera o poder de acalmá-lo. Pelo contrário, mais uma vez havia sido aquela coisa de ficar de bruços diante do seu passado. Eles eram o espelho da realidade, de uma realidade que seu filho José e seus aloucados netos não conheciam, mas Rocío sim. Por isso sabia que nunca poderia enganar sua mulher. Ela o conhecia; sabia melhor do que ninguém quem ele era.

11

Carlo Cipriani repassava o jornal sem levantar a vista para não ficar nervoso com as intermináveis caminhadas de Mercedes pela sala de espera.

Hans Hausser havia acendido seu velho cachimbo e deixava vagar o olhar pelos volteios da fumaça que parecia se perder em seus pensamentos. Enquanto isso, Bruno Müller permanecia sentado sem olhar para nenhum de seus companheiros.

Luca Marini havia marcado com eles à uma da tarde; já era uma e meia e a secretária negava-se a lhes dar qualquer informação, nem mesmo dizer se Luca estava na empresa.

Passava das 15 para as duas quando o ex-policial entrou na sala e, com rosto sério, convidou-os a ir à sua sala.

– Acabo de ter uma reunião com o diretor-geral da Segurança. Gostaria que isso não tivesse acontecido – foram suas primeiras palavras.

– O que aconteceu? – perguntou Carlo.

– É que o governo não quer dar por satisfatória a versão iraquiana, que é a que nos convém. Precisa de algo mais, porque lhe vem a calhar para continuar convencendo os italianos de que Saddam é o que é, um monstro. É assim que o governo prepara o terreno para que a opinião pública o apóie se decidir enviar tropas ao Iraque. Este caso convém ao governo: um veio aberto exposto pela televisão.

– Sinto, amigo – conseguiu dizer Carlo Cipriani –, metemos você numa grande complicação.

– Se pudéssemos dizer a verdade... – insistiu Luca. – Se vocês me dissessem a razão de tudo isto.

– Por favor, não insista – pediu Cipriani, desconsolado.

– Bem, eu lhes direi como estão as coisas. Antes de estar com o diretor-geral de Segurança, estive com outros amigos do departamento. Eles me pediram o que eu peço a vocês: que lhes diga a verdade para poderem me cobrir. E aí dei a versão que vocês arrumaram, e eles olharam para mim como se eu estivesse brincando com eles. Fui pressionado, é claro, mas mantive o que havia dito; até enrolei, dizendo que, por mais absurda que parecesse, era essa a verdade. Não sei se vão chamá-la, Mercedes, mas pode ser que o façam, ainda que seja só para dar uma resposta à curiosidade despertada pelo fato de que uma mulher de sua idade ande enviando detetives ao Iraque. Quanto a você, Carlo, o diretor da Segurança o conhece de ouvir falar, de maneira que não acredito que pretendam incomodá-lo.

– Nós não cometemos nenhum delito – disse Mercedes, com um tom de cansaço.

– É claro que não, nem vocês nem eu, mas temos dois homens mortos e ninguém sabe por quê. Bem, acho que vocês sabem ou pelo menos desconfiam. Certamente meus amigos da polícia italiana pedirão a seus colegas espanhóis um informe sobre você. Como imagino que da Espanha responderão que você é uma pessoa inatacável, seremos deixados em paz. Mas também lhes digo que tampouco confio que o farão, porque o diretor da Segurança me disse que o ministro exige saber de tudo; está muito comovido. Pessoalmente, nunca vi um político ficar comovido com alguma coisa, por isso acho que está acontecendo o que eu lhes disse: alguém acredita que pode obter vantagem política, mas para isso é necessário que haja uma história.

– E em nenhuma hipótese lhe vamos dar – afirmou o professor Hausser.

– Acho que é melhor a gente voltar para casa – propôs Bruno Müller.

– Sim, seria o melhor a fazer – assentiu Luca. – Não tenho a menor dúvida de que todos nós estamos sendo seguidos. Por isso, não saiam juntos deste edifício, mas de um em um, e espaçadamente. Sinto muito, mas um de vocês terá de ficar para almoçar na sala de reuniões, e ainda assim...

– Você não confia em quem? – perguntou Mercedes.

– A eterna intuição feminina! Em princípio, confio na minha gente; muitos trabalharam comigo na Sicília, outros são pessoas jovens, preparadas, que fui selecionando pessoalmente. Mas sei como é este negócio. Todos nos conhecemos e meus antigos colegas conhecem meus homens. Não sei o grau de amizade que podem ter uns com os outros, de maneira que sempre é possível uma infiltração. Em todo caso, isso já não tem mais remédio.

– O que você propõe que a gente faça agora?

Percebia-se que Bruno Müller estava incomodado com a situação.

– Sr. Müller – respondeu Marini –, o melhor é agir com naturalidade. Vocês não disseram que não fizemos nada? Pois acreditemos nisso: não fizemos nada, então não precisamos fazer nada especial.

– Eu gostaria que vocês fossem jantar lá em casa para que pudéssemos nos despedir.

– Meu amigo, eu deixaria de lado jantares de despedida. O professor Hausser e o Sr. Müller deveriam ir para suas respectivas casas, onde quer que elas sejam. Quanto à Sra. Barreda, no caso dela me parece lógico que vá jantar em sua casa, e até mesmo que fique mais alguns dias. Diga-me, Mercedes, o que os espanhóis poderão dizer a seu respeito?

– Dirão que sou uma velha excêntrica que escala andaimes e conhece pessoalmente todos os seus operários. Nunca tive um problema com ninguém, nem mesmo de tráfico de influência.

– Uma pessoa inatacável – murmurou Luca Marini.

– Garanto que sou inatacável.

– Sempre tive medo dos inatacáveis – afirmou o ex-policial.

– Por quê? – quis saber o professor Hausser.

– Porque eles escondem alguma coisa, mesmo que seja no lugar mais recôndito do coração.

Ficaram em silêncio durante alguns segundos, cada qual perdido em seus pensamentos. Depois, o professor resolveu administrar a situação.

– Como as coisas estão assim, o melhor é enfrentá-las. Você, Marini, continuará dizendo a verdade, porque não sei se percebeu que é o que tem feito até agora.

– Não, não contei toda a verdade – protestou Luca.

– Sim, você contou tudo o que sabe; o que não pôde contar é aquilo que ignora – afirmou o professor. – Quanto a nós, precisamos conversar antes da separação. Bruno, acho que você exagera quando diz que devemos todos voltar para casa. Claro que temos de voltar, mas não agora mesmo; não podemos sair correndo como se fôssemos fugitivos. Somos todos velhos respeitáveis, antigos amigos. E assim, Carlo, irei jantar na sua casa com imenso prazer se você me convidar, e acho que todos deveríamos ir. Se a polícia quiser falar conosco, diremos a verdade; somos um grupo de amigos que marcou um encontro em Roma e que Mercedes, que é muito audaciosa, decidiu que o Iraque é um bom lugar para fazer negócios porque, quando terminar a guerra, será necessário construir o que os norte-americanos tiverem destruído. Não há nada de errado no fato de ela, que tem uma empresa de construção, querer comer um pedaço desse bolo. Que eu saiba, ela não encabeçou nenhuma manifestação carregando cartazes contra a guerra, ou você fez isso, querida?

– Não, até agora não, embora tenha pensado realmente em ir às manifestações que estão sendo organizadas em Barcelona – explicou Mercedes.

– Bem, não poderá fazê-lo – afirmou o professor Hausser. – Ficará para a próxima vez.

– Você me espanta, professor – disse Luca. – Parece que não me ouviu: o diretor da Segurança quer que eu abra um inquérito, pois seus superiores querem que um inquérito seja aberto.

– A Itália é um estado de direito, e por isso se não há um caso não podem inventar um – insistiu o professor Hausser.

– Mas há um caso: temos dois cadáveres – respondeu, cansado, Marini.

– Chega! – exclamou Carlo Cipriani. – Defendo a opinião de Hans; não podemos nos comportar como se fôssemos criminosos; não fizemos nada. Não matamos ninguém. Se for necessário, falarei com alguns amigos do governo que são meus pacientes. Mas não agiremos como se fôssemos criminosos, fugindo ou saindo deste escritório separadamente. Não, me nego a ter um sentimento de culpa. E você, Bruno...

– Sim, você tem razão... Nunca fui obrigado a fugir.

– Vejo que vocês estão muito seguros... Bem, melhor assim. Para mim o caso está encerrado, a não ser que meus antigos colegas voltem a me chamar ou que nos vejamos todos na televisão. Se houver alguma coisa, eu os chamarei.

Despediram-se sem dizer muito mais. Já na rua, Carlo lhes propôs que fossem almoçar em sua casa.

– Ligarei para que preparem alguma coisa. Lá em casa será mais confortável conversar.

Comeram praticamente em silêncio, dizendo uma ou outra generalidade, enquanto a governanta de Carlo Cipriani servia-lhes um almoço improvisado.

Quando passaram ao salão para tomar café, Carlo fechou a porta e pediu que não os molestassem.

– Temos de tomar uma decisão – afirmou Cipriani.

– Já está tomada – lembrou Mercedes. – O que deve ser feito é contratar uma dessas companhias de que falamos e mandar um profissional encontrar Tannenberg para fazer o que tem de fazer. Nada mais do que isso.

– Continuamos todos de acordo com isso? – perguntou Cipriani.

A resposta afirmativa de seus três amigos não se fez esperar.

– Tenho o telefone de uma empresa, Global Group. O dono, um tal de Tom Martin, é amigo do Luca. Ele me disse que eu poderia ligar em nome dele.

– Carlo, não sei se é uma boa idéia continuar envolvendo o Luca nesta história.

– Pode ser que você tenha razão, Mercedes, mas não conhecemos ninguém que lide com essas coisas, por isso defendo que devemos ligar para esse Tom Martin; espero que Luca me perdoe.

– Você deveria avisá-lo que vai ligar para Tom Martin e, se pedir para que não o faça, procuraremos outro. Luca é seu amigo, você não deve colocá-lo contra a parede.

– Você tem razão, Hans; vou ligar para ele agora mesmo.

– Não sejam bobos – interrompeu-os Mercedes –, deixemos o Luca em paz, já teve muito com a gente. Podemos ligar para esta empresa sem nos referirmos a ele, sem comprometê-lo. Se o Luca lhe disse que essa empresa é adequada para o que queremos, então não precisamos pensar mais.

– Bem, ele não sabe exatamente o que queremos – ponderou Carlo.

– Sim, imagino que você não tenha lhe dito que queremos matar um homem. Por favor, raciocinemos, sei que estamos todos abalados pelo assassinato desses dois rapazes, mas sempre soubemos que o que a gente se propunha a fazer não era fácil, que podia morrer gente pelo caminho, que podíamos ser assassinados. Levamos toda a vida preparando-nos para este momento. Sei que imaginamos mil situações e que nenhuma é como a que estamos vivendo, mas sei que somos capazes de fazer frente a isto.

Acordaram ligar para Tom Martin. Hans Hausser ficou com a atribuição. Pediria um encontro e iria vê-lo em Londres. O que lhe iriam encomendar era simples: teria de enviar um homem ao Iraque; já sabiam onde vivia Clara Tannenberg, de modo que por meio dela mais cedo ou mais tarde chegariam a Alfred. Depois, deveria encontrar a melhor maneira de matá-lo. Para um profissional, isso não deveria ser nenhum problema.

Bruno insistiu em seu desejo de voltar a Viena o quanto antes. Não se sentia tranqüilo em Roma.

– Para evitar que interceptem nossas chamadas, deveríamos usar telefones que não sejam os habituais – propôs o professor Hausser. Poderíamos comprar celulares de cartão e utilizá-los uma única vez.

– E como vamos ficar sabendo dos números? – perguntou Mercedes. – Por favor, evitemos a paranóia.

– Você tem razão, Hans – disse Carlo. – Devemos ser cuidadosos. Afinal, vamos matar um homem.

– Vamos matar um porco – exclamou Mercedes, com raiva.

– Em todo caso, a idéia dos celulares não me parece ruim. E encontraremos uma maneira de saber quais são nossos números. Talvez por meio do correio eletrônico – insistiu Carlo.

– Mas se vão interceptar as ligações telefônicas, o correio eletrônico também será monitorado. A internet é o lugar menos seguro para se guardar um segredo.

– Ah, Bruno, não seja tão pessimista! – repreendeu-o Mercedes. – Que eu saiba, é possível criar contas fictícias na internet. O Hotmail, o correio gratuito da Microsoft, permite isso. Cada um de nós pode criar um endereço no Hotmail e enviar por meio dele os números de telefone. É assim que ficaremos em contato. Mas temos de fazer tudo com muito cuidado. O Hotmail não é absolutamente seguro. Qualquer um pode interferir em nosso endereço. Por isso, devemos ser um pouco crípticos ao enviar as mensagens.

Dedicaram parte da tarde resolvendo quais os nomes que utilizariam na internet. O professor Hans Hausser idealizou um criptograma; as letras representariam números, o número dos celulares que comprariam continuamente e jogariam fora assim que fossem utilizados.

Era tarde quando os quatro amigos separaram-se trocando longos abraços apertados. No dia seguinte, Bruno e Hans deixariam Roma. Mercedes ficaria mais dois dias para não dar a impressão de que estava fugindo, caso estivesse sendo seguida pela polícia.

***

Robert aguardava com impaciência que Ralph Barry terminasse de falar ao telefone. Quando ele desligou, perguntou-lhe, nervoso:

– Bem, o que Picot fará?

– Meu contato garante que Picot voltou impressionado do Iraque, que não pára de dizer que seria uma loucura ir escavar lá agora, que não há tempo, que em seis ou sete meses não é possível chegar a lugar nenhum, que vocifera contra Bush e Saddam, dizendo que são absolutamente iguais.

– Você não me respondeu, Ralph; quero saber se ele irá ou não.

– Não disse, mas parece que ainda não descartou a possibilidade. De imediato, viajou para Madri.

– Você continua sem responder.

– Continuo sem saber o que ele vai fazer.

– Você poderia pôr os homens do Dukais para trabalhar nessa missão?

– Você acredita que os gorilas de Dukais podem passar por estudantes de arqueologia? Vamos, Robert, pense bem!

– Claro que acredito! Preciso de pessoas nossas nessa escavação. Dukais terá de encontrar homens com aspecto adequado.

– E com conhecimentos de história, geografia, geologia, *et cetera*. Não vejo como, Robert, não vejo. Os gorilas não costumam saber onde fica a Mesopotâmia.

– Pois terão de fazer um curso dinâmico, terão de estudar dia e noite, terão de aprender. Receberão um prêmio se forem capazes de passar por estudantes ou por professores.

– Cuidado, Robert! Você sabe que no mundo acadêmico todos se conhecem. Não pode camuflar um gorila e transformá-lo em um professor. Seria logo descoberto.

Robert Brown abriu a porta do escritório e surpreendeu seu elegante e discreto secretário.

– Está acontecendo alguma coisa? – perguntou Smith.

– Dukais ainda não chegou?

– Não, senhor; se tivesse chegado eu teria avisado.

– Está marcado para que horas?

– Para as quatro, como o senhor me disse.

– São quatro e dez.

– Sim, senhor. Deve ter ficado preso no tráfego.

– Esse Dukais é um imbecil.

– Sim, senhor.

A figura imponente de Paul Dukais apareceu na porta da sala de Smith antes que Robert Brown tivesse retornado à sua.

– Já era hora!

– Robert, o tráfego em Washington é infernal a esta hora; está todo mundo voltando para casa.

– Você devia ter saído mais cedo.

– Você anda descontrolado, ultimamente – respondeu, friamente, o presidente da Planet Security.

Já na sala de Brown e depois de terem se servido de uísque, Ralph Barry tentou dissolver a tensão entre os homens.

– Paul, Robert quer infiltrar agentes na missão arqueológica que Yves Picot pode estar preparando. Farei chegar às suas mãos um dossiê contendo tudo o que você precisa saber sobre Picot, mas já posso lhe adiantar que é francês, rico, ex-professor de Oxford, mulherengo e aventureiro; conhece o ofício e conhece todos que exercem o ofício.

– Você está tornando tudo impossível.

– Sim, porque precisamos de homens que saibam mais do que ler e escrever; têm de ser universitários, capazes de falar com naturalidade dos *campi* onde possam ter estudado. Não podem ser norte-americanos; você terá de procurá-los na Europa, talvez em algum país árabe, mas não aqui.

– E, além disso, eles precisam conhecer o ofício e ser capazes de tudo, não? – perguntou com ironia Dukais.

– Exatamente – o tom da reposta de Robert não deixava lugar para dúvidas a respeito de seu enfado.

– Está certo, Robert, já tenho as equipes que você me pediu para enviar às várias fronteiras do Iraque. Quando você me der a ordem, eles estarão em seus postos.

– Ainda terão de esperar; não muito, mas terão de esperar. Agora estou preocupado com o modo como vamos resolver este problema.

– Não sei, Robert, não sei, não conheço nenhum universitário que seja mercenário nas horas de folga. Procurarei na antiga Iugoslávia; talvez possa encontrar alguma coisa lá.

– Boa idéia! Ali eles estão se matando desde a infância; devem existir universitários que tenham disparado tiros para um dos lados e queiram ganhar dinheiro.

– Sim, Robert, têm de existir.

Ralph Barry ouvia tudo aquilo com uma mistura de admiração e repulsa. Fazia tempo que haviam comprado sua consciência, por um preço muito alto. Não se espantava mais com tudo o que ouvia, mas Robert sempre o surpreendia. Era Jano, o deus das duas caras. Eram poucos os que conheciam as duas caras. Qualquer um teria dito a seu respeito que era um homem educado e afável, culto e refinado, cumpridor de seus deveres e, logicamente, incapaz de atravessar um sinal vermelho. Mas Ralph conhecia o outro Brown, um homem cruel, sem escrúpulos, às vezes vil, com uma ambição ilimitada pelo poder e pelo dinheiro. O que não havia conseguido descobrir era o nome de seu mentor. Robert às vezes se referia a ele como "meu mentor", mas jamais dizia nem quem era, nem o que fazia, nem tampouco seu nome, embora intuísse que poderia ser o poderoso George Wagner, o único homem diante do qual Robert Brown tremia. Nunca lhe havia perguntado; sabia que não obteria qualquer resposta, e o que Robert mais valorizava era a discrição.

Paul ficou de ligar quando encontrasse os homens adequados, se é que os encontraria.

***

Picot voltou a projetar as fotos que havia tirado das tábuas e examinou-as com olhar crítico. A seu lado, Fabián observava-o de viés. Sabia que Picot estava tomando uma decisão, e que, certamente, não seria a acertada, mas seu amigo era assim. Conheciam-se desde a época em que Yves Picot dava aulas em Oxford e Fabián fazia um doutorado sobre escrita cuneiforme. Simpatizaram um com o outro imediatamente; ambos eram corpos estranhos naquela vetusta universidade.

Picot era professor convidado; Fabián um estudioso qualificado que fora ao Reino Unido no intuito de doutorar-se em uma matéria que contava com grandes especialistas. Os dois tinham algo em comum: eram apaixonados pela Mesopotâmia, um lugar transformado em Iraque por obra e graça do colonialismo inglês.

Fabián lembrava-se da impressão que lhe causara o código de Hamurábi na primeira vez em que o vira no Louvre. Tinha dez anos e era sua primeira visita a Paris. Seu pai lhe dava todas as explicações, mas, depois de ver tantas maravilhas juntas, ao entrar na sala da Mesopotâmia, Fabián sentiu o despertar de um inesperado interesse. O que o deixou definitivamente boquiaberto foi saber que em um pedaço de pedra de basalto que lhe mostravam estavam escritas leis antiqüíssimas, baseadas na lei do talião. Seu pai explicou-lhe que a regra 196 do código afirma: "Se alguém tirar um olho a outro, perderá o próprio olho." Naquele dia, resolveu que seria arqueólogo e iria descobrir reinos perdidos na Mesopotâmia.

– Você está decidido ou não?

– Não é uma loucura?

– Certamente, mas ou é agora ou talvez nunca mais. O que poderá sobrar depois da guerra?

– Se acreditarmos em Bush, o Iraque se transformará numa Arcádia, e assim poderemos escavar como quem vai a uma excursão.

– Mas nem eu nem você acreditamos em Bush. Estou certo de que essa guerra vai libanizar o Iraque. Você conhece o Oriente, sabe o que está acontecendo, não vai haver uma entrada triunfal dos meninos das listras e estrelas. Os iraquianos odeiam Saddam, mas também odeiam os norte-americanos; na realidade, no Oriente todos nós somos odiados e em parte eles têm razão. Não lhes demos nada, temos sustentado regimes corruptos, vendemo-lhes o que não precisam comprar, não fomos capazes de fomentar a criação de camadas médias e intelectuais e eles estão cada vez mais pobres e frustrados. Os fanáticos religiosos estão administrando bem as coisas: ajudam os bairros mais pobres, ensinam de graça nas *madrassas*, criaram hospitais para atender aos que não podem pagar médicos nem remédios... O Oriente vai explodir.

– Sim, mas isso que você está dizendo não pode ser aplicado a todo o Iraque. Eu me lembro de que Saddam impôs certo laicismo. O problema é o petróleo; os Estados Unidos precisam controlar as fontes de energia e colocarão em ação os Frankensteins necessários; depois, se oferecerão para destruí-los.

– O Oriente está cada vez mais empobrecido.

– Fabián, você nunca deixará de ser um menino de esquerda?

– Já estou crescidinho para que me chamem de menino; quanto às esquerdas, pode ser que você tenha razão... Com certeza, nunca deixarei de ver a realidade, mesmo que seja sentado no sofá mais confortável da minha casa.

– O que você faria se estivesse na minha situação?

– Aquilo que lhe dá prazer, embora seja um disparate: eu iria. E quando acabar, acabou.

– Se bombardearem, poderemos ser fritos.

– Sim, poderão fazê-lo; a questão é conseguir ir embora cinco minutos antes.

– Quem nos ajudará na missão?

– Teremos de fazê-la sozinhos. Não creio que em minha universidade, nem em nenhuma outra, nos dêem um único centavo para irmos ao Iraque. Na Espanha, a maioria é contra a guerra, mas uma escavação no Iraque lhes parecerá uma frivolidade e dinheiro jogado no vazio.

– Ou seja, quem vai entrar com o dinheiro sou eu.

– E eu o ajudo a formar a equipe. Na Complutense há uma porção de estudantes dos últimos cursos que dariam qualquer coisa para poder escavar, mesmo no Iraque.

– Você sempre me disse que não há, na Espanha, grandes especialistas em Mesopotâmia...

– E não há mesmo, mas temos uma porção de estudantes querendo poder dizer que trabalharam como arqueólogos. Você também tem algumas pessoas.

– Não estou tão certo de que possamos encontrar quem nos queira acompanhar nesta aventura. Você pedirá um ano sabático?

– Eu não sou rico como você e preciso receber meu salário no final do mês, e por isso conversarei com o decano para ver como posso organizar este ano. Quando partiríamos?

– Já.

– Quando é já?

– Na próxima semana ou na outra. Não temos tempo.

– Poderemos colocar em movimento em duas semanas uma missão arqueológica dessa envergadura?

– É claro que não, mas isso é uma loucura...

– Então, como é uma loucura, façamos as coisas com coragem e vamos ver o que acontece.

Soltando uma gargalhada, os dois amigos bateram as palmas de suas mãos, como fazem os jogadores de basquete. Depois foram comemorar, comendo umas *tapas* e tomando uns drinques no Bairro das Letras, o bairro onde moravam estudantes, artistas, escritores, pintores, o bairro onde Madri não fecha as portas nem mesmo ao amanhecer.

Não dormiram toda a noite. Primeiro, percorreram os bares, depois ouviram música nos cafés, beberam em botequins, conversaram e riram com todas as pessoas que encontraram naqueles lugares onde a noite estabelece uma camaradagem que se desvanece aos primeiros raios do sol, quando todos voltam a seus afazeres.

Yves acordou antes de Fabián. Imaginava que seu amigo continuava dormindo nos braços de uma jovem que haviam encontrado no último bar, e com a qual, ao que parece, mantinha uma relação esporádica. A garota parecia ter um gênio de mil demônios; havia repreendido violentamente seu amigo por não ter ligado para ela, como haviam combinado que faria, mas no final tudo se acertara e lá estava ela, dormindo com Fabián.

Ele sempre se hospedava no apartamento de Fabián. Do terraço podia avistar todos os telhados da cidade. A casa de Fabián tinha um quarto de hóspedes para receber os amigos que visitavam Madri, e Yves considerava aquele quarto um pouco seu, já que sempre que podia fugia para aquela cidade receptiva e alegre onde ninguém perguntava a ninguém de onde vinha e para onde estava indo.

Sentou-se à mesa do escritório do amigo e tentou ligar para o Iraque. Levou algum tempo para conseguir falar com Ahmed Huseini.

– Ahmed?

– Quem fala?

– Picot.

– Ah, Picot! Como vai?

– Resolvi ir; então, quero que você comece a agir, pois não há tempo a perder. Direi o que preciso de você. Diga-me o que você não vai poder conseguir.

Durante meia hora, os dois conversaram sobre o que seria necessário ter à disposição para começar a escavação. Ahmed foi sincero com ele ao explicar-lhe o que poderia conseguir no Iraque e o que não conseguiria. Mas o surpreendeu, sobretudo, quando se ofereceu para financiar parte da expedição.

– Você quer investir dinheiro?

– Não é que queira. Queremos ficar com o grosso dos gastos; nós financiamos a missão e vocês trazem o material e a equipe. É este o acordo.

– E de onde vocês vão tirar o dinheiro, se é que não estou sendo indiscreto?

– Faremos um esforço, devido ao significado que esta missão tem para o Iraque neste momento.

– Vamos, Ahmed, não estou acreditando nisso.

– Pois acredite.

– Meu instinto me diz que seu chefe Saddam não está disposto a gastar um dólar procurando tábuas, por mais importantes que elas possam ser. Quero saber quem está pagando, pois, em caso contrário, não irei.

– Uma parte o ministério, e outra, Clara. Ela tem sua própria fortuna pessoal, herdada de seus pais. É filha única.

– Ou seja, precisarei disputar com sua esposa a *Bíblia de Barro*.

– Deve ficar claro que se encontrarmos a Bíblia, ela será de Clara; é ela quem sabe de sua existência e quem tem as primeiras tábuas, e é ela quem quer colocar o dinheiro necessário para a escavação, sem se importar com quanto for.

– Parece um sarcasmo que vá gastar dinheiro em uma escavação sabendo em que situação se encontra seu país.

– Sr. Picot, aqui não se trata de julgar a moralidade de ninguém. Nós não vamos julgar a sua e você se absterá de julgar a nossa. A Bíblia é de Clara, mas você poderá dizer que foi encontrada em uma missão arqueológica conjunta. Todos ouviram Clara falar das tábuas em Roma.

– Então está bem. Você agora está me apresentando condições. Se eu não for, não haverá missão arqueológica.

– E sem a gente também não.

– Posso esperar que Saddam caia e então...

– Então não haverá mais nada.

– Fico surpreso com o fato de vocês não terem me apresentado essas condições quando estive no Iraque.

– Sinceramente, não pensei que você fosse aceitar.

– Bem, o que você acha, então, de assinarmos um contrato, um documento que deixe claro o papel de cada uma das partes?

– É uma boa idéia. Você o redige ou eu o envio?

– Faça-o você e eu direi o que precisará ser mudado. Quando mandará o papel?

– Amanhã está bem?

– Não, não me parece bom. Envie-o dentro de 15 minutos ao *e-mail* que vou lhe dar. Ou chegamos agora a um acordo ou acabou.

– Dê-me o *e-mail.*

Passaram o resto da manhã discutindo por *e-mail* e por telefone, mas a uma da tarde fecharam o acordo. Fabián havia ido para a universidade e sua amiga ainda não acordara.

No documento, ficava claro que estava sendo iniciada uma missão arqueológica com a participação do professor Picot para escavar um antigo templo-palácio onde Clara Tannenberg suspeitava de que seria possível encontrar restos de tábuas como as encontradas em outra missão arqueológica realizada em Harã anos antes, nas quais um escriba que se assinava Shamas afirmava que Abraão iria lhe relatar a história do mundo.

Ahmed deixou claro que sua mulher não iria deixar que lhe arrebatassem o esplendor da glória.

Fabián ligou para Picot de seu escritório da universidade e ficaram de almoçar. Sua companheira da noite anterior ainda dormia, coisa que Picot estava achando muito estranha.

– Será que não aconteceu alguma coisa com ela?

– Não se preocupe. É uma grande dorminhoca.

Depois do almoço, foram ao escritório de Fabián. Este já havia conversado com alguns de seus melhores alunos e outros professores, aos quais contara qual era seu objetivo.

Das vinte pessoas reunidas, oito estudantes se ofereceram e dois professores prometeram conversar com o decano, para pedir sua liberação. Acertaram que voltariam a se reunir no dia seguinte para tratar dos últimos detalhes.

Quando ficaram a sós, cada um foi para um telefone e começaram a ligar para colegas de outros países. A maioria lhes respondia que estavam loucos, outros que iriam pensar. Todos pediam tempo.

Picot decidiu que no dia seguinte iria a Londres e Oxford para falar, pessoalmente, com alguns amigos, e também passaria por Paris e Berlim. Fabián encarregaria-se de viajar a Roma e Atenas, onde também conhecia alguns professores.

Era terça-feira. No domingo voltariam a se reunir em Madri, e veriam que efetivos humanos os dois haviam conseguido reunir. O objetivo era estar no Iraque o mais tardar no dia 1º de outubro.

***

Ralph Barry entrou sorrindo no escritório de Robert Brown.

– Trago boas notícias.

– Então fale logo.

– Acabo de falar com um colega de Berlim. Picot está na cidade, recrutando professores e alunos para ir ao Iraque. Conte isso para o Dukais; quem sabe ele possa infiltrar um de seus rapazes, se é que já encontrou algum. Esteve também em Londres e em Paris e provocou uma verdadeira comoção na comunidade acadêmica. Todos pensam que está louco, mas alguns sentem uma curiosidade imensa, e insana, para ir ver o que está acontecendo no Iraque.

"Não acredito que seja capaz de conseguir que gente de peso o acompanhe, mas de certo conseguirá alguns professores e alunos. O grupo que está formando é muito heterogêneo, e assim não sei o que conseguirá fazer quando chegar ao destino. Não têm um plano de trabalho, não fizeram uma prospecção prévia e nem um levantamento mais profundo dos recursos necessários. Parece que o braço direito de Picot é Fabián Tudela, um professor de arqueologia da Universidade Complutense de Madri. É um especialista em

Mesopotâmia, doutorou-se em Oxford e trabalhou em várias escavações no Oriente Próximo. É competente, além de ser o melhor amigo de Picot."

– Quer dizer que acabou resolvendo...

– Sim. A tentação era muito forte para um sujeito como ele. Mas duvido de que possam fazer alguma coisa. Seis meses não é tempo em arqueologia.

– Não, não é, mas talvez tenham sorte. Tomara que seja assim.

– Em todo caso, deram a partida.

– Bem, continue investigando o que puder. Ah, e ligue você mesmo para Dukais. Explique-lhe por onde Picot tem andado e quem tem encontrado. Espero que seja capaz de achar alguns homens dispostos a participar da expedição.

– Não será fácil; não é possível transformar um gorila em estudante.

– Você fala como ele.

Quando ficou sozinho, Robert Brown discou um número de telefone esperando, impacientemente, que atendessem. Ficou mais tranqüilo quando ouviu a voz de seu mentor.

– Sinto muito incomodá-lo, mas queria que você soubesse que Yves Picot está organizando um grupo para ir ao Iraque.

– Ah, Picot! Imaginava que não conseguiria resistir. Você organizou tudo como eu lhe disse?

– É o que estou fazendo.

– Não pode haver erros.

– Não haverá.

Brown titubeou alguns segundos antes de se atrever a perguntar:

– Você já sabe quem mandou os italianos?

O silêncio de seu mentor foi pior do que uma reprovação. O presidente-executivo da fundação Mundo Antigo começou a suar, consciente da inoportunidade de sua pergunta.

– Tente fazer com que as coisas saiam como nós prevemos.

Com estas palavras, o mentor deu por encerrada a conversa.

Paul Dukais anotava o que Ralph lhe dizia ao telefone.

– Ou seja, agora está em Berlim – afirmava, mais do que perguntava, o presidente da Planet Security.

– Sim, e também esteve em Paris; e depois irá a Londres, antes de voltar a Madri. É setembro, talvez você possa matricular seus gorilas em uma destas universidades para que se ofereçam como voluntários.

– Você mesmo acaba de me dizer que estão atrás de estudantes dos últimos anos. Como vão levar alguém que tenha se matriculado no primeiro?

Não entendo por que esse empenho em que meus homens participem da missão arqueológica. Posso encontrar outro tipo de pretexto para justificar sua presença.

– Ordens do chefe.

– Robert está impossível.

– Robert está nervoso. Trata-se de umas tábuas que devem valer milhões de dólares. Na verdade, seu valor é incalculável se de fato ficar demonstrado que foram inspiradas no patriarca Abraão. Seria um descobrimento revolucionário, a *Bíblia de Barro*, o Gênesis narrado por Abraão.

– Não se entusiasme, Ralph.

– Não posso deixar de fazê-lo.

– Agora você é um homem de negócios.

– Mas não posso deixar de amar a história. Na realidade, é a minha única paixão.

– Não seja sentimental; não lhe cai bem. Eu ligarei se tiver alguma novidade. Vou começar a trabalhar.

***

Mercedes passeava sem rumo pelas ruas que desembocam na praça de Espanha. Fizera algumas compras nas luxuosas butiques da Via Condotti, da rua de la Croce, da Via Fratina... Um par de bolsas, lencinhos de seda, um *tailleur*, uma blusa, sapatos. Estava aborrecida. Nunca gostara de ir às compras, embora procurasse dar atenção à aparência pessoal. Seus amigos lhe diziam que era uma mulher elegante, embora ela soubesse que optar pelos modelos clássicos era um modo de não errar.

Tinha vontade de regressar logo à Espanha, voltar a Barcelona, à sua empresa, visitar as obras e subir nos andaimes entre os olhares de terror dos pedreiros, que achavam que ela era uma velha louca.

A atividade permanente era o que lhe permitia viver, não pensar em nada que não fosse o que fazia a cada instante. Passara toda a vida evitando estar só consigo mesma, embora, na realidade, tivesse optado pela solidão. Não se casara, não tivera filhos, não tinha irmãos nem sobrinhos nem lhe restava qualquer parente vivo. Sua avó, a mãe de seu pai, havia morrido há vários anos. Era uma anarquista dura como uma pedra, que experimentara os cárceres franquistas. Também era a única pessoa que a ajudara a fincar os pés no chão, para que se sentisse como uma pessoa a mais. "Os fascistas são como são", lhe dizia, "e por isso não podemos achar estranho nada do que fizerem". Desse modo, acalmava seus pesadelos, tentando convencê-la de que o que havia acontecido tivera de ser daquela maneira porque eram aqueles os padrões de comportamento de homens que carregavam o selo da maldade.

Vivera tempo suficiente para ajudá-la a enfrentar a vida olhando-a de frente.

Em Barcelona, àquela hora estaria falando com o arquiteto de alguma de suas obras, discutindo projetos, planejando o próximo edifício.

Costumava almoçar sozinha em seu escritório, assim como jantava só diante da televisão.

Agora devia procurar um lugar onde pudesse se sentar, descansar e comer alguma coisa. Estava com fome. Depois caminharia até o hotel e faria as malas. Viajaria no dia seguinte, no primeiro avião. Carlo havia ficado de passar no hotel para que jantassem juntos em algum restaurante próximo e para se despedir.

Cipriani ligou do saguão para o quarto. Estava esperando. Quando ela desceu, trocaram um longo abraço. Era um modo de liberar a torrente de sentimento que oprimia os dois.

– Você falou com Hans ou Bruno?

– Sim, os dois ligaram ao chegar. Estão bem. Hans tem muita sorte de ter Berta. Ela é uma mulher excepcional.

– Seus filhos também são formidáveis.

– Sim, são, mas eu tenho três, e Hans apenas uma, de modo que tem sorte de Berta ser como é. Cuida dele e o mima como se fosse uma criança.

– E o Bruno está bem. Ele me preocupa, achei que estava preocupado com essa história toda, como se tivesse medo.

– Eu também tenho medo, Mercedes. E suponho que você também. Fazermos o que temos de fazer não significa que teremos impunidade.

– Essa é a tragédia do ser humano, que nada do que faça fique impune. Foi a maldição que Deus lançou sobre nós ao expulsar Adão e Eva do paraíso.

– Quando Bruno ligou, ouvi os protestos de Deborah. Nosso amigo me contou que Deborah está preocupada e até lhe pediu para que não nos veja nunca mais. Discutiram, e Bruno lhe disse que preferiria separar-se dela. Que nada nem ninguém o levaria a romper o vínculo que tem conosco.

– Pobre Deborah! Entendo seu sofrimento.

– Ela nunca gostou de você.

– Quase ninguém vai com a minha cara.

– Na verdade, você procura não despertar a simpatia de ninguém, o que é um sintoma de insegurança. Você sabe disso, não é verdade?

– Quem está falando, o médico ou o amigo?

– Quem fala é o amigo que também é médico.

– Você pode curar corpos, mas a alma não tem cura.

– Eu sei, mas você deveria pelo menos fazer um esforço para tentar ver as coisas que a cercam de outra maneira.

– É o que faço. Como você acha que pude viver todos esses anos? Quer saber? Eu só tenho vocês. Desde a morte de minha avó, vocês são a única coisa que me liga à vida. Vocês e...

– Sim, a vingança e o ódio são motores da história, e também das histórias pessoais. Apesar dos anos que passaram, ainda me lembro de sua avó. Era uma mulher de um valor extraordinário.

– Nunca se conformou em ser uma sobrevivente como eu; vivia enfrentando tudo e todos. Quando saiu da prisão, não se dobrou, continuou sendo anarquista, organizando reuniões clandestinas, cruzando a fronteira da França para levar à Espanha propaganda antifranquista e se reunir com velhos exilados. Vou lhe contar uma coisa: nos anos 50 e 60, todos os cinemas espanhóis, antes de exibir o filme, apresentavam uma reportagem sobre as atividades de Franco e de seus ministros. Nós vivíamos em Mataró, uma cidade próxima a Barcelona, e havia um cinema de verão, no qual víamos filmes ao ar livre; nós, os pequenos, ficávamos ali chupando balas. Quando aparecia a primeira imagem de Franco, minha avó pigarreava, cuspia no chão e murmurava, baixinho: "Acreditam que nos venceram, mas estão muito enganados; enquanto pudermos pensar, seremos livres", e apontava para a cabeça dizendo "aqui eles não mandam". Eu olhava para ela aterrorizada, temendo que a qualquer momento nos levassem presos. Nunca aconteceu nada.

– Sempre nos acolheu com afeto e nunca nos perguntava nada quando aparecíamos para vê-la. Eu me lembro de que estava sempre vestida de preto, com um coque preso no alto da cabeça, o rosto cheio de rugas. Havia tanta dignidade nela...

– Sabia do que falávamos e do que nos havíamos proposto a fazer; conhecia nosso juramento. Nunca me reprovou; pelo contrário, só me aconselhava que o que tivéssemos de fazer o fizéssemos com a cabeça, sem deixar-nos levar pela raiva.

– Não sei se conseguiremos.

– É nisso que estamos, Carlo, é nisso que estamos. Creio que estamos nos aproximando do final, aproximando-nos de Tannenberg.

– Por que ele resolveu sair da toca depois de tantos anos? Não paro de me fazer esta pergunta, Mercedes, e não encontro resposta.

– Os monstros também sentem. Essa mulher pode ser sua filha, sua neta ou uma sobrinha, vá lá saber. E pelo informe de Marini, penso que enviou a jovem a Roma para pedir ajuda para encontrar as tábuas de que falou no congresso. Devem ser muito importantes para eles, tanto que correu o risco de deixar-se ver.

– Você acredita que os monstros também sentem?

– Olhe à sua volta, pense na história recente, em todos os ditadores que você viu cercados por suas famílias, com seus netos nos braços, acariciando um gato. Não precisamos ir muito longe: Saddam não se importava em bombardear com gás as aldeias curdas, assassinando mulheres, crianças, velhos, ou em fazer desaparecer os opositores de seu regime, e olhe o que contam de seus filhos. Saíram iguais a ele, e ele lhes permite tudo, cuida de seus monstrinhos como se fossem maravilhas. Ou Ceaucescu, ou Stalin, ou Mussolini ou Franco, ou tantos outros ditadores que viviam babando com os seus.

– Você mistura tudo, Mercedes – riu Carlo –, enfia todo mundo num mesmo pacote. Você também é uma anarquista!

– Minha avó era anarquista, meu avô também. Meu pai era anarquista.

Ficaram em silêncio, evitando continuar remexendo em feridas que ainda sangravam.

– Hans ligou para o tal do Tom Martin? – perguntou Mercedes, para mudar o rumo da conversa.

– Não, mas me disse que quando acertar o encontro nos ligará. Suponho que esperará dois ou três dias antes de fazer qualquer coisa. Acaba de chegar e sua filha Berta se alarmaria se voltasse a viajar.

– Eu poderia me encarregar disso. Afinal de contas, não tenho família e, portanto, ninguém vai me pedir explicações a respeito de onde estou indo nem a quem estou telefonando.

– Deixemos que Hans faça isso.

– E seu amigo Luca?

– Sei que você não vai com a cara dele, mas é uma boa pessoa e nos ajudou, continua nos ajudando. Ligou para mim um pouco antes de eu sair para vir a seu encontro. Garantiu-me que não há novidades, que, por enquanto, seus amigos não moveram uma palha. Não quis me alarmar, mas acredita que alguém andou vasculhando em seus arquivos à procura de informações sobre o que aconteceu. Não encontraram nada porque ele jamais abriu uma pasta para o assunto. Conduzia o caso diretamente e dava ordens a seus homens sem lhes dizer quem era o cliente. Acredita que também revistaram sua sala. Procurou microfones por todas as partes e não encontrou nada; mesmo assim, ligou para mim de uma cabine. Ficamos de nos ver amanhã. Passará na clínica.

– Tannenberg?

– Pode ser ele, a polícia ou vá lá saber quem mais.

– Só pode ser ele ou a polícia; não há mais ninguém a quem possa interessar o que aconteceu.

– Você tem razão.

Continuaram conversando até tarde. Levaria algum tempo até que voltassem a se encontrar.

12

– Paul, encontrei dois homens que podem lhe servir. Têm as características exigidas por você. Se me desse mais tempo, poderia encontrar outros.

– A única coisa que eu não tenho é tempo. Já começou a contagem regressiva para o começo da maldita guerra.

– Não se queixe; graças a esta guerra vamos ganhar uma montanha de dinheiro.

– Sim, Tom, as guerras transformaram-se em um excelente negócio. Assinei alguns contratos para enviar homens ao Iraque no dia seguinte. Suponho que você também.

– Sim, e quero lhe propor algo que podemos fazer juntos. Quantos homens você tem?

– Agora mesmo, mais de dez mil contratados.

– Cara, que incrível. Eu não chego a tanto, e depois não quero pessoas despreparadas, mas homens com alguma experiência.

– Aqui não são difíceis de encontrar. Estou começando a contratar asiáticos.

– E o que importa de onde sejam? O importante é que estejam preparados para combater. Conto com muitos ex-iugoslavos: sérvios, croatas, bósnios, sujeitos duros, com muita vontade de apertar o gatilho. Esses dois que encontrei para você são duas peças raras, espero que consiga controlá-los. São jovens, mas estão loucos. Mataram muito, muito mais do que podem recordar.

– Qual é a idade deles?

– Um tem 24 e o outro 27. Um é bósnio e o outro, croata. Eram estudantes antes de começarem a matar uns aos outros na Iugoslávia. São dois sobreviventes que perderam parte da família na guerra. O croata é um exímio atirador. Gosta de dinheiro. Está indo estudar informática na universidade; acho que é um pequeno gênio dos computadores. O bósnio estuda pedagogia.

– Nenhum deles estuda história ou arqueologia?

– Não, não tenho mercenários que gostem de história. Estes dois servem pela idade e porque falam inglês. Você sabe que os governos europeus lavam suas consciências dando bolsas de estudo a ex-iugoslavos, de modo que se você tiver pressa pode inscrevê-los em qualquer universidade que ache útil, na de Berlim ou na de Paris, e ali, seguramente, alguém os aproximará do círculo de Picot.

– Não brinque comigo. Não é assim tão fácil!

– Vamos, Paul, pense que esses dois serão capazes de tudo por um bom pagamento. Estão acostumados a matar para sobreviver. Vamos matriculá-los em Berlim ou em Madri. A Espanha é uma boa peneira para procurar novas identidades para as pessoas. É um país onde ainda restam idealistas dispostos a fazer qualquer coisa por qualquer um que lhes conte uma história triste. E esses caras têm uma história trágica. Dê-me as coordenadas de Picot e eu os farei se aproximar de seu círculo. Ele terá de pagar aos estudantes que toparem ir com ele, e por isso os dois poderão alegar que precisam de dinheiro para estudar e seguir adiante.

– Mas como você quer que Picot contrate um cara de informática e um pedagogo? Ele precisa de arqueólogos e historiadores.

– Bem, amigo, você decide. É isso o que eu tenho.

– Mandarei um de meus homens para vê-lo e lhe explicar o que queremos. Amanhã estará aí. Mande-me a fatura.

– Eu o farei. Quando você virá a Londres?

– Dentro de uma semana. Tenho uma reunião com alguns clientes que poderemos dividir. Enviarei um *e-mail* para você.

– Bem. Falaremos.

Tom Martin desligou o telefone. Dava-se bem com Paul Dukais. Ambos se dedicavam ao mesmo negócio: oferecer segurança a uns e, às vezes, matar outros. Suas empresas estavam em expansão; este era o lado positivo da globalização. O Iraque prometia ser um bom negócio. Tinha assinado quatro contratos milionários e esperava assinar outros tantos.

Sem dúvida, a Global Group era a melhor empresa européia de segurança, assim como a de Paul Dukais era a melhor da América do Norte. As duas empresas controlavam mais de 65% do negócio em todo o mundo, as outras, ao lado delas, pareciam formigas. Mas no Iraque haveria um pedaço do bolo para cada um. E algumas missões teriam de ser encaradas conjuntamente pelos homens da Global e os da Planet; queria conversar a respeito disso com Paul.

Pensava em convidá-lo para jantar e tomar vários drinques assim que fechassem o acordo que, sem dúvida, iriam fechar. Haviam feito isso várias vezes no passado.

13

O jantar transcorria quase em silêncio. Alfred Tannenberg evitava dirigir-se a Ahmed, que também não tinha grande interesse em falar com ele, e por isso o esforço de manter a ficção da normalidade recaía sobre Clara.

Assim que terminaram de jantar, Clara pediu ao avô que não se retirasse para descansar.

– O que você está querendo?

– Quero que a gente converse. Não posso suportar essa tensão que há entre Ahmed e você; preciso que vocês me digam o que está havendo.

Os dois homens se olharam sem saber que comportamento adotar; foi Ahmed quem quebrou o silêncio.

– Seu avô e eu temos diferenças de critério.

– Ah! E isso significa que vocês resolveram parar de se falar, não é? Isso vai acabar prejudicando a missão arqueológica! Não será possível começar nada se estivermos vivendo em casa em um clima de funeral. O que está acontecendo com vocês? Qual é essa diferença tão grande de critério que os faz ficarem se olhando como se estivessem prestes a pular um em cima do outro?

Alfred Tannenberg não estava disposto a se rebaixar diante da neta e muito menos diante do marido dela. Considerava a conversa indigna, e por isso a cortou.

– Clara, eu me nego a continuar mantendo esta conversa. Preocupe-se em organizar a missão; toda a responsabilidade será sua. A *Bíblia de Barro* lhe pertence. É você quem deve encontrá-la e, sobretudo, quem tem de saber preservá-la. Todo o resto é irrelevante diante do que temos pela frente. Ainda não lhe disse, mas terei de ir à cidade do Cairo dentro de alguns dias. Antes de partir lhe deixarei dinheiro suficiente, em dólares, para que você possa enfrentar a escavação. Você deverá levá-lo consigo e administrá-lo. Ah, quero que Fátima a acompanhe.

– Fátima? Mas, vovô, como posso levar Fátima a uma missão arqueológica? O que você quer que ela faça lá?

– Que cuide de você.

Quando Tannenberg manifestava um desejo, ninguém atrevia-se a contradizê-lo, nem mesmo Clara.

– Está bem, vovô, mas você e Ahmed não podem fazer as pazes? É por mim. Estou me sentindo tão mal com esta situação...

– Menina, não se meta. Deixe estar.

Ahmed não havia pronunciado nem uma palavra a mais. Quando o avô de Clara saiu, olhou-a, furioso.

– Você não podia ter evitado esta ceninha? Não vá achar que sempre será Natal.

– Olhe, Ahmed, não sei o que está acontecendo entre vocês dois, mas sei que já há algum tempo você anda agressivo e desagradável com todo mundo, principalmente comigo. Por quê?

– Estou cansado, Clara, não gosto da vida que estamos levando.

– E que vida é esta?

– Encerrados na Casa Amarela, fazendo tudo o que seu avô quer. Ele determina nossa existência, preenche as horas dos nossos dias dizendo o que devemos fazer, onde não podemos nos equivocar. Eu me sinto preso vivendo aqui.

– Então por que você não vai embora? Eu não posso obrigá-lo a ficar e também não vou lhe pedir que o faça. Você tem o direito de ter uma vida diferente, se não gosta da que temos.

– Você está me convidando a ir embora? Não lhe ocorre pensar que poderemos ir juntos?

– Eu sou parte da Casa Amarela, não posso fugir de mim mesma. Além do mais, Ahmed, eu sou feliz aqui.

– Gostaria de ter continuado vivendo em São Francisco, onde éramos felizes.

– Eu sou feliz aqui. Sou iraquiana.

– Não, você não é iraquiana, só nasceu aqui.

– Você vai me dizer de onde eu sou? Claro que nasci aqui e me eduquei aqui e fui feliz aqui, e quero continuar sendo. Eu não preciso ir a lugar nenhum para ser feliz, tudo o que quero está aqui.

– Pois eu não encontro nada do que quero; já sei de antemão que minha felicidade não está nesta casa nem neste país. O Iraque não tem futuro. Está sendo destruído.

– O que você quer fazer, Ahmed?

– Ir embora, Clara, ir embora.

– Então, vá, Ahmed, eu não farei nada para segurá-lo. Amo muito você, tanto que não posso permitir que continue sendo infeliz. Posso fazer mais alguma coisa?

Ahmed surpreendeu-se com a reação de Clara. Sentiu-se até ferido em seu amor-próprio. Sua mulher não precisava dele; amava-o, mas não precisava dele, e deixava claro que não faria nada para detê-lo; pelo contrário, facilitaria sua partida.

– Eu a ajudarei a encontrar a *Bíblia de Barro*. Acho que você poderá precisar da minha ajuda, sobretudo se seu avô for para a cidade do Cairo. Depois, quando todos se forem, eu irei com eles. Não poderei ir para os Estados Unidos, mas procurarei refúgio na França ou no Reino Unido; esperarei o momento em que nós, os iraquianos, deixaremos de estar empestados e aí regressarei a São Francisco.

– Você não tem por que ficar, Ahmed. Agradeço sua intenção de me ajudar, mas você acha que é uma boa idéia a gente viver os próximos meses juntos como se nada tivesse acontecido, sabendo que depois você partirá?

– Você não virá comigo?

– Não, não irei, eu ficarei no Iraque. Quero viver aqui. Gostei dos Estados Unidos, fomos felizes lá. Eu nunca havia saído do Oriente. Meu avô nunca me permitira. Minha vida transcorreu entre o Iraque, o Egito, a Jordânia, a Síria e nada mais. Sim, gostaria de ir algum dia a Nova York e a São Francisco, mas de visita. Vou repetir: eu sempre viverei aqui.

– Você percebe que este é o começo de nossa separação?

– Sim. Estou sentindo, e sinto muito porque amo você, mas acho que nenhum de nós dois deve renunciar a ser quem realmente é porque, então, não nos reconheceríamos e terminaríamos nos odiando.

– Se você não quer que eu fique para ajudá-la a encontrar a *Bíblia de Barro*, procurarei um modo de sair do Iraque.

– Meu avô o ajudará.

– Não acredito.

– Eu garanto que o fará.

– De qualquer jeito, pense em minha oferta. Não me importa ficar mais alguns meses. Sei que posso lhe ser útil, e, apesar de meu desejo de ir embora, gostaria de ajudá-la.

– Já falamos bastante esta noite, Ahmed, deixe-me pensar até amanhã. Onde você vai dormir?

– No sofá de meu escritório.

– Bem, temos de conversar sobre os detalhes do divórcio, mas, se você não se importa, poderemos fazer isso amanhã.

– Obrigado, Clara.

– É que eu o amo, Ahmed.

– Eu também amo você, Clara.

– Não, Ahmed, você não me ama; na verdade, já faz tempo que deixou de me querer. Boa-noite.

Voltaram a ficar em silêncio enquanto tomavam o café da manhã. Fátima entrou na sala de jantar procurando Ahmed, com passo apressado.

– O Sr. Picot ao telefone. Disse que é urgente.

– Ahmed falando.

– Aqui é Picot. Tenho uma lista provisória das pessoas que participarão da missão arqueológica. Acabo de passá-la por *e-mail* para que você cuide quanto antes dos vistos. Decidi também mandar duas pessoas na frente com parte do material para que comecem a montagem. Quando eu chegar com os outros, gostaria que a infra-estrutura já estivesse organizada para que possamos começar a trabalhar tão logo possível.

"Preciso que você providencie os papéis rapidamente, para que não tenhamos problemas de aduana nem nos incomodem."

– Conte com isso. O que você está enviando?

– Barracas, alimentos não-perecíveis, instrumentos arqueológicos... Quando chegarmos, quero que as barracas onde vamos viver já estejam montadas e que o contingente de operários já tenha sido selecionado. Você se encarregará de tudo?

– Daquilo que tiver tempo de fazer. Veja, com toda certeza eu não participarei desta missão.

– O que você disse?

– Fique tranqüilo, não é nada demais. Clara tomará conta de tudo. Mas não se preocupe; eu mesmo tomarei estas primeiras providências.

– Ouça, o que está acontecendo? Vamos investir uma montanha de dinheiro nessa escavação; custou-me o que você não imagina convencer um grupo de estudantes e arqueólogos a ir ao Iraque e agora você me diz que não vai participar? Que brincadeira é essa?

– Não é nenhuma brincadeira. O fato de eu não participar da escavação não mudará os termos do nosso acordo. Minha presença é irrelevante. Você terá tudo de que precisa. Eu lhe asseguro que Clara é uma arqueóloga muito capaz, não precisa de minha ajuda para levar adiante a expedição, e você tampouco.

– Não estou gostando desses imprevistos.

– Eu também odeio os imprevistos, mas a vida é assim, meu amigo. Em todo o caso, lerei agora seu *e-mail* e irei resolvendo seus pedidos. Quer falar com Clara?

– Não, agora não. Mais tarde.

Clara o observava parada ao pé da porta. Ouvira parte do diálogo.

– Picot não confia em mim.

– Picot não a conhece. Lida com estereótipos, e você é iraquiana, o que implica usar véus e não ser capaz de dar um passo sem o marido. Essa é a imagem que no Ocidente as pessoas têm do Oriente. Ele vai mudar logo de opinião.

– Ele está preocupado com sua ausência.

– Sim, está preocupado, mas você não deve se preocupar. Na verdade, você não precisa de mim para nada. Clara, nós repassamos até a exaustão o que é preciso fazer. Você conhece Safran melhor do que eu, e não há ninguém que possa ensinar qualquer coisa a você sobre a arqueologia mesopotâmica. Além disso, penso que você poderia nomear Karim para ser seu assessor. Ele é um historiador muito capaz. O sobrinho do coronel ficará fascinado em participar de uma missão arqueológica.

– E você, como lhe dirá? Como explicará que não vai estar presente?

– Precisamos falar sobre isso, Clara; precisamos decidir como nos separaremos, quando e como vamos comunicá-lo, e o que faremos em seguida. Façamos tudo da melhor maneira possível, por você, por mim, por todos.

Clara assentiu. Desejava sinceramente que pudessem se separar como haviam começado a fazê-lo: sem cobranças nem cenas. Mas se perguntava em que momento e por que razão soltariam as rédeas de todas as emoções contidas.

– O que Picot lhe pediu?

– Vamos ao escritório ler o *e-mail*. Depois, começaremos a trabalhar. Não há tempo a perder. Tenho de ligar para o coronel. Picot está enviando, antecipadamente, parte do material, e não quer ter problemas com a aduana. Você está com o plano de trabalho que fizemos?

– Está com vovô. Deixei com ele para que desse uma olhada.

– Então vá buscá-lo e, se estiver pronta, venha comigo ao ministério e começaremos a preparar a expedição. Precisamos começar a mandar gente a Safran. Pode ser que um dos dois tenha de ir na frente.

Alfred Tannenberg continuava na sala de jantar e não dissimulou seu aborrecimento quando Clara entrou.

– Desde quando você ficou mal-educada a ponto de me deixar diante da mesa servida e sair? Pode-se saber o que está acontecendo?

– Era Picot.

– Sim, eu ouvi que era Picot. O mundo deve parar quando Picot liga?

– Perdoe-me, vovô, mas você sabe que ele é importante para que alcancemos nosso objetivo. Ligou para avisar que está mandando uma parte do material e alguns colaboradores na frente, para que tudo esteja pronto quando chegar e possamos começar a trabalhar. Devemos resolver os problemas da aduana. Ahmed falará com o coronel. E um de nós irá a Safran para que tudo esteja no ponto quando o material começar a chegar. Temos de selecionar os operários, acabar de acertar com o chefe da aldeia o salário de que falamos, enfim, uma porção de coisas.

– Certo, mas não volte a me deixar sentado sozinho à mesa. Nunca.

– Não se aborreça, por favor, estamos tão perto de atingir seu sonho...

– Não é um sonho, Clara, a *Bíblia de Barro* existe, está lá, você só precisa encontrá-la.

– Eu a encontrarei.

– Bem, e quando o fizer, recolha as tábuas e volte quanto antes for possível.

– Não acontecerá nada com elas, eu lhe garanto.

– Dê-me sua palavra de que você não permitirá que ninguém, ninguém, apodere-se delas.

– Dou minha palavra.

– Agora vá trabalhar.

– Eu vinha exatamente pedir que você me devolva os papéis com o plano que eu e Ahmed havíamos feito.

– Está em cima da mesa de meu escritório. Pode pegá-los. E, quanto a Ahmed, quanto mais depressa for embora, melhor.

Clara olhou para ele assustada. Como era possível que seu avô soubesse o que estava acontecendo entre Ahmed e ela?

– Vovô...

– Que vá embora, Clara, nenhum de nós precisa dele. Ele viverá mal sem nossa ajuda; sem a gente, não é nada.

– Como você sabe que Ahmed está de partida?

– Eu sei de tudo o que acontece na Casa Amarela. Que tipo de imbecil seria eu se não soubesse o que acontece em minha própria casa?

– Eu amo Ahmed, e peço-lhe que não o prejudique; se o fizer, não o perdoarei.

– Clara, nesta casa sou eu quem decide sobre todos vocês. Não me diga o que posso ou não fazer.

– Sim, vovô, eu estou dizendo. Se você fizer algum mal a Ahmed, eu também irei embora.

O tom de voz de Clara não deixava lugar para dúvidas. Alfred Tannenberg percebeu que a advertência da neta era para valer.

Quando Clara entrou na caminhonete do marido, a tensão estava estampada em seu rosto.

– O que aconteceu? – perguntou Ahmed.

– Ele sabe que nos separamos.

– E como me ameaçou?

Clara sentiu a tristeza provocada pelos dois homens que mais amava no mundo. Não suportava a aversão que um tinha pelo outro.

– Vamos, Ahmed, meu avô sempre se portou bem com você, não use esse tom.

– Eu o conheço bem, Clara, por isso o temo.

– Tem medo dele? Ele fez tudo para ajudá-lo, não há nada que quisesse e ele não lhe tenha dado. Não sei por que deveria temê-lo.

Ahmed ficou calado. Não queria revelar a Clara a parte obscura dos negócios de seu avô, negócios dos quais participara por ambição.

– Seu avô foi generoso, sem dúvida, mas eu trabalhei lealmente a seu lado, sem questionar jamais o que fazia.

– E por que você deveria questionar o que meu avô faz? – perguntou Clara, aborrecida.

– Vamos, Clara, não vamos estragar tudo por conta de seu avô. Estamos levando a situação bastante bem.

– Percebo que vocês não se suportam mais. Desde quando? O que aconteceu? Como não percebi?

– Não faça tantas perguntas a si mesma. Essas coisas acontecem nas famílias, nos negócios, entre amigos. Um dia você deixa de se entender com as pessoas e pronto.

– Tão simples assim?

– Você quer tornar as coisas complicadas?

– Quero que vocês dois não as tornem complicadas, quero que me deixem em paz, quero que não me transformem em seu campo de batalha!

Ahmed assentiu. Estava dirigindo e não via o rosto da mulher, mas percebia que a harmonia que reinara entre eles estava prestes a ser rompida.

– Da minha parte, procurarei facilitar tudo. Eu não quero fazer-lhe mal por nada desse mundo. Você não merece.

– Claro que não mereço. E por isso não me aborreçam.

– Bem, e o que você disse a seu avô?

– Nada, simplesmente neguei que a gente esteja se separando. Ele quer que você vá embora o mais rápido possível.

– Nisso estou de acordo com ele. Sairei da Casa Amarela. Posso ir para a casa de minha irmã.

De repente, Clara sentiu uma dor aguda no peito. Uma coisa era falar abstratamente da separação e outra ver a separação ser materializada.

– Faça o que acreditar ser conveniente, aquilo que for melhor para você.

– Para os dois, Clara, para os dois.

Esteve a ponto de dizer que ela não queria se separar, que começava a ter medo da dor que já estava sentido por saber que ele estava indo embora. Mas não disse nada; preferiu continuar tentando manter a dignidade.

– Veja, Ahmed, a única coisa que eu quero é evitar que façamos cenas um para o outro. E, sobretudo, quero lhe pedir que não enfrente meu avô. Eu gosto muito dele.

– Eu sei, Clara, eu sei quanto você gosta dele. Eu farei isso por você; pelo menos tentarei.

Quando entraram no ministério já haviam mudado de conversa. Falavam sobre qual dos dois iria a Safran.

– Eu vou, Ahmed. Daqui a pouco você não vai estar mais aqui e prefiro saber desde o princípio como tudo foi organizado, participar da escolha dos operários...

Não lhe disse que se afastar a ajudaria a desafogar a angústia que estava começando a sentir.

– Muito bem, pode ser que você tenha razão. Eu ficarei e a ajudarei daqui de Bagdá. E começarei a organizar minha partida.

– Como você fará para ir embora?

– Não sei.

– Será acusado de traição, Saddam pode ordenar seu assassinato.

– Eu sei, mas é um risco que devo correr.

Passaram o resto da manhã ao telefone, providenciando papéis e autorizações. Ao meio-dia, Ahmed foi almoçar com o coronel, e Clara voltou à Casa Amarela.

– Você chegou a tempo do almoço – disse-lhe Fátima –, seu avô está recebendo uma visita no escritório.

Clara foi até seu quarto para se refrescar depois de ordenar a Fátima que a avisasse quando seu avô descesse para almoçar.

Tannenberg terminou de ler a última página diante do olhar cheio de expectativas de seu interlocutor. Depois, guardou cuidadosamente os papéis em uma pasta que colocou na gaveta superior da mesa do escritório e cravou os olhos em Yasir.

– Irei à cidade do Cairo. Marque uma conversa com Robert Brown, quero que vá a um lugar em que os telefones não possam ser grampeados.

– Impossível. Os satélites norte-americanos gravam tudo, sobretudo as conversas entre os Estados Unidos e este pobre canto do mundo.

– Deixe de floreios, Yasir, quero falar com Robert.

– Não será possível.

– Terá de ser. Quero falar com ele e com outros amigos. Ou encontram um recurso que permita que nos falemos ou ligarei diretamente para seus escritórios. Precisamos discutir o plano que me enviaram; eles não sabem de nada e decidiram coisas absurdas. Da maneira como planejaram, seria um desastre. Além do mais, quero, como sempre, ficar no comando. Não admito que enviem uma pessoa para dirigir a operação. Por quê? Nesta região quem manda sou eu; é meu território, e por isso não vão me afastar dele.

– Ninguém quer tirar você de lugar nenhum. Eles sabem que você não está bem de saúde e estão mandando reforços.

– Não comece a me subestimar, Yasir, não se engane você também.

– Pode ser que estejam aborrecidos pelo que Clara fez em Roma, porque você se pôs a descoberto anunciando a *Bíblia de Barro*.

– Este não era assunto seu. Diga-lhes que quero falar diretamente com eles; caso contrário, não haverá operação.

– O que você está dizendo? Quer arruinar a todos?

– Não, o que quero é saber exatamente o que vai acontecer e quando. Temos de organizar tudo cuidadosamente. Quero que um homem de Paul Dukais venha falar comigo. Eu lhe direi como fazer o que temos de fazer. Paul tem um zoológico, e os gorilas não servem para tudo. Dirigirei a operação à minha maneira. Os homens de Paul farão o que eu lhes disser, quando eu disser e onde eu disser. Se não, asseguro a você que ninguém fará nada, a não ser que queiram travar uma guerra particular.

– Mas o que está havendo com você, Alfred? Parece que está ficando louco.

O ancião se levantou, foi até seu interlocutor e esbofeteou-o.

– Yasir, você deixou de comer merda de camelo no dia em que me conheceu. Não se esqueça disso.

Os olhos negros do homem brilharam de ódio. Fazia toda uma vida que se conheciam, mas aquela afronta não seria perdoada.

– Vá e faça o que eu lhe disse.

Yasir saiu do escritório sem olhar para trás, ainda sentido a palma da mão de Alfred na face.

O ancião encontrou Clara sentada, sozinha, à mesa que ficava à sombra das palmeiras, ouvindo o rumor da água da fonte. Ela se levantou e lhe deu um ligeiro beijo no rosto bem barbeado. Gostava do cheiro de tabaco que se desprendia do avô.

– Estou com fome. Você se atrasou, vovô! – disse, cumprimentando-o.

– Sente-se, Clara, alegro-me que estejamos a sós. Precisamos conversar.

Fátima colocou na mesa várias travessas com diversos tipos de saladas e arroz para serem servidos com carne e depois os deixou.

– O que você está pensando em fazer? – perguntou Tannenberg.

– Não sei a que você se refere...

– Ahmed vai embora. O que você deseja?

– Eu vou ficar no Iraque. Este é o meu país, aqui está minha vida. A Casa Amarela é a minha casa. Não tenho vontade de virar uma exilada.

– Se Saddam cair, ficaremos mal. Nós também teremos de partir. Não podemos estar aqui quando os norte-americanos chegarem.

– Eles virão?

– Acabo de receber informações confirmando que a decisão está tomada. Eu acreditava que não seria assim, que Bush estava fazendo uma bravata, mas, ao que parece, os preparativos para a guerra estão em marcha. Já marcaram até o dia D. Devemos começar a nos preparar. Estou indo para a cidade do Cairo, preciso organizar algumas coisas e conversar com alguns amigos de lá.

– Você é um homem de negócios. Estendeu-se com Saddam, é verdade, mas como tantos outros. Não podem fazer represálias a todos os iraquianos que tiveram boas relações com o regime.

– Quando chegarem, eles farão o que quiserem. Um exército que ganha uma guerra pode fazer o que quiser.

– Não quero sair do Iraque.

– Pois teremos de ir embora, ao menos até que saibamos o que vai acontecer.

– Então, por que vamos começar a escavação?

– Porque encontramos agora a *Bíblia de Barro* ou ela se perderá para sempre. É nossa última oportunidade. Nunca imaginei que Shamas havia regressado a Ur.

– Na realidade, a Safran.

– Fica ali ao lado, dá na mesma. Os patriarcas eram nômades, iam de um lado a outro com o gado e se assentavam temporariamente em algum lugar. Não seria a primeira vez que iriam a Harã, nem que regressariam a Ur. Mas sempre acreditei que a *Bíblia de Barro*, existindo, estaria em Harã ou na Palestina, já que Abraão dirigiu-se a Canaã.

– Quando você vai à cidade do Cairo?

– Amanhã cedo.

– Eu irei a Safran.

– E Ahmed? – o tom usado para perguntar pelo marido da neta era neutro.

– Ele precisa de algum pretexto para deixar o Iraque. Você o ajudará?

– Não, não o farei. Temos negócios a concluir. Quando o fizermos, por mim poderá ir até para o inferno. Mas tem de cumprir, não pode ir embora sem cumprir os compromissos assumidos.

– Que negócio é esse?

– Arte, meu trabalho.

– Sim, eu sei, mas por que Ahmed precisa ficar?

– Porque é necessário para que o negócio que estou prestes a fazer dê certo.

– Eu estava achando que você queria que ele partisse quanto antes.

– Mudei de opinião.

– Você terá de falar com ele. Acertamos que vai deixar a Casa Amarela e irá para a casa da irmã.

– Não me importa onde viva, quero é que fique aqui até a chegada dos norte-americanos.

– Ele não vai querer.

– Eu garanto que vai ficar.

– Não o ameace!

– Não estou ameaçando ninguém! Somos homens de negócios. Ele não pode fugir agora. Agora não. Seu marido ganhou muito dinheiro graças a mim e precisa de mim para ir embora daqui.

– Você não ajudará se não quiser ficar?

– Não, não o farei, nem mesmo por você, Clara. Ahmed não vai arruinar o trabalho de toda uma vida.

– Quero saber o que há a ser feito que só ele pode fazer.

– Nunca envolvi você em meus negócios e não o farei agora. Por isso, quando estiver com Ahmed lhe diga que quero falar com ele.

– Virá esta noite. Vem buscar algumas coisas.

– Não deve sair antes de falar comigo.

***

– Não confia em nós.

George Wagner usava o tom de voz neutro que aqueles que o conheciam sabiam que pressagiava tormenta. E Enrique Gómez o conhecia bem; por isso, embora estivessem conversando ao telefone a muitos milhares de quilômetros de distância, não lhe custava imaginar o amigo com um esgar tenso na costura dos lábios e um tique no olho direito que o levava a mexer a pálpebra.

– Ele acredita que a história dos italianos que perseguiam a neta foi coisa nossa – respondeu Gómez.

– Sim, acredita nisso, e o pior é que não sabemos quem enviou os sujeitos. Yasir nos mandou dizer que Alfred quer falar com todos nós e que não haverá operação se ela não for dirigida por ele. Quer que Dukais envie um de seus homens para discutir com ele como as coisas se darão e ameaça que não haverá operação se tudo não for feito a seu modo.

– Ele conhece o terreno, George, e nisso tem razão. Seria uma loucura deixar a operação apenas nas mãos de Dukais. Sem Alfred, não é possível fazer nada.

– Sim, mas Alfred não pode nos ameaçar nem impor condições.

– Nós não queremos a *Bíblia de Barro* para expô-la em um museu, e ele a quer para dá-la à neta; bem, temos uma divergência, mas não podemos deixar de confiar em Alfred ou então jogar tudo pelos ares só pela teimosia de ver quem se impõe a quem. Corremos o risco de nos equivocarmos se começarmos a guerrear entre nós. Só chegamos até aqui porque sempre atuamos como uma orquestra, cada um cumprindo seu papel.

– Até que Alfred resolveu desafinar.

– Não exageremos, George; precisamos entender que ele está fazendo a coisa da *Bíblia de Barro* pela neta.

– Aquela estúpida!

– Vamos, não é nenhuma estúpida, é neta dele. Você não entende isso porque não tem família.

– Nós somos nossa família, nós, somente nós, ou você já se esqueceu, Enrique?

Enrique Gómez ficou em silêncio, pensando em Rocío, em seu filho José, em seus netos.

– George, alguns de nós construímos outra família, e também temos obrigações em relação a eles.

– Você nos sacrificaria por essa família que formou?

– Não me faça essa pergunta; ela não tem resposta. Eu amo minha família, e em relação a vocês... Vocês são como meus braços, meus olhos, minhas pernas... É impossível descrever o que nós quatro representamos. Não nos comportemos como crianças perguntando quem amamos mais, se a mamãe ou o papai. Alfred ama a neta, e fraquejou quanto ela, quer entregar-lhe a *Bíblia de Barro*. Não lhe pertence, pertence a nós tanto quanto a ele. Pois bem, vamos evitar que isso aconteça, mas sem fazer grandes dramas; e confiemos nele, como sempre, para fazer a outra operação. Se nós declararmos guerra, ele irá lutar, e seremos todos destruídos.

– Ele não nos pode fazer nenhum mal.

– Sim, George, pode sim; você sabe disso, e também sabe que se o apertarmos, ele o fará.

– O que você sugere?

– Que organize as operações. Uma, a que já estava prevista, terá de ser feita com Alfred no comando. A outra, a da *Bíblia de Barro*, terá de correr à margem.

– Isso é o que fiz desde o princípio. Paul já localizou alguns homens que podem se infiltrar na equipe de Picot.

– Bem, é disso que se trata, de ter alguém que não se afaste da neta de Alfred e, se encontrarem a Bíblia, que se apodere dela. Ninguém precisa ser machucado.

– Você acha que a garota deixará que a tomem dela? Não é melhor acreditar que Alfred organizou tudo para evitar que isso aconteça?

– Sim, ele certamente previu o que podemos planejar, conhece a gente, mas nós também o conhecemos. Por isso, estamos brincando de gato e rato, mas se os homens que Paul mandar forem espertos, eles saberão chegar à Bíblia e fugir com ela.

– Você conhece algum gorila esperto?

– Eles devem existir, George, é preciso que existam. Em todo caso, deixemos como última opção a força; que seja a última, e não a primeira.

– Você já sabe como são as coisas no campo de batalha... Não estaremos ali para avaliar a situação, os gorilas é que irão decidir. E podem machucar a menina.

– Pelo menos lhes daremos instruções para que não usem a força no primeiro dia.

– Consultarei o Frank e, se ele estiver de acordo, faremos assim. Pode ser que lhe dê razão; ele também tem família.

– Você deveria ter tido uma, George.

– Não tem me feito falta.

– Dissemos que era a melhor coisa a fazer.

– Sim, parece que foi para vocês, mas eu não precisei agüentar uma mulher e vários filhos. Livrei-me disso.

– Não é tão ruim ter uma família, George.

– Torna-o mais sensível e mais vulnerável.

– Não tínhamos outra opção.

– Sim, eu já sei, resolvemos assim, de modo que paremos de fazer rodeios. Ligarei para o Frank.

– E que Dukais mande uma pessoa inteligente ir falar com Alfred.

– Espero que o faça.

– Alfred nunca suportou que mandassem nele, você sabe.

– Sim, eu sei.

– Então, façamos as coisas direito. Eu não quero que aconteça nada com Alfred. Você entende, George? Não quero que aconteça nada com ele. Vamos tomar-lhe a *Bíblia de Barro*; ele sabe que ela não lhe pertence, e acabará entendendo, embora vá tentar evitá-lo.

– Não podemos renunciar à *Bíblia de Barro* só porque a menina pode não querer entregá-la para a gente.

– Não disse que devamos renunciar a coisa nenhuma, só gostaria que a tomássemos dela sem machucá-la.

– Mas...

– Você me entende, George, não é preciso dar mais voltas. Façamos o que for necessário, mas só se for necessário.

14

Yasir não entendia como um homem tão vulgar como Dukais podia ser tão importante. Mas ele era, e sabia disso.

Dukais mascava chicletes. Havia tirado os sapatos e colocado os pés em cima da mesa sem se importar em exibir as meias grudadas na pele pelo suor.

– Os sapatos que ganhei de presente de minha mulher estão transformando meus pés em pó – disse Dukais, desculpando-se.

Yasir acomodou-se na cadeira e afastou-se para trás, sem conseguir dissimular o desagrado que lhe produziam as meias que vestiam os pés de Dukais.

Além do mais, estava cansado. Estava há dois dias em Washington e a cidade o estressava; e como se não bastasse, percebia a xenofobia contra os árabes que aflorava na cidade. Só saíra do hotel para ir a reuniões de trabalho.

Irritava-o a ignorância dos norte-americanos. Não sabiam nem onde ficava o Egito nem sabiam o que estava acontecendo no Oriente. E entendiam menos ainda por que não gostavam deles. Surpreendia-o que em um país tão rico como os Estados Unidos, ao lado das elites bem preparadas que moviam os cordões do mundo, houvesse um número tão elevado de ignorantes.

Ele era um homem de negócios e sua religião era o dinheiro, mas quando viajava aos Estados Unidos surgia nele certo nacionalismo. Não suportava o desprezo dos norte-americanos.

"Egito?" "Fica ao lado da Turquia?" "Tem mar?" "Os faraós existem?" Sim, essas perguntas haviam sido feitas não uma vez, mas em muitas ocasiões.

Seu país era pobre, ou, melhor dizendo, fora empobrecido por diversos regimes corruptos que contaram com a inestimável ajuda das potências que consideram o globo terrestre um mero tabuleiro de xadrez. O Egito havia estado sob a influência soviética e agora sofria a dos norte-americanos, e, como dizia seu filho Abu: "Para quê isso nos serviu? Eles nos vendem coisas de que não precisamos a preço de ouro e vivemos endividados."

Por mais que discutissem por causa de seu radicalismo, pensou que Abu tinha razão. Não entendia por que seu filho, que tivera de tudo, comprazia-se em se relacionar com um grupo de fanáticos que acreditavam que a solução de todos os problemas estava na religião islâmica.

Antes de pegar o avião para Washington, haviam discutido por causa da barba que Abu deixara crescer. Para muitos jovens egípcios, a barba transformara-se em um símbolo de rebeldia.

– Alfred dirigirá a operação – disse Dukais a Yasir –, será o melhor a fazer. Na realidade, ele conhece o Iraque, e nós não, e por isso os homens ficarão sob seu comando. Quando você voltar à cidade do Cairo, levará consigo um de meus homens, um ex-coronel dos boinas verdes. Moreninho como vocês, porque é de origem hispânica, ele não chamará muita atenção. Além do mais, fala um pouco de árabe. Ele tomará conta dos meninos e por isso é melhor que conheça Alfred para saber como as coisas serão feitas. Seu nome é Mike Fernández e é um bom cara. Além de matar, é capaz de pensar. Abandonou o exército porque eu lhe pago mais, muito mais.

Dukais riu enquanto abria uma caixa de prata da qual retirou um havana. Ofereceu outro a Yasir, mas o egípcio recusou.

– Só posso fumar em meu escritório. Em casa, não me deixam; nos restaurantes, não me deixam; nas casas dos amigos suas mulheres histéricas, tão histéricas quanto a minha, tampouco me deixam. Dia desses me instalarei aqui para sempre.

– Alfred está muito doente, não sei quanto tempo ainda viverá.

– Seu cunhado ainda é o médico dele?

– Meu cunhado é o diretor do hospital onde tratam seu tumor. Ele foi operado ali e lhe tiraram parte do fígado, mas as últimas ultra-sonografias detectaram pequenos grânulos; definitivamente: seu fígado está cheio de tumores, de tumores que o estão matando.

– Agüentará seis meses?

– Meu cunhado diz que pode ser, mas não tem certeza. Alfred não se queixa, e leva a vida de sempre. Sabe que vai morrer e...

– E?

– A única coisa que lhe importa é a neta. Nada mais.

– Ou seja, é um homem desesperado.

– Não, não está desesperado, só sabe que lhe resta pouco tempo e não teme nada nem ninguém.

– Isso é ruim. É necessário sempre ter medo de alguém – murmurou Dukais.

– Só o que lhe importa é a neta. Não basta deixar-lhe uma montanha de dinheiro. Quer que ela encontre essa *Bíblia de Barro* que procuram há tantos anos. Diz que é sua herança.

Paul Dukais podia faltar às mais elementares normas de educação, como pôr os pés em cima da mesa, mas era extremamente inteligente, por isso havia chegado ao topo. E também por isso não achava difícil entender por que Alfred Tannenberg agia como agia.

– A garota ignora tudo sobre a vida do avô – disse Dukais –, mas quando ele morrer terá de enfrentar a realidade; a única maneira de evitar que fique estigmatizada é transformá-la em uma arqueóloga de prestígio internacional. Por isso, precisam desse Picot: para que lhes dê a pátina de respeitabilidade da qual carecem. Poderiam procurar a *Bíblia de Barro* sozinhos, mas isso não livraria Clara do estigma. Mas, se a encontrarem durante os trabalhos de uma missão arqueológica internacional, então as coisas serão diferentes. Sempre me espantou o fato de a garota não saber de nada.

– Clara é muito inteligente, só que não quer encarar nada que macule sua relação com o avô, de modo que prefere não ver nem ouvir. Não a subestime.

– Na verdade, não a conheço. Tenho um dossiê de várias páginas sobre ela; sei do que gosta, do que não gosta, conheço suas andanças em São Francisco, suas qualificações acadêmicas, mas, na verdade, nada disso serve para conhecer uma pessoa. Neste meu negócio aprendi que os informes não são capazes de mostrar a alma de alguém.

Yasir ficou impressionado com a reflexão de Dukais. Pensou que o presidente da Planet Security não era tão simplório como gostava de aparentar, apreciava certos valores, apesar de achar repugnante vê-lo com os pés sobre a mesa...

– Preciso que me dê algumas horas para que eu fale com amigos e prepare umas páginas para você levar a Alfred. Meu homem irá com você. Vou dizer a ele para lhe telefonar hoje à tarde e assim irão se conhecendo. Já disse que se chama Mike Fernández? Bem, tanto faz, vai ligar para você; comece a preparar a viagem. Não será ruim se lhe der algumas lições sobre o que vai encontrar.

– Ele nunca esteve lá?

– Sim, na Guerra do Golfo, mas aquilo não foi uma guerra, todos sabemos disso. Foi uma mera exibição, uma demonstração militar para assustar Saddam, além de experimentar não sei quantos daqueles artefatos que os rapazes do Pentágono compram com o dinheiro do contribuinte. Esteve também no Egito, mas, que eu saiba, passando férias, vendo pirâmides, aquilo que você conhece.

Quando Yasir foi embora, Paul Dukais ligou para Robert Brown, mas não o encontrou no escritório. Disseram-lhe para ligar para o celular. Estava almoçando com reitores de várias universidades norte-americanas com os quais preparava uma série de atos culturais de grande envergadura para o ano seguinte.

Dukais resolveu que ligaria mais tarde.

***

Fabián estava nervoso. Yves o convencera a viajar na frente para o Iraque e, embora tivesse concordado com entusiasmo, estava há uns dois dias sem conseguir dar conta da organização dos preparativos e tentando obter os vistos para as várias escalas que seriam obrigados a fazer antes de chegar ao destino final.

Conseguira reunir uma equipe de vinte pessoas. Não eram suficientes, mas não havia encontrado outros que quisessem arriscar a pele indo escavar no Iraque às vésperas de uma guerra. Ele próprio dizia a si mesmo que era uma loucura, mas necessitava colocar algumas gotas de loucura na rotina de sua vida.

Há pouco recebera o telefonema de uma das alunas do quinto ano que integraria a missão durante poucos meses, até o Natal. Queria que conhecesse um rapaz que era amigo de um amigo. Era bósnio, lhe disse, e havia aterrissado em Madri para estudar. Estava sem um centavo e quando soube que uns loucos estavam indo para o Iraque e além do mais pagavam bem, perguntara se ele não poderia participar da expedição, fazendo o que fosse necessário.

Mas o que poderia fazer um rapaz que era pedagogo e havia aterrissado em Madri para fazer dois cursos de espanhol na universidade? Não assumira nenhum compromisso; antes teria de falar com Picot. Além do mais, Picot lhe dissera que havia um croata na expedição. Tinha sido recomendado por um professor alemão; ao que parece, o jovem estudava informática na Alemanha. "Um sobrevivente da guerra que odeia a violência", haviam lhe dito, mas, no entanto, não se recusava a ir a um país em estado de sítio para ganhar algum dinheiro. Berlim era uma cidade muito cara.

Picot não achou má idéia contar com um especialista em informática; ele poderia ir processando desde o primeiro dia os trabalhos de campo. Por isso, aceitou que os acompanhasse. No entanto, incorporar um bósnio talvez fosse excessivo. Bósnios e croatas estiveram se matando até quatro dias antes e a última coisa de que necessitavam era de tensões na expedição. Além do mais, voltou a se perguntar, para que lhes serviria um pedagogo?

Picot entrou assoviando no apartamento de Fabián. Notava-se que estava contente.

– Olá! Você está em casa?

– Estou no escritório! – gritou Fabián.

– Estou tendo um bom-dia – disse Picot –, hoje tudo saiu muito bem.

– Menos mal – respondeu Fabián –, porque eu fui soterrado pelos trâmites alfandegários. Qualquer um diria que estamos levando tanques em vez de barracas de campanha. E estão me enlouquecendo com os vistos.

– Vamos, não se preocupe. Tudo, tudo se ajeitará.

– Vejo que você está muito otimista. O que aconteceu?

– Estou quase fechando um acordo com a revista *Arqueología científica* para que em todas as suas edições – a inglesa, a francesa, a grega, a espanhola, enfim, em todas – sejam publicados os resultados de nossos trabalhos. Espero que até o final do ano possamos ter obtido algum resultado. Parece-me importante que tenhamos o apoio editorial da revista mais importante de nosso setor. Iremos enviando material com artigos explicativos escritos por nós mesmos. Sei que é uma sobrecarga de trabalho, mas será bom para nós.

– Sim, é ótimo. Como você conseguiu?

– O editor de Londres telefonou para mim, manifestando interesse na expedição. Ele ficou sabendo da intervenção de Clara Tannenberg no congresso de Roma, onde ela afirmou que Abraão havia ditado o Gênesis a um escriba. Acredita que, se eu estou envolvido nisso, o assunto pode ser sério e quer ter exclusividade; publicará o que formos fazendo e encontrando.

– Não sei se gosto de trabalhar com o hálito da imprensa na nuca.

– Eu também não gosto, mas, diante das circunstâncias, é muito bom. Não estou inteiramente seguro de onde estamos nos enfiando.

– Não me venha agora com uma coisa dessas!

– Não confio nessa gente. Há algo estranho, algo que foge à minha compreensão, mas não sei o que é.

– A que você está se referindo?

– Não consegui conhecer o misterioso avô de Clara Tannenberg. E não me disseram em que expedição nem em que ano encontraram as duas tábuas misteriosas. Os dois formam um casal estranho.

– Quem? A tal Clara e o marido?

– Sim. Ele me parece um cara decidido, que sabe o que tem nas mãos.

– E você antipatizou com ela desde o primeiro dia.

– Não, não é isso, mas há alguma coisa estranha nessa mulher; não sei o que é.

– Tenho muita vontade de conhecê-la. Estou certo de que é uma mulher muito mais interessante do que você afirma.

– Sim, mas já vou adiantando que há alguma coisa estranha. Bem, você terá de se entender com ela quando chegar, porque, como já lhe disse, o marido me informou que não participará da missão. Só não sei qual é o motivo.

– Isso sim, me intriga. Por que será que ele está abandonando o barco exatamente agora?

– Não sei.

– Ah, tinha esquecido! Magda, a aluna do quinto ano que está nos ajudando a recrutar estudantes, me ligou. Recomendaram-lhe um rapaz bósnio, um pedagogo que está fazendo um curso de espanhol para universitários estrangeiros na Complutense. Parece que está sem dinheiro e não lhe importaria nos acompanhar para fazer o que fosse. Fala inglês.

– E seu curso de espanhol?

– Não tenho idéia. Estou lhe contando isso porque não temos gente sobrando, embora não saiba para que esse sujeito poderia nos servir.

– Talvez para ajudar na intendência, não sei, me deixe pensar. Não vamos também ficar carregando pessoas que não sejam úteis para alguma coisa concreta. O croata é diferente. Um especialista em informática encaixa-se perfeitamente na equipe.

– Pensei também que juntar um croata e um bósnio poderia provocar problemas.

– Esse é outro ponto. Há poucos dias eles estavam se matando. Não sei, vou pensar, mas não acredito que seja uma boa idéia.

– Eu também não estou convencido, mas prometi à Magda que a levaríamos em consideração.

– Bem, há algum bom fotógrafo em nossa equipe?

– Para quê?

– Para a coisa da revista! Eles não vão enviar ninguém.

– Você não disse que estavam muito interessados?

– Sim, mas também já disse que nós teremos de fazer todo o trabalho. Não querem correr riscos. Não podem enviar uma equipe a um país na situação do Iraque. Uma revista como a *Arqueología* não trata de atualidades.

– Como se já não tivéssemos trabalho suficiente!

– Vamos, não reclame, e me diga quando vai partir.

– Se não tiver de me engalfinhar com mais nenhum funcionário, dentro de três dias. Mas ainda faltam alguns papéis, por isso não estou muito certo.

– Quem você resolveu levar para ajudá-lo?

– Marta.

– Não diga!

– Olhe, eu não tenho nada com Marta.

– Mas gostaria, como eu mesmo, e o mundo inteiro.

– Você está enganado. Nunca entendeu que Marta é uma amiga, nada além disso. A gente se conhece desde que estudávamos na universidade e, acredite ou não, nunca tivemos nenhum rolo.

– Pois é a mulher mais interessante entre todas que vivem à sua volta.

– Sem dúvida, mas é minha amiga; minha melhor amiga, uma amiga assim como você. E que eu saiba, não vou para a cama com você.

– Está certo. Marta me parece inteligente e capaz.

– E é. E tem um dom: sabe lidar com todo mundo, quer seja um ministro ou um comerciante de bugigangas.

– Mas aquilo é o Iraque.

– Marta já esteve no Iraque. Conhece o país, esteve lá há alguns anos como arqueóloga convidada por um grupo de professores subvencionados por uma fundação ligada a um banco. Ficaram alguns meses. Além do mais, fala árabe. Poderá se entender com os funcionários da aduana, com o chefe da aldeia, com os operários, com quem for necessário.

– Você também arranha o árabe.

– Você disse bem: arranho. Você e Marta falam árabe, eu quase não falo. Confio nela, em seus critérios; além da inteligência, tem uma grande intuição e sempre acha uma solução para os problemas.

– Está bem, acho ótimo. Concordo com você. É mesmo uma pessoa valiosa. Não a conheço como arqueóloga, mas se você diz que é boa...

– E é. Nos últimos anos, participou de missões arqueológicas na Síria e na Jordânia, conhece a região da antiga Harã, onde você me disse que o avô misterioso encontrou as tábuas, de modo que não pode ser mais indicada para o trabalho.

– Fabián, eu lhe garanto que estou achando legal que Marta o acompanhe. Em um trabalho como o nosso, é importante montar uma equipe e trabalhar com prazer, e lá as coisas não serão fáceis.

– Ela está vindo para cá.

– Fantástico. Temos de concluir uma montanha de coisas.

15

Robert Brown entrou na mansão de estilo neoclássico escondida em um parque repleto de carvalhos e faias.

Chuviscava. Quando desceu do táxi, um mordomo o esperava com um guarda-chuva aberto. Não era o primeiro a chegar: o murmúrio das conversas misturado com algumas gargalhadas e o tilintar das taças chegavam até a escada que levava à casa.

Seu mentor estava na entrada, recebendo os convidados.

Alto, magro, com olhos azuis frios como gelo e o cabelo que um dia fora dourado totalmente branco, era uma figura imponente. Ninguém duvidava de que aquele homem tivesse muito poder nas mãos, apesar de seus muitos anos. "Quantos teria?", perguntou-se Brown, embora calculasse que passara há muito tempo dos oitenta.

Vários secretários de Estado, quase todo o corpo de funcionários da Casa Branca, senadores, congressistas, fiscais e juízes, ao lado de banqueiros e presidentes de multinacionais, petroleiros e corretores, conversavam animadamente nos salões exuberantemente decorados, cujas paredes exibiam quadros de grandes mestres.

O favorito de Brown era um Picasso da fase rosa, um arlequim trágico e zombeteiro que estava pendurado sobre a lareira do salão principal, onde também era possível admirar um Manet e um Gauguin.

Em outro salão estavam pendurados três quadros do *quatrocento*, ao lado de um Caravaggio.

A mansão era um pequeno museu. Quadros de grandes mestres do impressionismo, misturados com El Greco, Rafael ou Giotto. Pequenas figuras de marfim, ao lado de tábuas do império babilônico, dois imponentes baixos-relevos egípcios do Novo Império, um leão alado assírio...

Onde quer que se pousasse a vista havia uma obra de arte que evidenciava os gostos do dono da casa.

Paul Dukais aproximou-se de Robert Brown com uma taça de champanhe na mão.

– Veja, estamos todos aqui!

– Olá, Paul.

– Grande festa! Fazia muito tempo que ninguém conseguia reunir tanta gente poderosa. Nesta noite estão aqui quase todos que manejam os cordões do mundo. Só falta o presidente.

– Nem se nota.

– Podemos conversar?

– Este é o melhor lugar para conversar. Ninguém prestará atenção na gente, todo mundo fala e faz negócios. Se você conseguir ficar com uma taça na mão...

Chamaram um garçom e Robert pediu um uísque com soda; depois procuraram um canto para conversar à vista de todos, como velhos conhecidos.

– Alfred vai nos criar problemas – garantiu Dukais.

– Conte-me outra novidade.

– Fiz o que você me pediu. Um dos meus melhores homens, um coronel boina verde aposentado, Mike Fernández, irá com Yasir à cidade do Cairo para encontrar-se com Alfred. Confio em Mike, é um sujeito que tem cabeça.

– Hispânico...

– No exército dos Estados Unidos não há mais norte-americanos de origem anglo-saxônica. Hoje são os negros e os hispânicos que lutam por nós. E há gente competente entre eles; tiveram de lutar duro para chegar lá, e por isso não se deve desprezar todo mundo.

– Não os desprezo, mas não sei se um hispânico vai conseguir se entender com Alfred. Ele é como é.

– Terá de se entender. Tenho certeza de que Mike lhe cairá bem.

– Esse Mike é dominicano, porto-riquenho, mexicano...?

– É norte-americano de terceira geração, nasceu aqui e seus pais também. Foram seus avós que cruzaram o rio Grande. Você não tem nada a temer.

– Não consigo gostar dos hispânicos.

– Você não gosta de ninguém que não seja branco como o leite.

– Não diga besteiras! Tenho bons amigos árabes.

– Sim, mas para você os árabes são outra coisa, não sei por quê, mas são, embora agora não seja politicamente correto ter amigos entre eles.

– Meus amigos não vendem quinquilharias em um bazar qualquer.

– Bem, não percamos tempo com bobagens. Diga-me até onde Mike pode ir com Alfred.

– A que você está se referindo?

– Se Alfred não colaborar, se não jogar limpo, o que vamos fazer?

– É o seguinte: eles precisam se conhecer, colocar a operação em andamento e depois ouviremos o relato de seu homem, mas, sobretudo, quero saber o que diz Yasir.

– E a neta?

– Se ela encontrar a *Bíblia de Barro*, devemos tomá-la, tentando evitar que as tábuas sofram qualquer tipo de dano. Essas tábuas não pertencem a Alfred nem a sua neta. A missão é pegá-las e trazê-las intactas para cá.

– E se a garota não colaborar?

– Paul, se Clara não colaborar, pior para ela. Seus homens têm de fazer o que eu lhe disse; pelo bem ou pelo mal.

– Se encontrarem as tábuas antes que ponhamos em ação a outra operação, acabaremos batendo de frente com Alfred.

– Por isso devemos evitar usar métodos extremos com Clara, a não ser que seja impossível conseguir as tábuas de outra maneira. Se isso acontecer, vocês têm de ter preparado um plano para levar adiante o que temos de fazer sem contar com Alfred. Yasir lhe dirá como e com quem.

O mentor aproximou-se tão sigilosamente dos dois homens que eles se sobressaltaram ao perceber que estava a seu lado, esboçando um sorriso que mais parecia uma careta.

– Fechando negócios?

– Fechando os pequenos detalhes da operação. Paul quer saber até onde pode ir com Alfred e sua neta.

– É difícil encontrar o ponto de equilíbrio – respondeu, olhando para lugar nenhum.

– Sim, por isso quero instruções precisas, não gosto de reprovações – afirmou Dukais –, e muito menos de mal-entendidos. Fico, pois, contente que o senhor esteja aqui para me dizer quais são os limites.

O ancião olhou-o de cima a baixo. Seus olhos refletiam o desprezo que sentia por Dukais.

– Na guerra não há limites, meu amigo; a única coisa que conta é a vitória.

Deu meia-volta, indo se perder nas conversas de outro grupo de convidados.

– Sempre tive a impressão de que não gosta de mim – disse Dukais, sem lamentar-se.

– Não gosta de ninguém, mas sabe muito bem de quem precisa e de quem não precisa.

– E precisa da gente.

– Certamente. E você ouviu o que ele disse: na guerra, não há limites.

Frank dos Santos e George Wagner apertaram-se as mãos sem grandes arroubos. A festa estava em seu momento mais animado; uma orquestra de cordas pontuava as conversas dos convidados.

– Só está faltando o Enrique – disse George.

– E falta também o Alfred. Vamos, não seja tão duro com ele.

– Ele nos traiu.

– Alfred não vê as coisas dessa maneira.

– E o que você está achando dele? Vocês têm se falado?

– Sim. Há três dias ligou para o Rio.

– Que imprudência!

– Estou certo de que obedeceu a todas as normas de segurança. Eu estava no hotel e me surpreendeu com o telefonema.

– O que lhe disse?

– Quer que saibamos que sua intenção não é a de nos trair nem provocar uma guerra entre a gente. Reitera sua oferta: dirigir e cuidar do êxito da operação que colocamos em andamento renunciando à sua parte em troca da *Bíblia de Barro*. A oferta é generosa.

– E você chama isso de generosidade? Você sabe o que essas tábuas valerão se forem encontradas? Você sabe que serão um elemento de poder para quem as tiver? Vamos, Frank, espero que não se deixe enganar. Eu fico preocupado porque você e Enrique têm a tendência de desculpar as atitudes de Alfred. Ele nos traiu.

– Não exatamente. Antes de a neta ir para Roma, tentou nos convencer de que lhe cedêssemos a *Bíblia de Barro* se a encontrasse em troca de todos os benefícios do outro negócio.

– Nós lhe dissemos que não e resolveu agir por conta própria.

– Sim, se enganou. Mas agora está furioso, achando que fomos nós que mandamos seguir a neta.

– Não fomos nós!

– Pois deveríamos saber quem e por quê. Não ficarei tranqüilo se não averiguarmos isso.

– E o que você quer? Que seqüestremos o presidente da agência de segurança italiana para que nos diga quem o contratou? Seria uma loucura, não podemos cometer esse erro.

– Não entendo você, não entendo como pode não dar importância a esse fato. Alguém seguia Clara, e isso não é normal.

– Clara está casada com um funcionário de Saddam. Não lhe ocorre que possam pensar que Ahmed Huseini é um espião? Saddam não deixa ninguém sair do Iraque e acontece que Huseini entra e sai sempre que tem vontade. Haverá muita gente interessada em saber por quê. Vá saber se não foram os próprios serviços secretos italianos, ou da OTAN, quem sabe... Qualquer um poderia querer seguir Huseini.

– Mas não seguiam Huseini. Seguiam Clara.

– Isso é o que a gente sabe.

– Sim, é o que sabemos, não se esforce em provar o contrário.

– Estaremos com os olhos abertos aqui e lá, não temos por que nos preocupar.

– Não entendo você, George...

– Vocês não podem confiar em mim, como sempre fizeram?

– É o que estamos fazendo, mas Enrique e eu temos um pressentimento e Alfred está aborrecido.

– Sou eu quem está aborrecido! Ele nos traiu! Não pode ficar com as tábuas, elas não lhe pertencem! Vocês não se dão conta do que Alfred fez? Nenhum de nós pode decidir em função de nossa conveniência ou interesse, nenhum. Nós quatro deixamos isso bem claro. E Alfred quer nos roubar.

– Até onde você quer chegar?

– Eu ou todos nós?

– Todos nós, George, até onde chegaremos?

– Não há perdão para a traição.

– Você vai mandar matá-lo?

– Não permitirei que roube o que é de todos nós.

***

Clara tinha uma bolsa na mão. Examinou pela última vez seu quarto dizendo a si mesma que estava se esquecendo de alguma coisa, mas desistiu de tentar lembrar. Ahmed esperava-a na porta para levá-la à base militar de onde um helicóptero a transportaria até Tell Mughayir; dali seguiria para Safran em uma caminhonete.

Não aceitara o oferecimento de Ahmed para acompanhá-la e havia recusado que Fátima a acompanhasse nessa etapa. Os quatro homens que haviam recebido ordens de seu avô para que não a perdessem de vista eram suficientes.

Ahmed já não vivia na Casa Amarela. Estava há vários dias instalado na casa da irmã.

Sabia que o marido tivera uma longa conversa com o avô antes da partida deste para a cidade do Cairo.

Nenhum dos dois quisera lhe contar de que haviam falado. Ahmed só lhe disse que talvez retardasse sua saída do Iraque até que a guerra explodisse. Mas não lhe garantiu nada. Ela insistira para que lhe explicasse por quê, mas seu marido fechara-se em copas.

Não havia tido mais sorte com o avô.

– Ligue-me quando chegar. Quero saber se você está bem – disse-lhe Ahmed.

– Estarei bem, não se preocupe; serão apenas alguns dias.

– Sim, mas os britânicos têm um desejo especial de bombardear essa região.

– Por favor, não se preocupe. Não acontecerá nada.

Subiu no helicóptero e colocou o protetor de ouvidos para se resguardar do ruído dos rotores. Ao meio-dia estaria em Safran, e pensava em desfrutar a solidão do lugar.

Ahmed viu o helicóptero deslizando pelo céu, e também teve um sentimento de libertação. Durante alguns dias não se sentiria culpado, porque era assim que se sentia quando estava com Clara. Estava consciente do enorme esforço que fazia para não perder o controle de suas emoções, para não deixar escapar a menor reprovação. Havia tornado tudo fácil, muito fácil, e não lhe dera a opção de voltar atrás.

Mas tinha de tomar uma decisão difícil: ou aceitava a chantagem a que era submetido pelo avô de Clara e participava da última operação já em andamento, ou procurava ir embora, escapar logo do Iraque.

Sentia o hálito do coronel na nuca. Sabia que Alfred o havia alertado sobre o vigiarem, e por isso fugir do Iraque seria muito complicado. Se ficasse, ficaria rico; Alfred havia garantido que lhe pagariam generosamente pela participação naquela operação, que seria a última, e, além disso, o ajudaria a sair do país.

O avô de Clara era a única pessoa que podia lhe garantir a fuga, mas podia confiar nele? Não o usaria para, no último momento, ordenar seu assassinato? Não podia saber; com Alfred, não se podia estar certo de nada.

Tinha falado com a irmã, a única que vivia em Bagdá, e que, como ele, sonhava em ir embora; voltara havia apenas um ano quando o marido, um diplomata italiano, foi transferido para Bagdá, e acreditava que, quando os tambores da guerra começassem a soar, seriam evacuados.

Fora recebido prontamente em sua casa, um apartamento amplo situado em uma zona residencial, onde viviam muitos diplomatas ocidentais.

Ahmed ocupava o quarto de seu sobrinho mais novo, que havia passado a dividir o quarto com o irmão mais velho.

A irmã lhe dizia que pedisse asilo político, mas ele sabia que colocaria seu cunhado em uma situação extremamente difícil caso se apresentasse à embaixada italiana pedindo asilo. Provocaria um incidente diplomático, e possivelmente Saddam impediria que saísse do país por maior que fosse a proteção diplomática que os italianos lhe dessem.

Não, aquela não era a solução. Tinha de fugir por seus próprios meios, sem comprometer ninguém e, muito menos, sua família.

Quando o helicóptero pousou em uma base próxima a Tell Mughayir, Clara tinha a sensação de que sua cabeça ia explodir. Doíam-lhe as têmporas; o ruído dos rotores havia atravessado os protetores.

Boa parte do equipamento de guerra do Iraque era sucata, como aquele helicóptero que a transportara até ali. O coronel a avisara de que era o único do qual podiam dispor.

Uma vez na caminhonete, escoltada por um par de soldados e seguida por outro carro com os quatro homens do avô, começou a se sentir melhor.

Fazia calor, um calor seco que aumentava quando cruzavam com algum carro que levantava uma nuvem de poeira amarela, que acabava mastigando sem saber como.

O chefe da aldeia a recebeu na porta de casa e convidou-a a tomar um chá. Trocaram as formalidades de praxe até que, passado o tempo exigido pela cortesia, Clara lhe disse por que estava ali e o que queria.

O homem a ouviu atentamente, com um sorriso, e assegurou-lhe que, seguindo as orientações telefônicas de Ahmed, já organizara tudo. Havia começado a erguer algumas casas de argila, material abundante na região: assim como três mil anos antes, uma vez limpa de impurezas, amassavam-na com água e acrescentavam palha cortada, areia, cascalho ou cinza. A técnica de construção era simples: iam levantando paredes por etapas e, quando uma parte secava, acrescentavam a seguinte. Para impermeabilizá-las, cobriam-nas com palha e galhos de palmeira.

Tinham aprontado meia dúzia e, no ritmo que iam, outras seis estariam prontas antes que a semana terminasse.

Por dentro eram muito simples e não muito grandes; e Ahmed havia se preocupado em mandar instalar chuveiros e os demais utensílios sanitários necessários.

Orgulhoso do trabalho que havia realizado em tão escasso tempo, o chefe da aldeia garantiu que ele próprio escolhera os homens de que iriam necessitar para as escavações.

Clara agradeceu-lhe e, fazendo rodeios para não ofendê-lo, explicou-lhe que queria se reunir com todos os homens da aldeia porque os operários de que necessitava deveriam ter determinadas características. Estava certa, lhe disse, de que ele escolhera bem, mas lhe pedia que a permitisse conversar com todos os homens que estivessem dispostos a trabalhar na missão arqueológica.

Depois de um longo período de negociação, de muitas idas e vindas, Clara, para acabar com a interminável negociação, já que o chefe da aldeia insistia em afirmar que só ele poderia escolher os homens, resolveu dizer, sem mais nem menos, que se era assim, o coronel se incumbiria de fazer a seleção dos operários.

Quando ouviu o nome do coronel, o chefe da aldeia rendeu-se aos argumentos de Clara. No dia seguinte, informou-lhe, poderia se reunir com quem quisesse. Havia também mulheres dispostas a trabalhar lavando e limpando as barracas dos estrangeiros quando eles estivessem escavando.

A tarde caía quando Clara lhe disse que aceitava o convite para alojar-se em sua casa, junto com suas esposas e filhas, até que o restante da expedição chegasse. Mas antes, lhe avisou, queria caminhar até as ruínas e ficar lá durante algum tempo, pensando no trabalho que teriam pela frente. O homem concordou. Sabia que Clara faria o que tivesse vontade e, além do mais, não recairia nenhuma responsabilidade sobre ele, uma vez que sua convidada viera escoltada de Bagdá.

Clara pensou que, sem dúvida, a aldeia devia seu nome à cor amarela da terra, ao pó amarelo que a tudo envolvia, à cor de palha das pedras. Gostava dessa cor, quase de açafrão, que parecia querer uniformizar aquele lugar perdido, tão próximo da antiga Ur.

Pediu aos homens da escolta que se mantivessem a distância. Queria estar sozinha, sem sentir sua presença atenta a cada passo que dava. Mas eles se negaram; as ordens de Alfred haviam sido taxativas: não podiam perdê-la de vista e se alguém tentasse fazer-lhe algum mal deveriam matá-lo, embora antes, se isso fosse possível, deveriam obrigá-lo a confessar quem era e para quem trabalhava. Nenhum homem poderia tentar fazer mal a Clara sem pagar com a vida por isso.

De nada serviram seus protestos; o máximo que conseguiu foi que se mantivessem a uma distância prudente, mas sempre a tendo sob as vistas.

Andou por todo o amplo perímetro acariciando os restos das pedras usadas para levantar aquela edificação misteriosa. Observou-a de todos os ângulos, tirando a terra aderida à pedra e recolhendo pequenos pedaços de tábuas que guardou cuidadosamente em uma bolsa de lona. Depois sentou-se no chão e, apoiando-se na pedra, deixou sua imaginação vagar por aquele lugar, à procura de Shamas.

16

– Mas, Abrão, o que o senhor está me contando também acontece no Poema de Gilgamesh – reclamou Shamas.

– Tem certeza?

– Como posso não ter, se estudamos isso com Ili?

– Eu já lhe disse que às vezes os homens tentam explicar o que acontece por meio de contos e poemas.

– Está bem, continue a contar a história desse Noé.

– Na verdade, não se trata da história de Noé, mas sim do aborrecimento de Deus com o comportamento dos homens. Tudo o que Deus via na terra era maldade, por isso resolveu exterminar sua criatura mais querida: o homem.

"Mas Deus, sempre misericordioso, comoveu-se diante da bondade de Noé e resolveu salvá-lo."

– Por isso, mandou construir uma arca de madeira resinosa, sim, já escrevi isso antes – respondeu Shamas relendo uma das tábuas que tinha empilhado junto à palmeira na qual se apoiavam. – E também as medidas da arca: comprimento, trezentos côvados; largura, cinqüenta, e altura, trinta côvados. A porta da arca ficava em um dos lados, e Deus mandou que fosse construída em três andares.

– Vejo que você escreveu tudo o que eu lhe disse.

– Claro, embora eu goste menos desta história do que da que trata da criação do mundo.

– E por que isso?

– Estive pensando muito em Adão e Eva no momento em que se esconderam de Deus porque tinham vergonha de se sentir nus. E na maldição de Deus à serpente por ter induzido Eva a desobedecê-lo.

– Shamas, você não pode escrever só aquilo de que gosta. Você me pediu que contasse a história do mundo. Pois bem, é importante que você saiba por que Ele quis castigar os homens e inundou a terra. Se não quiser continuar...

– Sim, é claro que quero! Só estava lembrando o Poema de Gilgamesh e... – o menino mordeu o lábio temendo ter provocado o aborrecimento de Abrão. – Por favor, continue e me perdoe!

– Onde eu estava?

Shamas repassou as últimas linhas escritas da tábua e leu em voz alta: "Entra na arca, tu e toda a tua família, porque és o único homem justo que vejo diante de mim no meio desta geração. De todos os animais puros, tomarás sete pares, o macho e sua fêmea; dos animais que não são puros, tomarás um casal, o macho e sua fêmea (e também das aves do céu, sete pares, o macho e sua fêmea), para perpetuarem a raça sobre toda terra."

– Escreva – incentivou-o Abrão. – Logo o Senhor anunciou a Noé que dali a sete dias faria chover sobre a Terra durante quarenta dias e quarenta noites, e faria desaparecer da superfície do solo todos os seres por Ele feitos. Noé fez tudo o que Iahweh lhe ordenara.

"Noé tinha 600 anos quando veio o dilúvio, as águas, sobre a terra. Noé – com seus filhos, sua mulher e as mulheres de seus filhos – entrou na arca no intuito de escapar das águas do dilúvio. Dos animais puros e dos animais que não são puros, das aves e de tudo o que rasteja sobre o solo, um casal entrou na arca de Noé, um macho e uma fêmea, como Deus ordenara a Noé. Passados sete dias chegaram as águas do dilúvio sobre a terra.

"No ano seiscentos da vida de Noé, no segundo mês, no décimo sétimo dia do segundo mês, nesse dia jorraram todas as fontes do grande abismo e abriram-se as comportas do céu. A chuva caiu sobre a terra durante quarenta dias e quarenta noites."

O menino fazia o cálamo correr velozmente sobre o barro, impressionado ao imaginar que eram abertas algumas portas no céu pelas quais Deus derramava a chuva. Pensou em um cântaro quebrando-se e derramando a água de uma só vez. Shamas continuou escrevendo, sem levantar a vista, o que Abrão lhe contava: "As águas subiram cada vez mais sobre a terra e as mais altas montanhas que estão sob todo o céu foram cobertas. As águas subiram 15 côvados mais, cobrindo as montanhas. Pereceu então toda carne que se movia sobre a terra: aves, animais domésticos, feras, tudo o que fervilhava sobre a terra, e todos os homens. Morreu tudo o que tinha um sopro de vida nas narinas. Isto é, tudo o que estava em terra firme. Assim desapareceram todos os seres que estavam na superfície do solo, desde o homem até os animais, os répteis e as aves do céu: eles foram extintos da terra; ficou somente Noé e os que estavam com ele na arca. A enchente sobre a terra durou cento e cinqüenta dias.

"Deus lembrou-se então de Noé e de todas as feras e de todos os animais domésticos que estavam com ele na arca. Deus fez passar um vento sobre a terra, e as águas baixaram.

"Fecharam-se as fontes do abismo e as comportas do céu; deteve-se a chuva do céu e as águas pouco a pouco se retiraram da terra; as águas baixaram ao fim de cento e cinqüenta dias e, no sétimo mês, no décimo sétimo dia do mês, parou a arca sobre os montes de Ararat. As águas continuaram escoando até o décimo mês e, no primeiro dia do décimo mês, apareceram os picos das montanhas."

Abrão ficou em silêncio e virou os olhos. Shamas aproveitou para descansar. Utilizava os dois lados da tábua; a tarefa que havia assumido não era fácil. Quando Abrão terminasse de lhe contar a história de Noé, falaria com ele sobre o que o atormentava nos sonhos. Queria regressar a Ur, sentia-se estrangeiro em Harã, embora ali estivessem seu pai, sua mãe e seus irmãos. Mas a felicidade havia fugido de seu lar desde que chegaram à cidade. Agora mal via seu pai e sua mãe estava sempre de mau humor. Todos sentiam falta do frescor da casa que o pai havia construído às portas de Ur. Não gostavam mais de ficar indo de um lado para outro, como antigamente.

– Em que você está pensando, Shamas?

– Em Ur.

– E o que está pensando?

– Que gostaria de estar com minha avó e até mesmo ir à escola de Ili.

– Você não gosta de Harã? Aqui também está aprendendo.

– Sim, é verdade, mas não é a mesma coisa.

– O que não é a mesma coisa?

– Nem o sol, nem a noite, nem a fala das pessoas, nem o sabor do figo é igual.

– Ah, você sente nostalgia!

– O que é a nostalgia?

– A recordação do que foi perdido, e, às vezes, até de algo que não se conhece.

– Não quero me separar da tribo, mas não gosto de viver aqui.

– Não ficaremos muito tempo.

– Já sei que Taré está velho e quando não estiver mais aqui você nos levará a Canaã, mas eu não sei se quero ir para Canaã. Minha mãe também gostaria de voltar.

Shamas ficou em silêncio, chateado por ter aberto excessivamente seu coração. Temia que Abrão contasse a seu pai e este se entristecesse ao saber que não era feliz. Abrão parecia ter lido seu pensamento.

– Não se preocupe, não direi nada a ninguém, mas temos de encontrar um modo de fazer você voltar a ser feliz.

O menino concordou, aliviado, enquanto voltava a pegar o cálamo para continuar escrevendo o que Abrão lhe contava.

E assim soube que Noé enviou um corvo e mais tarde uma pomba para ver se a terra havia secado, e que teve de soltar uma segunda pomba, e uma terceira, até que a última não voltou. E que Deus apiedou-se dos homens e disse: "Eu não amaldiçoarei nunca mais a terra por causa do homem, porque os desígnios do coração do homem são maus desde sua infância; nunca mais destruirei todos os viventes, como fiz."

Deus, explicou-lhe Abrão, abençoou Noé e seus filhos e lhes disse: "Sede fecundos, multiplicai-vos, enchei a Terra." Ele também deu aos homens tudo o que se move e tem vida. "Tudo o que se move e possui vida vos servirá de alimento, tudo isso eu vos dou, como vos dei a verdura das plantas. Mas não comereis a carne com sua alma, isto é, o sangue. Pedirei contas, porém, do sangue de cada um de vós. Pedirei contas a todos os animais e ao homem, aos homens entre si, eu pedirei contas da alma do homem."

– Quer dizer que Ele devolveu os homens ao Paraíso? – perguntou Shamas.

– Não exatamente, embora Deus tenha nos perdoado e voltado a transformar o homem no ser mais importante de sua Criação, nos dando o que havia criado na Terra; a diferença é que nada mais seria presenteado. Nós, homens e animais, lutamos pela sobrevivência, somos obrigados a trabalhar para extrair a semente da terra, as mulheres sofrem para trazer nossa descendência. Não, Deus não nos devolveu ao Paraíso, apenas se comprometeu a não nos apagar da face da Terra. Nunca mais as portas do céu se abrirão para derramar chuva como se fosse uma torrente.

"Por hoje chega. O sol já está se escondendo. Amanhã lhe contarei por que todos os homens não falam a mesma língua e por que às vezes não nos entendemos."

O menino abriu os olhos, surpreso. Abrão tinha razão, mal dava para enxergar, mas ele teria gostado de continuar. Claro que sua mãe o estaria procurando e seu pai gostaria de ver o que havia aprendido durante o dia na escola de escribas. Por isso levantou-se de um pulo, recolheu cuidadosamente as tábuas e começou a correr para a casa de adobe que era o lar de sua família.

No dia seguinte, Abrão não foi ao encontro de Shamas. Procurava a solidão, porque sentia dentro dele o chamado da voz de Deus. À noite havia acordado coberto de suor, sentindo que alguma coisa estava apertando suas entranhas.

Quando se levantou, saiu de Harã e caminhou sem rumo durante horas até que, ao cair da tarde, sentou para descansar em um palmeiral cercado por uma relva delicada. Esperava um sinal do Senhor.

Fechou os olhos e sentiu uma fisgada junto do coração, ao mesmo tempo que ouvia com nitidez a sagrada voz Dele.

Iahweh disse a Abrão: "Sai da tua terra, da tua parentela e da casa de teu pai, para a terra que te mostrarei. Eu farei de ti um grande povo, eu te abençoarei, engrandecerei teu nome; sê uma bênção! Abençoarei os que te abençoarem, amaldiçoarei os que te amaldiçoarem. Por ti serão benditos todos os clãs da terra."[1]

Abriu os olhos esperando ver o Senhor, mas as sombras da noite haviam se apoderado do palmeiral, iluminado apenas por uma luz avermelhada e milhares de estrelas, pontos diminutos que brilhavam lá no firmamento.

A inquietude voltou a apoderar-se dele. Deus lhe havia falado com nitidez, ainda podia sentir a força de Suas palavras retumbando dentro de si.

Sabia que devia começar sua marcha em direção à terra de Canaã, como queria o Senhor. Antes mesmo de sair de Ur, Ele já havia marcado o destino que lhe havia adiado pelo fato de Taré ser um ancião e querer repousar em Harã, terra de seus antepassados.

Dias e as noites haviam se passado sem que a tribo se movesse de Harã, onde foram encontrados bons pastos e uma próspera cidade para fazer comércio. Haviam se assentado como quisera Taré, embora Abrão sempre soubesse que aquela estada era provisória, pois chegaria o dia em que o Senhor o instaria a cumprir seus desejos.

Esse dia chegara e sentiu pesar sabendo que tinha de obedecer a Deus e desagradar Taré.

Seu velho pai, com o olhar nublado e dificuldades de andar, passava boa parte do dia perdido cochilando em regiões habitadas pela recordação e o temor do além.

Como diria a Taré que seria necessário partir? A dor oprimia-lhe o peito e as lágrimas fluíam de seus olhos sem que pudesse evitá-las.

Amava o pai, que o guiara ao longo da vida. Dele aprendera tudo quanto sabia, e observando suas mãos hábeis construindo estátuas, havia compreendido que algumas mãos não fazem um Deus.

Taré acreditava Nele, e havia conseguido que Deus habitasse a alma do restante da tribo, ainda inclinada a honrar as figuras de deuses de barro profusamente adornadas dos santuários.

Abrão caminhava com passos ligeiros. Tinha de chegar à casa de seu pai, onde Sarai o estaria esperando acordada, apesar de o sol já ter caído havia um bom tempo.

Sentia a necessidade de apressar o passo porque sabia que Taré o estava esperando. Seu pai o chamava, angustiado.

Quando chegou perto de Harã, encontrou um homem da tribo que aguardava para levá-lo rapidamente para perto de seu pai. Na tarde anterior,

[1] Diálogo de Deus com Abrão. Bíblia de Jerusalém.

explicou-lhe, Taré havia caído em um torpor do qual ninguém conseguira tirá-lo e só murmurava o nome de Abrão.

Quando entrou na casa, mandou que as mulheres saíssem de perto do pai e pediu ao irmão Nacor que o deixasse velar o ancião.

Nacor, esgotado devido à longa jornada, saiu para respirar o ar fresco da noite enquanto Abrão cuidava de Taré.

Aqueles que estavam na casa ouviam os murmúrios abafados da voz de Abrão, embora também acreditassem ouvir a voz cansada do ancião.

O amanhecer os surpreendeu com a morte de Taré. A escrava de Sarai, a esposa de Abrão, aproximou-se da tenda para avisar a Yadin, o pai de Shamas, que se apressou a ir à casa de Taré, situada a poucos passos da sua. Encontrou Abrão e seu irmão Nacor, ao lado das mulheres de ambos, Sarai e Melca, e seu sobrinho Ló.

As mulheres choravam e arrancavam os cabelos, enquanto os homens não conseguiam articular palavra, tão grande era sua desolação.

Yadin assumiu as responsabilidades e pediu à esposa que, com a ajuda das outras mulheres, lavasse o cadáver de Taré e o preparasse para dormir o sono eterno na terra de Harã.

Taré morrera no lugar que amava acima de todos os demais. Em Harã, em conseqüência daquele ir-e-vir permanente com o gado à procura de pastos e de grãos, haviam nascido quase tantos antepassados seus como em Ur.

A tribo guardou o prazo de praxe antes de entregar Taré à terra seca e quebradiça daquela época do ano.

Abrão exibia no rosto a dor da orfandade. Taré havia sido seu pai e seu guia, ensinara-lhe tudo o que sabia. Ajudara-o a encontrar Deus e nunca o recriminara por rir das figuras de barro que eles transformavam em deuses por encomenda de algum nobre senhor ou mesmo do absolutíssimo rei.

Taré havia sentido Deus em seu coração, da mesma forma que o havia sentido Abrão. Agora lhe competia dirigir a tribo, e tratar de levá-la a terras onde houvesse pastos e as pessoas pudessem viver sem temor. A uma terra prometida por Deus.

– Iremos a Canaã – anunciou Abrão. – Devemos nos preparar para partir.

Os homens discutiram sobre o caminho que deveriam seguir. Uns prefeririam assentar-se em Harã, outros propunham voltar a Ur; os demais seguiriam Abrão para onde este se encaminhasse.

Yadin reuniu-se com seu parente, agora transformado em chefe da tribo.

– Abrão, não o acompanharemos a Canaã.

– Eu sei.

– Você sabe? Como é possível se até ontem nem eu mesmo sabia?

– Era possível ler no olhar de sua família que vocês não me acompanhariam. Shamas sonha em regressar a Ur, sua esposa sonha com aquela cidade, onde ficou sua família, e você mesmo prefere guiar seu clã indo e vindo de Ur a Harã procurando a cada momento pastos e grãos para alimentá-los. Não, não tenho nada a reprovar. Entendo sua decisão, e me alegro por Shamas.

– Sem dúvida, a melancolia que leio nos olhos de meu filho foi o que me fez resolver voltar.

– Shamas foi instado a perdurar através de seus escritos. Será um bom escriba, um homem justo e sábio. Seu destino não é pastorear.

– Quando você partirá com a tribo?

– Não antes de uma lua. Tenho coisas a fazer e, sobretudo, não posso ir antes de terminar a história que estou contando a Shamas. Ele tem de explicar aos nossos que ficaram em Ur e a todos que encontrar ao longo da vida quem somos, de onde viemos e qual é a vontade de Deus. Não poderemos entender por que devemos enfrentar o sofrimento se não entendermos por que o Senhor nos criou e a falta cometida pelo primeiro homem e a primeira mulher.

"Só perdura o que está escrito e antes de partir quero que Shamas escreva tudo o que hei de lhe dizer."

– Assim será. Direi a meu filho que o procure, e lhe prepararei tábuas suficientes para que possa guardar tudo o que você vai lhe dizer.

Abrão o esperava no lugar de sempre, nos arredores de Harã. Mal haviam se falado desde a morte de Taré. O menino aproximou-se com ar circunspecto, desejando encontrar as palavras que transmitissem o pesar que sentia pela ausência do ancião e pela dor de Abrão. Mas não precisou dizer nada, porque Abrão apertou seu ombro em sinal de reconhecimento e convidou-o a sentar-se a seu lado.

– Sentirei não vê-lo mais – afirmou Abrão.

– O senhor não voltará nunca a Ur, nem mesmo a Harã? – perguntou, preocupado, Shamas.

– Não. O dia em que começar a caminhar será para sempre e sem olhar para trás. Não voltaremos a nos ver, Shamas, mas vou senti-lo no coração e espero que não me esqueça. Você guardará as tábuas com a história do mundo e explicará aos nossos o que eu expliquei a você. Hão de saber a verdade e deixar de adorar figuras de barro pintadas de púrpura e ouro.

Shamas assentiu, enevoado pela encomenda de Abrão, que era sinal de que confiava nele. Timidamente, perguntou se Ele havia voltado a lhe falar.

– Sim, no dia em que preparava Taré para devolvê-lo à terra com a qual modelou o primeiro homem. Hei de cumprir aquilo que me ordena. Você deve saber, Shamas, que minha estirpe se estenderá por todos os rincões da Terra, e dirão que sou o pai de muitos.

– Então o chamaremos de Abraão – afirmou o menino, desenhando um sorriso incrédulo, pois sabia que Sarai, a esposa de Abrão, não havia lhe dado filhos.

– Foi você quem disse, assim me conhecerão os filhos de meus filhos e os filhos de seus filhos e os filhos dos filhos destes, e assim ao longo dos tempos.

O menino ficou impressionado com a firmeza com que Abraão assegurava que ia se converter no pai de muitas tribos; mas acreditou nele, como sempre acreditara, sabendo que nunca lhe havia mentido e que era o único de todos eles que podia falar com Deus.

– Direi a todos que devem chamá-lo de Abraão.

– E assim o farão. Agora, prepare-se, porque deve escrever. São muitas as coisas que deve conhecer antes que nos separemos.

Shamas puxou o cálamo e colocou a tábua sobre os joelhos, disposto a escrever o que Abraão lhe contasse.

– Noé viveu novecentos e cinqüenta anos e teve três filhos: Sem, Cam e Jafé. Eles repovoaram a terra com seus filhos e os filhos destes. Naquela época os homens falavam a mesma língua, a língua que Noé falava.

"Todo mundo servia-se de uma mesma língua e das mesmas palavras. Como os homens emigrassem para o Oriente, encontraram um vale na terra de Senaar e lá se estabeleceram. Disseram um ao outro: 'Vinde! Façamos tijolos e cozamo-los ao fogo!' O tijolo lhes serviu de pedra e o betume de argamassa. Disseram: 'Vinde! Construamos uma cidade e uma torre cujo ápice penetre os céus! Façamo-nos um nome e não sejamos dispersos sobre toda a terra!'

"Ora, Iahweh desceu para ver a cidade e a torre que os homens tinham construído. E Iahweh disse: 'Eis que todos constituem um só povo e falam uma só língua. Isso é o começo de suas iniciativas! Agora, nenhum desígnio será irrealizável para eles. Vinde! Desçamos! Confundamos sua linguagem para que não mais se entendam uns com os outros.' Iahweh os dispersou daí por toda a face da terra, e eles cessaram de construir a cidade. Deu-se-lhe por isso o nome de Babel, pois foi aí que Iahweh confundiu a linguagem de todos os habitantes da terra e foi aí que ele os dispersou sobre toda a face da terra."[2]

[2] Trechos de "A torre de Babel", segundo a Bíblia de Jerusalém.

– Mas por quê? – atreveu-se a perguntar Shamas. – Não vejo qual é o mal em querer alcançar o céu. Em Ur, os sacerdotes estudam as estrelas e por isso devem se aproximar do firmamento. Em Ur, o rei pensava em construir um zigurate[3] perto de Safran para que os sacerdotes pudessem decifrar os mistérios do Sol e da Lua, a aparição e a desaparição das estrelas, os pesos e as medidas. Sabemos que a Terra é redonda porque os sacerdotes, observando o céu, fizeram cálculos e chegaram a essa conclusão...

– Cale-se, cale-se! – incitou-o Abraão. – Você deve escrever o que lhe conto e não discutir com Deus.

Shamas guardou silêncio. Temia a Deus, a esse Deus que era o seu porque era o de Abraão e o de seu clã, mas que era capaz de ler em seus corações e aborrecia-se amiúde com os homens. Iria castigá-lo por pensar que era injusto?

– Aqueles homens – continuou Abraão – queriam desafiar o poder de Deus, construir uma torre na qual se refugiariam se, de novo, Ele resolvesse despejar um castigo terrível sobre a Terra, como havia sido o dilúvio.

"De modo que decidiu confundir a linguagem dos homens para que não se entendessem entre si. Desde então, cada clã tem sua própria língua, e as tribos do norte não entendem as do sul, nem as do leste as do oeste. E assim em uma cidade encontramos homens que tampouco se entendem entre eles, porque uns chegaram de um lugar diferente do de outros.

"O Senhor não tolera nem o orgulho nem a soberba de suas criaturas. Não se pode desafiar Deus, nem pretender aproximar-se dos limites que foram estabelecidos entre o Céu e a Terra."[4]

De novo foram surpreendidos pela aparição da lua no ocaso e se encaminharam a Harã. Abraão ajudava Shamas a levar as tábuas. Já na porta de casa, encontraram Yadin, que convidou seu parente para entrar e compartilhar com eles um pedaço de pão com leite.

Os dois homens falaram das viagens que ambos teriam de empreender em direções contrárias, sabendo que era pouco provável que voltassem a se encontrar.

Yadin queria deixar de pastorear e assentar-se para sempre em Ur, onde Shamas se converteria em um escriba a serviço do palácio. Ili terminaria de lhe ensinar o manejo das *bullas* e dos *calculis*, nos quais Shamas havia se destacado durante a aprendizagem em Harã.

[3] N. do T. Templo babilônio antigo em forma de torre piramidal, com plataformas recuadas e sucessivas, degraus externos e santuário no topo.

[4] Referências à Torre de Babel, segundo a Bíblia de Jerusalém.

Nos últimos anos, Shamas havia se convertido em um adolescente consciente de que a aprendizagem exigia dedicação. Além do mais, os escribas de Harã não tinham com ele nem a paciência nem as contemplações que havia tido seu mestre de Ur, e Shamas teve de se esforçar ante a ameaça de que não continuariam lhe dando aulas se não fizesse um esforço maior para aprender.

Mas ainda devia adquirir muitos conhecimentos para converter-se em um *dub-sar* (escriba) e, depois de exercê-lo durante muitos anos, chegar ao grau de *ses-gal* (grande irmão) e culminar sua vida sendo um *um-mi-a* (mestre).

Shamas ouvia em silêncio a conversa entre seu pai e Abraão e as recomendações que um dava ao outro.

O inverno estava vencido, e a primavera aflorava tingindo de verde a cor da terra e colorindo de azul intenso o céu. Era a época propícia para viajar.

– Pai, quando a gente vai partir? – perguntou o menino nem bem Abraão saíra da casa.

– Você já ouviu, dentro de uma lua não estaremos mais aqui. Não iremos sozinhos. Outros membros do clã regressarão a Ur conosco. Você não se arrependerá de não acompanhar Abraão?

– Não, pai, desejo voltar para casa.

– Esta é sua casa.

– Sinto que minha casa é aquela em que cresci em Ur. Sempre me lembrarei de Abraão, mas ele me disse que todos devemos seguir nosso caminho. Ele deve fazer o que Deus mandou e eu sinto que o que Ele espera de mim é que eu volte à terra de nossos antepassados. Lá, explicarei aos nossos quanto sei sobre a história do mundo, e guardarei com cuidado as tábuas com o que Abraão me contou.

– Você escolheu seu destino.

– Não, pai, creio que Deus escolheu por mim. Abraão me perguntou o que sentia dentro de mim e o que sinto é que devo regressar.

– Eu também sinto assim, filho, e sua mãe do mesmo jeito. Ela tem o coração repleto de nostalgia e voltará a rir no dia em que nos aproximarmos de Ur. Deseja morrer onde nasceram e morreram os seus. Esta é nossa casa, mas aqui sente-se estrangeira. Sim, devemos partir.

Shamas assentiu, feliz. A expectativa da viagem lhe provocava uma diversão particular. Para ele, romper com a monotonia era uma necessidade vital. Caminhariam durante o dia, acampariam ao entardecer e as mulheres assariam pão junto com a comida.

Saboreou de antemão os mergulhos no Eufrates e as conversas ao redor do fogo.

Pensou em Abraão com uma pontada de pesar. Sentiria sua falta. Sabia que seu parente era um homem especial, escolhido por Deus para transformar-se em pai de muitas tribos. Não sabia como isso chegaria a acontecer, posto que Sarai não lhe dera filhos, mas se Deus havia prometido assim, assim seria, disse Shamas a si mesmo.

Havia escrito a história do mundo. A Criação da Terra segundo sabia Abraão. Não tinha dúvida de que havia sido assim.

Sua relação com Deus era difícil. Às vezes acreditava que estava prestes a entender o mistério da vida, mas quando estava por alcançá-lo, a mente ficava confusa e era incapaz de pensar.

Em outras ocasiões, não entendia as ações de Deus, Sua ira e a dureza com que castigava os homens. Não conseguia entender por que a desobediência era tão insuportável para o Senhor.

Mas não entender Deus e reprovar em seu foro íntimo algumas de Suas decisões em relação aos homens não o levava a crer menos Nele.

Sua fé era como uma rocha assentada na terra para o resto da eternidade.

Seu pai o havia instado a ser prudente quando chegasse a Ur. Não podia pôr em questão Enlil, pai de todos os deuses, nem Marduk, nem Tiamat, nem tantas outras divindades.

Shamas sabia da dificuldade que era falar com um Deus que não tem rosto, ao qual não se pode ver, só sentir no coração. De maneira que seria cuidadoso na hora de falar com Ele, e não tentaria impô-lo aos outros deuses. Teria de semear no coração de quem o escutasse e esperar que a semeadura emergisse Dele.

Chegou o dia da despedida. Quando estava prestes a amanhecer, com o frescor da aurora, Abraão e sua tribo e Yadin junto com os seus preparavam-se para partir. As mulheres carregavam os asnos e os meninos corriam a seu redor com os olhos remelentos, interrompendo os afazeres das mães.

Shamas aguardava cheio de expectativa que Abraão se dirigisse a ele, e sentiu-se feliz quando lhe fez um sinal para se aproximar.

– Venha, ainda precisamos conversar enquanto os nossos terminam de preparar a viagem – disse-lhe Abraão.

– Agora que está indo começo a sentir quanto me lembrarei do senhor – disse Shamas.

– Sim, nós dois lembraremos um do outro. Mas quero lhe fazer um pedido que, na verdade, é o mesmo que já lhe fiz dias atrás: que não se perca a história da Criação. Como já contei, Deus fez assim todas as coisas.

"Nós, os homens, nos esquecemos de que somos uma nódoa de Seu hálito e tendemos a crer que não precisamos Dele, mas, outras vezes, O reprovamos por não estar para nos ajudar quando precisamos Dele."

– Sim, eu também me faço essa pergunta.

– Como vamos entender Deus? Fomos feitos de barro, como esses deuses que Taré e eu construíamos. Andamos, falamos, sentimos porque Ele nos insuflou vida, e quando quer a tira da gente do mesmo modo como eu destruía os touros alados e as demais figuras que eram veneradas como se fossem deuses. Eram deuses criados por mim que deixavam de sê-lo pela força de minha mão.

"Não, não podemos entender a Ele, nem sequer tentá-lo, e menos ainda julgar Seus atos. Eu não posso responder às suas perguntas porque não tenho respostas. Só sei que há um Deus que é o princípio e o fim, o criador de tudo que existe, que assim nos fez e nos condenou a morrer porque nos permitiu escolher."

– Deus o acompanhará aonde quer que o senhor vá, Abraão.

– E a você também, e a todos nós. Ele a tudo vê e a tudo sente.

– Com quem falarei a respeito de Deus?

– Com seu pai, Yadin, que o leva no coração. Com o velho Joab, com Zabulón, com tantos de seus parentes com os quais começa viagem, como com muitos dos que ficaram em Ur.

– E quem me guiará?

– Há um momento na vida em que devemos procurar dentro de nós para decidir. Você tem seu pai, pode confiar em seu carinho e sabedoria. Faça-o, ele saberá ajudá-lo e encontrará respostas que saciem seu coração.

Ouviram a voz de Yadin chamando-os para se despedir. Shamas sentia um nó na garganta e fazia força para não chorar. Pensava que se o fizesse ririam dele, pois já estava perto de ser um homem.

Abraão e Yadin fundiram-se em um abraço emocionado. Sabiam que nunca mais voltariam a se ver. Ambos trocaram as últimas recomendações, desejando-se o melhor para o futuro.

Abraão abraçou Shamas, e o menino não pôde evitar que lhe escapasse uma lágrima que enxugou imediatamente com o punho.

– Não se envergonhe de sentir a dor da separação daqueles que ama e que o amam. Sempre me lembrarei de você, Shamas, e você deve saber que assim como eu serei o pai dos homens, como o foi Adão, graças a você os homens conhecerão a história do mundo e a irão contando a seus filhos e estes aos seus e assim será até o fim dos tempos.

Abraão deu o sinal de partida e sua tribo começou a caminhar. Ao mesmo tempo, Yadin havia levantado a mão indicando aos seus que era hora de partir. Cada família ia numa direção, oposta à outra; alguns voltavam os olhos e levantavam a mão em uma última saudação. Shamas olhava em direção a Abraão esperando que este voltasse os olhos para ele, mas caminhava erguido, sem olhar para trás. Só quando chegou perto do palmeiral onde passara tantas tardes com Shamas, deteve-se durante alguns segundos para percorrer o lugar com os olhos. Sentiu à distância o olhar de Shamas e voltou-se, sabendo que o menino esperava por esse último adeus. Não chegaram a se ver, mas ambos sabiam que estavam se olhando.

O sol estava no alto e começava a correr mais um dia da eternidade.

17

– Senhora! Senhora!

Clara saiu de sua letargia levada pelos gritos dos homens que a acompanhavam.

– O que está acontecendo, Ali?

– Senhora, a noite já caiu e o chefe da aldeia está chateado. As mulheres estão esperando para jantar.

– Já vou, não vou demorar nem um segundo para chegar.

Levantou-se sacudindo o pó amarelo que havia aderido à sua roupa e à sua pele. Não tinha vontade de conversar com ninguém, muito menos com o chefe da aldeia e sua família. Queria desfrutar a solidão do lugar, sabendo que logo as coisas não seriam mais como naquele momento.

Fantasiava sobre Shamas, o havia dotado de rosto e podia ouvir o som de sua voz; quase podia intuir seus passos.

Devia ser um aprendiz de escriba, daí os caracteres pouco precisos de sua escrita, mas também parecia ser uma pessoa peculiar. Alguém com um dom e, sobretudo, alguém muito próximo do patriarca Abraão, o suficiente para que este lhe contasse a Criação.

Mas que idéia Abraão teria do Gênesis? Seria um arremedo das antigas lendas mesopotâmicas?

Abraão era um nômade, o chefe de uma tribo. Todos os clãs nômades tinham suas próprias tradições e lendas, mas em seu vaivém entravam em contato com outras tribos, com outras pessoas de diferentes culturas, das quais assimilavam, por sua vez, costumes, lendas e deuses.

Era evidente que o Dilúvio recolhido pelos hebreus na Bíblia tinha relação com o Poema de Gilgamesh.

Quando chegou à casa do chefe da aldeia, este a aguardava na porta com um sorriso gelado ao qual Clara não deu atenção. Elogiou a comida que lhe serviram e depois retirou-se a um canto onde lhe haviam improvisado uma cama, junto à de uma das filhas da casa.

Estava cansada e dormiu profundamente, como não fazia desde que Ahmed deixara a Casa Amarela.

A casa que Alfred Tannenberg tinha na cidade do Cairo localizava-se em Heliópolis, o bairro residencial onde viviam os hierarcas do regime.

Pelas janelas do escritório via-se uma fileira de árvores, além de vários homens que vigiavam o perímetro da casa.

A idade o havia tornado ainda mais desconfiado do que fora na juventude. Além do mais, agora não confiava nem em seus amigos, os homens pelos quais antes teria dado sua vida, convencido de que eles dariam as suas por ele.

Por que se empenhavam com tanta obstinação em apoderar-se da *Bíblia de Barro*? Oferecia-lhes tudo quanto tinha em troca daquelas tábuas, que tanto significavam para o futuro de Clara. Não se tratava de dinheiro; a neta já tinha o suficiente para viver tranqüilamente o resto da vida. O que ele queria para Clara era respeitabilidade, porque o mundo em que haviam vivido estava desabando, não podia se enganar por mais que se aborrecesse com todos aqueles que o diziam. Na realidade, os informes que há um ano George lhe enviava não deixavam lugar para dúvidas. O mundo estava enlouquecido; começara a enlouquecer em 11 de setembro de 2001.

Os Estados Unidos precisavam definir um adversário para poder controlar as fontes energéticas, e os árabes acreditavam que para sair da miséria e fazer com que o mundo os respeitasse tinham de fazer uso da força, de modo que os interesses de ambos se complementavam. Ambos queriam a guerra e estavam nela, e no meio disso ele era surpreendido por estar disposto a fazer negócios como em tantas outras ocasiões. Só que agora lhe restavam poucos meses de vida e temia pelo futuro da neta. E o futuro não passava por Bagdá nem pela cidade do Cairo. Ahmed, o marido de Clara, sabia disso, por isso pretendia fugir. Mas ele não queria que a neta fosse uma refugiada malvista em todos os lugares por ser iraquiana e ser quem era, porque cedo ou tarde ela saberia quem ele era. A única maneira de salvá-la era dotá-la de respeitabilidade profissional, e isso só a *Bíblia de Barro* poderia lhe proporcionar. Mas George não queria aceitar essa realidade e, embora tivessem família, Frankie e Enrique também não pareciam entendê-lo.

Estava sozinho, sozinho contra todos e com um inconveniente a mais: o escasso tempo que lhe restava de vida.

Repassou o relatório do médico. Queriam operá-lo de novo, extirpar o tumor que lhe invadia o fígado. Precisava tomar uma decisão, embora, na verdade, já a tivesse tomado. Não voltaria a entrar na sala de operações, e menos ainda quando, segundo o relatório, isso não lhe garantiria a vida. Podia até mesmo morrer se seu coração resolvesse pregar-lhe uma peça. E, ultimamente, os ataques de taquicardia e a pressão alta eram novas agressões à sua saúde.

Sua única preocupação era viver o tempo suficiente para que Clara escavasse em Safran antes que os norte-americanos a bombardeassem.

O som de nós de dedos batendo na porta do escritório levou-o a erguer o olhar do relatório, esperando que quem batia entrasse.

Um criado anunciou a presença de Yasir e de outro homem, Mike Fernández. Estava esperando-os; disse que os fizesse entrar.

Levantou-se e dirigiu-se à porta da entrada do escritório para cumprimentar seus visitantes. Yasir fez uma breve inclinação de cabeça acompanhada de um meio sorriso que mais parecia uma careta. Não perdoara a bofetada que lhe dera em seu último encontro. Alfred não pensava em pedir desculpas, porque depois daquela ofensa as desculpas não serviriam para nada. Yasir iria traí-lo quando tivesse a menor oportunidade, assim que estivesse garantido o negócio que tinham em mãos. Só tinha de estar atento para deter o golpe antes que acontecesse.

Mike Fernández avaliou o ancião enquanto se cumprimentavam. Surpreendeu-o a força com que Alfred apertou-lhe a mão, mas, sobretudo, teve a sensação de estar diante de um homem mau. Não sabia por quê, mas era assim que sentia em seu íntimo; ele não era exatamente um santo; estava havia muito tempo metido em negócios sujos comandados por Dukais e havia feito coisas das quais sua mãe, se fosse viva, teria se envergonhado; mas, apesar daquilo que vivera nos últimos anos, continuava distinguindo entre o bem e o mal e aquele ancião exalava o mal pelos quatro costados.

O criado entrou no escritório trazendo uma bandeja com água e refrescos, que colocou sobre a mesa de centro ao redor da qual haviam se sentado. Quando o criado saiu, Alfred não perdeu tempo em cortesias e dirigiu-se imediatamente a Fernández.

– Que plano você traz?

– Gostaria de ver a fronteira do Kuwait com o Iraque, também quero examinar alguns pontos da fronteira da Jordânia e da Turquia. Gostaria de saber com que tipo de infra-estrutura contaremos nos vários lugares em que resolvermos posicionar os homens e, sobretudo, as vias de fuga. Creio que podemos ter uma boa cobertura de uma companhia que exporta algodão, grandes fardos de algodão, do Egito para a Europa.

– E o que mais? – perguntou, secamente, o ancião.

– O que o senhor queira me dizer e mostrar. O senhor dirige a operação, eu estarei em campo; por isso, quero ver por onde terei de me movimentar.

– Eu lhe direi os pontos por onde os homens entrarão e sairão do Iraque. Estamos há anos entrando e saindo do país sem que nem os iraquianos, os turcos, os jordanianos ou os kuwaitianos saibam disso. Conhecemos o terreno como a palma de nossas mãos. Você cuidará de seus homens, mas no comando da operação de campo estarão os meus, e serão eles que entrarão e sairão do Iraque.

– Não é o que estava previsto.

– O previsto é entrarem e sairem no menor tempo possível sem que sejam percebidos. Temo que você dificilmente poderá se fundir com a paisagem, e duvido muito que os homens enviados por Paul possam fazê-lo. Vê-se a léguas de distância que você não é daqui. Se for preso, a operação desabará. Nós podemos entrar e sair porque somos daqui, nos confundimos com a paisagem; vocês seriam tão visíveis quanto a estátua da liberdade. Parece-me positivo que tenha alguns homens em alguns lugares estratégicos que irei lhe indicar. Quanto a essa companhia de algodão, eu a conheço, é minha, mas não é a mais adequada para esse negócio. Precisamos, na verdade, que nossos amigos de Washington nos permitam viajar nos aviões militares que têm nas bases do Kuwait e da Turquia e que fazem escala na Europa; uma vez lá, nos encarregaremos do resto. São seus homens que devem viajar nesses aviões com você; é aí que os meus não devem entrar. Cada um tem de se mover em seu terreno.

– E o senhor decide qual é o terreno de cada um...

– Você sabe de uma coisa? Quando viaja pelo deserto, você sempre é surpreendido pelos beduínos. Você acha que está sozinho e, de repente, levanta os olhos e eles estão lá. Como chegaram, desde quando o estão seguindo, são coisas que nunca se sabe. Eles fazem parte da areia do deserto.

"Você seria visto a quilômetros de distância, mas não os veria mesmo que estivessem a cinco metros."

– Seus homens são beduínos?

– Meus homens nasceram aqui, nestas areias, e são invisíveis. Sabem o que têm de fazer, aonde ir e por onde. Nenhum deles chamará a atenção em Bagdá, em Basora, nem em Mosul, Kairah ou Tikrit. Entrarão e sairão com a mesma tranqüilidade com que você entra e sai de sua casa. Sempre fizemos assim, este é meu território, e por isso não aceito mudanças na maneira de fazer as coisas. Ou o pessoal de Washington ficou louco?

– Não, eles não ficaram loucos, simplesmente querem controlar a operação.

– Controlá-la? Sou eu quem controla a operação.

– O senhor a dirige, é claro, mas eles querem que alguns de seus homens estejam aqui.

– Temo que não haja operação se não se fizer como digo. Em Washington sabem que você não poderia cruzar uma única das fronteiras.

– Falarei com Dukais.

– O telefone está ali.

Mike Fernández nem se levantou. Havia forçado a situação simplesmente porque não queria ser apenas um comparsa dos planos do ancião. Mas sabia que Dukais se chatearia se ligasse para ele, pois as ordens haviam sido taxativas: tinha de fazer o que Alfred lhe dissesse.

– Falarei com ele mais tarde – disse Mike Fernández, espantado com a dureza do ancião.

– Faça o que bem entender, mas saiba que não gosto de ser contrariado, e sempre que alguém tenta me contrariar acaba perdendo. Aqui tem sido assim até agora e assim será até o dia de minha morte.

Fernández ficou em silêncio. Haviam medido forças e ficava claro que Alfred não estava disposto nem mesmo a dividir o bastão de comando.

Pensou que seria mais inteligente aceitar a situação. Afinal de contas, Tannenberg tinha razão: aquele não era seu território e estavam às vésperas de uma guerra. A operação iria por água abaixo se ele ou um dos seus fosse detido. Por isso, não via nenhum inconveniente em que fossem outros os que corressem os riscos.

Durante a hora seguinte Tannenberg lhe deu uma aula de tática e estratégia militar. Abriu um mapa no qual indicou onde deveriam ficar as forças de apoio de Mike e como e por onde deveriam se deslocar até as bases norte-americanas do Kuwait e da Turquia, a rota para chegar a Amã e até mesmo uma via alternativa para chegar ao Egito.

– E por onde entrarão seus homens, Sr. Tannenberg?

– Isso eu não vou lhe dizer. Contá-lo seria a mesma coisa que pôr um anúncio na internet.

– O senhor desconfia de mim? – perguntou Mike Fernández.

– Eu não confio em ninguém, mas neste caso não se trata de desconfiança. Você contará o plano a Paul Dukais, e seu eu lhe disser por onde meus homens entrarão você, logicamente, lhe repassará essa informação. E eu não tenho a menor intenção de que essa informação esteja ao alcance de qualquer pessoa. Este é meu negócio, meu amigo, entrar e sair pelas fronteiras do Oriente Próximo sem ser percebido por ninguém. De modo que a informação que lhe dei é suficiente, não precisa saber de nada além disso.

Mike estava esperando por essa resposta; sabia que o velho se mostraria inflexível e que não tiraria nada dele, mas resolveu insistir.

– No entanto, o senhor me deu as coordenadas de onde meus homens devem esperar...

– Sim, é assim, mas se você tentar tirar conclusões dessas coordenadas se equivocará, então tenha muito cuidado.

– Bem, Sr. Tannenberg, estou vendo que lidar com o senhor não será fácil.

– Você está enganado. É muito fácil. Eu só espero que cada um saiba o que tem de fazer. Você faça sua parte, eu farei a minha e assunto encerrado. Isto não é uma excursão para fazer amigos, de modo que não preciso que você me conte como seus chefes vão convencer os rapazes do Pentágono para que lhes emprestem seus aviões, e eu também não lhe contarei quantos homens meus participarão desta operação nem por onde entrarão ou sairão. Mas lhe direi, sim, de quantos homens você precisa.

– O senhor me dirá? – perguntou com ironia o ex-coronel Fernández.

– Sim, lhe direi, porque você não tem nem idéia de como chegar, partindo dos pontos que lhe indiquei, às bases norte-americanas. De modo que seus homens serão escoltados por alguns de meus homens, sobretudo para se assegurar de que tudo está correndo bem.

– E quantos homens devo trazer?

– Não mais de vinte, e se for possível, que falem mais do que o inglês.

– O senhor está se referindo ao árabe?

– Refiro-me ao árabe.

– Não tenho certeza de que possamos atendê-lo nesse aspecto...

– Tente.

– Falarei com o senhor Dukais.

– Ele já sabe como devem ser os homens para esta missão, por isso escolheu você.

***

Ao descer as escadas do avião, sentiram o calor seco do deserto. Marta sorriu. Estava feliz. Gostava do Oriente. Fabián sentiu que o ar lhe faltava e acelerou o passo a caminho do terminal do aeroporto de Amã.

Estavam esperando o equipamento diante da esteira quando um homem alto e moreno dirigiu-se até eles falando em um espanhol mais do que perfeito.

– Sr. Tudela?

– Sim, sou eu...

O homem estendeu a mão e deu-lhe um aperto firme e decidido.

– Sou Haydar Annasir. Fui enviado por Ahmed Huseini.

– Ah! – foi tudo o que Fabián conseguiu dizer.

Marta não deu importância ao fato de que Haydar não a havia cumprimentado e estendeu-lhe a mão diante do espanto deste.

– Eu sou a professora Gómez, como vai você?

– Bem-vinda, professora – respondeu Haydar Annasir, fazendo uma ligeira inclinação enquanto apertava a mão de Marta.

– A Sra. Tannenberg não veio? – perguntou Marta.

– Não, a Sra. Tannenberg está em Safran, espera-os lá. Mas antes devemos passar tudo o que vocês trouxeram pela aduana. Dêem-me os tíquetes e eu cuidarei de pegar todos os volumes e fazer com que os transportem ao caminhão – disse Annasir.

– Iremos diretamente a Safran? – quis saber Fabián.

– Não. Fizemos reservas para vocês no Marriot para que descansem esta noite. Amanhã cruzaremos a fronteira do Iraque e iremos a Bagdá. De lá seguiremos de helicóptero a Safran. Espero que vocês possam se reunir dentro de dois dias com a Sra. Tannenberg – foi a resposta de Haydar Annasir.

Tiveram de cumprir todos os trâmites da aduana, mas sem problema nenhum, já que a presença de Haydar era suficiente para que os funcionários não colocassem nenhum empecilho. Viram que os volumes eram instalados diretamente em três caminhões que os esperavam na zona de carga do aeroporto. Depois foram para o hotel. Haydar avisou que voltaria na hora do jantar para acompanhá-los; enquanto isso, se desejassem, poderiam descansar. No dia seguinte, sairiam ao amanhecer, por volta das cinco da manhã.

– O que você achou da figura? – perguntou Fabián, tomando uma bebida no bar.

– Amável e eficiente.

– E fala um espanhol perfeito.

– Sim, certamente estudou na Espanha; à noite nos contará em que universidade e o quê.

– No começo nem ligou para você.

– Sim, dirigiu-se a você; você é homem e por isso tinha de falar com você. Isso vai passar logo.

– Pois eu me espantei. Achei que você iria reclamar de algum modo por ter sido desprezada.

– Não fez isso com má intenção. É produto da educação que recebeu. Não fique achando que vocês são melhores – respondeu, rindo, Marta.

– Bem, nós nos reciclamos e fizemos um enorme esforço para estar à altura das garotas, pois sabemos que vocês são o super-homem.

– Nietzsche estava certamente pensando em sua irmã quando teorizou sobre o super-homem. Mas falando sério, já estou acostumada que isso aconteça quando venho trabalhar no Oriente. Em alguns dias se renderá à evidência e saberá que a chefe sou eu.

– Olhe só, você acaba de tomar o poder. Obrigado por me avisar.

Brincaram por algum tempo enquanto faziam as pedras de gelo girar no copo de uísque. Estavam esperando Haydar Annasir, que apareceu às oito e meia em ponto, como havia anunciado.

"Não é de se jogar fora", pensou Marta, examinando-o com olhos críticos enquanto o homem cruzava o bar em direção a eles.

Haydar vestia um terno azul-escuro de bom corte e uma gravata Hermès com um estampado de elefantes.

"A gravata com os elefantes é um pouco antiga, mas é elegante", disse a si mesma Marta, enquanto procurava não esboçar o mais leve sorriso para não desconcertar aquele homem rígido que não sabia em que terreno pisava com os dois estrangeiros.

Levou-os para jantar em um restaurante da zona residencial de Amã onde só havia praticamente ocidentais. Homens de negócio de passagem pela capital jordaniana dividiam mesas com homens de negócios e políticos jordanianos.

Fabián e Marta deixaram que Haydar pedisse os pratos ao *maître*, e não fizeram em nenhum momento alarde de que falavam árabe.

– Tenho curiosidade em saber onde você aprendeu espanhol – perguntou Fabián.

Haydar pareceu incomodado com a pergunta, mas respondeu, educadamente.

– Sou formado em Ciências Econômicas pela Universidade Complutense de Madri. O governo espanhol sempre teve uma generosa política de bolsas para que estudantes jordanianos pudessem estudar em seu país. Vivi seis anos em Madri.

– Em que época? – Marta quis saber.

– De oitenta a oitenta e seis.

– Um período muito interessante – insistiu Marta, esperando que Haydar dissesse mais alguma coisa.

– Sim, coincidiu com o final da transição e o primeiro governo socialista.

– Como éramos jovens, então! – exclamou Fabián.

– Diga-me, você trabalha para a Sra. Tannenberg? – perguntou Marta, diretamente.

– Não, não exatamente. Trabalho para avô dela. Dirijo os escritórios do Sr. Tannenberg em Amã – respondeu Haydar, não sem certo desconforto.

– O senhor Tannenberg é arqueólogo? – continuou perguntando Marta, não dando importância ao evidente desconforto de Haydar.

– É um homem de negócios.

– Ah! Eu achava que havia entendido que ele esteve há alguns anos em Harã, onde encontrou as tábuas que tanto entusiasmaram a comunidade arqueológica – observou Fabián.

– Sinto muito, mas não sei. Trabalho para o Sr. Tannenberg, mas desconheço qualquer outra atividade que não seja a de seus negócios atuais – insistiu, desconversando, Haydar.

– E seria uma indiscrição lhe perguntar quais são os interesses do Sr. Tannenberg?

A pergunta de Marta pegou Haydar desprevenido; ele não esperava que se atrevessem a submetê-lo a esse interrogatório.

– O Sr. Tannenberg tem vários negócios, é um homem respeitado e considerado, que gosta, acima de tudo, de discrição – respondeu, meio cansado, Haydar.

– A neta arqueóloga é conhecida no Iraque? – insistiu Marta.

– Conheço muito pouco a Sra. Tannenberg; sei que é uma pessoa competente em seu trabalho e está casada com um reputado professor da Universidade de Bagdá. Mas estou certo de que poderão fazer todas estas perguntas a ela quando chegarem a Safran.

Fabián e Marta trocaram olhares chegando ao acordo tácito de não continuar fazendo perguntas. Haviam sido extremamente descorteses com seu anfitrião. Aquilo era o Oriente, e no Oriente ninguém faz perguntas diretas sem correr o risco de ofender.

– Você ficará conosco em Safran? – perguntou Fabián.

– Estarei à sua disposição enquanto durar a escavação. Não sei se deverei ficar todo o tempo em Safran ou em Bagdá. Ficarei onde me considerarem necessário.

Quando os deixou na porta do hotel, recordou-lhes que na manhã seguinte passaria às cinco para apanhá-los. Os caminhões com a carga já haviam partido para Safran.

– Penso que lhe causamos problemas – disse Fabián, enquanto se despediam na porta do elevador.

– Sim, passou por maus momentos. Bem, não me importa. Eu estou intrigada para saber quando e como esse Tannenberg escavou em Harã; você sabe que eu também fiz escavações nessa região. Antes de sair, procurei me informar sobre todas as expedições arqueológicas que foram feitas em Harã e em nenhuma figura nenhum Tannenberg.

– Vá saber se esse misterioso avô escavou alguma vez em outro lugar que não fosse o jardim de sua casa. Talvez tenha comprado essas tábuas de algum ladrão.

– É, também pensei nisso. Como o seu amigo Ives: me intriga o avô de Clara Tannenberg.

A viagem a Bagdá foi estafante por causa do calor. A cidade evidenciava os sinais da exploração que sofria. Via-se pobreza, como se do dia para a noite a próspera classe média de Bagdá houvesse desaparecido.

Marta enjoou no helicóptero e não pôde evitar o vômito, apesar dos cuidados solícitos de Fabián.

Quando chegaram a Safran, estava pálida e sentia-se esgotada, mas sabia que devia fazer um esforço porque ainda faltavam muitas horas até o momento em que pudesse descansar.

Clara Tannenberg a surpreendeu: morena, de estatura média, pele da cor de canela e olhos azuis de aço. Era bonita. Simplesmente bonita.

Clara também avaliou Marta com um olhar. Pensou que devia ter passado dos quarenta, estava mais perto dos 45; dava para perceber nela a segurança das mulheres ocidentais que devem tudo a si mesmas e ao próprio esforço e, portanto, não estão dispostas a permitir que alguém lhes diga o que fazer ou deixar de fazer. Clara também não deixou de perceber que Marta era uma mulher atraente. Cabelos negros, alta e olhos castanho-escuros; tinha cabelos não muito compridos, lisos, e unhas bem cuidadas.

Sempre prestava atenção nas mãos das mulheres. Sua avó lhe ensinara a fazer isso; dizia que poderia reconhecer com que tipo de mulher estava lidando observando as mãos. O conselho não havia falhado. As mãos refletiam a alma das mulheres e sua condição social. As mãos de Marta eram compridas e ossudas, e havia passado recentemente pela manicura; as unhas estavam cobertas com um ligeiro esmalte transparente que só lhes dava um pouco de brilho.

Depois dos cumprimentos de praxe, informou-lhes que os caminhões já haviam chegado a Safran, embora ainda não tivessem tido tempo de descarregar os volumes.

– Podem dormir na casa de algum camponês ou, se preferirem, nas barracas que instalamos. Começamos a construir algumas casas de adobe, muito simples, como se fazia há muitos séculos na Mesopotâmia e os camponeses de hoje continuam fazendo. Algumas já estão prontas, mas os colchões e outros apetrechos ainda não chegaram de Bagdá; em uns dois dias estarão aqui. Servirão para alojar não sei se a todos, mas pelo menos a uma boa parte da expedição. Não disporemos de luxos, mas espero que se sintam confortáveis.

– Podemos dar uma olhada nos arredores? – perguntou Fabián.

– Vocês querem conhecer o lugar onde encontramos a edificação? – indagou Clara.

– Exatamente. Estou querendo vê-lo – respondeu Fabián, com o melhor de seus sorrisos.

– Bem, sugiro que levem sua bagagem aos alojamentos e depois caminharemos até o palácio. Não fica longe daqui e não está fazendo muito calor – foi a resposta de Clara.

– Se você não se importar – interferiu Marta –, prefiro ir de carro. Enjoei durante a viagem e não estou passando muito bem.

– Você precisa de alguma coisa? Não prefere ficar? – perguntou-lhe Clara.

– Não, só quero beber água e me refrescar um pouco e, se for possível, ir de carro – pediu Marta.

Clara deu algumas ordens e em um segundo a leve bagagem de Marta estava instalada na casa do chefe da aldeia, enquanto a de Fabián era levada à casa de uma família que vivia ao lado.

Marta dispôs dos minutos que havia pedido para beber água e recuperar as forças. Depois foram em um jipe até o lugar onde passariam os próximos meses.

Fabián desceu do carro antes que o soldado que o dirigia terminasse de parar. Com passo apressado, começou a percorrer o lugar para observar o perímetro que havia sido revelado pela explosão de uma bomba que deixara uma lavoura de destroços.

– Vejo que estiveram limpando a área – afirmou Fabián.

– Sim; acreditamos que estamos sobre o telhado de um edifício e o que vemos por essa brecha, seguramente, é o local onde estavam empilhadas as tábuas; daí a quantidade de pedaços que encontramos. Por isso, sem dúvida, esse lugar era um templo-palácio – respondeu Clara.

– Não há informações de que houvesse um templo perto de Ur – disse Fabián.

– Não, não há, mas eu me lembro, professor, de que o valor de qualquer descoberta é exatamente esse: o de encontrar alguma coisa da qual, em muitas ocasiões, não há nenhum indício de que tivesse existido. Se escavássemos na largura e no comprimento do Iraque, encontraríamos várias dezenas de templos-palácios, posto que eram os centros administrativos de amplas regiões – explicou Clara.

Marta, enquanto isso, afastara-se deles procurando um ponto a partir do qual pudesse ter certa perspectiva do lugar. Fabián e Clara a deixaram, sem interromper o vaivém de Marta.

– É sua esposa? – perguntou-lhe Clara.

– Marta? Não, não é. É professora de arqueologia na mesma universidade que eu, a Complutense de Madri. E tem uma longa experiência em trabalhos de campo. Depois, há alguns anos esteve perto de Harã, onde seu avô encontrou as tábuas misteriosas.

Clara assentiu em silêncio. Seu avô a havia proibido categoricamente de dar informações sobre ele. Não devia dizer nem uma palavra a mais, mesmo que insistissem em saber detalhes de quando e por que estivera em Harã, de modo que resolveu levar a conversa para outros caminhos.

– Vocês foram muito corajosos em vir ao Iraque nas circunstâncias atuais.

– Esperamos que tudo corra bem. Não vai ser fácil com um tempo exíguo.

– Sim, nós, os iraquianos, acreditamos que Bush está apenas pressionando Saddam.

– Pois não se enganem. Bush declarou guerra e quando tiver os recursos à disposição atacará. Não creio que demore a fazê-lo mais do que seis ou sete meses.

– Por que a Espanha apóia Bush contra o Iraque?

– Não confunda a Espanha com nosso atual governo. A maioria dos espanhóis está contra a guerra, não compartilhamos as razões de Bush para fazer a guerra.

– Então, por que não se rebelam?

Fabián deu uma gargalhada.

– É engraçado que você me pergunte por que não nos rebelamos, quando vocês estão sob o controle de Saddam. Olhe, eu não estou de acordo com meu governo no que se refere a apoiar os Estados Unidos contra o Iraque nem em tantas muitas outras coisas, mas meu governo é democrático. Quero dizer que podemos derrotá-lo nas urnas.

– Os iraquianos amam Saddam – afirmou Clara.

– Não, não o amam, e no dia em que cair, e vai cair, apenas uns poucos favorecidos pelo regime o defenderão. Os ditadores são tolerados, mas ninguém gosta deles, nem mesmo aqueles que vivem sob seu regime sem dizer palavra. De Saddam, o que ficará é a memória de suas arbitrariedades. Olhe, deixemos as coisas claras, o fato de estarmos contra a guerra não significa que apoiamos Saddam. Saddam representa tudo o que qualquer democrata abomina: é um ditador sanguinário, que tem as mãos manchadas com o sangue dos iraquianos que se atreveram a se opor a ele e com a dos curdos, que assassinou em massa.

"Não nos importa Saddam nem o destino que possa ter. Somos contra a guerra porque não acreditamos que alguém deva morrer para que desapareça um único homem e, sobretudo, porque é uma guerra de interesses infames: ficar com o petróleo do Iraque. Os Estados Unidos querem o controle das fontes energéticas porque sentem o hálito do colosso chinês! Mas insisto: não se iluda, nós, que somos contra a guerra, não gostamos de Saddam."

– Você não me perguntou se sou partidária de Saddam – recriminou-o Clara.

– Não me importa que seja. O que vai fazer? Denunciar-me a esses soldados para que me prendam? Imagino que se você vive no Iraque sem que lhe falte nada é porque é ligada ao regime de Saddam. Não poderíamos escavar aqui nestas circunstâncias se seu avô não fosse um homem poderoso no país, e por isso não há lugar para enganos. Mas você também são se equivoque, achando que nós, que viemos para cá, estamos dispostos a fazer mesuras diante de Saddam ou a cantar a excelência de seu regime. É um ditador que nos causa uma profunda repugnância.

– Mas mesmo assim vieram escavar.

– Se conseguirmos evitar os tropeções políticos, escavaremos. Viemos escavar em uma circunstância difícil para a gente, e não ache que foi fácil tomar a decisão. O fato de termos vindo pode ser manipulado por alguns para nos apresentar como gente que avaliza Saddam, de modo que isso não é uma besteira. Achamos que estamos diante da oportunidade de descobrir se o que você afirmou no congresso de Roma tem alguma base. Trabalharemos sem parar, contra o relógio, e se não conseguirmos atingir o objetivo, pelo menos teremos tentado. Como arqueólogos, não poderíamos jogar fora essa oportunidade.

– Você é amigo de Yves Picot?

– Sim, somos amigos há muito tempo. Ele é um heterodoxo, mas um dos melhores, e só mesmo alguém como ele seria capaz de nos convencer a vir arriscar a pele neste lugar – afirmou Fabián, deixando o olhar vagar em busca de Marta.

– Quantos arqueólogos participarão da missão?

– Infelizmente, menos do que necessitamos. A equipe não é suficiente para o trabalho que devemos desenvolver. Virão dois especialistas em prospecção magnética, um professor de arqueozoologia, sete arqueólogos especializados em Mesopotâmia, outro em Anatólia, além de Marta, Yves e eu mesmo e alguns estudantes dos últimos anos do curso de arqueologia. No total, seremos 35.

Clara não pôde ocultar uma careta de decepção. Esperava que Picot tivesse sido capaz de encontrar mais especialistas para a expedição. Fabián percebeu e sentiu certo desgosto.

– Deixe seus dentes cantarem, como dizemos na Espanha, diante de situações como esta. O fato de virem 35 pessoas trabalhar aqui é um milagre, e estamos fazendo isso por Yves. Vão triturar seu país e não é o momento propício para aventuras arqueológicas; mesmo assim, Yves nos convenceu e deixamos nossos trabalhos, e não acredite que é fácil convencer o decano de sua faculdade que o deixe sair em pleno mês de setembro, com o curso prestes a começar. De modo que todos os que viemos fizemos um sacrifício pessoal, sabendo como será difícil encontrar algo que de fato valha a pena e justifique o investimento de nosso tempo e prestígio profissional.

– Não me venha dizer que vocês estão me fazendo um favor pessoal! – respondeu Clara, exasperada. – Vocês vieram porque acreditam que vão conseguir alguma coisa, caso contrário não estariam aqui!

Marta aproximara-se deles e ouviu a última parte da conversa.

– O que está acontecendo? – perguntou.

Clara não disse nada, baixou os olhos para o chão e respirou para se acalmar. Não podia deixar seu gênio aflorar, muito menos às vésperas de começar o trabalho. Sentia falta de Ahmed; ele tinha tato, sabia como tratar todo mundo e dizer o que pensava sem ofender, mas mantendo-se firme em suas convicções.

– Bem – continuou Marta –, dei uma olhada no lugar. O que se vê é interessante. Com quantos operários poderemos contar?

– Por volta de cem. Aqui em Safran contamos com uns cinqüenta homens, os outros virão de aldeias próximas.

– Precisamos de mais. É impossível tirar toda aquela areia sem mãos suficientes. Aquelas são as casas que estão sendo levantadas para a equipe? – perguntou, apontando para a frente.

– Sim. Estão a uns trezentos metros, não muito longe. E assim viveremos ao lado, sem necessidade de carros para nos deslocar – respondeu Clara.

– Nós trouxemos barracas bem equipadas. Na minha opinião, os operários devem terminar o que estão fazendo, para não deixar pela metade, mas a prioridade é que comecem a trabalhar aqui já.

O tom de Marta não deixava lugar para dúvidas.

– Já? Antes da chegada do restante da expedição? – perguntou Fabián, surpreendido.

– Sim. Não há tempo a perder. Sinceramente, não acredito que possamos fazer o trabalho em tão pouco tempo, por isso devemos começar já. Começaremos amanhã. Se vocês estiverem de acordo, quando voltarmos à aldeia nos reuniremos com os homens para lhes explicar alguns detalhes do trabalho que têm de realizar. Tentaremos fazer com que o lugar esteja o mais limpo possível quando Yves chegar com o restante da equipe. Tudo bem para vocês?

– Você manda – respondeu Fabián.

– Por mim, estou de acordo – afirmou Clara.

– Bem, eu lhes explicarei o plano de trabalho que imaginei para que possamos começar.

18

Hans Hausser entrou com passos decididos no imenso saguão do moderno edifício do coração de Londres. Um painel indicava as dúzias de empresas que tinham sede naquele gigante de vidro e aço. Procurou com os olhos o nome Global Group, embora soubesse que ficava no sétimo andar. Caminhou até o elevador sentindo uma pontada de inquietação na boca do estômago.

Um ilustre professor de física quântica estava indo contratar um matador para assassinar um homem e sua família, não importava quem nem quantos fossem. Não havia piedade em seu coração, mas sim a preocupação de não saber se seria capaz de lidar com uma pessoa como aquela que estava indo encontrar.

Os escritórios do Global Group eram semelhantes aos de qualquer empresa multinacional: paredes pintadas de cinza claro, tetos brancos, móveis modernos, bons quadros abstratos de pintores que tinham nomes impossíveis de recordar, secretárias discretamente elegantes e amáveis.

Tom Martin não se fez esperar. Apertou sua mão na porta do escritório, uma sala espaçosa guarnecida por uma esplêndida estante de cor clara que cobria as quatro paredes, uma enorme janela da qual se podia ver o fluir sereno do Tâmisa, poltronas de couro e nenhum objeto pessoal. Nem fotografias nem troféus; não havia nenhum papel sobre a imensa mesa de vidro e aço; apenas um telefone sofisticado e um computador pessoal.

Uma vez acomodados nas poltronas e com uma xícara de café diante de si, Tom Martin preparou-se para ouvir, com certa curiosidade, aquele velho com ar avoado que estava na sua frente.

– Bem, me diga em que posso ajudá-lo...

– Não o farei perder seu tempo. Sei que seu negócio é enviar homens para regiões em conflito. Você tem um pequeno exército de homens que andam por aí em pequenos ou grandes grupos ou solitários. Sei que seu negócio é o de oferecer segurança, mas, se deixarmos de lado os eufemismos, sei que nele também se mata. Seus homens matam outros homens para proteger as pessoas que os contratam ou para defender interesses materiais, sejam edifícios, jazidas petrolíferas, ou seja lá o que for.

Tom Martin ouvia o velho com uma mistura de perplexidade e divertimento; aonde aquele homem pretendia chegar?

– Sr. Martin, eu preciso contratar um de seus homens para matar um homem. Bem, na realidade terá de matar mais de uma pessoa. Nesse momento, não sei exatamente quantas; pode ser que sejam duas, ou três, ou cinco, eu realmente não sei.

O proprietário do Global Group não pôde disfarçar a surpresa causada pelo pedido daquele homem. Um ancião de aspecto distinto que há semanas havia marcado um encontro fazendo-se passar pelo Sr. Burton e agora estava tranqüilamente diante dele pedindo-lhe para que lhe fornecesse assassinos. Assim, simplesmente.

– Perdoe-me, Sr. Burton. É Burton o seu nome?

– Pode me chamar assim – disse o professor Hausser.

– Quer dizer que seu nome não é Burton... Bem, eu preciso saber quem são meus clientes...

– Você só precisa saber se eles lhe pagarão e se lhe pagarão bem. Eu lhe pagarei generosamente.

– Se entendi bem, o senhor quer matar alguém. Por quê?

– Isso não lhe diz respeito. Digamos que há uma pessoa cujos interesses colidiram com os meus e de alguns amigos e tal pessoa não viu nenhum inconveniente em usar métodos atabalhoados contra a gente. É por isso que estamos querendo eliminá-lo.

– E essas outras pessoas que o senhor também está querendo eliminar?

– São seus parentes diretos. Todos que forem encontrados.

Tom Martin ficou em silêncio, impressionado com a tranqüilidade daquele homem de aspecto aprazível que lhe pedia para cometer vários assassinatos. Ele fizera o pedido com a mesma voz que usaria para pedir um café em um bar ou cumprimentar o porteiro de manhã cedo: com afabilidade, sem dar muita importância à história.

– O senhor pode me explicar melhor o que este homem fez e por que a sanção deve ser estendida à família dele?

– Não. Diga-me se aceita o trabalho e quanto me custará...

– Veja, eu não tenho uma agência de assassinos e por isso...

– Vamos, Sr. Martin, eu sei quem é você! Pessoas do seu ramo de negócios me disseram que é o melhor e alardearam sua discrição. Elas me recomendaram que lhe apresentasse os fatos diretamente e é isso o que estou fazendo.

– Eu gostaria de saber quem lhe falou da minha empresa.

– Um conhecido nosso. Um homem que o conhece, já fez negócio com você e ficou extremamente satisfeito.

– E essa pessoa lhe disse que a minha empresa é de assassinos?

– Sr. Martin, você não me conhece e por isso desconfia de mim. Eu posso entender. Mas como o senhor chama aquilo que seus homens fazem nas minas de diamantes quando metralham um pobre negro que se aproximou demasiadamente da barreira de segurança? E o que pode me dizer dessas equipes de segurança de homens de negócios que não hesitam em apertar o gatilho por indicação do chefe da vez?

– Eu preciso saber quem é o senhor, preciso de alguma referência...

– Pois não a terá. Se está temendo cair em uma armadilha, fique tranqüilo. Sou um homem velho, não deve me restar muito mais tempo de vida e o que ainda tenho quero dedicar à liquidação de uma dívida antiga. Por isso preciso que seus homens matem uma pessoa.

Tom Martin ficou em silêncio, examinando aquele ancião que, com tanta confiança e sem rodeios, pedia-lhe que matasse um homem. Não, não era um policial, estava certo disso. Sua curiosidade foi maior e, desrespeitando suas próprias regras de segurança, resolveu se arriscar.

– Quem é o homem que quer matar?

– Aceita o trabalho?

– Diga-me de quem se trata e onde está.

– Quanto vai custar?

– Para começar, teremos de fazer uma investigação de campo, e depois resolver como e quando; e isso custa muito dinheiro.

– Um milhão de euros pelo homem e outro por sua família?

O presidente do Global Group ficou impressionado. Ou o ancião estava querendo seduzi-lo com dinheiro, ou não tinha a mínima idéia dos preços do mercado.

– O senhor tem essa quantia?

– Neste exato momento tenho trezentos mil euros. Aqui comigo. Se fecharmos o acordo, passarei o dinheiro para você. E o restante, à medida que cada etapa do trabalho for sendo concluída.

– Quem o senhor quer matar? Saddam Husein?

– Não.

– Quem é o homem? Há fotos recentes dele?

– Não, não tenho fotografias. É um ancião, um homem ainda mais velho do que eu. Deve ter algo em torno dos noventa anos. Vive no Iraque.

– No Iraque? – a surpresa de Martin ia aumentando.

– Sim, acredito que no Iraque; sei que pelo menos um parente seu tem uma casa ali. Veja estas fotos da casa. Não sei se ele vive nela ou não, mas a pessoa que vive é parente dele. É uma mulher que também deve morrer, mas não antes de conduzi-los a nosso objetivo.

Tom Martin pegou as fotos da Casa Amarela tiradas pelos homens da equipe enviada por Luca Marini. Observou-as com cuidado. A casa era uma mansão colonial, muito bem protegida, a julgar por aquilo que as câmeras haviam captado.

Em algumas das fotografias aparecia uma mulher atraente, vestida à maneira ocidental, acompanhada por outra mulher mais velha, coberta da cabeça aos pés.

– Isto é Bagdá? – perguntou.

– Sim, é Bagdá.

– E esta é a mulher... – afirmou, mais do que perguntou, Martin ao olhar a fotografia.

– Sim, acredito que é da família do homem que deve morrer. Eles têm o mesmo sobrenome. Ela poderá levá-lo até ele.

– Qual é o sobrenome?

– Tannenberg.

O presidente do Global Group ficou alguns segundos em silêncio. Não era a primeira vez que ouvia esse nome. Não fazia muito tempo que seu amigo Paul Dukais lhe pedira para indicar alguns homens que pudessem se infiltrar em uma expedição arqueológica organizada por essa mulher, essa Tannenberg que, aparentemente, queria ficar com alguma coisa que não lhe pertencia, ou pelo menos não pertencia apenas a ela.

Pelo que estava vendo, os Tannenberg tinham inimigos em todas as partes dispostos a tirá-los de circulação sem contemplações. Este homem que estava na sua frente queria a mesma coisa que Dukais ou seus motivos seriam diferentes?

– Aceita o trabalho?

– Sim.

– Bem, então assinemos um contrato.

– Sr.... Sr. Burton, contratos desse tipo não são assinados.

– Eu não lhe entregarei nem um euro se não houver um contrato.

– Faremos um contrato genérico, de investigação a respeito de determinado indivíduo em um determinado lugar...

– Sim, mas que não conste o nome do indivíduo. Quero discrição.

– O senhor faz muitas exigências...

– E também pago muito bem. Sei que o que eu vou lhe pagar é muito mais do que você cobra por esse tipo de serviço. E por isso fará as coisas como eu estou lhe pedindo por dois milhões de euros.

– É claro que as farei.

– Outra coisa, Sr. Martin. Eu sei que você é o melhor, pelo menos é o que dizem. Se estou lhe pagando tão generosamente é porque não quero falhas nem traições. Se você me trair, eu e meus amigos temos dinheiro suficiente para encontrá-lo até debaixo das pedras, se isso for necessário. Sempre haverá alguém que queira fazer o trabalho, até mesmo alguém aqui de dentro.

– Não tolero que me ameacem. Não se equivoque comigo ou darei esta conversa por encerrada – respondeu, seriamente, Tom Martin.

– Não, não se trata de uma ameaça. Eu quero, simplesmente, que as coisas fiquem claras desde o começo. Na minha idade, não posso mais gastar o dinheiro que tenho e também não quero levá-lo para o túmulo. Por isso, gasto para satisfazer meus últimos desejos, mas ainda em vida, e é o que estou fazendo.

– Sr. Burton ou seja qual for o seu nome, em meu negócio não nos dedicamos a trair os clientes. Quem faz isso é obrigado a fechar as portas.

Hans Hausser deu-lhe toda a informação de que dispunha. Não era muita, pois Tannenberg havia descoberto a equipe de Marini e seus homens não tiveram tempo de enviar mais detalhes a respeito de quem vivia na casa de cor amarela além da mulher, o marido e vários criados.

Duas horas depois, o professor saía do Global Group. Sentia-se satisfeito porque intuía que, finalmente, estavam perto da hora da vingança.

Caminhou sem rumo, certo de que Martin havia mandado que o seguissem. Entrou no hotel Claridge e foi até o restaurante, onde almoçou sem muito apetite. Depois encaminhou-se ao saguão e procurou um elevador. Aqueles que os estivessem seguindo pensariam que estava hospedado no hotel e por isso apertou o botão do quarto andar. Desceu e procurou as escadas para ir até o segundo. Quando chegou lá, chamou de novo o elevador e apertou o botão da garagem.

Um porteiro perguntou-lhe, surpreso, onde estava seu automóvel. Ele nem respondeu, sorrindo como se não estivesse entendendo nada. Na sua idade, parecia inofensivo. Atravessou a garagem e pouco depois saiu à rua pela rampa dos automóveis. Dobrou na primeira esquina e afastou-se do hotel procurando um táxi que não demorou a encontrar e pediu ao motorista que o levasse ao aeroporto. Seu vôo sairia horas depois em direção a Hamburgo. Ali pegaria outro avião até Berlim, de onde seguiria até sua casa, em Bonn.

Não sabia se havia conseguido despistar Tom Martin, mas pelo menos tinha dificultado sua vida.

– Sou eu.

Carlo Cipriani reconheceu a voz do amigo. Sabia que ele ligaria, pois havia recebido um *e-mail* cifrado e respondera enviando-lhe outro com o número do celular para o qual deveria ligar e, uma vez utilizado, terminaria seus dias em uma lata de lixo. Pensava em jogar o cartão no Tibre.

– Correu tudo bem. Ele aceitou e começará a trabalhar imediatamente.

– Não apresentou nenhum inconveniente?

– Ficou espantado, mas o Sr. Burton foi muito persuasivo – riu entre os dentes Hans Hausser.

– Quando ele lhe dirá alguma coisa?

– Em duas semanas. Precisa formar uma equipe, enviá-la... Isso leva tempo.

– Tomara que tenhamos acertado! – respondeu Carlo.

– Fazemos o que temos de fazer e, certamente, em alguma etapa cometeremos erros, mas o importante é seguir em frente, sem nos deter.

Uma voz impessoal infiltrou-se no telefone chamando os passageiros do vôo para Berlim.

– Eu ligarei assim que souber de alguma coisa. Entre em contato com os outros.

– É o que farei – garantiu Cipriani.

Hans Hausser desligou o telefone público do aeroporto de Hamburgo que tinha usado para ligar.

Tinham acabado de anunciar seu vôo para Berlim. Dali ligaria para Berta. Sua filha estava preocupada com suas idas e vindas e começara a pressioná-lo para que lhe contasse o que estava acontecendo. Ele mentia dizendo que viajava para encontrar velhos professores, aposentados como ele, mas Berta não acreditava. Evidentemente, não poderia imaginar o pai contratando assassinos para matar um homem. Ela juraria que seu pai era um homem pacífico, na universidade sempre havia encabeçado protestos contra qualquer guerra ou manifestação de violência, fosse onde fosse. Além do mais, era um paladino da defesa dos direitos humanos, e seus alunos o adoravam, tanto que ainda freqüentava a universidade como professor emérito. Ninguém queria que Hans Hausser se afastasse completamente.

Mercedes Barreda saiu correndo em direção ao quarto. Havia largado sobre a cama a bolsa onde estava o celular com o número para o qual alguns de seus amigos poderiam ligar.

Abriu a bolsa depressa, temendo que a qualquer momento o telefone parasse de tocar.

– Não precisa se esfalfar – escutou Carlo dizer, antes de ter tempo de pronunciar uma palavra.

– Vim correndo.

– Fique tranqüila. Está tudo caminhando.

– Correu tudo bem?

– Sem problemas. Em umas duas semanas teremos novas informações.

– Vai levar tanto tempo assim?

– Não seja impaciente.

– Eu sou. Sempre fui.

– O que queremos não é uma coisa fácil...

– Eu sei, mas às vezes tenho medo de morrer sem ter conseguido... Você já sabe.

– Sim, eu também tenho esse pesadelo, mas estamos na reta final.

Quando terminaram a conversa, Mercedes deixou-se cair no sofá. Estava cansada. Visitara algumas obras que sua empresa estava realizando e, além disso, tivera uma reunião com vários dos arquitetos e mestres-de-obras que trabalhavam para sua construtora.

Pensou que todo o dinheiro que havia acumulado teria um destino melhor, pois estavam investindo em sicários que matariam Tannenberg.

Nunca se interessara por dinheiro. Ganhava-o trabalhando, sim, mas não era um objetivo em si. Tinha feito seu testamento: quando morresse, tudo o que tinha seria destinado a várias ONGs e a uma entidade de proteção aos animais, e as ações de sua empresa seriam divididas em partes iguais entre empregados que trabalhavam há muitos anos com ela. Não havia contado nada para ninguém, pois se reservava a possibilidade de mudar de opinião, mas até aquele momento era o que havia determinado.

A empregada havia deixado preparados sobre a mesa da cozinha uma salada e um filé de frango empanado. Colocou os pratos em uma bandeja e sentou-se diante da televisão. Era assim que passava as noites desde que sua avó morrera, havia muitos anos.

Sua casa era um refúgio. Jamais levava convidara alguém que não fossem seus únicos amigos: Hans, Carlo e Bruno.

Bruno estava acabando de jantar quando o toque do celular que levava sempre no bolso do paletó assustou-o. Sua mulher, Deborah, ficou atenta. Sabia que de um tempo para cá, desde que chegara de Roma, seu marido comprava e destruía continuamente celulares e cartões sem lhe explicar por quê, embora não fosse necessário que o fizesse. Ela sabia que o passado continuava presente na vida de Bruno. Nem seus filhos nem seus netos haviam conseguido apagá-lo. Para Bruno Müller, não havia nada mais importante do que aquilo que vivera há sessenta anos.

Deborah mordeu o lábio para não deixar escapar nenhuma palavra de reprovação, ainda mais naquela noite. Sara e Daniel estavam jantando em sua casa. Não era habitual que seus dois filhos aparecessem juntos, pois Daniel viajava o tempo todo de um lugar a outro do mundo acompanhando as melhores orquestras sinfônicas com seu violino.

– Perdoem-me um momento... – disse Bruno enquanto saía da sala de jantar a caminho de seu escritório.

– Papai está muito misterioso – disse Sara.

– Você não pode respeitar a intimidade dos outros? – censurou-a Daniel.

– Vamos, não discutamos, é apenas um telefonema – intercedeu a mãe, procurando um assunto que os distraísse até que Bruno voltasse.

– Está tudo bem – disse Carlo.

– Ah! Você me tira um peso das costas – respondeu Bruno –, já estava preocupado.

– Já está a caminho de casa e dentro de duas semanas nos dirá alguma coisa.

– Mas aceitaram o trabalho?

– Sim, você já sabe que faria uma oferta muito generosa, difícil de ser recusada.

– Vamos nos ver?

– Talvez quando soubermos de alguma coisa mais concreta. Não acho que seja necessário agora.

– Você tem razão. Falou com ela?

– Neste exato momento. Está bem, tão impaciente quanto a gente.

– Esperamos tanto...

– Estamos chegando ao final.

– Você tem razão.

Quando Bruno desligou, tirou o cartão do celular e cortou-o em pedaços; depois foi até o banheiro e atirou-os na privada tal como vinha fazendo cada vez que falava com seus amigos desde que voltara de Roma.

Luca Marini esperava que avisassem Carlo Cipriani de sua presença. Passara toda a manhã fazendo os exames do *checkup* ao qual se submetia anualmente na clínica do amigo.

Antonino, o filho de Carlo, só lhe entregaria os resultados alguns dias depois, e aí sim, previamente examinados pelo pai. Agora iria almoçar com Carlo, como haviam combinado.

Carlo entrou no consultório do filho e abraçou o amigo.

– Estão dizendo que você está ótimo. É verdade, Antonino?

– É o que parece – respondeu este –; pelo que vimos até agora, não há nenhum motivo para preocupações.

– E o cansaço? – perguntou, preocupado, Marini.

– Você ainda não percebeu que pode ser a idade? – brincou Carlo. – É o que me diz Antonino sempre que me queixo.

Já no restaurante, Carlo Cipriani perguntou diretamente ao amigo o que o preocupava.

– Você voltou a ter notícias de seus antigos colegas da polícia?

– Há alguns dias encontrei alguns deles em um jantar em homenagem a um amigo que se aposentava. Perguntei-lhes de passagem e me disseram que, embora não tenha sido arquivado, o caso foi colocado de lado. Depois dos primeiros dias, deixaram de pressioná-los para que continuassem investigando, e o amigo que tem o caso sob sua responsabilidade decidiu enfiá-lo em uma gaveta. Se for pressionado, dirá que continua trabalhando.

– Isso é tudo?

– Isso é muito, Carlo, é o máximo que posso lhes pedir. Estão me fazendo um favor. Se forem pressionados, eu serei avisado; mas, de qualquer maneira, estão conscientes de que, a não ser que eu lhes diga a verdade, não será fácil encontrar qualquer pista.

– Poderiam querer falar com Mercedes, já que você disse que era ela a pessoa que queria um relatório sobre a situação no Iraque.

– Sim, mas querer saber o que está acontecendo no Iraque não é um delito. É, sem dúvida, um anzol difícil de engolir: uma empresária catalã contrata uma agência de detetives italianos para que lhe preparem um relatório sobre a situação do Iraque para saber se tem possibilidades de fazer negócio depois que terminar uma guerra que ainda não começou – e tudo por recomendação de um amigo.

– É tão enrolado... – murmurou Carlo.

– E é exatamente isso que torna a história crível – respondeu Marini –; além do mais, sou um ator consumado – gracejou.

– Você tem bons amigos, é isso que está nos ajudando.

– É claro que tenho bons amigos. Você é um deles. Mas quero lhe dizer que Mercedes Barreda me pareceu ser uma mulher terrível.

– Mas não é; de verdade. É uma pessoa extraordinária e muito corajosa; tem uma coragem que você nem pode imaginar.

– Você a aprecia de verdade.

– Gosto imensamente dela.

– E por que não se casa com ela?

– É uma amiga muito querida, nada mais.

– A quem você, além do mais, admira muito. Quando vocês estão juntos, percebe-se que há uma cumplicidade especial entre os dois.

– Não, não veja o que não existe. Estou dizendo a verdade. Para mim, Mercedes é mais do que se fosse da minha família. Trago-a sempre no coração, assim como a Bruno e a Hans.

– São seus amigos de alma. Desde quando vocês se conhecem?

– Desde há tanto tempo que quando me recordo percebo como sou velho.

Carlo mudou sutilmente os rumos da conversa. Nunca dizia uma palavra a mais sobre seus amigos, e muito menos sobre o passado comum que os unia acima do bem e do mal.

19

Dava para perceber que era ele quem mandava naquele grupo tão heterogêneo. Não era necessário ser um lince para notar que aquele homem alto, de compleição forte e cabelo castanho escuro, exercia uma liderança no meio daqueles homens e mulheres que não haviam parado de rir e de contar piadas durante a longa espera diante das esteiras do setor de bagagem. Eles tinham chegado no vôo anterior ao seu, mas, aparentemente, todos estavam com excesso de bagagem. Havia se sobressaltado ao ouvi-los discutir sobre arqueologia. Estavam indo escavar no Iraque e Gian Maria pensou, mais uma vez, que as casualidades não existem, e que se ele havia encontrado um grupo de arqueólogos que estava indo para o Iraque é porque a Providência quisera que fosse assim.

Ouvira-os dizer que estavam indo para Bagdá, mas naquela noite dormiriam em Amã e só cruzariam a fronteira no dia seguinte.

O sacerdote, nervoso, fez um esforço quase sobre-humano para superar a si mesmo e ir falar com o chefe do grupo antes que todos desaparecessem no terminal do aeroporto.

– Perdoe-me, posso falar com você?

Yves Picot contemplou o homem. Ele estava vermelho como uma romã. Era evidente que sentia um grande constrangimento por estar se dirigindo a ele. Esperava, temeroso, pelo seu veredicto.

– Sim, diga...

– Eu ouvi vocês dizerem que estão indo para Bagdá...

– Sim, é verdade.

– Eu poderia ir com vocês?

– Com a gente? Mas quem é você?

O jovem ficou ainda mais vermelho. Não queria mentir, não podia, mas tampouco lhe diria toda a verdade.

– Eu me chamo Gian Maria e estou indo para o Iraque ver o que posso fazer.

– Como assim, para ver o que pode fazer? Qual é a sua intenção?

– Entre outras coisas, a de ajudar. Tenho amigos que trabalham em uma ONG que presta ajuda a crianças nos bairros mais pobres de Bagdá e fornece alguns remédios aos hospitais. Você sabe que eles precisam de tudo, por causa do bloqueio... As pessoas estão morrendo porque não têm antibióticos para combater as infecções e...

– Sim, sim, eu sei qual é a situação do Iraque. Mas você está se metendo em uma aventura?

– Eu avisei a meus amigos que estava vindo, mas eles não podem vir me buscar em Amã, e eu... Realmente, não estou habituado a estas coisas e se pudesse ir com vocês até Bagdá... Darei a contribuição que me pedirem.

Yves Picot soltou uma gargalhada. Simpatizava com aquele homem tão tímido que só pelo fato de falar com ele ficara com o rosto tingido pela cor dos tomates.

– Em que hotel você vai ficar? –perguntou-lhe.

– Em nenhum...

– E como você estava imaginando que poderia chegar a Bagdá?

– Eu não sabia como... Achei que aqui alguém me diria.

– Sairemos do Marriot às cinco da manhã. Se você estiver lá, o levaremos com a gente. Pergunte por mim, meu nome é Yves Picot.

Deu meia-volta e deixou o jovem atônito, sem ter tempo nem de lhe agradecer.

Gian Maria suspirou com alívio. Pegou a pequena mala preta em que levava sua exígua bagagem e saiu do aeroporto à procura de um táxi. Pediu que o levasse ao Marriot para ver se, com um pouco de sorte, também conseguiria hospedar-se ali; preferia, se fosse possível, estar perto da equipe de arqueólogos.

O táxi deixou-o na porta do hotel e Gian Maria entrou com passos decididos no saguão, onde o ar-condicionado aliviava a temperatura exterior. O grupo de Picot estava se registrando na recepção. Ele não queria parecer chato e, por isso, procurou um lugar discreto para aguardar até que a recepção ficasse livre. Esperou, pacientemente, durante mais de vinte minutos antes de se aproximar do balcão.

O recepcionista explicou-lhe, em um inglês impecável, que não tinha mais quartos individuais; só restava um duplo que, imaginava, ele não iria querer.

Gian Maria hesitou por alguns instantes. Não tinha dinheiro de sobra e, se pagasse por um quarto duplo, seus recursos seriam consideravelmente reduzidos, mas chegou à conclusão de que era o melhor a fazer. E assim, cinco minutos depois, estava instalado em um confortável apartamento do qual resolveu não sair até o dia seguinte. Não queria correr riscos, nem muito menos se perder em uma cidade desconhecida. Além do mais, não seria mal descansar. Estava precisando, depois de tantos dias de labuta para encontrar a melhor maneira de sair de Roma sem despertar suspeitas.

Telefonou para Roma e disse a seu superior que havia chegado bem e que no dia seguinte cruzaria a fronteira com o Iraque.

Depois adormeceu, tombado na cama e com um livro nas mãos. Ainda não eram três da manhã quando acordou, sobressaltado. Faltavam mais de duas horas para que a equipe de arqueólogos saísse do hotel. Temendo adormecer de novo, ligou para a recepção lembrando que precisava ser despertado às quatro. Mas não conseguiu voltar a conciliar o sono; não podia; pensava se devia perguntar ao arqueólogo que parecia ser o chefe, o tal de Picot, se conhecia Clara Tannenberg. Talvez a conhecesse, ou pelo menos soubesse onde poderia ser encontrada. Estavam indo para o Iraque e a mulher vivia no Iraque... Mas tão depressa como decidia que perguntaria, decidia o contrário. Não, não podia confiar em nenhum estranho. Se chegasse a perguntar a Picot por ela, este iria querer saber quem era e, caso a conhecesse, ficaria em apuros. Ele não podia dizer a ninguém por que nem para que estava indo a Bagdá. Guardaria silêncio, por mais que o silêncio estivesse se tornando a mais pesada de suas cargas.

Yves Picot não estava de bom humor. Havia deitado muito tarde, estava com dor de cabeça e tinha sono. O que mais lhe faltava era vontade de falar. Quando encontrou, no saguão, o jovem do aeroporto, esteve prestes a lhe dizer que procurasse outra maneira de ir a Bagdá, mas o olhar trágico daquele homem levou-o a agir com uma generosidade que não sentia ter.

– Suba naquele Land Rover e não chateie.

Isso foi tudo o que disse. Gian Maria não fez nenhum comentário e embarcou no Land Rover que lhe fora indicado; o chofer aguardava pelo grupo que teria de levar.

Um minuto depois chegaram três mulheres jovens; não deviam ter mais de 22 ou 23 anos.

– Você é o cara do aeroporto! – exclamou uma loira de olhos verdes, magra e baixinha.

– Eu? – perguntou Gian Maria, surpreso.

– Sim, ficamos prestando atenção em você enquanto esperávamos a bagagem. Você não parava de olhar para a gente. Não é verdade, meninas?

As outras riram, enquanto Gian Maria percebia que estava ficando vermelho.

– Eu me chamo Magda – apresentou-se a loira de olhos verdes. – E estas duas vadias são Lola e Marisa.

Deram-lhe um beijo em vez da mão e sentaram-se a seu lado, falando sem parar.

Gian Maria as ouvia, sem intervir. Só de vez em quando se dirigiam a ele, que lhes respondia procurando não dizer nem uma palavra desnecessária. Cruzaram a fronteira sem problemas e ainda não eram dez horas da manhã quando estavam chegando a Bagdá.

Yves Picot tinha um encontro com Ahmed Huseini no ministério. A expedição acomodou-se no hotel Palestina, onde haviam reservado quartos para passar uma noite. Gian Maria dirigiu-se com eles ao hotel e dali localizou a ONG, onde realmente o esperavam.

– O que você faz? – perguntou-lhe Magda, de repente.

– Eu? – perguntou, desconcertado, Gian Maria.

– Sim, é claro que você. Eu já sei o que a gente faz.

– Vocês são arqueólogas, não é verdade? – perguntou, timidamente.

– Não, ainda não – respondeu Marisa, uma jovem desgrenhada de cabelos castanhos.

– Estamos no último período – foi mais exata Lola. – Vamos nos formar este ano. Mas viemos porque esta é uma oportunidade única e vai ser legal para o nosso currículo... Escavar sob a direção de Yves Picot e ao lado de Fabián Tudela e Marta Gómez será o máximo.

– Espero que nos aprovem logo – disse, rindo, Magda –, porque a Gómez é osso duro de roer. Ela me suspendeu no ano passado.

– E a mim aprovou por um fio depois de ter feito um exame cinematográfico – queixou-se Marisa –; para ela, nunca sabemos o bastante.

– Ela precisa encontrar um homem para relaxar – disse Lola, soltando outra gargalhada –; os homens daqui são muito charmosos.

– Não acho que a Gómez sinta falta de caras a seu redor. Veja como a observam os outros professores... – respondeu Marisa.

– E nossos colegas também – continuou provocando Magda. – Estão todos caídos por ela.

– Você é italiano? – perguntou Lola.

– Sim.

– Mas fala espanhol – ela insistiu.

– Um pouco, mas não o suficiente – disse Gian Maria, incomodado com as perguntas das três jovens.

– Bem, o que é que você faz? – voltou a perguntar Magda.

– Sou licenciado em línguas mortas – disse Gian Maria, rezando para que não insistissem.

– Mas a quem pode ocorrer pensar em estudar línguas mortas! Que complicado! Eu acho que é a pior coisa do mundo – exclamou Magda.

– Quer dizer... Você fala hebreu, aramaico... – quis saber Lola.

– E também acádio, hurrita... – acrescentou Gian Maria.

– Mas quantos anos você tem?

A pergunta de Marisa o desconcertou.

– Trinta e cinco – respondeu Gian Maria.

– O que é isso? Acreditávamos que tinha a nossa idade! – exclamou Marisa.

– Não lhe dávamos mais de 25 – afirmou Lola.

– E não está precisando de um trabalho? – perguntou Magda.

– Eu?

– Sim, você – insistiu Magda. – Posso falar com Yves; estamos com poucas pessoas.

– E o que eu poderia fazer com vocês?

– Estamos indo escavar em Safran, perto de Tell Mughayir, a antiga Ur – explicou Magda – e, por causa da situação, não encontramos muita gente que quisesse participar de nossa missão.

– Na verdade, é uma missão muito controvertida, porque varios arqueólogos e professores pensam que não deveríamos vir agora para o Iraque. Estão achando que é um tipo de frivolidade – disse Lola.

– E de certa maneira eles têm razão, porque daqui a alguns meses Bush bombardeará o Iraque, milhares de pessoas morrerão e nós teremos passsado os meses anteriores ao ataque procurando tábuas como se isso fosse uma coisa muito normal. E não é – definiu Marisa.

– Estou vindo para colaborar com uma ONG – desculpou-se Gian Maria. – Ela trabalha nos bairros mais miseráveis distribuindo alimentos e remédios...

– Bem, mas isso não elimina a possibilidade de você vir com a gente se quiser nos dar uma ajuda. Eu vou falar com Picot; além do mais, a expedição está pagando maravilhosamente e se você estiver precisando de dinheiro... – sugeriu, de novo, Marta.

Quando desceram do carro na porta do hotel Palestina, o humor de Picot ainda não havia melhorado muito. Precisava de um café bem forte e por isso disse a Albert Anglade, seu assessor administrativo, que se entendesse com o recepcionista do hotel.

– Professor! Professor! – gritou Magda.

Yves pensou que a coisa que menos lhe apetecia era ouvir as histórias da jovem, por mais que ela o tivesse ajudado a convencer vários alunos da Complutense a acompanhar a missão.

– Diga...

– Professor, o Gian Maria é especializado em línguas mortas... Talvez ele possa nos ser útil – disse Magda.

– E quem é Gian Maria? – perguntou o mal-humorado Picot.

– É aquele sujeito que você enfiou em nosso carro e que estava no mesmo avião da gente.

– Ah! É verdade que você é muito eficiente, mas não para recomendar pessoas – disse, mal-humorado, Picot.

– Bem, até entendo que você não quisesse trazer o pedagogo bósnio, mas Gian Maria é um especialista em línguas mortas... Ele domina o acádio – insistiu Magda.

– Bem, pergunte a ele onde estará em Bagdá e, se precisarmos, entraremos em contato – aquiesceu Picot.

– Mas é claro que precisaremos. Você sabe qual é a quantidade de tábuas que seremos obrigados a decifrar? – insistiu Magda.

– Senhorita, eu lhe asseguro que esta não é a primeira vez que participo de uma missão arqueológica. Já lhe disse para perguntar a esse jovem a respeito de sua disponibilidade e... Bem, é melhor mandá-lo conversar comigo no bar. Falarei com ele.

– Fantástico!

Magda saiu correndo em direção ao saguão do hotel, temendo que Gian Maria já tivesse desaparecido. Gostava do rapaz e não sabia por quê; talvez pelo seu aspecto desvalido...

– Gian Maria! – gritou quando o viu.

– Sim – respondeu o sacerdote, ficando vermelho só de pensar que todos estavam olhando para ele.

– O chefe quer falar com você. Está esperando no bar. Eu, se fosse você, não pensaria duas vezes. Ande, venha com a gente!

– Mas, Magda, eu tenho um compromisso. Vim para ajudar. As pessoas daqui estão vivendo muito mal – protestou ele, desculpando-se.

– Mas, com certeza, em Safran também estão passando muito mal, e assim, nos momentos livres, você poderá se dedicar a ajudar as pessoas da aldeia.

Gian Maria surpreendia-se com a vitalidade sem limites que Magda parecia ter. A moça estava cheia de boas intenções, mas era como um terremoto que arrasava tudo o que encontrava pela frente.

Encontrou Picot tomando uma xícara de café.

– Muito obrigado por ter me trazido a Bagdá – cumprimentou-o.

– De nada. Magda me disse que você é especializado em línguas mortas.

– Sim.

– E onde estudou?

– Em Roma.

– E por quê?

– Por quê?

– Sim, por quê?

– Pois, porque... Porque é disso que eu gosto.

– Você se interessa por arqueologia?

– Certamente...

– Quer unir-se a nosso grupo? Não temos muitos especialistas. Você conhece bem o acádio?

– Sim.

– Então venha.

– Não, não posso. Já lhe disse que estou aqui para ajudar uma ONG.

– Você decide. Se mudar de opinião, poderá nos encontrar em Safran. É uma aldeia perdida entre Tell Mughayir e Basora.

– Magda já me disse.

– Não é fácil movimentar-se dentro do Iraque. Por isso, vou lhe dar um telefone de contato. Pertence ao diretor do departamento de Escavações Arqueológicas, Ahmed Huseini; se você resolver vir a nosso encontro, ele tomará as devidas providências. – Gian Maria ficou calado. Ficou estampado em seus olhos o impacto que havia sofrido ao ouvir o nome de Ahmed Huseini. Quando conseguiu entrar na sede do congresso de arqueologia de Roma para pedir informações sobre Tannenberg, explicaram-lhe que o único sobrenome Tannenberg era o de uma mulher, Clara Tannenberg, que estava participando do congresso junto com o marido, Ahmed Huseini.

– O que houve? Você conhece Ahmed? – perguntou, com curiosidade, Picot.

– Não, não sei quem é. Veja, estou um pouco cansado e seu convite me deixou confuso, eu... Eu vim ajudar os iraquianos e...

– Você decide. Eu lhe ofereço trabalho, pagamos bem... Agora, se me permite, vou ver como estão as coisas antes de sair para encontrar, exatamente, o Huseini.

Deixou-o ali, no meio do bar, inteiramente confuso. Magda apareceu alguns segundos depois, procurando-o com os olhos.

– Você resolveu?

– Ainda não sei...

– Problemas de consciência?

– Suponho que sim.

– Pois saiba que eu também os tenho; aquilo que a Marisa disse é verdade; todos nós temos problemas de consciência criados por essa situação, mas trata-se da realidade! Não existem situações ideais.

– Esta é a pior possível – sentenciou Gian Maria.

– Sim, é verdade. Dentro de alguns meses, morrerão milhares de iraquianos... E nós, enquanto isso, estaremos procurando cidades enterradas na areia, sabendo que cinco minutos antes de começarem a bombardear poderemos ir embora. Se pensarmos muito, sairemos correndo, e por isso...

– Por isso você resolveu não pensar.

– Não vou insistir com você, Gian Maria. Se quiser, já sabe onde poderá nos encontrar.

Encaminhou-se para a saída do hotel com passos inseguros. O que estava acontecendo era pouco menos do que um milagre. Acabara de encontrar uma agulha em um palheiro. Picot conhecia o marido de Clara Tannenberg e ele havia viajado somente para encontrá-la. Se o marido estava em Bagdá, não seria difícil encontrar a mulher.

Precisava colocar seus pensamentos em ordem antes de seguir adiante.

Não podia demonstrar que estava ansioso para ser apresentado ao tal Ahmed Huseini. Decidiu que esperaria dois ou três dias para tentar entrar em contato com ele. Além do mais, precisava pensar no que lhe diria e como o faria. Seu objetivo era chegar a Clara Tannenberg; a questão era convencer o marido a levá-lo até ela.

Na rua, chamou um táxi e mostrou ao motorista um endereço escrito em um pedaço de papel. O homem sorriu e perguntou-lhe em inglês de onde era.

– Sou italiano – respondeu Gian Maria, sem saber se isso seria bom ou ruim, posto que Silvio Berlusconi, o chefe de governo da Itália, apoiava Bush.

Mas o taxista pareceu não se importar com sua origem e continuou a conversa carregada de perguntas.

– Estamos vivendo muito mal. Há muita fome. Antes não era assim.

Gian Maria concordava sem falar, temendo dizer alguma coisa que pudesse provocar a ira do taxista.

– Você está indo ao escritório da Ação de Ajuda à Infância?

– Sim, estou vindo para prestar auxílio.

– São boas pessoas. Ajudam nossas crianças. As crianças iraquianas não riem. Choram de fome. Muitas morrem por falta de medicamentos.

Por fim, chegaram ao endereço onde ficavam os escritórios locais da ONG à qual havia se apresentado como voluntário.

Pagou ao taxista e, com a mala preta na mão, entrou em uma recepção desarrumada, onde um cartaz em árabe e em inglês indicava que, no primeiro andar, funcionava a sede da Ação de Ajuda à Infância, uma ONG que se dedicava a dar atenção a crianças que viviam em países em conflito.

Um amigo tinha um parente que dirigia o escritório romano desta ONG e, diante de sua insistência, havia lhe dado uma ajuda para que permitissem que fosse a Bagdá. Normalmente, as ONGs preferem receber ajuda em dinheiro e não voluntários entusiastas; estes, às vezes, atrapalham mais do que ajudam; contar com o apoio do tio do amigo tinha sido uma bênção dos deuses.

Havia explicado que sua insistência em ir a Bagdá era fruto de uma necessidade íntima de fazer alguma coisa pelos mais desprovidos; afirmara que não podia ficar de braços cruzados contemplando a tragédia que desabava sobre os iraquianos.

Foi muito difícil convencer aos seus, mas eles viram que sua decisão era muito firme e, sobretudo, ficaram tão impressionados com o sofrimento interno que ensombrecia seu rosto que, finalmente, concordaram que partisse, embora sem muito entusiasmo. O diretor da Ação de Ajuda à Infância de Bagdá havia colocado todo tipo de empecilho antes de aceitar o que era inevitável: aquela pessoa recomendada se apresentaria no Iraque.

A porta estava aberta. Várias mulheres com crianças dependuradas nas barras de suas saias pareciam esperar, inquietas, que alguém lhes desse atenção.

Uma mulher jovem lhes dizia que tivessem paciência, que o doutor veria seus filhos, mas que precisariam esperar. Aproximou-se dela e esperou que respondesse a um telefonema. Quando desligou, ficou olhando-o da cabeça aos pés.

– E você, o que deseja? – perguntou-lhe em inglês.

– Veja, estou vindo d1e Roma e gostaria de falar com o Sr. Baretti. Meu nome é Gian Maria...

– Ah, é você! Estávamos esperando. Vou avisar o Luigi agora mesmo.

A jovem havia mudado com naturalidade do árabe para o italiano. Levantou-se e saiu por um corredor que tinha várias portas. Entrou na terceira e, alguns segundos depois, saiu fazendo sinais com a mão para que se aproximasse.

– Entre – disse a jovem, enquanto lhe estendia a mão. – Eu sou Alia.

Luigi Baretti devia ter cerca de cinqüenta anos. Estava ficando calvo, tinha vários quilos a mais e parecia enérgico e pouco dado a perder tempo.

– Você bateu muita lata para vir e, como nesta vida o importante é ter padrinhos, acabou conseguindo.

Gian Maria sentiu-se envergonhado. A recepção lhe pareceu humilhante e teria gostado de ser capaz de dizer uma frase lapidar, mas ficou calado.

– Sente-se – ordenou, sem convidá-lo, Baretti. – Suponho que você vai pensar que não sou muito educado, mas não tenho tempo para contemplações. Você sabe quantas crianças morreram esta semana diante da gente por falta de medicamentos? Pois vou lhe dizer: só aqui, morreram três. Não quero nem imaginar quantas terão falecido no resto de Bagdá. E você tem uma crise espiritual e decide que, para resolvê-la, tem de vir ao Iraque. Preciso de remédios, de comida, de médicos, de enfermeiras e de dinheiro. Não preciso de pessoas que querem lavar sua consciência ficando um pouquinho aqui contemplando a miséria de perto para logo depois voltar a sua vida confortável em Roma ou no lugar de onde você for.

– Já terminou? – perguntou Gian Maria, recuperado do primeiro sobressalto.

– O que você disse?

– Perguntei se já terminou de manifestar seu desagrado ou se vai continuar me insultando.

– Eu não o insultei!

– Ah, não? Estou comovido com sua recepção. Obrigado, você é um ser humano extraordinário.

Luigi Baretti ficou em silêncio. Não esperava um contra-ataque de um homem que era capaz de ficar vermelho.

– Sente-se e me diga o que pretende fazer.

– Não sou médico, não sou enfermeiro, não tenho dinheiro e, por isso, não posso fazer nada, conforme sua opinião.

– Estou esgotado – disse, como que pedindo desculpas, o delegado da Ação de Ajuda à Infância.

– Sim, posso perceber. Talvez tenha chegado a um tal ponto que precise ser substituído. Parece que já não está agüentando mais a pressão da situação.

Os olhos de Luigi Baretti refletiram uma imensa fúria. Aquele gordote estava questionando sua capacidade de dirigir o escritório, e aquele lugar era sua vida. Estava havia sete anos em Bagdá e antes estivera em outros destinos igualmente conflituosos. Resolveu ser mais cauteloso, já que aquele jovem parecia ter atrás dele gente importante que o avalizava. A prova era que estava ali, e talvez para tomar seu lugar.

Gian Maria estava surpreso com ele mesmo. Nem sabia de onde havia tirado forças para dizer aquelas coisas a Baretti.

– É claro que você pode nos ajudar – disse o delegado da Ação de Ajuda à Infância. – Você sabe dirigir? Precisamos de alguém que saiba dirigir e possa levar as crianças necessitadas ao hospital mais próximo, ou transportá-las para suas casas, ou ir ao aeroporto buscar os pacotes que nos mandam de Roma e de outros lugares. É claro que precisamos de mãos.

– Procurarei ser útil – afirmou Gian Maria.

– Você tem onde ficar?

– Não, estava pensando em lhe perguntar se você conhece algum lugar que não seja muito caro.

– A melhor coisa a fazer é alugar um quarto na casa de alguma família iraquiana. Custará pouco e a eles cairá bem o dinheiro. Vamos perguntar a Alia. Quando você quer começar a trabalhar?

– Amanhã?

– Por mim, tudo bem. Aproveite o dia de hoje para se instalar e peça a Alia que lhe explique como a gente funciona.

– Você se importaria que eu ligasse para Roma, para dizer que já cheguei e estou bem?

– Não, absolutamente. Use meu telefone enquanto vou falar com Alia.

Gian Maria voltou a se perguntar por que estava assumindo compromissos que não poderia cumprir. Havia ido ao Iraque para procurar aquela mulher, a tal Clara Tannenberg e, em vez de fazê-lo, desviava-se de seu objetivo.

"Mas o que estou fazendo? Por que não me controlo? Quem está guiando ou desviando meus passos?"

Percebia que havia mudado em pouco mais de 24 horas. Enfrentar o mundo exterior estava lhe causando um choque. Porém o que mais o inquietava era o fato de ter perdido o controle sobre si mesmo.

Alia lhe disse que um dos médicos iraquianos que colaboravam com a Ação de Ajuda à Infância tinha um quarto desocupado em sua casa e poderia alugá-lo. Ela iria com ele até o hospital para apresentá-lo ao médico e, aproveitando a oportunidade, levariam uma caixa com antibióticos e bandagens que havia chegado naquela manhã, enviada pela ONG da Holanda.

Gian Maria acomodou-se ao lado de Alia em um velho Renault. A moça dirigia em alta velocidade, driblando os obstáculos do trânsito caótico de Bagdá.

Não demoraram mais de cinco minutos para chegar; o hospital ficava ali perto. Com passos decididos, Alia o levou pelos corredores, onde o choro misturava-se ao cheiro de plasma e às queixas dos enfermos.

Viam médicos e enfermeiras passarem com rostos preocupados queixandose da falta de recursos. Viam seus pacientes morrerem porque careciam de medicamentos.

Chegaram ao andar da pediatria e ali perguntaram pelo Dr. Faisal al-Bitar. Uma enfermeira apontou-lhes, com gestos cansados, a porta da sala de cirurgia. Esperaram durante um bom tempo até que o médico apareceu. A raiva estava estampada em seu rosto.

– Outra criança que não pude salvar – disse, com amargura, sem dirigir-se a ninguém em especial.

– Faisal – chamou-o Alia.

– Ah! Você está aqui? Enviaram antibióticos?

– Sim. Trago esta caixa.

– Só isto?

– Só isso? Você está cansado de saber o que acontece na aduana...

O médico cravou seus olhos negros atormentados em Gian Maria, esperando que Alia os apresentasse.

– Este é Gian Maria. Acaba de chegar de Roma. Vem dar uma ajuda.

– Você é médico?

– Não.

– O que você faz?

– Vim para ajudar. Poderei ser útil em alguma coisa...

– Ele está precisando de um quarto – interveio Alia – e, como você me disse que tinha um livre, pensei que talvez pudesse alugá-lo.

Faisal olhou para Gian Maria e, esboçando um sorriso que mais parecia uma careta amarga, estendeu-lhe a mão.

– Se você esperar um pouco, até que eu termine, e me acompanhar até minha casa, poderei lhe mostrar o quarto. Não é muito grande, mas talvez lhe sirva. Vivo com minha esposa e três filhos. Duas meninas e um menino. Minha mãe vivia com a gente, mas morreu há alguns meses e por isso tenho um quarto livre.

– Estou certo de que acharei ótimo – afirmou Gian Maria.

– Minha esposa é professora – explicou Faisal – e uma grande cozinheira. Se é que você gosta de nossa comida.

– Sim, claro que sim – foi a resposta agradecida de Gian Maria.

– Se você vai trabalhar com a Ação de Ajuda à Infância, é bom que conheça este hospital. Alia o mostrará.

A jovem o guiou por corredores e enfermarias, detendo-se para cumprimentar alguns médicos e enfermeiras que encontraram ao longo do caminho. Todos pareciam desesperados com a falta de equipamentos e remédios para enfrentar o sofrimento de seus pacientes.

Uma hora depois, despedia-se de Alia na porta do hospital para ir com Faisal até sua casa.

O carro de Faisal, outro modelo obsoleto de Renault, reluzia por dentro e por fora.

– Vivo em al-Ganir; perto lá de casa há uma igreja, se é que você quer ir rezar. Muitos italianos vêm visitar esta igreja.

– É uma igreja católica?

– Uma igreja católica caldeada; é mais ou menos a mesma coisa, não é verdade?

– Sim, sim, claro.

– Minha mulher é católica.

– Sua esposa?

– Sim, minha esposa. No Iraque, há uma importante comunidade cristã que sempre viveu em paz. Agora não sei o que acontecerá.

– Você também é cristão?

– Sim, oficialmente sim, mas não exerço.

– Como não exerce?

– Não vou à igreja, nem rezo. Perdi há muito tempo a pista de Deus; foi, com certeza, num daqueles dias em que não pude salvar a vida de um pequeno inocente e o vi morrer afligido por dores imensas sem entender por que tinha de ser assim. E não me fale da vontade de Deus, nem que Ele nos apresenta provações e devemos aceitar Sua vontade. Aquela criança tinha leucemia e lutou durante anos por sua vida com uma força de espírito admirável. Tinha sete anos. Não havia feito mal a ninguém. Deus não tinha motivos para submetê-la a nenhuma provação. Se Deus existe, Sua crueldade é infinita.

Gian Maria não pôde evitar se benzer e olhar Faisal com pena, mas sua pena não podia ser comparada à dor e à ira do médico.

– Você culpa Deus pelo que acontece com os homens.

– Eu culpo Deus pelo que acontece com as crianças, com seres inocentes e indefesos. Nós, os adultos, temos responsabilidade em relação àquilo que somos, que fizemos, que fazemos, mas um recém-nascido? Uma criança de três anos, ou de dez, ou de 12? O que essas criaturas fizeram para ter de morrer sofrendo dores imensas? E não me fale do pecado original, porque não admito que me digam besteiras estúpidas. Maldito seja este Deus que lança uma culpa não cometida sobre milhões de inocentes.

– Você virou ateu? – perguntou Gian Maria, temendo a resposta.

– Se Deus existe, ele não está aqui – sentenciou Faisal.

Ficaram em silêncio até chegar à casa de Faisal, situada no último andar de um edifício de três pavimentos.

Quando o médico estava abrindo a porta, ouviram-se os gritos de uma briga de crianças.

– O que está acontecendo? – perguntou Faisal a duas meninas tão iguais como duas gotas de água que exibiam suas jubas no meio de uma sala espaçosa.

– Foi ela que pegou minha boneca – disse uma das meninas, apontando a outra.

– Não é verdade – respondeu a acusada –; esta boneca é a minha, o que acontece é que ela não consegue saber qual é qual.

– Vamos acabar com essa história de vocês terem bonecas iguais – sentenciou Faisal, enquanto as levantava do chão para dar-lhes um beijo.

As pequenas beijaram seu pai sem prestar atenção em Gian Maria.

– Estas são as gêmeas – disse Faisal. – Apresento-o a Raina e a Leila. Elas têm cinco anos e um caráter endiabrado.

Uma mulher morena, com o cabelo recolhido em um coque e vestida em um *tailleur* entrou na sala com um menino nos braços.

– Nur, apresento-a a Gian Maria. Gian Maria, Nur é minha esposa e este é Hadi, o caçula da família. Tem um ano e meio.

Nur colocou o menino no chão e apertou a mão de Gian Maria, oferecendo-lhe um sorriso.

– Bem-vindo à nossa casa. Faisal me ligou para me dizer que você estava vindo instalar-se com a gente se gostasse do quarto.

– É claro que eu gosto! – foi a resposta espontânea de Gian Maria.

– Você vai morar aqui? – perguntou uma das gêmeas.

– Sim, Rania, se ele quiser, sim – respondeu a mãe sorrindo por causa da cara de pasmo de Gian Maria, que se perguntava como ela podia distingui-las mesmo sendo tão iguais.

Faisal e Nur acompanharam Gian Maria até o quarto. Havia uma janela que dava para a rua; o aposento não era muito grande, mas parecia ser confortável; uma cama com cabeceira de madeira clara, uma mesinha, uma mesa redonda, um par de cadeiras em um canto e um armário compunham o mobiliário.

– Acho muito bom – afirmou Gian Maria –, mas vocês ainda não me disseram quanto me custará...

– O que você acha de trezentos dólares por mês?

– Claro que sim.

– A comida está incluída... – pareceu se desculpar Nur.

– Acho ótimo, de verdade. Muito obrigado.

– Você gosta de crianças? Tem filhos? – quis saber Nur.

– Não, não tenho filhos, mas gosto muito de crianças. Tenho três sobrinhos.

– Bem, você ainda é muito jovem. Vai tê-los, daqui a pouco – afirmou Nur. – Agora, se quiser se instalar...

Gian Maria assentiu. Dois minutos depois, estava colocando sua exígua bagagem no armário, onde encontrou uma pilha de toalhas e lençóis.

– Temos apenas um banheiro e um pequeno toalete com um chuveiro. Se você quiser usar o toalete, terá mais independência; com três crianças, às vezes fica difícil ter acesso ao banheiro – explicou-lhe Nur.

– Por mim, tudo bem. Eu lhe agradeço. Gostaria de pagar-lhes imediatamente.

– Já? Mas você acabou de chegar! Espere para ver se vai se sentir à vontade com a gente... – protestou Nur.

– Não, prefiro lhes pagar o mês adiantadamente.

– Se você insiste...

– Sim, de verdade.

Enquanto isso, Faisal havia começado a trabalhar em um pequeno escritório que ficava ao lado da sala. Na verdade, era parte desta, mas, colocando uma estante transversalmente, eles haviam criado um ambiente com certa independência.

O apartamento era amplo. Além do salão, contava com uma cozinha e mais dois quartos, além do que acabara de alugar.

– Vou lhe dar as chaves da casa para que tenha liberdade de entrar e sair, embora tenha de lhe pedir que leve em conta que esta é uma casa com crianças e...

– Pelo amor de Deus, você não precisa me dizer nada! Procurarei incomodá-los o menos possível. Sei o que é viver em família.

– Você saberá vir do trabalho até aqui? – quis saber Faisal.

– Logo ficarei sabendo. Terei de aprender.

– É claro que sim. Você conhece alguma coisa do árabe?

– Um pouco. Posso me defender.

– Melhor assim. De qualquer modo, se precisar de alguma ajuda para qualquer coisa, não hesite em me dizer.

– Obrigado.

Faisal baixou os olhos sobre os papéis que estava lendo e Gian Maria entendeu que, para se integrar à vida familiar, não deveria intrometer-se em sua rotina, e por isso resolveu sair à rua. Queria familiarizar-se com o bairro e pensar. Precisava pensar e o faria melhor passeando do que trancado no quarto.

– Vou dar uma volta. Vocês precisam que eu traga alguma coisa? – perguntou a Nur.

– Não, muito obrigada. Você vai jantar com a gente?

– Se não for um incômodo...

– Não, não será. A gente janta cedo. Às oito.

– Aqui estarei.

Perambulou pelo bairro. Surpreendeu alguns olhares curiosos, mas nenhuma animosidade. As mulheres vestiam-se como no Ocidente, e muitas garotas usavam calças rancheiras e camisetas com propaganda de grupos de *rock*.

Deteve-se diante de uma barraca onde um homem velho tinha expostas algumas verduras e um cesto de laranjas. Resolveu comprar algumas coisas para levar à casa de Nur e Faisal. Escolheu alguns pimentões, tomates, cebolas, três abobrinhas e laranjas, que o homem lhe assegurou serem de sua pequena horta. Perguntou-lhe se sabia onde ficava a igreja e ele indicou como poderia chegar. Só tinha de caminhar dois quarteirões e dobrar à direita.

Gian Maria hesitou, mas, finalmente, resolveu aproximar-se da igreja; as duas bolsas que carregava não estavam muito pesadas.

Quando entrou, sentiu uma onda de paz interior. Um grupo de mulheres estava rezando e seus murmúrios quebravam o silêncio. Procurou um canto e ajoelhou-se. Com os olhos fechados, tentou encontrar dentro de si as palavras para dirigir-se a Deus, pedindo-lhe que guiasse seus passos como havia feito até aquele momento. Em tudo quanto ia lhe acontecendo via a ajuda de Deus: o grupo de arqueólogos no aeroporto de Amã, sua capacidade de vencer a timidez e dirigir-se ao novo chefe, o professor Picot, e que este tivesse concordado em levá-lo até Bagdá e que, casualmente, tivesse mencionado Ahmed Huseini, e que este estivesse em Bagdá e, portanto, agora soubesse como chegar até Clara Tannenberg.

Não, nada disso era casualidade. Era Deus quem havia resolvido guiar seus passos, protegendo-o e o ajudando a cumprir sua missão.

Deus estava sempre ali, só era necessário estar disposto a senti-lo, mesmo no meio da tragédia. Se pudesse convencer Faisal... Rezou pelo médico, um homem bom que a dor alheia levara a afastar-se de Deus.

Passavam das sete quando saiu da igreja e por isso apressou o passo. Não queria se atrasar e causar má impressão a Nur e a Faisal.

Quando chegou, ouviu através da porta as risadas das gêmeas e o choro do pequeno Hadi.

– Olá! – disse, ao entrar, dirigindo-se a Faisal, que continuava trabalhando sem dar importância ao barulho que seus filhos faziam.

– Ah! Já voltou! – foi a resposta do médico.

– Sim, trouxe algumas coisas...

– Obrigada, mas você não devia ter se incomodado.

– Não, não foi um incômodo. Achei que as laranjas estavam com um bom aspecto.

– Nur está na cozinha...

– Bem, lhe levarei os pacotes.

Nur tentava fazer com que o pequeno Hadi comesse uma papa espessa, mas o menino se negava, agitando os braços e fechando a boca cada vez que sua mãe aproximava a colher.

– Não há jeito de fazê-lo comer – queixou-se a mãe.

– O que você está lhe dando?

– Purê de verduras com ovo.

– Ah, não me surpreende! Quando era pequeno eu também odiava as verduras.

– Aqui não há muita coisa para comer. Nós ainda somos privilegiados porque temos algum dinheiro para comprar. Embora, se quiser saber a verdade, é ótimo para a gente que você tenha alugado o quarto. Faz meses que não recebo meu salário inteiro e a mesma coisa acontece com Faisal. O que você traz nessas bolsas?

– Alguns pimentões, abobrinhas, tomates, cebolas, laranjas. Não havia muito mais o que comprar.

– Mas você não tinha de ter trazido nada!

– Se vou viver aqui, gostarei de contribuir na medida das minhas possibilidades.

– Obrigada, alimentos são sempre bem-vindos. Começam a escassear.

– Eu já percebi. Também estive na igreja.

– Você é crente?

– Sim, e lhe asseguro que, ao longo de minha vida, não deixei nunca de perceber a presença de Deus.

– Pois você tem sorte. Faz muito tempo que nós perdemos Sua pista.

– Você também perdeu a fé?

– É difícil mantê-la. Mas, para ser sincera, sim. Creio que é pouca a fé que me resta. E isso porque não vejo o que vê meu marido, diariamente, no hospital. Mas quando ele me conta que um menino morreu por causa de uma infecção que poderia ter sido curada se tivessem antibióticos, então eu também me pergunto onde Deus está.

Nur levantou-se com um gesto de cansaço, depois de desistir de continuar tentando que Hadi terminasse de comer a papinha. Com o menino nos braços, encaminhou-se para a sala.

– Rania, Leila, venham aqui e tomem conta de seu irmão, enquanto eu ponho a mesa do jantar.

– Não – respondeu uma das gêmeas.

– Como não? – respondeu Nur, irritada.

– Eu estou brincando – insistiu a menina.

Sua mãe não respondeu. Colocou o menino sobre o tapete com seus brinquedos e voltou à cozinha.

Gian Maria foi atrás dela. Não sabia muito bem o que fazer.

– Posso ajudar?

– Sim, claro, ponha a mesa. Naquele aparador, você encontrará a toalha, os copos e os pratos. Os talheres ficam na outra gaveta.

Após o jantar, Faisal e Gian Maria ajudaram Nur a tirar a mesa enquanto ela enfiava os pratos na pia. Depois, Faisal deitou suas filhas e Nur acabou de colocar Hadi para dormir, que protestava no berço.

Gian Maria desejou-lhes uma boa-noite, consciente de que depois de todo um dia de trabalho aquele devia ser o momento que o casal aproveitaria para conversar com certa tranqüilidade.

Além do mais, ainda precisava encontrar um modo de se aproximar de Ahmed Huseini. Yves Picot poderia lhe abrir essa porta, mas não estava certo de que fosse adequado chegar a Ahmed por intermédio do arqueólogo.

Estava esgotado. O dia havia sido intenso; não fazia 24 horas desde que chegara a Bagdá e lhe parecia que haviam transcorrido meses. Caiu no sono sem se dar um tempo para rezar.

20

Robert Brown discutia com Paul Dukais. Estavam sozinhos no escritório daquele.

– Mas como você pode estar com um único homem? – gritou Brown.

– Eu já lhe expliquei. Picot rejeitou o bósnio, mas aceitou o croata. Portanto, neste momento, temos um homem nosso na expedição, mas se você parar de gritar entenderá o que estou lhe dizendo.

– Um único homem para enfrentar Alfred! Você deve estar louco.

– Não tenho a menor intenção de enfrentar Alfred com um único homem, embora talvez seja essa a alternativa mais inteligente. Um homem só não chama a atenção; usar vários homens equivale a publicar um anúncio em um jornal.

– O croata sabe o que deve fazer? – perguntou Brown, baixando a voz.

– Sim. Recebeu instruções precisas. Em primeiro lugar, deve fazer um acompanhamento detalhado de Clara. Precisa conhecer a rotina da equipe e, quando tiver uma idéia precisa, me propor um plano de ação. Mas, se você me ouvir, lhe direi que acho que posso enviar mais dois homens disfarçados de homens de negócios dispostos a romper o bloqueio. São sujeitos espertos e competentes.

– Ah, sim? E o que dois homens de negócios vão fazer em uma aldeia perdida no sul do Iraque?

– Robert, não me trate como se eu fosse um tolo. Estou há muitos anos nesse negócio e lhe garanto que sou capaz de dar disfarces adequados a meus homens. Por isso, vou poupá-lo de saber dos detalhes.

– Não, não me poupe. Vão me fazer perguntas e eu quero saber o que devo responder.

– Certo. Eu vou lhe explicar. Mas, na minha opinião, o croata dará conta do recado; os outros só deverão intervir se for necessário.

– Será necessário.

– Não, não será. O croata é um assassino que desfruta de seu trabalho. Matou mais gente do que pode se lembrar. Não é apenas um atirador extraordinário, também maneja o punhal com precisão cirúrgica. Isso é tudo de que precisará para que Clara lhe entregue as tábuas, se é que as encontrarão.

– E como sairá de lá? Assoviando?

– Sairá, e pode ser que o faça assoviando.

Discutiram mais um pouco. Dukais não conseguiu tranqüilizar Brown, mas, na realidade, sabia que ele não ficaria tranqüilo até o dia em que entrasse em seu escritório e lhe entregasse as malditas tábuas.

Quando Robert ficou sozinho, ligou para seu mentor. Este o convidou para jantar naquela noite. Em sua casa, falariam tranqüilamente e sem testemunhas.

***

Enrique Gómez esperava por seu filho José. George havia ligado para ele de Washington havia poucos minutos. A operação estava em andamento. Tinham um homem grudado em Clara Tannenberg, um sujeito que estava disposto a fazer o que fosse necessário.

Havia voltado a insistir com George para que não fizessem nenhum mal a Alfred, embora soubesse que se roçassem mesmo de leve a pele da neta ele sentiria dores maiores do que se o estivessem matando. Mas, diante das circunstâncias, precisava ser pragmático e tentar salvar o que fosse possível, e ele apostava em Alfred. Estavam unidos para todo o sempre, por mais que George estivesse aborrecido. Mas também sabia que o homem que haviam colocado ao lado de Clara teria de tomar decisões repentinas, no ato, e não correria nenhum risco só para evitar a morte da moça. Suas instruções eram claras: apoderar-se da *Bíblia de Barro* por bem ou por mal e sair imediatamente do Iraque usando o contato que lhe haviam dado. É isso o que faria o tal do croata, cujo histórico atestava o que seria capaz de fazer.

José entrou no escritório do pai e aproximou-se para beijá-lo.

– Como você está?

– Bem, filho, bem. E você?

– Cansado do trabalho! Não parei durante todo o dia.

– Mas está tudo indo bem, ou não?

– Sim, mas não conseguimos concluir a fusão daquelas duas empresas. Quando parece que estão prestes a chegar a um acordo, um dos advogados de algum dos lados apresenta algum empecilho.

– Bem, mas você já está acostumado. Acabarão assinando.

– Sim, é o que eu suponho. Voltarão a nos chamar em junho, para que arbitremos a operação, e não há jeito de fazer com que cheguem a um acordo.

– Não se desespere.

A conversa foi interrompida pelo toque do telefone, que Enrique atendeu com rapidez.

– Falando.

– Enrique? É Frankie...

– Como vai você? Acabo de falar com George.

– Ele lhe disse que temos um homem na expedição? Um croata...

– Sim, estou sabendo.

– Alfred acaba de me ligar. Está nervoso. Fez ameaças.

– Quais foram?

– Não deu detalhes. Disse, simplesmente, que se precisar morrer matando, o fará. Conhece a gente e sabe que tentaremos tomar-lhe a *Bíblia de Barro*.

– Caso consigam encontrá-la...

– Ele é uma parte de nós e por isso não precisa esforçar-se muito para imaginar como agiremos em uma situação como esta. Disse que tem certeza de que infiltraremos nossos homens, que os descobrirá e os matará. E também quer que saibamos que se não permitirmos que Clara fique com as tábuas, tornará públicos todos os segredos do negócio. Disse que pessoas de sua confiança foram instruídas a determinar que seu corpo seja autopsiado no caso de vir a morrer nos próximos meses, para que se saiba se morreu de morte natural ou induzida. E que, se o pressionarmos, será divulgado um documento que está em poder de alguém que nem podemos imaginar quem seja. Aparentemente, este documento revela tudo.

– Está louco!

– Não, simplesmente está se defendendo antecipadamente.

– E o que ele sugere?

– Nada diferente do que já havia sugerido: que deixemos a *Bíblia de Barro* para Clara, e ele concluirá com êxito a operação que está em andamento.

– Mas não confia que cumpriremos esse compromisso...

– Não, não confia.

– Quer ficar com o que não é dele. George tem razão.

– Eu acho que estamos prestes a nos suicidar.

– O que você está dizendo?

– Que tenho um nó no estômago e a sensação de que não podemos evitar a queda no abismo.

– Não seja irracional.

– Pode ter certeza de que não sou. Falarei com ele.

– Não é um pouco arriscado ligar para ele da Espanha?

– Suponho que sim, mas se não há outro remédio... Ligarei. Tenho de fazer uma viagem de negócios; verei o que posso fazer de onde estiver.

– Ligue para mim.

Desligou o telefone e apertou os punhos. Seu filho observava tudo em silêncio. Preocupava-o a angústia e a ira que, em partes iguais, estavam estampadas no rosto do pai.

– Pai, o que está acontecendo?

– Nada que lhe diga respeito.

– Que resposta!

– Sinto muito ser grosseiro, mas não gosto que me pergunte sobre meus assuntos. Isso não é uma novidade para você.

– Não, não é. Desde que faço uso da razão sei que não devo fazer perguntas nem, muito menos, me intrometer em seus assuntos. Não sei que assuntos são esses, mas sei que há temas que são uma arena fechada que você não nos permite olhar.

– Exatamente; tem sido assim e assim será. E agora eu gostaria que você me deixasse só, preciso fazer algumas ligações.

– Você disse que vai viajar. Para onde?

– Vou ficar fora alguns dias.

– Sim, mas onde e fazendo o quê?

Enrique levantou-se e deu um soco na mesa. Era um ancião que beirava os noventa anos, mas era tamanha a ira estampada em seu rosto que José recuou.

– Não se meta em meus assuntos e não me trate como seu eu fosse um velho! Ainda não estou gagá! Saia! Deixe-me!

José deu meia-volta e saiu do escritório do pai cheio de tristeza. Era difícil reconhecer seu pai naquela pessoa colérica que parecia disposta a surrá-lo caso chegasse muito perto.

Enrique voltou a sentar. Abriu uma gaveta e procurou um frasco, do qual tirou duas pílulas. Sentia que sua cabeça estava a ponto de explodir. O médico havia lhe avisado mais de uma vez que devia evitar dissabores. Anos antes havia sofrido um infarto sem que tivessem ficado seqüelas, mas não tinha a idade de então.

Maldisse a Alfred e maldisse a si próprio por interceder, por pedir a George por ele. Por que Alfred não podia desempenhar seu papel, como faziam os outros? Por que tinha de abandonar o roteiro?

Apertou uma campainha que ficava sob o tampo da mesa e alguns segundos depois ouviu umas batidas suaves na porta.

– Entre!

Uma criada vestida de preto com um avental muito branco e uma touca na cabeça esperou no umbral pelas ordens de Enrique.

– Traga-me um copo de água fresca e diga à dona Rocío que quero vê-la.

– Sim, senhor.

Rocío entrou no escritório do marido com o copo de água na mão e quando olhou para ele ficou assustada. Viu o que havia visto em outras ocasiões: um ser estranho com um olhar gélido que exibia um caráter capaz de qualquer coisa.

– Enrique, o que está acontecendo? Você está passando mal?

– Entre, precisamos conversar.

A mulher assentiu, colocou o copo sobre a mesa do escritório e sentou-se em uma poltrona que ficava do outro lado. Sabia que não devia dizer palavra antes dele. Puxou a saia cobrindo ainda mais os joelhos, como se dessa maneira estivesse se protegendo da tormenta que, como sabia, poderia explodir entre as penumbras do escritório.

– Nesta gaveta daqui – e apontou para a primeira gaveta da mesa – eu guardo uma chave, que é a da caixa-forte do banco. Nunca guardei papéis comprometedores, mas sim alguns que se referem a meus negócios. No dia em que eu morrer, quero que você vá ao banco e os destrua. José não deve vê-los nunca. E também não quero que você lhe fale do passado.

– Eu nunca o faria!

Olhou fixamente a mulher tentando esquadrinhar com os olhos os lugares mais recônditos de sua alma.

– Não sei, Rocío, não sei. Até agora você não o fez, mas eu estava aqui para impedi-la. No dia em que não estiver...

– Nunca lhe dei motivo de queixa nem de desconfiança...

– Você tem razão. Mas, agora, me jure que cumprirá o que eu lhe digo. Não estou lhe pedindo por mim, peço-lhe por José. Deixe que continue assim. Tenha em conta que se esses papéis saírem... Meus amigos ficariam sabendo, e cedo ou tarde alguma coisa aconteceria.

– E o que eles nos fariam? – perguntou a mulher, assustada.

– Você nem pode imaginar. Temos regras, códigos, e somos obrigados a cumpri-los.

– Por que você mesmo não destrói esses papéis? Por que você não faz desaparecer essas coisas que não devemos encontrar?

– Você fará o que eu lhe disse. Há coisas das quais não posso me livrar enquanto estiver vivo, mas que não dirão respeito a ninguém quando eu morrer.

Enrique colocou uma Bíblia em cima da mesa e cominou a mulher a colocar a mão sobre o livro.

Rocío estava aterrorizada. Sentia que na petição do marido estava também entranhada uma ameaça.

Jurou com a mão em cima da Bíblia que faria tudo o que Enrique lhe ordenara; depois ouviu as instruções do marido; e ele lhe revelou que, além dos papéis zelosamente guardados no banco, deveria destruir os que estavam na caixa-forte que escondia detrás de um quadro do escritório.

Depois, quando voltou a ficar sozinho, Enrique ligou para George.

– Sim.

– Sou eu.

– Alguma novidade?

– A de que você tem razão. Não podemos ser débeis com Alfred. Ele é capaz de destruir tudo.

– E de destruir a gente. Foi ele quem violou as normas. Eu também gosto dele, mas agora é o seguinte: ou ele ou todos nós.

– Nós.

– Fico contente.

***

Os helicópteros esperavam alinhados na base militar fortemente protegida pela Guarda Republicana. Ahmed Huseini explicava ao comandante da base a importância que o êxito da missão arqueológica de Safran tinha para o Iraque. O comandante ouvia-o, aborrecido. Recebera instruções precisas do coronel para que trasladasse aqueles estrangeiros e seu volumoso material a Safran e isso é o que faria sem necessidade de que lhe dessem uma lição sobre a antiga Mesopotâmia.

Yves Picot e seu assessor, Albert Anglade, ajudavam os soldados a colocar as caixas com o material no helicóptero, e a mesma coisa faziam o restante dos membros da expedição, incluídas as mulheres, que eram observadas entre risos e cochichos pelos soldados.

Picot havia sido taxativo à hora de recomendar-lhes que optassem por calças, botas e camisas largas, nada de *shorts* nem de camisetas apertadas. Mas, ainda assim, os soldados regozijavam-se de ter à vista aquele grupo de mulheres ocidentais com aspecto de não ter mais problemas do que o de chegar sãs e salvas em Safran.

Quando tudo estava embarcado e os membros da equipe haviam sido distribuídos nos dois helicópteros restantes, Yves Picot procurou Ahmed com os olhos.

– Lamento que não nos acompanhe – disse-lhe, despedindo-se.

– Eu já lhe disse ontem que irei a Safran. Não poderei ficar muito tempo, mas tentarei ir a cada duas semanas para dar uma olhada. De qualquer maneira, ficarei em Bagdá e o que acontecer poderei resolver melhor estando aqui, em meu escritório.

– Bem, espero não ser obrigado a incomodá-lo.

– Desejo-lhe êxito. Ah, e confie em Clara! É uma arqueóloga muito competente e tem um sexto sentido afiado para detectar o que é importante.

– É o que pretendo fazer.

– Boa sorte.

Apertaram-se as mãos e Yves subiu ao helicóptero. Alguns minutos depois, desapareciam na linha do horizonte. Ahmed suspirou. Havia perdido de novo as rédeas da própria vida, estava mais uma vez nas mãos de Alfred Tannenberg. O velho não havia lhe deixado lugar para dúvidas: ou participava do negócio ou o mataria. Melhor ainda, ameaçou-o, seria a polícia secreta de Saddam quem daria conta dele, por traição.

Ahmed sabia que Alfred não teria nenhum problema se quisesse fazê-lo desaparecer em alguma das prisões secretas de Saddam, nas quais ninguém sobrevivia.

Alfred havia lhe dito com desprezo que se a operação fosse bem-sucedida e, além disso, Clara encontrasse as tábuas, ele poderia ir para onde quisesse; não o ajudaria a fugir, mas também não o impediria.

Mas Ahmed tinha uma única certeza: a de que Tannenberg havia determinado que ele fosse seguido noite e dia. Ele não via os homens de Alfred – talvez fossem os do coronel –, mas eles sim, sabiam onde estava.

Voltou ao ministério. Tinha muito trabalho a fazer. Aquilo que Alfred havia pedido não era fácil de encontrar, mas se havia alguém que pudesse ter acesso àquela informação, essa pessoa era ele.

Clara sentiu uma pontada de emoção quanto ouviu o barulho dos helicópteros. Picot se surpreenderia ao chegar e comprovar que já estavam escavando.

Fabián e Marta aproximaram-se dela. Eles também se sentiam orgulhosos pelo trabalho realizado.

Quando Picot pisou na terra, Fabián aproximou-se dele e se abraçaram.

– Estava sentindo sua falta – disse Picot.

– Eu também – respondeu Fabián, rindo.

Marta e Clara reanimavam Albert Anglade, que acabara de descer do helicóptero pálido como a neve. A um sinal de Clara apareceu um aldeão com uma garrafa de água e um copo de plástico.

– Beba, vai lhe fazer bem.

– Não acho que possa – lamentou Albert, resistindo a beber a água.

– Vamos, já vai passar; eu também fiquei mareada – consolou-o Marta.

– Eu garanto que não voltarei a subir num troço desses em toda a minha vida – afirmou Albert. – Voltarei a Bagdá de carro.

– E eu também – respondeu, entre risos, Marta –, mas beba a água. Clara tem razão. Você vai se sentir melhor.

Fabián mostrou a Yves, orgulhoso, o acampamento, as casas de adobe onde instalariam os laboratórios e iriam classificar as tábuas e objetos que fossem encontrando, o lugar onde ficariam os computadores, a casa de um único cômodo onde se reuniriam para conversar e debater sobre o trabalho realizado, os chuveiros, os mictórios, as barracas impermeabilizadas onde viveria parte da expedição nos próximos meses, a não ser que quisessem se instalar nos quartos que alguns camponeses estavam dispostos a alugar.

Entraram em uma das casas, onde Fabián havia organizado um escritório que seria, como disse, uma espécie de sala de comando. Albert, que os seguia com dificuldades, desabou em uma cadeira enquanto Marta e Clara insistiam que bebesse água ao mesmo tempo que também davam um copo a Picot.

– Bom trabalho – afirmou Yves Picot. – Eu já sabia que vocês tinham de vir na frente.

– Na realidade, já começamos a trabalhar – afirmou Marta. – Levamos uns dias limpando a região e testando as habilidades dos operários. Há de tudo, mas é uma gente bem-disposta, e por isso estou certa de que trabalharão arduamente.

– Além do mais, embora não o tenha consultado, nomeei Marta para o cargo de capataz, e também lhe entreguei um chicote – disse, rindo, Fabián. – Ela organizou todos nós; na verdade, nos militarizou. Mas os operários estão fascinados e não fazem nenhum gesto sem perguntar a ela.

– Um bom capataz é sempre necessário – afirmou Picot, acompanhando a brincadeira. – Só lamento terem me deixado sem trabalho.

Clara se divertia observando-os, mas sem atrever-se a participar. Nos dias transcorridos, percebera que havia uma sólida amizade entre Fabián e Marta, mas nada mais do que isso. Dava para notar a cumplicidade que existia entre ambos; eles se entendiam com o olhar e Clara intuía que coisa semelhante acontecia entre Fabián e Picot.

– Onde nós vamos dormir? – perguntou Albert, que ainda não conseguira se recuperar do enjôo.

– Na casa ao lado, preparei um quarto para você, outro para Yves e um terceiro para mim. É uma casa de quatro cômodos, mas cabemos os três. Ou, se preferir, posso olhar a lista dos camponeses que estão oferecendo quartos em suas casas... – explicou-lhe Fabián.

– Não, acho que assim está legal e, se vocês não se importarem, vou dar uma rápida deitada – quase suplicou Albert.

Quando Clara e Albert saíram, Yves dirigiu-se a Fabián.

– Algum problema?

– Nenhum. Aqui todos sentem um respeito reverencial por Clara. Ela não coloca objeções a nada, e aceitou tudo o que sugerimos; bem, para ser mais claro, as ordens de Marta. Ela opina, mas, se não nos convence, não perde tempo discutindo. Agora a verdade é a seguinte: todos aqui dependem dela. Ou seja, quero dizer que, no caso de um conflito, ela será consultada e é a ela que irão obedecer. Mas é muito inteligente e não fica demonstrando que tem um coringa na manga.

– Há uma mulher, Fátima, que cuida dela como se fosse a mãe. Às vezes a acompanha até a escavação. E também há quatro homens que não se separam de Clara nem de dia nem de noite – observou Marta.

– Sim, eu já havia percebido em Bagdá; anda com guarda-costas, o que não é de estranhar, levando-se em consideração a situação do Iraque. Além do mais, o marido é um homem importante do regime – afirmou Yves.

– Não, não apenas pela situação do país – interrompeu-o Marta. – Outro dia, seus guardas a perderam de vista. Estava comigo, não conseguíamos dormir e levantamos antes do dia amanhecer, fomos passear. Quando nos encontraram, pareciam enlouquecidos e um deles lembrou-lhe que seu avô os mataria se acontecesse alguma coisa com ela, mencionou uns italianos. Clara olhou para mim e os fez se calar.

– Quer dizer que a moça tem inimigos... – disse, em voz alta, Picot.

– Não deixe sua imaginação voar – interveio Fabián –; não sabemos a que incidente seus guardas se referiam.

– Mas estavam aterrorizados, isso eu lhes posso garantir – insistiu Marta. – Temiam que acontecesse alguma coisa com ela, e pareciam sentir um medo terrível daquilo que neste caso o avô de Clara faria com eles.

– É o sujeito que não há maneira de conhecermos – lamentou-se Yves.

– E a respeito de quem Clara não quer falar – comentou Marta.

– Tentamos fazer com que nos contasse quando e como o avô esteve em Harã, mas não há jeito, não diz uma palavra, foge das respostas diretas. Bem, vamos lhe mostrar o resto do acampamento – propôs Fabián.

Yves felicitou-os e felicitou a si próprio por ter conseguido convencer Fabián a acompanhá-lo na aventura. Também valorizou o trabalho de Marta. Era uma mulher com uma capacidade inata de organização.

– Eu batizei as casas onde iremos trabalhar e guardar nosso material – comentou Marta. – Ali, onde estávamos, é o "quartel-general"; o lugar onde iremos colocando as tábuas será, naturalmente, "a casa das tábuas", os computadores serão colocados ali – disse, apontando outra das construções de adobe – e seu nome será, simplesmente, "comunicações". Os armazéns serão chamados de "armazéns", mas cada um terá seu número.

O chefe da aldeia havia organizado uma recepção de boas-vindas; partilharam o almoço com ele e com alguns dos homens mais destacados do lugar. Yves não gostou do homem que fora sido escolhido para chefiar os operários; não sabia por quê, pois ele parecia ser discreto e amável, mas havia alguma coisa nele que sugeria que não era um camponês como os outros.

Ayed Sahadi era alto e musculoso, e tinha a pele mais clara do que a do restante dos moradores da aldeia. Tinha um ar marcial e era possível perceber que estava acostumado a mandar.

Falava inglês, o que deixou Yves surpreso.

Clara parecia conhecê-lo e o tratava com certa familiaridade, mas ele mantinha uma distância respeitosa dela.

Os homens obedeciam-no sem pestanejar, e até o chefe da aldeia parecia retraído a seu lado.

– De onde saiu esse Ayed? – quis saber Yves Picot.

– Chegou dois dias depois da gente. Clara disse que o estava esperando porque trabalhou com o marido e com ela em outras ocasiões. Não sei o que lhe dizer. Ele parece ser um militar – respondeu Fabián.

– É, foi isso o que eu achei; pode ser um espião de Saddam – afirmou Yves.

– Bem, precisamos levar em conta que seremos vigiados; haverá espiões até na sopa. Isto aqui é uma ditadura e estamos às vésperas de uma guerra; por isso, não podemos estranhar que esse Ayed seja um espião – garantiu, com enorme naturalidade, Marta.

– Mesmo assim não fui com a cara dele – queixou-se Yves.

– Eu acho que devemos esperar para ver como vai se comportar – sugeriu Marta.

À tarde, depois que toda a equipe já havia se instalado, Yves os reuniu para explicar-lhes o plano de trabalho. Todos eram profissionais, os estudantes que os acompanhavam estavam nos últimos períodos da faculdade e alguns já haviam participado de outras escavações, por isso Yves não teve de perder tempo dizendo palavras inúteis.

Às quatro da manhã estariam em pé. Entre quatro e 15 para as cinco todo mundo teria de ter passado pelos chuveiros e tomado o café da manhã; e imediatamente, antes das cinco, teriam de estar no local da escavação. Às dez fariam um breve descanso de um quarto de hora e continuariam trabalhando até as duas. Das duas às quatro, almoçariam e teriam tempo para descansar; a partir das quatro voltariam ao trabalho, que prosseguiria até o sol desaparecer.

Nenhum dos membros da equipe formada por Yves ou dos operários contratados nas aldeias se queixou. Estes iriam receber seu salário em dólares, e a quantia era dez vezes maior do que ganhariam normalmente em um mês; por isso, estavam dispostos a trabalhar quanto fosse necessário.

Quando a reunião terminou, um jovem de estatura mediana, de óculos e com jeito de não ter quebrado um prato ao longo da vida aproximou-se de Yves Picot.

– Estou tendo dificuldades para instalar os computadores. A corrente elétrica é muito fraca e os equipamentos, muito potentes.

– Fale com Ayed Sahadi; ele lhe dirá como resolver o problema – foi a resposta de Picot.

– Você não foi com a cara dele. – O comentário de Marta surpreendeu Yves Picot.

– Por que você está dizendo isso?

– Porque dá para perceber. Na realidade, ninguém vai com a cara de Ante Plaskic. Não sei por que você o enfiou na expedição.

– Foi recomendado por um amigo da Universidade de Berlim.

– Eu suponho que todos tenhamos preconceitos. É inevitável pensar na matança de bósnios promovida pelos sérvios e croatas, e Ante é croata.

– Meu amigo me explicou que ele é um sobrevivente, que sua aldeia também foi arrasada pelos bósnios em represália a uma matança que seus compatriotas haviam promovido anteriormente. Não sei. Naquela guerra maldita, quem sofreu e levou a pior foram os bósnios, por isso pode ser que você tenha razão e meus preconceitos tenham aflorado, mesmo inconscientemente.

– Às vezes adotamos esquemas muito simples: isso é bom e isso é ruim, aqueles são todos bons e aqueles são todos ruins, e não perdemos tempo com nuances. Ante pode ser de fato uma vítima daquela guerra.

– Ou talvez tenha sido um carrasco.

– Era muito jovem – insistiu Marta, que gostava muito de fazer o papel de advogado do diabo.

– Nem tanto. Agora deve estar perto dos trinta, não é?

– Acho que tem vinte e sete anos.

– Havia, entre aqueles que matavam na guerra civil iugoslava, meninos de quatorze, quinze anos.

– Mande-o para casa.

– Não. Como você costuma dizer, não seria justo.

– Eu não disse isso – protestou Marta.

– Vamos testá-lo. Se eu continuar me sentindo incomodado toda vez em que encontrá-lo seguirei seu conselho e o mandarei de volta.

Fabián aproximou-se acompanhado de Albert Anglade, o assistente de Picot.

– Por que vocês estão pensativos? O que está havendo?

– Estamos falando de Ante – respondeu Marta.

– Já sei. Yves não gosta de nenhum de seus fios de cabelo e já se arrependeu de ter permitido que viesse. Estou enganado?

Yves Picot deu uma gargalhada diante do comentário de Albert. Ele o conhecia muito bem. Trabalhavam juntos há muitos anos e podia intuir de antemão com quem se daria bem ou mal e quem lhe seria indiferente.

– Há algo de inquietante nele – continuou falando Albert. – Eu também não vou com a cara dele.

– Porque é croata, só por isso – afirmou Marta.

– Rapazes, esses preconceitos são racistas.

O comentário de Fabián foi como uma patada nas mais arraigadas de suas convicções. Todos odiavam qualquer idéia racista e pensar que poderiam ter o menor sinal que fosse de discriminação com relação alguém por causa de sua origem os revoltava.

– Sua argumentação não passa de um golpe baixo – queixou-se Picot.

– Essa conversa não pode ser levada a sério – disse, muito sério, Fabián. – Não podemos julgar uma pessoa por aquilo que fizeram outras de seu país ou de sua comunidade.

– Você tem razão, mas, na realidade, não sabemos muita coisa a respeito dele – interferiu Albert, lançando uma bóia a Yves.

– Bem, mudemos de assunto. Onde está Clara? – perguntou Marta.

– Com Ayed Sahadi. Ficaram conversando com os operários. Eu acho que ela disse que depois iria até o lugar da escavação com alguns dos nossos que estavam querendo dar uma olhada – respondeu Fabián.

Ayed Sahadi era o que parecia, quer dizer, um militar, membro da contra-espionagem iraquiana, um protegido do coronel.

Alfred Tannenberg havia pedido ao amigo que enviasse Ayed a Safran; ele o conhecia por ter colaborado em algum dos negócios que contavam com a participação do coronel.

O comandante Sahadi tinha a fama de ser sádico. Quando algum inimigo de Saddam caía em suas mãos, rezava para morrer quanto antes, porque corriam histórias terríveis a respeito das longas agonias a que ele submetia suas vítimas.

Sua missão em Safran era, além de proteger a vida de Clara, tentar descobrir os homens que, Alfred Tannenberg tinha certeza, seus amigos enviariam para apoderar-se da *Bíblia de Barro*.

Sahadi havia colocado alguns de seus homens entre os operários contratados para a escavação. Soldados como ele, treinados na contra-espionagem, que ganhariam um bom punhado de dólares se tivessem êxito nesta tarefa particular.

Clara conhecia Ayed. Vira-o em algumas ocasiões na Casa Amarela, sempre acompanhando o coronel. O avô havia lhe deixado claro que Ayed seria sua sombra e que ela devia impô-lo para exercer o papel de encarregado dos operários; da mesma maneira, insistira que Haydar Annasir fizesse parte da equipe para ficar em contato com Ahmed em Bagdá e com ele próprio.

Sabendo da inutilidade de se opor aos desígnios do avô, Clara havia aceitado, mas não sem ranger os dentes.

Uma campainha despertou os adormecidos membros da equipe arqueológica.

Em uma das casas de adobe, onde havia sido improvisada uma cozinha, algumas mulheres da aldeia distribuíam café, pão recém-assado, manteiga e marmelada, além de frutas frescas.

Yves Picot odiava madrugar, mas estava em pé desde as três horas da manhã porque não conseguira pregar os olhos, ao contrário de Fabián e Albert, que, para seu desespero, haviam passado a noite roncando.

Marta também não parecia estar de muito bom humor e tomava o café da manhã em silêncio, respondendo com monossílabos quando se dirigiam a ela.

A única pessoa que parecia estar feliz era Clara. Picot observou-a de soslaio, surpreso pelo fato de ela conseguir ser tão loquaz àquela hora da madrugada.

Não eram cinco da manhã quando começaram a trabalhar. Todos sabiam o que fazer, e cada arqueólogo dirigia um grupo de operários, dando-lhes instruções precisas.

Ante Plaskic havia ficado no acampamento, na casa de adobe onde, além de ter instalado os equipamentos de informática, dispunha de um quarto com um catre para dormir. Havia sido uma sorte que tivessem deixado aquele espaço só para ele. Percebia a animosidade do restante da equipe, mas decidira não dar importância aos sinais de antipatia. Estava ali para se apoderar de umas tábuas e matar quem tentasse impedi-lo; além do mais, havia muito tempo deixara de sentir necessidade de que o aceitassem. Poderia viver sem o resto da humanidade. Se fosse por ele, mataria um a um todos os membros da missão.

Espantou-se ao ver Ayed Sahadi entrar na sala, pois achava que ele estivesse com o restante dos operários na região da escavação.

– Bom-dia.

– Bom-dia.

– Você está precisando de alguma coisa ou está tudo em ordem? – perguntou-lhe Ayed.

– Por ora está tudo bem. Espero que estes trastes funcionem. Deverão fazê-lo, pois são os melhores que existem.

– Bem, se tiver problemas como aqueles de ontem, procure por mim ou, então, por Haydar Annasir. Ele pode ligar para Bagdá para que tentem nos enviar qualquer coisa de que você precise.

– É o que farei. De qualquer forma, daqui a pouco irei dar uma olhada ali onde estão trabalhando.

– Vá quando quiser.

Ayed Sahadi saiu da casa pensando no rapaz da informática. Havia alguma coisa nele, no seu rosto meio infantil, nos óculos de intelectual, que lhe parecia fora do lugar, mas disse a si mesmo que não podia começar a ver fantasmas só porque percebera que, consciente ou inconscientemente, os demais o evitavam. Ele também não simpatizava com o croata, que, certamente, havia assassinado irmãos mulçumanos, embora ele não fosse um homem que seguisse a religião de Maomé, mas exatamente o contrário. Mesmo assim, sentia os bósnios como se fossem seus.

A atividade era frenética ao redor da cratera e do edifício, que só deixava vislumbrar uma sala onde no passado alguém havia alinhado centenas de tábuas em estantes de adobe. Resolveu não ficar olhando, mas participar do trabalho, e foi para o lado de Clara.

– Diga-me em que posso ajudar.

Clara não pensou duas vezes e lhe pediu que ajudasse a tirar areia do perímetro que haviam demarcado.

21

Tom Martin tivera dificuldades para decidir. Em geral visualizava imediatamente quem era o homem adequado para cada missão, mas desta vez seu instinto dizia-lhe que aquilo que o falso Sr. Burton lhe pedira continha mais perigos do que os habituais.

Por isso levou uma semana para encontrar o homem que enviaria a Bagdá com a missão de matar todos os Tannenberg que encontrasse pela frente. Tratava-se exatamente disso: em primeiro lugar, precisava saber se havia um velho chamado Tannenberg em algum lugar do país de Saddam, e depois liquidá-lo e a seus descendentes. O homem que o contratara havia sido absolutamente claro: nenhum Tannenberg deveria sobreviver, tivesse a idade que tivesse.

Tinha ficado em dúvida se deveria enviar mais de um homem, mas optou por trabalhar com um só; se este precisasse de reforços, enviaria-os depois. Sabia que os homens que atuavam no negócio de matar não gostavam de fazer seu trabalho em grupo. Cada um tinha seus métodos e manias, eram pessoas muito especiais.

Pensara muito, também, em conversar sobre a encomenda com seu amigo Paul Dukais, o presidente da Planet Security. Afinal, ele havia pedido sua ajuda para infiltrar um homem em uma missão arqueológica da qual participava a tal Clara Tannenberg, de quem deveriam tomar umas tábuas, no caso de aparecerem, e, se fosse necessário, matá-la. Mas acabou resolvendo não dizer nada a Paul. Estava certo de que o croata que havia recomendado a Dukais faria seu trabalho, e seu homem teria de fazer o dele. Ele partia com uma vantagem: a de saber que os Tannenberg tinham desagradado a muita gente com dinheiro suficiente para gastar tentando liquidá-los.

Lion Doyle entrou na sala de Tom Martin e esperou de pé que este o convidasse a se sentar.

– Sente-se, Lion. Como estão as coisas?

– Bem. Acabo de voltar das férias.

– Que bom. Assim você estará descansado para a missão que quero lhe entregar.

Os dois homens repassaram durante uma hora toda a informação de que dispunham e até mesmo o que sabiam acerca do misterioso Sr. Burton, a quem Tom Martin mandara fotografar antes que tivesse saído do edifício onde funcionava o Global Group.

– Não encontrei nada sobre ele. Certamente não é britânico, embora tenha um inglês perfeito, mas os amigos da Scotland Yard não têm em seus arquivos nenhum homem com este rosto. A Interpol também não encontrou nada.

– Ou seja, é um cidadão anônimo que paga seus impostos e não precisa constar dos arquivos de nenhuma polícia – comentou Doyle.

– Sim, mas os cidadãos probos não ficam encomendando assassinatos por aí; além do mais, assim como falava na primeira pessoa, também mencionava "a gente": quer dizer, os contratantes são vários e não apenas ele.

– Pelo que estou vendo, os Tannenberg não são muito populares. Têm inimigos, trabalham em um negócio perigoso. O contrato deve ser de alguém a quem fizeram algum tipo de trapaça, a quem enganaram.

– Sim, com certeza é isso, mas tenho a impressão de que há algo que me foge.

– Quanto, Martin?

– Quanto o quê?

– Quanto você me oferece por essa tarefa. Você não sabe se tenho de matar um ou quatro Tannenberg e se além dessa mulher e desse velho invisível há outros Tannenberg, e até mesmo crianças. Não gosto de matar crianças.

– Um milhão de euros. É isso que lhe pagará. Um milhão de euros livres de impostos.

– Quero a metade antes de começar.

– Não sei se será possível; o cliente ainda não desembolsou a totalidade.

– Então lhe diga que quero meio milhão. Simples assim.

– Está certo.

– Você já sabe como tem de me pagar. Se eu tiver o dinheiro, em três dias embarcarei para o Iraque.

– Você precisa de um disfarce.

– Sim. O que você pode me oferecer?

– Diga-me o que você prefere.

– Se você não se incomoda, eu mesmo procurarei um disfarce; se for necessário, pedirei sua ajuda. Tenho três dias para pensar. Volto a ligar para você.

Quando saiu do Global Group, Lion foi até o estacionamento onde havia deixado seu carro, um utilitário de cor cinza. Dirigiu por Londres por pura inércia, para testar se estava sendo seguido; depois pegou a estrada que levava ao País de Gales, para onde havia voltado depois de toda uma vida de ausência.

Comprara uma velha chácara, reformara-a e se casara com uma professora de filologia da Universidade de Cardiff. Uma mulher maravilhosa que havia chegado solteira aos 45 anos por ter se dedicado, exclusivamente, a galgar os degraus da universidade até ser efetivada como professora titular.

Marian tinha cabelos castanho-claros, olhos verdes, era alta e meio cheinha. Apaixonara-se por ele no instante em que o conheceu. Moreno, de olhos castanhos, de compleição forte, Lion Doyle era um homem que lhe inspirava confiança e segurança.

Lion havia lhe contado que estivera no exército, mas que estava cansado de não ter um lar e que por isso começara a trabalhar como assessor de segurança, negócio com o qual prosperara e ganhara algum dinheiro, o suficiente para comprar a chácara, reformá-la e transformá-la em seu lar.

Já era muito tarde para que pudessem fazer planos de ter filhos, mas ambos estavam de acordo que era suficiente ter um ao outro e compartilhar os bons momentos da vida até que a velhice chegasse.

Marian não teria acreditado se tivesse sabido que seu marido tinha uma conta secreta na ilha de Man e que dispunha de dinheiro suficiente para não precisar trabalhar pelo resto da vida e satisfazer a alguns caprichos. Estava convencida de que não havia entre eles segredos e que, embora tivessem uma situação confortável, também não podiam esbanjar.

Por isso Marian se conformava que uma mulher aparecesse três vezes por semana na chácara para fazer a limpeza e que um jardineiro, de quando em quando, desse uma mão no jardim do qual Lion gostava de tomar conta pessoalmente quando estava em casa.

De vez em quando, seu marido partia e ficava fora durante semanas, mas esse era seu trabalho e Marian o aceitava sem reclamar. Sabia que às vezes esquecia-se de telefonar, e quando ela ligava para o celular dele, a voz que respondia era a da secretária eletrônica. Mas ele sempre voltava cheio de carinhos, com algum presente, uma bolsa, brincos, um lenço, detalhes que eram prova de que se lembrara dela. Marian não tinha a menor dúvida de que Lion sempre voltaria para casa.

***

Hans Hausser costumava chegar a seu escritório na universidade às oito e meia da manhã. Gostava de desfrutar certa tranqüilidade antes da chegada dos alunos e aproveitava para acessar o endereço de correio eletrônico que tinha dado a Tom Martin para que se comunicasse com ele. Era um endereço em nome do Sr. Burton, registrado em Hong Kong.

Tom Martin havia sido breve em seu *e-mail*: "Entre em contato comigo."

Hausser ligou para sua filha Berta e disse-lhe que não o esperasse para almoçar e nem para jantar; teria de se afastar de Bonn e talvez só voltasse no dia seguinte.

Berta ficou preocupada. Ultimamente, algumas das coisas que seu pai fazia deixavam-na desconcertada.

O professor deixou o *campus* e pegou um ônibus que o levou até o centro da cidade. Ali mudou de ônibus para ir até a estação, onde comprou uma passagem para Berlim.

À primeira hora da tarde, chegou a seu destino. Quando saiu da estação, procurou, do mesmo modo, um ônibus que o levasse ao centro da cidade.

Berlim fervilhava de gente que ia e vinha em ritmo acelerado. Todos pareciam ter pressa e ninguém olhava para ninguém. Realmente, teria sido difícil chamar a atenção naquele zoológico humano em que a cidade havia sido transformada.

O professor Hausser procurou uma loja de telefonia e comprou um celular com cartão pré-pago. A loja estava lotada e a empregada não dava conta do movimento; atendia aos clientes praticamente sem olhá-los.

Uma vez com o telefone no bolso, começou a andar por uma das artérias principais da cidade. Parou em uma esquina e telefonou para o número pessoal de Tom Martin.

O próprio Martin atendeu ao telefone.

– Ah, é você! Bem, fico contente por estar me ligando. Só queria lhe dizer que encontrei a pessoa adequada, mas ela está exigindo um adiantamento.

– De quanto?

– A metade da metade.

– Entendo. E em caso contrário?

– Não aceitará o trabalho. É um trabalho difícil, delicado, de artesão. Na realidade, o senhor mesmo sabe que sua encomenda é muito complicada.

– Precisa para quando?

– No máximo em três dias.

– De acordo.

Hans Hausser desligou. Tinham conversado um minuto e meio. Procurou mais uma vez uma loja de telefonia e comprou outro celular.

O passo seguinte era entrar em contato com os amigos. Procurou um cibercafé e pagou uma hora de internet. Não precisaria de tanto tempo, mas, mesmo assim, preferia não se sentir pressionado pela presa.

Em primeiro lugar, mandou um *e-mail* para Carlo, depois para Mercedes e em seguida para Bruno. Enviou aos três o número do celular que acabara de comprar, usando o código que havia idealizado; além disso, avisou-lhes de que ficaria sentado diante do computador mais meia hora para o caso de quererem entrar em contato com o endereço eletrônico do Sr. Burton; ou, então, ligaria mais tarde para os últimos números de celulares que haviam trocado.

Era improvável que lhe respondessem imediatamente, mas em todo o caso, esperou. Nunca se sabe. Foi Bruno quem lhe enviou um *e-mail* ao qual respondeu rapidamente.

Depois saiu do cibercafé e parou um táxi, pedindo-lhe que o levasse ao aeroporto. Ligou de uma cabine para o celular de Mercedes.

O diálogo não durou mais de um minuto. Quando desligaram, Mercedes disse a sua secretária que estava indo para casa. Saiu da firma e foi até as Ramblas, à procura de um cibercafé. Quando o encontrou, procurou um computador que ficasse em um lugar discreto e abriu o endereço do correio que usava para se comunicar com seus amigos. Além da mensagem anunciada por Hans, Bruno dizia que estava informado, assim como Carlo, para quem o professor acabara de ligar.

Em seguida, Mercedes procurou uma cabine telefônica e reservou uma passagem de avião a Paris para a primeira hora da manhã do dia seguinte.

Naquele momento, em Roma, Carlo Cipriani acabava de reservar um vôo que saía naquela mesma noite para a capital francesa. Bruno Müller, a exemplo de Mercedes, só chegaria na manhã do dia seguinte.

Hans Hausser tinha um fraco por Paris. O motorista o distraía com sua conversa; ele respondia com monossílabos para não ser mal-educado, enquanto deixava o olhar se perder nas margens do rio Sena.

No aeroporto de Berlim, tivera tempo de comprar uma bolsa de mão, além de uma camisa, roupa de baixo e alguns produtos de higiene pessoal. O recepcionista do hotel Du Louvre não viu, portanto, nada de estranho naquele venerável cavalheiro que havia reservado um quarto por telefone e agora se registrava no hotel. E também não achou anormal que o cavalheiro saísse uma hora depois de ter chegado.

Caminhou em direção à praça da Ópera e sentou-se em um café. Pediu uma taça de vinho e canapés. Estava com fome; não tivera tempo de comer nada durante o dia.

Meia hora mais tarde, outro cavalheiro da mesma idade lhe fez um sinal enquanto entrava no café. Hans ficou em pé e os dois homens se abraçaram.

– Fico feliz em vê-lo, Carlo.

– Eu também. Maldita aventura! Você não sabe o que tive de inventar para que meus filhos me deixassem em paz. Em casa, deixei instruções para que não lhes dissessem que estava viajando. Tenho a sensação de ter saído às escondidas, como se fosse um adolescente.

– O mesmo acontece comigo. Liguei para Berta e ela ficou histérica, tive de me aborrecer com ela e lhe dizer que já sou grandinho para permitir que me controlem. No entanto, sei que a deixei preocupada e isso faz com que não me sinta bem. O que você acha de irmos jantar? Estou faminto.

– Ótimo. Conheço um bistrô que fica perto daqui e tem uma comida nem um pouco ruim.

Hans Hausser explicou de viva voz ao amigo o que lhe havia contado por *e-mail*: sua breve conversa com Tom Martin e como este lhe pedira meio milhão de euros que deveriam ser pagos imediatamente. Já lhe havia entregue trezentos mil no dia em que assinaram o contrato e o montante da operação seria de dois milhões; se lhe dessem agora meio milhão, equivaleria a pagar-lhe quase a metade adiantadamente.

– Pagaremos. Não há outro remédio. Temos de confiar nele. Luca me disse que é o mais honrado dos homens desse negócio, e diante das características de seu ramo de atividades... Enfim, suponho que não vai nos roubar. Trouxe o dinheiro comigo; Mercedes e Bruno também trarão. Fizemos exatamente o que planejamos; fomos sacando determinadas somas de dinheiro do banco para tê-lo em casa no caso da necessidade de fazer um depósito urgente, como é o caso agora.

Depois do jantar, os dois amigos se despediram. Carlo reservara um hotel não muito distante do de Hans, o hotel d'Horse.

Às 11 da manhã, o café de la Paix ainda estava pouco concorrido. Paris havia despertado acinzentada; uma chuva fina impregnava tudo e tornava o trânsito ainda mais difícil.

Mercedes sentia frio. Em Barcelona, o tempo estava ensolarado e ela usava um *tailleur* leve que não a protegia nem da umidade nem da chuva. Bruno Müller, mais previdente, protegia-se com uma gabardina.

Os quatro amigos degustavam uma xícara de café.

– Meu avião para Londres parte às duas – disse Hans Hausser. – Assim que estiver de volta em casa ligarei para vocês.

– Não, não podemos esperar até amanhã – interrompeu-o Mercedes. – Eu morreria de impaciência. Queremos saber que tudo correu bem; por favor, ligue-nos quanto antes puder.

– Farei o que for possível, Mercedes, mas não quero me sentir agoniado pela pressão de ter de ligar. Não sou mais uma criança e meus reflexos não são muito bons, por isso já me basta ser obrigado tentar despistar os homens de Tom Martin, que, tenho certeza, tentarão me seguir para saber quem é o misterioso Sr. Burton, ou seja, eu.

– Você tem razão, Hans – disse Bruno –, precisamos ter paciência.

– E rezar – concluiu Carlo.

– Que reze aquele que saiba! – foi a resposta contrariada de Mercedes.

Hans Hausser saiu do café com uma bolsa das Galerias Lafayette na qual, sob um jérsei, havia colocado os envelopes que seus amigos lhe haviam entregue; meio milhão de euros no total, para serem levados a Tom Martin.

Depois de Hans, foi a vez de Mercedes ir embora. Ela insistiu que não a acompanhassem. Parou um táxi e pediu que a levasse diretamente ao aeroporto. Carlo e Bruno resolveram almoçar juntos antes de abandonar Paris.

Em Londres, chovia mais do que em Paris. Hans Hausser felicitou-se por ter comprado uma capa no aeroporto Charles de Gaulle. Pensou que com dinheiro no bolso era possível ir a qualquer lugar sem se preocupar com bagagem.

Estava cansado, sentia o estresse das últimas 24 horas, mas, com um pouco de sorte, de madrugada poderia estar em casa.

Havia ligado para Berta e sua filha lhe suplicara que dissesse onde estava. Não reconheceu a si próprio dizendo-lhe que, se voltasse a se intrometer em sua vida, não continuariam vivendo sob o mesmo teto. Berta tinha sufocado um soluço antes de desligar o telefone.

Um táxi deixou-o a três quarteirões da sede do Global Group. Caminhou com passos ligeiros, tanto quanto suas pernas cansadas lhe permitiam.

Tom Martin surpreendeu-se quando, da recepção, anunciaram-lhe que o Sr. Burton esperava para ser recebido.

– O senhor me surpreende – disse o presidente do Global Group, apertando-lhe a mão.

– Por quê? – perguntou, secamente, o falso Sr. Burton.

– Não imaginava que o senhor fosse aparecer assim, sem avisar. Poderia ter feito uma transferência...

– Assim é mais cômodo para todos. Prepare-me um recibo atestando que recebeu meio milhão de euros e assunto encerrado. Quando nosso homem partirá para o Iraque?

– Quando receber.

– Eu já lhe adiantei trezentos mil euros...

– Certamente, mas o profissional que vai atender o seu pedido queria garantir o recebimento adiantado de uma quantia considerável. Ele vai arriscar a vida, apenas isso.

– Não será a primeira vez.

– Não, não será, mas esta é uma tarefa um tanto especial, pois não sabe quantas pessoas deverá eliminar, nem de que idade ou condição. Além do mais, neste momento, qualquer pessoa que entrar no Iraque será fichada, e não apenas pela polícia de Saddam. Os norte-americanos estão de olhos abertos e também meus ex-companheiros do MI5.

– Quer dizer que o senhor trabalhou para o MI5.

– O senhor não sabia? Eu achava que sabia tudo a meu respeito.

– Não me interessa seu passado, mas sim seu presente, os serviços que oferece agora.

– Pois sim, trabalhei para Sua Graciosa Majestade, mas um bom dia os chefes resolveram que era necessário aposentar aqueles que haviam participado do jogo da Guerra Fria. Ficamos obsoletos, o inimigo agora era outro, disseram. E, de fato, estavam fabricando um novo inimigo: os árabes, simplesmente porque temem os chineses. Os árabes são pobres, embora seus governantes sejam ricos por causa do petróleo, mas a grande massa vive miseravelmente, em regimes ditatoriais, e é fácil manipulá-los para que aflore a frustração acumulada. O Ocidente precisa de um inimigo, já que decidiram que atrás do Muro havia milhares de aspirantes a se transformar em consumidores perfeitos.

– Por favor, economize seu discurso.

– Bem, vou economizá-lo.

Tom Martin preparou à mão um recibo de meio milhão de euros e assinou-o, colocando sobre ele o carimbo do Global Group. Depois entregou-o ao falso Sr. Burton.

– Quando você me dará notícias? – perguntou o professor Hausser.

– Quando as tiver. Amanhã meu homem receberá o dinheiro e depois de amanhã partirá. Tem de arranjar um disfarce para circular no Iraque e, uma vez lá, encontrar essa família que você quer eliminar. Tenha paciência, essas coisas não podem ser feitas da noite para o dia.

– Bem, anote este número de telefone. É de um celular. Quando souber de alguma coisa, me ligue.

– A internet é mais segura.

– Não acredito. Da próxima vez me ligue.

– De acordo. O senhor é um homem peculiar, Sr. Burton...

– Suponho que todos os seus clientes o sejam.

– Está certo, Sr. Burton. Esse não é o seu nome, não é verdade?

– Senhor Martin, para você deveria ser suficiente que eu seja o Sr. Burton, não acha? Estou pagando dois milhões de euros para que seja assim. Além do mais, não gosto de curiosos.

– Em meus negócios, sou eu quem administra os segredos, Sr. Burton, e, para mim, conhecer sua identidade não é um assunto menor. Foi o senhor quem apareceu aqui em minha sala para fazer uma encomenda, digamos, delicada. O senhor bateu na minha porta e não eu na sua.

– Em seu negócio, Sr. Martin, a discrição é vital. A sua curiosidade me surpreende, sinceramente, e até me parece pouco profissional. Não jogue fora o tempo de seus homens mandando me perseguir. Respeite o acordo ao qual chegamos, para isso está sendo pago. E agora, se me desculpa, irei embora.

– É o senhor quem manda, Sr. Burton.

Hans Hausser apertou a mão de Tom Martin e saiu da sala, convencido de que o mandaria seguir de novo. Desta vez o truque do hotel não funcionaria e sabia que seria mais difícil despistar os homens do Global Group.

Quando já estava na rua, começou a caminhar, até que viu um táxi; fez-lhe um sinal e pediu ao motorista para levá-lo ao hospital central. Ele mesmo estava espantado com o que fazia. Na realidade, todas as idéias que estava usando para driblar seus perseguidores tinham sido tiradas das muitas leituras de *thrillers*, dos quais gostava muito. Tomara que esta desse certo. Em alguns momentos, sentia-se ridículo comportando-se daquela maneira e temia encontrar algum conhecido que revelasse sua identidade de respeitado professor de física quântica.

O táxi deixou-o na porta principal do hospital. Com passos firmes, entrou no imenso *hall* e caminhou até os elevadores. Não sabia se alguém o seguia ou não. Por isso entrou no primeiro que parou no térreo. Não apertou nenhum botão. O elevador ia parando e pessoas iam subindo e descendo, enquanto ele esquadrinhava quem podia ser seu seguidor. Desceu no penúltimo andar, ao lado de duas mulheres de aspecto enfermiço, um ancião que era conduzido em uma cadeira de rodas por uma mulher e um jovem de aparência desalinhada.

"Qualquer um deles pode ser um empregado do Global Group", pensou. Todos começaram a andar, menos ele. Ninguém se voltou para olhá-lo e Hausser enfiou-se no elevador seguinte. Desta vez também não apertou nenhum botão e voltou a repetir a operação, descendo no terceiro andar e esperando pelo elevador seguinte. Ficou nisso durante uma hora. Por fim, resolveu tentar sair do hospital sem ser visto; esperou que o elevador ficasse vazio e apertou o botão do *hall* inferior. Quando chegou ali, procurou o letreiro que indicava a Emergência e, com passos decididos, enfiou-se por um corredor no qual outro letreiro indicava, claramente, que era proibida a circulação de pessoas alheias ao serviço do hospital. Ninguém entrou depois dele, e continuou andando até uma sala onde havia várias camas com doentes que tinham acabado de chegar nas ambulâncias do serviço de urgências. Observou uma porta no fundo por onde entravam as macas e encaminhou-se, sem hesitar, até aquele lugar.

– O que o senhor está fazendo aqui?

O médico que se dirigia a ele tinha cara de poucos amigos e Hans Hausser assustou-se. Sentia-se como um menininho que havia sido flagrado cometendo uma falta.

– Aqui não é permitida a entrada dos parentes dos enfermos; saia e espere lá fora, como os demais, pelas informações a respeito de seu parente.

Hans Hausser havia empalidecido e começou a sofrer um ataque de taquicardia.

– Mas o que está acontecendo? – perguntou-lhe o médico, vendo que o homem estava se sentindo mal.

– Um amigo me trouxe para a emergência, não estou me sentindo bem, não estou conseguindo respirar, estou com dores no braço direito, tenho taquicardia, e estou de passagem aqui em Londres... – conseguiu dizer Hans Hausser, encomendando-se a Deus para que o perdoasse por mentir sobre sua saúde.

– Entre nessa sala – ordenou-lhe o médico.

Três minutos depois, estava sendo submetido a um eletrocardiograma; também lhe tiraram sangue, além de fazerem uma radiografia de seu tórax. Depois deixaram-no sobre uma maca na sala de emergências para tê-lo sob observação.

Eram sete da manhã quando os médicos da emergência decidiram que aquele homem não tinha nenhum problema cardíaco e que, certamente, o episódio da taquicardia fora provocado por uma indisposição temporária.

Ele se queixou de que não estava se sentindo bem e por isso o pessoal do hospital resolveu levá-lo ao aeroporto em uma ambulância que, naturalmente, pagaria de seu próprio bolso. Não queriam correr o risco de que algo acontecesse com ele durante o trajeto e a família os processasse.

Hans Hausser pagou em dinheiro a conta de sua noite no hospital e, em uma cadeira de rodas, foi levado à ambulância. Durante o trajeto, reservou uma passagem de avião para Berlim, no vôo das nove. A enfermeira lhe disse que avisara que chegaria em uma ambulância e em cadeira de rodas.

Quando chegou ao aeroporto, a enfermeira o acompanhou até o balcão de embarque, onde explicou que o Sr. Hausser podia viajar, mas que a tripulação deveria ficar de sobreaviso para o caso de ele ter uma crise. Uma aeromoça empurrou a cadeira de rodas até uma sala onde ficou esperando, pois o levariam diretamente ao avião, sem passar por nenhum controle.

Chovia a cântaros em Berlim. Teve dificuldades de convencer uma amável aeromoça de que não precisava mais da cadeira de rodas e que pegaria um táxi para ir para casa. Finalmente, conseguiu sair do aeroporto e tomar um táxi em direção à estação. Teve sorte, porque, quando chegou, faltavam apenas cinco minutos para que as portas do trem que partia em direção a Bonn fossem fechadas.

Ligou do trem para Berta anunciando-lhe que estaria em casa no meio da tarde. Ligou também para Bruno para lhe dizer que estava bem. Ele se encarregaria de falar com Carlo e Mercedes. Sentia-se esgotado e ridículo.

Berta não pôde dissimular a preocupação que sentia quando, horas mais tarde, viu seu pai entrar em casa. Hans Hausser tinha aparência ruim, o aspecto de um velho doente, e por isso, apesar de seus protestos, chamou o médico, um velho amigo que acudiu imediatamente e que não encontrou nada, apesar da insistência de Berta em dizer que seu pai estava passando mal.

Por fim, deixaram-no sozinho, e Hausser pôde fazer o que realmente precisava: tomar um banho e dormir tranqüilamente em sua cama.

***

Paul Dukais voltou a ler o relatório que Ante Plaskic havia feito chegar a ele. A escolha do croata fora um acerto; precisava agradecer a Tom Martin por tê-lo recomendado.

Em várias páginas escritas com letras claras e em um inglês mais do que aceitável, Ante Plaskic fazia um relato pormenorizado de como estavam sendo desenvolvidos os trabalhos da missão arqueológica e das dificuldades que tinha de enfrentar:

"Desconfio de Ayed Sahadi e ele desconfia de mim. Sahadi é o capataz, tem a responsabilidade do bom andamento da escavação, lida com os operários, e é ele quem determina os turnos de trabalho.

"Em minha opinião, Ayed Sahadi é mais do que um capataz; pode ser que seja um espião ou um policial. Sua missão me parece óbvia: proteger Clara Tannenberg.

"Procura não perdê-la de vista. Há três ou quatro homens que sempre estão perto dela, além de sua guarda pessoal. É difícil aproximar-se sem estar a um tiro destes homens.

"Não obstante, ela gosta de afastar-se do olhar dos guardiões. Umas duas vezes houve uma verdadeira comoção porque ela havia desaparecido, nas duas ocasiões ao amanhecer, para ir tomar banho no Eufrates, a primeira delas junto com a professora Gómez. Em outro dia organizou uma escapadela em segredo com algumas mulheres que eram parte da expedição. Ninguém ficou sabendo, nem mesmo Picot.

"Certa ocasião, resolveu passar a noite perto das ruínas, para onde levou uma manta para dormir a céu aberto.

"Será praticamente impossível que possa voltar a despistar os homens que a vigiam. Dois deles dormem no chão a poucos metros da casa onde ela pernoita.

"Há uma espécie de administrador, um tal de Haydar Annasir, que é quem se encarrega de pagar aos homens e a quem Ayed Sahadi pede tudo aquilo de que o professor Picot precisa. Esse homem teve um enfrentamento com ela. Ameaçou-a de ligar para o avô, e de fato o fez, porque ela não pára de olhá-lo com rancor. Agora, além de um pequeno contingente de soldados, chegou de Bagdá um grupo de homens armados que cercaram o acampamento.

"Picot pediu mais homens, e Ayed Sahadi e Haydar Annasir conseguiram contratar mais cem operários. O ritmo de trabalho é insuportável, mal se consegue descansar, apenas algumas poucas horas por noite, e começa a aflorar a tensão entre a equipe. Dois professores que acompanham Picot discutiram com ele por questões relativas ao método de trabalho, os estudantes queixam-se de que estão sendo explorados e os operários caem rendidos com as mãos desoladas.

"Mas nem o professor nem Clara Tannenberg parecem se importar com o cansaço dos operários e da própria equipe.

"Picot conta com um arqueólogo que faz o papel de bombeiro, Fabián Tudela, o único que é capaz de trazer de volta a paz quando parece que tudo irá pelos ares. Mas será inevitável que haja uma explosão; estamos trabalhando mais de 14 horas por dia.

"O que dizem ter encontrado é um templo e o que foi revelado pela tal bomba norte-americana é um dos andares de cima, onde dizem que havia uma biblioteca, e por isso a grande quantidade de tábuas encontradas. Já foram esvaziadas três salas e eles recuperaram mais de duas mil tábuas, que estavam guardadas em uns nichos.

"Os estudantes, sob a supervisão de quatro professores, estão classificando as tábuas, depois de fazer a limpeza. Ao que parece, as tábuas contêm, fundamentalmente, dados sobre as finanças da administração do palácio, embora tenham encontrado, na sala que estão examinando agora, restos de tábuas nas quais são descritos conhecimentos a respeito de minerais e animais.

"As salas encontradas até agora medem 5,3 por 3,6 metros, embora digam que encontraremos espaços maiores.

"Foram descobertas tábuas com os nomes dos escribas na parte superior, parece que isso era um costume; aparentemente, há algumas desse tal de Shamas com um catálogo da flora do lugar. Mas até o momento não encontraram nenhum rastro de tábuas com poemas épicos nem com fatos históricos, o que está deixando Tannenberg cada vez mais nervosa e piorando o humor de Picot, que se lamenta pelo fato de estar perdendo tempo.

"Há alguns dias houve uma reunião de toda a equipe para fazer uma avaliação dos achados. A exposição de Picot foi pessimista, mas Fabián Tudela, a professora Marta Gómez e outros arqueólogos disseram que estavam diante de uma das jazidas arqueológicas mais importantes do século, posto que não havia nenhuma referência a este palácio, e, na opinião geral, ele tem especial relevância por estar perto da antiga Ur. Parece que as proporções do palácio não são demasiadamente grandes, mas o suficiente para acomodar uma biblioteca expressiva, que, segundo comentam, é a que encontramos, pois já estamos nos andares superiores.

"A professora Gómez é partidária de estender a escavação além do que acreditam que seja o perímetro do templo, para localizar as muralhas e as casas. Estiveram discutindo mais de três horas sobre a conveniência de fazê-lo ou não, e, ao final, impôs-se o critério de Marta Gómez, porque Fabián Tudela e a própria Clara Tannenberg deram-lhe respaldo. Daí que tenham contratado mais operários e estejam intensificando a procura.

"Não é fácil nestes momentos achar homens, pois o país encontra-se em estado de alerta, mas a miséria é tamanha e os Tannenberg devem ser tão influentes que parece que dentro de alguns dias chegará um grupo de homens de outros pontos do país para incorporar-se à escavação.

"Minha função é ir transferindo para o computador informações sobre todos os objetos achados, que são fotografados em diversas posições, além de detalhar seu conteúdo.

"Conto com a ajuda de três estudantes para fazer meu trabalho.

"A casa dos computadores é freqüentada por todos os arqueólogos, que vêm para ver como estamos sistematizando seu trabalho e dar instruções; no entanto, quem assumiu nosso controle foi a professora Gómez, uma mulher tão suspicaz e meticulosa que acaba sendo insuportável.

"O genro do chefe da aldeia, o contato que você me deu para lhe enviar os relatórios, é um dos motoristas que vão e vêm das aldeias próximas procurando víveres; ele parece contar com a confiança de Ayed Sahadi, se é que aquele homem confia em alguém, e se é que confiar em alguém daqui não possa ser uma temeridade.

“Olhe, se encontrarem as tábuas que procuram, não será fácil apoderar-se delas, e muito menos sair daqui. É claro que, com dinheiro, é possível comprar os homens, mas temo que haja sempre alguém disposto a cobrir a melhor oferta, por isso não acho difícil ser traído, a menos que o meu contato fique sabendo, de algum modo, que ninguém será capaz de igualar a oferta para me ajudar a sair daqui...”

22

Smith abriu a porta da sala acompanhado de Ralph Barry e de Robert Brown.

– Senhor...

– Ah, você já está aqui! Entre.

Uma vez fechada a porta e cada um com um uísque na mão, Dukais lhes entregou uma fotocópia do relatório.

– Quero o original – pediu Robert Brown.

– É claro que é seu. É você quem paga. Além do mais, este cara tem talento para contar o que está acontecendo. É o primeiro informe que achei divertido ler.

– Bem, e aí? – perguntou Brown.

– E aí o quê?

– Como estão as coisas, pois, ao que parece, não encontraram nada. Vamos, a maldita *Bíblia de Barro* não aparece, embora tenham resgatado uma montanha de tábuas cujo valor são vocês que sabem qual é.

– Ninguém suspeita dele?

– Um tal de Ayed Sahadi, o capataz. O croata crê que ele não é um mero capataz. Deve ser um homem de Tannenberg encarregado de cuidar da neta.

– Tannenberg colocou, certamente, homens em cada lugar – observou Ralph Barry.

– Sim, é claro que é assim – concordou Dukais –, mas este, aparentemente, é especial. Yasir nos confirmará.

– Foi um acerto contar com Yasir – afirmou Robert Brown.

– Alfred ofendeu-o de tal maneira que Yasir sente-se livre do compromisso com ele.

– Não se engane com Alfred; ele sabe que Yasir o trairá e é certo que o esteja vigiando. Alfred é mais esperto do que Yasir e também do que você – disse, com petulância, Brown.

– Não me diga – respondeu, irritado, Dukais.

– Vocês não vão brigar agora... – interveio Ralph Barry.

– Yasir tem pelo menos uma dúzia de homens infiltrados na equipe arqueológica, além do contato direto com o croata – continuou Dukais como se não tivesse acontecido nada –; se esse Ayed Sahadi for mais do que parece, ele saberá.

Quando Robert Brown saiu da sala de Dukais, pediu a seu chofer que o levasse à casa de George Wagner. Devia entregar-lhe pessoalmente o informe do croata, e aguardar instruções, se é que lhe seriam dadas. Nunca era possível saber como agiria seu mentor; era frio como o gelo, mesmo quando a raiva estava estampada na íris de aço de seus olhos. E quando isso acontecia, Robert Brown tremia.

23

Gian Maria não podia ocultar os sintomas da depressão. Sentia-se totalmente inútil. O motivo de sua viagem ao Iraque fugia de suas mãos; na realidade, havia perdido as rédeas da própria vida e nem sabia mais por que estava ali.

Mal conseguia descansar. Luigi Baretti resolvera obrigá-lo a se esfalfar por ter tido a audácia de imiscuir-se nas coisas de Bagdá, e assim sua jornada de trabalho começava às seis e nunca terminava antes das nove ou das dez da noite.

Chegava à casa de Faisal e Nur esgotado, sem a menor vontade de dar atenção às gêmeas ou ao pequeno Hadi.

Normalmente, comia sozinho. Nur deixava-lhe uma bandeja com o jantar, que ele devorava sentado na mesa da cozinha. Depois, ia para a cama, onde desabava, exausto.

Naquela manhã, seu superior, o padre Pio, havia ligado de Roma. Quando pensava em regressar? Superara a crise espiritual?

Não tinha respostas para essas duas perguntas, mas sim a sensação de estar envolvido numa fuga para a frente que ele sabia não o levaria a parte alguma.

Tentara encontrar Clara Tannenberg sem nenhum êxito, mesmo tendo se apresentado várias vezes ao ministério da Cultura, pedindo para ser recebido por Ahmed Huseini. Os funcionários perguntavam-lhe se estava sendo esperado pelo Sr. Huseini e quando dizia que não, convidavam-no a ir embora ou a expor o motivo de sua visita, para que pudessem transmiti-lo ao diretor do departamento de Escavações.

Também tinha tentado falar com ele pelo telefone, mas uma educadíssima secretária insistia para que lhe explicasse o que queria com o Sr. Huseini e dizia que ele estava muito ocupado e não poderia atendê-lo.

Gian Maria sentia em sua consciência o peso de Clara Tannenberg, e procurava todos os dias nos jornais alguma referência ao seu sobrenome. Nunca encontrou nada.

O tempo passara depressa, muito depressa. O Natal estava chegando e não podia mais inventar desculpas para si próprio; sabia que tinha uma chave para chegar a Ahmed Huseini, e essa chave era Yves Picot. Não quisera usar o nome do arqueólogo para não comprometê-lo, mas não havia outro remédio: era obrigado a render-se às evidências. Ahmed não o receberia se não fosse pela interferência de alguém e, em seu caso, essa pessoa só podia ser Yves Picot.

– Hoje sairei mais cedo, Alia – anunciou à secretária da delegação da Ação de Ajuda à Infância.

– Você tem um encontro? Com quem? – perguntou a jovem, com curiosidade.

Resolveu dizer-lhe a verdade, pelo menos uma parte da verdade.

– Não tenho nenhum encontro. Bem, na verdade, quero encontrar alguns amigos.

– Você tem amigos no Iraque?

– Bem, eles não são exatamente meus amigos. Fazem parte de um grupo de arqueólogos que conheci quando estava vindo. Eles me trouxeram de Amã. Sei que estão escavando em Ur e gostaria de saber como estão. Vou tentar localizá-los.

– E como você vai fazer?

– Eles me disseram que se eu quisesse entrar em contato com eles deveria procurar um tal de Ahmed Huseini. Acho que ele é diretor do departamento de Escavações.

– Você lida com cada tipo de gente!

– Eu?

– Sim. Ahmed Huseini é um homem importantíssimo, um garotinho mimado pelo regime. O pai foi embaixador e ele é casado com uma mulher muito rica, uma iraquiana meio egípcia, meio alemã. A família da moça é um pouco misteriosa, mas tem muito dinheiro.

– Mas eu não conheço esse Huseini; meus amigos me disseram que ele poderia me colocar em contato com eles. E é isso o que eu quero fazer.

– Tenha cuidado, Gian Maria. Esse Huseini...

– Não exagere. Eu só vou perguntar como posso chegar aos arqueólogos!

– Está bem, mas tenha cuidado. Essa gente não presta – disse Alia, baixando a voz. – Nada lhes falta e vivem bem porque pisam no pescoço dos outros. Se os norte-americanos invadirem o Iraque, você verá como esses sem-vergonhas se salvarão. A única coisa que justificaria a vinda dos fuzileiros navais seria nos livrar de tanto horror. Você já está aqui há algum tempo e ainda não percebeu que Saddam é o próprio diabo e transformou o Iraque em um inferno.

– Eu sei o que vocês estão sofrendo. Você acha que eu não vejo? Mas isso tem de terminar, tenho certeza. Vamos, não vale a pena nos deprimirmos. Se Luigi perguntar por mim, diga que voltarei depois do almoço.

Alia mordeu o lábio e depois colocou a mão suavemente em seu ombro.

– Quer saber de uma coisa? Eu tenho a impressão de que você está sofrendo, e muito. Dá para perceber. Não sei por que nem o que faz você sofrer, mas se estiver precisando de ajuda...

– Mas que bobagem é essa que você está dizendo? Eu estou é cansado. Luigi não me deixa parar, assim como a você.

– É verdade. Ele o está explorando. De qualquer forma, tenho a impressão de que você está com algum problema.

– Não, não é verdade. Agora me deixe ligar para esse Ahmed que você tanto odeia...

Como em outras ocasiões, a secretária lhe disse que o Sr. Huseini estava ocupado, e só quando mencionou Yves Picot notou que o tom de sua voz mudava; ela lhe pediu que aguardasse.

Um minuto depois, Ahmed Huseini estava ao telefone.

– Quem é?

– Perdoe-me por incomodá-lo, mas veja, eu conheço o Sr. Picot e ele me disse que, para entrar em contato com ele, deveria ligar para o senhor e...

Huseini cortou-o, secamente. Gian Maria percebeu que falava atropeladamente e pensou que devia estar causando uma péssima impressão ao poderoso funcionário do regime.

Respondeu às perguntas que Ahmed Huseini lhe fez e quando este pareceu estar satisfeito, convidou-o para ir a seu escritório naquela mesma tarde.

– Se você está disposto a juntar-se a eles, este é o melhor momento. Estão faltando mãos e você, com seus conhecimentos, lhes será muito útil.

Na realidade, Gian Maria não tinha a menor intenção de encontrar Yves Picot e muito menos de viajar até o sul para chegar à desconhecida cidade de Safran. A única coisa que queria era o que deveria ter feito no próprio dia de sua chegada a Bagdá: perguntar àquele homem por sua mulher, por Clara Tannenberg, e explicar-lhe que era de vital importância que falasse com ela. Só a ela contaria por que estava ali. Havia ido salvá-la, mas não podia explicar de quê nem de quem, sem trair tudo aquilo em que acreditava e que se comprometera guardar pelo resto da vida.

Ahmed Huseini não parecia ser o temível esbirro do regime que Alia lhe descrevera. Além disso, chamou sua atenção o fato de não usar bigode, um enfeite tão ao gosto dos iraquianos. Parecia mais um executivo de uma multinacional do que um funcionário a serviço de Saddam Husein.

Ofereceu-lhe um chá e perguntou o que fazia em Bagdá, o que estava achando do país e recomendou que visitasse alguns museus.

– Quer dizer que você quer se juntar ao grupo do professor Picot...

– Bem, não exatamente...

– Então está querendo o quê? – perguntou Ahmed Huseini.

– Eu gostaria de saber como posso entrar em contato com eles. Sei que estavam indo para perto de Ur...

– Sim, de fato, estão em Safran.

Gian Maria mordeu o lábio. Precisava perguntar por Clara Tannenberg e não sabia como reagiria aquele homem aparentemente educado se um desconhecido lhe perguntasse por sua mulher.

– Você e sua mulher também são arqueólogos, não é verdade?

– Sim, somos. Você ouviu falar de minha esposa? – perguntou, com estranheza, Ahmed.

– Sim, ouvi.

– Suponho que Picot lhe terá dito que a missão de Safran deve-se, em parte, ao empenho pessoal de minha esposa. Devido à situação de meu país, não é fácil dispor de recursos para realizar escavações. Mas ela ama a arqueologia acima de tudo e é uma grande estudiosa do passado de nosso país. Por isso, conseguiu convencer o Sr. Picot a vir ajudá-la a desenterrar o que parecem ser os restos de um templo ou de um palácio, ainda não sabemos exatamente.

A porta foi aberta e Karim, seu assistente, entrou na sala, exibindo um amplo sorriso.

– Ahmed, já está tudo pronto para a remessa a Safran. Liguei para Ayed Sahadi para lhe dizer que o caminhão estava saindo, mas não consegui falar com ele. No entanto, tive sorte, porque falei com Clara...

Ahmed Huseini levantou a mão em um gesto que era uma ordem para que Karim não continuasse falando, enquanto o olhar de Gian Maria se acendia. Acabara de encontrar Clara Tannenberg. Na realidade, era o que Ahmed Huseini estava lhe dizendo, e o homenzinho que havia entrado na sala só fizera confirmar a informação. Agora que sabia onde estava, teria de ir a Safran. Sentiu-se um estúpido por não ter pensado na possibilidade de que Clara Tannenberg fizesse parte da expedição de Picot. Recordava que quando conseguiu entrar no congresso de arqueologia de Roma para procurá-la a funcionária que o atendeu perguntou-lhe, cheia de ironia, se ele estava interessado em fazer parte de uma expedição que a iraquiana estava querendo organizar. Além disso, os jornais haviam repercutido a intervenção de Clara Tannenberg assegurando que existiam umas tábuas que ela chamava de a *Bíblia de Barro*... De modo que, se Yves Picot estava ali, era para encontrar essas tábuas por meio das mãos da esposa de Huseini, e ele não foi capaz de relacionar as coisas.

Karim saiu da sala sem dizer palavra. Havia interrompido seu chefe e este o fitara com cara de poucos amigos.

– Sua esposa está em Safran... Claro...

– Sim, naturalmente – respondeu Ahmed Huseini, desconcertado.

– Claro, é lógico – foi a única resposta que ocorreu a Gian Maria.

– Enfim, me diga como posso ajudá-lo – pediu Ahmed, incomodado.

– Veja, eu gostaria de falar com o professor Yves Picot para ver se ele se importaria que eu passasse alguns meses em Safran. Não disponho de mais tempo, estou no Iraque para ajudar, colaboro com a ONG Ação de Ajuda à Infância..., mas não posso ficar muito mais tempo, de modo que se o professor não se importar que eu vá lhe dar uma mão, mesmo sendo por pouco tempo...

Ahmed Huseini estava achando aquele homem muito estranho. Não sabia por quê, mas tinha a impressão de que ia improvisando o que estava dizendo. Mandaria investigá-lo antes de permitir que fosse a Safran.

– Falarei com o professor Picot e se ele estiver de acordo... De minha parte, não vejo nenhum inconveniente em ajudá-lo a chegar a Safran. Você sabe que estamos em estado de alerta e, infelizmente, por motivos de segurança, ninguém pode ir aonde quiser sem ter uma permissão.

– Estou entendendo, mas levará muito tempo para organizar a viagem?

– Não se preocupe, eu lhe telefonarei... Minha secretária anotará seu telefone e endereço para que possamos localizá-lo.

– Irei a Safran – conseguiu dizer Gian Maria, temendo a reação de Ahmed.

– Você terá de esperar por meu aviso.

O tom de Ahmed Huseini continha um traço de ameaça. Parecia-lhe que aquele homem era quase patético e ao mesmo tempo inocente, mas, àquela altura da vida, não confiava em ninguém.

Quando Gian Maria saiu do ministério, estava empapado de suor. Sabia que não poderia voltar atrás, que deveria estar preparado para qualquer coisa. Ahmed Huseini investigaria quem ele era. Havia percebido que suas maneiras amáveis faziam parte de uma máscara. Alia tinha razão: Ahmed Huseini era um homem do regime e podia mandá-lo prender ou expulsá-lo do Iraque.

Ahmed Huseini não perdeu tempo e assim que Gian Maria saiu de sua sala, chamou Karim.

– Quero que você peça ao coronel para investigar esse homem. Ele é amigo do professor Picot e quer ir a Safran. Se Picot estiver de acordo, irá, mas antes quero ter mais informações sobre ele.

Vinte e quatro horas depois, Karim entregou a seu chefe duas páginas com o resultado da investigação do coronel, e ele descobriu na terceira linha por que o tal de Gian Maria era mais do que parecia. Decidiu ligar para Picot.

Yves Picot riu quando Ahmed Huseini lhe explicou, por telefone, a história do sacerdote.

– Mas por que você se espanta com o fato de que seja um sacerdote? – perguntou a Huseini. – Eu não me importo que você o mande para cá, estamos saturados de trabalho e um especialista em acádio e em hebreu patriarcal nos cairá como uma luva. Se seus sabujos já terminaram de investigá-lo, meta-o num helicóptero e o envie para a gente.

– Espere mais um pouco. Ainda tenho de confirmar algumas informações. Não estou certo a respeito do que deva fazer neste caso.

– Deixe-o vir. Gian Maria está no Iraque para prestar ajuda. Não tem motivos para sair dizendo por aí que é sacerdote, embora também não o tenha ocultado. Nenhum de nós lhe perguntou.

– Você acha que o Vaticano está interessado na *Bíblia de Barro*? – perguntou Ahmed.

– O Vaticano? Por favor, não fique vendo fantasmas! O Vaticano não iria mandar um sacerdote para nos espiar – Picot não podia deixar de rir. – Não seja paranóico, você é um homem inteligente. Você acha mesmo muito estranho que existam pessoas boas que queiram aliviar o sofrimento alheio?

– Mas então por que não disse logo que era sacerdote?

– Também não escondeu. Está em seu passaporte e isso aqui é o Iraque, onde vocês espionam todo mundo. Quantos espiões você infiltrou entre os operários? – perguntou Picot, sem parar de rir.

– Você deveria ser mais prudente – aconselhou-o Ahmed, temendo as conseqüências da conversa, que certamente estava sendo gravada pela Mujabarat.

– Você é quem sabe. Espere que eu vou passar para a Clara.

– Por mim não há inconveniente em que venha – afirmava pouco depois Clara ao marido. – Qual é o problema de ser sacerdote? Estou cercada por cristãos. O que você acha que é esse pessoal que veio trabalhar aqui? E, até onde sei, há sacerdotes em nosso país.

– Vamos sentir sua falta...

Nur parecia estar sendo sincera ao lamentar a partida de Gian Maria. Ele avisara havia dois dias que estava indo para Safran, onde passaria algum tempo ao lado de alguns amigos que estavam escavando na aldeia.

Faisal fizera uma careta quando ficou sabendo e não escondeu que lhe parecia uma frivolidade insuportável que estrangeiros estivessem procurando tesouros em seu país enquanto pessoas morriam por falta de comida e de remédios. A reprovação doeu a Gian Maria, que não soube encontrar nenhum argumento em sua defesa para diminuir a decepção estampada nos olhos de Faisal.

Gian Maria guardou a última camisa, fechou a mala preta e preparou-se para despedir-se de Nur e Faisal. As gêmeas estavam na sala, esperando que a mãe as levasse para a escola depois de deixar Hadi na casa da avó paterna.

A despedida não foi fácil para ele. Havia gostado sinceramente daquela família que enfrentava todos os dias, com enorme dignidade, as dificuldades de viver em um país empobrecido e sob um regime ditatorial.

Não participavam, até onde soubesse, de nenhum movimento de oposição a Saddam, mas sua repulsa ao ditador era evidente, pelo menos nas conversas que mantinham com os amigos que apareciam em sua casa.

Haviam lhe explicado que conheciam pessoas que tinham desaparecido de seus lares, de seus lugares de trabalho. Quando isso acontecia, era porque haviam recebido a visita da Mujabarat ou de algum outro serviço secreto de Saddam.

Havia famílias que se arruinavam porque, ao tentar saber de seus filhos, maridos, pais, tios, alguém lhes dizia que conhecia um policial e que este lhes garantia que, por uma determinada soma de dinheiro, conseguiria lhes dar notícias e até mesmo tornar mais leve sua passagem pela prisão em que estivesse. Por isso vendiam tudo de que dispunham e davam o dinheiro ao policial corrupto, que, naturalmente, não fazia nada.

Odiavam Saddam, mas muitos também não confiavam nos Estados Unidos. Nenhum iraquiano entendia por que os exércitos dos Estados Unidos e de seus aliados não entraram em Bagdá durante a Guerra do Golfo. Pareciam satisfazer-se com a política do bloqueio, que só era danosa para o povo iraquiano, pois nos palácios de Saddam nada faltava.

Ao lado de Nur e de Faisal, vivera a realidade do país, sua fome, seu medo, sua desesperança.

Sentiria falta deles e também sentiria falta de Alia, mas nem um pouco de Luigi Baretti. O delegado da Ação de Ajuda à Infância parecia-lhe um homem atormentado pelas circunstâncias e incapaz de dar, além de comida e remédio, um pouco de afeto a quem aparecia para pedir sua ajuda.

Ahmed Huseini estava esperando por ele na porta da casa de Faisal para levá-lo ao aeródromo, de onde um helicóptero transportaria os dois até Safran.

Gian Maria apresentou Ahmed a seus amigos, que o cumprimentaram friamente. Não queriam saber nada de alguém que parecia estar muito próximo de Saddam.

– Fico feliz em saber que você também está indo – disse Gian Maria a Ahmed, quando já estavam no helicóptero.

– Quero ver como as coisas estão por lá.

O ruído das hélices tornava impossível qualquer diálogo e os homens mergulharam em seus pensamentos.

Ahmed esperava não ter se equivocado com o sacerdote, apesar de já ter chegado à conclusão de que era inofensivo: submetera-o a uma exaustiva investigação.

Clara não pôde evitar correr ao encontro de Ahmed quando este acabou de descer do helicóptero. Havia sentido sua falta, mais do que gostaria.

Abraçaram-se, mas o abraço durou poucos segundos, pois os dois estavam conscientes de que não havia possibilidade de voltar atrás no caminho que levava ao divórcio.

Fátima os observava a certa distância rezando para que Ahmed repensasse sua decisão de se separar de Clara.

Yves Picot recebeu-o com afeto. Gostava de Ahmed; talvez por isso não tivesse dado nenhum passo para tentar conquistar Clara. A mulher o atraía mais do que estava disposto a admitir a Fabián, que vivia brincando com ele garantindo que era perceptível.

Mas o código pessoal de Picot não admitia a possibilidade de cortejar a mulher de um amigo, e embora Ahmed não fosse um amigo, tinha por ele simpatia suficiente para evitar se meter em seu casamento.

Recebeu Gian Maria com uma afetuosa palmada no ombro.

– Como você quer que o tratemos? De "padre"? De "irmão"?

– Por favor, me chamem de Gian Maria.

– Melhor assim. A verdade é que você me parecia meio esquisito, mas não podia imaginar que era sacerdote. Você é muito jovem.

– Nem tanto. Daqui a alguns dias vou fazer 36 anos.

– Mas parece ter 25!

– Sempre aparentei ter menos idade do que tenho.

Gian Maria observava Clara de viés, esperando pelo momento em que os apresentariam. Mas antes recebeu uma bronca das três jovens estudantes com as quais havia viajado de Amã a Bagdá. Magda, Marisa e Lola disseram-lhe que estavam aborrecidas com ele.

– Por que você não nos disse que era padre? – censurou-o Marta.

– Vocês não me perguntaram – desculpou-se ele.

– Sim, sim, perguntamos e você respondeu dizendo que era licenciado em línguas mortas – recordou-lhe Marisa.

– Não queria contar – afirmou Lola.

– Mas por quê? – insistia Magda.

Fabián aproximou-se, ao lado de Marta e de outros membros do grupo.

– Você ficou muito popular – disse, cumprimentando-o. – Sou Fabián Tudela, venha, eu o apresentarei ao restante da tropa e lhe direi onde pode se instalar.

Quando, finalmente, apresentaram-no a Clara, ficou vermelho, o que a fez soltar uma gargalhada.

– Já haviam me dito que você fica vermelho à toa – disse-lhe Clara. – Está disposto a deixar o resto e trabalhar?

– É claro. Farei tudo o que me mandarem, eu... Enfim, espero que encontre a *Bíblia de Barro*.

– Eu a encontrarei. Sei que está aqui.

– Tomara que tenha sorte.

– Para você, como padre, também será uma experiência especial.

– Se for verdade que o patriarca Abraão chegou a explicar a Criação – respondeu, cheio de dúvidas, Gian Maria.

– Ele o fez. Eu lhe asseguro que ele o fez, e vamos encontrar as tábuas.

– Dará tempo?

– Tempo?

– Sim, bem... Você sabe que vai haver guerra, ninguém duvida de que os Estados Unidos e os países aliados os atacarão.

– Por isso estamos trabalhando feito loucos, embora eu seja otimista e espere que acabe não acontecendo nada e que tudo fique em ameaças.

– Mas temo que não vá ser assim – respondeu, com tristeza, Gian Maria.

Fabián o acompanhou até uma casa pequena alinhada a outras exatamente iguais.

– Você dormirá aqui. É o único lugar onde ainda cabe um catre – explicou-lhe, convidando-o a entrar na casa dos computadores.

Ante Plaskic o recebeu com fastio. Preferiria continuar desfrutando a relativa independência que tivera até o momento. Mas sabia que não podia nem devia protestar porque estavam trazendo para a casa aquele sacerdote intrometido.

Ayed Sahadi também não parecia satisfeito com sua chegada, e havia pedido a Picot que lhe explicasse a contratação de Gian Maria.

– Procurarei incomodar o menos possível – disse Gian Maria a Ante Plaskic.

– É o que eu espero – respondeu Ante, sem nenhum sinal de simpatia pelo recém-chegado.

Gian Maria não sabia por que despertava tanta animosidade no croata e no capataz, mas resolveu não se preocupar. Já era o bastante procurar evitar que acontecesse alguma coisa com Clara Tannenberg. Porque essa era sua missão, o motivo de sua viagem ao Iraque, evitar que aquela mulher sofresse algum mal. Não podia lhe dizer o que sabia, que iam tentar matá-la, a ela e quem sabe ao pai e aos irmãos, se é que os tinha.

Sentia o peso do segredo em sua consciência. Não cogitara a possibilidade de que um dia a tragédia se apresentaria de improviso.

Havia testemunhado no confessionário o horror que o coração do homem pode abrigar e chorara sentindo-se impotente por não ser capaz de consolar as almas maltratadas pela dor e dispostas às vinganças mais cruéis. Almas que haviam conhecido o inferno em vida e nas quais não cabia mais um traço de compaixão.

Agora precisava conquistar a confiança de Clara, saber se tinha outros parentes além de Ahmed, e evitar aquilo que em seu íntimo sabia ser inevitável se Deus não interviesse. "Ele o faria?", se perguntou.

***

Lion Doyle tinha estudado minuciosamente todas as informações fornecidas por Tom Martin e havia chegado a uma conclusão: para aproximar-se de Tannenberg teria de encontrar a neta, Clara, e esta, aparentemente, estava perto de Tell Mughayir escavando com uma missão arqueológica integrada por profissionais de meia Europa.

Já sabia que Alfred Tannenberg era quase inacessível, que era protegido durante as 24 horas e que sua casa, a Casa Amarela de Bagdá, era guardada não apenas por seus esbirros, mas também por soldados de Saddam.

A casa de Tannenberg na cidade do Cairo também contava com proteção oficial. Sabia que poderia entrar e sair, mas o risco era muito grande, e pelo que Tom havia lhe dito, o velho estava em estado de alerta, esperava que alguns de seus sócios e amigos lhe aprontassem uma maldade e por isso reforçara as medidas de segurança. A neta seria o salvo-conduto para entrar na casa de Tannenberg pela porta principal. Além do mais, ela também devia morrer, segundo rezava seu contrato.

Ligou para Tom Martin avisando-o de que passaria pelo Global Group. Precisava de sua influência para conseguir uma credencial, uma credencial de jornalista autêntica.

– O Iraque está às vésperas da guerra; há jornalistas de meio mundo relatando os acontecimentos; portanto, a melhor maneira de passar despercebido é fazer-me passar por um deles.

– Você está louco! Os correspondentes de guerra se conhecem; vão sempre os mesmos para todos os conflitos.

– Não, não é verdade; além do mais, me farei passar por fotógrafo. Um fotógrafo independente, *freelancer*. Mas preciso que alguém, que uma revista, um jornal, me dê uma credencial e confirme, se lhe perguntarem, que estão interessados em minhas fotos. Eu já comprei um equipamento de segunda mão, um equipamento profissional usado.

– Dê-me umas duas horas. Verei o que posso fazer. Creio que tenho a solução.

– Quanto antes você a tiver, antes eu partirei.

Menos de duas horas depois, Lion Doyle estava entrando em uma casa de dois andares da periferia de Londres, em cuja porta havia um cartaz anunciando que ali funcionava a Photomundi.

O diretor da agência estava esperando por ele. Era um homem magro e de pouca estatura que, quando falava, exibia dentes pequenos e afiados.

– Você trouxe uma fotografia para a credencial?

– Sim, está aqui.

– Bem, deixe-me vê-la. Em um minuto sua credencial estará pronta.

– Fale-me de sua agência – pediu-lhe Picot.

– Fazemos de tudo, desde fotos de casamento até catálogos comerciais e fotos para a imprensa, quando nos contratam. Se uma revista precisa de um fotógrafo para um determinado trabalho, liga para mim, eu lhe mando o fotógrafo, ele faz as fotos, me pagam e ponto final. Também ajudo a pátria. Há amigos de amigos que precisam de uma credencial, como é o seu caso agora, e aí eles me pedem, pagam por ela e eu não quero saber de mais nada.

– E se o fotógrafo se meter em alguma confusão?

– É problema dele. Eu não tenho nenhum em minha folha de pagamento, são todos colaboradores que vou chamando de acordo com as necessidades. Eu sou subcontratado e também subcontrato. Alguém me disse que você vai viajar para o Iraque, quer fazer fotografias para vendê-las a algum jornal ou revista quando voltar. Bem, eu lhe dou uma credencial que diz que você é um colaborador da Photomundi e aí termina minha responsabilidade. Se voltar com as fotos, eu ligarei para alguns amigos da imprensa para que vejam se são boas o suficiente para serem compradas; se não as quiserem, as despesas serão suas, não minhas. E se se meter em alguma confusão, eu não sou responsável por nada. Está entendendo?

– Perfeitamente.

Meia hora depois, Lion Doyle saía da Photomundi com sua credencial de fotógrafo independente. Agora só tinha de pegar sua bagagem e ir buscar a passagem de avião para Amã.

***

A equipe estava esgotada, mas voltara a ficar eufórica; dois dias antes, quando o grupo chefiado por Marta Gómez terminara de limpar uma sala nova, haviam encontrado, quase inteiras, duas figuras de touros alados de meio metro de altura e umas duzentas tábuas praticamente intactas.

Gian Maria não dava conta de copiar e traduzir o conteúdo das tábuas, mas Yves Picot e Clara Tannenberg mostravam-se inclementes e instavam a trabalhar sem descanso tanto os operários como os arqueólogos.

Clara era sempre amável com ele, e aparecia com freqüência para ajudá-lo em seu trabalho de decifrar a complicada linguagem dos antigos habitantes de Safran. Por isso passavam muitas horas juntos. Ele percebia o desespero da mulher, como naquela tarde, em que a tensão estava estampada em cada músculo de seu rosto.

– Quer saber de uma coisa, Gian Maria? Apesar de estarmos avançando e o templo estar se revelando um verdadeiro tesouro arqueológico, às vezes fico duvidando de que as tábuas de Shamas estejam aqui.

– Clara – atreveu-se a dizer –, e se esse relato não existir? E se o patriarca Abraão nunca lhe tiver contado sua idéia da criação?

– Mas está lá, nas tábuas de meu avô! Shamas o diz com toda a clareza!

– Mas o patriarca pode ter mudado de opinião ou alguma coisa pode ter acontecido – sugeriu Gian Maria.

– Existir, elas existem. O que eu não sei é onde estão. Achei que as encontraríamos aqui. Quando a bomba fez a cratera, deixando o teto do templo a descoberto, e encontramos restos de tábuas, e em algumas delas o nome de Shamas, pareceu-me que era um milagre, que aquilo não havia acontecido por acaso... – lamentava-se Clara.

Gian Maria pensou que, de fato, parecia um milagre que tantos anos depois os Tannenberg voltassem a encontrar tábuas do escriba chamado Shamas.

Ele acreditava que tudo acontecia por desígnio de Deus, mas, neste caso, não sabia o que Deus queria dizer com tudo aquilo que estava acontecendo.

– E se não estiverem no templo? – perguntou Gian Maria.

– Como se não estiverem no templo? A que você se refere?

O olhar de Clara havia se acendido e em seus enormes olhos de aço parecia ter se instalado a esperança.

– Vamos ver. Os escribas tinham de exercer determinadas funções no templo: encarregavam-se de fazer as contas, de administrar o lugar, dos contratos de compra e venda... Encontramos um catálogo sobre a flora deste lugar, uma lista de minérios, enfim, tudo o que é normal. Por isso, talvez esse Shamas não tenha guardado no templo as tábuas com a história que Abraão lhe contou. Pode ser que as tenha guardado em sua casa ou em algum outro lugar.

Clara ficou em silêncio pensando no que Gian Maria acabara de dizer. Podia ter razão, embora não pudesse ignorar o fato de que na antiga Mesopotâmia os escribas transferiam para as tábuas os poemas épicos, e a Criação, mesmo sendo a versão de Abraão, não poderia deixar de ser considerada um poema épico.

Mesmo assim avaliou essa possibilidade, que implicaria começar a ampliar o perímetro da escavação ainda mais do que haviam projetado; mas sabia que não dispunham de tempo. Seu avô tinha ligado para ela da cidade do Cairo e, pela primeira vez, notara que estava pessimista. Seus amigos não lhe haviam deixado lugar para dúvidas: o Iraque seria atacado e, desta vez, os norte-americanos não se contentariam em apenas bombardeá-los; invadiriam o país.

Além do mais, seria quase impossível convencer Picot. Ele estava tão desesperado como ela por ainda não terem encontrado a *Bíblia de Barro,* mas se recusaria a começar a fazer novas buscas além daquelas que haviam projetado porque isso significaria dividir o trabalho dos operários e prejudicaria a escavação do templo. Mesmo assim falaria com Picot. Talvez Gian Maria tivesse razão.

Clara sentiu o olhar de Ante Plaskic em sua nuca. Não podia ser outro, porque não era a primeira vez que o surpreendia olhando-a furtivamente quando entrava na casa dos computadores ou quando ficava ao lado de Gian Maria e de outros membros da equipe limpando as tábuas colocadas sobre longas pranchas de madeira diante das casas de adobe que lhe serviam de refúgio.

Ayed Sahadi também não a perdia de vista, mas no caso de Ayed não sentia nenhuma inquietação. Seu avô havia lhe dito que o homem a protegeria se alguém tentasse lhe fazer algum mal. Na realidade, ela não tinha medo de ninguém; sentia-se protegida. Conhecia o temor dos iraquianos em levantar a mão contra alguém que gozasse dos favores de Saddam e ela e a família contavam com a amizade dos homens do círculo mais próximo do presidente. Não tinha motivos para se preocupar.

Era domingo e Yves, consciente do esgotamento da equipe, havia sugerido que passassem a tarde descansando. Mas Clara e Gian Maria não aceitaram a idéia e por isso estavam juntos limpando tábuas à luz do entardecer. Ante estava ali perto, observando-os, consciente de que incomodava a mulher.

Seria fácil matá-la. Poderia estrangulá-la; não precisa de outras armas que não sejam as mãos. Por isso, olhava com curiosidade para o pescoço de Clara, pensando no momento em que o apertaria até arrancar seu último suspiro.

Não sentia o menor apreço pela mulher; por ela nem por ninguém. Sentia-se rejeitado por todos e só aquele sacerdote esforçava-se em ser amável com ele. Até mesmo Picot tinha dificuldade de elogiar seu trabalho, que ele sabia estar fazendo com correção e denodo.

Mas, além de Clara, teria de matar seu cão de guarda, Fátima, a xiita que a seguia como um cachorro fiel por todo o acampamento; quase enlouquecia ao vê-la rezar três vezes ao dia voltada para Meca. Também mataria Ayed Sahadi, pois sabia que, caso contrário, este tentaria matá-lo. Não tinha mais dúvidas de que o capataz era mais do que aquilo que aparentava. Os militares da guarnição próxima às vezes se perfilavam quando o viam, embora Ayed sempre lhes respondesse com um gesto rápido para que não o fizessem. O temor que provocava nos homens era um sintoma de que eles sabiam que ele era mais do que um simples capataz. Também havia descoberto que pelo menos meia dúzia de homens falava mais do que o necessário com Ayed, como se o estivessem informando sobre assuntos que não diziam respeito à escavação.

Mas Ante também sabia que era vigiado pelo capataz, que procurava lhe demonstrar de diferentes maneiras sua desconfiança, como se estivesse avisando-o para não tentar nada. Os dois eram assassinos e se reconheciam como tal.

Alfred Tannenberg saiu com passos decididos do hospital. Ficara internado durante uma semana e sentia-se fraco, mas não queria que ninguém percebesse. Os homens, como o resto dos animais, farejam a debilidade dos outros e aproveitam a oportunidade para atacar.

A conversa que acabara de ter com seu médico não havia deixado lugar para dúvidas: na melhor das hipóteses, agüentaria até a primavera.

O médico resistia em anunciar uma data para sua morte, mas ele o havia pressionado até fazê-lo dizer que se chegasse a março estaria no lucro. Por isso precisava usar o tempo que lhe restava de maneira adequada, para garantir o futuro de Clara.

Ficaria alguns dias na cidade do Cairo acertando suas coisas e depois viajaria para o Iraque. Ia fazer uma surpresa à neta, pois pensava em instalar-se em Safran, ao lado dela, até que lhe avisassem que tinham de abandonar o lugar. Na verdade, teriam de deixar o Iraque e o fariam juntos, se é que ele iria viver até esse momento. Por isso precisava de Ahmed. Sabia que, uma vez morto, Clara ficaria desprotegida e precisaria de alguém que lhe tivesse afeto para salvá-la. Seus homens recebiam para protegê-la, mas deixariam de fazê-lo assim que ele desaparecesse, a não ser que outro homem assumisse as rédeas. Não lhe importava que Ahmed e Clara se divorciassem, mas teriam de fazê-lo depois que ambos saíssem do Iraque, se é que todas as predições seriam cumpridas e os norte-americanos entrariam no país.

Alfred nunca duvidara de que Ahmed aceitaria o acordo, em primeiro lugar, porque não iria querer prejudicar Clara e sabia que deixá-la no Iraque significaria sua morte; depois, porque se opor a seus desejos seria o mesmo que assinar sua sentença de morte, e, em terceiro lugar, porque iria ter acesso a uma quantia significativa pelo último trabalho para a organização. Ou seja, por todas essas razões faria tudo o que se esperava dele. Por isso, lhe havia ordenado que se preparasse para ficar em Safran a partir de fevereiro. Robert Brown, por intermédio do tal Mike Fernández, ex-coronel dos boinas-verdes, havia lhe mandado uma informação contundente: o ataque estava marcado para março.

Era exatamente Mike Fernández quem o estaria esperando. Havia marcado com ele no meio da manhã em sua casa, à qual se dirigia agora no Mercedes negro que driblava os semáforos.

O ex-coronel dos boinas-verdes já sabia que tipo de homem ele era e não perdeu tempo tentando enganá-lo. Alfred Tannenberg sempre estava algumas milhas à frente dele e de Paul Dukais; parecia saber não apenas o que faziam, mas também o que pensavam.

Naquele meio do dia aguardava, pacientemente, na quietude da sala de visitas daquela casa de Tannenberg que parecia cada vez mais vigiada.

Havia percebido que tinham colocado câmeras de segurança até nas árvores da rua que ficavam próximas à casa. O velho parecia ter certeza de que alguém tentaria matá-lo se tivesse a menor oportunidade e não estava disposto a concedê-la.

– Bem, coronel, quais são as novidades? – perguntou Tannenberg, como se o estivesse cumprimentando.

– Como vai o senhor? – foi a resposta de Mike Fernández.

– Tal como você está vendo.

– Os homens já estão aqui. Estudei os mapas com eles e gostaria de saber se poderíamos nos deslocar para que eles reconheçam o terreno onde teremos de esperar por seus homens.

– Não, não poderão fazer isso agora. Terão de se contentar em estudar os mapas.

– Mas seus homens se movimentam sem dificuldades por toda a região.

– É verdade, e não quero chamar a atenção, agora não. Quando o barulho começar, será diferente. O êxito da operação está repousado na disciplina, e no fato de você e seus homens serem capazes de seguir as orientações dos meus. Se agirem assim, sairão daqui com vida.

– O Sr. Dukais já organizou o aparato para que meus homens e a carga possam partir em aviões militares até as bases européias.

– Espero que tenha levado em conta minhas recomendações e determinado que parte da carga faça escala na Espanha e outra em Portugal. São dois países aliados e amigos dos Estados Unidos e estão entregues à causa.

– A que causa, senhor? – quis saber o ex-boina-verde.

– Naturalmente, à de Bush e seus companheiros, que são os nossos. Este é um grande negócio, amigo.

– Outra parte da carga seguirá diretamente para Washington.

– Sim, assim será.

– E o senhor, onde estará quando a guerra começar?

– Isso não lhe diz respeito. Eu estarei onde tiver de estar. Yasir lhe transmitirá minhas ordens; não deixaremos de manter contato em nenhum momento, nem mesmo quando nossos amigos começarem a bombardear.

Mike Fernández sentia uma enorme curiosidade de saber se Tannenberg sentia lealdade por alguma coisa ou por alguém e não resistiu à tentação de perguntar-lhe.

– Suponho, senhor, que ficará preocupado sabendo que nesta ocasião, além de bombardear, vamos invadir o Iraque.

– E por que haveria de estar preocupado?

– Bem, o senhor tem família no Iraque e muitos amigos importantes ao lado de Saddam...

– Eu não tenho amigos, coronel, tenho apenas interesses. Para mim, tanto faz se a guerra for vencida por este ou por aquele. Eu continuarei fazendo negócios; o dinheiro é um camaleão que adquire a cor do vencedor.

– Mas o senhor vive aqui... Sei que tem uma belíssima casa em Bagdá...

– Minha casa estará onde eu estiver. E agora, se me permite, gostaria de ir trabalhar em vez de ficar aqui saciando sua curiosidade. Saddam é meu amigo e Bush também; graças aos dois vou fazer um grande negócio e você também. E, assim como nós, mais algumas centenas de pessoas.

– Também morrerão pessoas, perderemos amigos...

– Eu não vou perder nenhum amigo, e não faça drama; todos os dias morrem pessoas, só que na guerra morrem em grandes quantidades. Isso é tudo.

24

Lion Doyle fixou seu olhar em um grupo que estava na outra extremidade do balcão. Eram jornalistas, percebia-se a léguas de distância. Dois deles estavam disfarçados de paramilitares: calças verdes camufladas, jaquetas cáqui, botas negras de cano alto amarradas com cadarços.

Reconhecia os jornalistas a distância por sua mania de vestir roupas militares quando eram enviados para cobrir alguma guerra. Muitos jamais pisavam no *front*, e o máximo que se aproximavam do conflito era o bar de um hotel de luxo situado às vezes a centenas de quilômetros do perigo real. Agora mesmo o Kuwait estava repleto de jornalistas vestidos com roupas de camuflagem que informavam sobre a tensão da região da beira da piscina do hotel.

Outros arriscavam a pele tentando driblar os controles que os comandos militares sempre tentam impor, não importa qual seja seu lado.

Havia conhecido jornalistas realmente corajosos, que, a seu juízo, tinham a audácia dos fanáticos, convencidos de que sua missão era informar do próprio inferno para que os cidadãos conhecessem a verdade. Mas que verdade?

– Quem diria? Não posso acreditar? Lion!

Ao ouvir seu nome, ficou tenso, até virar o corpo e encontrar uma mulher que conhecia.

– Olá, Miranda.

– Não me diga que você está passando férias em Amã.

– Não, não estou de férias.

– Está de passagem para ir a...

– Ao Iraque, como você.

– Da última vez nos vimos na Bósnia.

– Foi a última e a primeira, se a memória não me falha.

– E você me contou que estava dirigindo caminhões para uma ONG que levava alimentos para os pobres bósnios. Não era assim?

– Vamos, Miranda, não seja rancorosa.

– Por que eu haveria de ser?

– Talvez porque tive de sair de Sarajevo às pressas e não tive tempo de me despedir.

Miranda soltou uma gargalhada ao mesmo tempo que se aproximava e ficava na ponta dos pés para alcançar seu queixo e lhe dar dois beijos. Depois apresentou-o a outro homem que, a seu lado, observava, rindo, a cena.

– Este é Daniel, o melhor cinegrafista do mundo. E este é Lion. Lion não sei mais o quê.

Lion não disse seu sobrenome e apertou a mão de Daniel. O cinegrafista, muito mais jovem do que ele, não devia ter mais de trinta anos e usava um rabo-de-cavalo cuidadosamente preso por um elástico. Achou-o simpático. Não estava disfarçado de militar, mas, como Miranda, vestia *jeans*, botas, um suéter grosso e um blusão.

– A quem você vai socorrer agora? – quis saber a mulher.

– A ninguém. Agora sou seu concorrente.

– Não me diga? Mas como?

– Eu não lhe disse em Sarajevo, mas trabalho como fotógrafo para uma agência.

Miranda olhou-o com desconfiança. Ela conhecia todos os correspondentes de guerra, não importa de que país fossem. Encontravam-se em todos os conflitos, na região dos Lagos, em Sarajevo, na Palestina, na Chechênia... E Lion não era um deles, disso estava certa.

– Sou fotógrafo, mas não de jornal – disse ele, consciente da desconfiança que havia despertado em Miranda. – Faço fotos para catálogos comerciais, e, bem, quando não há trabalho, também fotografo casamentos. Você sabe, aquelas sessões fotográficas de casais que querem guardar um álbum sobre o feliz dia do casamento.

– Então... – quis saber Miranda.

– Então o maldito trabalho desaparece e às vezes sou obrigado a fazer outras coisas, como dirigir caminhões ou o que me encomendarem. A agência que me contrata para os catálogos também tem contatos com a imprensa. O dono me disse que o Iraque está interessando agora aos jornais e que se eu fosse capaz de tirar boas fotos poderia colocá-las. Estou aqui tentando a sorte.

– E como se chama a agência? – quis saber Daniel.

– Photomundi.

– Ah, eu conheço os caras! – afirmou Daniel. – Contratam os fotógrafos por trabalho, fazem encomendas e às vezes os deixam lisos, sem comprar as fotos. Espero que você se dê bem no Iraque, porque, em caso contrário, vai gastar o dinheiro da viagem.

– Já estou gastando – disse Lion.

– Bem, se pudermos ajudá-lo... – ofereceu-se Daniel.

– Fico grato, porque não sou jornalista; se vocês me orientarem, ficarei muito agradecido. Fotografar uma lata de aspargos para um catálogo não é a mesma coisa que documentar uma guerra.

– É claro que não é a mesma coisa – disse Miranda, com o mesmo tom de desconfiança.

Daniel não parecia tão desconfiado como sua companheira e convidou Lion para juntar-se ao grupo de jornalistas que estavam no outro lado do balcão.

Lion hesitou um segundo. Não queria roçar-se nos jornalistas mais do que o necessário, mas também não podia recusar o convite do cinegrafista crédulo que acompanhava Miranda. Juntou-se ao grupo e foi apresentado a uma dúzia de correspondentes de guerra de vários países que estavam organizando a viagem ao Iraque.

Não lhe deram muita atenção. Não o conheciam, e o fato de Miranda apresentá-lo como um fotógrafo de catálogos que queria tentar a sorte como repórter provocou em todos eles um sentimento de auto-suficiência. Olhavam para ele com condescendência; eles estavam curtidos no campo de batalha, e entre um uísque e outro contaram-lhe que haviam tocado a morte com as mãos e visto horrores dos quais não se recuperariam jamais.

Sairiam no dia seguinte bem cedo em vários carros alugados em direção a Bagdá e convidaram-no a se juntar a eles; só teria de pagar antecipadamente a parte que lhe corresponderia do aluguel do carro. Lion perguntou quanto lhe custaria e depois de simular que fazia contas lhes disse que sim, o que lhe valeu várias palmadas nas costas.

De manhã cedo, estavam todos sonolentos no saguão do Intercontinental. Não pareciam fazer parte da mesma tropa alegre da noite anterior. Os efeitos do álcool e a falta de sono haviam deixado sua marca na maioria deles.

Daniel foi o primeiro a avistá-lo e levantou a mão para cumprimentá-lo, enquanto Miranda fazia uma careta.

– Qual é o problema de seu amigo? – quis saber Daniel.

– Não é meu amigo. Conheci-o em um lugar perto de Sarajevo no meio de um tiroteio. Na realidade, quase se pode dizer que salvou minha vida.

– O que aconteceu?

– Um grupo de paramilitares sérvios estava atacando uma aldeia próxima de Sarajevo. Neste dia eu estava ali com vários colegas de outras televisões. Os tiroteios nos pegaram no meio do trabalho. Não sei como aconteceu, mas, de repente, me vi sozinha numa rua, escondida entre dois carros. As balas passavam bem perto de mim. Quase roçavam meu corpo. Havia um franco-atirador em algum lugar. De repente, apareceu Lion, não me pergunte por onde nem como. Só sei que o vi ali a meu lado; obrigou-me a baixar a cabeça e me tirou dali.

"Os sérvios poderiam ter resolvido liquidar todos nós, mas naquele dia chegaram à conclusão de que lhes seria mais rentável aparecer na televisão e por isso nos deixaram ir embora. Lion me enfiou num caminhão e me levou a Sarajevo. A verdade é que fiquei impressionada ao ver como lidava com aquela situação. Parecia... Parecia um soldado, não um caminhoneiro. Quando me deixou a salvo, ficamos de nos ver mais tarde. Desapareceu. Não voltei a vê-lo até a noite de ontem."

– Mas não se esqueceu dele.

– Não. Não esqueci.

– E agora está com sentimentos conflitantes. Não sabe o que pensar e, sobretudo, não sabe se quer estar perto dele. Estou enganado?

– Vamos, Daniel, você está parecendo um psicanalista!

– É que eu a conheço muito bem – respondeu Daniel, com um sorriso.

– É verdade. Não nos separamos nos últimos três anos. Passo mais tempo com você do que em casa.

– Trabalho é trabalho. Esther queixa-se da mesma coisa, de que estou mais com você do que com ela e, além do mais, quando volto para casa estou esgotado.

– Que sorte você teve com Esther...

– Sim, ela é maravilhosa. Outra mulher teria me atirado com as malas na rua.

– Eu não sei por que você quis vir agora. Seu filho está quase para nascer.

– Porque somos jornalistas e devemos estar onde as coisas acontecem, e agora o lugar é o Iraque. Esther entende. Afinal, ela também é da profissão, embora faça reportagens sobre a família real.

Lion dividiu um jipe com tração nas quatro rodas com Miranda, Daniel e dois cinegrafistas alemães.

Miranda não parecia estar de bom humor e ficou calada boa parte da viagem, sem participar da conversa de Daniel com os colegas.

Lion não se enganava a respeito de Miranda. Apesar de sua aparência frágil, era uma mulher calejada, não só como correspondente de guerra, mas em outras batalhas, nas da vida.

Embora magra e baixinha, não devia medir nem um e sessenta, com cabelos negros muito curtos e olhos da cor do mel, Lion achava que Miranda era uma força da natureza. A mulher tinha gênio, sabia se impor e, sobretudo, parecia não ter medo. Quando a conhecera naquela aldeia de Sarajevo, ficou espantado com o fato de que, apesar da situação, não tivesse ficado histérica.

A estrada que levava a Bagdá era tão longa como empoeirada. Havia mais trânsito do que habitualmente, pois as ONGs preferiam levar suas cargas partindo de Amã; cruzaram com dois comboios de caminhões e com ônibus que iam nas duas direções. Na fronteira da Jordânia com o Iraque, um ônibus repleto de iraquianos tentava convencer a polícia de fronteira do Iraque que os deixassem passar. Alguns tiveram sorte; outros, depois de examinados seus papéis, foram detidos com pouca cordialidade.

Os jornalistas desceram dos carros para filmar e fotografar a cena e perguntar o que estava acontecendo. Não receberam resposta, mas ameaças, e por isso resolveram seguir em frente. Queriam evitar problemas antes de chegar a seu destino.

O hotel Palestina conhecera tempos melhores. Lion teve dificuldades em conseguir um quarto. Não havia nada para quem não tivesse feito reserva, disse-lhe um amável recepcionista alucinado pela avalanche de jornalistas que se amontoavam diante do balcão, exigindo seus apartamentos. Lion resolveu dar-lhe uma gorjeta que fosse capaz de acalmá-lo.

Cem dólares lhe abriram a porta de um quarto no oitavo andar. A torneira do banheiro gotejava sem parar, era impossível descer as persianas e a colcha da cama estava precisando ir para a tinturaria, mas, pelo menos, tinha um teto para protegê-lo.

Sabia que encontraria os jornalistas no bar quando tivessem deixado seus equipamentos nos quartos. Nenhum deles começaria a trabalhar antes do dia seguinte, embora já tivessem começado a procurar intérpretes e guias. O ministério da Informação contava com um centro de imprensa que providenciava intérpretes para os jornalistas estrangeiros, embora alguns procurassem encontrá-los por conta própria, conscientes de que as autoridades exigiam informações dos intérpretes oficiais a respeito dos jornalistas que acompanhavam.

– Você vai precisar de uma pessoa para acompanhá-lo – disse-lhe Daniel quando se encontraram no bar.

– Não. Não tenho dinheiro para gastar com isso; procurarei me arranjar sozinho. Já investi bastante para chegar até aqui... – desculpou-se Lion.

– Mas vão obrigá-lo; não gostarão de ver um fotógrafo britânico enfiando o nariz em todos os lugares.

– Procurarei não me meter em confusões. Veja, minha idéia é fazer uma reportagem fotográfica sobre a vida cotidiana de Bagdá. Você acha que os jornais poderão se interessar?

– Tudo vai depender da qualidade das fotos, de seu conteúdo. Você precisará encontrar alguma coisa muito especial – aconselhou-o Daniel.

– É o que eu vou procurar. Amanhã sairei bem cedo, quero fotografar o despertar de Bagdá, e por isso hoje à noite não vou me deitar tarde; estou cansado da viagem.

– Venha jantar com a gente – convidou-o Daniel.

– Não, pois sei que vocês ficarão até tarde. Desci para tomar um chá e daqui a pouco vou me deitar.

Daniel não insistiu. Ele também estava cansado; entendia que Lion tivesse vontade de se enfiar na cama.

Lion dormiu de um só tiro. Não havia mentido quando disse a Daniel que estava cansado. Despertou com o amanhecer e, depois de um banho rápido, pegou a bolsa com as câmeras e saiu à rua. Tinha de manter as aparências, e por isso passou boa parte da manhã no bazar e percorrendo as ruas de Bagdá. Fotografou tudo o que chamou sua atenção, mas, sobretudo, o que quis fazer foi sondar o lugar. Bagdá era uma cidade em estado de sítio onde faltava de tudo, mas, como costuma acontecer, a alguns não faltava nada. As lojas estavam vazias, mas, se a pessoa soubesse bater em determinadas portas, poderia conseguir produtos de primeira qualidade.

Em sua longa caminhada, não havia deixado de pensar em um pretexto para se apresentar em Safran.

Quando chegou ao hotel depois do meio-dia, não encontrou nenhum membro da tribo de correspondentes. Resolveu dirigir-se ao ministério da Informação para falar com o responsável pela imprensa e manifestar-lhe seu desejo de viajar a Safran.

Como quase todos os iraquianos, Ali Sidqui exibia um espesso bigode negro. Era um homem corpulento, roliço, que dissimulava com sua estatura elevada e seu porte régio. Como segundo responsável pelo centro de imprensa, procurava apresentar seu melhor sorriso aos jornalistas que acorriam a cada dia em maior número a Bagdá.

– Como podemos ajudá-lo? – perguntou a Lion.

Explicou-lhe que era um fotógrafo independente e mostrou-lhe a credencial da Photomundi. Ali anotou os dados de Lion e interessou-se por sua primeira impressão de Bagdá. Quando já estavam conversando amigavelmente havia mais de meia hora, Lion foi ao ponto.

– Quero fazer uma reportagem especial. Veja, sei que está sendo feita uma importante escavação arqueológica perto de Mughayir, creio que em uma aldeia chamada Safran. Gostaria muito de ir até lá e fazer uma reportagem sobre a escavação, mostrar ao mundo como a antiga Mesopotâmia continua revelando seus segredos. Creio que a missão é formada por gente de meia Europa, e por isso será interessante mostrar que, apesar do bloqueio, há personalidades do mundo acadêmico trabalhando no Iraque.

Enquanto ouvia Lion, Ali Sidqui pensava que a reportagem que aquele fotógrafo britânico queria fazer poderia ser uma propaganda positiva do regime. Ele não sabia que havia uma missão arqueológica em Safran, mas não lhe disse. Ouviu-o com interesse e prometeu lhe telefonar no hotel Palestina se conseguisse que seus chefes lhe dessem uma permissão para que viajasse a Safran.

Lion poderia ter optado por chegar a Safran por seus próprios meios, mas sabia que devia acomodar-se a seu novo papel de fotógrafo e agir como o resto da imprensa que estava em Bagdá.

Passou a tarde indo de um lugar a outro fotografando o que achava interessante. Voltou ao hotel com o último raio de sol.

Miranda estava na recepção com Daniel. Eles também haviam acabado de chegar.

– Olha lá, o desaparecido! – foi o cumprimento de Miranda.

– Passei o dia inteiro trabalhando. E vocês?

– Nós também não paramos. Esta gente está vivendo uma situação terrível. Estivemos em um hospital que dava vontade de chorar. Eles não têm nada – lamentou Daniel.

– Sim, deu para perceber os efeitos do bloqueio. Fiquei espantado com as pessoas, como são amáveis, apesar da situação em que vivem.

– E que poderá piorar. Bush e seus amigos vão se encarregar disso – afirmou Miranda.

– Bem, Saddam não é exatamente um anjinho – respondeu Lion.

– Não, não é, mas Bush não vai atacar porque dê importância a Saddam. O que lhe importa é o petróleo.

O tom de voz de Miranda indicava que ela estava disposta a brigar, mas Lion não tinha nenhum interesse em entrar em polêmicas. Não dava a menor importância a Bush nem a Saddam. Estava no Iraque para fazer um trabalho e depois voltaria à tranqüilidade de sua chácara, ao lado de Marian, e por isso não lhe respondeu, mas Daniel estava muito impressionado com seu périplo por Bagdá e não desistiu da conversa.

– São os iraquianos que têm de afastar Saddam e não a gente.

– Você tem razão, mas me parece difícil que possam fazê-lo. Aqui, todo mundo que faz algum gesto termina em uma prisão; e aqueles que têm sorte são os que morrem rapidamente. Não podemos pedir milagres, as pessoas suportam as ditaduras porque é difícil derrubá-las. Ou recebem ajuda externa ou ficam como estão – foi a resposta de Lion.

– Às vezes, o que recebem do exterior é merda. Saddam foi apadrinhado pelos norte-americanos, assim como Pinochet ou Bin Laden. Agora que já não lhes serve, querem derrubá-lo. Bem, que o façam, eu não vejo nenhum inconveniente; o problema é que, para fazê-lo, vão assassinar milhares de inocentes e vão destruir este país. Quando a guerra terminar, o Iraque terá deixado de existir – sentenciou, com raiva, Miranda.

– Não discutamos. Parece-me que tivemos todos um dia difícil. Por que não vamos jantar?

Daniel disse que estava cansado e preferia ir para o quarto, mas Miranda aceitou a sugestão de Lion. Encaminharam-se para o restaurante, onde encontraram outros jornalistas. Sentaram-se a uma mesa onde estavam dois repórteres espanhóis, um irlandês, três suecos e quatro franceses. Era confortável que todos falassem inglês.

Cada um contou sua experiência do dia sabendo que todos guardavam alguma informação. Apesar da solidariedade entre eles, também havia competição.

Depois do jantar, foram para o bar, onde estavam outros jornalistas. "Maldita tribo!", pensou Lion, fascinado pelas conversas cruzadas de uns e outros, pelas anedotas extravagantes que contavam e pela personalidade de alguns deles.

– Você já mandou alguma foto? – quis saber Miranda.

– Vou mandar amanhã. Espero ter sorte. Se as venderem depressa, ficarei; em caso contrário, terei de partir.

– Você desiste muito depressa – respondeu Miranda, com sarcasmo.

– Eu diria que sou realista e que posso correr certos riscos. Mas eu ainda não lhe perguntei de onde você é.

– Que pergunta boba. Por que você quer saber?

– Porque não sei de onde você é. Trabalha para uma produtora independente de televisão. Fala um inglês perfeito, mas com um ligeiro sotaque que eu não sei de onde é. Ouvi-a falando em francês, e você o domina tanto que, se não a tivesse ouvido falar em inglês, pensaria que é francesa; depois, começou a discutir com o sujeito da televisão mexicana e, pelo esporro que estava lhe dando, sem quase deixá-lo falar, eu diria que também domina o espanhol... Daí...

– Quer dizer: você é um curioso.

– Não, mas você tem algum motivo para não me responder?

– Sim: não tenho vontade. Veja, não sou de lugar algum. Odeio as bandeiras, os hinos e tudo aquilo que separa os homens.

– Mas deve ter nascido em algum lugar.

– Sim, nasci em algum lugar, mas não sou desse lugar nem de nenhum outro. Minha escolha é ser apátrida.

– Você tem passaporte de apátrida? – perguntou Lion, com curiosidade.

– Tenho um passaporte de um país da comunidade porque, para ir de um lugar a outro sem ser presa nas fronteiras, tenho de aparentar que sou alguém e que sou de algum lugar.

– Bem, então não me diga!

– Bem, vou dizer. Meu pai nasceu na Polônia, mas seus pais eram alemães. Minha mãe nasceu na Inglaterra, mas seu pai era grego e a mãe espanhola. Eu nasci na França; diga-me, de onde você acha que eu sou?

– O que seus pais faziam?

– Meu pai era pintor e minha mãe, desenhista. Não eram de nenhum lugar e viveram em todos os lugares. Odiavam as fronteiras.

– E a ensinaram a odiá-las.

– Aprendi a odiá-las sozinha, não precisei que me ensinassem.

Miranda parou de falar com ele e começou a participar da conversa geral.

Lion conseguiu ouvir que os jornalistas espanhóis estavam planejando viajar para Basora, ao passo que os suecos queriam visitar Tikrit, cidade natal de Saddam Husein.

– E você, Lion, vai ficar em Bagdá?

A pergunta havia sido feita por um jornalista francês do grupo que conhecera em Amã. Hesitou alguns segundos antes de responder. Decidiu dizer a verdade.

– Eu estou querendo ir à antiga Ur.

– Para fazer o quê?

– Ouvi dizer que há uma expedição arqueológica trabalhando ali perto, e pode ser que se fizer uma boa reportagem a respeito das escavações consiga vendê-la.

– E onde essa expedição está, exatamente? – insistiu o francês.

– Já sei de que expedição você está falando – disse um jornalista alemão. – Não é a do professor Picot?

– Eu acho que sim. A verdade é que eu não sei muita coisa sobre essa expedição, mas acho que pode ser interessante – foi a resposta de Lion.

– Acho que encontraram restos de um palácio ou de um templo que podem abrigar algumas tábuas muito preciosas com uma versão do Gênesis. Essa história foi publicada pelo *Frankfurter* – explicou uma jornalista alemã. – Eu sei disso porque há vários professores e arqueólogos do meu país nessa expedição. Mas não achei que isso tivesse importância nesse momento.

– Bem, para vocês talvez não, mas se eu fizer uma boa reportagem fotográfica sobre essa escavação e a agência vendê-la para alguma revista especializada... – justificou-se Lion.

– Não é má idéia, talvez possa dar mesmo uma boa reportagem – disse uma jornalista italiana.

– Até que Bush comece a bombardear teremos de ocupar espaço com outras coisas – argumentou um dos jornalistas suecos.

– Por favor, não me roubem a reportagem. Eu estou trabalhando por minha conta! – pareceu lamentar-se Lion.

– Não vamos roubar nada de você. Aqui a gente divide tudo – respondeu Miranda.

– Vocês trabalham para redes de televisão e jornais, eu estou me aventurando com recursos próprios – tornou a se lamentar Lion.

– Não seja chorão. A expedição não é nenhum segredo. O Otto já disse que os jornais já falaram dela – insistiu Miranda.

– Os italianos também – afirmou a enviada especial de uma agência de Roma.

Lion ficou ainda algum tempo interpretando o papel de novato preocupado; depois despediu-se e foi dormir. Tinha de se preparar para a viagem a Safran, recebesse ou não o sinal verde do ministério da Informação.

Foi acordado pelo toque do telefone. Ali Sidqui, o homem do ministério da Informação, parecia estar de bom humor.

– Tenho boas notícias para você. Meus chefes acharam que é uma boa idéia que você viaje para Safran para fazer uma reportagem sobre a missão arqueológica. Nós levaremos você.

– São muito amáveis, mas prefiro eu mesmo tomar as providências.

– Não, não, não pode ser. Só é possível ir a Safran com permissão do governo. É zona militar, e a missão arqueológica conta com proteção oficial. Ninguém pode incomodá-los, a não ser que vá com permissão de Bagdá. E por isso ou você vai com a gente ou não vai.

Aceitou. Não lhe restava outra opção. Ali Sidqui lhe disse para passar naquela mesma manhã pelo centro de imprensa do ministério para organizar a viagem. Sabia se havia algum colega que também estivesse interessado em ir a Safran? Lion respondeu, mal-humorado, que preferia não dividir com ninguém sua idéia e, em todo caso, que os outros fossem quando ele voltasse com suas fotos.

No ministério da Informação, Ali Sidqui o apresentou a seu chefe. Este parecia entusiasmado com a idéia de que fosse publicada na Inglaterra uma reportagem sobre o professor Picot e sua escavação.

– Os intelectuais europeus não nos abandonam – disse o chefe do centro de imprensa.

Lion concordou. Não dava a menor importância ao que dizia aquele funcionário de Saddam, que o fez responder a um questionário e fotografou seu passaporte.

– Ligaremos para você dentro de alguns dias. Fique preparado; espero que não enjoe no helicóptero.

– Não sei. Nunca entrei em um – mentiu Lion.

Tom Martin acabara de receber uma mensagem de Lion. O diretor da Photomundi havia reenviado para seu correio eletrônico uma longa mensagem de Lion sobre suas impressões de Bagdá, anunciando também a sorte que tivera por ter podido se deslocar a um lugar chamado Safran. Enviava-lhe, também, uma coleção de fotografias pedindo que fizesse o possível para vendê-las.

O diretor da Photomundi não ficou especialmente interessado no *e-mail* de Lion. Recebia um bom dinheiro para não ver, nem ouvir e ficar calado, sobretudo para ficar calado. O que de fato faria seria tentar vender as fotos; eram melhores do que esperava, embora, na realidade, não tivesse nunca esperado receber alguma foto do tal de Lion.

Tom Martin mergulhou na leitura da mensagem de seu homem no Iraque. Lion já estava em Safran, nada menos do que sob as bênçãos do regime de Saddam.

"Cheguei hoje a Safran. O helicóptero que me transportou era uma lata velha soviética que fazia um barulho infernal.

Aqui trabalham mais de duzentas pessoas; o chefe da missão, o professor Yves Picot, está obcecado em ganhar a batalha contra o tempo. É consciente de que não dispõe de muito. Conheci os membros mais destacados da equipe que, amavelmente, me orientam sobre a importância do trabalho que estão realizando. Um dos arqueólogos, um tal de Fabián Tudela, explicou-me que o templo que estão desenterrando é da época de um rei que aparece na Bíblia e chamava-se Amrafel. Espero que as fotografias e a reportagem sejam do interesse dos leitores, dada a importância do trabalho que estão realizando.

No acampamento há uma autêntica comoção, já que, aparentemente, está vindo para passar aqui algum tempo o avô de uma das arqueólogas, Clara Tannenberg, e todos falam sobre a figura. Alguns só precisam ouvir seu nome para começar a tremer. Ao que parece, chegará dentro de três ou quatro dias. Estão preparando uma casa e trouxeram móveis de Bagdá para que ele tenha todo o conforto possível.

Como curiosidade, lhe direi que a arqueóloga é cuidada por uma mulher, uma xiita coberta da cabeça aos pés. Só come o que a mulher prepara. É uma velha empregada que também cuidará do avô. Creio ter entendido que este viaja acompanhado pelo marido da neta, que ocupa um cargo importante no ministério da Cultura, por um médico e uma enfermeira, para os quais também estão preparando alojamentos, além de instalar um hospital de campanha que veio da cidade do Cairo. É evidente que o homem deve estar muito doente.

Estou falando deles porque aqui tudo parece girar em torno da visita do avô dessa arqueóloga.

O lugar parece uma fortaleza e não uma inocente missão arqueológica, mas espero poder levar a bom termo a reportagem."

O presidente do Global Group sorriu. Não tinha a menor dúvida de que Lion Doyle poderia fazer o que chamava, eufemisticamente, de "reportagem", e que ela não era outra coisa senão a "eliminação" da família Tannenberg.

Havia tido sorte neste caso. Encontrar os Tannenberg no Iraque teria sido mais complicado se ele já não soubesse de sua existência graças a seu amigo Paul Dukais. Pensou que a vida está cheia de casualidades maravilhosas, porque, de que outra maneira poderia se explicar que Dukais lhe tivesse pedido para indicar homens a serem enviados ao Iraque para controlar Clara Tannenberg e pouco depois o Sr. Burton tivesse aparecido em seu escritório oferecendo-lhe dois milhões de euros para eliminar tal família?

Ainda não tinha certeza de que devesse contar a Paul Dukais sobre o negócio que ele mesmo estava fazendo envolvendo os Tannenberg, mas voltou a dizer-se que não devia fazê-lo. Era melhor manter o segredo profissional, sobretudo porque não havia conflitos entre seus interesses e os de Paul.

Discou o número do celular do misterioso e escorregadio Sr. Burton.

Só obteve resposta no quinto toque.

– Pronto.

– Sr. Burton, queria informá-lo de que um amigo meu visitou aqueles seus amigos; saiba que estão bem, tanto o avô como a neta e o marido dela. Infelizmente, o avô está doente; ainda não tenho informações sobre a gravidade da doença, mas espero ter notícias em breve.

– Não há nenhum outro membro da família?

– Até onde sabemos, nenhum.

– Trará a encomenda?

– É claro que sim.

– Mais alguma coisa?

– Por ora, não, a não ser que esteja interessado em saber de algum detalhe.

– Eu estou interessado em saber de tudo.

– Seus amigos estão no sul do país, em uma aldeia encantadora. A neta está trabalhando... Como eu poderia dizer... Está liderando uma equipe numerosa, e o avô está indo a seu encontro. Mas não se preocupe com eles, estão protegidos, e não apenas por efetivos regulares; também contam com segurança particular.

– Nada mais?

– Digamos que estes são detalhes essenciais.

– Irei vê-lo.

– Não é necessário. Quando souber de alguma coisa, telefonarei.

– Faça-o.

Berta havia erguido os olhos do livro e observava o pai com preocupação.

– Quem era? – perguntou.

– Da universidade – respondeu Hans Hausser.

– Por que você não se aposenta de uma vez por todas? Não tem nenhuma necessidade deste vaivém. Você dizia que tinha vontade de se aposentar para ler e pensar e, no entanto, acabou não o fazendo.

– Deixe-me terminar meus dias como quiser. Ir à universidade e estar com os jovens me faz sentir vivo. Na minha idade, o tempo pesa muito quando ao redor só há solidão.

– Mas você não está sozinho! – protestou Berta. – E nós, não contamos, eu e as crianças?

– Por favor, filha, você é a coisa mais importante que eu tenho! Mas entenda que eu preciso estar ativo, acreditar que sou mais do que um velho e que ainda posso servir para alguma coisa.

Levantou-se e abraçou a filha. Amava-a mais do que a tudo e a qualquer pessoa, era tudo o que lhe restava. Berta sentiu a emoção do abraço do pai.

– Você tem razão. É que eu me preocupo muito com você e, ultimamente, você ainda muito estranho.

– Berta, me deixe ter meus segredos.

– Eu nunca tive segredos para você... – protestou a filha.

– Mas eu sou seu pai, e os pais não contam tudo aos filhos. Você também não conta tudo aos seus, ou estou enganado?

– Pai, eles ainda são pequenos.

– E você também é pequena para mim. Além do mais, é uma brincadeira. Eu não tenho segredos para você, mas gosto de ser independente e ir e vir sem ter de explicar aonde estou indo. Na realidade, a única coisa que faço é visitar velhos amigos.

Hans Hausser continuou conversando mais um pouco com a filha, embora sentisse uma ponta de angústia na boca do estômago. Tom Martin havia lhe anunciado que Alfred Tannenberg vivia, e assim poderiam, finalmente, cumprir o juramento que haviam feito quando crianças.

Precisava ligar para Mercedes, Carlo e Bruno para avisá-los de que aquilo que era uma impossibilidade no infinito havia se materializado. Aquele velho enfermo ao qual Tom Martin se referia só podia ser o monstro que carregavam aninhado dentro de suas entranhas.

Ligou primeiro para Mercedes. Sabia que sua amiga não dormia e mal comia desde o dia em que Carlo ligara para eles de Roma dizendo-lhes que achava que havia encontrado Tannenberg.

Mercedes ouvia Hans Hausser e sentia seu coração se acelerar como se estivesse tendo um ataque de taquicardia.

– Eu gostaria de estar lá – disse a Hans.

– Seria uma imprudência e você sabe disso; além do mais, não poderia fazer nada.

– Nós deveríamos matar Tannenberg com nossas próprias mãos e dizer-lhe por quê, para que soubesse o motivo de lhe arrancarmos a vida.

– Por favor, Mercedes!

– Há coisas que devem ser feitas pessoalmente.

– Sim, mas devido às circunstâncias, não podemos fazê-lo pessoalmente. Ele está no Iraque, em uma aldeia do sul do país, protegido por homens armados.

– Você tem uma filha e netos; Carlo e Bruno também têm filhos e netos, e por isso eu entendo que vocês não queiram fazer loucuras, mas eu estou sozinha, não tenho ninguém, na minha idade, o único futuro é continuar envelhecendo solitariamente. Não tenho nada a perder.

Hans Hausser se assustou. Temia que Mercedes fosse capaz de ir ao Iraque para tentar matar Tannenberg pessoalmente.

– Quer saber de uma coisa, Mercedes? Eu nunca perdoaria você se Tannenberg continuasse vivo por sua culpa.

– Por minha culpa?

– Sim. Se você for ao Iraque, será detida quando tentar aproximar-se dele e toda a operação que colocamos em andamento será arruinada. A única coisa que você conseguirá será fazer com que Tannenberg viva, enfiem você em uma prisão iraniana e também prendam a gente.

– As coisas não precisam acontecer assim como você está dizendo.

– A soberba não está deixando você pensar?

Mercedes ficou em silêncio. Sentia-se ferida pelas palavras de Hans. Sabia que ele tinha razão no que dizia. No entanto... Passara toda a vida sonhando com o momento em que afundaria um punhal no ventre de Tannenberg enquanto lhe dizia por que o estava matando.

Haviam sido muitas as noites de pesadelo em que se aproximava daquele homem e cravava as unhas em seus olhos. Em outras ocasiões, mordia-o como uma loba até que seu sangue se esvaísse.

Sentia que devia de ser ela quem lhe arrancaria a vida; Tannenberg não podia morrer sem saber por quê.

A voz de Hans devolveu-a à realidade.

– Mercedes, estou falando com você.

– E eu estou escutando.

– Falarei com Carlo e Bruno; não estou disposto a terminar meus dias em uma prisão só porque a soberba e a ira estão nublando sua razão. Se você se intrometer, não quero mais saber desse assunto. Não conte comigo.

– O que você está dizendo?

– Que ainda não estou louco e me recuso a correr riscos desnecessários. Carlo, Bruno, você e eu somos quatro velhos. Sim, é isso que somos, e devemos aceitar que alguém o mate no lugar da gente. Se você está mudando agora de idéia, diga-me, e eu lhe repetirei que não conte comigo para fazer uma loucura.

– Acho que você está aborrecido...

– É mais do que aborrecimento.

– O único objetivo da minha vida é que todos os Tannenberg morram retorcendo-se de dor.

– Mas não é necessário fazê-lo pessoalmente.

– Vocês nunca vão me deixar sozinha. Eu sei disso.

– Pense no que eu lhe disse. Vou ligar agora mesmo para Carlo e Bruno. Adeus.

O professor Hausser desligou o telefone, preocupado. Sentia ter falado duramente com a amiga, mas tinha medo dela, tinha medo do que pudesse ser capaz de fazer.

A vida de Mercedes não havia tido outro objetivo que não fosse o de encontrar Tannenberg para matá-lo. Além do mais, sabia que era capaz de fazê-lo.

Carlo Cipriani ficou preocupado depois que Hans Hausser lhe relatou a reação de Mercedes agora que haviam confirmado que Tannenberg estava vivo. A mesma coisa aconteceu com Bruno. Combinaram que Carlo iria a Barcelona para tentar fazer Mercedes desistir de abandonar o plano acordado pelos quatro. Bruno insistiu em acompanhá-lo, mas tanto Hans como Carlo sabiam que se seu amigo fosse a Barcelona Deborah teria outro de seus ataques de ansiedade, e por isso convenceram-no a ficar em Viena; se Carlo não conseguisse que Mercedes recuperasse a razão, então os três tentariam juntos, mas isso só em última instância.

Chovia intensamente em Barcelona. Carlo abotoou a gabardina e aguardou, pacientemente, por sua vez de subir em um táxi para ir ao centro da cidade. Carregava uma pequena mala contendo o imprescindível para o caso de ter de passar a noite, mas sua idéia era voltar naquela mesma tarde a Roma. Tudo dependeria da teimosia de Mercedes.

O edifício onde ficava a empresa de Mercedes repousava às margens do Tibidabo. A recepcionista o acompanhou a uma sala de espera enquanto avisavam, como lhe disse, à Sra. Barreda. Não demorou nem um segundo para voltar seguida por Mercedes.

– Mas o que você está fazendo aqui? – perguntou a ele.

– Eu tive de vir a Barcelona e me ocorreu visitá-la.

Mercedes agarrou seu braço e levou-o até sua sala. Depois que sua diligente secretária lhes levou café e ficaram a sós, os dois amigos se mediram, cravando os olhos um do outro.

– Hans pediu para você vir...

– Não. Eu mesmo resolvi. Mas Hans me deixou preocupado, e muito, assim como a Bruno. O que você está pretendendo, Mercedes?

A voz de Carlo transmitia dor, mas também era firme; ele não parecia disposto a fazer concessões ou a justificá-la.

– Você não pode entender que eu queira matá-lo?

– Sim. Posso entender. Posso entender seu desejo de matá-lo. Eu também o tenho, assim como Hans e Bruno. Mas não é isso o que devemos fazer. Não saberíamos fazê-lo.

– Não é difícil enfiar um punhal no ventre de um homem.

– O difícil é ir ao Iraque, o difícil é conseguir uma permissão para chegar até o lugar onde o homem está. O difícil é conseguir explicar o que está fazendo lá. O difícil é que a deixem aproximar-se dele. O difícil será você encontrar o momento para enfiar-lhe esse punhal. Isso é o difícil. Por isso contratamos um profissional, um homem que sabe o que fazer nessas situações, que sabe como agir, e que também sabe matar, que saberá encontrar o momento oportuno. Nós não sabemos fazer essas coisas, embora o odiemos com todas as nossas forças, embora nos sintamos capazes de matá-lo com nossas próprias mãos.

– Vocês não vão nem permitir que eu tente... – queixou-se Mercedes.

– Por favor! Essas coisas não permitem uma segunda oportunidade. Se você tentar e fracassar, ninguém mais conseguirá aproximar-se de Tannenberg e você impossibilitará nossa vingança. Você não tem o direito de fazer isso. Não tem.

– Você também vai se aborrecer comigo – reclamou.

– Eu? Você está enganada. Nem eu, nem Bruno nem Hans estamos aborrecidos com você. Não nos obrigue a dizer o que você já sabe. O sentimento que une a nós quatro é indestrutível, aconteça o que acontecer. Só estamos dizendo que neste caso você não tem o direito de agir sem nosso consentimento; a vingança não é sua, Mercedes, é de todos. Juramos que nos vingaríamos juntos. Não quebre você o juramento.

– Por que não vamos todos?

– Porque seria uma estupidez.

Ficaram em silêncio, cada um com seus próprios pensamentos, cogitando como responder ao outro.

– Sei que vocês têm razão, mas...

– Se você for, nos destruirá e não conseguirá matar Tannenberg. Essa é a única coisa que você conseguirá. Se for fazê-lo, me diga.

– Por favor, você faz com que eu me sinta péssima!

– Sinta-se péssima! Não me importa. A única coisa que quero é que você pense, que pense como era capaz de pensar quando não conseguia se erguer a um palmo do chão, como pensou nos últimos três meses, quando começamos a acreditar que tínhamos encontrado Tannenberg.

– Os árabes dizem que a vingança é um prato que se serve frio.

– E têm razão. Só assim é possível se vingar. Nós não esquecemos, nunca perdoaremos, mas devemos agir com frieza. Do contrário, nosso sofrimento não terá servido para nada.

– Deixe-me pensar.

– Não. Quero uma resposta agora. Quero saber se devemos suspender a operação do Iraque. Não podemos colocar em perigo a vida do homem que enviamos.

– É um assassino profissional.

– Foi você quem disse: profissional. E por isso, se colocarmos em risco sua vida por termos interferido em seu trabalho, teremos de arcar com as conseqüências. Contratamos uma agência, uma agência de assassinos.

– Uma agência de segurança.

– Pare com isso, Mercedes! Esses homens estão dispostos a matar e cobram por isso.

– Você tem razão. Vamos deixar de besteira.

– O que você vai fazer?

– Pensar, Carlo, pensar.

– Por Deus, Mercedes, não faça nenhuma loucura!

– Eu nunca os enganarei. Não lhes direi que não vou fazer alguma coisa quando estou pensando se vou fazê-la ou não. Prefiro que me odeiem a mentir para vocês.

– Você prefere que Tannenberg continue vivo – afirmou Carlo.

– Não! – gritou Mercedes, com raiva. – Como você pode dizer uma coisa dessas? Quero matá-lo com minhas mãos. Eu! Eu! É isso o que eu quero!

– Estou vendo que é inútil conversar com você. Vamos suspender a operação. Hans ligará para Tom Martin para que retire seu homem. Acabou.

Mercedes olhou para Carlo com raiva. Havia enfiado as unhas na palma das mãos e um ricto de amargura parecia ter transformado seu rosto em uma máscara.

– Vocês não podem fazer isso – murmurou.

– Sim, sim, podemos, e é o que faremos. Você resolveu quebrar nosso juramento e colocar a operação em perigo. Como você abandonou nosso barco, acabou. Renunciamos à vingança. Não a perdoaremos, nunca. Depois de procurá-lo durante tantos anos, afinal o encontramos. Sabemos onde Tannenberg e a neta estão; poderíamos matá-los, estamos quase conseguindo realizar nosso sonho, mas você, estranhamente, vai impedi-lo, porque acredita que deve fazê-lo pessoalmente. Bem, faça o que quiser. Chegamos até aqui juntos; a partir de agora, você seguirá seu caminho.

Uma veia se desenhava na têmpora esquerda de Carlo, evidenciado a tensão que estava sofrendo.

Mercedes também sentia uma dor aguda no peito, fruto da tensão.

– O que você está me dizendo, Carlo...

– Que nunca mais voltaremos a nos ver. Que Hans, Bruno e eu não vamos querer saber mais nada a seu respeito pelo tempo que ainda nos restar de vida, que não a perdoaremos.

Carlo sentia-se esgotado pela dureza da conversa. Gostava profundamente de Mercedes e percebia o enorme sofrimento da amiga, mas não podia transigir com o que ela parecia querer fazer.

– Não aceito o ultimato – respondeu Mercedes, branca como a cera.

– E nós também não.

Voltaram a ficar em silêncio, um silêncio incômodo e espesso que anunciava o fim de uma relação que parecia inquebrantável.

Carlo levantou-se da poltrona, olhou para Mercedes e encaminhou-se para a porta.

– Estou indo. Se mudar de opinião, ligue para a gente, mas o faça ainda hoje à noite. Amanhã Hans irá a Londres para cancelar o contrato com Tom Martin.

Mercedes não respondeu. Ficou sentada, afundada no sofá. Quando sua secretária entrou alguns minutos depois, ficou assustada. De repente, a mulher parecia uma anciã, como se tivessem aflorado milhares de pequenas rugas ocultas, e um ricto de amargura tivesse deformado seu rosto sempre impassível.

– Dona Mercedes, a senhora está se sentindo bem?

Mercedes não a escutava e não respondeu. A secretária aproximou-se dela e pôs a mão em seu ombro, temendo sua reação.

– A senhora está passando mal?

Mercedes saiu de seu torpor.

– Sim, um pouco cansada.

– Quer que lhe traga alguma coisa?

– Não, não precisa. Não se preocupe.

– Devo cancelar o almoço com o prefeito?

– Não. Ligue para o arquiteto da obra de Mataró. Quando ele estiver ao telefone, me passe a ligação.

A secretária hesitou, mas não se atreveu a dizer mais nada à chefe; não era uma mulher com a qual se pudesse insistir.

Quando Mercedes ficou sozinha, respirou fundo. Tinha vontade de chorar, mas havia muitos anos, desde que a avó morrera, que não se permitia derramar nenhuma lágrima. E assim fez um esforço para contê-las, enquanto bebia um copo d'água.

O toque do telefone assustou-a. Pensou que poderia ser Carlo, mas a voz da secretária anunciou-lhe que o arquiteto da obra de Mataró estava na linha.

Carlo Cipriani estava desolado. A discussão com Mercedes fora uma dura batalha. Sabia que não havia conseguido convencê-la. Teria de ligar para Hans e Bruno; precisavam decidir o que fariam.

Se Mercedes viajasse para o Iraque, não apenas ficaria em perigo, mas abortaria a operação. Precisavam resolver o que fazer, embora talvez se Bruno falasse com Mercedes pudesse ter mais sorte do que Hans e ele.

No aeroporto, depois de pegar o cartão de embarque para o primeiro vôo a Roma, procurou um telefone do qual pudesse ligar para os amigos.

Deborah atendeu ao telefone e pediu-lhe que aguardasse enquanto chamava Bruno.

– Carlo, onde você está?

– No aeroporto de Barcelona. Mercedes não quer recuperar a razão. Discutimos. Estou acabado. Foi uma conversa muito dura.

Bruno ficou calado. Tinha acreditado que Carlo seria capaz de convencer Mercedes. Se ele não conseguira, ninguém poderia fazê-lo.

– Bruno? Você está aí?

– Sim, perdoe-me, é que você me deixou sem fala. O que vamos fazer?

– Suspender a operação.

– Não!

– Não temos outro remédio. Se Mercedes continuar fora de si, será uma loucura ir adiante. Hans tem de ir a Londres...

– Não! Não podemos suspender o que colocamos em andamento. Passamos a vida inteira esperando e agora não vamos retirar-nos. Eu não vou fazer isso!

– Bruno, por favor. Não temos outro remédio!

– Não, se vocês querem cair fora, caiam. Eu irei a Londres, falarei com esse homem e assumirei os gastos da operação.

– Ficamos todos loucos!

– Não, quem ficou louca foi Mercedes. É ela quem está causando o problema – sussurrou Bruno.

– Por favor, não discutamos. Devemos nos ver. Irei a Viena.

– Sim, precisamos nos encontrar. Eu ligarei para o Hans.

– Dê-me alguns minutos para falar com ele. Deve estar impaciente, querendo saber o que aconteceu com Mercedes.

– Certo. Depois um de vocês dois ligue para mim para resolvermos onde vamos nos encontrar.

Hans Hausser esperava, impacientemente, a ligação de Carlo, embora não imaginasse que fosse tão depressa. Tinha conservado a esperança de que tivesse convencido Mercedes e sentiu que o mundo estava abrindo-se a seus pés quando soube que não havia sido assim. Ficaram de se encontrar em Viena no dia seguinte. Então resolveriam o que fazer.

Quando Carlo chegou a Roma foi diretamente para seu consultório. Tinha vontade de ver os filhos, de sentir um alento de normalidade.

Lara e Antonino ainda não haviam voltado do almoço e Maria, sua secretária, também não estava.

Na mesa do escritório encontrou o prontuário da esposa de um amigo que ia ser operada dentro de alguns dias pelo filho Antonino. Quis ver os resultados dos exames e da ultra-sonografia que orientariam a intervenção. Teria de falar com o filho.

Telefonou para a Alitalia e reservou uma passagem de avião para Viena. Sairia às sete da manhã do dia seguinte e voltaria à noite. As viagens de ida e volta eram menos cansativas do que quando era obrigado a dormir fora de casa. Além do mais, tinham a vantagem de que seus filhos não se preocupavam quando achavam que estava em Roma.

Lara foi a primeira a chegar.

– Não vi você pela manhã. E também não estava em casa – disse ao pai.

– O que você queria?

– Comentar sobre o estado de Carol.

– Eu já vi os resultados dos exames e a ultra-sonografia. Não está nada bem.

– Antonino está preocupado.

– Quero que ele me diga o que está achando e, antes de fazer qualquer coisa, vou conversar com Giuseppe.

– Antonino acha que talvez não devesse operá-la.

– Veremos. Vamos repetir tudo. De qualquer forma, retardaremos a operação em alguns dias até que estejamos seguros de que é o melhor a fazer.

– O câncer talvez tenha chegado ao intestino.

Nesse momento, entrou Maria, seguida de Antonino.

– Olá, papai. Onde você se meteu?

– Estava tomando algumas providências.

– Você está com jeito de cansado.

– Vamos falar de Carol.

– Na minha opinião, além do estômago, o intestino pode ter sido afetado. Não sei o que vamos encontrar ao abri-la.

– Mas será necessário abri-la.

– É muito velha...

– Sim, está com 75 anos. É minha idade.

– Mas não está como você – protestou Lara.

– O que vocês sugerem? Um tratamento paliativo para evitar a dor e deixá-la morrer?

– Não, eu acho que devemos repetir os exames, fazer uma ultra-sonografia mais exata. Por isso, deveríamos mandá-la ao Gemelli e então decidir – explicou Antonino.

– Bem, eu ligarei para o diretor do Gemelli para que a ultra seja feita ainda hoje. Amanhã você repetirá os outros exames e, depois de amanhã, a internaremos. Agora me deixem. Vou ligar para o Giuseppe.

Passou o resto da tarde trabalhando no consultório. Quando saiu, eram quase nove. Estava cansado e no dia seguinte teria de madrugar.

Deborah os recebeu com cara de poucos amigos. Bruno estava tenso. Notava-se que havia discutido com a mulher.

– É uma teimosa. Não entende o que fazemos.

– Ela sabe o que estamos fazendo? – perguntou Hans, preocupado.

– Não, não sabe o que queremos; mas que conseguimos encontrá-lo. É minha mulher... – desculpou-se Bruno.

– Eu também teria contado à minha – consolou-o Carlo.

– E eu à minha, por isso não se preocupe – disse Hans.

Quando Deborah entrou na sala com uma bandeja com café, voltou a olhá-los com ressentimento.

– Deborah, deixe-nos, precisamos conversar – pediu-lhe Bruno.

– Sim, eu os deixarei, mas antes quero que vocês me escutem. Eu sofri tanto como vocês, também vivi no inferno, perdi meus pais, meus tios, meus amigos. Sou uma sobrevivente, como vocês. Deus quis que eu me salvasse e dou graças a Ele por isso. Durante toda a minha vida, rezei para que o ódio e o ressentimento não apodrecessem minha alma. Não foi fácil, nem mesmo posso dizer que consegui. Mas o que de fato sei é que não podemos fazer vingança com nossas próprias mãos porque isso nos transforma em assassinos. Há tribunais de justiça aqui, na Alemanha, em toda a Europa. Vocês poderiam iniciar um processo. É a justiça que deve fazer justiça. Em que vocês serão transformados se mandarem assassinar um homem e sua família?

– Ninguém disse que vamos assassiná-los – respondeu, muito sério, Bruno.

– Eu os conheço, conheço você. Vocês passaram toda a vida esperando por este momento. Alimentaram mutuamente a sede de vingança por causa daquele juramento que fizeram quando eram crianças. Nenhum de vocês tem coragem de desistir daquele juramento. Deus não os perdoará.

– Olho por olho, dente por dente – replicou Hans.

– Vejo que é inútil falar com vocês – disse Deborah, saindo da sala.

Os três homens ficaram em silêncio durante um minuto. Depois, Carlo lhes relatou, detalhadamente, a discussão com Mercedes. Acordaram que Bruno ligaria para ela. Seria o último a tentar.

– Mas não suspenderemos a operação – insistiu Bruno.

– Se não o fizermos, deveríamos manter Tom Martin informado sobre a situação... – sugeriu Hans.

– Você poderia ir vê-lo e explicar-lhe o que está acontecendo, mas antes devemos esperar para ver se Bruno terá sorte com Mercedes; eu não fui capaz de convencê-la. Talvez devesse ter ficado...

– Vamos, Carlo, você fez o que pôde – consolou-o Bruno. – A gente sabe como a Mercedes é. Tenho menos possibilidade de convencê-la do que você. Não nos lamentemos.

– É incrível como tem a cabeça dura... Talvez se nós três fossemos vê-la... – sugeriu Hans.

– Não serviria para nada – foi a resposta taxativa de Bruno.

– Então, ligue para ela agora; esperaremos você falar com ela e depois veremos o que fazer – foi a resposta de Carlo.

Bruno se levantou e saiu do salão para ir a seu estúdio. Preferia falar com Mercedes longe dos ouvidos de Deborah.

Mercedes estava em seu escritório. Bruno percebeu um traço de ansiedade em sua voz.

– Bruno, é você?

– Sim, Mercedes, sou eu.

– Estou triturada.

– A gente também.

– Eu quero que vocês me entendam.

– Não, você não quer que a gente a entenda. O que você está pedindo é que sejamos seus cúmplices. Você resolveu que os quatro não somos mais um, e sim quatro, rompendo o juramento que fizemos. Eu gostaria que você repensasse; está nos fazendo sofrer muito.

Nenhum dos dois disse nada. Ouviam a respiração do outro através do telefone, mas nem Mercedes era capaz de pronunciar palavra e tampouco Bruno. Os segundos foram intermináveis. Finalmente, Bruno voltou a quebrar o silêncio.

– Você está me ouvindo, Mercedes?

– Sim, Bruno, estou ouvindo, e não sei o que dizer.

– Quero que você saiba que desde aquilo não voltei a sofrer como nos últimos dias. A mesma coisa acontece com Carlo e Hans. O pior disso tudo é que você tornou inútil nossa razão de viver; todos esses anos não serviram para nada. Sua avó não teria agido assim. Você sabe disso.

Ficaram de novo em silêncio. Bruno sentia-se esgotado. A boca estava seca; o estômago lhe doía; além do mais, estava prestes a começar a chorar.

– Sinto pela dor que estou lhes causando – conseguiu murmurar Mercedes.

– Você está tirando anos de nossas vidas. Se seguir em frente, eu desistirei de viver. Para quê? Por que haveria de fazê-lo?

O desespero de Bruno era verdadeiro. O que dizia saía das profundezas de seu ser. Verbalizava sua angústia e a de seus amigos, e Mercedes sabia disso.

– Sinto muito. Perdoem-me. Não farei nada, acredito que não farei nada.

– Não adianta você me dizer que acredita que não fará nada. Preciso da verdade – pressionou-a Bruno.

– Não farei nada. Dou minha palavra. Se mudasse de opinião, eu lhes diria.

– Não, você não pode nos deixar assim...

– Sim, mas também não posso mentir-lhes. Está bem, está certo, não farei nada. Não vou fazer nada, mas se voltar a mudar de opinião, ligarei para vocês.

– Obrigado.

– E Carlo e Hans?

– Estão destroçados, como eu.

– Diga-lhes para ficarem tranqüilos. Não farei nada. Temos mais notícias de lá?

– Nenhuma. Precisamos esperar.

– Esperaremos.

– Obrigado, Mercedes, obrigado.

– Não me agradeça. Sou eu quem tem de pedir perdão a vocês.

– Não precisa. O importante é que os quatro estejamos unidos.

– Estive a ponto de jogar fora nossa amizade. Sinto muito.

– Não diga nada, Mercedes, não diga nada.

Bruno desligou o telefone sem poder conter as lágrimas. Chorou enquanto rezava agradecendo a Deus que o houvesse ajudado a convencer Mercedes. Depois foi lavar o rosto no banheiro e voltou à sala.

Carlo e Hans estavam em silêncio, pensativos e impacientes.

Os três homens fundiram-se em um abraço, chorando sem sentir vergonha. Bruno acabara de vencer uma batalha que eles haviam achado impossível ganhar.

25

Clara estava nervosa, esperando ouvir o barulho do helicóptero em que viajavam seu avô e Ahmed.

O marido a havia surpreendido ao anunciar-lhe que acompanharia o avô a Safran. Também estava preocupada com seu estado de saúde. Ahmed lhe dissera que não se preocupasse, mas o fato de terem enviado dias atrás um hospital de campanha não era um bom sinal.

Passara o dia inteiro ajudando Fátima a arrumar a casa onde ficaria ao lado do avô e não havia se aproximado da zona de trabalho. Sabia que o avô era exigente e, se, ainda por cima, sua saúde tivesse se deteriorado, precisaria contar com certas comodidades durante sua estada em Safran. Não sabia quanto tempo ficaria, nem tampouco qual seria o tempo de permanência de Ahmed.

Viu da janela Fabián caminhando rapidamente em sua direção.

– Acho que encontramos alguma coisa – disse-lhe, com a voz carregada de emoção.

– O quê? Diga-me... – perguntou, ansiosa.

– Encontramos plantas de várias casas situadas a trezentos metros do templo, naquele lugar em que começamos a escavar há uma semana. Não parecem ser muito grandes, têm 15 metros de comprimento e uma sala principal retangular. Em uma delas, encontramos a imagem de uma mulher sentada, alguma deusa da fertilidade. E também restos de cerâmica negra. Mas há mais. A equipe de Marta encontrou uma coleção de *bulla*[1] e de *calculi*[2] em um dos aposentos do templo. Temos vários cones, cones perfurados, bolas grandes e pequenas, também perfuradas, e também um par de selos, um com a figura de um touro, o outro parece que tem um leão incrustado... Você percebe o que isto significa? Yves ficou inteiramente louco, e Marta, nem precisa dizer.

– Vou já para lá! – gritou, entusiasmada.

A figura de Fátima recortou-se na porta da casa.

[1] Objeto de argila em forma de esfera, como o cilindro que se utilizava para registrar operações comerciais.

[2] Conjunto de tábuas de argila que marcavam quantidades.

– Você não vai a lugar nenhum. Ainda não acabamos e seu avô está quase chegando – censurou-a sua velha criada.

Ouviram o barulho do helicóptero, e por isso Clara não respondeu. Por mais que desejasse ir correndo até a escavação, sabia que não poderia fazê-lo até que seu avô estivesse acomodado.

Ainda restavam algumas horas de luz, mas mesmo que a noite viesse, ela tentaria ir.

Ayed Sahadi, escoltado por dois homens armados, entrou com passos decididos na casa.

– Senhora, o helicóptero já vai aterrissar. Podemos acompanhá-la?

– Eu sei, Ayed, já ouvi; sim, vou com vocês.

Saiu da casa seguida por Fátima. Subiram em um jipe e dirigiram-se ao lugar onde o aparelho estava pousando.

Clara ficou assustada ao ver o avô. O ancião havia emagrecido tanto que a roupa parecia flutuar sobre ossos cobertos por uma camada frouxa de pele.

Os olhos azuis de aço pareciam vagar pelas órbitas e movia-se com certo torpor, embora tentasse manter, ao andar, uma postura ereta.

Sentiu menos força no abraço que recebeu, e pela primeira em sua vida viu-se diante do fato de que o avô era mortal e não um deus, como o enxergara até então.

Fátima acompanhou Alfred à sua habitação, onde havia organizado as coisas da maneira que ele gostava, apesar da exigüidade do espaço. O médico pediu-lhe que saísse para que pudesse examinar Tannenberg e avaliar os efeitos da viagem empreendida da cidade do Cairo até Bagdá e dali a Safran. Fátima resmungou quando viu que ao lado do médico havia uma enfermeira.

Quando saiu do quarto, o médico deu de cara com Clara, que o aguardava do lado de fora da porta, cheia de impaciência.

– Posso entrar?

– Seria melhor deixá-lo descansar um pouco.

Fátima perguntou se devia levar-lhe algo para comer e o médico encolheu os ombros.

– Em minha opinião, deveria dormir; está esgotado, mas, se vocês quiserem, perguntem à Samira quando ela sair. Ela está lhe aplicando uma injeção.

– Eu não conhecia o senhor, doutor – disse Clara, com certa desconfiança, ao homem jovem, alto e magro que acompanhava o avô com a bela enfermeira que ainda estava no quarto do ancião.

– Você não se lembra de mim, mas nos conhecemos na cidade do Cairo, no hospital Americano, quando seu avô foi operado. Sou assistente do Dr. Aziz. Meu nome é Salam Najeb.

– Tem razão, eu o conheço, me desculpe...

– Não se preocupe, só nos vimos umas duas vezes no hospital.

– Meu avô está... Seu estado é muito grave.

– Sim. Tem uma força extraordinária, mas o tumor cresceu, não quer ser operado de novo, e a idade...

– Caso fosse operado, haveria benefícios? – perguntou Clara, temendo a resposta.

O médico ficou alguns segundos em silêncio, como se estivesse procurando as palavras adequadas para lhe dar uma resposta.

– Não sei. Não sei o que encontraremos ao abri-lo. Mas do jeito que está...

– Quanto tempo lhe resta?

A voz de Clara era apenas um sussurro. Lutava para não deixar escapar uma lágrima, mas, sobretudo, não queria que o avô ouvisse a conversa.

– Só Alá é quem sabe, mas, na opinião do Dr. Aziz e na minha, não mais do que três ou quatro meses, e eu diria que até menos.

A enfermeira saiu do aposento e sorriu timidamente para Clara, enquanto aguardava as ordens do médico.

– Você lhe deu a injeção? – perguntou Salam Najeb.

– Sim, doutor, agora está tranqüilo; disse que quer falar com a senhora...

Clara afastou a enfermeira e entrou no quarto do avô, seguida por Fátima.

Alfred Tannenberg estava deitado e parecia apequenado entre os lençóis.

– Vovô – murmurou Clara.

– Ah, minha menina! Sente-se. Fátima, deixe-nos. Quero conversar com minha neta. Mas gostaria que você me preparasse um bom jantar.

Fátima saiu do quarto sorrindo. Se Tannenberg estava com apetite, ela o surpreenderia com o melhor de seus guisados.

– Eu estou morrendo – disse Tannenberg, enquanto segurava a mão da neta.

O desespero desenhou-se no rosto de Clara, que lutava com dificuldade para conter o choro.

– E que não lhe ocorra chorar. Nunca suportei gente que chora, você sabe muito bem disso. Você é forte, é como eu, e por isso economize as lágrimas. Vamos conversar.

– Você não vai morrer – conseguiu dizer Clara.

– Sim, eu vou morrer, e o que quero evitar é que matem você. Minha menina está correndo perigo.

– Quem deseja minha morte? – perguntou Clara, espantada.

– Ainda não consegui averiguar quem estava por trás daqueles italianos que a seguiram em Bagdá. Eu não confio em George nem em Frank e tampouco em Enrique.

– Mas, vovô, são seus amigos! Você sempre disse que eles eram como você, que se alguma coisa lhe acontecesse me protegeriam...

– Sim, no passado era assim. Não sei quanto tempo viverei, o Dr. Aziz não me dá mais de três meses, e por isso será uma perda de tempo adiar esta conversa. Eu quero que você fique com a *Bíblia de Barro*. Ela será seu salvo-conduto para poder começar uma vida longe daqui; será sua carta de apresentação. Precisamos encontrá-la porque não há dinheiro no mundo que possa comprar a respeitabilidade.

– O que você quer dizer...?

– O que você sabe, o que sempre soube, embora nunca tenhamos falado a respeito. Não posso lhe deixar a herança de meus negócios porque eles não são o que eu quero para você. Meus negócios morrerão comigo e você terá dinheiro suficiente para viver o resto da vida sem nenhuma preocupação.

"Dedique-se à arqueologia, crie um nome... Foi isso que nós dois sempre quisemos. É aí que você encontrará seu próprio caminho.

"Nesta região me respeitam, compro e vendo não importa o quê, forneço armas para grupos terroristas, satisfaço os caprichos mais extravagantes de alguns governantes e príncipes, trabalho para que alguns de seus inimigos parem de molestá-los, e eles me prestam alguns favores; por exemplo, fazem vista grossa diante da espoliação do patrimônio arqueológico e artístico de seus países. Não vou detalhar para você os meus negócios; eles são o que são e fico feliz com o que consegui. Decepcionada?"

– Não, vovô, jamais me sentiria decepcionada com você. Eu amo você demais. Eu sabia de algumas coisas, percebia que seus negócios eram... Difíceis. Não vou julgá-lo, jamais o faria. Estou certa de que sempre agiu acreditando naquilo que fazia.

A lealdade incondicional de Clara era a única coisa que comovia o ancião. Sabia que naqueles últimos momentos só podia contar com ela. Podia ler nos olhos da neta e sabia que era sincera com ele, que se mostrava assim como era.

– No meu mundo, o respeito tem muito a ver com o medo, e eu estou morrendo, não é um segredo. Estou certo de que o bom Dr. Aziz não guarda segredo sobre meu estado. E por isso os abutres voam sobre minha cabeça, posso sentir que estão por aí. Eles cairão sobre você quando eu não estiver mais aqui. Supunha que Ahmed tomaria conta do negócio e a protegeria, mas sua separação obrigou-me a mudar os planos.

– Ahmed sabe tudo a respeito de seus negócios?

– O suficiente; não é nenhum inocente, por mais que, nos últimos meses, pareça invadido por escrúpulos; mas ele a protegerá até que você saia do Iraque.

Paguei-lhe uma boa quantia.

Clara sentiu náuseas. Teve vontade de vomitar. Seu avô acabara de destruir para sempre qualquer possibilidade de se acertar com o marido. Não o reprovava: estava preparando-a para enfrentar a realidade, e nessa realidade Ahmed cobrava para protegê-la.

– Quem pode me querer morta?

– George, Frankie e Enrique reivindicam a *Bíblia de Barro*. Estou certo de que aqui há homens deles dispostos a arrebatá-la se a encontrarmos. Não tem preço, ou, dizendo melhor, seu preço é tão elevado que se recusam a aceitar o acordo que eu lhes propus.

– O que você lhes propôs?

– Tem a ver com um negócio, com aquele que será meu último negócio, já que não me resta muito tempo de vida.

– Eles seriam capazes de mandar me matar?

– Querem a Bíblia, e por isso tentarão tomá-la de nós assim que a encontrarmos. Procurarão não prejudicá-la se tiverem facilidade em chegar a ela, mas, se dificultarmos as coisas, farão o que for necessário. Devem ter mandado homens preparados para tomar qualquer atitude, e se for necessário matar, matarão. Eu faria o mesmo se estivesse em seu lugar. E por isso procuro me adiantar aos passos que possam dar. Até que a Bíblia apareça, você não corre nenhum perigo; mas, no momento que a encontrarmos, começará o problema.

– E você tem certeza de que aqui há homens enviados por seus amigos...

– Sim, eles estão aqui. Ayed Sahadi ainda não os descobriu, embora desconfie de algumas pessoas. Podem estar infiltrados entre os operários, os fornecedores que freqüentam o acampamento, e até mesmo fazer parte da equipe de Picot. Matar alguém é uma mera questão de dinheiro, e eles têm muito mais do que precisam, assim como eu para protegê-la.

A conversa com o avô estava machucando-a por dentro, mas, por nada do mundo, gostaria de aparecer diante dele como uma mulher débil, e muito menos que ele pudesse acreditar que o julgava ou sentia algum tipo de vergonha. Além do mais, em seu íntimo não lhe reprovava nada; pouco lhe importava o que o avô fazia ou tinha feito. Sempre soubera que a sua era uma existência privilegiada dentro do paiol chamado Oriente, onde apenas uns poucos dispõem de tudo. Ela pertencia ao grupo dos privilegiados, por isso andava sempre com uma escolta de homens armados dispostos a protegê-la com suas próprias vidas. O avô lhes pagava para que fosse assim. Desde pequena sabia que ele era poderoso e implacável, e ela gostava do tratamento reverencial que lhe davam no colégio e depois na universidade. Não, nunca havia ignorado o poder do avô, e se não havia feito perguntas era porque não queria que lhe dessem respostas que pudessem entristecê-la. Mantivera-se numa ignorância tão cômoda como hipócrita.

– Qual é sua idéia?

– Que meus amigos deixem a *Bíblia de Barro* para você e, em troca, fiquem integralmente com os lucros de uma operação que temos em andamento. Estou oferecendo muito, mas não querem aceitar.

– A *Bíblia de Barro* também é uma obsessão para eles...

– São meus amigos, Clara, e gosto deles tanto como de mim mesmo, mas não mais do que de você. Precisamos encontrar a *Bíblia de Barro* antes da chegada dos norte-americanos. Quando ela estiver em nossas mãos, você deve partir imediatamente. A aliança com o professor Picot foi um acerto; é um tipo controvertido, mas ninguém nega sua qualidade de arqueólogo. E por isso, por intermédio dele, você poderá ter acesso a um mundo novo, mas isso só será possível se tiver a *Bíblia de Barro*.

– E se não a encontrarmos?

– Encontraremos. Mas se isso não acontecer, você terá de sair do Iraque de qualquer jeito. Ir para a cidade do Cairo. Lá poderá viver com certa tranqüilidade, embora sempre tenha sonhado que você fosse viver na Europa, viver... Onde quer que resolva viver, em Paris, Londres, Berlim... Não vai lhe faltar dinheiro para isso.

– Você nunca quis que eu fosse à Europa.

– Não, e só deve ir com a *Bíblia de Barro*, caso contrário poderá ser obrigada a enfrentar dificuldades que não quero para você; não suportaria que alguém a prejudicasse.

– Mas quem poderia me prejudicar?

– O passado, Clara, o passado que às vezes irrompe como um maremoto e arrasa o presente.

– Meu passado não é importante.

– Não, não é. Não é de seu passado que estou falando. Agora, me explique como vai indo o trabalho.

– Gian Maria acha que Shamas pode ter guardado a *Bíblia de Barro* em sua casa e não no templo e por isso começamos a ampliar o perímetro da escavação. Hoje encontraram uns restos de plantas de casas do povoado que se apinhava em torno do templo, pode ser que encontremos a de Shamas... No templo apareceram, além de tábuas, *bullas* e *calculis*, e algumas estátuas. Só falta que tenhamos um golpe de sorte para encontrar os restos do que havia sido a casa de Shamas.

– Esse sacerdote, Gian Maria, criou algum problema?

– Como você sabe que é um sacerdote?

Clara riu pensando em como sua pergunta era absurda. Seu avô estava informado a respeito de tudo o que acontecia no acampamento. Ayed Sahadi, o capataz, informava-o detalhadamente e, além do mais, ele deveria ter outros homens que não deixariam escapar um detalhe sem informá-lo.

Alfred Tannenberg bebeu um gole d'água enquanto esperava a resposta da neta. Sentia o cansaço da viagem, mas estava contente por ter conversado com Clara. Eram iguais, ela não havia se alterado ao ouvir que alguém poderia matá-la. Havia recebido a notícia sem pestanejar, sem fazer perguntas estúpidas; nem mesmo ficou surpresa como se fosse uma virgem inocente ao ficar conhecendo os pantanosos negócios familiares.

– Gian Maria é uma boa pessoa e muito competente. Sua especialidade são as línguas mortas; o acádio, o hebreu, o aramaico e o hurrita não são segredos para ele. Mostra-se cético a respeito da história de que Abraão pudesse ter ditado sua visão da Criação, mas trabalha sem reclamar. Não se preocupe, não é perigoso, é um sacerdote.

– Se eu sei de alguma coisa é que as pessoas nem sempre são o que parecem.

– Mas Gian Maria é um padre...

– Sim, é sim; nós confirmamos que é.

– E por isso você já sabe que não é perigoso.

Tannenberg fechou os olhos, e Clara acariciou com ternura seu rosto sulcado por rugas.

– Agora eu gostaria de dormir um pouco.

– Faça-o; hoje à noite Picot quer conhecê-lo.

– Veremos. Agora vá.

Fátima havia instalado Salam Najeb em uma casa contígua e a enfermeira em um quarto próximo ao de Tannenberg, embora acreditasse que não havia nada que a tal Samira pudesse fazer que ela mesma não fosse capaz. Conhecia Tannenberg tanto que sabia do que ele precisava mesmo sem que o dissesse. Um gesto, o movimento de uma das mãos, a maneira de inclinar o corpo eram sinais que a ajudavam a antecipar o que seu senhor iria lhe pedir. Mas o médico havia sido inflexível: Samira precisava ficar perto do enfermo e avisá-lo diante de qualquer contingência. Na verdade, a casa que haviam arrumado para ele ficava parede com parede com a de Tannenberg.

– O que há com você, menina? – perguntou a Clara quando esta entrou na cozinha, procurando-a.

– Ele está muito mal...

– Viverá – assegurou-lhe Fátima –; viverá até que você encontre essas tábuas. Não vai deixá-la.

Clara deixou-se abraçar por sua velha guardiã, sabendo que podia contar com ela, não importava em que circunstância. E as que se aproximavam não podiam ser mais inquietantes: o avô havia acabado de avisá-la de que tentariam matá-la.

– E o médico e a enfermeira?

– Estão organizando o hospital de campanha.

– Bem, vou até a escavação. Voltarei para jantar, não sei se vovô está querendo jantar sozinho, comigo ou com os outros.

– Não se preocupe; não faltará comida se vocês quiserem convidar alguém.

O jipe estava estacionado na porta da casa e meia dúzia de homens esperavam que ela dissesse para onde queria ir.

Cinco minutos depois estava na jazida arqueológica.

Lion Doyle aproximou-se dela, sorridente.

– Você já sabe da notícia? Encontraram restos de casas. Seus companheiros estão entusiasmados.

– Sim, eu já sei. Não pude vir antes. Como está andando sua reportagem fotográfica?

– Bem, melhor do que esperava. Além do mais, Picot me contratou.

– Contratou você? Para quê?

– Ao que parece, uma revista de arqueologia lhe pediu para enviar um relato da escavação, de preferência ilustrado, e me pediu para me incumbir de fazer as fotos. Minha viagem não será inútil.

Clara apertou os dentes, aborrecida. Quer dizer que Picot estava pensando em se apropriar da glória antecipadamente enviando uma reportagem a uma revista sobre arqueologia?

– E de que revista se trata?

– Acho que se chama *Arqueología científica*. Ele me disse que tem edições na França, Reino Unido, Alemanha, Espanha, Itália, Estados Unidos... Enfim, é uma revista importante.

– Claro que é. É possível dizer que aquilo que é publicado pela *Arqueología científica* existe e aquilo que não, não vale a pena.

– Se você está dizendo, deve ser mesmo. Não entendo nada disso, embora reconheça que vocês estão me contagiando com seu entusiasmo.

Deixou Lion Doyle plantado e dirigiu-se ao lugar onde Marta e Fabián estavam trabalhando.

Haviam desenterrado outro setor do templo e encontrado um silabário; parecia que, de repente, aquele lugar quisesse deixar de ser um mistério e oferecesse seus frutos ao esforço brutal daquele grupo heterogêneo.

– Onde está Picot? – perguntou Clara.

– Hoje é um dia incrível. Deu com restos das muralhas de Safran. Está ali – respondeu Marta, apontado o lugar onde Picot, ao lado de um grupo de operários, parecia estar escavando a terra com as próprias mãos.

– Sabe, Clara, acho que estamos no segundo andar do templo. Parece um zigurate, mas não tenho certeza. Aqui há restos da muralha interior, e começamos a desenterrar o que parece ser uma escada – informou-a Fabián.

– Precisaríamos de mais operários – afirmou Marta.

– Eu vou dizer ao Ahmed, mas não acredito que seja fácil conseguir mais gente. O país está em estado de alerta – respondeu Clara.

Yves Picot estava junto de um grupo de operários, com as mãos metidas no meio de escombros, atento ao que estava fazendo, e por isso nem viu que ela chegava.

– Olá, já sei que hoje é um grande dia – foi a saudação de Clara.

– Você nem imagina. Parece que a sorte ficou do nosso lado. Encontramos restos da muralha exterior e, grudadas nela, podem ser vistas, claramente, as plantas de algumas construções; venha, olhe.

Picot guiou-a pela areia amarela apontando restos de tijolos perfeitamente empilhados; só os olhos de especialistas poderiam dizer que aquilo havia sido uma casa.

– Coloquei mais da metade dos homens para trabalhar nesta região. Mas Fabián já deve ter contado que avançou muito no montículo e que o templo parece claramente um zigurate.

– Sim, eu vi. Ficarei trabalhando neste setor.

– Bem. Você acha que poderemos conseguir mais gente? Precisaremos de mais operários se quisermos limpar tudo isso com certa rapidez.

– Eu sei, Fabián e Marta também me disseram. Verei o que posso fazer. Agora, o fotógrafo, esse tal de Lion, me disse que você o contratou.

– Sim, pedi-lhe que faça uma reportagem fotográfica sobre o que estamos fazendo.

– Não sabia que você tinha se comprometido com alguém para publicar nosso trabalho.

Clara enfatizou "nosso" trabalho para que Picot percebesse seu desagrado. Ele olhou-a sorridente e depois deixou escapar uma gargalhada.

– Vamos, Clara, não fique desconfiada! Ninguém vai roubar nada de você. Eu conheço pessoas da revista *Arqueología científica* e elas me pediram informações sobre o trabalho que faria aqui. Todo mundo está interessado em sua *Bíblia de Barro*. Se a encontrarmos, será um marco da história da arqueologia. Não só provaremos que Abraão existiu, mas também que conhecia a história do Gênesis. Será uma revolução. Ainda, mesmo que as tábuas não apareçam, o que estamos encontrando tem importância suficiente para que nos sintamos orgulhosos. Estamos desenterrando um zigurate que ninguém conhecia, e em melhor estado do que poderíamos esperar. Não se preocupe, se isso for um êxito, o será de todos. Minha cota de vaidade já foi preenchida, senhora, eu já fiz minha carreira. Ah, e você disse bem ao dizer "nosso trabalho", porque nada disso seria possível sem Fabián Tudela, Marta Gómez e os outros colegas.

Yves agachou-se e continuou trabalhando sem ligar para Clara que, sem dizer palavra, dirigiu-se a um grupo de operários que, naquele momento, limpavam um pedaço do terreno.

O sol estava se ocultando quando Picot deu por encerrada a jornada de trabalho. Os homens sentiam-se esgotados e famintos; uns desejavam voltar para casa, outros, ao acampamento, para descansar e recuperar as forças.

Fátima estava esperando por Clara na porta da casa e parecia estar de bom humor.

– Seu avô acordou; está com fome e esperando por você.

– Preciso tomar um banho; depois irei vê-lo.

– Ele me disse que prefere jantar só com você; receberá os arqueólogos amanhã.

– Por mim, tudo bem.

Estavam acabando de jantar quando Fátima entrou no aposento para anunciar que Yves Picot queria saudar o Sr. Tannenberg.

Clara ia responder, mas Alfred não lhe deu tempo e fez um sinal para Fátima deixá-lo entrar.

Os dois homens se mediram durante um décimo de segundo, o tempo de que precisaram para trocar um forte aperto de mãos e olharem-se nos olhos.

Picot não gostou de Tannenberg. Seu olhar de um azul que lembrava o aço refletia crueldade; por sua vez, Tannenberg examinou Picot e soube captar a força que emanava do francês.

Alfred Tannenberg conduziu a conversa e por isso foi Picot quem falou a maior parte do tempo, respondendo às perguntas do ancião, que queria saber até dos mais insignificantes detalhes do trabalho. Picot atendeu minuciosamente à curiosidade do avô de Clara, esperando o momento em que pudesse começar a fazer suas perguntas.

– Eu tinha muita vontade de conhecê-lo; não consegui que Clara me contasse nem como nem quando o senhor encontrou as duas tábuas em Harã, aquelas que nos trouxeram até aqui.

– Foi há muito tempo.

– Em que ano foi a expedição? Quem a dirigia?

– Meu amigo, faz tanto tempo que nem me lembro mais. Foi antes da Grande Guerra, quando chegavam ao Oriente expedições de românticos que amavam mais a aventura do que a arqueologia; muitos deles escavavam levados pela intuição. Não, não foi uma expedição de arqueólogos, mas de pessoas apaixonadas pela arqueologia. Escavamos na região de Harã e encontramos essas tábuas em que Shamas, um sacerdote ou escriba, refere-se a Abraão e à Criação. Desde então acreditei que algum dia encontraríamos as outras tábuas a que se refere o escriba. Quem as chamou de *Bíblia de Barro* fui eu.

– E assim as chamou Clara no congresso de Roma. Ela agitou a comunidade dos arqueólogos.

– Se o Iraque estivesse vivendo um período de paz, mais de uma expedição arqueológica teria tentado obter de Saddam o favor de ter a exclusividade de escavar. Você se arriscou vindo no pior momento. Foi corajoso.

– Na verdade, eu não tinha nada melhor para fazer – respondeu Yves, com certo cinismo.

– Sim, eu já sei, você é um homem rico, e assim não se vê pressionado pela dura realidade de garantir um salário ao final do mês. Sua mãe provém de uma antiga família de banqueiros, não é verdade?

– Minha mãe é britânica, filha única, e meu avô, de fato, possui um banco na ilha de Man que, como o senhor já sabe, é um paraíso fiscal.

– Eu sei. Mas você é francês.

– Meu pai é francês, alsaciano, e eu me eduquei andando a cavalo entre a ilha de Man e a Alsácia. Minha mãe herdou o banco, e meu pai é quem o dirige.

– E você não tem nenhum interesse pelo mundo das finanças – afirmou, mais do que perguntou, Tannenberg.

– Exato. O único interesse que tenho pelo dinheiro é o de poder gastá-lo da maneira mais prazerosa possível. É o que faço.

– Algum dia herdará o banco, e aí o que fará com ele?

– Meus pais gozam de excelente saúde, e por isso espero que este dia esteja distante. Além do mais, tenho uma irmã muito mais inteligente do que eu que está disposta a cuidar do negócio familiar.

– Você não se preocupa em deixar alguma coisa sólida para seus filhos?

– Não tenho filhos e não tenho nenhum interesse em me reproduzir.

– Os homens precisam saber que depois deles ficará alguma coisa.

– Alguns homens. Eu não.

Clara assistia calada à conversa de Yves com o avô, notando que o arqueólogo não fazia nada para agradar o ancião. Foi Samira quem colocou um ponto final na jornada. Entrou seguida por Fátima, que tentava impedi-la de interromper.

– Sr. Tannenberg, está na hora da injeção.

Alfred Tannenberg olhou para a enfermeira com raiva. Ela seria esbofeteada quando ficassem sozinhos por ter se atrevido a entrar na sala e dirigir-se a ele naqueles termos, como se fosse sua babá.

– Saia.

O tom do ancião era frio como o gelo e pressagiava uma tormenta. Fátima agarrou o braço de enfermeira e retirou-a, reprovando seu comportamento.

Tannenberg prolongou o encontro por mais meia hora, sem se importar com o cansaço de Clara que, a duras penas, continha os bocejos. Depois despediu Yves Picot, prometendo-lhe que contaria com uma nova remessa de operários.

Minutos mais tarde, um grito lancinante rompeu o silêncio na noite. Depois se ouviu o pranto de uma mulher, que foi se apagando lentamente até desvanecer-se de novo no silêncio.

Clara dava voltas na cama, incomodada. Sabia que o avô estava fazendo Samira pagar pela ousadia de interrompê-lo e de tratá-lo como uma criança, recordando-lhe a hora da injeção. A enfermeira devia aprender que Alfred Tannenberg pagava muito bem a seus empregados, mas jamais perdoava um erro. Imaginou que teria açoitado a mulher; não era a primeira vez que castigava dessa maneira aqueles que o aborreciam com sua atitude.

Ayed Sahadi ordenou que Lion Doyle e Ante Plaskic fossem vigiados; desconfiava dos dois, estava certo de que nenhum deles era o que dizia.

Lion Doyle, por sua vez, também estava atento a Ayed Sahadi. Intuía que ele era mais do que um capataz. Quanto a Ante Plaskic, estava certo de que era um assassino como ele, talvez outro homem enviado por Tom Martin ou pelos amigos dele, mas não tinha dúvida de que o croata não era o pacato profissional de informática que aparentava ser.

Os três homens reconheciam-se naquilo que eram: assassinos, mercenários dispostos a servir a quem pagasse bem.

O galês intuía que estava chegando o momento de agir. Ainda não haviam encontrado a *Bíblia de Barro*, mas os trabalhos de escavação avançavam a largas passadas, e também percebia que ia aumentando, progressivamente, a tensão no acampamento. As notícias que recebia de fora não deixavam lugar para dúvidas: a qualquer momento, as tropas norte-americanas despejariam toneladas de bombas sobre o Iraque.

Os operários brincavam garantindo que caçariam norte-americanos como se fossem coelhos, que jamais os permitiriam pisar na sagrada terra do Iraque, mas sabiam que as bravatas só serviam para alimentar sua auto-estima, pois muitos deles morreriam na luta ou seriam sepultados pelas bombas.

Clara não parecia desconfiar de Lion. Nunca evitava sua companhia e mostrava-lhe, pacientemente, os frutos de barro arrancados da terra, explicando-lhe a importância de cada objeto e como deveria fotografá-los para que tivessem valor arqueológico.

Lion havia achado muita graça ao saber, pelo diretor da Photomundi, que suas fotos de Bagdá haviam sido compradas por uma agência de notícias e que a reportagem publicada pela revista *Arqueología científica* tinha sido um sucesso, não apenas pelo texto escrito por Yves Picot, mas também pelas fotos que o ilustravam. O único inconveniente é que a reportagem havia levado os canais de televisão a pedir a seus enviados ao Iraque que fossem até Safran e contassem a história do que estava acontecendo ali: um grupo de arqueólogos de vários países estava escavando, totalmente alheio aos tambores da guerra.

Por isso Lion Doyle não se surpreendeu quando viu Miranda aparecer acompanhada por Daniel, o cinegrafista, e outro grupo de jornalistas que, sob os auspícios do ministério da Informação, haviam aterrissado em Safran.

– Olha aí o fotógrafo! – disse Miranda, cumprimentando-o.

– Fico feliz em vê-la. Como estão as coisas em Bagdá?

– Mal, muito mal. As pessoas estão no limite. Seu amigo Bush insiste em afirmar que Saddam tem armas de destruição massiva e há alguns dias, em 5 de fevereiro, Colin Powell interveio em uma sessão do Conselho de Segurança das Nações Unidas mostrando fotos tiradas do satélite nas quais se vê, supostamente, deslocamentos de soldados, além de lugares suspeitos de abrigar as malditas armas.

– Você não acredita que elas existam.

– E nem você.

– Eu não sei.

– Vamos, Lion, não se faça de inocente!

– Não tenho a menor vontade de discutir, está certo?

Daniel resolveu mudar de assunto para que a paz voltasse a reinar.

– Como você passou o Natal nesse lugar? – perguntou, com curiosidade.

– Não comemoramos o Natal. Aqui ninguém descansa. Trabalha-se 18 horas por dia.

– Mas não pararam nem nesse dia? – insistiu Daniel.

– A única novidade é que melhoraram o rancho.

– Em Bagdá, improvisamos uma festa. Cada um contribuiu com o que conseguiu encontrar.

Miranda os abandonara e percorria o acampamento olhando ao redor com curiosidade. Haviam lhe falado de Yves Picot e de Clara Tannenberg. Estava pensando em entrevistar os dois. Ter saído de Bagdá para desabar naquele pedaço de terra amarela estava lhe parecendo uma coisa semelhante àquelas excursões que organizava no colégio quando era menina e ajudavam a quebrar a monotonia.

Picot e Clara colaboraram e fizeram tudo o que os jornalistas deslocados lhes pediam, embora não pudessem evitar certo fastio por ter de interromper seu ritmo de trabalho. Todas as mãos eram necessárias, as de Clara e as dele também.

Clara não deixou de perceber que Picot parecia fascinado por Miranda. Não se separava dela, via-os falar e rir, alheios a todo o resto. Pensou que talvez já se conhecessem e não pôde evitar uma pontada de ciúmes.

Miranda era tudo o que ela não era: uma mulher que se havia feito por si própria, independente, segura, daquelas que não deviam nada a homem algum, acostumada a tratá-los de igual para igual, sem nenhum tipo de concessões. Não a surpreendeu que parecesse conhecer Lion Doyle; afinal, eram todos jornalistas.

À hora do almoço, Miranda dividiu a mesa com Marta Gómez, Fabián Tudela, Gian Maria e Albert Anglade, além de Daniel e de Haydar Annasir, o ajudante de Tannenberg, e da própria Clara. Lion juntou-se a eles, apesar do olhar de fastio com que o recebeu Miranda.

– Há manifestações em toda a Europa. Ninguém quer esta guerra – afirmava Daniel.

– Que guerra? Ainda não estamos em guerra, pode ser que Bush não ataque e, finalmente, só esteja tentando assustar Saddam – disse, timidamente, Haydar Annasir.

– Atacará – afirmou Miranda –, e o fará em março.

– Por que em março? – perguntou Clara.

– Porque é quando terá todo o seu dispositivo bélico preparado. Depois faria muito calor e seus meninos não estão acostumados a combater debaixo de um sol cegante como é o deste país. Ou seja, virão em março ou o mais tardar em abril.

– Torcemos para que se atrasem – disse Picot.

– Vocês ficarão aqui até quando? – perguntou Miranda.

– Segundo seus cálculos, nos resta um mês – foi a resposta de Picot.

– Meus cálculos? – perguntou Miranda.

– Você acabou de dizer que eles atacarão em março, e estamos em fevereiro.

– Ah! Você tem razão. Falta um mês. E como vão sair daqui? Os soldados os protegerão até que comecem os bombardeios. Saddam precisará de todos os homens disponíveis, e cedo ou tarde convocarão seus operários.

A reflexão de Miranda mergulhou-os no silêncio. De repente, adquiriam a consciência de que o mundo andava em um ritmo diferente na aldeia perdida em que haviam se isolado meses antes, tentando encontrar na areia um segredo tão velho como o tempo, um segredo que talvez só fosse uma quimera.

Marta Gómez quebrou o silêncio que havia caído sobre eles.

– Vocês já viram. Descobrimos um templo, talvez parte de um zigurate, embora não tenhamos segurança absoluta; de acordo com nossa opinião ele data de 2000 antes de Cristo, e não se sabia de sua existência. Também estamos desenterrando restos de plantas de casas da mesma época, embora, lamentavelmente, reste pouco delas. Estamos estudando as centenas de tábuas encontradas em dois compartimentos do zigurate, temos várias estátuas em bom estado, *bullas* e *calculis*... O que eu quero lhe dizer, Miranda, é que o trabalho que realizamos é extraordinário para tão pouco tempo. O que fizemos nestes cinco meses teria levado anos em circunstâncias normais. Entendo que em um momento como este os cidadãos do mundo não dêem a menor importância ao trabalho arqueológico, já que este país esta à beira da guerra, mas se as bombas não destruírem o que encontramos, posso lhe assegurar que este será um dos sítios arqueológicos mais importantes do Oriente Próximo, se é que poderemos voltar quando a maldita guerra terminar. Acredito que todos nós podemos nos sentir satisfeitos com o trabalho já realizado.

– Vocês contaram com a complacência de Saddam para poder trabalhar – afirmou Miranda, respondendo à Marta.

– Sim, é claro. Não é possível trabalhar em nenhum país sem a permissão do regime, seja qual for. Ele nos permitiu escavar e temos contado com meios para isso, meios que o professor Picot paga de seu próprio bolso – foi a resposta de Fabián Tudela.

– Eu acreditava que a Sra. Tannenberg era co-responsável e co-financiadora da expedição...

Clara resolveu aproveitar a pergunta de Miranda para deixar claro que aquela era sua expedição e que tudo o que havia aflorado e pudesse aflorar pertencia tanto a ela como a Picot.

– De fato, este é um projeto que eu e o professor Picot colocamos em andamento. É um projeto dispendioso e difícil devido às circunstâncias, mas, como lhe foi explicado pela professora Gómez, já deu seus frutos, e alguns frutos extraordinários.

– Mas vocês estão procurando algo mais; creio que você, em um congresso realizado no ano passado em Roma, falou de umas tábuas nas quais alguém afirmava que o patriarca Abraão iria lhe contar a Criação, e que, depois, casualmente, encontraram aqui outras tábuas com o nome do mesmo escriba. Estou enganada?

Desta vez, foi Picot quem resolveu responder a Miranda.

– Não, não se engana. Clara possui duas tábuas, que conseguimos datar, em que um escriba chamado Shamas relata que um tal Abraão iria lhe revelar a história do mundo. Clara sustenta a hipótese de que o Abraão a que se refere Shamas é o patriarca Abraão e, se sua teoria for confirmada, a descoberta será extraordinária.

– Leve em conta que a ciência duvida da existência dos patriarcas; ninguém pôde provar até agora que eles foram seres de carne e osso. Se encontrarmos as tábuas a que se referem as que estão em poder de Clara, não só ficará demonstrado que a Bíblia tem razão, mas também que o Gênesis foi revelado por Abraão. Você não imagina a importância que isso teria para a arqueologia, para a ciência e também para a religião – explicou Fabián.

– Mas vocês ainda não encontraram essas tábuas... – quis saber Miranda.

– Não, ainda não – respondeu Marta –, mas encontramos, de fato, muitas tábuas com o nome de Shamas, e por isso temos esperança de encontrar a *Bíblia de Barro*.

– Miranda, que outra coisa seriam algumas tábuas com a lenda da Criação? – perguntou Marta, por sua vez.

– Você tem razão. E, além do mais, gosto do nome... *Bíblia de Barro*. E você, o que pensa de tudo isso? Acho que você é padre.

A pergunta de Miranda fez Gian Maria engasgar-se, ao mesmo tempo que ficava vermelho até a raiz dos cabelos.

– Vejam só! É a primeira vez que vejo um homem ficar vermelho! – riu Miranda.

– Vamos, Gian Maria, ela só fez uma pergunta – incentivou-o Marta.

O sacerdote não encontrava palavras para responder. Seu rosto ardia por sentir-se o alvo de todos os olhares. Fabián tentou lhe ajudar desviando as atenções.

– Gian Maria é um especialista em línguas mortas; ele nos presta um serviço inestimável. Trabalha sem parar decifrando tábuas. Sem ele, não teríamos conseguido avançar como fizemos. De qualquer maneira, enquanto não encontrarmos essas tábuas e pudermos analisá-las, não apenas este grupo como também outros especialistas qualificados, não se poderá afirmar que são a *Bí-*

blia de Barro. Até agora, estamos trilhando o terreno das hipóteses. Há duas tábuas escritas por mãos pouco experientes que mais parecem um diário pessoal, um diário de barro, no qual alguém anuncia que vão lhe contar alguma coisa. Como Marta já disse, mesmo se não encontrarmos essas outras tábuas, o que desenterramos até agora justifica nosso trabalho aqui.

– Por que você diz que essas duas tábuas, que são o motivo de vocês estarem aqui, foram escritas por mãos pouco experientes? – perguntou Miranda.

– Pelos traços. É como se esse Shamas não dominasse o manejo do cálamo, que, como vocês sabem, é um pedaço de cana talhada em ponta com o qual se faziam incisões no barro. E mais, a caligrafia das tábuas encontradas aqui que também têm o nome de Shamas na parte superior não se parece em nada com a daquelas que são de Clara. O Shamas daqui era um escriba que dominava a escrita e a aritmética, além de ser um naturalista competente que nos legou uma relação da fauna da região – respondeu de novo Fabián.

– Poderia ser que o Shamas que escreveu as tábuas que apareceram em Harã e o Shamas daqui não sejam a mesma pessoa, embora Clara garanta que sim – disse Marta.

– E por que você acredita que se trata da mesma pessoa? – quis saber Miranda.

– Porque, embora reconhecendo que é verdade que o traço das tábuas de Harã é diferente do das tábuas encontradas, há nas de agora linhas e sinais que parecem ter sido feitos pelas mesmas mãos, porém mais firmes. Minha teoria é a de que Shamas pode ter escrito as tábuas de Harã quando era criança ou adolescente e as daqui quando já era um adulto.

Clara não titubeou na resposta. Conhecia as tábuas como a palma da mão e o laboratório não dava lugar para dúvidas: as tábuas de Harã e as de Safran pareciam terem sido escritas pela mesma pessoa.

– Mas eu gostaria de saber o que a Igreja pensa disso tudo – insistiu Miranda, dirigindo-se a Gian Maria.

O sacerdote, já refeito do sobressalto inicial por terem se dirigido a ele, voltou a ficar corado, mas respondeu à curiosidade da jornalista.

– Eu não posso lhe responder em nome da Igreja. Sou um simples sacerdote.

– Mas me diga qual é sua opinião a respeito de tudo isso.

– Sabemos pela Bíblia da existência do patriarca Abraão. Naturalmente, é claro que eu acredito em sua existência, que foi um homem de carne e osso, independentemente de que existam ou não provas arqueológicas.

– E você acredita que Abraão sabia da Criação e, além disso, relatou-a a alguém?

– A Bíblia não diz nada disso, e é bastante explícita a respeito da vida do patriarca Abraão. De modo que... Bem, sou cético, não consigo acreditar na existência de uma *Bíblia de Barro*. Mas se essas tábuas aparecerem, a Igreja é que terá de atestar se elas são ou não autênticas.

– Mas você foi enviado pelo Vaticano? – perguntou Miranda.

– Não, por Deus! O Vaticano não tem nada a ver com minha estada aqui – respondeu, temeroso, Gian Maria.

– Então o que está fazendo neste lugar? – insistiu Miranda.

– Bem, foi toda uma casualidade...

– Pois a explique – pressionou-o a jornalista, apesar do evidente desconforto do sacerdote.

– Você não poderia deixá-lo em paz? – interveio Lion Doyle que, até aquele momento, ficara em silêncio.

– Olha lá o cavaleiro andante! Você sempre surge para socorrer os necessitados, seja uma mulher perdida em um tiroteio ou um padre em apuros.

– Você é impossível, Miranda! – respondeu Lion, mal-humorado.

– Não, não tenho nenhum problema para responder – disse Gian Maria, com um mais do que tênue fio de voz. – Veja, eu estava em Bagdá colaborando com uma ONG, mas, por acaso, havia conhecido o professor Picot, e vim para cá ver seu trabalho; ele sabia que sou especialista em línguas mortas e, bem, acabei ficando.

– E um sacerdote pode fazer o que lhe dá na telha? – insistiu Miranda.

– Tenho permissão para estar aqui – respondeu Gian Maria, ficando ainda mais vermelho.

Durante o resto da tarde, Miranda e Daniel filmaram os arqueólogos trabalhando. Entrevistaram Picot e Clara, assim como Marta Gómez e Fabián Tudela, que, como o restante da equipe, tiverem de atender e repetir as mesmas palavras a outros jornalistas que apareceram em Safran.

– São enervantes, principalmente Miranda, embora eu tenha simpatia por ela.

– Vamos, Marta, eles estão fazendo seu trabalho, como a gente o nosso.

– Você sempre tão compreensivo! Mas nos fizeram perder o dia.

Fabián Tudela acendeu um cigarro e deixou o olhar vagar pelas espirais da fumaça. Marta tinha razão, sobretudo se aquilo que os jornalistas haviam contado se ajustava à realidade, ou seja, que a guerra poderia começar em março, o mais tardar em abril.

Agachou-se ao lado de Marta e começou a tirar areia de uma lateral daquilo que lhe parecia um terraço que deixava entrever um pátio quadrado com restos de tijolos cozidos e de cerâmica.

A luz do sol havia se apagado quase que por completo quando decidiram voltar ao acampamento. Os operários resmungavam por causa do cansaço. Mas, sobretudo, estavam inquietos com as notícias fornecidas pelos jornalistas: a guerra era inevitável e estava prestes a começar.

Clara havia preparado um jantar em torno de fogueiras onde estava sendo lentamente cozida meia dúzia de cordeiros temperados com ervas aromáticas.

Um jornalista holandês filmava, entusiasmado, a cena, enquanto um de seus colegas de rádio queixava-se dos problemas de conexão com o satélite para enviar a crônica do dia.

Yves Picot atendia a uns e outros demonstrando ter uma paciência infinita e procurando resolver os problemas que lhe apresentavam com a ajuda do bom Haydar Annasir, que sempre tinha uma solução para tudo.

– Dá para perceber que você está contente.

Picot virou o corpo ao ouvir a voz de Clara.

– Não tenho motivos para não estar.

– Mas hoje à noite você parece estar mais alegre.

– Bem, fazia tempo que não tínhamos contato com o mundo civilizado, e esta gente nos trouxe notícias frescas. Além do mais, lembrei que há uma outra realidade, que corre à margem da escavação.

– Ou seja, você está sentido saudade.

– Grande conclusão! Não exatamente, mas estamos escavando há cinco meses, engolindo poeira, não temos feito outra coisa além de trabalhar, e quase tinha me esquecido de que há vida fora daqui.

– Você está com vontade de ir embora?

– Estou preocupado com a segurança da equipe. Amanhã ligarei para seu marido. Quero que Ahmed me explique o plano de evacuação. Ele se comprometeu a ter preparados os meios para nos tirar daqui assim que as primeiras bombas caírem.

– E se ainda não tivermos encontrado a *Bíblia de Barro*?

– Iremos embora de qualquer maneira. Você não pretende que a gente fique escavando quando os norte-americanos estiverem bombardeando o Iraque. Você acha que eles farão uma exceção e não bombardearão Safran porque um grupo de loucos está escavando aqui? Sou responsável por estas pessoas, elas vieram comigo, algumas são velhas amigas e não há nada nem ninguém que valha a pena que eu ponha em risco suas vidas, nada, nem mesmo a *Bíblia de Barro*.

– Quando você irá embora?

– Não sei. Ainda não sei. Mas quero estar preparado. Parece-me que chegou o momento de recapitular. Quero conversar com minha gente. Decidiremos em conjunto. Mas não há lugar para enganos. Já ouvi o relato dos meninos da imprensa.

– As coisas não estão piores do que há cinco meses. Nada mudou.

– Eles dizem que sim.

– Os jornalistas exageram. Vivem disso.

– Você se engana; talvez alguns o façam, mas nem todos, e aqui estão três jornalistas holandeses, dois gregos, quatro britânicos, cinco franceses, dois espanhóis...

– Não continue. Eu já sei.

– É pouco provável que todos estejam exagerando ou inventando que Bush está prestes a invadir.

– Eu continuarei.

Yves Picot afundou seus olhos nos de Clara. Não podia exigir que o deixasse partir sem que tentasse evitar, mas o irritava que quisesse continuar mesmo sem ele.

– Você vai trabalhar debaixo de uma chuva de bombas.

– Mas talvez seus amigos não vençam.

– Quem são meus amigos?

– Os que vão bombardear o Iraque.

– Você está tendo um ataque de nacionalismo? Não brinque de querer fazer com que os outros tenham complexo de culpa. Ou, pelo menos, não tente comigo, pois estará perdendo seu tempo. Olhe, eu só vou lhe dizer uma vez: eu, particularmente, acho que seu Saddam é um ditador sanguinário que deveria estar na prisão. Não daria nem um fio de cabelo por ele; a vida dele não me importa um vintém. Eu só lamento uma coisa: muitos iraquianos vão pagar por culpa dele.

– Por Saddam ou por quem quer roubar nosso petróleo?

– Pelas duas coisas. Saddam é o pretexto, não tenho dúvida a respeito disso. Eu não participo do jogo da política. Desci desse trem há muito tempo.

– Você não acredita em nada.

– Quando tinha 22 anos, era de esquerda, um militante apaixonado, e cheguei a conhecer tão bem o partido dos meus sonhos por dentro que fugi cheio de asco. Nada era o que parecia ser, nem muito menos o que se dizia ser. Entendi que a política e a impostura andam, freqüentemente, de mãos dadas. E assim me desvinculei. Defendo a democracia burguesa, que nos permite a ilusão de acreditar que temos liberdade. Isso é tudo.

– E os outros? O que acontece com quem não nasceu no primeiro mundo? O que devemos fazer ou esperar?

– Não sei, o que consigo saber é que vocês são vítimas dos interesses dos grandes, mas também são vítimas de seus próprios governantes, e vítimas de si mesmos. Sou francês e defendo a Revolução Francesa, acho que todos os países deveriam passar por uma revolução parecida, uma revolução que dê passagem à luz e à razão. Mas nesta parte do mundo as pessoas esclarecidas como você ou seu avô assentam sua riqueza e seu poder sobre a miséria de seus compatriotas, e por isso não pergunte a mim o que podem fazer. Não me sinto culpado de nada.

– Você acha que sua cultura é superior à nossa...

– Você quer que lhe diga a verdade? Sim, acho mesmo. O islã os impede de fazer a revolução burguesa. Até que separem a política da religião não seguirão em frente. Eu sinto nojo quando vejo algumas de suas compatriotas cobertas dos pés à cabeça, como é o caso dessa mulher que a segue por todas as partes, acho que seu nome é Fátima, não é? Fico indignado quando vejo que vocês são obrigadas a caminhar atrás de seus maridos ou que não podem falar tranqüilamente com um homem.

Fabián aproximou-se deles com um copo em cada mão.

– É uma sorte que este não seja um país de estrita observância islâmica e possamos beber alguma coisa.

Ofereceu uma bebida a cada um. Tanto Clara como Picot estenderam a mão como robôs.

– O que está acontecendo com vocês? – perguntou Fabián.

– Eu disse a Clara que precisamos começar a pensar em ir embora.

– Pelo que nos contaram, não deveríamos esperar muito mais – assentiu Fabián.

– Amanhã ligarei para Ahmed, para que coordene com Albert os detalhes de nossa retirada. Ficaremos até o último minuto em que não seja perigoso ficar, mas nem um segundo a mais.

O tom de voz de Picot não admitia réplicas e Clara se deu conta de que havia perdido a batalha.

– Clara, conseguimos fazer muitas coisas. Você não percebe? – disse Fabián, tentando animá-la.

– O que conseguimos? – respondeu, meio tonta.

– Trouxemos à luz um templo de que não havia notícia, uma aldeia da qual nada se sabia. Do ponto de vista profissional, esta campanha valeu a pena, não estamos saindo com as mãos vazias, podemos nos sentir orgulhosos do trabalho realizado. Temos contado com pessoas extraordinárias que não têm se queixado das extenuantes jornadas de trabalho. Estamos aqui há cinco meses sem fazer outra coisa além de escavar. Nada mais. Você não irá querer que, além disso tudo, também arrisquemos nossas vidas. Não é verdade?

Clara olhou para Fabián, mas não soube o que responder. Em seu íntimo, sabia que Picot e Fabián tinham razão, mas reconhecê-lo significaria dar-se por vencida.

– Quando vocês irão embora?

– Não saberei antes de conversar com Ahmed. Também quero falar com dois amigos de Paris e com meus pais. Os banqueiros sempre sabem quando uma guerra irá explodir. Você, Fabián, deveria falar com seus amigos de Madri para ver o que eles podem contar.

– Sim, ligaremos amanhã. Agora deveríamos receber os jornalistas e comer estes esplêndidos cordeiros. Estou faminto.

Da ventanilha do quarto de Clara só se via o nada. Não havia nem lua; estava escondida.

Havia um tempo que não se ouvia o mais leve ruído no acampamento. Todos dormiam, mas Clara não conseguia conciliar o sono. Seu humor havia sido alterado pela conversa com Picot e também pela que mantivera posteriormente com Salam Najeb, o médico que cuidava do avô.

Este não se preocupara em ser sutil: seu avô sofrera um desmaio, e o resultado das análises era preocupante. Em sua opinião, deveria ser transferido para um hospital de verdade.

Clara entrara para ver o avô e ficara assustada com o fato de que em apenas um dia tivesse envelhecido tanto. Seus olhos estavam afundados e a respiração entrecortada. E quando lhe disse que deveriam transportá-lo para Bagdá e dali à cidade do Cairo, o avô balançou a cabeça em negação. Não, não iria até que encontrassem a *Bíblia de Barro.* E aí ela não teve coragem de lhe dizer que Picot estava querendo ir embora.

O relógio marcava três da manhã e fazia frio; vestiu uma manta e, com a luz apagada, saiu do quarto indo ao de Fátima. A mulher tinha um sono profundo e não acordou, apesar de Clara ter aberto uma janela e pulado para fora.

Os guardas que a protegiam dormiam na entrada principal e no vestíbulo da casa, mas não pareciam preocupar-se com a porta detrás.

Esperou alguns segundos até que seu coração deixou de bater aceleradamente e, agachada entre as sombras, começou a deixar o acampamento ao longe, aproximando-se do zigurate. Precisava tocar os velhos tijolos de argila e sentir a brisa da noite a fim de tranqüilizar seu espírito.

Os guardas dormiam confiantes. Ayed Sahadi os mataria se soubesse que alguém fora capaz de penetrar no perímetro arqueológico sem que se dessem conta. Mas não seria Clara quem iria lhe contar. Procurou um lugar onde pudesse sentar para pensar. Sentia que sua vida estava prestes a mudar irremediavelmente. Onde antes só havia segurança e certezas agora vislumbrava dor e solidão, e, pela primeira vez, se deu conta de que nunca tinha parado para pensar; simplesmente havia vivido, sem preocupar-se com nada, sem querer saber nem enxergar nada daquilo que não era conveniente à sua comodidade egoísta.

Não, não era melhor do que Ahmed, que recebia uma quantia substancial para protegê-la, só que pelo menos não era hipócrita como ele, já que não tinha dores de consciência.

Adormeceu acocorada sobre um leito de terra e argila, e procurou Shamas em seu sonho.

26

Ili havia alcançado o grau de *um-mi-a* (mestre) e era a máxima autoridade daquele tempo, de onde contribuíam com o governo da região.

O rei quisera estender seu poder para além de Ur, e havia mandado construir aquele zigurate de pequenas dimensões, onde os homens sábios armazenavam os conhecimentos de que eram guardiões e outros frutos da observação de tudo o que havia a seu redor, flores, plantas e o céu, até desentranhar seus mistérios.

Aquela manhã era especial: um *dub-sar* (escriba) ia atingir a condição de *ses-gal* (grande irmão).

O ancião Yadin, que tinha os olhos nublados pela passagem do tempo, não conseguiria ver Shamas, mas seguiria a cerimônia de aceitação e riria deixando ver sua boca sem dente algum. Fazia tempo que a esposa, a mãe de Shamas, havia se transformado nos olhos de Yadin e contava ao marido os pormenores de tudo o que acontecia a seu redor. Não deixaria de levantar a cabeça, orgulhosa por saber quão alto havia chegado seu filho rebelde.

O mestre saboreava antecipadamente os detalhes da cerimônia de seu aluno mais querido. Shamas lhe dera muitas dores de cabeça e em não poucas ocasiões fora obrigado a dominar a ira provocada pela teimosia do aluno e a impertinência de suas perguntas.

Shamas jamais se conformava com respostas simples. Precisava dissecar tudo o que lhe diziam e encontrar sua lógica; não aceitava a verdade dos demais, a não ser que fosse clara e evidente.

Conseguira convencê-lo a não manifestar seu desprezo pelos deuses, pelo menos publicamente.

Seu tio Abraão tinha convencido o jovem Shamas de que havia um único Deus e que tudo havia sido criado por Sua vontade. Ele, Ili, explicava-lhe que a ordem da Criação havia sido dada, de fato, por Elohim, mas logo depois já estavam discutindo por causa de outros deuses cuja existência Shamas negava.

Mas o tempo não passa em vão. Shamas havia sossegado seu espírito e convertera-se no melhor dos escribas; agora atingia um posto mais alto, o de *ses-gal*, e algum dia também seria *um-mi-a*, o *um-mi-a* de todos, posto que sua sabedoria era evidente, fruto da observação e do estudo e do fato de não se conformar jamais com o que era óbvio.

A esposa de Shamas, uma jovem chamada Lía, ajudou-o a vestir a túnica e despediu-se com um sorriso.

Naquele dia Shamas converteu-se em um *ses-gal*, sob os auspícios de Ili, enquanto deixava a mente vagar por outros territórios a muitos dias de distância.

Pensava em Abraão; imaginava-o nas terras de Canaã, transformado em pai de muitas tribos, pois as notícias de sua paternidade haviam chegado até Ur. Deus lhe havia prometido e Deus havia cumprido Sua palavra.

Deus continuava parecendo a Shamas um ser inescrutável e cheio de caprichos, e embora acreditasse Nele de todo coração, não conseguia entendê-Lo, mas dizia a si mesmo que, afinal, era apenas um homem, fruto do sopro divino que dera vida ao barro, do qual haviam saído os homens.

Certas vezes, quando tentava seguir a lógica da Criação, achava que sua cabeça ia explodir. Em alguns momentos, sentia que ia compreender tudo, mas essa quimera desvanecia-se imediatamente e voltava a sentir a mente cheia de trevas. A tosse de Ili devolveu-o à realidade. Não havia escutado as palavras de seu mestre e mal havia prestado atenção nos escribas e sacerdotes que oravam ao lado dele à deusa Nidaba.

Estava ansioso por ficar a sós com Ili para oferecer-lhe um presente no qual havia trabalhado nos últimos anos dando o melhor de si mesmo. Tratava-se de umas tábuas nas quais, com sinais claros e elegantes, havia relatado tudo o que Abraão lhe contara, a história da Criação do mundo, a ira de Deus com os homens por sua impiedade, a destruição de Babel e a confusão das línguas... Três belas lendas escritas em argila que desejava que passassem a engrossar uma das salas onde eram guardadas outras histórias e contos épicos.

Ao cair da tarde, mestre e discípulo desfrutaram de alguns momentos de solidão que puderam dedicar à troca de confidências.

Não restava sobre o crânio de Ili nem um só fio de cabelo e seu andar era lento; suas sobrancelhas brancas também indicavam que já havia entrado na ancianidade.

– Você será um bom *um-mi-a* – dizia Ili.

– Eu me sinto satisfeito com o que sou. É um privilégio trabalhar aqui a seu lado, onde cada dia aprendo uma coisa nova.

– Que nunca é suficiente porque você tem ânsia de conhecer mais, muito mais. Você continua perguntando pela razão da existência, e nem mesmo seu Deus lhe dá a resposta.

Shamas ficou em silêncio. Ili tinha razão: as perguntas que brotavam de sua garganta eram em número maior do que as respostas que era capaz de obter dos homens que o cercavam.

– Faz tempo que você já é um homem – continuou dizendo Ili – e deve admitir que há perguntas para as quais não há respostas, não importa o Deus que invoque. Pelo menos aprendeu a respeitar os deuses; você me fez sofrer mais de uma vez temendo que sua ousadia chegasse aos ouvidos do nosso senhor. E teve a sorte de ninguém tê-lo traído, nem mesmo os que não o entendem.

– Mas, Ili, você sabe como eu que os deuses que abrigamos no templo são apenas barro.

– Sim, são, mas não é o barro que invocamos quando queremos algo dos deuses. É seu espírito, e é isso que você não admite, que o barro seja apenas uma representação de um deus, porque é difícil rezar para o nada, a um deus que não tem rosto, nem forma, que não se vê.

– Abraão dizia que Deus criou os homens a Sua imagem e semelhança.

– Então Ele é como a gente? Parece-se comigo, com você, com seu pai? Se nos criou à Sua imagem, isso quer dizer que podemos representá-Lo em barro para nos dirigirmos a Ele.

– Deus não está no barro.

– Ouvi você dizer que seu Deus está em todas as partes e por isso também está nesse barro que usou para fazer os homens.

Estavam havia anos discutindo a mesma coisa, embora o passar do tempo tivesse lhes permitido despojar suas palavras de qualquer traço amargo. Simplesmente conversavam; não brigavam mais tentando impor ao outro sua idéia da divindade.

– Eu lhe trouxe um presente – disse Shamas, sorrindo diante da surpresa que se desenhava no rosto de seu mestre.

– Obrigado, mas o melhor presente foi você ter sido meu aluno e agora sabê-lo um igual, porque me obrigou a superar-me a cada dia sabendo que devia responder a suas perguntas.

Os dois homens riram. Haviam chegado a se apreciar sinceramente e aceitar um ao outro assim como eram, e esse aprendizado não excluíra a dor.

Shamas levou Ili a uma pequena sala onde gostava de trabalhar e entregou-lhe várias tábuas envoltas em um pano.

Ili desembrulhou-as cuidadosamente e ficou maravilhado com a exatidão dos sinais feitos pelo cálamo daquele que fora o mais rebelde de seus alunos.

– É a história da Criação do mundo exatamente como me foi contada por Abraão. Eu gostaria que você a tivesse.

Os olhos de Ili ficaram nublados pela emoção enquanto recolhia o invólucro das mãos de Shamas.

– Você me falou tanto das lendas de Abraão...

– Aqui você as tem assim como ele me as contou. Conservo as tábuas que escrevi em Harã, mas naquela época meu pulso não era tão firme e você ainda não havia feito de mim o que sou hoje. Espero que estas você aprove.

– Obrigado, Shamas, obrigado. Eu as conservarei comigo até o último dia de minha vida.

Naquela noite Lía escutava atentamente seu marido, entusiasmada em saber que ele transformara-se em um homem importante dentro da hierarquia do templo.

Mais tarde, quando a esposa dormia, Shamas desembrulhou suas velhas tábuas, as que trouxera de Harã, e contemplou-as em silêncio. Vê-las transportava-o a sua infância, a sua adolescência, aos anos de pastoreio ao lado do pai e de sua tribo. Não sentia nostalgia do passado porque estava satisfeito com o presente; só continuava sentindo falta de Abraão, para poder falar de Deus. Até mesmo para os seus o Deus de Abraão era apenas um deus a mais, não o único, não o todo-poderoso, tão-somente um deus mais forte do que os outros.

De novo envolveu as tábuas no pano e guardou-as cuidadosamente em uma estante da pequena sala ao lado de outras tábuas perfeitamente empilhadas. Perguntou-se o que seria delas quando morresse. Seus filhos, bem o sabia, não tinham interesse em um Deus que não viam.

– Shamas, acorde, acorde!

A voz de Lía expressava medo e angústia. Shamas abriu os olhos e levantou na cama, observando que estava entrando pela janela a primeira luz do amanhecer.

– O que está acontecendo?

– Ili mandou chamá-lo. Vá ao templo.

– Assim tão depressa? Disse por quê?

– Não, o jovem que veio limitou-se a dizer que Ili o espera.

Shamas não demorou a se preparar para ir até o templo, preocupado com a urgência de seu mestre.

Quando chegou à sala retangular onde Ili o esperava ao lado de outros escribas, compreendeu que alguma coisa grave estava acontecendo.

– Shamas, o senhor do Palácio quer nossas terras. Está enciumado da prosperidade do templo.

– Mas o que ele quer da gente?

– O que temos: o trigo, as frutas, as palmeiras, a água. Quer nosso gado e nossa fazenda. Diz que em suas terras escasseiam as frutas e que seus arroios estão secos. Quer aumentar o dízimo, diz que é pouco o que recebe em comparação com o que temos.

– Temos nos armazéns grãos suficientes para que não se desespere com a escassez.

– Não precisa de nada, mas quer mais, acha que é muito o que temos e quer ter tudo à sua disposição. É neto de meu antecessor, e acredita ter o direito de governar, além do Palácio, o templo. Acha que um administrador deve supervisionar nosso trabalho e em seu nome decidir que parte deve ir para o tesouro real e que parte deve ficar no templo.

"Eu não quis lhe contar isso ontem porque era um momento importante para você, mas há alguns dias me deu um ultimato e hoje, antes do alvorecer, vieram alguns soldados para exigir minha resposta. Achei que poderíamos continuar conversando, que conseguiria convencê-lo, mas me enganei."

– E se nos opusermos a ele?

– Seremos arrasados, salgará nossas terras, saqueará os armazéns... O que podemos fazer? – lamentou-se Ili.

Os escribas permaneciam calados, cheios de pesar, temendo o desenlace do problema criado pelo monarca. Alguns observavam Shamas esperando que de sua mente inquieta brotasse uma solução.

– Somos homens de paz, não sabemos lutar – disse Ili.

– Podemos pedir ajuda ao soberano de Ur – propôs Shamas. – É mais poderoso que nosso monarca e este não se atreverá a enfrentá-lo.

Resolveram enviar um emissário a Ur para pedir ajuda ao rei e implorar por sua proteção. Ili ordenou a um jovem escriba que partisse imediatamente. Mas se apiedariam deles?

Os reis são cheios de caprichos e sua lógica não tem nada a ver com a dos mortais, e por isso o senhor de Ur poderia pedir, por sua ajuda, um preço ainda maior do que o do monarca de Safran.

O sol brilhava em todo seu esplendor iluminando as terras amarelas de Safran, quando o grito de um homem levantou-se sobre o vozerio do mercado.

Ili e Shamas entreolharam-se, sabendo que aquele grito pressagiava morte e destruição.

Todos os escribas correram para as portas do templo, onde já haviam chegado os soldados dispostos a entrar.

O crepitar do fogo e o pranto das mulheres elevavam-se até o céu ao lado da gritaria dos soldados e dos homens que defendiam seus lares.

Shamas compreendeu que nada podiam fazer, a não ser dobrar-se como os juncos que cresciam às margens do Eufrates, aguardando a chegada da tormenta. Mas seu instinto foi mais forte e enfrentou os soldados, apesar de Ili ter lhe ordenado que cedesse.

Sabia que seu esforço seria inútil, mas não podia render-se sem reagir à injustiça que estava sendo cometida.

Quanto tempo havia passado? Talvez um segundo, talvez horas; sentia-se profundamente cansado e em sua cabeça reinava a confusão.

"Nenhum homem é eterno, mesmo que seja um rei. Algum dia alguém voltará a viver em paz neste templo, administrando as terras, o gado e as fazendas dos homens que confiam na competência dos escribas que, como nós, trabalham desde o alvorecer para que haja ordem e justiça na comunidade", pensava Shamas enquanto era arrastado por um soldado que havia enfrentado.

Viu Ili, seu mestre, estirado no chão com uma ferida na cabeça da qual saía um fio de sangue. Outros escribas jaziam mortos a seu redor, assim como os servidores do templo que haviam acudido para defender aquele lugar onde até então a vida transcorrera pacificamente.

Doía-lhe a cabeça, sentia os ossos do corpo pesados, mal conseguia mexer o braço e seus olhos lhe pareciam nublados.

"Estarei morrendo como meus companheiros? Será que já estou morto?"

Pensou que a dor que sentia era demasiadamente intensa para estar morto, e por isso ainda lhe restava um sopro de vida, mas quanto? E Lía, estaria viva Lía? O soldado deu um pontapé em seu rosto e deixou-o estirado entre os mortos; achava que era um deles, já que mal respirava.

Não queria morrer, mas não sabia como evitá-lo. Por que Deus havia decidido que fosse este seu final? Sentiu que sorria: Ili o teria reprovado de estar, em um momento como este, fazendo perguntas a Deus. Mas os outros não imploravam a Marduk?

Se Abraão estivesse ali, lhe perguntaria por que Deus se comprazia que suas criaturas morressem violentamente. Esse final era necessário? Não sabia se tinha os olhos fechados porque não via nada, a vida lhe escapava pela cobiça de um homem. Como lhe parecia absurdo! Onde estava Deus? Será que naquele momento, no final, O veria? Sobressaltou-se ao ouvir uma voz, a voz de Abraão pedindo-lhe que confiasse em Deus. Depois uma luz branca iluminou o lugar onde jazia e sentiu uma mão firme agarrando a sua e ajudando-o a se levantar. Deixou de sentir dor e compreendeu que estava se unindo à Eternidade.

27

– Clara?... Sim, é ela.

A voz de Miranda arrancou-a do sono profundo no qual havia se encontrado com Shamas. Clara sentia uma dor intensa no peito e tinha dificuldades de respirar. Doíam-lhe todos os ossos, sentia-se incapaz de responder a Miranda, que a olhava preocupada.

Daniel deixou a câmera perto de um bloco de tijolos de argila e agachou-se, aproximando-se de Clara, que parecia estar tiritando.

– Ela está bem?

Os soldados acudiram apressados para ver com quem os jornalistas estavam conversando e assustaram-se ao ver Clara acocorada sobre a areia amarela, com o olhar perdido como se estivesse a muitos quilômetros dali.

O comandante gritou com seus homens, e um deles saiu correndo para buscar uma manta.

Clara permanecia imóvel e, por um momento, ela própria ficou com medo de ter ficado paralítica. Não sabia por quê, mas sua voz não chegava à garganta e suas pernas e braços não obedeciam à ordem para se mexer.

Sentiu que Daniel passava um braço por detrás de sua cabeça e a ajudava a se levantar; depois, deu-lhe de beber um pouco d'água.

Miranda tomou seu pulso com um gesto preocupado enquanto o comandante olhava a cena cheio de pavor. Se acontecesse alguma coisa com aquela mulher ele seria responsabilizado.

– O pulso está lento, mas acho que está bem, não parece ter nenhuma ferida – disse Miranda.

– Deveríamos levá-la ao acampamento. Precisa ser examinada pelo médico – respondeu Daniel.

Nesse momento, chegou o soldado com a manta e Daniel cobriu-a com ela. Clara sentiu que o calor voltava ao seu corpo.

– Estou bem – murmurou. – Sinto muito, devo ter adormecido.

– Você está quase congelada – afirmou Daniel. – Como você teve a idéia de deitar em um lugar como esse?

Clara olhou para ele e encolheu os ombros. Não tinha uma resposta para o jornalista. Ou talvez aquela que tinha fosse muito complicada naquelas circunstâncias.

– Vamos acompanhá-la até o acampamento – disse-lhe Miranda.

– Não, não... Por favor... Meu avô ficaria assustado. Estou bem. Obrigada – conseguiu dizer Clara.

– Então, vamos lhe dar um café para que fique aquecida. Comandante, o senhor pode nos arranjar um café?

A pergunta de Miranda era uma ordem que o preocupado comandante aceitou cumprir sem hesitar. Alguns minutos mais tarde, Clara, acompanhada por Miranda e Daniel, estava sentada na tenda que servia de refeitório aos soldados que faziam a guarda do sítio arqueológico. O café havia devolvido a cor a seu rosto e já se sentia capaz de falar.

– O que aconteceu? – quis saber Miranda.

– Saí para passear entre as ruínas. Eu gosto de fazer isso, penso melhor, e acabei adormecendo. Isso é tudo – respondeu Clara.

– Você devia ter mais cuidado. Aqui à noite faz muito frio.

O tom paternal de Daniel fez Clara sorrir.

– Não se preocupe, talvez tenha pegado uma gripe, nada mais. Mas, por favor, não digam nada, eu... Bem, eu gosto de passear sozinha à noite, me ajuda a pensar, mas aqui é muito difícil ficar sozinha, e meu avô preocupa-se com a possibilidade de me acontecer alguma coisa. Além do mais, devido à situação política, isso aqui está cheio de soldados, por isso procuro escapulir sem que ninguém me veja.

– Você não tem de nos dar explicações – afirmou Daniel. – Mas ficamos assustados quando vimos você caída no chão.

– Adormeci. Estou cansada. Estamos trabalhando contra o relógio... – explicou Clara.

– A gente queria filmar as ruínas com a luz do amanhecer para fazer uma coisa diferente dos outros companheiros. A verdade é que tudo isso é muito bonito – disse Miranda.

– E se você está bem, vou aproveitar antes que o sol saia definitivamente, mas você, Miranda, pode ficar com Clara – sugeriu Daniel.

As duas mulheres ficaram sozinhas. Miranda não resistira à idéia de seu companheiro porque Clara a intrigava. Havia alguma coisa naquela mulher que a tornava especial e não sabia o quê.

– Você é iraquiana, mas não parece – comentou Miranda, para reconhecer o terreno.

– Sou iraquiana... Bem, aqui ninguém lhe diria que não pareço ser.

– Seus olhos são tão azuis, a cor dos cabelos... Bem, você não é igual a seus compatriotas.

– Tenho parentes de outros lugares, sou uma mistura.

Miranda sentiu imediatamente uma corrente de simpatiza por Clara, posto que parecia ter algo em comum com ela ao declarar que era produto de uma mistura.

– Ah! Isso explica a cor de seus olhos e sua aparência. Diga-me, como agüenta viver aqui?

A pergunta pegou Clara de surpresa e imediatamente ela ficou em estado de alerta, temendo que não lhe fosse fácil lidar com a jornalista.

– A que você se refere?

– Quero saber como uma mulher culta, sensível, é capaz de suportar um regime como este.

– Nunca me meti em política, não me interessa – foi a resposta seca de Clara.

Miranda observou-a de cima a baixo e decidiu que não achava Clara tão simpática como acreditara que fosse.

– A política afeta a todos; embora alguns digam que não lhes interessa, a verdade é que não é possível fugir dela.

– Dediquei toda a minha vida aos estudos, nada mais.

– Suponho que além de estudar você deve ter observado o que acontecia a seu redor – insistiu Miranda, irritada.

– Eu lhe direi o que havia a meu redor: um dos poucos regimes laicos do Oriente, uma sociedade com uma classe média incipiente antes do bloqueio, certa prosperidade e uma existência pacífica para a maioria dos iraquianos.

– Para os iraquianos adeptos do regime. O que você me diz dos desaparecidos, dos assassinados, da matança dos curdos, de todas as barbaridades perpetradas por Saddam?

– E o que você me diz do apoio dos Estados Unidos a Pinochet e à Junta Militar da Argentina? Ou do apoio ao próprio Saddam enquanto isso lhes foi conveniente? Vão bombardear todos os países que não são como os de vocês? Atrevo-me a afirmar que não moverão um dedo contra a Arábia Saudita, nem os Emirados, nem a China, nem a Coréia. Estou farta da dupla moral do Ocidente.

– Eu também, e como denunciou essa moral dupla, sinto-me livre para dizer em voz alta o que penso. E esta é uma das piores ditaduras.

– Você deveria ser mais prudente na hora de expressar suas opiniões.

– Você vai me denunciar? – perguntou Miranda, com ironia.

– Não, não vou fazer isso. Que besteira!

– Eu não justifico a guerra contra seu país, sou contra ela, mas desejo que os iraquianos libertem-se de Saddam.

– E se não quiserem?

– Não seja cínica. Você sabe que eles não podem.

– Este país necessita de uma mão firme que o governe.

– Que desprezo você sente por seus compatriotas!

– Não, não os desprezo, apenas exponho a realidade. Se não for Saddam, será outro, mas, se não houver uma mão dura, este país irá por água abaixo. Essa é a realidade.

– Os direitos humanos, a democracia, a liberdade, a solidariedade significam alguma coisa para você?

– A mesma coisa que para você, mas não se esqueça de que isso aqui é o Oriente. Você se equivoca ao tentar avaliar-nos com sua fita métrica.

– Os direitos humanos são o que são, aqui ou em Pernambuco.

– Você não conhece os árabes.

– Eu acredito na liberdade e na dignidade dos seres humanos, não importa onde tenham nascido.

– Você faz bem, não vou discutir isso. Você julga o Iraque com seus olhos e isso a impede de ver a realidade.

– Há um ano, em minha viagem anterior, conheci um jornalista de uma rádio local. Quando voltei há alguns meses, liguei para ele e ninguém respondeu em sua casa. Fui até a emissora; e ali me informaram que havia "desaparecido". Um dia apresentaram-se na emissora os caras da Mujabarat e o levaram. Não voltaram a vê-lo nunca mais. Sua mulher vendeu tudo o que tinham porque lhe disseram que assim poderia convencer um funcionário corrupto a lhe dar notícias do marido. Vendeu tudo, a casa, o carro, o que tinha, e entregou o dinheiro a um sem-vergonha que, assim que recebeu o montante, a denunciou. Também desapareceu. Os filhos estão com a avó, vivendo em péssimas condições.

Clara encolheu os ombros. Não sabia o que responder; quando alguém lhe dizia que essas coisas aconteciam no Iraque, ficava calada. Ela era feliz, era a única coisa que podia dizer. Isso e também que sempre havia sido bem recebida no palácio de Saddam. Não, não iria julgar Saddam; o avô não lhe teria permitido e tampouco lhe apetecia.

– Você sabe que coisas como essas acontecem – insistiu Miranda.

O silêncio de Clara começou a aborrecer a jornalista.

– O que o Oriente precisa é de uma revolução, mas de uma revolução de verdade, que acabe com tantos governantes criminosos, com esses regimes medievais que não têm o menor respeito pelos seres humanos. No dia em que as pessoas perceberem que o câncer está dentro delas e resolverem extirpá-lo, o Oriente se transformará em uma potência – insistiu Miranda.

– E interessa a alguém que isso aconteça? – perguntou Clara, com tom irônico.

– Não, claro que não. Interessa que continuem sendo escravizados por seus governantes corruptos e que acreditem que a culpa de todos os males é do Ocidente, dos infiéis, e que a solução é passá-los na faca. Mantêm as pessoas na ignorância para se servir delas, e o pior é que gente como você não faz nada, cruza os braços, abstrai-se do que acontece a seu redor porque não lhes falta nada.

– Você está de que lado? – perguntou Clara.

– Eu? Não, não estou com Bush nem a favor da guerra, mas também não sou uma progressista de salão como essa espécie que há no Ocidente, que decidiu que o politicamente correto é dizer que todo muçulmano é maravilhoso e que é preciso respeitar as peculiaridades de cada um. Eu não respeito nada nem ninguém que não defenda do princípio ao fim a Declaração dos Direitos Humanos, e nesta parte do mundo não há ninguém que o faça.

– Você vive uma contradição.

– Você está enganada. É que eu não sou hipócrita, apenas politicamente incorreta.

– Fala como Yves... – murmurou Clara.

– Yves? Ah, o professor Picot! Ele me pareceu ser um sujeito maravilhoso.

– E é, embora tenha suas esquisitices.

Clara olhou para Miranda e de repente entendeu que Picot precisava partir não apenas pela aproximação da guerra, mas também porque sentia falta de outras coisas que, agora tinha certeza, a jornalista lhe havia recordado.

As expedições arqueológicas nunca duravam tanto tempo de forma contínua e, em todos os casos, as pessoas iam e viam. Eles estavam há seis meses trancados em Safran, o que para Picot e seus amigos era, sem dúvida, muito tempo.

– Você é uma mulher... peculiar – disse Miranda.

– Eu? Por quê? Sou apenas uma arqueóloga convencida de que a *Bíblia de Barro* está enterrada aqui.

– A professora Gómez me disse que não é certo nem mesmo que o patriarca Abraão tenha existido.

– Se encontrarmos as tábuas, provaremos que Abraão não é uma lenda. Eu estou convencida de que existiu, de que saiu de Ur para ir a Canaã, de que algo o levou a virar monoteísta, e a partir desse momento levou o germe de

Deus para onde quer que fosse. Por isso, precisamos encontrar essas tábuas em que o escriba Shamas deixou registrada a idéia da Criação segundo Abraão.

– É curioso que, quando você esteve em Roma no congresso de arqueólogos, nenhuma autoridade eclesiástica tenha entrado em contato com você para ver essas tábuas que estão em seu poder.

– Não, ninguém o fez, mas eu também não estava esperando por isso. Se encontrarmos as tábuas, será o melhor do melhor, mas se não as encontrarmos dará no mesmo, isso não afetará os alicerces da religião.

– E o padre, esse Gian Maria, por que está aqui?

– Está nos ajudando. É uma pessoa muito boa e muito eficiente.

– Mas é padre e aqui não apita nada.

– Quem lhe disse que não há padres arqueólogos? Gian Maria é especialista em línguas mortas, de maneira que sua participação nessa expedição é essencial.

– O que você fará quando Picot e sua gente forem embora?

– Ficarei escavando.

– As bombas não fazem exceções.

Clara encolheu os ombros. A guerra lhe parecia uma abstração, algo que não acreditava fosse acontecer e, em todo caso, não tinha nada a ver com ela.

O ruído dos jipes interrompeu a calma do amanhecer. A equipe de arqueólogos começava a chegar. Um dos automóveis parou diante da tenda onde as duas mulheres conversavam. Ayed Sahadi desceu do carro e, sem ocultar sua raiva, dirigiu-se a Clara.

– Você nos colocou de novo diante de uma fria. Seu avô mandou que os homens responsáveis por sua segurança fossem açoitados... E a mim... Não sei o que me espera. Você se diverte provocando desgraças?

– Como se atreve a falar assim comigo?

Miranda observava fascinada a cena. A ira daquele homem não era a de um simples capataz, embora ele tivesse sido apresentado assim no dia anterior. Seu porte era de um militar, mas no país de Saddam muitos o eram.

Clara e Ayed Sahadi olhavam-se enfurecidos, como se estivessem prestes a pular um sobre o outro. Os segundos pareciam intermináveis, mas Miranda viu que Ayed Sahadi respirava fundo e recuperava o controle.

– Suba no carro. Seu avô quer vê-la imediatamente.

Ayed Sahadi saiu da tenda e sentou-se ao volante, esperando que Clara decidisse acompanhá-lo.

Clara acabou de beber, lentamente, o café, e olhou para Miranda.

– Bem, nos vemos depois.

– Seu avô manda açoitar as pessoas?

A pergunta de Miranda pegou-a de surpresa. Para ela, era natural que o avô fizesse o que achasse conveniente, e estava acostumada, desde a infância, que o avô mandasse açoitar aqueles que desrespeitavam alguma de suas normas.

– Não ligue para Ayed, é seu jeito exagerado de falar.

Saiu da tenda maldizendo o capataz, que havia exposto o avô diante da jornalista. Esperava que o comentário de Ayed não tivesse maiores conseqüências, mas, se as tivesse, seria ela mesma quem ordenaria que o açoitassem até suplicar perdão.

Miranda viu-os partir e ficou pensativa. Não acreditara em Clara. Estava convencida de que Ayed havia dito a verdade. Decidiu ir ao acampamento para tentar conhecer o avô de Clara e averiguar se alguém havia sido açoitado. Sentiu um estremecimento só de pensar.

Clara estava descendo do jipe quando Salam Najeb, médico de seu avô, saía da casa.

– Quero falar com você.

– O que está acontecendo? – perguntou, alarmada.

– Seu avô está piorando. Deveríamos transferi-lo para a cidade do Cairo, aqui... Aqui vai morrer.

– E você não pode fazer nada?

– Sim, poderia operá-lo, mas não tenho os recursos adequados e ele poderia morrer.

– E de que serve a sala de cirurgia que meu avô mandou instalar?

– Para uma emergência... Mas seu avô está pior. Não agüentará.

– Você não quer assumir a responsabilidade pelo que vier a acontecer, não é verdade?

– Não, não quero. Tudo isso é uma loucura. Está com câncer no fígado, com metástase a outros órgãos, e estamos no meio de uma aldeia empoeirada... Não tem sentido. Você resolve.

Não lhe respondeu e entrou na casa. Fátima a aguardava chorando na porta do quarto do avô.

– Menina, o senhor está pior.

– Eu sei, mas que não a veja se lamentando; ele não suportaria, e eu tampouco.

Afastou-a e entrou no quarto mantido na penumbra, onde Samira, a enfermeira, o velava.

– Clara? – A voz de Alfred Tannenberg soava apagada.

– Sim, vovô, estou aqui.

– Eu também deveria mandar açoitá-la.

– Perdoe-me, não era minha intenção assustá-lo.

– Pois assustou. Se algo tivesse acontecido com você... Morreriam todos, eu juro que todos morreriam.

– Vamos, vovô, fique tranqüilo. Como você está?

– Morrendo.

– Não diga bobagens! Você não vai morrer, e muito menos agora que estamos prestes a encontrar a *Bíblia de Barro*.

– Picot está querendo ir embora.

– Como você sabe?

– Eu sei de tudo o que acontece aqui.

– Ele nos dará tempo para encontrarmos as tábuas, não se preocupe. Vai continuar com a gente.

– Eu mandei chamar Ahmed.

– E ele vai vir?

– Tem de vir. Deve me contar como está indo a operação na qual estamos trabalhando, e temos de concluir alguns detalhes para que você possa sair daqui.

– Eu não irei embora!

– Você fará o que eu lhe disser! Nenhum de nós dois ficará aqui! Se eu morrer antes, pouco me importará onde me enterrem, mas se estiver vivo, se ainda me restar um único sopro de vida, me agarrarei a ela e não me deixarei matar pelas bombas de ninguém. Por isso, nós dois iremos embora, ou bem à cidade do Cairo juntos ou, então, você partirá com Picot.

– Com Picot? Por quê?

– Porque eu estou mandando. Agora me deixe, preciso descansar e tenho de pensar. Esta tarde chegará Yasir e quero que me encontre sentado. Ainda me teme, mas se me vir encolhido na cama tentará matar-me.

Clara beijou o avô na testa e saiu do quarto. Não havia comentado com ele a indiscrição de Ayed Sahadi para não aborrecê-lo ainda mais. O avô tinha razão, precisava estar bem ou pelo menos aparentá-lo, e ela o ajudaria na tarefa.

Encontrou Salam Najeb no hospital improvisado instalado ao lado da casa. O médico organizava de maneira mecânica os instrumentos da sala de cirurgia.

– Meu avô precisa viver.

– Todos querem viver.

– Pois o mantenha vivo, faça o que for necessário.

– Se estivéssemos na cidade do Cairo, ainda poderíamos tentar.

– Mas estamos aqui e é aqui que você fará seu trabalho; está sendo pago regiamente para que o faça. Tem de encontrar saídas.

– Eu não sou Deus.

– É claro que não, mas deve conhecer alguma forma de prolongar a vida de um ancião desesperançado. Evite-lhe as dores, dê-lhe o que for para que se mantenha acordado e faça com que as pessoas achem que está passando bem. Depois veremos se é o caso de voltar à cidade do Cairo, mas, enquanto estivermos aqui, meu avô tem de aparentar o que era.

– Não será possível.

– Pois faça o impossível.

– O que você está me pedindo significa lhe dar alguns remédios que poderão acabar encurtando-lhe a vida.

– Faça o que eu lhe disse.

O tom frio de Clara não deixava lugar para dúvidas. Salam Najeb olhou para a mulher, mas no lugar do rosto atraente e do olhar azul transparente encontrou uma máscara que fingia sorrir e olhos turvos. Era parecida com o avô. Era uma réplica dele.

Miranda a esperava a poucos metros do hospital. A jornalista estava fumando um cigarro e dirigiu-se a ela.

– Eu gostaria de ver seu avô.

– Ele não recebe ninguém.

– Por quê?

– Porque é um ancião que não está bem de saúde, e a última coisa a que se submeteria seria a uma sessão com a imprensa.

Clara entrou na casa e fechou a porta, sem dar tempo de Miranda entrar. Caiu na cama e começou a chorar. Estava precisando.

Quando, meia hora depois, Fátima entrou no quarto de Clara, encontrou-a com os olhos avermelhados e um ligeiro tremor nos lábios.

– Menina, você precisa ser forte.

– Eu sou, não se preocupe.

– Yasir chegará hoje à tarde; você tem de convencer o doutor de que seu avô precisa parecer forte.

– Parecerá.

– Os homens só respeitam a força.

– Ninguém deixará de respeitar meu avô enquanto eu estiver viva.

– Assim é que tem de ser. Diga-me, aonde você está indo?

– Os jornalistas irão embora ao meio-dia. Preciso me despedir. Quero conversar com Picot e ajeitar as coisas para a chegada de Yasir.

Fátima se deu conta de que Clara parecia ter endurecido na última hora. Via em seus olhos a firme resolução do avô e soube que alguma coisa ou alguém havia feito aflorar nela o pior dos Tannenberg.

Yves Picot conversava com os jornalistas; Clara não deixou de perceber os olhares que trocava com Miranda.

"Eles se gostam", pensou, "sentem-se atraídos, e não procuram esconder. Por isso, ele quer ir embora quanto antes. Está cansado de estar aqui. E quando partir, irá ao encontro dela".

Fabián e Marta participavam da conversa, assim como Gian Maria e Lion Doyle.

– Olá, então vocês não estão trabalhando? – perguntou Clara, tentando conferir um tom despreocupado a sua voz.

Marta Gómez examinou-a de viés e percebeu que havia vestígios de choro nos olhos de Clara.

– Estamos nos despedindo de nossos amigos – explicou Fabián.

– Espero que tenham achado interessante o que estamos fazendo aqui – disse Clara, dirigindo-se a todos e a ninguém em particular.

Os jornalistas assentiam, agradecendo a amabilidade com que haviam sido tratados e a conversa seguiu por caminhos supérfluos, embora Clara soubesse que estava sendo observada por Miranda e por Marta. Havia colocado colírio nos olhos para apagar os sinais do choro, mas sabia que a jornalista e a professora tinham se dado conta de que havia chorado.

O tempo parecia não passar, até que viu os jornalistas começarem a subir nos helicópteros. Fabián aparentava lamentar sua partida, o que a irritou ainda mais do que já estava.

Miranda aproximou-se de Clara. As duas mulheres olharam-se fixamente nos olhos em um duelo mudo e surdo para os demais, exceto para Marta Gómez, que as observava.

– Gostei muito de conhecê-la – disse Miranda. – Espero que voltemos a nos ver. Suponho que você voltará em algum momento a Bagdá; eu ficarei ali durante toda a guerra, se não for morta.

– Você vai ficar em Bagdá?

– Sim, muitos jornalistas vão ficar.

– Por quê?

– Porque alguém tem de relatar os acontecimentos, porque a única maneira de tentar deter o horror é relatá-lo. Se fôssemos embora, seria pior.

– Pior para quem?

– Para todos. Saia de seu castelo, olhe em volta e entenderá.

– Por favor, deixe de me fazer sermões! Estou cansada das pessoas falarem comigo com essa superioridade.

– Sinto muito, não era minha intenção aborrecê-la.

– Boa viagem.

– Verei você em Bagdá?

– Quem sabe...

Picot aproximou-se de Miranda e puxou-a rindo, porque o helicóptero estava prestes a levantar vôo.

– Fique conosco até que a gente se vá! – disse a ela.

– Não seria uma idéia ruim, mas temo que minha empresa não entenderia.

Beijaram-se nas faces e ele ajudou-a a subir no helicóptero. Depois levantou a mão, enquanto o aparelho alçava vôo e perdia-se no horizonte.

– Parece que você simpatizou com Miranda – disse Clara, ressentida.

– É claro que sim. É uma mulher incrível. Gostei muito de tê-la conhecido e espero ter a oportunidade de vê-la fora daqui.

– Ela vai ficar em Bagdá.

– Eu sei, é tão insensata quanto você. As duas acreditam em uma causa e estão dispostas e arriscar a pele até o final.

– Não temos nada em comum – Clara estava cada vez mais irritada.

– Não, apenas a teimosia, mas isso é certamente algo comum a todas as mulheres.

– Deixe as outras em paz, fora disso – interveio Marta, rindo.

– Voltemos a trabalhar. Essa gente nos atrasou e enquanto estivermos aqui teremos de continuar – disse Fabián.

– Fabián tem razão, é claro. Você conseguiu falar com Bagdá? – quis saber Marta.

– Sim, Ahmed está vindo para cá. Acho que vai chegar hoje à tarde; vamos ver o que ele tem para contar e depois resolveremos. Mas se tivermos de partir, vou pedir a Lion Doyle que fotografe tudo o que encontramos e os lugares onde as coisas estavam. Quero que faça um trabalho meticuloso, porque, se os meninos do Tio Sam chegarem e soltarem suas bombas, tudo isso desaparecerá. Não quero apenas fotos; quero também um vídeo. Espero que Lion seja capaz de fazê-lo.

– Como sempre, Yves pensa em tudo – observou Fabián.

– Não é que pense em tudo, mas acho que chegou o momento da retirada e quero que estejamos preparados; não gostaria de partir de forma precipitada.

– Bem, Yves, Lion parece ser um bom profissional. A reportagem da *Arqueología científica* ficou muito boa.

– E você, Marta, ficou muito bonita – respondeu Picot.

– Eu gostaria de falar sobre o futuro plano de trabalho, tanto para o caso de partirem ou de ficarem – interveio Clara.

– O trabalho está feito. Só falta encontrar a *Bíblia de Barro*, mas em relação ao resto... Aí estão o templo, mais de duzentas tábuas, restos de cerâmicas, estátuas... A expedição foi um êxito. Não me arrependo de ter vindo. Marta, Fabián, e vocês?

– Você já sabe que não. Foi uma experiência muito especial trabalhar nestas condições. Acho que estávamos virando robôs e os jornalistas serviram para nos lembrar de que há outra realidade. Não me importaria de continuar, mas também confesso que não me importaria de voltar para casa. E você, Marta?

– Eu, Fabián, apesar de estar sentindo falta de um bom banho, sou obrigada a dizer que não gostaria de partir sem ter encontrado a *Bíblia de Barro*.

Clara olhou para Marta agradecida. Havia começado a gostar daquela professora séria que era capaz de impor-se com naturalidade, inclusive a Picot.

– Procurávamos uma lenda e encontramos a realidade. Não é o suficiente? – perguntou Picot.

– Procuramos a *Bíblia de Barro* e encontramos um templo, não é ruim, mas... Eu estenderia o tempo um pouco mais – insistiu Marta.

– Não é um problema de estender o tempo. É que os norte-americanos estão prestes a bombardear, coisa que você ouviu tão bem quanto a gente, e não estou disposto a arriscar nossas vidas. Trouxemos uma porção de pessoas, jovens universitários que têm a vida inteira pela frente e não podemos pedir que se arrisquem escavando um pouco mais para ver se encontramos essas tábuas – protestou Picot.

– Yves, eu sei que você tem razão, mas, para dizer a verdade, tenho vontade de ficar – afirmou Marta.

– Seria uma estupidez. Você sabe que, se a guerra estourar, a missão arqueológica ficará à deriva, os homens serão convocados pelo exército e começará o "salve-se quem puder".

– Eu sei, Fabián, eu sei. Só estou manifestando um sentimento, nada mais. Se partirmos, o faremos todos juntos. Não sou nenhuma aventureira suicida.

– Em todo caso, Clara, acho bom que façamos uma recapitulação do que já foi realizado e do que resta a fazer. Se você concordar, poderemos fazer isso depois de ouvir as notícias que seu marido está trazendo, se é que ele vai chegar mesmo hoje à tarde, como está previsto. Concorda?

Clara concordou com a sugestão de Picot. Não tinha alternativa.

28

Robert Brown saiu do escritório de George Wagner, seu mentor. O presidente da fundação Mundo Antigo estava satisfeito com o resultado do encontro. Agora só faltava que Paul Dukais fosse capaz de fazer o trabalho com competência e, sobretudo, pensou, que o louco do Alfred Tannenberg não pusesse a operação a perder por causa da estúpida neta.

Não estava enganado. Sabia que sem Tannenberg a operação não seria possível, que tudo dependia do velho doente que ainda era temido por muitos.

Ligou do celular para Paul Dukais e marcou encontrá-lo uma hora depois em seu escritório. A operação Adão estava prestes a começar. Ele mesmo a havia batizado assim, aludindo ao fato de que Deus fizera o primeiro homem com barro da velha Mesopotâmia.

Enquanto isso, seu mentor também falava ao telefone com um homem que estava a milhares de quilômetros de distância. Enrique Gómez passara dias esperando pela ligação do amigo.

– De modo que será em 20... – dizia Enrique Gómez.

– Sim, em 20 de março. Recebi a confirmação há algumas horas.

– Dukais já preparou tudo?

– Robert diz que sim. E você?

– Sem problemas. Quando a encomenda chegar aqui, tomarei conta dela, como fiz em outras ocasiões.

– Desta vez chegará a bordo de um avião militar.

– Eu sei, mas o contato que você me deu na base já está sob controle e já recebeu uma parte dos honorários. Também sabe o que pode acontecer com ele se vacilar ou criar algum tipo de problema.

– Você falou com ele?

– Eu? Não, continuo utilizando um homem que me tem sido leal desde que cheguei aqui. Já lhe falei dele, do Francisco...

– Não confie em ninguém.

– A lealdade de Francisco é muito bem-remunerada.

– Você já entrou em contato com os compradores?

– Com os habituais, mas antes quero ver o material. Como você vai dividir os lotes?

– Robert Brown conta com um bom profissional, Ralph Barry, um ex-professor de Harvard especializado na região. Ele estará no Kuwait quando o material chegar. Ahmed Huseini fez uma lista provisória.

– Boa idéia. Quer saber de uma coisa, George? Acho que nós deveríamos começar a pensar em aposentadoria. Estamos muito velhos para continuar com isso.

– Velhos, não, não somos. Olhe, eu não vou morrer com uma manta sobre as pernas olhando pela janela. Não se preocupe, Enrique, tudo correrá bem, e você poderá continuar desfrutando uma vida tranqüila em Sevilha. Sempre gostei de sua cidade, e o que mais me surpreende é que você conseguiu ser parte dela.

– Se não tivesse contado com a ajuda de Rocío, não teria conseguido.

– Você tem razão. Teve muita sorte com sua esposa.

– Você deveria ter se casado.

– Não, eu não teria suportado. É a única coisa que eu não teria sido capaz de fingir.

– Você acaba se acostumando.

– Nunca poderia me acostumar a ter a meu lado o corpo de uma mulher.

Os dois homens ficaram alguns segundos em silêncio, deixando a mente de cada um vagar por seu interior.

– Quer dizer que a guerra começará no dia 20.

– Sim, no dia 20. Vou ligar para o Frank.

Frank dos Santos cavalgava conversando animadamente com a filha Alma.

– Fico contente de que você tenha me convencido a acompanhá-la. Fazia muito tempo que eu não montava um cavalo.

– Você está ficando preguiçoso, papai.

– Não, filha, é o excesso de trabalho.

O som impertinente do celular interrompeu a conversa. Alma franziu a testa, chateada por não poder continuar desfrutando aquele momento de calma ao lado do pai.

– Olá, George! Onde estou? Montando a cavalo com Alma, mas estou velho, me doem todos os ossos.

Frank dos Santos ficou calado enquanto ouvia o amigo, que lhe repetia o mesmo que havia dito a Enrique Gómez: a guerra começaria no dia 20 de março.

– Certo. Já está tudo pronto. Meus clientes estão ansiosos para ver a mercadoria. Ahmed será capaz de tomar posse da lista de objetos que lhe enviei? Pois se conseguir será um negócio perfeito. Bem, ligarei para você. Meus homens estão prontos para o dia D.

Guardou o celular e suspirou, sabendo que estava sendo observado pela filha.

– Em que tipo de negócio você está metido agora, papai?

– Nos de sempre, filha.

– Eu gostaria que algum dia você me contasse mais.

– Conforme-se em gastar o dinheiro que eu ganho.

– Mas, papai, eu sou sua filha única.

– E por isso é a preferida – respondeu, rindo, Dos Santos. – Vamos, eu preciso voltar para casa.

Robert Brown, acompanhado de Ralph Barry, esperava pela chegada de Paul Dukais. O presidente da Global Planet estava, como sempre, atrasado.

– Vamos, Robert, acalme-se. Ele está quase chegando.

– Mas, Ralph, este cara chega sempre tarde. Ele acredita que pode dispor do tempo dos outros. Estou de saco cheio!

– Ele é o melhor em seu ramo de atividade. E por isso não temos outra opção.

– Ninguém é imprescindível, Ralph, ninguém, e muito menos Paul.

Quando Paul Dukais entrou sorrindo na sala, Robert Brown bufou, irritado.

– É possível saber do que você está rindo?

– É que minha mulher acaba de me ligar para dizer que está com enxaqueca e, por isso, não iremos à ópera hoje à noite. Eu tenho muita sorte!

Ralph Barry também não pôde evitar o sorriso. Não se enganava a respeito de Paul Dukais. Sabia que sob sua capa de vulgaridade havia um homem inteligente, com uma mente meticulosa, mais culto do que aparentava ser e, sobretudo, capaz de qualquer coisa.

– Os garotos do Pentágono já marcaram a data da invasão do Iraque. Será no dia 20 de março – provocou-o Robert Brown.

– Invasão? Ou seja, não vamos nos limitar a bombardear.

– Invasão. Entraremos no Iraque para ficar.

– Melhor para os negócios! Quanto antes os nossos soldados chegarem, mais cedo começaremos a ganhar dinheiro.

– Ralph está indo para o Kuwait. Fale com seu coronel Fernández para que organize o comitê de recepção.

– Não é coronel, é um ex-coronel. Mike já está na região. Eu ligarei para ele, não se preocupe. Mas antes devemos avisar a Yasir. Ele estava indo hoje para Safran. Alfred mandou chamá-lo e a Ahmed. O velho não solta o bastão de comando.

– Bem, entre em contato com ele. Precisamos, também, dar a notícia a Alfred.

– Yasir pode fazer isso – sugeriu Dukais.

– Nenhum de nós pode ligar para ele. Você sabe melhor do que ninguém que todas as comunicações estão sendo interceptadas.

– Posso usar o mensageiro habitual, o sobrinho de Yasir que vive em Paris. É um homem de Alfred. Deve a ele tudo o que é.

– E o tio? – quis saber Ralph.

– Yasir é tio dele, sim, mas o sobrinho é leal a Tannenberg; deve a ele tudo o que é, de modo que, em caso de dúvida, ficará com Alfred.

– Faltam 15 dias – murmurou Ralph Barry.

– Sim, mas está tudo preparado, não se preocupe. Confio em Mike Fernández e, se ele diz que toda a operação está bem montada, é porque está – garantiu Dukais.

– Eu confio é no Alfred. É ele quem sabe como essas coisas devem ser feitas. Por isso, não ponha medalhas no peito. O único problema de Alfred é a neta, está se empenhando em deixar-lhe de herança algo que não é só dele.

– Temos homens no acampamento de arqueólogos. A jovem não precisa ser um problema.

– Se tocarmos em um fio do cabelo dela, a operação será abortada. Você não conhece Alfred – afirmou Robert Brown.

– Você disse que, se fosse necessário agir, poderíamos fazê-lo...

– Apenas se for necessário, imprescindível... Que fique claro: ninguém pode atrapalhar a operação. Está entendido?

– Os homens serão obrigados a tomar decisões em cima da hora. Esperemos que possam manobrar Alfred e a neta.

– Que façam o que tenham de fazer, mas se errarem serão homens mortos. Bem, você precisa que administremos algo ou você mesmo fala com nossos contatos no Pentágono?

– Não se preocupem. Eu cuido do resto da operação. E você, Ralph, deveria partir quanto antes.

– Vou amanhã.

– Formidável. Então atacaremos no dia 20. Já era hora! Esse pulha do Saddam vai ver o que é bom para a tosse.

– Não seja vulgar. Economize esse tipo de expressão – reclamou Robert Brown.

– Vamos, Robert, não seja tão delicado. Estamos em sua sala. Ninguém está nos ouvindo.

– Eu estou ouvindo, e isso é suficiente.

– Vocês vão brigar? – perguntou Ralph.

– Não, não vamos brigar. Vamos começar a trabalhar. Estou indo. Tenho muito a fazer.

Paul Dukais saiu da sala de Brown sem se despedir. O presidente da fundação Mundo Antigo irritava-o com suas maneiras estranhas. Afinal, era um criminoso como ele, porque é isso que eles eram, disse a si mesmo Dukais. Os grandes negócios às vezes não passam de atos de delinqüência organizada. Tudo depende de quem os realiza, como, e, sobretudo, de ninguém ser apanhado.

Não, Brown não era melhor que ele, embora fosse um respeitado ex-aluno das melhores universidades norte-americanas.

***

Ahmed Huseini e Yasir estavam sentados no helicóptero e já haviam colocado os capacetes que os protegeriam do barulho quando um soldado correu até o aparelho fazendo sinais para que não partisse.

Os dois homens olharam intrigados para o soldado que, esfalfado pela corrida, parou e entregou um envelope fechado a Yasir.

– Mandaram para o senhor do seu escritório. Disseram que é muito urgente.

Yasir pegou o envelope e, sem agradecer ao soldado, tirou dele uma folha; a mensagem ocupava uma única face do papel.

> Senhor, recebi um e-mail do sobrinho de sua esposa, aquele que vive em Roma. Ele diz que no dia 20 de março virá visitá-lo com alguns amigos e que é urgente que o senhor fique sabendo; não quer que diga nada à sua esposa nem ao restante da família, porque quer lhes fazer uma surpresa, mas diz que deve contar a seus amigos. Insistiu que o senhor deveria saber imediatamente que está vindo.

Guardou o papel no envelope, enfiou-o em um bolso da jaqueta e depois fez um sinal ao piloto para que partisse. Dukais estava confirmando a data do começo da guerra. Precisava passar a informação a Ahmed e, imediatamente, a Alfred. Na realidade, aquela mensagem era para o ancião e não para ele.

Os homens só recebiam ordens de Alfred Tannenberg e, mesmo sabendo que estava moribundo, temiam-no. Tinham razões para temê-lo. Isso era algo que ele sabia muito bem.

A noite caía quando o helicóptero pousou a algumas centenas de metros de Safran. As luzes das casas brilhavam como vaga-lumes e o ar que soprava era extremamente fresco.

Ayed Sahadi e Haydar Annasir esperavam-nos com um jipe que os transportaria ao centro do acampamento.

– O que há com você, Haydar? Vejo que está assustado – perguntou Ahmed ao homem de confiança de Tannenberg.

– Viver nesta aldeia é absolutamente insuportável. Estou aqui há muitos meses.

– Alguém tem de controlar as contas desta missão arqueológica e o Sr. Tannenberg confia em você – respondeu Ahmed Huseini.

– Sua esposa e o Sr. Tannenberg os esperam; também estarão presentes Picot e seu estado-maior. Estão nervosos porque os jornalistas que vocês nos mandaram disseram que a guerra é inevitável e que, do jeito que as coisas estão, Bush vai atacar qualquer dia desses – explicou Haydar Annasir.

– Sim, temo que tenham razão. Há manifestações em toda a Europa e também nos Estados Unidos, mas o presidente Bush colocou a máquina da guerra em funcionamento e não vai voltar atrás.

– Então vão nos atacar – disse Ayed Sahadi, que até aquele momento havia ficado em silêncio.

– Sim, é o que tudo indica – foi a resposta lacônica de Ahmed –, mas, por ora, você deve permanecer aqui. O coronel me disse que podemos continuar contando com você.

Ayed Sahadi informou-os de que Yasir ficaria hospedado na casa do prefeito; Ahmed ficaria na casa da esposa e de Tannenberg.

O encontro entre Clara e Ahmed foi embaraçoso. De repente, não sabiam como se tratar nem o que dizer.

– Você terá de dormir no meu quarto. Providenciamos um catre. Sinto muito, mas seria difícil dar explicações se você fosse dormir em outro lugar; prefiro que, por ora, nossa vida não seja comentada.

– Por mim, tudo bem. A única coisa que lamento é ter de incomodá-la por falta de espaço.

– A gente vai ter de se ajeitar com o que existe. Você ficará até quando?

– Não sei. Deveria ir embora logo depois de falar com seu avô. Tenho uma série de assuntos pendentes que não podem esperar. Seu avô me dirá o que quer que eu faça.

– É claro que sim. É para isso que lhe paga.

Clara arrependeu-se de ter dito a frase, mas não podia mais voltar atrás. Além do mais, queria que ele soubesse que nunca mais poderia enganá-la.

– De que você está falando?

– Que você trabalha para meu avô, participa de alguns de seus negócios e recebe por isso. Ou não?

– Sim, é verdade.

– Bem, é a isso que me refiro.

– Mas você disse de um modo...

– Disse da minha maneira. Não estou com vontade de ser diplomática.

– Até agora conseguimos evitar as brigas, não gostaria que nossa relação terminasse mal.

– Não, não vamos nos enfrentar; eu não quero lutar com você. Deixemos as coisas do jeito que estão. Meu avô quer vê-lo quanto antes.

– Dê-me um minuto para ir ao banheiro. Depois irei vê-lo.

– Você tem de esperar por Yasir. Ele quer conversar com os dois. Quando estiver pronto, avise a Fátima.

Clara dirigiu-se ao quarto do avô. O médico estava acabando de lhe dar uma injeção. Há menos de dez minutos havia terminado de lhe fazer uma transfusão de sangue que parecia ter devolvido a cor às faces afundadas de Alfred Tannenberg.

Salam Najeb olhou para Clara e fez um gesto para que se aproximasse.

– Espero que com a transfusão e as injeções o Sr. Tannenberg melhore e possa enfrentar o trabalho dos próximos dias. Mas eu já disse a ele que teremos de fazer uma transfusão a cada dia. Essa é a única maneira de... de... bem, de permitir que se sinta em forma.

– Muito obrigada – murmurou Clara.

– Sinto-me muito melhor – afirmou Alfred Tannenberg.

– Mas é uma melhora muito passageira – insistiu o Dr. Najeb.

– Já sei que você não pode me dar mais alguns anos de vida, mas, pelo menos, mantenha-me assim até que eu lhe disser.

O tom de voz do ancião não admitia réplicas.

– Farei tudo o que estiver a meu alcance, senhor.

– Minha neta será extremamente generosa com você se o conseguir.

– É claro, vovô.

Clara aproximou-se do avô e beijou-o na testa. Cheirava a sabonete.

Salam Najeb havia seguido as instruções do avô e as dela mesma: haviam exigido que fizesse o que desejasse, mas que Alfred teria de aparentar saúde suficiente para que ninguém fosse capaz de duvidar de sua liderança. O médico havia concordado com seus pedidos. Com o dinheiro que receberia, não teria de se preocupar com nada nos anos seguintes.

– Bem, doutor. O senhor acha que meu avô poderá sair do quarto e manter, durante algum tempo, uma conversa na sala? – perguntou Clara.

– Sim, mas não prolongue muito o trabalho, ele poderia...

Algumas batidas secas na porta, seguidas pela entrada de Fátima, interromperam o médico.

– Senhor, o Sr. Yasir e o Sr. Ahmed estão esperando na sala – anunciou Fátima.

– Vovô, levante e segure meu braço. Você vai conseguir?

– Irei sozinho. Não segurarei nem mesmo seu braço. Essas hienas achariam que estou morrendo e, embora seja verdade, não devem saber disso, ainda não.

Clara abriu a porta e saíram do quarto. Quando entraram na sala, Yasir e Ahmed ficaram em pé.

– Senhor... – conseguiu dizer Ahmed.

– Alfred... – foi tudo o que disse Yasir.

Alfred olhou-os de cima a baixo. Sabia que os dois homens esperavam encontrá-lo em um estado pior do que o estavam vendo. Olhou-os com malícia, rindo abertamente.

– Vocês acharam que estavam vindo para meu enterro? O ar de Safran me faz bem. E estar com Clara me dá forças para viver, e não é que eu não tenha vontade.

Nenhum dos dois homens respondeu. Esboçaram um sorriso, esperando que Tannenberg se sentasse, mas este ficou andando pela sala, observando-os de soslaio.

– Vovô, o que você quer que lhe tragam?

– Nada, menina, nada, apenas água, mas, certamente, nossos convidados estão famintos. Peça à Fátima para trazer alguma coisa para comer. Teremos uma longa conversa.

Os três homens ficaram sozinhos. Alfred Tannenberg os dominava apenas com sua presença. Sabia que Ahmed e Yasir achavam que iriam encontrá-lo em seu pior estado de saúde, e ria por dentro diante do espanto que os dois homens não conseguiam dissimular.

Yasir entregou o bilhete do sobrinho a Alfred. Este leu e guardou-o no bolso do paletó.

– Quer dizer que a guerra começará em 20 de março. Bem, quanto antes melhor, meus homens estão preparados. Você fez tudo o que lhe pedi? – perguntou a Ahmed.

– Sim, foi um trabalhou complicado. Por incrível que pareça, nem todo o patrimônio dos museus está catalogado. Tive de gastar mais do que o previsto para que algumas pessoas de confiança me dessem uma relação das obras mais importantes que temos em cada museu. As listas foram entregues a Yasir, como você me recomendou.

– Eu sei. Enrique e Frank já entraram em contato com seus clientes e há um bom número de compradores dispostos a ficar com os tesouros deste país. George também avisou a seus clientes, por intermédio de Robert Brown, e por isso o negócio está pronto. O que está acontecendo com o boina-verde de Dukais?

Yasir pigarreou antes de responder. Sabia que a pergunta era dirigida a ele.

– Mike Fernández também está pronto. Seus homens estão onde você disse que teriam de estar. Não haverá problemas para o transporte da mercadoria. Só precisamos esperar.

– Esta é a maior operação de venda de obras de arte que jamais fizemos – afirmou Tannenberg. – Na realidade, vamos fazer um favor à humanidade salvando o patrimônio artístico do Iraque. Se não o tirarmos daqui, as bombas poderão destruí-lo e, além do mais, assim que a guerra explodir, a turba tentará apoderar-se de tudo o que tem valor e não será capaz de distinguir uma tábua de um cilindro sumério.

Nem Yasir nem Ahmed responderam ao comentário de Tannenberg. Eram ladrões, sim, mas parecia-lhes desnecessário acrescentar mais indignidade a seu comportamento.

– Quantas peças você acha que poderemos recolher? – perguntou Tannenberg a Ahmed.

– Se tudo correr bem, mais de dez mil. Fiz uma relação completa de tudo o que os homens devem tirar de cada museu. Está tudo minuciosamente detalhado, as características das peças mais importantes, onde elas estão. Espero que não quebrem nada...

– Como você é sentimental! – riu Tannenberg. – Vamos roubar, roubar este país, vamos deixá-lo sem uma peça que valha a pena e você se preocupa que nossos homens realizem a operação sem derrubar uma única tábua.

Ahmed apertou os dentes, humilhado. O riso de Alfred Tannenberg parecia uma bofetada.

– Assim que começarem a bombardear, as equipes entrarão nos museus. Eles terão de pegar as peças de valor no menor tempo possível e sair imediatamente.

Não será um problema chegar ao Kuwait. Esperemos que o boina-verde saiba fazer sua parte do trabalho – insistiu Tannenberg.

– E você, o que vai fazer? Ficará aqui até quando?

A pergunta de Yasir não o pegou de surpresa. Na realidade, Tannenberg já estava esperando por ela, conhecia sua impaciência.

– Isso não é problema seu, mas não se preocupe, Yasir, eu não serei morto pelas bombas de nossos amigos. Quando elas forem lançadas, estarei em um lugar seguro. Ainda não resolvi morrer.

– E Clara? – perguntou Ahmed.

– Clara partirá, ainda preciso decidir se acompanhará a equipe de Picot ou se a enviarei à cidade do Cairo – foi a resposta de Tannenberg.

– Não temos muito tempo, pouco mais de quinze dias, se é verdade que os norte-americanos atacarão no dia 20 – insistiu Ahmed.

– Eu logo lhe direi, se for necessário, quando Clara partirá. Ainda temos alguns dias para tentar encontrar a *Bíblia de Barro*.

– Mas não há mais tempo! – protestou Ahmed.

– É você quem sabe? Ninguém pediu sua opinião. Não tem nada a dizer sobre isso! Obedeça às ordens e conforte-se com o dinheiro e com o fato de estar saindo vivo dessa história.

Tannenberg pegou um copo d'água e bebeu pausadamente. Nem Ahmed nem Yasir haviam tocado a comida que Fátima lhes servira. Os dois homens estavam tensos e, por isso, eram incapazes de afastar sua atenção do ancião.

– Bem, terminemos de repassar a operação. Vou chamar Haydar Annasir para cocluir os detalhes financeiros. Vamos ganhar muito dinheiro, mas também tivemos de investir muito. Meus homens sabem que sempre recebem um adiantamento, garantido por um depósito bancário, para que, no caso de algum acidente, suas famílias recebam sua parte.

Fátima não permitiu que ninguém, exceto Haydar Annasir e mais tarde Ayed Sahadi, entrasse na sala. Tannenberg havia lhe dado instruções precisas: nem mesmo Clara poderia interrompê-los. Nem mesmo o doutor, salvo quando o chamasse.

Clara jantou com Picot e o restante da equipe. Estava irritada. A presença de Ahmed havia mexido com seus nervos. Não seria fácil dividir o quarto com ele, nem mesmo por uma noite. Pior ainda: parecia-lhe um estranho.

– Quando veremos seu marido? – perguntou Fabián.

– Suponho que amanhã. Está reunido com meu avô, terminarão tarde.

– Ele ficará no Iraque ou tentará ir embora antes que a guerra comece? – quis saber Marta.

– Ninguém sabe quando começará a guerra. Os jornalistas que estiveram aqui não garantiram nada. Disseram acreditar que a guerra é inevitável, mas ninguém está em condições de saber o que vai acontecer – respondeu Clara.

– Isso não é uma resposta – provocou-a Marta.

– É a única resposta que eu posso lhe dar. Em todo caso, quero ficar aqui até que... Bem, até que seja impossível estar. Pensarei nisso depois. Se a guerra explodir, veremos onde estarei e o que poderei fazer para sobreviver.

– Venha com a gente.

O convite de Picot deixou-a sem jeito, mas pensou que seu tom zombeteiro não deixava lugar para dúvidas. Ele não dava a menor importância para o que pudesse acontecer com ela.

– Muito obrigada, pensarei em sua proposta. Você vai me dar asilo político? – respondeu, tentando ser irônica.

– Eu? Bem, se não houver outro remédio, procuraremos alguém que possa lhe dar. Fabián, você acha que será possível contrabandeá-la quando voltarmos?

– Não brinquem com coisa séria – disse-lhes Marta. – Se Clara estiver em apuros, teremos de ajudá-la.

Ficaram em silêncio, e Lion Doyle aproveitou a oportunidade para fazer um pedido a Clara.

– Você já sabe que Yves quer que eu faça uma longa reportagem a respeito de tudo o que vocês encontraram aqui. Amanhã começarei a fotografar tudo e todos. Você acha que seu avô posaria para mim? Não lhe tomaria muito tempo, mas me parece justo que a pessoa que investiu tanto nesta história... Enfim, seja reconhecida por seu investimento.

– Meu avô é um homem de negócios. Ele financia parte desta expedição. Não creio que queira aparecer em uma reportagem, mas conversarei com ele.

– Obrigado, embora seu avô seja um homem modesto, acho que deveria posar pelo menos a seu lado.

– Eu já lhe disse que vou consultá-lo. Não insista.

– Eu gostaria de ficar.

A voz suave de Gian Maria devolveu todos à realidade. Clara olhou-o com carinho. Havia adquirido um afeto verdadeiro pelo sacerdote, que a seguia por todos os lugares como se fosse seu cão de guarda. Gian Maria sofria quando ela escapava ou a perdia de vista. Demonstrava uma devoção que a comovia e não entendia como se tornara merecedora dela.

– É melhor não tomar decisões antes de conversar com Ahmed – afirmou Yves Picot.

– Sim, mas se Clara continuar trabalhando, eu também ficarei aqui – foi a resposta de Gian Maria.

– Mas o que você está dizendo! Não será possível ficar aqui. Vocês acham que vão poder continuar trabalhando quando a guerra começar? Não ficará um único homem para ajudá-los. Eles serão convocados e, de qualquer maneira, ninguém vai querer escavar quando as bombas estiverem caindo ali ao lado.

Picot estava furioso. Ele também sentia afeto por Gian Maria. Sentia-se responsável pelo que acontecesse com ele.

– Você tem razão, mas se Clara ficar eu ficarei – insistiu o sacerdote.

– Gian Maria, não seja burro – repreendeu-o Marta.

– Talvez possamos voltar depois que a guerra terminar – disse Fabián, para consolá-lo.

Clara permanecia em silêncio. Não sabia o que dizer. Surpreendia-a a firmeza com que Gian Maria insistia em que ficaria com ela. O sacerdote estava demonstrando uma lealdade que jamais poderia imaginar.

A discussão continuou. Os outros membros da equipe interferiram a fim de tentar convencer Gian Maria de que deveria voltar com eles, mas os esforços foram inúteis.

Gian Maria ficou sentado na porta do habitáculo que dividia com Ante Plaskic e Lion Doyle.

Acendeu um cigarro e deixou o olhar passear pelo céu coalhado de estrelas. Precisava colocar seu espírito em ordem. Estava ali havia muitos meses, e às vezes se perguntava quem era, quem fora, o que seria dele.

Sua fé em Deus continuava inabalável. Essa era a única coisa que não havia mudado; também não tinha dúvidas sobre sua vocação sacerdotal. Não queria ser nada além de sacerdote, mas lhe parecia um sacrifício insuportável voltar à tranqüilidade da casa conventual onde havia vivido desde que se ordenara. Antes de sair de Roma, sua vida transcorrera sem sobressaltos. Para ele, havia sido uma surpresa que seu supervisor o tivesse enviado ao confessionário da basílica de São Pedro. No começo, sentia-se sobrecarregado pela responsabilidade e havia manifestado suas dúvidas. Não sabia se estava preparado para acolher as confissões dos peregrinos vindos de todas as partes do mundo, mas seu superior o havia convencido de que era ali o lugar onde deveria servir à Igreja. “O Vaticano”, dissera-lhe, “também precisa dos jovens, de sacerdotes jovens que travem contato com a realidade do mundo, e nada melhor para isso do que os confessionários de São Pedro”.

Por isso, quando estava estudando ou dando aulas, ouvia as vozes atormentadas que acudiam em busca de consolo, convencidas de que ali no Vaticano estariam mais próximas do perdão divino.

Teria de regressar, mas já não seria o mesmo. Sentiria falta da vida ao ar livre, da camaradagem que havia conhecido com aquela equipe heterogênea.

Todos os dias, antes que o acampamento despertasse, ele levantava e, depois de rezar, celebrava a missa. Uma missa na qual ficava a sós com Deus, posto que ninguém manifestara interesse em participar e tampouco havia pedido a alguém que o fizesse.

Ao regressar a Roma sentiria falta dessa sensação de liberdade que havia se instalado em sua alma.

Pensou em Clara e disse a si mesmo que sentia por ela um afeto sincero. Por força de tentar protegê-la, sentia-a como se fosse sua irmã, uma irmã difícil, um tanto arisca, mas uma irmã.

Talvez tivesse chegado o momento de lhe dizer que estava ali para salvar sua vida, ou pelo menos para tentar evitar que alguém levantasse a mão contra ela. Mas não, não poderia fazê-lo sem quebrar um segredo, sem trair a Deus e ao homem que lhe fizera a confissão.

O segredo do confessionário é sagrado, de modo que tampouco poderia explicar-lhe por que sabia que tentariam matar ela e o avô, os dois.

Clara aproximou-se delicadamente da porta da casa de Gian Maria e sentou-se a seu lado. Ela também acendeu um cigarro e deixou o olhar vagar pelo infinito.

– Você não deve ficar. O professor Picot tem razão.

– Eu sei, mas ficarei. Não ficaria tranqüilo sabendo que você está aqui.

– Pode ser que meu avô me obrigue a ir à cidade do Cairo.

– À cidade do Cairo?

– Sim, você sabe que parte de minha família é de lá. Temos uma casa e você é meu convidado eterno.

– Então você está indo embora? – perguntou-lhe, sem disfarçar a preocupação.

– Resistirei quanto puder, mas é possível que meu avô me obrigue a partir antes do começo da guerra. Você que é uma pessoa boa, poderia pedir a Deus que nos ajude a encontrar essas tábuas.

– Pedirei, mas peça você também. Você reza de vez em quando?

– Não. Nunca.

– Você é muçulmana?

– Não, não sou nada.

– Embora não seja praticante, você deve ter alguma religião.

– Minha mãe era cristã, fui batizada, mas nunca pisei numa igreja nem entrei numa mesquita a não ser por curiosidade.

– Então, de onde vem esta obsessão em encontrar a *Bíblia de Barro*? É só uma vaidade?

– Há crianças que crescem ouvindo contos de fadas ou de príncipes encantados. Eu cresci ouvindo meu avô falar da *Bíblia de Barro*. Ele dizia que estava esperando que eu a encontrasse, e me contava histórias em que eu era a heroína, uma arqueóloga que encontrava um tesouro, o tesouro mais importante do mundo, a *Bíblia de Barro*.

– E você quer tornar realidade um sonho infantil.

– Você não consegue acreditar que o patriarca Abraão falou a um escriba a respeito da Criação.

– A Bíblia não diz nada a respeito e você é tão precisa quando relata a história do patriarca...

– Você sabe que a arqueologia não encontrou algumas cidades descritas na Bíblia, nem mesmo confirmou a existência de alguns de seus personagens, e mesmo assim você acredita em tudo o que o Livro Sagrado diz.

– Clara, eu não estou dizendo que a *Bíblia de Barro* não exista. Abraão viveu nesta terra, conhecia as lendas sobre a Criação do mundo, sobre o Dilúvio; pode muito bem ter falado dessas lendas com alguém, ou talvez Deus tenha lhe revelado a Verdade... Não sei. Sinceramente, eu fico sem saber o que pensar sobre esse assunto.

– Mas está aqui, tem trabalhado como ninguém e agora está querendo ficar. Por quê?

– Se existir uma *Bíblia de Barro* eu também quero encontrá-la. Seria uma descoberta extraordinária para os cristãos.

– Seria uma descoberta como a de Tróia ou a de Micenas, como as tumbas dos faraós no vale dos Reis. Quem encontrar a *Bíblia de Barro* ficará na história.

– Você quer ficar na história?

– Eu quero encontrar essas tábuas de meu avô, quero poder entregá-las a ele, quero realizar seu sonho.

– Você gosta muito dele.

– Gosto muito de meu avô e acho que ele só gostou de mim.

– Os homens têm medo dele, inclusive Ayed Sahadi.

– Eu sei, meu avô... Meu avô é exigente, gosta de trabalhos bem-feitos.

Gian Maria não quis lhe dizer que os homens garantiam que Alfred Tannenberg sentia prazer com a dor alheia, que humilhava os humildes, e castigava com sadismo aqueles que o contrariavam. Também não quis lhe dizer tudo o que ele sabia.

Gian Maria havia estado com Alfred Tannenberg uma única vez, há alguns dias, quando, no meio da tarde, fora entregar a Clara uma cópia da tradução das últimas tábuas encontradas.

Tannenberg estava lendo na sala e o mandou entrar. Interrogou-o a intensamente durante 15 minutos, depois pareceu aborrecer-se e mandou que esperasse por Clara do lado de fora. Gian Maria saiu da casa sabendo que vira, em Tannenberg uma manifestação do próprio diabo; tinha certeza de que o Maligno havia se aninhado naquele homem.

– Você não se parece com seu avô – afirmou o sacerdote.

– Eu acho que sim; meu pai dizia que eu sou tão cabeça-dura como meu avô.

– Não, não me refiro à teimosia, refiro-me à sua alma. Sua alma não é como a de seu avô.

– Mas você não conhece meu avô – protestou Clara –, não sabe como ele é.

– Mas conheço você.

– E o que acha de mim?

– Que é uma vítima. Vítima de um sonho, o de seu avô. Um sonho que não lhe permitiu ter seus próprios sonhos, e que conduziu sua vida de tal maneira que você é prisioneira sem saber.

Clara olhou-o fixamente e se levantou. Não estava aborrecida com Gian Maria, não podia estar, sentia que tudo o que lhe havia dito era verdade e, além do mais, o sacerdote tinha falado com afeto, sem pretender ofendê-la, quase estendendo-lhe a mão para guiá-la pelas trevas.

– Obrigada, Gian Maria.

– Boa-noite, Clara. Descanse.

Fátima estava esperando por ela na porta da casa e lhe fez um gesto para que ficasse em silêncio; depois, levou-a ao quarto do avô, onde Samira, a enfermeira, estava aplicando uma injeção no ancião sob o olhar atento do Dr. Najeb.

– Ele fez um esforço muito maior do que o previsto para aparentar que está passando bem – sussurrou o médico.

– Teve alguma crise? – quis saber Clara.

– Assim que chegou ao quarto sofreu um desmaio. Ainda bem que Samira estava aqui esperando para lhe dar uma injeção antes de dormir, caso contrário, não sei o que teria acontecido – explicou o Dr. Najeb.

Samira ajudou Fátima a deitar o ancião e este esticou a mão na direção de Clara, que se sentou a seu lado.

– Você se esforçou muito; não deixarei que volte a fazer isso – repreendeu-o, enquanto acariciava sua mão.

– Estou bem, apenas cansado. Esses homens são como hienas, vieram confirmar se eu já estava morto para se atirarem em cima de mim. Precisei demonstrar-lhes que, se se aproximarem, serão eles que morrerão.

– Vovô, você não deveria confiar em mim?

– Eu confio em você. Você é a única pessoa em quem confio.

– Então me explique que operação tão importante é essa. Diga-me o que quer que seja feito e eu os farei obedecer as suas ordens. Eu posso fazê-lo.

Alfred Tannenberg fechou os olhos enquanto apertava a mão da neta. Durante um segundo, teve a tentação de explicar a Clara o alcance da operação Adão e assim poder descansar, mas desistiu porque sabia que se pusesse, nesse momento, sua neta à frente do negócio, seus amigos e inimigos interpretariam o gesto como um sinal de sua debilidade. Além do mais, pensou, Clara não estava preparada para lidar com homens para os quais a vida e a morte era uma raia difícil de transpassar, sempre e quando se tratasse da morte dos demais.

– Doutor, quero ficar sozinho com minha neta.

– O senhor não deve se cansar...

– Saiam.

Fátima abriu a porta, disposta a fazer cumprir a ordem de Tannenberg. Samira saiu primeiro, seguida pelo Dr. Najeb, e depois Fátima fechou a porta ao sair.

– Vovô, não se esforce...

– Os norte-americanos atacarão em 20 de março. Você tem 15 dias para encontrar a *Bíblia de Barro.*

Clara ficou calada diante do impacto da notícia. Uma coisa era acreditar que ia haver guerra e outra muito diferente saber com exatidão o dia em que iria começar.

– Então é inevitável.

– Sim, é. E graças à guerra ganharemos muito dinheiro.

– Mas, vovô...!

– Vamos, Clara, você já é uma mulher adulta, e suponho que já tenha aprendido que não há negócio mais rentável do que a guerra. Eu sempre tive as mãos metidas em guerras. Construímos nossa fortuna graças à estupidez dos demais. Leio em seus olhos que você não quer que lhe diga a verdade. Bem, mudemos de assunto. Você não deve dizer a ninguém que a guerra começará no dia 20.

– Picot está querendo partir.

– Que parta, não importa, mas você deve tentar fazer com que fique mais alguns dias, que só saia daqui nos dias 17 ou 18. Até lá vocês poderão trabalhar.

– E se não encontramos as tábuas?

– Teremos perdido. Terei perdido o único sonho que tive em minha vida. Falarei com Picot amanhã. Quero propor-lhe algo para que todo este trabalho não tenha sido inútil e, sobretudo, para salvá-la.

– Nós iremos para a cidade do Cairo?

– Eu lhe direi. Ah, e tenha cuidado com esse seu marido! Não deixe que ele a engane.

– Ahmed e eu terminamos.

– Sim, mas eu tenho muita coisa, sua herança é imensa e eu estou morrendo. Talvez ele tente uma reconciliação; meus amigos confiam nele, sabem que é um homem competente e por isso não se oporiam a que me substituísse à frente do negócio se eu morresse.

– Por Deus, vovô!

– Menina, temos de falar de tudo, não há tempo para sutilezas. Agora me deixe dormir. Amanhã ofereça aos homens um pagamento em dobro para que se empenhem ao máximo. Eles têm de continuar desencavando o maldito templo até que encontrem a *Bíblia de Barro*.

Quando saiu do quarto do avô, Clara encontrou Samira e Fátima esperando.

– O doutor disse que eu devo tomar conta dele durante a noite – explicou Samira.

– Eu lhe disse que eu posso ficar – queixou-se Fátima.

– Você não é enfermeira – respondeu-lhe, suavemente, Clara.

– Mas eu sei cuidar dele. Faço isso há cinqüenta anos.

– Por favor, Fátima, vá descansar. Esta casa não funciona sem você e, se você não dormir, isto aqui vai virar um caos.

Abraçou a velha criada e fez um sinal para que Samira entrasse no quarto do avô. Depois encaminhou-se para seu quarto.

Ahmed estava sentado sobre o catre lendo. Percebeu que não havia vestido o pijama, apenas um *short* e uma camiseta.

– Boa-noite, Clara.

– Boa-noite.

– Parece esgotada.

– E estou.

– Procurei por você, mas me disseram que estava conversando com o sacerdote.

– Sentamos para fumar um cigarro.

– Vocês ficaram amigos.

– Sim, é uma boa pessoa, e não conheci muitas ao longo de minha vida.

– Seu avô piorou, não é mesmo?

– Não, e acho estranho que você tenha tido essa impressão.

– Bem, a notícia chegou da cidade do Cairo.

– Suponho que Yasir seja o portador dessas notícias, mas são falsas. Meu avô não piorou, se é isso que você quer saber.

– É claro que continua com a cabeça no lugar, mas dá para perceber... Não sei, seu aspecto é mais frágil, está mais magro.

– É você quem está dizendo. Os resultados dos últimos exames foram ótimos. Por isso, não é preciso se preocupar. Não acontecerá nada com ele.

– Não se coloque na defensiva.

– Não estou na defensiva. Eu sei que você gostaria que meu avô desaparecesse. Acho que, no fundo, você odeia ser empregado dele.

Ahmed Huseini levantou-se bruscamente e fechou os punhos. Clara olhou-o, desafiando-o, sabendo que não se atreveria a levantar a mão contra ela; isso seria o mesmo que assinar sua sentença de morte.

– Eu acreditei que poderíamos nos separar civilizadamente e sem nos machucar – respondeu Ahmed, cruzando o pequeno quarto para pegar a garrafa de água mineral.

– Nossa separação não tem nada a ver com a verdade.

– E qual é a verdade, Clara?

– Que você é um empregado de meu avô, que foi obrigado a ficar no Iraque porque ele vai lhe pagar uma boa quantia por sua participação nesse último negócio com seus amigos Enrique, Frank e George.

– Eu trabalho há anos para seu avô. Isso não é nenhuma novidade para você. O que é que você reprova em mim?

– Não reprovo nada.

– Sim, sim, você me reprova, mas nunca me diz o por quê. Suponho que estejamos todos nervosos por causa da guerra.

– Por que você ainda não foi embora?

– Quer saber a verdade?

– Sim.

– Bem, talvez seja a hora de começarmos a dizer em voz alta certas coisas que sempre calamos. Ainda não parti porque seu avô me impediu. Ameaçou-me de ser preso pela Mujabarat. Teria feito isso sem nenhum problema. Só precisava levantar o telefone para me mandar ao inferno. Alfred Tannenberg tem muito poder neste país. Por isso aceitei suas condições. Não o fiz por dinheiro, não se iluda, mas sim para sobreviver.

Clara o escutava sem mover um músculo. Compreendeu que Ahmed estava disposto a lhe dizer o que havia calado durante muitos anos e via em seus olhos a raiva, tanta que percebeu que tentaria derrubar o pedestal no qual ela havia colocado seu avô.

– Você sabe qual é a natureza deste último negócio? Eu lhe direi. Tenho certeza de que seu avô o oculta de você e, que, além disso, você mesma não procura saber. Sempre preferiu viver na ignorância para que nada turvasse seus sentimentos em relação a ele.

"Seu avô construiu sua fortuna graças à arte. É o maior saqueador de tesouros do Oriente Próximo."

– Você está louco!

– Não, não estou. É a verdade. Algumas das missões arqueológicas que financiou tinham um único propósito: ficar com os objetos mais valiosos que fossem encontrados. Também não teve grandes problemas para corromper funcionários que ganham salários irrisórios e que fizeram vista grossa, permitindo que os ladrões retirassem peças de determinados museus. Você está surpresa? É um negócio muito lucrativo, que movimenta milhões de dólares e que enriqueceu seu avô e seus respeitáveis amigos. Eles vendem peças únicas a clientes únicos. Seu avô toma conta desta parte do mundo. Enrique, da Velha Europa e Frank, da América do Sul. George é o centro do negócio. Vende uma talha românica desaparecida de uma ermida de Castela como uma tábua de uma catedral sul-americana. Há, no mundo, pessoas cheias de caprichos que querem ter tudo o que vêem; o resto é uma mera questão de dinheiro. O grupo dos amantes caprichosos da arte não é muito extenso, mas são muito generosos na hora de pagar. Você está pálida. Quer um pouco d'água?

Ahmed pegou a garrafa d'água e encheu um copo, que entregou a Clara. O homem saboreava a situação. Levara anos reprimindo a indignação diante da atitude infantil da mulher, que preferia não ouvir nem ver o que acontecia a seu redor. Clara limitava-se a viver, arrasando o que se interpunha em seu caminho, colhendo o que lhe apetecia, sempre a partir de uma calculada ignorância que a fazia parecer inocente a respeito dos negócios sujos de Alfred Tannenberg.

– Seu avô não me deixou ir embora porque precisa de mim para esta última operação. Sem mim, seria muito mais difícil, e, portanto, não me deu opções. Eu lhe direi em que consiste. Você se lembra da primeira Guerra do Golfo? Seu avô soube antecipadamente o dia exato em que os norte-americanos iriam começar a nos bombardear e idealizou um plano muito engenhoso. Quando as bombas começassem a cair, seus homens entrariam em determinados museus e se apoderariam de umas tantas peças de valor.

"Fez uma lista muito precisa com alguns objetos que estavam no museu de Bagdá. Não eram muitos, algo em torno de vinte, mas de grande valor.

Foi um grande negócio e levou os seus amigos e ele a prepararem um ainda maior. Eles têm informações, George tem as melhores informações a respeito dos planos do Pentágono. Afinal, é um 'falcão' com conexões importantes em toda a administração norte-americana. Conhece todo mundo. E assim não foi difícil para ele saber o dia exato em que a guerra começará. Você sabe em que consiste esta operação."

Ahmed calou-se, esperando que Clara tivesse de lhe pedir para continuar, mas ela permaneceu em silêncio, olhando-o fixamente, sem pestanejar.

– É um roubo em grande escala. Alfred Tannenberg vai levar tudo o que há de valioso neste país. Seus homens vão entrar nos museus mais importantes do Iraque, e não apenas de Bagdá. Quer saber quem lhe entregou uma relação de peças únicas cujo valor é incalculável? Eu. Eu preparei essa lista com objetos que são... São patrimônio da humanidade. Mas que terminarão nos museus secretos de alguns milionários cheios de caprichos que querem beber na mesma taça que Hammurabi. E já que vão entrar nos museus para pegar essas peças, estátuas, tábuas, sinetes, taças e até obeliscos, aproveitarão para levar tudo o que encontrarem. Digamos que eu lhes preparei duas listas, uma de objetos únicos e outra de objetos importantes.

– É... É impossível – conseguiu dizer Clara.

– É muito fácil. Seu avô não lhe disse que a guerra começará em 20 de março? Pois bem. Nesse dia seus homens entrarão nos museus e sairão com rapidez. Cada grupo deve se dirigir a uma fronteira, as do Kuwait, Turquia e Jordânia, e entrar nesses países, onde outras equipes estarão esperando para levar a carga a seu lugar de destino. Enrique já tem peças encomendadas por compradores importantes, assim como Frank, e, logicamente, George. Outras peças serão guardadas e retiradas de acordo com a lei da oferta e da procura. Eles não têm pressa, embora, pensando bem, os quatro sejam muito velhos.

– Mas no meio dos bombardeios...

– Ah, isso torna as coisas mais fáceis! Quando a guerra começar, ninguém se preocupará em guardar os museus, todo mundo estará tentando salvar a própria pele. Os homens de Alfred são muito bons, são os melhores ladrões e assassinos do Oriente Próximo.

– Cale-se!

– Não grite, Clara, não fique histérica – respondeu Ahmed com a voz tão tranqüila quanto fria.

Clara levantou-se da poltrona e começou a andar pelo pequeno quarto. Sentia uma necessidade imperiosa de correr, de sair dali. Não, não faria nada do que Ahmed esperava que fizesse ou dissesse. Voltou-se para ele olhando-o com ódio por ter pisoteado seu mundo, um mundo irreal e falso em que estava instalada desde a infância por decisão do avô.

– Você disse que a guerra começará em 20 de março.

– Sim, será assim. George nos informou. Neste dia você não deveria estar aqui, se é que tem vontade de viver.

– Quando teríamos de partir?

– Não sei. Seu avô não me disse.

– Como você sairá do Iraque?

– Seu avô prometeu me retirar. Só ele poderá fazê-lo.

Ficaram em silêncio. Clara sentiu que havia envelhecido repentinamente e odiou Ahmed. Perguntou-se como pôde ter amado esse homem que a olhava com frieza à espera de sua reação.

Não tentara rebater nada do que havia escutado. Sabia que era verdade. Por isso o havia acompanhado sem dizer uma palavra, absorvendo toda a informação que sempre estivera diante de seus olhos por mais que o carinho do avô a cegasse.

Pensou que para ela tanto fazia o que o avô fizesse ou tivesse feito. Amava-o do mesmo modo, e decidiu, no mais íntimo de seu ser, que o defenderia de quem, como Ahmed ou Yasir, desejava vê-lo morto.

Ahmed a observava movimentar-se de um lado para o outro e acreditava que a qualquer momento a veria desabar, sem conseguir conter as lágrimas. Surpreendeu-se ao ver que Clara se dominava e assumia o controle de si mesma, sem dar oportunidade ao sem-fim de emoções que lutavam por aflorar.

– Espero que você e Yasir estejam à altura do que meu avô lhes encomendou. Eu ficarei atenta para que não dêem nenhum passo em falso; se isso acontecer...

– Você está me ameaçando? – perguntou Ahmed, sem esconder sua surpresa.

– Sim. É assim. Estou o ameaçando. Suponho que, partindo de uma Tannenberg, isso não seja uma surpresa para você.

– Você quer ocupar um lugar no grande negócio do crime?

– Economize suas ironias. Não se engane comigo. Acho que você não me conhece, Ahmed, você me subestima, e isso pode ser um erro pelo qual você pagará caro.

O homem não conseguia deixar de se espantar. Realmente, parecia-lhe que aquela mulher com a qual havia dormido nos últimos anos era uma perfeita desconhecida. E acreditou nela, sim; ao ouvi-la falar daquele modo, compreendeu que a mulher seria capaz de tudo.

– Sinto muito por ter lhe causado desgosto, mas já era hora de você saber da verdade.

– Não seja cínico e agora descanse, se quiser. Vou dormir no quarto de Fátima. Isso aqui está fedendo. Vá embora quanto antes, e procure não cruzar meu caminho depois que a operação terminar. Eu não serei tão generosa como meu avô.

Clara saiu do quarto fechando a porta suavemente. Não sentia nada, absolutamente nada por Ahmed, apenas lamentava os anos perdidos a seu lado.

Fátima assustou-se ao ouvir os golpes secos em sua porta. A mulher levantou da cama e entreabriu a porta.

– Clara, o que está acontecendo?

– Posso dormir aqui?

– Vá para a minha cama. Eu deitarei no chão.

– Dê um lugar para mim. Há lugar para as duas.

– Não, não, a cama é muito pequena.

– Não discuta, Fátima, eu deitarei a seu lado na cama. Sinto muito por tê-la acordado.

– Você discutiu com Ahmed?

– Não.

– Então, o que aconteceu?

– Ahmed quis me ferir explicando-me... Explicando-me de que consistem alguns dos negócios de meu avô. Roubos, assassinato... Será que ele acredita que eu vou deixar de amar meu avô? Conhece-me assim tão pouco?

– Menina, as mulheres não devem se meter nos negócios dos homens. Eles sabem o que têm de fazer.

– Que bobagem! Eu gosto muito de você, Fátima, mas nunca entendi sua submissão sem limites aos homens. Seu marido roubava e matava?

– Os homens matam. Eles sabem por quê.

– E você não se importa de viver com homens que matam?

– As mulheres cuidam dos homens, dão-lhes filhos, procuram fazer com que se sintam bem em casa, mas não vêem, não ouvem e nem falam. Caso contrário, não seriam boas esposas.

– É tão fácil como você está dizendo? Não ver, não ouvir, calar...

– É como deve ser. Os homens lutam desde que o mundo existe. Pela terra, pela comida, por seus filhos, e morrem e matam. As coisas são assim e nem você nem eu vamos mudá-las; além do mais, quem quer que elas mudem?

– Seu filho está morto, foi morto e eu vi você chorar.

– Choro por ele todos os dias, mas a vida é assim.

Clara desabou sobre a cama e fechou os olhos. Estava esgotada, mas a conversa com Fátima deixou-a mais tranqüila. A velha criada parecia se conformar com as tragédias que a vida apresentava.

– Você sabia que meu avô tem negócios... Negócios em que às vezes é necessário matar?

– Eu não sei de nada. O senhor faz o que é necessário fazer. Ele sabe melhor do que nós duas o que é necessário.

Foram vencidas pelo sono. Até que o primeiro raio de sol infiltrou-se por uma fresta da janela.

Fátima levantou-se e depois de alguns instantes voltou com uma bandeja, que colocou diante de Clara.

– Tome logo seu café da manhã. O professor Picot quer vê-la.

Quando chegou à escavação, os membros da expedição já estavam trabalhando havia algum tempo. Marta aproximou-se dela com restos de argila nas mãos.

– Veja esta argila. Aqui houve um incêndio. Encontramos restos que indicam que o templo sofreu um incêndio, não sei se acidental ou provocado. É curioso, mas, esta manhã, parece que estamos com sorte. Conseguimos limpar o perímetro de outro pátio e ficaram à vista algumas escadas e armas, espadas e lanças quebradas, carcomidas pela terra. Estou achando que este templo talvez tenha sido atacado, destruído em alguma contenda.

– Os templos normalmente eram respeitados – respondeu Clara.

– Sim, mas em algumas ocasiões as necessidades financeiras levaram alguns reis a enfrentar o poder religioso. Durante o reinado de Nabonides, por exemplo, a necessidade de levantar dinheiro levou-o a modificar as relações entre o poder real e o religioso. Suprimiu o escriba do templo e substituiu-o por um administrador real, o *resh sharri*, cuja autoridade estava acima da do sacerdote administrador do templo, o *qipu*, e da do *shatammu*, o responsável pelas atividades comerciais.

"Ou podia acontecer que, em alguma invasão ou guerra entre reis, o templo sofresse a mesma sorte que outros recintos ou cidades."

Clara ouvia com atenção as explicações de Marta, por quem sentia um grande respeito, não apenas por seus conhecimentos, mas por ser como era. Invejava-a pelo respeito que lhe dedicavam todos os que trabalhavam na missão, a começar por Picot, que sempre a tratava como se fosse uma igual.

Pensou que não tinha conseguido em sua vida que a respeitassem da mesma forma; afinal, disse a si mesma, não havia nada em sua biografia digno de destaque, absolutamente nada, salvo seu sobrenome, Tannenberg, que em alguns lugares do Oriente era respeitado e temido. Mas o respeito e o temor eram provocados por seu avô; ela apenas se beneficiava do fato de ser sua neta.

– Você viu o professor Picot?

– Yves? Sim, claro, e resolvemos empregar mais homens neste setor; hoje trabalharemos até tarde. Na realidade, temos de aproveitar o tempo que nos resta.

Fabián, preso por uma corda e sustentado por um sistema de polias manejado pelos operários sob o olhar atento de Picot, deslizava por uma fenda que parecia conduzir a algum aposento desconhecido, onde tudo era escuridão.

– Tenha cuidado, parece fundo – dizia-lhe Picot.

– Não se preocupe, continue soltando a corda; logo veremos aonde isso vai levar.

– Eu me preocupo sim. Acenda a lanterna. Se houver algum espaço aí embaixo, eu também descerei.

Foram descendo Fabián lentamente, até que se perdeu na profundidade de um buraco escuro que parecia ser um andar inferior do templo; ou talvez fosse apenas um poço. Só teriam certeza quando o arqueólogo voltasse à luz. Picot parecia nervoso e voltou a se aproximar da fenda, chamando Fabián.

– Como você está?

– Desçam-me um pouco mais, ainda não toquei nada – respondeu Fabián, e sua voz soava cada vez mais distante.

Depois ouviram um ruído surdo e, na seqüência, o silêncio. Picot começou a amarrar uma corda ao redor da cintura, do mesmo modo que Fabián havia feito.

– Espere, deixe que Fabián nos diga o que há lá embaixo – pediu-lhe Marta.

– Não quero deixá-lo sozinho.

– Eu também não. Mas não acontecerá nada se esperarmos alguns minutos. Se não recebermos nenhum sinal, desceremos – disse Marta.

– Eu descerei – respondeu Picot.

Marta não respondeu; sabia que a decisão seria tomada ao sabor das circunstâncias e por isso evitou a discussão.

Minutos depois, viram a corda ser esticada, sinal de que Fabián os chamava. Yves Picot aproximou-se da boca do buraco e conseguiu distinguir apenas um facho de luz na escuridão.

– Você está bem? – gritou, com a esperança de que Fabián o ouvisse.

Sentiram de novo um puxão da corda sustentada pelas polias.

– Vou descer. Segurem-me e arranjem refletores para iluminar o que possa haver lá embaixo.

– Não temos refletores – respondeu um dos operários.

– Então candeeiros, lanternas, o que for possível arranjar – respondeu mal-humorado Picot, enquanto checava se estava bem enganchado na polia. – Marta, vou descer. Tome conta de tudo.

– Eu também vou descer.

– Não, fique; se acontecer alguma coisa com a gente, quem vai tomar conta dos trabalhos?

– Eu.

Marta e Picot olharam para Clara, que havia dito um "eu" tão categórico que os surpreendeu.

– Eu quero lhe lembrar, professor, que esta missão é dos dois. Estou certa de que não vai acontecer nada, mas, em todo caso, eu estou aqui.

Yves Picot olhou Clara de cima a baixo, avaliando se devia deixá-la encarregada pela expedição; depois, encolheu os ombros e com um gesto de mão disse para Marta segui-lo.

Primeiro, desceu ele, sentindo a umidade da terra que se grudava na roupa; depois, foi seguido por Marta.

Dez metros abaixo, tocaram o solo, e viram que Fabián, de cócoras, a poucos metros, parecia raspar um pedaço da parede com uma espátula.

– Fico contente em ter companhia – disse-lhes Fabián, sem se virar.

– É possível saber o que você está fazendo? – perguntou-lhe Picot.

– Acho que aqui há uma porta ou alguma coisa que impede o acesso à outra câmara – respondeu Fabián –, mas, além disso, há restos de pintura; aproximem-se para ver. É um touro alado, certamente muito bonito.

– O que é isto? – quis saber Marta.

– Parece uma sala. Há restos de tábuas de madeira. Se vocês olharem para a parede que está diante de mim, verão que as tábuas estão encaixadas na parede. Acho que isto devia ser uma sala onde talvez em algum momento guardaram as tábuas; não sei direito, não tive muito tempo para olhar – disse-lhes Fabián.

Marta colocou no chão duas lanternas potentes que trazia amarradas na cintura e Picot fez o mesmo. Uma luz tênue iluminou o que parecia ser um aposento retangular, onde, como Fabián acabara de lhes dizer, havia restos de tábuas de madeira que mais pareciam estantes que poderiam ter abrigado tábuas no passado.

O chão estava repleto de escombros formados por pedaços de argila e de madeira, assim como de vidro vitrificado.

Picot ajudava Fabián a limpar o pedaço de parede onde apareciam os restos da pintura de um touro enquanto Marta continuava examinando o solo do aposento, onde encontrou restos de lousas com baixos-relevos em que apareciam touros, leões, falcões, patos...

– Venham ver isso!

– O que você encontrou? – quis saber Picot.

– Baixos-relevos, bem, o que resta deles, mas o que se vê é belíssimo.

Os homens não deram importância ao convite e continuaram fazendo seu trabalho.

– Por que vocês não vêm ver? – quis saber Marta.

– Porque aqui há alguma coisa, a parede ao lado do relevo do touro parece oca, como se houvesse outro aposento – disse Fabián.

– Está bem. Eu continuarei fazendo o meu, mas deveríamos avisar lá para cima que estamos bem.

– Faça-o você – pediu-lhe Picot.

Marta foi até o canto pelo qual haviam chegado e puxou a corda três vezes para indicar à equipe que estavam bem. Depois voltou a se concentrar no exame do solo.

Uma hora mais tarde, os três estavam de novo na superfície exibindo sorrisos de satisfação.

– O que há lá embaixo? – quis saber Clara.

– Outros aposentos do templo. Até agora escavamos os dois andares superiores, mas há mais, não sei se quatro ou cinco, mas há mais. O problema é que vai ser preciso escorar os que ficam embaixo, pois poderão desabar. Não será fácil, e como não há tempo – explicou, preocupado, Picot.

– Podemos conseguir mais homens... – sugeriu Clara.

– Mesmo assim... Não sei, será difícil, este é um trabalho para meses, talvez anos, e não sabemos até quando poderemos ficar aqui – manifestou-se, com preocupação, Fabián.

– Logicamente, Clara, é necessário que a gente converse logo com Ahmed e seu avô. Ontem à noite foi impossível encontrar seu marido, e esta manhã ainda dormiam quando me aproximei da casa.

– Esta tarde, quando regressarmos, vocês poderão conversar; agora me diga o que devemos fazer com o que há lá embaixo.

– Vamos tentar salvá-lo e ver se há outras coisas, embora eu não esteja certo de que possamos fazê-lo. Não se pode lutar contra o tempo.

Clara voltou ao acampamento antes dos outros. Fátima havia enviado um homem para buscá-la.

Quando entrou na casa, o silêncio indicou-lhe que devia dirigir-se imediatamente ao quarto do avô.

Entrou sem que nem o Dr. Najeb nem a enfermeira Samira percebessem sua presença; e nem mesmo Fátima, que parecia ter os olhos mergulhados em lágrimas.

Ficou quieta, observando o médico colocar uma máscara de oxigênio sobre o rosto do avô, enquanto a enfermeira trocava o soro. Quando terminaram seus afazeres com o enfermo, pareceram se dar conta de sua presença.

O médico sussurrou a Samira que ficasse ao lado de Tannenberg e fez um sinal a Clara para que saísse do quarto com ele.

Clara levou-o até a pequena sala onde haviam improvisado um escritório para o avô.

– Senhora, estou muito preocupado. Não acredito poder continuar enfrentando a situação.

– O que aconteceu?

– Esta manhã, o Sr. Tannenberg perdeu a consciência e teve um princípio de infarto. A sorte foi que, naquele momento, eu o estava examinando, e foi possível reagir com rapidez. Tentei transferi-lo para o hospital de campanha, mas ele se nega, não quer que ninguém fique sabendo de seu estado, e assim me obriga a atendê-lo em seu quarto. Como se vê, eu trouxe para cá alguns dos aparelhos do hospital, mas, se não o levarmos a um hospital verdadeiro, não agüentará muito tempo.

– Ele está morrendo – disse Clara com um tom de voz tão tranqüilo que assustou o médico.

– Sim, está morrendo, você já sabe disso, mas se continuar aqui vai morrer antes.

– Respeitaremos a vontade de meu avô.

Salam Najeb não soube o que dizer. Sentia-se incapaz de lutar contra a atitude aparentemente irracional do ancião e da neta. Ambos lhe pareciam seres estranhos, com um código de conduta que não conseguia compreender.

– Você tem, então, de assumir a responsabilidade pelo que aconteça – disse o médico.

– É claro que eu a assumo. Agora me diga se meu avô está em condições de falar.

– Agora está totalmente consciente, mas, em minha opinião, você deveria deixá-lo descansar.

– Preciso falar com ele.

O fastio refletiu-se no rosto do médico, que encolheu os ombros, sabendo que dizer qualquer coisa seria inteiramente inútil. Portanto, acompanhou Clara até o quarto do avô.

– Samira, a senhora precisa falar com o Sr. Tannenberg; espere lá fora.

Clara, por sua vez, fez um sinal para que Fátima também saísse do quarto; depois, aproximou-se da cama e pegou a mão do avô. Era angustiante vê-lo com o respirador cobrindo o rosto, mas fez um esforço para sorrir.

– Vovô, como você está? Não, não tente falar, quero que você fique tranqüilo. Olhe, eu acho que a sorte vai começar a sorrir. Tivemos acesso a outro andar do templo. Picot desceu com Marta e Fabián e quando subiram estavam entusiasmados.

Alfred Tannenberg fez um gesto de quem ia falar, mas Clara o impediu.

– Por favor, limite-se a me ouvir! Não faça nenhum esforço. Vovô, eu gostaria que você confiasse em mim como eu confio em você. Ontem à noite conversei com Ahmed e ele me contou tudo.

A raiva surgiu nos olhos de Tannenberg, enquanto, fazendo um esforço sobre-humano, levantava-se, arrancando a máscara que o ajudava a respirar.

– O que ele lhe disse? – perguntou a Clara, com um fio de voz.

– Deixe-me chamar Samira para que ela ponha esta coisa de volta, eu... Eu quero conversar, mas você não pode tirar o oxigênio...

Clara assustou-se ao ver a reação do avô. Sentiu-se culpada pelo que lhe pudesse acontecer.

– Não saia – ordenou-lhe o ancião. – Falemos, e depois você chamará a enfermeira ou quem quiser, mas agora me diga o que foi que o estúpido lhe disse.

– Falou da operação que... Que está em andamento, da participação de seus amigos, de George, de Enrique e de Frank. Explicou-me que é um grande negócio.

Alfred Tannenberg fechou os olhos enquanto apertava a mão de Clara para evitar que a neta saísse para procurar a enfermeira ou o médico. Quando conseguiu controlar a respiração, voltou a abri-los e olhou fixamente para Clara.

– Não se meta em meus negócios.

– Você pode confiar em alguém mais do que em mim? Por favor, vovô, pense na situação em que estamos. Ahmed me disse que a guerra vai começar no dia 20 de março. Falta menos de um mês. Você... Você não está bem... E, bem, acho que precisa, que precisa de mim. Eu o ouvi dizer mais de uma vez que, às vezes, para que um negócio termine bem, é necessário comprar lealdades, e se souberem que você está doente pode ser que alguns de seus homens se vendam a quem lhes fizer a melhor oferta.

O ancião voltou a fechar os olhos, pensando nas palavras de Clara. Surpreendia-o a frieza da neta, a naturalidade com que aceitava que estivessem preparando um grande roubo de obras de arte que iria deixar o Iraque sem seu patrimônio artístico. Ela, que amava tanto aquela terra, que havia crescido sonhando em descobrir cidades perdidas, que adorava qualquer objeto do passado, de repente surgia diante dele como uma mulher disposta a tomar as rédeas de um negócio que consistia, pura e simplesmente, em roubar.

– O que você quer, Clara?

– Quero que nem Ahmed nem Yasir tentem se aproveitar de nossa situação. Quero que você me diga o que devo fazer, o que devo lhes dizer, o que quer que eu faça.

– Vamos arrebatar do Iraque seu passado.

– Eu sei.

– E não se importa?

Clara hesitou alguns momentos antes de responder. Importava-lhe, sim, mas a lealdade a seu avô estava acima de qualquer outra lealdade e, além do mais, achava impossível que os homens de Alfred pudessem levar tudo. Não era fácil esvaziar um museu e, aparentemente, estavam pretendendo roubar vários.

– Não vou mentir para você. Quando Ahmed me explicou a operação, preferi não acreditar, pensar que não era verdade, mas não posso mudar as coisas, e por isso, quanto antes tudo termine, melhor. Minha preocupação é com sua doença e com a possibilidade de tentarem prejudicá-lo. É isso o que me importa de verdade.

– Bem, como você sabe de tudo, comece a assumir responsabilidades. Mas não se iluda. Eu não suporto os erros.

– O que quer que eu faça?

– Não há mudanças a fazer na operação. Eu já disse a Ahmed o que espero dele, a mesma coisa a Yasir, e...

O ancião não pôde continuar falando. Seus olhos se fecharam e Clara sentiu a mão gelada dele entre as suas. Uma mão sem vida. Gritou, e o grito soou como um uivo.

O Dr. Najeb e Samira entraram imediatamente, afastando-a do enfermo. Fátima os seguia e abraçou-se com Clara.

Dois homens com pistolas na mão entraram correndo no quarto de Tannenberg. Acharam que alguém estava atacando o ancião.

– Saiam todos – ordenou o médico. – Você também – disse a Clara.

Fátima foi a primeira a se recuperar e dominou a situação, vendo que Clara parecia estar em estado de choque e que os outros guardas estavam amontoados na porta com as armas na mão.

– Foi só um susto, nada mais. O senhor está bem – dizia Fátima, tentando ser convincente.

Finalmente, Clara pareceu reagir e dirigiu-se aos dois homens que, cheios de expectativas, não sabiam o que fazer.

– Está tudo bem. Foi um pequeno acidente. Eu caí e me machuquei. Sinto muito, sinto ter provocado este alvoroço.

Os homens olhavam para ela sem acreditar; o grito profundo que haviam escutado não era apenas o de uma mulher histérica que havia se machucado ao cair. Além do mais, Clara não parecia estar ferida; perceberam que ela estava mentindo.

Clara levantou-se, sabendo que daquilo que acontecesse naquele momento dependeria a reação posterior dos homens em outras circunstâncias.

– Eu já disse que não aconteceu nada! Voltem para seus postos! Ah, eu não quero comentários! Aquele que soltar a língua e a imaginação sofrerá as conseqüências. Vocês dois fiquem aqui – ordenou aos homens que haviam entrado no quarto de Tannenberg.

Fátima empurrou os outros homens para fora de casa e fechou a porta a fim de evitar que Clara visse a preocupação manifestada pelos seguranças de Alfred.

– Não quero que comentem nada sobre o que viram aqui.

– Não, senhora – respondeu um dos guardas.

– Se o fizerem, pagarão caro. E se mantiverem a boca fechada, eu saberei agradecer-lhes generosamente.

– A senhora sabe que estamos trabalhando há muitos anos para o senhor. Ele confia em nós – reclamou um dos guardas.

– Eu sei que a confiança tem um preço. Por isso, não cometam o erro de querer vender informações sobre o que acontece nesta casa. E agora, fiquem na porta e não deixem ninguém entrar.

– Sim, senhora.

Clara voltou a se dirigir ao quarto do avô e entrou procurando não fazer barulho. O Dr. Najeb olhava, preocupado, para o ancião.

– O que aconteceu? – perguntou Clara.

– É isso que eu ia lhe perguntar.

– Ele arrancou a máscara de oxigênio, estávamos conversando e, de repente, revirou os olhos e teve um espasmo.

– Não vou voltar a dizer, mas ou levamos seu avô daqui ou duvido muito de que possa agüentar.

– Meu avô continuará aqui, e agora me diga em que estado se encontra.

– A situação começa a ser crítica. O coração voltou a falhar. Temos de esperar o resultado dos exames que acabo de fazer. A radiografia do fígado indica que surgiram novos tumores. Mas agora é seu coração que está me preocupando.

– Ele está consciente?

– Não, não está. Você deveria me deixar fazer meu trabalho. Saia. Eu a manterei informada. Não sairei de seu lado.

– Faça tudo o que puder, mas não o deixe morrer.

– É você quem parece empenhada em não deixá-lo viver.

As palavras de Salam Najeb doeram-lhe como uma bofetada, mas não respondeu; sabia que ele não a entenderia.

Encontrou Ahmed na porta do quarto do avô, chateado porque Fátima impedia sua entrada.

– O que aconteceu? Os homens estão alterados, dizem que você gritou e acham que aconteceu alguma coisa com seu avô.

– Eu caí e gritei, isso é tudo. Meu avô está bem. Um pouco cansado, nada mais.

– Eu preciso falar com ele. Estive hoje em Basora.

– Você terá de falar comigo.

Ahmed olhou-a, tentando entrever na atitude de Clara um indício do que, na verdade, havia acontecido.

– Eu vou embora amanhã e quero consultá-lo sobre algumas coisas. Que eu saiba, é seu avô quem está no comando da operação. Ninguém me avisou que foram promovidas mudanças. De qualquer maneira, ninguém aceitaria uma ordem sua. Eu também não.

Clara avaliou as palavras do marido e resolveu não entrar em conflito naquele momento, pois tinha certeza de que perderia. Caso insistisse para que falasse com ela, Ahmed se daria conta da piora do avô e por isso resolveu comportar-se como a Clara que havia sido sempre, mas da qual nem ela própria sabia quanto restava.

– Bem, então você terá de esperar até amanhã. Algo que você pode fazer agora, isso sim, é procurar outro lugar para dormir. Estou cheia de fingir diante dos outros.

– Você acha inteligente deixar que saibam que estamos nos separando? Você só tem a perder. Os homens não a respeitariam sabendo que você ficou sem marido, agora que seu avô está quase morrendo.

– Meu avô não vai morrer; esqueça que você vai vê-lo morto – rebateu Clara, com raiva.

– Não tenho o menor interesse em dormir em seu quarto. Se você quiser, posso dormir na sala. Assim não a incomodarei.

A insistência de Ahmed a irritava. Sabia que ele queria ficar para poder investigar o que realmente estava acontecendo na casa. Caso se opusesse, ele suspeitaria ainda mais, mas não podia evitar a rejeição.

– Não gosto de dormir sob o mesmo teto que você; sei que está querendo nosso mal, o de meu avô e o meu, e por isso prefiro que você procure outro lugar.

– Não lhe desejo mal algum.

– Sabe, Ahmed? Não é difícil ler em seu rosto. Não sei em que momento passamos do afeto ao desprezo, mas é evidente que o fizemos. Não quero que estranhos durmam em minha casa e eu sinto você como se fosse um desconhecido.

– Bem, me diga onde posso dormir.

– No hospital de campanha há um catre. Ele lhe servirá.

– A que horas poderei ver seu avô?

– Eu o avisarei.

– Picot me disse que quer conversar comigo. Você virá?

– Sim, sei que convocou uma reunião para decidir quando deve colocar um ponto final na expedição. Ele vai lhe perguntar se você tem algum plano para retirar a equipe daqui no caso de haver guerra. Os jornalistas que estiveram aqui garantiram que a guerra é inevitável e que Bush mandará atacar a qualquer momento.

– Você já conhece a data, 20 de março, e por isso não nos resta muito tempo. Mas não podemos dizer isso a eles.

– Eu também sei.

– Bem, vou pegar minha bolsa para me instalar no hospital.

– Faça isso.

Clara deu meia-volta, dirigindo-se de novo ao quarto do avô. Abriu a porta com cuidado e apoiou-se na parede, observando o Dr. Najeb e Samira que, naquele momento, pareciam estar submetendo o avô a um novo eletrocardiograma. Esperou que terminassem para fazer com que sua presença fosse notada.

– Eu lhe disse que é melhor que você não fique aqui – foram as palavras do médico ao vê-la.

– Estou preocupada.

– Você tem motivos. Ele está muito mal.

– Poderá falar? – atreveu-se a perguntar, temendo a resposta do médico.

Mas Salam Najeb parecia ter-se rendido diante da evidência de que era absolutamente inútil ficar repetindo que a situação do enfermo era de extrema gravidade.

– Neste exato momento, não. Amanhã, talvez. Se superar essa crise.

– É necessário que os homens o vejam e... Em bom estado. E que possa manter uma conversa, ainda que breve.

– O que você está querendo é um milagre.

– O que eu quero é que o sonho de meu avô não se evapore antes de concretizá-lo.

– E qual é esse sonho? – perguntou-lhe o médico, com um traço de resignação na voz.

– Você já ouviu falar do que estamos fazendo aqui. Procuramos umas tábuas que representarão uma revolução no mundo da arqueologia e também na história da humanidade. Essas tábuas são uma Bíblia, a *Bíblia de Barro*.

– Muitos homens perderam a vida perseguindo sonhos impossíveis.

– Meu avô tentará até o fim; não irá se render agora, não gostaria de fazê-lo.

– Não sei como estará amanhã, não sem nem mesmo se estará vivo. Agora deixe-o descansar. Se houver qualquer mudança em seu estado, mandarei chamá-la.

– Mas o faça discretamente.

– Não se preocupe, seu avô me ensinou a respeitar o valor do silêncio.

29

Yves Picot havia tomado uma decisão. Na realidade, a decisão fora inspirada por Marta e Fabián.

Já que o regresso era inevitável, pelo menos deveriam partir com o maior número possível de objetos que haviam encontrado: baixos-relevos, esculturas, tábuas, sinetes, *bullas* e *calculis*... A colheita havia sido fecunda.

Marta imaginava uma grande exposição avalizada por alguma universidade, de preferência a sua, a Complutense de Madri, em colaboração com alguma fundação disposta a arcar com os gastos da montagem.

Fabián dizia que o trabalho realizado deveria ser apresentado à comunidade científica, levando-se em conta que, possivelmente, se houvesse guerra, nada restaria daquele templo. Por isso acreditava, como Marta, que era necessário valorizar a descoberta feita, e isso passava não apenas por uma exposição, mas também pela edição de um livro com as fotografias de Lion Doyle, desenhos, planos e textos de todos eles.

Mas, para realizar a idéia de seus amigos, precisava convencer Ahmed a deixá-los tirar do Iraque os tesouros encontrados, e achava que isso seria extremamente difícil, pois aquilo era parte do patrimônio artístico do país e, naquelas circunstâncias, nenhum funcionário de Saddam ousaria emprestar um único pedaço de argila aos países que iam lhe declarar guerra.

Pensava que talvez Alfred Tannenberg pudesse fazer valer sua influência para conseguir que Saddam lhes permitisse levar em consignação os tesouros encontrados. Estava disposto a assinar o que fosse necessário, garantindo que aqueles eram e seriam sempre do Iraque e que, de qualquer maneira, voltariam ao país.

Claro que, para Alfred Tannenberg, e também para sua neta, o objetivo da expedição não havia sido atingido: encontrar a *Bíblia de Barro*, e, por isso, poderia se recusar a ajudá-los para obrigá-los a continuar, embora só um louco pensaria em continuar em um país que a qualquer momento iria entrar em guerra.

Depois do jantar, quando os membros da equipe já haviam se dispersado, Picot, ao lado de Marta e Fabián, convidou Lion Doyle e Gian Maria para participar da reunião com Ahmed e Clara.

Gostava do sacerdote e tinha simpatia por Lion Doyle. Ele sempre estava de bom humor e disposto a dar uma mão a quem precisasse. Além do mais, era inteligente, e isso era algo que Picot valorizava.

Pareceu-lhe que Clara estava nervosa e meio distante, e Ahmed um pouco tenso. Achou que o casal havia discutido e via-se obrigado a fazer tipo diante deles, afinal uns desconhecidos.

– Ahmed, queremos saber sua opinião sobre a situação real. Os jornalistas que estiveram aqui garantiram que a guerra está em andamento.

Ahmed Huseini não respondeu imediatamente a Picot. Acabou de acender um cigarro egípcio, exalou a fumaça, olhou sorrindo e, então, articulou a resposta.

– Nós também gostaríamos de saber se, afinal, vão nos atacar e, sobretudo, quando.

– Vamos, Ahmed, não fuja, essa é uma coisa muito séria. Diga-me quando você acredita que devemos partir e, em todo caso, se tem um plano de retirada para a hipótese de atacarem de surpresa – insistiu Yves, demonstrando estar um pouco incomodado.

– O que sabemos é que há países que estão tentando, por todos os meios, evitar que se desencadeie o conflito bélico. O que não posso lhes dizer, meus amigos, é se conseguirão. Quanto a vocês... Bem, eu não posso decidir o que devem fazer. Conhecem a situação política tão bem como eu. Embora não acreditem em mim, não temos mais informações do que aquelas que estão à disposição de vocês, que é a dos meios de comunicação ocidentais. Eu não posso afirmar que vai haver guerra, mas também não posso afirmar o contrário; é claro que, sob meu ponto de vista, Bush está indo longe demais, de modo que... Enfim, em minha modesta opinião, há mais possibilidades de que aconteça do que o contrário. Em relação à data... Tudo dependerá do momento em que achem que estão preparados.

Yves e Fabián trocaram um olhar em que ambos deixavam patente o desagrado que Ahmed lhes provocava. Não reconheciam naquele homem cínico e escorregadio o arqueólogo eficiente e inteligente com quem haviam tratado meses antes. Sentiam que os estava enganando.

– Não nos enrole – insistiu Picot, sem disfarçar seu cansaço –; diga-me quando acha conveniente que a gente vá embora.

– Se vocês quiserem ir agora, organizarei, com muito prazer, tudo para que possam sair quanto antes do Iraque.

– O que aconteceria se a guerra começasse já, agora à noite? Como nos tiraria daqui? – insistiu Fabián.

– Tentaria lhes enviar helicópteros, mas não tenho certeza de que poderia dispor deles se, de fato, estivessem nos atacando.

– E por isso sua recomendação é que a gente vá embora logo – afirmou, mais do que perguntou, Marta.

– Acho que a situação é crítica, mas não sou capaz de prever o que vai acontecer. Mas, se querem um conselho, eu lhes darei: partam antes que seja difícil fazê-lo – foi a resposta de Ahmed.

– Qual é sua opinião, Clara?

O fato de Marta ter perguntado a ela surpreendeu a própria Clara, e também a Picot e a Ahmed.

– Eu não quero que vocês partam. Ainda acho que podemos encontrar a *Bíblia de Barro*, que estamos perto de consegui-lo, porém precisamos de mais tempo.

– Clara, a única coisa que não temos é tempo – disse-lhe Picot –; devemos agir levando em conta a realidade e não nossos desejos.

– Então decidam vocês, na realidade minha opinião não tem a menor importância.

– Yves, você se importa que eu dê minha opinião?

– Não, claro, faça-o, eu o convidei para esta reunião porque me interessa saber o que você pensa; e também quero conhecer a opinião de Gian Maria – respondeu Picot.

– Devemos partir. Não é preciso ser um lince para saber que os Estados Unidos vão atacar. A informação de meus colegas da imprensa não deixa lugar para dúvidas. França, Alemanha e Rússia perderam a batalha nas Nações Unidas, e Bush está há meses preparando-se para atacar. Os militares do Pentágono sabem que esta é a melhor época para empreender uma guerra contra um país como este. O clima é um fator decisivo, e assim devem estar prestes a atacar; em questão de semanas, no máximo em dois meses.

"Pode ser que Clara tenha razão e que se vocês continuassem trabalhando talvez pudessem encontrar a *Bíblia de Barro*, mas não dispõem de tempo para fazê-lo, e por isso acho que deveriam começar a levantar o acampamento e sair daqui quanto antes. Se começarem a bombardear, nós seremos o menor dos problemas de Saddam. Seremos abandonados à nossa própria sorte; ele não enviará helicópteros para nos resgatar, e, além do mais, seria uma temeridade entrar em um helicóptero se os norte-americanos estiverem bombardeando. No que me diz respeito, vou me preparar para ir embora; não creio que possa fazer muito mais ficando aqui."

Lion Doyle acendeu um cigarro. Haviam-no escutado em silêncio, e ninguém quis interrompê-lo. Foi Gian Maria quem os tirou do ensimesmamento.

– Lion tem razão, eu... Eu acho que vocês devem partir.

– O que está acontecendo? Você vai ficar?

– Eu ficarei se Clara ficar. Eu gostaria de ajudá-la.

Ahmed olhou desconcertado para o sacerdote. Sabia que ele seguia Clara por todos os lugares, que não desgrudava dela, parecia um cão fiel, mas daí a mostrar-se disposto a ficar em um país prestes a mergulhar numa guerra era algo que o desconcertava. Tinha certeza de que entre sua mulher e o sacerdote não havia outra relação do que aquela que ambos evidenciavam, mas mesmo assim não compreendia a atitude de Gian Maria.

– Seguiremos seu conselho, Lion. Amanhã começaremos a embalar as coisas e a nos preparar para ir até Bagdá e de lá para casa. Quando você acha que pode nos tirar daqui? – perguntou Picot a Ahmed.

– Quando você me disser que está pronto.

– Pode ser que em uma semana, no máximo em duas, teremos recolhido tudo – informou Picot.

Fabián pigarreou enquanto olhava para Marta, procurando seu apoio. Não podia partir com as mãos abanando, e Picot parecia ter se esquecido de sua idéia: tirar do Iraque tudo o que havia sido encontrado na escavação de Safran.

– Yves, eu acho que você deveria perguntar a Ahmed sobre a possibilidade de fazer uma exposição com as tábuas, os baixos-relevos... Enfim, com tudo o que encontramos.

– Ah, sim! Veja Ahmed, Fabián e Marta estão achando que deveríamos tentar apresentar à comunidade científica os achados de Safran. Você sabe que o que encontramos tem um valor incalculável. Pensamos em uma exposição que pudesse ser levada a vários países. Nós procuraremos conseguir o patrocínio de universidades e fundações privadas. Você poderia nos ajudar a viabilizar a exposição, e é evidente que Clara também.

Ahmed avaliou as palavras de Picot. O francês estava lhe pedindo que o deixasse levar tudo o que haviam encontrado, assim, sem mais nem menos. Sentiu uma pontada de amargura. Muitos dos objetos descobertos já haviam sido vendidos a colecionadores particulares, ansiosos para que lhes entregassem a mercadoria. Clara, obviamente, não sabia de nada, nem Tannenberg estava sabendo, mas Paul Dukais, o presidente da Planet Security, havia sido taxativo a esse respeito em sua última conversa com Yasir. Vários colecionadores ficaram sabendo da existência dos objetos por meio das reportagens publicadas pela revista *Arqueología científica* e haviam entrado em contato com intermediários que acabaram ligando para o escritório de Robert Brown, presidente da fundação Mundo Antigo, o biombo que ocultava os negócios sujos de George Wagner, Frank dos Santos e Enrique Gómez, os sócios de Alfred Tannenberg.

– O que você está me pedindo é impossível – foi a resposta cortante de Ahmed Huseini.

– Sei que é difícil e mais ainda devido à situação atual, mas você é arqueólogo, conhece a importância da descoberta deste templo. Se deixarmos aqui tudo o que encontramos... Bem, nosso trabalho, todos estes meses de sacrifício perderão o sentido. Se você nos ajudar a fazer com que seus chefes entendam a importância que tem para a arqueologia o fato de que o mundo conheça o que encontramos, seu país será o primeiro beneficiado. Logicamente, todos os objetos voltarão para o Iraque, mas antes permitam que o mundo os conheça, que tentemos organizar uma exposição itinerante em Paris, Madri, Londres, Nova York, Berlim. Seu governo pode designá-lo como curador dessa exposição por parte do Iraque. Acreditamos que poderemos fazê-lo. Não queremos ficar com nada, só queremos que o mundo conheça o que encontramos. Trabalhamos duro, Ahmed.

Picot calou-se tentando avaliar, por meio dos gestos de Ahmed, qual seria sua resposta, mas foi Clara quem tomou a palavra.

– Professor Picot, o senhor não acha que está se esquecendo de mim?

– Absolutamente. Se chegamos até aqui, foi com você. Nada do que fizemos teria sido possível sem você. Não queremos tirá-la de cena, muito pelo contrário.

"Estamos aqui graças a seu empenho, Clara. Por isso, quero que você aceite interromper a escavação e vir conosco. Você é parte fundamental de nosso projeto, precisamos de sua ajuda para preparar a exposição, fazer conferências, participar de seminários, acompanhar os objetos encontrados aonde quer que os levemos. Mas não poderemos fazer nada se seu marido não conseguir que o governo permita que tiremos do Iraque tudo o que foi encontrado."

– Talvez meu marido não possa fazer isso, mas meu avô sim.

A afirmação de Clara não os surpreendeu. Na realidade, Picot havia pensado em falar com Alfred Tannenberg se Ahmed se mostrasse muito reticente. Os meses passados no Iraque haviam lhe ensinado que não havia nada que Tannenberg não pudesse conseguir.

– Seria formidável se Ahmed e seu avô conseguissem convencer o governo a permitir que a gente exiba ao mundo o tesouro que o passar do tempo havia ocultado em Safran – disse Picot.

Ahmed pensou que não seria inteligente travar uma batalha com Clara e nem sequer com Picot. Era melhor ganhar tempo garantindo que faria tudo o que estivesse a seu alcance e até mesmo demonstrar entusiasmo. Além do mais, talvez essa fosse sua oportunidade de escapar do Iraque. Picot estava lhe dando um pretexto inesperado. O problema é que muitos dos objetos encontrados não sairiam nunca do país, nem com ele nem com Picot.

– Farei o que for possível para convencer o ministro – afirmou Ahmed.

– O ministro não é suficiente, é preciso falar com Saddam. Só ele pode autorizar a saída de objetos artísticos, e ainda mais quando se trata de antiguidades – observou Clara.

– Então você virá com a gente? – perguntou Marta a Clara.

– Não, pelo menos não por agora. Mas me parece ser uma boa idéia apresentar ao mundo o que desenterramos em Safran. Eu ficarei aqui, sei que posso encontrar as tábuas. É preciso, no entanto, ficar bem claro que vocês não tirarão nenhum objeto sem que antes assinem um acordo em que fique estipulado como e quem tornou possível esta expedição – disse Clara, em um tom desafiador.

Discutiram mais um pouco os pormenores para a saída do Iraque assim que fosse possível, e, sobretudo, como imaginavam que deveria ser a exposição.

Não se ouvia nem um ruído no acampamento quando Clara, acompanhada por Gian Maria, dirigiu-se até seu alojamento, certa de que Fátima ainda estava acordada, esperando por ela. Ahmed havia entrado discretamente no hospital de campanha onde passaria a noite.

– Você está com sono? – perguntou a Gian Maria.

– Não, estou cansado, mas neste momento não seria capaz de dormir.

– Eu gosto da noite, desfruto o silêncio, é o melhor momento para pensar. Você me acompanha até a escavação?

– Agora? – perguntou Gian Maria, sem conseguir disfarçar sua surpresa diante da proposta.

– Sim, agora. O pior é que, como você já sabe, tenho dois homens permanentemente atrás de mim, mas estou acostumada a ser escoltada desde quando era pequena, por isso, quando não posso fugir deles, os esqueço.

– Bem, se você quiser posso acompanhá-la. Pegamos o carro?

– Não, vamos andando; é um passeio longo, eu sei, mas preciso caminhar.

Os homens que escoltavam Clara ficaram vários passos atrás deles, sem manifestar o aborrecimento que implicava renunciar a várias horas de sono só porque a neta de Tannenberg estava querendo passear.

Quando chegaram perto da escavação, Clara procurou um lugar para sentar e convidou Gian Maria a acompanhá-la.

– Gian Maria, por que você quer ficar aqui? Pode correr perigo se os norte-americanos começarem a nos bombardear.

– Eu sei, mas não tenho medo. Não pense que sou um temerário, mas agora mesmo não tenho medo.

– Mas por que não vai embora? Você é um sacerdote, e aqui... Bem, aqui você não pode exercer seu ministério. Somos todos casos perdidos, embora você, realmente, não tenha tentado nos catequizar; sempre foi muito respeitoso em relação a nós.

– Clara, eu gostaria de ajudá-la a encontrar a *Bíblia de Barro*. Se for verdade que Abraão conhecia o Gênesis... E, se o conhecia, seria o mesmo Gênesis que nós conhecemos?

– Então quer dizer que você está ficando por curiosidade?

– Eu fico para ajudá-la, Clara. Eu... Bem, não ficaria tranqüilo deixando-a sozinha.

Clara riu. Comovi-a que Gian Maria pensasse que poderia proteger exatamente a ela, que era vigiada por homens armados de dia e de noite. Sem dúvida, o sacerdote parecia acreditar que possuía um poder taumatúrgico que tornava impossível que acontecesse alguma coisa com ela.

– O que sua congregação lhe diz quando você fala com eles?

– Meu superior me insta a ajudar aqueles que precisam; está a par das dificuldades vividas pelo Iraque.

– Mas você, na realidade, não está ajudando ninguém. Está aqui conosco, trabalhando em uma missão arqueológica.

Ao dizer isso, Clara se deu conta de como era estranho que o sacerdote estivesse trabalhando com eles há dois meses como se fosse apenas mais um dos membros da equipe.

– Eles sabem, mas mesmo assim acreditam que posso ser útil às pessoas que estão aqui.

– A Igreja não está atrás da *Bíblia de Barro*? – perguntou Clara, meio preocupada.

– Por favor, Clara! A Igreja não tem nada a ver com minha presença em Safran. Dói-me saber que você possa desconfiar de minha palavra. Tenho permissão de meu superior para estar aqui, sabe o que estou fazendo e não se opõe. Muitos sacerdotes trabalham. Não sou o único e, portanto, não é estranho que me permitam trabalhar em uma missão arqueológica. Naturalmente, em algum momento terei de voltar para Roma, mas quero lembrá-la de que estou aqui há dois meses e não há dois anos, por mais que você ache este tempo muito longo.

– Não, o que acontece é que... Bem, quando começo a pensar, fico achando estranho que um sacerdote tenha terminado fazendo parte desta expedição.

– Não creio que lhe tenha dado nenhum motivo para que ache meu comportamento estranho. Não sou capaz de duplicidades, Clara.

– Quer saber de uma coisa, Gian Maria? Embora nunca tenhamos conversado a respeito de assuntos pessoais, às vezes tenho a impressão de que você é o único amigo que tenho aqui, o único que me ajudaria se eu tivesse algum tipo de problema.

Voltaram a ficar em silêncio, deixando o olhar se perder na infinitude do céu estrelado, saboreando a calma da noite, sem necessidade de dizer nada.

Ficaram assim durante algum tempo, perdidos em seus pensamentos, sem incomodar-se com os ruídos da noite amplificados pelo silêncio.

Depois o frio tomou conta do lugar e resolveram ir dormir.

Clara entrou na casa procurando não fazer ruído e foi até o quarto do avô, certa de que estaria sendo velado por Samira e Fátima. A casa estava às escuras.

Entrou silenciosamente no quarto, estranhando a profunda escuridão em que estava mergulhado. Tateou a parede para não tropeçar e sussurrou o nome de Samira, sem obter resposta. No ambiente, flutuava um cheio doce e pastoso. Não via nada, e nem Samira nem Fátima respondiam a seu chamado. Encontrou o interruptor da luz. Estava furiosa, pensando que as duas mulheres haviam adormecido em vez de ficar prestando atenção ao ancião.

Quando conseguiu ver o quarto, afogou um grito que lutava para escapar. Apoiou-se na parede, tentando controlar a náusea que lhe retorcia a boca do estômago.

Samira estava esticada no chão com os olhos abertos. Um fio de sangue parecia ter congelado na comissura de seus lábios, pálidos pela ausência de vida.

A enfermeira tinha na mão alguma coisa que não conseguia ver porque as lágrimas e o medo cegavam seu olhar.

Não soube quanto tempo permaneceu ali, grudada na parede, sem se mover, mas Clara sentiu que havia passado uma eternidade quando, finalmente, atreveu-se a se aproximar da cama do avô, temendo encontrá-lo tão morto como Samira.

A máscara de oxigênio do avô pendia para um lado da cama e ele estava desmaiado, branco como cera. Clara aproximou os dedos de sua boca e sentiu a respiração fraca do avô, depois encostou o ouvido em seu coração e escutou as batidas apagadas de quem está prestes a deixar a vida. Não soube como o fez, mas colocou a máscara de oxigênio em seu rosto e, em seguida, saiu correndo do quarto, sem ver que em um dos cantos jazia outro corpo.

Ao sair, percebeu que os dois homens que guardavam a porta do avô estavam estirados no chão, mortos. Voltou a sentir um ataque de pânico. Estava sozinha e ali, naquela casa, havia um assassino.

Saiu correndo e, na porta de entrada, respirou ao ver os homens que habitualmente guardavam a casa. Os mesmos que a haviam cumprimentado minutos antes, quando a viram se despedir de Gian Maria. Como era possível que alguém tivesse entrado na casa sem que aqueles homens percebessem?

– Senhora, o que está havendo? – perguntou-lhe um dos guardas que tinham se aproximado ao vê-la surgir no umbral com os olhos fora de órbita e uma expressão de pânico desenhada no rosto.

Clara fez um esforço para falar, para encontrar algum sinal de força para enfrentar aquele homem que talvez fosse um assassino, o assassino de Samira e dos outros guardas.

– Onde está o Dr. Najeb? – perguntou com uma voz quase inaudível.

– Dorme em sua casa, senhora – respondeu o homem, apontando para a casa onde Salam Najeb descansava.

– Avise-o.

– Agora?

– Agora! – o grito de Clara revelava seu desespero.

Depois enviou outros homens para chamar Gian Maria e Picot. Sabia que devia avisar Ahmed, mas não queria fazê-lo antes que o francês e o sacerdote chegassem. Desconfiava de seu marido.

O médico apareceu apenas dois minutos depois. Não tivera tido tempo de se pentear para aparecer apresentável, porque o guarda não lhe dera opção, e por isso só tinha conseguido vestir as calças e a camisa antes de sair ao encontro de Clara.

– O que está acontecendo? – perguntou, assustado com o aspecto da mulher.

– A que horas você deixou meu avô? – perguntou-lhe Clara, sem responder à pergunta que o médico acabara de lhe fazer.

– Logo depois das dez. Estava tranqüilo. Samira ficou tomando conta dele. O que aconteceu?

Clara entrou na casa seguida pelo médico e levou-o até o quarto de Tannenberg. Salam Najeb ficou imóvel na porta; seu rosto refletia o horror produzido pela situação. Com passos firmes, sem se importar com o corpo sem vida de Samira, aproximou-se da cama de Alfred Tannenberg. Tomou seu pulso, enquanto contemplava como eram traduzidos para o monitor os débeis sinais vitais do ancião. Examinou-o cuidadosamente até se certificar de que não havia sido ferido e voltou a colocar-lhe a máscara de oxigênio. Em seguida, preparou uma injeção e trocou a garrafa de soro e remédios na qual restavam algumas gotas de líquido. Durante algum tempo ficou lutando para arrancar um sinal de vida do corpo inerte do ancião.

Quando terminou, dirigiu-se a Clara, que aguardava em silêncio.

– Não parece ter sofrido nenhum mal.

– Mas está inconsciente – balbuciou Clara.

– Sim, mas espero que comece a reagir.

O médico olhou em volta do quarto e aproximou-se de Samira. Ajoelhou-se e examinou cuidadosamente o cadáver da mulher.

– Foi estrangulada. Deve ter tentado se defender ou defendê-lo – disse, apontando para Alfred Tannenberg.

Depois levantou-se e foi até um canto do quarto, onde, deitada no meio de uma poça de sangue, estava Fátima. Até aquele momento, Clara não havia percebido o corpo da mulher, e não pôde conter o grito.

– Acalme-se, está viva, respira, embora tenha sido golpeada com força na cabeça. Ajude-me a levantá-la. Vamos levá-la ao hospital de campanha, aqui não posso cuidar dela. Vou ver os homens lá fora.

Clara ajoelhou-se, chorando, ao lado de Fátima, tentando levantá-la. Dois dos guardas que contemplavam a cena esperando instruções aproximaram-se e ergueram a mulher, levando-a até o hospital, como havia ordenado o médico.

Quando Clara viu Yves Picot e Gian Maria entrando, sentiu um alívio imediato, e começou a chorar.

Gian Maria aproximou-se e abraçou-a, enquanto Picot tentava fazê-la responder a suas perguntas.

– Acalme-se, você está bem? O que aconteceu? Meu Deus! – exclamou, ao ver o cadáver de Samira.

– Diga aos guardas que levem o cadáver para o hospital – pediu o Dr. Najeb a Clara. – Os homens foram mortos com um tiro. Acho que o assassino atirou de muito perto. Deve ter usado uma pistola com silenciador. Eu já disse que é para levá-los ao hospital.

– E meu avô? – gritou Clara.

– Já fiz o que podia fazer. Alguém deveria ficar com ele, não sair de seu lado e me chamar se alguma coisa acontecer. Mas agora tenho de atender aquela mulher. Você deveria chamar as autoridades para que investiguem o que aconteceu aqui. Samira foi assassinada.

Salam Najeb deu-lhes as costas. Não queria que o vissem chorar, e estava chorando. Chorava por Samira e por ele, por ter aceitado viajar a Safran para cuidar do velho Tannenberg. Fizera-o por dinheiro. Alfred Tannenberg havia lhe oferecido o salário de cinco anos para que cuidasse dele, além de lhe ter prometido um apartamento em um bairro residencial da cidade do Cairo.

Ayed Sahadi cruzou com o médico no umbral da casa. O capataz parecia alterado, estava pálido, sabendo que Tannenberg o responsabilizaria por qualquer desgraça e que seu chefe, o coronel, seria capaz de torturá-lo pessoalmente se o sistema de segurança pelo qual era responsável tivesse falhado.

Quando entrou no quarto de Tannenberg, dois de seus homens estavam saindo com o cadáver de Samira. Clara ainda chorava e Picot estava mandando um de seus homens ir chamar o prefeito da aldeia e encontrar uma mulher capaz de cuidar do enfermo.

– Onde você estava? – gritou Clara com Ayed Sahadi quando o viu entrar.

– Dormindo – respondeu este, meio irritado.

– Vai lhe custar caro o que aconteceu aqui – ameaçou-o Clara.

O capataz não lhe respondeu; nem olhou para ela. Começou a examinar o quarto, a janela, o chão, a disposição dos objetos. Os homens que o acompanhavam permaneciam quietos, esperando, sem se atrever a mexer-se sem sua permissão.

Alguns minutos mais tarde, chegou o comandante do contingente de soldados encarregados da segurança de Safran e do sítio arqueológico.

O comandante ignorou Clara e Picot e começou a discutir com Ayed Sahadi. Os dois estavam com medo, medo por saber que seus superiores eram ainda mais cruéis do que eles próprios e, sobretudo, que eram os donos de suas vidas.

Clara observava os gráficos que apareciam nos monitores aos quais seu avô estava conectado. Acreditou perceber que o velho mexia as pálpebras, mas achou que era fruto de sua imaginação.

Quando o prefeito chegou acompanhado da mulher e duas de suas filhas, Clara explicou-lhes o que esperava delas. Cuidariam da casa e as duas jovens não se afastariam do leito de Alfred Tannenberg.

Ayed Sahadi e o comandante pareciam ter chegado a um acordo: seus homens deveriam invadir todas as casas e tendas procurando algum indício que os levasse ao suspeito do assassinato de Samira, mas, sobretudo, a pessoa que havia sido capaz de chegar até o leito de Alfred Tannenberg. Além disso, todos os participantes da missão, não importa quem fosse, seriam revistados e interrogados pelos soldados. A decisão mais difícil de tomar foi a de ligar para o coronel. Cada um o informaria por sua própria conta.

Alfred Tannenberg mexia-se, inquieto, e Clara temeu que estivesse piorando; por isso, pediu a uma das filhas do prefeito que fosse chamar o Dr. Najeb. A menina voltou, mas acompanhada por Ahmed Huseini.

– Sinto muito, não vim antes porque estava com o doutor. Ele me explicou o que aconteceu e ajudei-o com Fátima. Está inconsciente, perdeu muito sangue. Foi golpeada na cabeça com algum objeto contundente. Na verdade, não creio que possa nos dizer alguma coisa antes de amanhã porque, além do mais, está sedada.

– Viverá? – perguntou Clara.

– Eu já lhe disse que sim; pelo menos o Dr. Najeb acredita nisso – respondeu Ahmed.

– Onde está o doutor? – perguntou Gian Maria.

– Costurando a cabeça de Fátima – foi a resposta de Ahmed.

Fabián e Marta entraram no quarto depois de driblar vários homens armados que estavam na entrada. Yves Picot aproximou-se deles e colocou-os a par da situação. Depois de ouvi-lo, Marta tomou conta da situação.

– Devido ao estado do Sr. Tannenberg, acho que deveríamos ir para a sala em vez de ficar conversando aqui. Estamos atrapalhando mais do que qualquer outra coisa. Você – acrescentou, dirigindo-se à esposa do prefeito –, prepare um café. A noite vai ser muito longa, e quando estiver pronto, leve-o até a sala.

Clara olhou para ela, agradecida. Confiava em Marta, sabia que organizaria o caos.

Marta dirigiu-se ao comandante e a Ayed Sahadi, que continuavam discutindo em um canto do quarto.

– Vocês examinaram direito o quarto?

Os dois homens responderam ofendidos; sabiam fazer direito seu trabalho. Marta não levou em consideração a resposta.

– Então, o melhor é que saiam do quarto; vocês podem ir para a sala ou a qualquer outro lugar. Vocês duas – disse à filha do prefeito – ficarão com o Sr. Tannenberg, como já lhes disseram, e, em minha opinião, dois homens deveriam ficar no quarto, e mais ninguém. Vamos para a sala? O que lhes parece? – disse, sem se dirigir a ninguém em particular.

Saíram todos do quarto e foram para a pequena sala, como Marta havia lhes ordenado. Gian Maria não saía do lado de Clara e Yves Picot especulava com Fabián sobre os acontecimentos.

– Não seria melhor que Clara nos dissesse o que aconteceu? – disse Marta.

O comandante e Ayed Sahadi se deram conta de que não haviam perguntado a Clara nem como nem quando havia entrado no quarto de Tannenberg e encontrado o cadáver de Samira.

A esposa do prefeito entrou com uma bandeja carregada com o café e as xícaras. A mulher também havia colocado uns biscoitos em um prato.

Ayed Sahadi cravou os olhos em Clara e esta sentiu que aquele homem a quem o avô dera a responsabilidade de zelar pela segurança do acampamento a olhava com raiva.

– Sra. Huseini, explique-nos a que horas entrou no quarto de seu avô e por quê. Ouviu alguma coisa estranha?

Clara, com voz monótona, vencida pelo cansaço, relatou sua caminhada com Gian Maria, a curta conversa que haviam tido perto do templo, mas não, não se recordava a que horas havia regressado. Disse-lhes que não havia percebido nada de estranho. Os homens que estavam de guarda no exterior da casa estavam em seus postos, e por isso subiu tranqüilamente ao quarto do avô, procurando por Fátima.

Descreveu todos os detalhes que recordava da cena que havia encontrado ao acender a luz. E, sim, agora que lhe diziam, recordou que não se tinha dado conta da ausência dos homens que faziam a segurança da porta do avô e que depois encontrou mortos.

Respondeu, durante uma hora, às perguntas de Ayed Sahadi e do comandante, que insistiam o tempo todo para que se lembrasse de outros detalhes.

– Bem, a pergunta que deve ser feita a vocês – disse Picot, dirigindo-se ao comandante e a Ayed Sahadi – é a seguinte: como é possível que, estando a casa cercada de homens, alguém tenha entrado sem que os outros o vissem e, além disso, conseguido chegar ao quarto do Sr. Tannenberg, matando previamente dois guardas, a enfermeira e ferindo Fátima seriamente?

– Sim, essa é uma pergunta que deverá ser respondida pelos dois. O coronel chegará amanhã e exigirá respostas de vocês.

Os dois homens se olharam. Ahmed Huseini havia lhes dado a pior notícia: a da chegada do coronel.

– Você ligou para ele? – perguntou Clara ao marido.

– Sim. Esta noite foram assassinados uma mulher e dois homens que estavam encarregados de fazer a segurança de seu avô. Não é difícil imaginar que era a ele que queriam matar. Por isso, minha obrigação era informar a Bagdá. Suponho, comandante, que você já sabe; devem ter ligado para informá-lo; mas, se não o fizeram, lhe digo eu: um destacamento da Guarda Republicana está vindo para cá, para cuidar de nossa segurança. Está claro que você não soube ou não pôde fazê-lo, e também nosso amigo Sahadi não foi, como capataz, capaz de prever a traição.

– A traição? A traição de quem? – perguntou, nervoso, Ayed Sahadi.

– A traição de alguém que está aqui, neste acampamento, não sei se é iraquiano ou estrangeiro; eu só não tenho dúvida a respeito de uma coisa: o assassino está entre nós – sentenciou Ahmed.

– Inclusive você.

Todos voltaram-se para Clara. Acusar o marido diretamente de estar na lista dos suspeitos revelava o rompimento de sua relação, o que, como ela sabia muito bem, era um erro.

Ahmed olhou para ela com fúria. Não lhe respondeu, embora fosse possível perceber o esforço que estava fazendo para se controlar.

– A pergunta é por que e para quê – disse Marta.

– Por quê? – perguntou, por sua vez, Fabián.

– Sim, por que alguém entrou no quarto do Sr. Tannenberg? Foi realmente para assassiná-lo, como acredita Ahmed, ou foi, simplesmente, um ladrão que quis roubar e foi surpreendido por Samira e os guardas, ou...

– Marta, é muito difícil que alguém se metesse a roubar precisamente na casa de Tannenberg, que está cercada de homens armados – interrompeu-a Picot.

– O que você acha, Clara?

A pergunta direta de Marta pegou Clara de surpresa. Não sabia o que responder. Seu avô era um homem temido e poderoso e por isso tinha uma infinidade de inimigos. Qualquer um deles poderia querer vê-lo morto.

– Não sei. Não sei o que pensar, eu... Estou... Estou esgotada... Tudo isso é horrível.

Um soldado entrou na sala e aproximou-se de seu comandante. Sussurrou alguma coisa em seu ouvido e saiu tão depressa como havia entrado.

– Bem – disse o comandante –, meus homens começaram a interrogar os operários e a gente da aldeia. Por ora, ninguém parece saber de nada. Sr. Picot, também interrogaremos os membros de sua equipe e o senhor.

– Eu compreendo; de minha parte, estou disposto a colaborar com a investigação.

– Pois quanto antes comecemos, melhor. O senhor vê algum inconveniente em ser o primeiro? – perguntou o comandante a Picot.

– Absolutamente. Onde quer conversar?

– Aqui mesmo. Senhora, podemos trabalhar aqui?

– Não – respondeu Clara –, procurem outro lugar. Creio que o Sr. Picot pode lhes dizer onde podem se instalar, talvez em um dos armazéns.

O comandante saiu seguido por Picot, Marta, Fabián e Gian Maria. Seriam os primeiros a ser interrogados. Na sala ficaram, além de Clara, seu marido e o capataz, Ayed Sahadi.

– Há alguma coisa que você não nos disse? – perguntou Ahmed a Clara.

– Contei tudo de que me lembro, mas você, Ayed, deverá explicar como alguém pôde chegar ao quarto de meu avô.

– Não sei. Examinamos as portas e janelas. Não sei por onde entrou e nem se foi um homem sozinho ou vários. Os homens da porta juram que não viram nada – garantiu o capataz. – É impossível que alguém entrasse sem que o vissem.

– Mas alguém entrou. E deve ter sido uma pessoa de carne e osso, não um fantasma, porque os fantasmas não disparam à queima-roupa nem estrangulam mulheres indefesas – afirmou Ahmed, cansado.

– Eu sei, eu sei... Mas não consigo me explicar como isso pôde ter acontecido. Só resta a possibilidade de que tenha sido alguém de dentro de casa – sugeriu Ayed Sahadi.

– Na casa, só estavam Fátima, Samira e os homens que guardavam a porta do quarto de meu avô – afirmou Clara.

– Você também estava; afinal, foi você quem encontrou os cadáveres.

Clara estremeceu e ficou em pé, dirigindo-se, furiosa, até Ayed Sahadi. Deu-lhe uma bofetada tão forte que deixou a marca de seus dedos na bochecha do homem. Ahmed, de um pulo, ficou em pé e agarrou Clara, temendo a reação de Ayed.

– Chega, Clara! Sente-se! Ficamos todos malucos? E você, Ayed, não volte a fazer insinuações de nenhum tipo; eu lhe garanto que não estou disposto a permitir nenhuma falta de respeito com minha esposa nem com minha família.

– Aconteceram três assassinatos e todos são suspeitos até que se encontre o culpado – afirmou Ayed.

Ahmed Huseini aproximou-se dele. Parecia que ia golpeá-lo, mas não o fez; limitou-se a murmurar entre os dentes:

– Você está na lista dos suspeitos; talvez alguém o tenha comprado para acabar com a vida de Tannenberg. Não se iluda, não se iluda ou pagará muito caro por seu erro.

O capataz saiu da sala, enquanto Clara desabava sobre a poltrona. O marido sentou-se em uma cadeira perto dela.

– Você deveria tentar se comportar, não perder o controle. Está chamando a atenção.

– Eu sei, mas estou destroçada. Sinto-me péssima.

– Seu avô está muito mal, você deveria levá-lo à cidade do Cairo ou, pelo menos, a Bagdá.

– Foi o Dr. Ahmed quem lhe disse isso?

– Não é preciso que ninguém o diga; basta vê-lo para perceber que está morrendo. Admita isso, não tente nos enganar como se fôssemos estúpidos, você não pode sustentar a ficção de que está bem.

– Ele sofreu um choque, por isso você o viu desse jeito...

– Não seja ridícula! A quem você acredita que engana? No acampamento, há um clamor de que está morrendo. Você acredita que conseguiu ocultá-lo?

– Deixe-me em paz! Você gostaria que meu avô morresse, mas ele viverá, você verá como viverá e despedaçará todos vocês, traidores e inúteis!

– Se não posso conversar racionalmente com você, será melhor ir aonde possa ajudar. Eu, se fosse você, tentaria descansar.

– Vou visitar Fátima.

– Eu a acompanharei.

Não chegaram a sair de casa porque encontraram na porta o Dr. Najeb. O médico parecia esgotado.

Ele lhes disse que ainda não sabia o alcance das seqüelas do golpe recebido por Fátima. Sem dúvida, ela havia sido atingida por um objeto pesado, que abrira uma ferida profunda em sua cabeça, pela qual perdera muito sangue.

– O comandante colocou homens armados em toda a tenda.

– É a única pessoa que pode dizer o que houve, se é que teve tempo de perceber o que acontecia a seu redor – afirmou Ahmed.

Alfred Tannenberg respirava com dificuldade e seus sinais vitais pareciam alterados. O Dr. Najeb repreendeu as mulheres por não o terem avisado. Clara lamentou não ter ficado ao lado da cabeceira do avô, enquanto observava como Ahmed avaliava a situação do enfermo sem disfarçar uma faísca de satisfação. O marido odiava seu avô com tamanha intensidade e não era capaz de ocultá-lo.

O médico preparou uma bolsa de plasma e disse para eles irem descansar, garantindo que não sairia do lado de Tannenberg.

O barulho do helicóptero rasgou o silêncio pesado que envolvia o acampamento. Picot havia combinado com Fabián e Marta o fim da aventura em que os havia enfiado. Quando lhes permitissem, começariam a desmontar o acampamento para voltar às suas casas.

Não ficariam ali nem um dia a mais que o necessário, embora Marta fosse partidária de que, apesar das circunstâncias, tentasse convencer Ahmed a fazer os procedimentos necessários para tirar do Iraque todos os objetos desenterrados; só assim poderiam organizar a grande exposição que haviam planejado.

Estavam tão cansados quanto o restante do acampamento, sobretudo porque, antes do amanhecer, havia chegado um destacamento da Guarda Republicana, a temida tropa de elite de Saddam Husein.

Picot observou Clara caminhar ao lado do marido até o helicóptero. As hélices do aparelho ainda não haviam terminado de girar quando um homem corpulento, de cabelos negros e bigode espesso, que parecia um decalque do próprio Saddam, saltou com agilidade. Depois desceram outros militares e uma mulher.

O homem, vestido de militar, emanava autoridade, mas Picot pensou que também havia nele algo de sinistro.

O coronel apertou a mão de Ahmed e deu uma palmada no ombro de Clara. Depois, caminhou ao lado deles em direção à casa de Tannenberg, fazendo um sinal à mulher para que os seguisse.

A mulher parecia impressionada por estar naquele lugar e um sinal de tensão refletia-se na comissura de seus lábios. Clara dirigiu-se a ela dando-lhe as boas-vindas. O coronel acabara de lhe dizer que a mulher era enfermeira, uma profissional de confiança de um hospital militar. Depois de saber que Samira fora assassinada, havia achado que era conveniente levá-la para ajudar o Dr. Najeb.

O sol já estava a pino quando um soldado foi procurar Picot, anunciando-lhe que o recém-chegado queria falar com ele.

Clara não estava na sala e tampouco Ahmed; só o homem que era chamado de coronel, fumando um charuto cubano e bebendo uma xícara de café.

Não estendeu-lhe a mão; ele também não demonstrou querer que a saudação fosse além de uma breve inclinação da cabeça. Resolveu sentar-se, embora o militar não o tivesse convidado a fazê-lo.

– Bem, me dê sua opinião sobre os acontecimentos – instou-o, diretamente, o coronel.

– Não tenho nem idéia.

– Deve ter alguma teoria.

– Não. Não tenho. Só vi o Sr. Tannenberg uma vez na vida, e, por isso, não posso dizer que o conheça. Na realidade, não sei nada a seu respeito e não posso me aventurar a dizer por que alguém entrou em seu quarto e matou a enfermeira e os guardas que o protegiam.

– Desconfia de alguém?

– Eu? Em absoluto. Veja, não aceito a idéia de que haja um assassino entre nós.

– Pois há, Sr. Picot. Espero que Fátima possa falar. Há a possibilidade de que ela o tenha visto. Enfim... Meus homens vão interrogar também os membros de sua equipe...

– Já o fizeram. Fomos interrogados ontem à noite.

– Sei que é incômodo, mas você entenderá que é necessário.

– Sem dúvida.

– Bem, quero que me diga quem é quem; preciso saber tudo das pessoas que estão aqui, sejam iraquianos ou estrangeiros. Com os iraquianos, não há problemas, saberei de tudo o que for possível sobre eles, inclusive mais do que eles sabem a respeito de si próprios, mas de sua gente... Colabore, Sr. Picot, e conte-me tudo.

– Olhe, eu conheço há muito tempo a maioria das pessoas que estão aqui conosco. São arqueólogos e estudantes respeitáveis; o assassino não será encontrado entre os participantes desta missão arqueológica.

– Você ficaria surpreso se soubesse onde se pode encontrar pessoas dispostas a assassinar. Você conhece todos eles? Há alguém que tenha conhecido recentemente?

Yves Picot ficou em silêncio. O coronel estava lhe fazendo uma pergunta que não queria responder, porque, se dissesse que havia membros da equipe que nunca vira antes de partir para o Iraque, transformaria-os em suspeitos, e isso era uma coisa que o repugnava, sobretudo pelas conseqüências que a sombra da suspeita poderia ter sobre eles. No Iraque, as pessoas desapareciam para todo o sempre.

– Pense. Use o tempo necessário – disse-lhe o coronel.

– Na realidade, conheço todos, são pessoas recomendadas por amigos próximos de minha absoluta confiança.

– Eu, sem dúvida, tenho de desconfiar de todo mundo; só assim conseguiremos chegar a algum resultado.

– Senhor...

– Pode me chamar de coronel.

– Coronel, eu sou arqueólogo, não estou acostumado a lidar com assassinos, e os membros das missões arqueológicas não costumam se envolver em assassinatos. Pergunte quanto quiser, interrogue-nos quanto for necessário, mas duvido muito de que vá encontrar um assassino em meu grupo.

– Colaborará?

– Contribuirei como puder, mas temo que não tenha nenhuma informação a dar.

– Estou certo de que me ajudará mais do que imagina. Tenho comigo uma relação dos membros de sua equipe. Vou fazer perguntas a respeito de cada um deles. Pode ser que descubramos alguma coisa, pode ser que não. Podemos começar?

Yves Picot assentiu. Não tinha opção. Aquele homem sinistro não estava disposto a aceitar um não, e por isso falaria com ele, embora estivesse firmemente decidido a não dizer mais do que futilidades.

Não havia começado a falar quando Clara entrou na sala. Sorria, o que causou estranheza. Com três cadáveres e um assassino à solta, não havia motivos para sorrir.

– Coronel, meu avô quer vê-lo.

– Quer dizer que recuperou a consciência... – murmurou o militar.

– Sim, e diz que está sentido-se melhor do que nunca.

– Irei imediatamente. Sr. Picot, conversaremos mais tarde.

– Quando quiser.

O coronel saiu da sala acompanhado por Clara. Picot suspirou, aliviado. Sabia que não escaparia do interrogatório, mas pelo menos ganhava tempo para se preparar, procuraria Fabián e Marta para conversar sobre aquilo.

O Dr. Najeb fez um sinal a Clara e ao coronel para que não se aproximassem da cama de Tannenberg até que a enfermeira trocasse a bolsa de plasma.

A mulher parecia ser eficiente, e um minuto depois estava terminando sua tarefa.

Salam Najeb estava prestes a dormir em pé; os sinais do cansaço eram patentes em seu rosto e em seu aspecto, e também a tensão da longa vigília em que havia lutado pela vida de Alfred Tannenberg.

– Parece ter se recuperado milagrosamente, mas não deveriam cansá-lo – disse a Clara e ao coronel, mesmo sabendo que eles não dariam a menor atenção à sua recomendação.

– Você deveria descansar, doutor – respondeu-lhe Clara.

– Sim, agora que a Srta. Aliya está aqui eu irei tomar um banho e descansar um pouco. Mas antes passarei na tenda para ver como está Fátima.

– Meus homens estão interrogando a mulher.

– Eu lhes pedi que não o fizessem antes que eu dissesse que estava em condições de fazê-lo! – protestou o médico.

– Vamos, não fique assim! Ela voltou do mundo dos mortos e poderá nos ser útil. O Sr. Tannenberg e Fátima são as únicas pessoas que sabem o que aconteceu no quarto, e por isso é nossa obrigação falar com eles. Temos três cadáveres, doutor – respondeu o coronel, sem deixar lugar para dúvidas de que nada nem ninguém passaria por cima de suas decisões.

– O estado da mulher é muito grave e o Sr. Tannenberg... – Salam Najeb parou de falar: o olhar do coronel era suficientemente explícito para que um homem prudente não desperdiçasse uma única palavra.

A enfermeira ficou de lado, deixando Clara e o coronel aproximarem-se do enfermo. Clara pegou a mão do avô entre as suas e a apertou, reconfortada por saber que estava vivo.

– Eles não podem com você, velho amigo – foi a saudação do coronel.

Alfred Tannenberg tinha os olhos afundados e a palidez de suas faces indicava que a morte continuava rondando seu corpo, mas a ferocidade de seu olhar não permitia que ninguém duvidasse de que batalharia por sua vida até o final.

– O que aconteceu? – perguntou o ancião.

– Só você pode responder a essa pergunta – respondeu o coronel.

– Não tenho uma memória precisa dos fatos. Alguém se aproximou de minha cama, achei que era a enfermeira, alguém iluminou meu rosto, depois ouvi alguns ruídos secos, tentei levantar e... Não sei, acho que consegui arrancar a máscara de oxigênio. A luz estava apagada e não via nada... Talvez tenham me empurrado... Estou confuso, não recordo bem o que aconteceu, não vi realmente nada. Mas sei que havia alguém aqui, alguém que chegou perto de mim. Poderiam ter me matado. Quero que você castigue os homens responsáveis pela segurança da casa. São uns inúteis, nem minha vida nem este país estão seguros em suas mãos.

– Não se preocupe. Já cuidei deles. Lamentarão durante o tempo que lhes resta de vida por terem permitido que acontecesse o que aconteceu – garantiu o coronel.

– Espero que nada disso tenha afetado o trabalho da missão. Clara ainda pode encontrar o que procuramos – afirmou Tannenberg.

– Picot está indo embora, vovô.

– Não permitiremos. Ficará aqui – sentenciou o ancião.

– Não, não podemos fazer isso, seria... Seria um erro. É melhor que parta, eu ficarei o tempo que resta, mas você deveria sair daqui. O coronel está de acordo.

– Eu ficarei com você! – gritou Tannenberg.

– Você deveria reconsiderar, amigo; o doutor insiste em dizer que devemos tirá-lo daqui. Eu posso garantir a segurança de Clara, tratarei de fazer com que não lhe aconteça nada, mas você deve partir – disse o coronel.

Alfred Tannenberg não replicou. Sentia-se esgotado e estava consciente da debilidade do fio do qual pendia sua vida. Se o levassem à cidade do Cairo, talvez conseguisse viver um pouco mais, mas quanto? Sentia que não devia deixar a neta às vésperas da guerra, porque, assim que começasse, ninguém cuidaria dela.

– Veremos isso depois. Temos tempo. Agora quero fazer uma reunião com Yasir e Ahmed, o que aconteceu não pode afetar nosso negócio.

– Ahmed será capaz de levá-lo adiante – comentou o coronel.

– Ahmed não é capaz de realizar nada sem que lhe digam o que deve fazer. Todavia, ainda não morri, e mesmo que morra, não será ele meu herdeiro – sentenciou Tannenberg.

– Eu conhecia as diferenças entre vocês, mas talvez nesse momento você deva ser mais flexível. Você não está bem, não é verdade, Clara?

Clara não respondeu à pergunta do coronel. Seria leal ao avô até o último suspiro, e, além do mais, ela também não confiava em Ahmed.

– Vovô, se você está querendo fazer uma reunião, me diga quem devo convocar.

– Diga a esse seu marido que venha; também quero ver Ayed Sahadi e Yasir. Mas antes me prepararei para recebê-los. Diga à enfermeira que me ajude a me vestir.

– Mas você não pode se levantar! – exclamou Clara, assustada.

– Posso. Faça o que lhe disse.

Os homens do coronel não haviam conseguido que Fátima lhes contasse nada de relevante. A mulher mal conseguia falar, e não parava de chorar. Estava sentada perto da cama de Alfred Tannenberg e havia adormecido enquanto Samira preparava as bolsas com soro que calculava que o ancião necessitaria ao longo da noite. Ouviu um ruído fora do quarto, mas não abriu os olhos; imaginou que os homens que protegiam a porta tinham deixado cair alguma coisa.

De repente, outro ruído. Desta vez, no quarto. Voltou-se para o lugar onde imaginava que estivesse Samira. Viu uma pessoa vestida de negro dos pés à cabeça, com o rosto tapado, alguém que estava estrangulando a enfermeira. Não teve tempo de gritar, porque a figura lançou-se sobre ela, tapou sua boca e a golpeou com um objeto que trazia na mão. Golpeou-a várias vezes, até que perdeu os sentidos. Era tudo o que recordava.

Não, não sabia se era um homem quem a havia atacado, mas devia ser, porque era muito forte. Usava luvas, porque ela tentou morder a mão que tapava sua boca e recordava que estava coberta por um tecido elástico.

Não, não lembrava de nenhum cheiro especial, nem que aquela figura tivesse lhe dito uma única palavra. Apenas que sentira medo, um medo absoluto, profundo, porque sentia que a vida lhe escapava. Por isso dava graças a Alá, por ter preservado sua vida e a de seu senhor.

30

Lion Doyle perambulava pelo acampamento em busca de respostas. Alguém adentrara o quarto de Tannenberg e não havia sido ele, de modo que, ou bem os clientes que contrataram seus serviços, impacientes com a falta de resultados, haviam enviado outro homem, ou algum dos inimigos de Tannenberg quis tentar a sorte tentando eliminá-lo.

Os homens do coronel o haviam interrogado. Eram mais estúpidos do que hábeis. Percebia-se que estavam habituados a obter confissões por meio da tortura, e por isso ficavam enfurecidos em ter de se conformar em ouvir, sem poder usar seus próprios métodos para encontrar os assassinos de Samira e dos dois seguranças.

Doyle não teve dificuldades em driblar o interrogatório, nem tampouco em interpretar seu papel de fotógrafo; na realidade, era um ator completo e, muitas vezes, havia se surpreendido com a capacidade de assumir personalidades distintas e ficar à vontade em todas elas.

Conversara com Picot e o professor também tinha mais perguntas do que respostas. Fabián e Marta estavam transtornados, mas também não sabiam de nada, nem Gian Maria, que não disfarçava sua angústia diante dos recentes acontecimentos.

A única pessoa que não deixava transparecer nenhuma emoção era o croata. Ante Plaskic, depois de ter sido interrogado pelos homens do coronel, havia voltado a se sentar diante do computador para terminar o trabalho pendente do dia anterior.

Lion disse a si mesmo que sempre suspeitara de que Ante Plaskic era mais do que um profissional da informática, assim como ele não era um fotógrafo; havia ainda o caso do capataz Ayed Sahadi, que, de repente, havia revelado ser um militar subordinado ao coronel, embora continuasse usando roupas de paisano.

E assim Lion Doyle resolveu ir conversar com Ante Plaskic, para tentar encontrar algum vestígio que lhe permitisse entrever o que realmente tinha acontecido. Sabia que seria difícil encontrar uma pista. Ante parecia ser um profissional como ele. Mas mesmo assim tentaria.

Quando entrou no armazém onde o croata trabalhava, ficou surpreso: Plaskic estava conversando com o filho do prefeito da aldeia. Não que fosse estranho encontrar o jovem ali; ele chefiava uma das equipes de operários e vivia transitando entre o sítio arqueológico e o acampamento; o inusitado é que conversavam acaloradamente e fizeram silêncio ao vê-lo entrar.

Admirou o sangue frio que o croata teve ao tentar controlar a situação. Ante Plaskic exalou um suspiro e dirigiu-se a Doyle.

– Lion, os operários estão inquietos; este homem está me perguntando se vamos continuar trabalhando e também quer saber o que vai acontecer com os operários quando formos embora. Eles têm medo do que possa ocorrer a eles; temem que alguém acabe sendo responsabilizado pelos assassinatos. Diz que o professor Picot não disse nada a ninguém. Enfim, se você estiver sabendo de alguma coisa...

– Sei tanto quanto você, ou seja, praticamente nada. Suponho que seremos obrigados a esperar até que as coisas fiquem mais claras e prendam o assassino ou os assassinos. Por enquanto, não estamos sabendo de nada. Quanto à nossa retirada, bem, parece que resta muito pouco a fazer aqui; eu acho que, devido às circunstâncias, seria mais prudente irmos embora.

Ante Plaskic encolheu os ombros e não disse nada. O filho do prefeito esboçou um muxoxo e saiu do armazém.

Lion Doyle olhou fixamente para o croata Ante Plaskic, que sustentou seu olhar. Naqueles segundos, os dois homens se mediram e reconheceram o que eram, e um avisou ao outro que, caso se enfrentassem, o resultado seria fatal para um dos dois.

– O que você acha que aconteceu na casa? – perguntou Lion Doyle, quebrando o silêncio.

– Não posso saber.

– Você deve ter uma opinião.

– Não, não tenho, jamais faço especulações a respeito do que não sei.

– Bem... Enfim, acho que pilharão o assassino. Tem de estar aqui.

– Se você está dizendo...

Voltaram a cruzar os olhares em silêncio e Lion deu as costas e saiu. O croata sentou-se diante do computador e pareceu mergulhar na tela.

Ante Plaskic estava certo de que Lion Doyle desconfiava dele, mas também sabia que o fotógrafo não tinha nenhuma informação que pudesse fundamentar suas suspeitas.

Havia sido extremamente cuidadoso, não baixara a guarda em nenhum momento. Ninguém se dera conta de sua relação com Samira. Na realidade, não acontecera nada entre eles. A enfermeira olhava para ele intensamente e, sempre que podia, procurava cruzar seu caminho. Haviam conversado algumas vezes; na verdade, quem falava era ela, e ele a ouvia sem nenhum interesse. A mulher queria encontrar um homem que pudesse tirá-la do Iraque, e parecia ter resolvido que este homem era ele; não sabia por quê, mas o fato é que ela vivia manifestando sua disposição de iniciar uma relação que poderia chegar até onde ele quisesse.

Nunca tocou nela. Não gostava das muçulmanas, nem mesmo das muçulmanas loiras e de olhos azuis de sua terra; menos ainda, portanto, daquela mulher de pele morena e cabelos negros, com um nariz largo que parecia resfolegar.

Mas não recusou sua proximidade, sabendo que lhe poderia ser útil. Útil porque o informava a respeito de tudo o que acontecia na casa, do estado de Alfred Tannenberg, de quem ligava para ele, de quem o visitava e dos problemas de Clara e seu marido, Ahmed Huseini.

Samira era uma fonte inesgotável de informação, o que lhe permitia enviar relatórios fidedignos à agência que o contratara, a Planet Security. Na realidade, ele escrevia seus informes e os entregava ao filho do prefeito, um homem de Yasir, o egípcio que havia sido o braço direito de Alfred Tannenberg, embora nos últimos tempos os dois homens se odiassem. Por isso, Yasir enviava seus informes às mãos adequadas, às mãos de quem o havia contratado; e era por intermédio dele que recebia instruções.

Yasir havia chegado ao acampamento ao lado de Ahmed e pedira-lhe para fazer um relatório detalhado sobre a saúde de Tannenberg. Nem Ahmed nem Yasir tinham conseguido confirmar suas suspeitas de que Tannenberg estivesse morrendo. O Dr. Najeb recusava-se, terminantemente, a dar-lhes essa informação.

Por isso, Ante Plaskic pediu a Samira que marcassem um encontro, e a enfermeira aceitou, cheia de entusiasmo. Ao cair da noite, quando o acampamento estivesse adormecido, ela lhe facilitaria a entrada na casa.

Samira dissera-lhe que se fosse capaz de se esconder nas sombras da noite e de driblar os guardas que cercavam a casa, poderiam ficar juntos. Explicou-lhe que os dez homens que cercavam a casa, cinco na parte da frente e cinco na de trás, tinham, passada a meia-noite, o hábito de se reunir para fumar charutos e beber café. Ele só precisava esperar por esse momento para escorregar pelos fundos da casa. Ali havia uma ventanilha que dava acesso a um quarto usado como despensa. Ela a deixaria entreaberta; só precisaria entrar e esperar pelo momento em que ela pudesse ir a seu encontro.

Ante Plaskic aceitou a idéia, embora sua intenção não fosse esperá-la nas dependências de serviço, e sim a de entrar nos aposentos do ancião para ver com seus próprios olhos qual era seu estado, além de arrancar a verdade de Samira.

Em parte tudo aconteceu como haviam planejado. Esperou que Picot terminasse a reunião com seu grupo de confiança. Depois, esperou que todas as luzes do acampamento fossem apagadas e se fizesse silêncio. Era meia-noite quando abandonou o catre e, sem fazer barulho, foi rastejando até a parte traseira da casa de Tannenberg. Foi obrigado a esperar mais meia hora no meio das sombras até que um guarda da parte dianteira fosse chamar seus companheiros para tomar café. Na verdade, os homens não abandonavam inteiramente seus afazeres: ficavam em uma lateral da casa que era terra de ninguém, mas achavam que seu ângulo de visão era suficiente para impedir que alguém se aproximasse da parte dos fundos.

Estavam equivocados. Ante Plaskic conseguiu enganá-los; aproximou-se da ventanilha e entrou na casa. Dois homens cochilavam nas cadeiras ao lado da porta, sentados diante do quarto de Tannenberg. Nem notaram sua aproximação; antes que se dessem conta, cada um deles tinha uma bala alojada nas entranhas. O silenciador da pistola havia funcionado à perfeição. O único ruído foi o dos corpos desabando no chão.

Depois, empurrou a porta. Samira tinha razão. A velha criada cochilava e nem sequer percebeu que alguém estava entrando.

Samira viu que ele estava com uma pistola na mão e se assustou. Achou que fosse matar Tannenberg e tentou impedi-lo de se aproximar do enfermo. Plaskic tapou-lhe a boca e pediu que não gritasse e ficasse quieta, mas ela não lhe deu atenção, e, por isso, foi obrigado a matá-la. Estrangulou-a, mas a culpa, disse a si mesmo, havia sido dela, por não ter-lhe obedecido. Se tivesse ficado calada e quieta, ainda estaria viva.

A velha criada também resolvera ser um problema, pois quando o viu pulou da cadeira em que estava sentada. Foi obrigado a tapar sua boca e a golpear sua cabeça com a coronha da pistola. Acreditou que a tivesse matado, já que a havia deixado estirada no chão com a cabeça aberta, sangrando, e com os olhos revirados. A grande bruxa havia se salvado. Preferiria sabê-la morta, mas tampouco o preocupava que estivesse viva; não o havia visto, pois cobrira o rosto com uma máscara, e o quarto estava na penumbra, de modo que era impossível que o tivesse visto e menos ainda que o tivesse reconhecido.

Como em outras ocasiões, Ante informou ao filho do prefeito, o homem de Yasir, a respeito do que vira na casa de Tannenberg. Só que dessa vez preferiu não escrever uma linha; simplesmente descreveu como estava o ancião: monitorado, com uma bolsa de sangue em um braço e uma de soro no outro.

O filho do prefeito lhe perguntara se havia sido ele quem matara a enfermeira e os dois homens, mas Ante não respondeu, o que deixou o homem enfurecido, dizendo que o coronel acabaria prendendo todo mundo. Neste exato momento foram interrompidos por Lion Doyle. Ante também achava que o inglês era mais do que parecia; na realidade, acreditava que Lion Doyle estivesse ali com uma missão semelhante à sua.

No dia seguinte, o coronel parecia estar de pior humor do que em outras ocasiões. Ahmed Huseini ouvia-o, pacientemente, procurando não dizer uma única palavra que pudesse incitar a ira do militar. Yasir também permanecia em silêncio.

– Não irei embora até que capturemos o assassino. Ele tem de estar aqui, entre nós, e está zombando de mim; mas eu o pegarei, e quando o fizer, desejará ter morrido mais cedo.

Aliya, a enfermeira, entrou na sala. Clara lhe pedira para avisá-los de que seu avô os esperava.

Encontraram Alfred Tannenberg sentado em uma poltrona, com uma manta sobre as pernas, e sem nenhuma bolsa de soro ligada a seu corpo.

Seu corpo parecia ter encolhido; era osso puro, e a palidez do rosto impressionava.

Sentada a seu lado, Clara sorria, satisfeita. Havia convencido o Dr. Najeb a fazer o impossível; seu avô precisava receber o coronel sentado, aparentando estar melhor.

O médico havia lhe aplicado uma injeção que era um coquetel de medicamentos que permitiriam a Alfred Tannenberg ficar firme durante algum tempo. As transfusões de sangue também haviam colaborado para que se mantivesse ergüido. Alfred Tannenberg não perdeu tempo com cortesias. Como carecia de tempo, foi diretamente ao ponto.

– Meu amigo – disse Tannenberg dirigindo-se ao coronel –, quero lhe pedir um favor especial. Sei que é difícil e que só um homem como você poderá me atender.

Ahmed Huseini olhou intrigado para o ancião, ao mesmo tempo que percebia a segurança que Clara voltara a exibir, como se, realmente, Tannenberg fosse viver eternamente.

– Peça-me o que quiser. Você sabe que pode contar comigo – afirmou o coronel.

– O professor Picot e sua equipe querem ir embora; bem, eu o entendo, e, devido às circunstâncias, não podemos detê-lo. Clara ficará mais alguns dias e depois irá ao encontro deles, para participar da organização de uma grande exposição sobre os achados de Safran. Será uma exposição importante, que percorrerá várias capitais européias e talvez chegue até os Estados Unidos. Eu tenho certeza de que nosso amigo George colaborará por meio da fundação Mundo Antigo.

– E qual é o favor que você quer que eu lhe faça? – perguntou o coronel.

– Que consiga as permissões para que Picot possa sair do Iraque com tudo o que foi encontrado no templo. Eu sei que são peças muito valiosas e que será difícil convencer nosso querido presidente Saddam, mas você poderá fazê-lo.

"O urgente é que você disponha dos helicópteros e caminhões necessários para que Picot e sua gente possam deixar o Iraque quanto antes com sua preciosa carga."

– E como isso nos beneficia? – perguntou, sem rodeios, o coronel.

– Você encontrará em sua conta secreta da Suíça mais meio milhão de dólares se me prestar esse favor com a mesma eficácia demonstrada em outras ocasiões.

– Você vai falar com o palácio? – quis saber o coronel.

– Na realidade, já falei. Os filhos de nosso líder já estão informados e aguardam, ansiosamente, por meu mensageiro.

– Então, se Bagdá está de acordo, pedirei a Karim, meu sobrinho, que ponha a operação em andamento.

– Clara deveria partir imediatamente – comentou Ahmed.

– Clara partirá quando achar conveniente, assim como eu, e, por enquanto, continuará escavando. Quero que os trabalhos arqueológicos sejam retomados amanhã. Os acontecimentos não devem suspender as atividades – respondeu um irado Tannenberg.

– Entre as peças encontradas, há algumas que... Bem, enfim, que é delicado deixá-las sair – afirmou Ahmed.

– Já foram vendidas por você? – perguntou Tannenberg, surpreendendo Ahmed e Yasir, que tinha os olhos cravados no chão.

– Você sempre desconfia daqueles que o cercam – protestou Ahmed.

– É que eu conheço muito bem aqueles que me cercam. Por isso, pode ser que nosso flamejante presidente da fundação Mundo Antigo, Robert Brown, tenha recebido de George a incumbência de entrar em contato com nossos melhores clientes para informá-los a respeito dos achados de Safran, e que estes, ávidos pela novidade, já tenham desembolsado algum dinheiro por conta dos objetos prometidos. Estou enganado, Yasir?

A pergunta direta de Tannenberg constrangeu o egípcio, que foi acometido por um ataque de suor que empapou sua elegante camisa branca. Não respondeu e virou-se para Ahmed, pedindo sua ajuda com os olhos. Temia a reação de Tannenberg.

Foi o coronel quem tomou a palavra, preocupado com o tom da conversa.

– Quer dizer que você tem um conflito de interesses com seus amigos de Washington...

Tannenberg não o deixou continuar. Improvisou uma resposta, sabendo que o coronel não gostaria de ser envolvido em uma guerra desse tipo.

– Não, não há nenhum conflito de interesses. Se resolveram, em Washington, vender algumas das peças que encontramos, tudo bem, é esse o nosso negócio, mas uma coisa não elimina a outra. As peças podem sair daqui para ser exibidas em uma exposição, mas não voltarão ao Iraque. Serão entregues a seus novos proprietários. Porém estes precisarão esperar alguns meses, talvez um longo ano, antes de tê-las em seu poder, o que não será nenhuma novidade para eles. Já estão acostumados. Às vezes passam anos entre o momento em que encomendam uma peça e o dia em que ela chega a suas mãos. Receberão o que compraram.

– Eu gosto muito de fazer negócios com você; sempre encontra uma solução para os problemas – afirmou, mais tranqüilo, o coronel.

– Nesse caso não há nenhum problema, a não ser que não possamos dispor das peças para a exposição...

– Se você falou com o palácio, está tudo bem. Deixe o resto por minha conta.

– O que você averiguou sobre os assassinatos? – quis saber Tannenberg.

– Nada, e isso me preocupa. O assassino deve ser um sujeito esperto e escorregadio, que, além do mais, tem um bom disfarce e um excelente álibi. O importante é que você está vivo, velho amigo – afirmou o coronel.

– Estou vivo porque não quiseram me matar; por isso estou vivo. O objetivo não era minha morte.

O coronel ficou refletindo em silêncio sobre as palavras de Alfred Tannenberg. O ancião tinha razão: não queriam matá-lo; mas, então, o que procuravam em seu quarto?

– Encontraremos o homem; é uma questão de tempo. Por isso quero que Picot fique mais uns dias. Pode ser que seja alguém da equipe dele.

– Faça-o, mas procure evitar que o tempo se volte contra nós. Hoje são 25 de fevereiro.

– Eu sei, eu sei.

– Quero que Picot esteja fora daqui o mais tardar no dia 10 de março – ordenou Tannenberg.

– E Clara e você, quando irão embora?

– Não se preocupe. Eu mesmo vou cuidar disso. Quando a guerra começar, não estaremos aqui, eu lhe garanto – afirmou o ancião.

O coronel despediu-se do amigo, deixando-o com Ahmed Huseini e Yasir. Clara também saiu do quarto, depois de beijar o avô. Queria conversar com Picot e informá-lo de que podiam começar a pensar na exposição, mas, certamente, antes exigiria que voltassem ao trabalho. O coronel atenderia aos pedidos do avô. Os participantes da missão arqueológica não seriam detidos, os operários deveriam continuar trabalhando; não havia tempo a perder.

– Quer dizer que vocês cometeram uma traição – afirmou Tannenberg.

Yasir e Ahmed não conseguiam ficar parados na cadeira. Estavam incomodados. Temiam a reação daquele homem, capaz de mandar naquele mesmo instante que lhes tirassem a vida sem que ninguém pudesse impedi-lo, nem mesmo o coronel.

– Ninguém traiu você – conseguiu dizer Ahmed.

– Não? Então como objetos encontrados em Safran já foram vendidos sem que eu tivesse conhecimento? Eu não deveria ter sido informado? Meus amigos me conhecem tão mal que se atrevem a tentar me afanar?

– Por favor, Alfred – queixou-se Yasir. – Ninguém quer roubá-lo...

– Yasir, você é um traidor. Na verdade, está ansioso para que chegue o momento de me ver morto e o ódio nubla sua inteligência, deixando suas misérias a descoberto.

Yasir abaixou a cabeça; as palavras do ancião deixaram-no envergonhado. Olhou de viés para Ahmed e percebeu que estava tão nervoso quanto ele.

– Íamos contar tudo a você. É por isso que estamos aqui. George queria que você soubesse que tem compradores para as peças de Safran.

– É mesmo? E por que vocês não me contaram na outra noite? Quando vocês iam me fazer a surpresa?

– Mal conseguimos vê-lo e não parecia ser o momento adequado... – protestou Ahmed.

– Você não tem coragem, Ahmed. Não passa de um empregado, assim como Yasir; e é o que vai ser pelo resto de seus dias. Homens como você não mandam, apenas obedecem.

Ahmed ficou vermelho de humilhação. Teve vontade de esbofetear o velho, mas não se atreveu a fazê-lo, e por isso calou-se.

– Bem, falarei agora mesmo com George. Ele me explicará em que consiste esse novo jogo.

– É arriscado! – lamentou Yasir. – Os satélites espiões monitoram todas as chamadas; ligar para George será o mesmo que colocar um anúncio no *New York Times.*

– Quem está quebrando as regras do jogo é o George e não eu. Mas, para sorte minha, você é burro e me revelou, sem querer, o que meus amigos estão tramando. Agora, vão embora. Preciso trabalhar.

Os dois homens saíram certos de que Alfred Tannenberg não ficaria de braços cruzados. Havia deixado claro que os desprezava, e temiam as conseqüências de seu desprezo.

Alfred Tannenberg chamou, com voz irritada, Aliya e ordenou-lhe que dissesse a um dos guardas que fosse buscar Ayed Sahadi, o falso capataz, um dos assassinos mais eficientes da equipe do coronel, a quem pagava há muitos anos grandes quantias para que o servisse sem o conhecimento de seu chefe.

Ayed Sahadi espantou-se ao encontrar Alfred Tannenberg sentado em uma poltrona e tão furioso como sempre. E espantou-se ainda mais ao ouvir o que esperava dele. Avaliou as inconveniências da missão que estava sendo encomendada pelo velho Tannenberg, mas o dinheiro que receberia afastou todas as suas dúvidas.

Clara teve dificuldades para convencer Picot de que deveriam retomar os trabalhos.

– Você não pode partir deixando a missão desmantelada. Eu vou ficar, pode ser que encontre as tábuas ou pode ser que não, mas pelo menos me permita tentar um pouco mais.

Fabián concordava com seu amigo Picot de que deveriam partir quanto antes. Foi Marta quem intercedeu em favor de Clara, convencendo os homens de que não tinham nada a perder se os trabalhos arqueológicos continuassem.

– Clara tem razão. Ela precisa que os operários acreditem que tudo continuará como até agora e que você acha que ainda é possível encontrar alguma coisa. Esta atitude será uma grande ajuda. Além do mais, ainda não sabemos quando poderemos ir embora; em vez de ficar de braços cruzados, podemos trabalhar.

– Temos de embalar tudo o que trouxemos e isso leva tempo – protestou Fabián.

– De acordo, mas isso não nos impede de continuar trabalhando. Não é incompatível. Além do mais, Clara conseguiu o que queríamos, que nos permitam levar as peças para a exposição – recordou-lhes Marta.

– Você é uma grande chantagista! – disse Fabián.

– Não, não sou; tento ser justa. Sem ela, essa exposição que imaginamos e que justifica nossa estada aqui não seria possível. Temos essa dívida.

O olhar agradecido de Clara espantou a própria Marta. Acabara adquirindo respeito por Clara, embora fosse uma mulher com a qual não tinha nenhuma afinidade, além do fato de serem ambas arqueólogas.

Pensava que Clara estava perdida naquele mundo masculino que era o Iraque, que era o Oriente, e a considerava uma vítima desse mundo que a havia impedido de ser ela mesma, sempre à mercê do avô e do marido.

– Certo – assentiu Picot. – Trabalharemos e, ao mesmo tempo, organizaremos nossa saída deste país. Mas não quero ficar mais um dia além do necessário. Sinto que começo a ficar sufocado. Além do mais, a história dos assassinatos deixou todos nós transtornados. Não sei como você ainda tem vontade de trabalhar.

– A vida continua – afirmou Clara.

– Porque você não é a morta – respondeu Picot, sem esconder o desagrado provocado pela insensibilidade de Clara.

Gian Maria os escutava sem dizer palavra. Parecia deprimido, desolado, atropelado pelos acontecimentos.

– Gian Maria, você ficará comigo, como já disse? – quis saber Clara.

– Sim, ficarei – conseguiu dizer o sacerdote.

– Pois você vai fazer uma grande besteira. O mais sensato é que venha conosco. Esta aventura está terminada, você não percebe?

O sacerdote fez um gesto de negação com a cabeça. Não abandonaria Clara. Chegara a pensar que a vida da mulher e a do avô não corriam perigo, que ninguém tentaria matá-los, que o passado não ia cobrar nada do ancião enfermo e, por conseqüência, dela. Mas agora sabia que não era assim, e devia ficar para proteger ela e o avô.

Picot reuniu os membros da equipe e disse-lhes que deveriam começar a empacotar o material. Precisariam estar prontos quando fossem avisados de que poderiam tirá-los de Safran. Clara lhes havia assegurado que não ficariam mais de 15 dias e, portanto, tinham pouco tempo. Ficaram surpresos quando Picot lhes disse que trabalhariam até o último dia. Continuariam escavando, tentando arrancar mais algum segredo da terra açafroada daquele lugar.

Alguns protestaram, mas Picot calou-os imediatamente, tentando, além disso, entusiasmá-los com o projeto da exposição da qual todos participariam.

Clara voltou para perto do avô. Aliya o havia colocado na cama e o Dr. Najeb voltara a monitorá-lo. O esforço deixara o ancião esgotado.

– Tudo está indo bem – garantiu-lhe Clara.

– Não estou tão certo assim. Meus amigos estão jogando sujo e isso torna a situação ainda mais difícil.

– Ganharemos deles, vovô.

– Se você encontrar a *Bíblia de Barro*...

– Eu a encontrarei, vovô, tenho certeza disso.

Salam Najeb reuniu-se com Clara e disse-lhe a verdade sem rodeios: não sabia se Alfred Tannenberg agüentaria muitos dias mais.

– Você está dizendo que ele pode morrer a qualquer momento?

– Sim.

Clara esteve prestes a começar a chorar. Sentia-se imensamente cansada e, sobretudo, estava havia dias saboreando o fel da solidão. Diante do avô, aparentava ser uma fortaleza, mesmo não tendo muitos recursos próprios para enfrentar uma situação como a em que estavam imersos; e, como se fosse pouco, nem podia contar com Fátima, pois a mulher estava internada no hospital de campanha mais morta do que viva.

– Serviria de alguma coisa levá-lo para outro lugar?

O médico deu de ombros. Na realidade, pensava que Tannenberg já estava condenado e que nem no melhor hospital do mundo conseguiriam salvar sua vida.

– A meu juízo, demoraram muito para levar em conta essa opção. Venho dizendo isso há muito tempo, mas você não quis me ouvir.

– Responda-me: se o levarmos amanhã para a cidade do Cairo ele viverá?

– Não sei se agüentará a viagem – respondeu, com sinceridade, o médico.

– Sei que meu avô pagou-lhe muito bem para cuidar dele, mas eu lhe darei uma quantia maior se conseguir mantê-lo vivo por mais alguns dias e, principalmente, sem sofrer.

– Eu não sou Alá, não tenho poder sobre a vida.

– Os médicos são o que há de mais parecido com um deus; vocês conhecem os segredos da vida.

– Não, não os conheço. Se Alá quiser levá-lo, de nada servirá o que eu fizer.

– Tente, de qualquer maneira. E não se esqueça de que a qualquer momento lhe direi que estamos indo embora daqui. Ou melhor, saiba que partiremos dentro de alguns dias.

– Temo que você terá de ir sozinha.

– Isso, como você diz, só Alá sabe.

O filho do prefeito parecia nervoso. O pai oferecia doces a seus hóspedes, Yasir e Ahmed, certo de estar obedecendo perfeitamente às leis da hospitalidade.

Yasir e Ahmed não quiseram comer mais e deixaram passar o tempo adequado para despedir-se de seu anfitrião sem cometer nenhuma descortesia. O filho do prefeito ofereceu-se para acompanhá-los até o acampamento, que estava instalado a uns cem metros da aldeia.

Caminhavam devagar e em silêncio, saboreando o charuto que haviam recebido de presente do prefeito. Ahmed não teve tempo de perceber o que estava acontecendo quando, de repente, três homens surgiram das sombras colocando-se de ambos os lados, deixando no meio Yasir e ele. Um minuto depois, Yasir emitiu um grito agudo e desabou no chão com um punhal cravado nas entranhas. As mãos do filho do prefeito estavam manchadas de sangue, do sangue de Yasir. Os três homens que haviam aparecido desapareceram imediatamente, carregando o cadáver de Yasir, sem que Ahmed tivesse chegado a pronunciar uma palavra. O que o filho do prefeito não pôde evitar foi que Ahmed parasse e começasse a vomitar. Ficou aguardando Ahmed terminar, limpando com um lenço os restos de sangue das mãos.

– Por quê? – perguntou-lhe Ahmed quando conseguiu se recuperar.

– O Sr. Tannenberg não perdoa a traição. E quer que você saiba disso.

– Quando ele me matará? – atreveu-se a perguntar Ahmed.

– Não sei, não me disseram – respondeu com simplicidade o filho do prefeito.

– Deixe-me. Quero ficar sozinho.

– Recebi ordens para acompanhá-lo.

Ahmed apertou o passo afastando-se daquele homem que havia acabado com a vida de Yasir sem se alterar, mas este o alcançou e começou a andar na mesma velocidade.

– Fui encarregado de lhe dizer que o Sr. Tannenberg o estará vigiando e mesmo que ele não esteja, se o trair alguém lhe arrancará a vida como eu arranquei agora a do Sr. Yasir.

– Estou certo disso; agora me deixe.

– Não posso. Tenho de acompanhá-lo. Poderia sofrer algum percalço.

Ayed Sahadi aproximou-se da caravana. Os camelos descansavam, livres de sua carga. Um homem alto o recebeu com um abraço.

– Alá o proteja.

– E Ele a você – respondeu Sahadi.

– Venha tomar uma xícara de chá conosco – convidou-o o homem.

– Não posso, preciso voltar, mas quero que me faça um favor, vou recompensá-lo.

– Somos amigos.

– Eu sei, por isso estou pedindo a você. Tome – disse-lhe, entregando-lhe um pacote bem embrulhado –, faça com que chegue quanto antes ao Kuwait.

– E a quem devo entregá-lo?

– Neste envelope está escrito o endereço; você deverá entregá-lo junto com o pacote. Tome, e que Alá o acompanhe.

O homem pegou o maço de notas de dólar com que Ayed lhe pagava. Não precisou contá-los, sabia que, como em outras ocasiões, a quantia seria satisfatória. Alfred Tannenberg sempre pagava bem por suas encomendas.

O silêncio do amanhecer foi quebrado por um grito que acordou todo o acampamento.

Picot saiu de casa seguido por Fabián e ficaram petrificados; outros, assim como eles, haviam pulado da cama para ver o que estava acontecendo, e também não conseguiam emitir palavra.

Ali, no meio do acampamento, amarrado a um poste, estava o corpo de um homem. Havia sido torturado. Tinha os membros dilacerados e faltavam-lhe as mãos e os pés. Os buracos dos olhos estavam vazios e também haviam lhe arrancado as orelhas.

Alguns homens não suportaram a visão do cadáver despedaçado e não puderam evitar a náusea e o vômito; outros ficaram inertes, sem saber o que fazer, aliviados ao ver chegarem os soldados para cuidar daquele corpo mutilado.

– Quero ir embora daqui quanto antes! Vão matar todos nós! – gritou Picot, entrando, furioso, na casa que dividia com Fabián e seu secretário, Albert Anglade.

– O que está acontecendo aqui não tem nada a ver conosco – afirmou Fabián.

– Então tem a ver com quê? – gritou Picot.

– Acalme-se! Não conseguiremos chegar a lugar nenhum se perdermos a cabeça.

Albert Anglade saiu do banheiro depois de ter vomitado, pálido e com os olhos cheios de lágrimas.

– Que horror! Isso é demais – conseguiu dizer.

Marta Gómez entrou na casa, surpreendendo os três homens; sentou-se em uma cadeira, acendeu um cigarro e não disse nada.

– Marta, você está bem? – quis saber Fabián.

– Não, não estou bem. Estou destroçada. Não sei o que está acontecendo aqui, mas este lugar está se transformando em um cemitério. Eu... Eu acho que devemos ir embora agora, se possível hoje mesmo.

– Tranqüilize-se – pediu-lhe Fabián. – Todos temos de ficar tranqüilos antes de tomar qualquer decisão. E precisamos falar quanto antes com Clara e Ahmed. Eles sabem o que está acontecendo e têm a obrigação de nos dizer.

– Esse homem... Esse homem é o que estava acompanhando Ahmed – disse Marta.

– Sim, o cadáver mutilado é desse tal de Yasir, um homem que, segundo Ahmed, trabalhava para o Sr. Tannenberg – afirmou Fabián.

– Mas... Mas quem poderia fazer uma coisa dessas? – insistiu Marta.

– Vamos, fique tranqüila – tentou consolá-la Fabián.

– Quero ver seu avô.

O tom de voz de Ahmed era o de um homem derrotado, amedrontado. Clara ficou surpresa de vê-lo naquele estado: desalinhado, com os olhos roxos e chorosos, as mãos trêmulas.

– O que aconteceu?

– Você não apareceu para ver? Perdeu o espetáculo apresentado por seu avô para nos desejar um bom-dia? Além de matá-lo era necessário profanar seu cadáver? É um monstro... Esse homem é um monstro...

– Não sei o que você está dizendo – conseguiu gaguejar Clara.

– Yasir... Ele matou Yasir e profanou seu cadáver. E o expôs ali, no meio do acampamento, para que todos o víssemos, para que não nos esqueçamos de que é o nosso deus, o senhor de todos nós...

Ahmed chorava, desesperado, não se importando com os guardas, que o olhavam sem disfarçar seu desprezo por aquela mostra de debilidade.

Clara tinha vontade de sair correndo, de gritar, mas soube se conter, certa de que os homens não respeitariam seu avô, nem a ela mesma, caso se deixasse levar pelo pânico.

– Meu avô não o receberá, está descansando.

– Preciso vê-lo, quero saber quando me matará – gritava Ahmed.

– Cale-se! Não volte a dizer barbaridades em minha presença. Saia daqui! Você deve voltar a Bagdá e dar início às providências determinadas por meu avô. E agora nos deixe em paz.

A chegada do coronel desconcertou Clara, mas não deixou que o olhar frio do homem a intimidasse.

– Quero ver o Sr. Tannenberg.

– Não sei se ele já levantou. Espere aqui.

Clara deixou-o com Ahmed na sala e foi ao quarto do avô. Aliya estava acabando de barbeá-lo e o Dr. Najeb preparava-se para tirar-lhe a agulha da veia, para deixá-lo sem nenhuma bolsa de soro ou de plasma.

– Eu disse a ele que não deve fazer mais esforços – falou para Clara, cumprimentando-a.

– Cale-se de uma vez; e se acha que estou pronto, deixe-nos; já lhe disse que eu preciso estar bem hoje.

– Mas não está e não posso fazer mais do que estou fazendo...

– Deixe-me com minha neta – ordenou Tannenberg.

A enfermeira e o médico saíram do quarto sem protestar. Tinham medo de Tannenberg. Sabiam que era perigoso contrariá-lo.

– O que está acontecendo, Clara?

– O coronel quer vê-lo. Está muito sério. O Ahmed também está aí... Dizem que o corpo de Yasir apareceu... Que você mandou matá-lo e mutilá-lo...

– É verdade. Você se surpreende? Ninguém deve ter dúvidas a respeito do que lhe poderá acontecer se resolver me enfrentar. É um aviso aos homens daqui e a meus amigos de Washington.

– Mas... Mas o que Yasir havia feito?

– Conspirou contra mim. Espionou-me a mando de meus amigos. Fez negócios pelas minhas costas.

– Como você sabe?

– O quê? Como eu sei? Você fica surpresa pelo fato de eu saber o que Yasir fazia estando preso nesta cama, sem me mexer. Mas mesmo daqui tenho olhos e ouvidos em todos os lugares.

– Era necessário matá-lo? – atreveu-se a perguntar Clara.

– Era, eu nunca faço nada que não seja necessário. E agora diga ao coronel que suba e a essa merda de seu marido que vá embora. Ele já sabe o que tem de fazer.

– Você vai matá-lo?

– Pode ser. Depende do que acontecer nos próximos dias.

– Por favor... Por favor, não o mate.

– Menina, nem mesmo por você eu deixaria de fazer o que acho necessário para que meus negócios funcionem. Se hesitar, se não fizer o que os outros sabem que posso fazer, então o farão contra nós. Essas são as regras, e não posso afastar-me delas. A morte de Yasir serviu para que George, Enrique e Frank saibam que estou vivo; e também para meus sócios daqui, inclusive o coronel, compreenderem a mensagem. Agora saia e faça o que eu lhe disse.

– E o que eu vou dizer? – murmurou Clara.

– A quem?

– A Picot, a Marta... Eles vão querer saber o que está acontecendo aqui.

– Não lhes diga nada. Que escavem e procurem encontrar a Bíblia antes de ir embora, ou acabarei impedindo que partam.

Duas horas mais tarde, o acampamento havia voltado à normalidade. A uma falsa normalidade. Clara não sabia de onde tirava força, mas foi escavar com um grupo de operários depois de ter mantido uma discussão com Picot, que lhe exigia uma explicação sobre o que estava acontecendo.

Nem o restante da equipe quis acompanhá-la ao templo e a recriminaram por ser capaz de continuar seguindo a rotina depois do acontecido. Não os escutou, agüentou sem se alterar com suas críticas, sabendo que não tinha opções, que se hesitasse ou desse mostras de fraqueza acabaria desabando e isso era uma coisa que não podia se permitir.

Estava escavando quando ouviu ao longe o ruído dos helicópteros levantando vôo. Soube que Ahmed havia partido e isso a tranqüilizou. Não o amava mais, mas não suportaria se o avô mandasse matá-lo. Isso teria destruído todas as suas falsas defesas. Preferia que estivesse longe.

Não sabia se o coronel também havia partido, mas tanto fazia; o avô deixara claro que ele continuava segurando as rédeas, que ainda não estava morto.

Ao meio-dia resolveu descer na cratera que levava à câmara que haviam encontrado dias antes. Ayed Sahadi pediu-lhe que não o fizesse, mas ela mandou-o ficar calado. Gian Maria, que, silencioso, a seguia por todas as partes, ofereceu-se para descer com ela.

– Está certo, mas primeiro descerei eu e, conforme as coisas estiverem, decidirei se você deve ou não me acompanhar.

Presa à corda sustentada pelas polias, foi deslizando pela negrura da terra até tocar solo firme. Cheirava a ranço e isso lhe provocou um engulho, mas o conteve. Estava decidida a explorar aquela sala que haviam encontrado dias antes e que Picot e Fabián tinham explorado, garantindo que era a porta para outras regiões do templo.

Acendeu as lanternas que trazia atadas à cintura e colocou-as em lugares que lhe pareceram estratégicos. Depois começou a apalpar as paredes e o chão.

Perdeu a noção do tempo, embora de vez em quanto puxasse a corda, para que soubessem que estava bem, mas não dava o sinal para que Gian Maria fosse ter com ela. Havia deixado claro que ele só poderia descer se ela o avisasse.

Não soube como aconteceu, mas, com um golpe do cabo da espátula que levava consigo, uma das paredes desabou, envolvendo-a num mar de cascalho e poeira. Quando abriu os olhos, ficou imóvel, aterrorizada porque sentiu que algo estava passando em cima de sua perna direita. Mal atrevia-se a respirar, convencida de que o que estava atravessando seus pés era uma serpente ou uma ratazana.

Os segundos tornaram-se uma eternidade; não conseguia reunir coragem para olhar o chão, e permanecia tão quieta que parecia estar pregada no solo. De repente, uma luz iluminou seu rosto e os passos firmes de um homem que falava com ela a tiraram do ataque de pânico que a havia dominado.

– Clara, você está bem?

No meio da penumbra, reconheceu Gian Maria, e nunca como naquele momento ficou tão alegre de encontrar outro ser humano.

– Não se mexa, aqui há uma coisa...

– Onde? Não vejo nada. O que aconteceu?

– Você não vê nada, tem certeza de que não está vendo nada?

– Clara, não há nada, não vejo nada.

Reuniu coragem e olhou para seus pés; de fato, não havia nada. O animal tinha passado a seu lado, com indiferença. Suspirou aliviada e estendeu a mão a Gian Maria.

– Acho que era uma serpente ou uma ratazana, não sei direito, mas passou por cima de meus pés. Ainda bem que estou usando botas.

– Que susto terrível! Por que não saímos daqui?

– Então me diga por que você desceu se já está querendo voltar...

– Desci para buscá-la. Estava preocupado.

– Você se preocupa excessivamente comigo.

– Sim, realmente sim – admitiu o sacerdote.

– Ajude-me, quero dar uma olhada nisto aqui. Mandarei que os operários desçam e comecem a limpar tudo. É evidente que estamos em outro andar do templo. Precisamos levá-lo à luz.

– Não será simples – comentou Gian Maria.

– Não, não será, mas não podemos ficar dormindo, não temos tempo.

Clara enviou um grupo de operários ao interior da cratera, enquanto outro grupo limpava o exterior. Mandou instalar holofotes potentes em toda a região. Trabalhariam também durante a noite, não queria desperdiçar nem um minuto, embora colocasse em perigo a vida daqueles homens a quem prometeu pagamento extra se trabalhassem no turno da noite.

Sabia que Picot ficaria aborrecido, mas não se importava. Afinal, ela codirigia a escavação e o avô arcava com a maior parte das despesas. Já era hora de fazer valer sua posição.

Lion Doyle leu o fax que Marta lhe entregara.

– Parece-me que é de sua agência. Acabo de recebê-lo das mãos do Ante. Ele está distribuindo a correspondência, mas não sabia onde você estava.

– Obrigado.

O fax havia sido enviado pelo diretor da Photomundi, mas Lion soube ler que, por detrás daquelas palavras, estava seu chefe, Tom Martin, o presidente do Global Group.

> Faz tempo que não sabemos de você e nossos clientes estão impacientes com a falta de notícias. O que aconteceu com a reportagem prometida? Se você não está podendo fazê-la, deve voltar, porque os meios de comunicação não continuarão pagando por fotografias avulsas.
>
> Quero notícias imediatas ou, caso contrário, volte.

Tom Martin o pressionava porque os clientes o estavam pressionando. Aqueles que queriam que Alfred Tannenberg morresse não estavam dispostos a continuar esperando, e o presidente do Global Group anunciava que deveria matar Tannenberg imediatamente ou o contrato seria rescindido.

Já recebera um bom adiantamento, mas sabia que Martin o reclamaria.

Foi ao armazém onde funcionava o escritório e encontrou Fabián com outros dois arqueólogos, dando instruções a Ante Plaskic para que começasse a colocar em caixas todo o material de informática e fizesse uma relação dos arquivos.

– Quero enviar um fax – disse-lhes.

– Pois o faça – respondeu-lhe Fabián. – Esta manhã chegou um de seu chefe. Trouxeram-no com o resto do correio.

– Sim, e ele está enfurecido; quer uma reportagem com clima bélico e aqui não há nada disso. Parece que os jornais não estão mais interessados em outras matérias sobre escavações arqueológicas.

– É que estamos às vésperas de uma guerra – afirmou um dos arqueólogos.

– Sim, é por isso. Creio que vou falar com Picot para ver como posso ir a Bagdá.

– Espere um pouco. Estamos indo todos embora. Yves quer ir imediatamente, hoje seria melhor do que amanhã, mas temos de esperar que Ahmed nos dê o sinal de partida e, sobretudo, que esse famoso coronel obtenha a permissão para que possamos levar o que encontramos para organizar a exposição – explicou Fabián.

– Está certo. Esperarei. Ante, posso usar algum de seus computadores para escrever um bilhete para meu chefe?

– Aquele ali está conectado à impressora – apontou o croata.

– É uma perda de tempo não poder contar com a internet – queixou-se Lion.

– Bem, aqui não há linhas telefônicas para isso. Conforme-se com o que temos. Escreva o que quiser e deixe o bilhete nessa bandeja. Hoje à tarde alguém irá a Tell Mughayir para enviar faxes e colocar cartas no correio.

A resposta de Lion Doyle a seu falso chefe da Photomundi foi sintética: "Esta semana você terá a reportagem."

31

Tom Martin abriu o envelope que sua secretária acabara de lhe passar. Estava esperando por ele. O diretor da Photomundi havia ligado para avisá-lo de que chegara um fax de Doyle.

Leu a breve linha e rasgou o papel. Ligaria imediatamente para o misterioso Sr. Burton. O homem estava irritado. Foi o que lhe dissera havia alguns dias. Pagara uma quantia fantástica adiantadamente, recordou-lhe, e queria resultados. Se o homem enviado ao Iraque já havia localizado Tannenberg e a neta, se havia conseguido infiltrar-se entre eles, por que não cumpria o contrato?

O presidente do Global Group explicou-lhe que a missão no Iraque não era fácil, que se seu homem ainda não havia cumprido o contrato era porque realmente fora impossível fazê-lo e estava esperando pelo momento adequado; pediu-lhe paciência, mas o Sr. Burton assegurou-lhe que sua paciência chegara ao fim.

Procurou o último número que o Sr. Burton havia lhe passado e discou. Era o número de um celular britânico, mas, na realidade, não tinha a menor idéia de onde o Sr. Burton estava.

– Fale.

– Sr. Burton?

– Sim, diga, Sr. Martin.

– Ah, sabia que era eu!

– Diga.

– Me garantiram que esta semana a encomenda ficará pronta.

– Você confirma?

– Estou lhe transmitindo o que meu homem me disse.

– Quando saberemos se, realmente, ele cumpriu o contrato?

– Já lhe disse que esta semana espero lhe dar boas notícias.

– Quero provas, notícias não são suficientes.

– Isso, Sr. Burton, talvez seja o mais difícil, pelo menos no primeiro momento.

– Está estipulado em nosso contrato.

– Eu cumpro meus contratos, Sr. Burton.
– É sua obrigação, Sr. Martin.
– Bem, voltarei a ligar.
– Fico esperando por suas notícias.

Hans Hausser desligou o telefone e voltou a olhar o livro que estava lendo até o momento em que foi interrompido pela chamada do presidente do Global Group.

Era tarde, passava das sete, mas não podia deixar de ligar para Carlo, Mercedes e Bruno. Eles estavam impacientes para saber o que vinha acontecendo naquela aldeia perdida do Iraque onde o monstro parecia ter se aninhado ao lado da neta.

Levantou-se, pegou a gabardina e dispôs-se a sair procurando não fazer barulho para não alertar sua filha Berta, que naquele momento estava jantando com os filhos. Mas Berta tinha um ouvido aguçado e apareceu no vestíbulo.

– Papai, aonde você vai?

– Estou precisando esticar as pernas.

– Mas é muito tarde e está chovendo.

– Berta, por favor, pare de me tratar como se eu fosse um de seus filhos. Passei o dia inteiro em casa e estou com vontade de caminhar. Vou dar um passeio e volto em seguida.

Fechou a porta sem dar tempo para a filha argumentar. Sabia que a fazia sofrer, mas não podia evitar, não seria leal com os amigos se não os informasse imediatamente.

O professor Hausser caminhou durante um bom tempo afastando-se de casa. Depois, subiu em um ônibus, desceu quatro pontos depois e procurou uma cabine telefônica.

Carlo Cipriani estava na clínica, na sala de cirurgia, assistindo à operação de um amigo de quem seu filho Antonino estava extraindo um rim. Maria, sua secretária, garantiu-lhe que o Dr. Cipriani ligaria para ele assim que voltasse ao consultório.

O número seguinte que discou foi o do celular do qual Bruno Müller não se afastara nos últimos dias.

– Bruno...

– Hans... Como vai você?

– Bem, amigo, bem. Tenho notícias: garantiram-me que a encomenda será entregue esta semana.

– Você tem certeza?

– Foi o que me disseram. E espero que honrem a palavra.

– Esperamos tantos anos que acho que podemos esperar mais uma semana...

– Sim, embora eu possa lhe confessar que estou mais impaciente do que nunca. Tomara que consigamos terminar com essa história e voltar à vida normal.

Bruno Müller ficou em silêncio durante alguns segundos. Sentia no peito a mesma opressão que sabia que seu amigo experimentava. Compartilhavam o mesmo desejo violento de saber que Tannenberg era um homem morto. Nesse dia, como dizia Hans, viveriam, viveriam de uma maneira diferente daquela que haviam vivido até o momento.

– Você já falou com Carlo e Mercedes?

– Carlo estava com o filho Antonino na sala de cirurgia. Vou ligar para Mercedes agora. Sempre temo sua impaciência.

– Quando falar com Carlo, não lhe pergunte pelo mais moço. Continua sem ter notícias dele. Está destruído.

– Ainda não sabe onde o filho se meteu?

– Não, falei com ele um dia desses. E me disse que não tem escrito nem telefonado, e que em sua casa só lhe dizem que sabem que está bem, mas não informam onde está, a não ser que está passando por uma profunda crise pessoal. Carlo sente-se culpado, não me disse por quê, mas garante que ele é o único responsável.

– E seu amigo da agência Investigações e Seguros não pode fazer nada para ajudá-lo?

– Temo que o rapaz tenha deixado um recado dizendo que se seu pai o procurasse romperia com ele para sempre.

– Os filhos são uma fonte de alegria, mas também de amargura.

– Sim, o são, mas não seríamos nada sem eles.

– Eu sei, meu amigo, eu sei. Bem, vou ligar para Mercedes, e quando voltar a saber de algum coisa, lhe direi imediatamente.

Mercedes Barreda estava acabando de se maquiar. Naquela noite iria ao Liceo. Havia sido convidada para o camarote do conselheiro delegado de um dos bancos com os quais sua construtora mantinha aberta uma linha de crédito e não conseguira livrar-se do convite.

Não gostava especialmente de ópera, embora fosse apaixonada pela música clássica. Sobretudo, odiava o espetáculo social, aquilo de ir a um lugar para ver e ser visto, algo totalmente alheio ao fato artístico.

Irritava-a extremamente participar desse espetáculo social, e, por isso, estava de péssimo humor.

Ouviu o toque do celular e ficou tentada a não responder. Mas, subitamente, estremeceu, percebendo que não era seu telefone pessoal que tocava e sim o que havia comprado dias antes para esperar pela ligação de Hans e cujo número havia lhe transmitido pela internet.

– Sim – respondeu com um traço de angústia na voz.

– Pensei que você não estava.

– Confundi o som deste celular com o do outro e fiquei confusa. Diga, como estão as coisas?

– Bem, parece que acontecerá esta semana.

– Quais são as garantias que temos?

– É o que me disseram, e por isso só nos resta esperar.

– Estou cansada de esperar.

– Vamos, só mais uma semana. Não precisamos ficar nervosos no último momento.

– Você tem razão. Quando me ligará?

– Quando me avisarem.

– Faça isso, por favor.

– Você sabe que o farei. Você será a primeira a ser informada.

– Obrigada.

– Cuide-se.

– Você também.

Hans Hausser saiu da cabine e caminhou debaixo da chuva, até que, ensopado, decidiu parar um táxi para voltar para casa. Estava gelado e começava a tossir. Sua filha Berta o repreenderia por se ter resfriado.

***

Robert Brown abriu a porta de casa. Paul Dukais havia tocado a campainha várias vezes, impacientemente, e a impaciência não era uma das características da personalidade do presidente da Planet Security.

– Estamos todos? – perguntou Dukais a Brown.

– Sim. Ralph Barry acabou de chegar, e liguei para o mentor. Irei vê-lo assim que você me conte essa coisa tão urgente.

Dukais entrou no salão de Brown e admirou a elegância simples daquele aposento, que denotava o bom gosto do presidente da fundação Mundo Antigo. Ralph Barry estava sentado com um copo de uísque na mão. Bem, era melhor que Barry também estivesse ali, já que era parte do negócio no papel de diretor da fundação.

Ramón González, o criado de Brown, perguntou-lhe, gentilmente, o que desejava beber.

– Um uísque duplo, com gelo e sem água.

Quando o copo chegou a suas mãos e Ramón já havia saído da sala, olhou para os dois homens imaginando o susto que levariam quando os informasse a respeito do assassinato de Yasir.

– Alfred Tannenberg mandou assassinar Yasir. Mas não lhe bastou tirar-lhe a vida. Ordenou que lhe cortassem as mãos e os pés e lhe arrancassem os olhos, e enfiou tudo isso em uma caixa, embrulhou-a e enviou-a a nós. Um presente. Acaba de chegar, por isso liguei para vocês. Tenho, também, uma carta do próprio Tannenberg para seu mentor e seus sócios. E consegui falar com um de meus homens na cidade do Cairo, que, por sua vez, pôde falar com Ahmed, embora tenha me dito que este parece ter enlouquecido, impressionado com o assassinato de Yasir.

Paul Dukais não quis poupá-los da visão dos restos de Yasir. Abriu uma caixa de metal da qual tirou outra caixa, que destampou deixando à mostra uma paçoca de carne e ossos misturados com sangue seco e dois olhos quase em estado de decomposição.

O presidente da fundação Mundo Antigo ficou em pé, pálido, emudecido, com a boca aberta e os olhos arregalados pelo terror.

Ralph Barry também estava em estado de choque. Nenhum dos dois parecia capaz de dizer uma palavra. De repente, Barry saiu correndo, tentando conter um ataque de náuseas.

– Guarde isso! – gritou, histérico, Robert Brown.

Paul Dukais tampou a caixa e guardou-a novamente na de metal. Fechou esta com uma chave, que guardou no bolso, e cravou o olhar em Robert Brown que, pensou, havia ficado com cara de louco diante da visão dos restos de Yasir.

– Meu Deus, que horror! Tannenberg é um demônio!

Dukais não respondeu. Pensou que Robert Brown não era melhor do que ele mesmo ou Tannenberg: também participava do negócio de roubo e assassinato, só que a distância, evitando que a lama o salpicasse. O que o diferenciava dos homens que empregava como sicários é que estes arriscavam a vida realizando a encomenda, enquanto ele bebia uísque esperando pelo resultado.

Ralph Barry voltou com o rosto descomposto depois do esforço do vômito.

– Você é um filho-da-puta! – gritou, dirigindo-se a Dukais.

– Eu também não gostei de ver esta coisa – disse Dukais, apontando para a caixa que havia colocado em uma mesinha próxima ao sofá –, mas é o que há, e eu não ia engolir isso sozinho. Vocês fazem parte do negócio, por isso não tenho de poupá-los de nenhum detalhe.

Paul Dukais se levantou e serviu-se generosamente da garrafa de uísque.

– Beber uísque tira o gosto ruim da boca.

Nem Brown nem Barry se mexeram em seus lugares, ainda chocados pela visão dos restos de Yasir. Finalmente, Robert Brown saiu de seu torpor e perguntou pela informação recebida.

– O que Ahmed disse?

– Ahmed e meus homens em Safran pareciam concordar que Alfred está morrendo. Não lhe davam nem uma semana de vida, mas se equivocaram. Sua maneira de nos dizer que está vivo foi matar Yasir. Quer que saibamos que aquele continua sendo seu território e que não podemos nos movimentar sem sua permissão.

– Mas o que Ahmed disse? – insistiu Robert Brown.

– Meu homem da cidade do Cairo disse que a única coisa que Ahmed quer é sair correndo. De qualquer forma, cumprirá sua parte. Meu homem deixou-lhe claro que ninguém sai deste negócio quando quiser. Não precisamos mudar nada, apenas esperar. Faltam muito poucos dias para o início da maldita guerra.

– E Clara Tannenberg? – perguntou Ralph Barry.

– Parece que Ahmed está achando que ela transformou-se em um demônio, como o avô.

– Encontraram as tábuas?

– Não, Ralph, não encontraram, mas, aparentemente, Clara está disposta a movimentar mais algumas toneladas de terra. Ah! Ahmed avisou que Picot convenceu Clara, e ela ao avô, a retirarem do Iraque todas as peças que encontraram na escavação. Planejam organizar uma grande exposição em várias capitais européias. Até estão pensando em trazê-la para cá, e por isso tenho certeza de que mais cedo ou mais tarde ligarão para você. Você é amigo desse Picot, não é verdade?

Ralph Barry bebeu um longo gole de uísque e suspirou antes de responder a Dukais.

– Somos conhecidos. No mundo acadêmico, todos os que chegaram a algum lugar se conhecem.

– E por isso as peças de Safran não chegarão junto com o resto – murmurou Robert Brown.

– Não, essa é uma das surpresinhas de Clara e o avô. Parece que Alfred não se opõe à venda, concorda que as peças desapareçam, mas só depois de a neta ter viajado meio mundo com elas. Acho que Alfred pensa que devemos ser pacientes; trata-se apenas de uma questão de tempo.

– Está louco – afirmou, com desprezo, Robert Brown.

– Eu diria que continua sensato – afirmou Paul Dukais.

O presidente da Planet Security abriu a pasta e tirou dela três relatórios, entregando-os a Robert Brown.

– Aqui você tem informações detalhadas a respeito de tudo. Há um relatório pormenorizado sobre o que aconteceu nos últimos dias em Safran. Trata, inclusive, da morte de uma jovem enfermeira e de dois seguranças.

– Mas como você não nos disse nada? O que aconteceu? – perguntou um cada vez mais alterado Ralph Barry.

– É o que estou lhes dizendo. Vocês vão ler o informe. Eu fui instado a levantar informações sobre o verdadeiro estado de saúde de Tannenberg, mas ele está praticamente invisível, sobretudo desde a chegada a Safran, e por isso um de meus homens conseguiu enfiar-se em seu quarto; aparentemente, teve dificuldades e viu-se obrigado a liquidar a enfermeira e os guardas. Também feriu gravemente uma velha criada de Tannenberg. Viu que Alfred está todo conectado a vários aparelhos e nas últimas, mas, aparentemente, ele ressuscitou. Está tudo aí. Agora vou deixá-los. Podem me dizer se preciso mudar algum planejamento?

– Não, não mudaremos nada, não abandonaremos o plano inicial – afirmou Robert Brown.

Paul Dukais levantou-se e saiu sem se despedir. Estava tão repugnado quanto Brown e Barry, mas não podia revelar seu estado de espírito. Ele dirigia uma organização de homens dispostos a matar pelos motivos mais torpes e usando métodos extremamente brutais e, por isso, não podia mostrar-se impressionado com um par de pés, um par de mãos e um par de olhos enfiados em uma caixa.

A única coisa que o tranqüilizava era que Mike Fernández, o ex-coronel dos boinas-verdes, garantira-lhe que a operação havia sido meticulosamente planejada; a possibilidade de ir à deriva era praticamente nenhuma. Confiava em Mike mais do que em qualquer de seus outros soldados e, se ele lhe dizia que o plano podia ir adiante, era porque podia ir adiante.

Robert Brown e Ralph Barry ficaram durante algum tempo em silêncio, cada um mergulhado em seus próprios pensamentos. Os dois grandes homens do mundo da arte estavam chocados. O pior de tudo, pensava Robert Brown, seria a reação de seu mentor. George Wagner arderia em cólera, embora sem dizer uma palavra em voz mais alta do que outra. Temia-o, principalmente, por sua frieza; a dureza de seu olhar deixava bem claro do que era capaz. Na realidade, era como Alfred, só que se movimentava pelos atapetados escritórios de Washington, ao passo que Tannenberg andava pelos becos escuros de qualquer cidade do Oriente.

– Vou dar um telefonema, me espere um minuto – pediu a Ralph Barry.

Este assentiu. Sabia que o chefe estava indo encarar uma conversa difícil. George Wagner não era um homem que aceitasse desafios, nem mesmo de seu velho amigo Tannenberg.

***

Os homens estavam exaustos. Clara quase não permitia que descansassem. Na última semana, haviam movido toneladas de areia retirando os escombros do templo.

Yves a deixava trabalhar e quase não participava da atividade frenética que Clara havia imposto aos operários.

A equipe de arqueólogos a ajudava ao mesmo tempo que ia embalando o material para que tudo estivesse pronto quando Ahmed Huseini os avisasse de que poderiam partir. Mesmo assim não eram capazes de não atender a algumas solicitações de Clara, que era vigiada, continuamente, por Ayed Sahadi.

Alfred Tannenberg havia avisado ao militar que trabalhava como capataz que se alguma coisa voltasse a acontecer no acampamento, seria ele quem pagaria com a vida.

Gian Maria também não desgrudava de Clara; parecia sobressaltar-se cada vez que não a tinha diante dos olhos.

Fabián e Marta procuravam dar todo seu apoio, espantados com a força de vontade de Clara, que mal dormia e não perdia tempo preocupando-se em comer.

Só abandonava a escavação para visitar o avô e Fátima; ficava alguns minutos com eles e voltava imediatamente ao trabalho.

Clara reprovava-se por não estar com o avô naqueles que, como sabia, eram seus últimos dias de vida. Alfred Tannenberg estava consumido e apenas sua imensa vontade parecia mantê-lo vivo.

Fátima já estava se levantando e, embora ainda não pudesse fazer nada, suplicara ao Dr. Najeb que lhe permitisse ficar perto da casa de seu senhor.

– Dra. Huseini.

Clara não ligou para quem a estava chamando daquela maneira e continuou limpando com uma espátula e um pincel restos do que lhe parecia ser um capitel. Havia resolvido não responder quando alguém a chamasse pelo sobrenome do marido; não avisara a ninguém, mas esperava que todos percebessem e deixassem de fazê-lo. Mas a voz insistia.

– Sra. Huseini...

Virou-se, irritada. Um menino de apenas dez anos a olhava cheio de expectativa, temendo sua cólera. Haviam lhe dito que a senhora tinha um caráter ruim e gritava. Relaxou quando a viu sorrir.

– O que você quer?

– Mandaram avisá-la para ir até sua casa. O Dr. Najeb quer vê-la.

– O que aconteceu? – perguntou, preocupada.

– Não sei, só me disseram para vir buscá-la.

Clara levantou-se de um pulo e seguiu o pequeno, que corria de novo para o acampamento. Temia o pior. Se o Dr. Najeb mandara chamá-la era porque o avô havia piorado.

Entrou na casa e o silêncio anunciou-lhe que alguma coisa ruim estava acontecendo. O quarto do avô estava vazio e ela não pôde evitar o choro ao não vê-lo. Saiu da casa gritando.

O pequeno aproximou-se dela e apontou para o hospital de campanha. A senhora está sendo esperada ali, disse-lhe.

O Dr. Najeb e Aliya tentavam reanimar Alfred Tannenberg. Haviam transferido o ancião para o hospital depois que ele sofrera um derrame cerebral.

Inconsciente e com metade do corpo paralisada, Tannenberg lutava por sua vida em um lugar chamado inconsciência, onde a senhora da foice o convidava a acompanhá-la.

Ficou quieta, observando o que o médico e a enfermeira faziam. Nenhum dos dois aproximou-se para falar com ela; o Dr. Najeb limitou-se a olhá-la e a fazer um gesto de desesperança.

Não soube quanto tempo havia transcorrido até que o Dr. Najeb dirigiu-se a ela e, segurando-a pelo braço, tirou-a do hospital.

– Não sei quanto agüentará, pode ser algumas horas, um dia... Mas duvido que possa se recuperar.

Clara começou a chorar. Estava esgotada da batalha contra o tempo, mas, sobretudo, não se sentia capaz de seguir adiante sem a presença do avô. Precisava saber que ele estava vivo para poder viver.

– Tem certeza?

– Não sei como pôde agüentar tanto. Teve um derrame cerebral. Não acredito que recupere a consciência, mas, se conseguir, é quase certo que não poderá falar, e, talvez, nem a reconheça; também não poderá se mexer. Seu estado é crítico. Sinto muito.

– E se o tirarmos daqui? – perguntou, procurando um fio de esperança.

– Foi o que lhes pedi insistentemente, mas nem você nem seu avô quiseram me ouvir. Agora é muito tarde. Se o transferirmos, acho que não sobreviverá à viagem.

– O que podemos fazer?

– Fazer? Nada. Tudo o que era possível já foi feito. Agora só resta esperar para ver o que acontece. Aliya e eu não sairemos do lado dele, e eu, se fosse você, ficaria por perto; já lhe disse que ele pode morrer a qualquer momento.

Ayed Sahadi aguardava, cheio de expectativas, a poucos passos de Clara e do Dr. Najeb, tentando não perder uma palavra da conversa. Gian Maria estava ao lado do capataz, disposto a ajudar Clara no que fosse necessário.

Ela ergueu-se e conteve as lágrimas. Secou-as com a mão, deixando um sulco de areia do rosto. Não podia aparentar debilidade em um momento como aquele. O avô a avisara: ali, os homens só se moviam ao som do tambor e do chicote.

– Ayed, redobre a guarda ao redor do hospital. Meu avô teve uma crise, mas a superará, nosso bom doutor está fazendo o que é necessário – disse, olhando firmemente para Salam Najeb, que não se atreveu a contradizê-la.

– Sim, senhora – conseguiu dizer o capataz.

– Bem, faça o que eu lhe disse e que ninguém pare de trabalhar. Não há motivo para isso. Eu ficarei aqui durante algum tempo, não muito.

– Eu também vou ficar.

– Você fará o que eu acabo de lhe dizer. Volte para a escavação e mande os homens trabalharem.

– O Sr. Tannenberg me proibiu de me afastar de você.

Clara plantou-se diante de Ayed e o homem ficou com medo de levar um tabefe, tamanha era a ira estampada em seu olhar.

Depois, em voz muito baixa, voltou a repetir a ordem:

– Ayed, quando você tiver certeza de que tudo está andando como eu quero, volte. Deu para entender?

– Sim, senhora.

– Melhor assim.

Clara deu meia-volta e entrou no hospital seguida por Gian Maria, que pôs uma das mãos em seu ombro pedindo-lhe que o ouvisse.

– Clara, não sei se seu avô é um cristão praticante, mas, se você quiser... Se você quiser... Eu sou sacerdote, posso lhe dar a extrema-unção para ajudá-lo no caminho que leva ao encontro com o Senhor.

– A extrema-unção?

– Sim, o último sacramento. Ajude-o a morrer como um cristão, embora sua vida não tenha sido cristã. Deus é misericordioso.

– Não sei se meu avô consentiria em receber a extrema-unção se estivesse... Se estivesse consciente.

– Só quero ajudá-lo, ajudar você. É minha obrigação, sou sacerdote, não posso ver um homem que nasceu na religião de Cristo morrer sem lhe oferecer o último consolo da Igreja.

– Meu avô não acreditava em nada. Eu também não. Deus nunca fez parte de nossas vidas, simplesmente não estava presente, não tivemos necessidade de Deus algum.

– Não deixe que ele morra sem receber a extrema-unção – insistiu Gian Maria.

– Não, não posso deixar que você lhe dê a extrema-unção, ele nunca me disse que chamasse um sacerdote quando estivesse morrendo. Se eu permitisse que você fizesse um ritual com ele seria... Seria a mesma coisa que um sacrilégio.

– Mas o que você está dizendo! Você não sabe o que diz! – protestou o sacerdote.

– Sinto muito, Gian Maria. Meu avô morrerá como viveu. Se seu Deus existe e é tão misericordioso como você diz, não se importará se você der ou não a extrema-unção a meu avô. Não fará diferença.

– Clara, por favor! Deixe-me ajudá-la, deixe-me ajudá-lo. Os dois estão precisando, mesmo que não saibam.

– Não, Gian Maria, não; sinto muito.

Deu-lhe as costas e entrou no hospital. Não estava disposta a submeter o avô a nenhuma cerimônia sem sua permissão. Na realidade, não sabia em que consistia a extrema-unção. Ela não era nem católica, nem cristã; também não era muçulmana. Deus não havia ocupado nenhum espaço, nem na Casa Amarela nem em seu lar da cidade do Cairo. O avô e o pai nunca, jamais, haviam falado de Deus. Para eles, a religião era um assunto de fanáticos e ignorantes.

Gian Maria ficou quieto, sem saber o que fazer. Clara havia se mostrado irredutível. E ele não podia lhe impor nada.

Decidiu ficar perto do hospital. Pediria a Deus que iluminasse Clara para que lhe permitisse dar a extrema-unção ao avô.

Picot, Fabián e Marta foram até o hospital para oferecer a Clara qualquer ajuda de que pudesse precisar. O mesmo fizeram os outros membros da equipe de arqueólogos.

Marta deu um passo a mais e ofereceu-se a voltar à escavação até que Clara pudesse reassumir.

– Eu lhe agradeço Marta; se você estiver lá, ficarei mais tranqüila. Essa gente é incapaz de fazer qualquer coisa sem direção.

– Não se preocupe, eu ficarei em seu lugar até que você possa voltar.

Aquela foi a noite mais longa da vida de Clara. Via o avô morrendo e sentia-se impotente para evitar a morte.

Salam Najeb lhe disse que não acreditava que o enfermo chegasse até a manhã. Equivocou-se. Logo depois do amanhecer, Alfred Tannenberg abriu os olhos. Dava a impressão de vir de muito longe, e seu olhar perdido indicava angústia e dor.

O ancião parecia reconhecer Clara, mas não era capaz de dizer uma única palavra. Tinha metade do corpo paralisada e uma extrema debilidade.

Clara acompanhava em silêncio cada movimento do Dr. Najeb, esperando que o médico lhe dissesse o que podiam esperar, mas só quando a manhã já estava bem avançada o doutor lhe fez um sinal para que saísse com ele do hospital.

– Seu avô está estabilizado. Vá descansar.

– Quer dizer que não morrerá?

– Não sei, não sei se dentro de uma hora sofrerá outro infarto ou se voltará ao estado de coma, não sei se vai agüentar assim um dia, dois ou mais três semanas. Na realidade, não consigo me explicar nem mesmo como conseguiu superar a situação crítica em que estava.

– E agora, o que vamos fazer? O que você vai fazer?

– Imediatamente, tomar um banho e descansar um pouco, e você deveria fazer o mesmo, exatamente pelo fato de que não sei o que poderá acontecer. Descanse; você está esgotada e desse jeito não poderá ajudar nem seu avô nem você mesma.

– Mas se acontecer alguma coisa?

– Aliya está ao lado dele. Ela está disposta, porque deu uma cochilada e ele não está precisando de nós neste exato momento. E Fátima a acompanha. Não que esteja recuperada, mas, no caso de uma necessidade, poderá nos avisar imediatamente.

Resolveu seguir a recomendação do médico. Estava esgotada e havia quase um dia qua não comia, embora não tivesse fome. Quando deitou na cama, adormeceu, profundamente.

O homem chamou Marta. O golpe de picareta abrira uma fenda através da qual era possível entrever os restos de uma sala.

– Veja, senhora, ali há outra sala... – apontou o operário, dirigindo-se à arqueóloga.

Marta espiou pela abertura e o que viu foi uma sala pequena e restos de cerâmica. Mais uma sala do templo, embora esta parecesse bem menor que as outras.

Explicou aos operários como era necessário trabalhar para ampliar a abertura; precisavam dar acesso à sala sem quebrar muita coisa. Depois de duas horas, haviam escorado os restos do muro e permitido que se entrasse no novo aposento.

Ninguém parecia especialmente entusiasmado. A não ser que encontrassem alguma estátua ou um baixo-relevo intacto, aquela seria mais uma das muitas salas que havia no templo-palácio.

O solo estava coberto por pedaços de argila, de tábuas caídas no fragor da batalha. Em um extremo da parede da sala, parecia haver côncavos onde, antigamente, teriam sido apoiadas as prateleiras que abrigavam as tábuas.

Examinou algumas tábuas destroçadas e o que leu não despertou muito sua atenção. Poemas, poemas sumérios conhecidos e repetidos; mas mandou que recolhessem com cuidado todos os restos e os transportassem para o armazém, onde seriam estudados e classificados.

Encontraram, também, várias estátuas de pequeno porte destroçadas, assim como restos de cálamos.

Mandou um operário chamar Picot e Fabián; eles precisavam avaliar se a nova sala era especial.

Quando os homens chegaram e examinaram o lugar, concordaram com ela: ali não havia nada que fosse relevante, mas, mesmo assim, seria necessário examinar o que restara das tábuas.

Não eram muitas, embora alguns pedaços tivessem tamanho suficiente para registrar seqüências de frases.

Passaram a tarde desenterrando essa parte do templo e, ao mesmo tempo, recolhendo cuidadosamente as tábuas que deveriam ser classificadas.

– Gian Maria deveria nos dar uma ajuda – disse Marta –, mas ele anda como alma penada pelas cercanias do hospital.

– Se quer ser útil, que o seja de verdade. É preciso examinar melhor estas tábuas e ver se valem a pena – afirmou Picot.

Fabián foi procurar o sacerdote para lhe pedir que voltasse ao trabalho, o que ele aceitou, convencido de que Clara não permitiria que se aproximasse do avô.

Durante dois dias a rotina pareceu ter voltado a se instalar no acampamento, embora a tensão tivesse começado a aflorar entre os membros da equipe de arqueólogos que aguardavam, sem paciência, a hora de ir embora.

Março havia irrompido com força, alongando mais os dias e oferecendo, além de luz, calor. Por isso, o telefonema de Ahmed Huseini foi recebido com alívio por todos.

Picot sorria, feliz, depois de sua conversa com Ahmed. Este havia lhe dado a boa nova de que o governo resolvera permitir que tirassem os objetos do templo, para que pudessem ser expostos fora do Iraque. Uma exposição, advertiu Ahmed, da qual Clara e ele mesmo seriam curadores. Além disso, Picot deveria assinar um documento que o tornava o responsável final por todas as peças e, naturalmente, garantia sua devolução ao povo do Iraque.

Se estivessem prontos, e Picot assegurou-lhe que estavam, os helicópteros os recolheriam uma semana depois, ao amanhecer da quarta-feira. Seriam levados a Bagdá, e de lá até a fronteira com a Jordânia. Em menos de dez dias estariam em casa.

Clara recebeu a notícia com indiferença. Sua única preocupação era o avô, e não dava a mínima para o que tivessem resolvido em Bagdá, embora, em alguns momentos, dissesse a si mesma que tinha saudades do silêncio, e, para ela, o silêncio era ficar sozinha naquela terra açafroada, sem a presença de Picot e seus colegas. Sentia falta da solidão que só pode ser encontrada entre os seus.

Alfred Tannenberg sobrevivia. Milagrosamente, parecia ter superado o derrame cerebral, por mais que o doutor a advertisse de que se tratava de uma melhora enganosa.

Na verdade, o ancião não falava e nem conseguia se mexer. Às vezes, parecia reconhecer Clara, mas em outras seu olhar parecia perdido em territórios impenetráveis para aqueles que o cercavam.

– O senhor precisa sair deste hospital – resmungava a velha Fátima, convencida de que Tannenberg estaria melhor sob seus cuidados na pequena casa do que naquele hospital de campanha, mas o Dr. Najeb mostrou-se inflexível sempre que o tema vinha à tona.

O que mais doía em Clara era não poder acompanhar o avô pelos lugares que parecia habitar. Mesmo assim não se afastava de seu lado; não se atrevia a ir à escavação, embora soubesse de tudo o que acontecia pelos relatos de Marta.

Certa tarde em que Clara velava o avô segurando as mãos dele entre as suas, o ancião começou a balbuciar palavras que não conseguiu compreender. Achou que reconhecia algumas palavras em alemão, sua língua materna, mas não conseguia entendê-lo.

Tannenberg parecia agitado e tentava se mover, e em seus olhos aflorou a ira. O Dr. Najeb não soube explicar o que acontecia, e Clara proibiu que lhe dessem qualquer tipo de calmante, pois estava convencida de que o avô ainda seria capaz de recuperar a fala. Persuadiu o Dr. Najeb a sentar o enfermo em uma poltrona e permitir que ele respirasse o cálido ar da tarde. Isso, como dizia Fátima, lhe cairia bem.

Sentada a seu lado, ficou espantada ao ver que o avô olhava com interesse para tudo que o cercava; parecia que estava vendo as coisas pela primeira vez. Depois riu, ao ver que esboçava um sorriso.

– Vovô, vovô, você está me ouvindo? Vovô, você sabe quem eu sou? Vovô, por favor, fale comigo. Você me ouve? Está me ouvindo?

Alfred Tannenberg abriu muito os olhos e deixou o olhar vagar a seu redor. Na porta de uma das tendas, os arqueólogos conversavam, despreocupadamente. Havia pessoas que não conhecia, nunca as tinha visto, mas não tinham a menor importância.

Olhou para a mulher que estava a seu lado e que parecia estar falando com ele, embora não conseguisse escutá-la. Sim, era Greta, embora não recordasse que o tivesse acompanhado naquela viagem. Fechou os olhos e respirou o aroma do ar da tarde; sentiu-se pleno de vida, por mais que alguém insistisse em falar-lhe, arrancando-o do estado prazeroso em que se encontrava.

32

– Tannenberg, você está me ouvindo? Tannenberg, eu estou falando com você! Você está me ouvindo?

O jovem abriu os olhos e observou, com indiferença, o homem que estava falando com ele.

– O que você quer, professor?

– Você deveria estar trabalhando com o restante de seus companheiros; eu lhe disse para trabalhar no muro oeste e você está aqui, dormindo.

– Estou descansando, descansando e esperando o correio. Estou impaciente para saber o que está acontecendo em Berlim.

– Volte para a escavação! Você não é diferente dos outros!

– Claro que sou! Estou aqui porque minha família lhe paga e paga esta expedição. Todos aqui são meus empregados.

– Como se atreve?

– Você, professor, não passa de um judeu insolente! Meu pai não deveria ter confiado esta missão arqueológica a você.

– Seu pai não me confiou nada. Foi a universidade que nos enviou!

– Um momento, professor. Quem é o doador mais generoso de nossa universidade? Você e o professor Wesser estão há dois anos na Síria graças aos investimentos da universidade. Por que não voltam? Deveriam estar onde estão todos os judeus. Algum dia o diretor da universidade terá de responder por mantê-los aqui.

O professor, um homem de aparência severa, de idade avançada, ia responder quando foi interrompido por um menino que corria em sua direção.

– Professor Cohen, venha! Depressa!

O professor esperou pela chegada do jovem.

– O que está acontecendo, Ali?

– O professor Wesser quer que você vá até lá. Está dizendo que as tábuas contêm uma coisa extraordinária.

O jovem Ali sorria. Dava para perceber que estava contente. Tivera sorte ao ser contratado por aqueles loucos que escavavam a terra procurando estátuas e pareciam contentar-se com pedaços de argila que exibiam estranhas inscrições.

O professor Wesser e o professor Cohen dirigiam aquele grupo de jovens que se havia instalado em Harã. Não demorariam em ir embora, pois setembro acabara de começar e no ano anterior haviam partido nessa mesma data. "Mas eles voltarão", pensou Ali, "voltarão para procurar esses pedaços de argila pelos quais têm tanto interesse".

O professor Cohen seguiu Ali até o poço situado a uns cem metros do sítio arqueológico onde estavam escavando nos últimos meses. Nem se deu conta de que Alfred Tannenberg o seguia, intrigado com a história da descoberta que o professor Wesser poderia ter feito.

– Jacob, olhe o que é dito aqui – disse o professor Wesser ao professor Cohen, entregando-lhe um par de tábuas.

Jacob Cohen tirou os óculos de um estojo metálico que guardava no bolso do paletó e começou a passar o dedo indicador pelas linhas de sinais escritos em uma tábua de uns trinta centímetros. Quando terminou de ler, olhou para o colega e se abraçaram.

– Louvado seja Deus! Aaron, não posso acreditar que isso seja o que estamos pensando.

– É sim, meu amigo, é sim, e as encontramos graças a Ali.

O menino riu, cheio de orgulho. Fora ele quem contara ao professor Wesser que perto dali havia um poço feito de tijolos que tinham os mesmos desenhos daquelas tábuas tão apreciadas por ele. Aaron Wesser não pensou duas vezes e deixou-se guiar pelo jovem até o poço, sabendo que não era incomum que camponeses usassem restos de tábuas em sua construção, do mesmo modo que o faziam em suas próprias casas.

O poço não chamava nenhuma atenção e só mesmo olhos experientes teriam percebido que alguns tijolos eram outra coisa.

O professor Wesser começou a examinar as tábuas uma a uma, decifrando o conteúdo daqueles sinais que tanto fascinavam Ali. O menino não entendia como aqueles estrangeiros podiam dizer que aqueles sinais eram as letras usadas por seus antepassados.

De repente o professor Wesser deu um grito; Ali ficara assustado e preocupado, achando que o professor fora mordido por uma serpente ou picado por um escorpião, mas a única coisa que o professor Wesser queria era que fosse buscar suas ferramentas para que pudesse soltar um par de tijolos, operação que, segundo Ali comprovou, não afetaria a estrutura do poço.

E assim correu até a casa onde o professor Wesser dormia, pegou suas ferramentas e levou-as a ele tão depressa quanto foi capaz.

– Agora sabemos que quando o patriarca Abraão encaminhou-se à Terra Prometida levou o Gênesis com ele. Deus foi quem o revelou – afirmou Aaron Wesser.

– Mas quem seria esse Shamas? – perguntou o professor Cohen. – Na Bíblia não há referência a nenhum Shamas, e o relato dos patriarcas é minucioso...

– Você tem razão, mas estas tábuas não deixam lugar para dúvidas. Agora precisamos procurar esse relato, as tábuas onde esse Shamas escreveu o Gênesis contado por Abraão – observou o professor Wesser.

– Elas devem estar aqui. Abraão passou um longo tempo em Harã antes de iniciar a viagem a Canaã; precisamos encontrá-las – exclamou, entusiasmado, o professor Cohen.

– Quer dizer que nossos antepassados conheceram o Gênesis por intermédio de Abraão – murmurou Aaron Wesser.

– Porém, o mais importante, meu amigo, é que, se estas tábuas não mentem, há uma Bíblia, uma Bíblia escrita em barro, uma Bíblia inspirada por Abraão.

– A *Bíblia de Barro*. Meu Deus, se encontrarmos essas tábuas esta será a descoberta mais importante jamais feita!

Alfred Tannenberg observava, fascinado, a conversa entre os dois professores, que, em seu entusiasmo, não notaram sua presença. Ia arrancar as tábuas das mãos do professor Cohen quando um de seus companheiros de expedição, outro jovem universitário como ele, chegou correndo, agitando um telegrama.

– A guerra! A guerra! Alfred, entramos em guerra; vamos tirar dos polacos tudo o que nos roubaram! Danzig voltará a ser parte de nossa bendita pátria! Você percebe, Alfred? Hitler devolverá a dignidade à Alemanha. Veja, você também deve ter recebido um telegrama.

– Obrigado, Georg, hoje é um grande dia! Precisamos comemorá-lo – disse o jovem Tannenberg, começando a ler avidamente seu telegrama, diante do olhar preocupado dos professores, que haviam emudecido ao ouvir os dois jovens.

– Papai diz que estamos dando uma boa surra nos polacos – afirmou Georg.

– E o meu diz que a França e o Reino Unido vão nos declarar guerra. Georg, precisamos voltar. Não quero perder este momento. Devemos estar ao lado de Hitler. Ele devolverá a grandeza à Alemanha e eu quero participar.

– Estão loucos!

Os dois jovens olharam com ódio para o professor Cohen.

– Como se atreve a nos insultar? – perguntou-lhe Alfred Tannenberg enquanto agarrava o peito da camisa do velho professor.

– Largue o professor Cohen – ordenou-lhe Aaron Wesser.

– Fique calado, seu judeu de merda! – disse o jovem chamado Georg.

Ali contemplava aterrorizado a cena que se desenrolava diante de seus olhos. Tinha medo do que aqueles dois jovens pudessem fazer contra ele. Os rapazes começaram a bater nos dois professores, que mal conseguiam se proteger.

Quando os dois homens caíram no chão cobertos de sangue, Georg e Alfred viraram-se para Ali. Trocaram um olhar maligno e depois começaram a socar o menino, que não conseguia proteger a cabeça dos golpes desferidos.

– Chega! Chega! Vocês estão matando o menino! – gritava o professor Cohen.

Alfred Tannenberg tirou uma pequena pistola que trazia guardada no bolso da calça e atirou no professor Cohen. Depois, foi até o lugar onde estava o professor Wesser e atirou entre seus olhos. A última bala foi para o pequeno Ali, que jazia agonizando pela surra recebida.

– Eram uns porcos judeus – disse Alfred Tannenberg a seu amigo Georg, que o observava com olhos sorridentes.

– Eu não me importo que você os tenha matado – respondeu Georg –, mas precisa me dizer que explicações vamos dar.

Alfred Tannenberg sentou-se no chão e acendeu um cigarro, deleitando-se com as espirais de fumaça que deixava escapar e se desfaziam na brisa da tarde.

– Diremos que os encontramos mortos.

– Assim, simplesmente?

– Assim simplesmente. Qualquer um pode tê-los matado para roubá-los, não é mesmo?

– Se você está dizendo, Alfred... Bem, tracemos um plano. Não podemos cair em contradição. Quer saber de uma coisa? Eu acho que você tem razão. A Alemanha precisa tornar realidade o sonho de Hitler; estes estrangeiros estão chupando nosso sangue e contaminando nossa pátria.

– Eu tenho uma coisa para lhe contar, uma coisa importante, que só dividiremos com Heinrich e com Franz.

– O que é? – perguntou Georg, interessado.

– Olhe para o poço.

– Sim, estou vendo.

– Observe que faltam dois pedaços, dois tijolos. São esses daí.

– E o que há de extraordinário nesses tijolos?

– Segundo os velhos, são duas tábuas contendo uma revelação extraordinária. Aparentemente, o patriarca Abraão foi quem transmitiu o Gênesis a... A seu povo. Quer dizer que teríamos sabido daquilo que a Bíblia conta por meio das revelações de Abraão.

Georg agachou-se e pegou as duas tábuas sem conseguir compreender o segredo da escrita cuneiforme. Afinal, só estava no segundo ano da universidade.

Os dois queriam ser arqueólogos, ou melhor, os quatro, porque Franz e Heinrich eram seus melhores amigos. Freqüentaram a mesma escola, tinham os mesmos gostos, escolheram a mesma carreira, e, ainda por cima, os pais eram amigos de infância. Haviam cimentado sua amizade, tão profunda como indestrutível, em uma das *napolas* auspiciadas por Adolf Hitler, nas quais uma das condições para entrar eram as características físicas e raciais: ser alemão, jovem e robusto, sem sangue contaminado.

Terem sido aceitos na *napola* havia sido uma honra para eles e suas famílias, pois só eram admitidos aqueles rapazes cujo aspecto físico e histórico acadêmico fossem aprovados.

História, geografia, biologia, matemática, música e esportes, acima de tudo esportes, eram, entre outras, as atividades das escolas especiais que haviam sido montadas nas antigas instituições de cadetes onde se formavam os oficiais da Alemanha imperial e da Prússia. Por isso também exercitavam-se como paramilitares, brincando de "tomar" uma ponte, decifrar um mapa topográfico, libertar uma floresta ocupada por outro grupo ou caminhar a noite inteira debaixo da intempérie.

Mas aquelas escolas não tinham nada a ver com as *napolas* inspiradas em Hitler, escolas destinadas a formar a elite da Alemanha de seus sonhos. Nelas, os filhos das classes endinheiradas compartilhavam a educação com os filhos das classes trabalhadoras que haviam se destacado em suas escolas locais e tinham o porte físico de que o *Führer* tanto gostava.

Quando Alfred, Georg, Heinrich e Franz concluíram sua formação na *napola* e fizeram o exame de graduação, tiveram de decidir para onde encaminhariam seu futuro, se ingressariam no exército, no partido, na administração ou na indústria ou seguiriam vida acadêmica. No caso dos quatro, não houve dúvidas. Seus pais não lhes deram outra opção e decidiram que deviam ir para a universidade e fazer um doutorado.

Os quatro desejavam contribuir para transformar a Alemanha empobrecida, embora todos eles não carecessem de nada.

O pai de Alfred era empresário do setor têxtil. O de Heinrich advogado, assim como o de Franz, ao passo que o de Georg era médico.

Adolf Hitler era seu herói, e também o de seus pais e da maioria de seus amigos. Acreditavam naquele homem como se fosse um Deus, e vibravam com seus discursos, convencidos de que tudo o que dizia tornaria a Alemanha grandiosa.

Chegaram a um acordo sobre o que diriam e guardaram as tábuas cuidadosamente. Pediriam ao professor Keitel, um fiel adepto de Hitler, participante, como eles, daquela expedição arqueológica e um estudioso da escrita cuneiforme, que lhes revelasse o conteúdo exato daquelas tábuas.

O professor Keitel estava em dívida com o pai de Alfred. Sua família havia trabalhado na fábrica de tecidos, assim como ele próprio antes de conseguir ingressar na universidade graças ao Sr. Tannenberg, que também o havia apadrinhado e usado sua influência para conseguir-lhe um posto de professor adjunto. Infelizmente, o haviam colocado para trabalhar com o professor Cohen, um judeu que desprezava com toda a sua alma, mas o professor agüentou a humilhação de trabalhar com um professor à espera do dia em que estes seriam retirados da sociedade.

Com passos apressados e gestos compungidos, chegaram ao acampamento instalado perto do lugar onde estavam desenterrando restos milenares.

Interpretaram à perfeição o papel de jovens chocados com a tragédia.

Relataram, sem dar muitos detalhes, como haviam encontrado os corpos dos professores e do pobre Ali.

O professor Wesser havia lhes avisado de que ia dar uma olhada no lugar onde ficava um velho poço.

O professor Cohen havia comentado com Alfred que estava preocupado com a demora de seu colega e por isso ia procurá-lo, acompanhado pelo pequeno Ali. Como não voltaram, Alfred resolveu ir ao poço, acompanhado por Georg, que queria lhe entregar o telegrama que chegara de sua casa. Quando chegaram, encontraram os professores mortos, assim como Ali. Não sabiam o que havia acontecido, mas, disseram, estavam comovidos.

Alfred e Georg interpretaram o papel de discípulos compungidos sem perder a compostura. Não era segredo para nenhum de seus colegas e o restante dos professores que eles não gostavam de judeus, mas fizeram uma manifestação pública da dor que sentiam ao dizer que não desejavam que os dois homens tivessem terminado seus dias daquela maneira.

O professor Keitel, a pedido dos jovens, transformou-se em improvisado chefe da expedição arqueológica. Foi ele o encarregado de relatar o crime às autoridades locais e de enviar um mensageiro ao cônsul alemão para lhe explicar os trágicos acontecimentos e pedir sua ajuda para que se desse às famílias dos desafortunados a notícia fatal.

O professor Keitel também anunciou que estava dando por encerrados os trabalhos da expedição, pois a Alemanha estava em guerra e a pátria poderia precisar deles.

Quando, no final de outubro, chegaram a Berlim, o professor Keitel já havia conseguido decifrar o segredo das tábuas: um tal de Shamas garantia que o patriarca Abraão iria lhe contar a história da criação do mundo. Antes de sair de Harã, haviam tentado procurar as tábuas misteriosas, mas não encontraram nenhum vestígio delas; os quatro amigos juraram que logo voltariam para continuar procurando, embora não estivessem voltando a seu país com as mãos vazias. É bem verdade que o professor Keitel fingiu não ver o roubo de seus quatro protegidos, que esconderam na bagagem alguns dos objetos desenterrados na areia de Harã.

– Não, Alfred, não, não permitirei que você aliste-se no exército. Você precisa continuar estudando. Há outras corporações em que você poderá ser igualmente útil.

– A Alemanha precisa de mim.

– Sim, mas não combatendo. Você ainda tem de terminar sua formação.

– Georg vai se incorporar esta semana, e o mesmo farão Franz e Heinrich.

– Vamos, filho! Você acha que seus pais vão lhes permitir? Pensam o mesmo que eu, que vocês devem primeiro fazer o doutorado na universidade. A Alemanha precisa de homens bem formados.

– A Alemanha precisa de homens dispostos a morrer.

– Para morrer, qualquer um serve. E a Alemanha não pode permitir que morram seus melhores jovens.

Herr Tannenberg cravou o olhar em seu filho sabendo que não havia conseguido vencer sua teimosia. Obedeceria, é claro, mas sem se render, insistindo e argumentando que era sua obrigação servir à pátria no *front*.

– Está bem, papai, eu farei o que você diz, mas gostaria que reconsiderasse sua decisão; pelo menos pense nisso.

– Está certo, Alfred, vou pensar. Agora fale com sua mãe. Ela está organizando um sarau musical e quer que você esteja presente. Virão os Hermann com a filha Greta. Você já sabe que pensamos que essa jovem é a ideal para você. São iguais, arianos puros, fortes e inteligentes, um casal que dará os melhores filhos a nosso país.

– Eu estava achando que você gostaria que me concentrasse em meus estudos.

– E é o que sua mãe e eu queremos, mas você já tem idade para começar a cortejar uma moça com a qual se casará um dia.

– Não tenho interesse em me casar com ninguém.

– Compreendo que, em sua idade, você ainda não queira se comprometer, mas, com o tempo, será obrigado a fazê-lo, e é bom, então, que comece a pensar agora no que é melhor para você.

– Você escolheu minha mãe ou seu pai a escolheu por você?

– Essa pergunta é uma impertinência.

– Não, não é, papai, quero apenas saber se é uma tradição familiar isso de os pais decidirem com quem os filhos devem casar. Mas não se apresse, pode ser Greta ou qualquer outra. Pelo menos Greta é bonita, embora completamente tola.

– Como você se atreve a dizer uma coisa dessas? Um dia ela será a mãe de seus filhos.

– Eu não disse que quero me casar com uma mulher inteligente. Prefiro Greta, sabe? E até acho que ela tem uma grande qualidade: está sempre de boca fechada.

Herr Tannenberg deu por encerrada a conversa com o filho. Não queria continuar ouvindo-o criticar a filha de seu amigo Fritz Hermann.

Fritz era um importante oficial das SS, um homem próximo a Himmler, que havia compartilhado com ele muitas jornadas no castelo de Wewelsburg, perto da cidade histórica de Paderborn, na Westfália.

Ali reunia-se uma vez por ano a elite das SS, o capítulo secreto da ordem. Cada membro tinha uma poltrona com uma placa de prata onde estava gravado seu nome. *Herr* sabia que o amigo Fritz tinha sua própria poltrona, porque fazia parte daquele grupo de eleitos.

Graças à amizade com Fritz Hermann, sua pequena fábrica têxtil tinha benefícios e não sofria as conseqüências da crise em que estava mergulhada a economia alemã.

Fritz Hermann havia recomendado a seus superiores que encomendassem algumas peças de roupa do exército à fábrica de seu amigo Tannenberg, e este começara a confeccionar as gravatas e camisas dos SS.

Mas Tannenberg queria tornar ainda mais estreita a relação vantajosa que mantinha com Fritz Hermann; para isso, nada melhor do que selar sua aliança com um casamento, o de seu filho mais velho Alfred com a filha mais velha de Hermann.

Greta não era a mais agraciada das jovens, embora não fosse feia. Loira, com olhos azuis demasiadamente saltados e pele branquíssima, a menina tinha tendência a engordar, o que se refletia em suas mãos rechonchudas. A mãe, a Sra. Hermann, submetia a filha a rigorosos regimes para controlar sua tendência ao excesso de peso, e o pai a obrigava a fazer exercícios físicos com a vã esperança de modelar seus membros.

O que ninguém podia negar a Greta é que era uma virtuosa do violoncelo. Seus pais tentaram em vão que aprendesse a tocar piano como o restante das jovens de sua posição, mas Greta fora inflexível até conseguir permissão para ter aulas de violoncelo. Além do mais, era uma filha obediente que nunca tinha dado o menor problema aos pais. Seus três irmãos, de dez, 13 e 15 anos, a adoravam porque, apesar de ter apenas 18 anos, tinham nela uma segunda mãe.

Na universidade, já não havia professores judeus. A maioria tivera de fugir, deixando para trás todos os seus pertences; aqueles que haviam permanecido certos de que a razão acabaria se impondo, pois não tinham feito nada e eram alemães tão bons quanto os outros, agora estavam em campos de concentração. Por isso, ninguém se importou que nem o bom professor Cohen nem o bom professor Wesser tivessem voltado de Harã. Na realidade, os dois anciãos, embora fossem grandes autoridades em língua suméria, já estavam afastados de toda atividade docente e se foram a Harã foi porque o diretor da universidade, que os alunos desconfiavam ter sangue judeu, conseguira tirá-los da Alemanha dois anos antes, indicando-os para participar da missão arqueológica.

Mantivera-os em Harã durante os dois anos, mesmo quando os participantes da missão voltaram à Alemanha, assim que terminou o prazo previsto para o trabalho. Infelizmente, os dois velhos professores haviam encontrado a morte naquela região do norte da Síria.

Alfred havia convidado seus amigos ao sarau organizado pela mãe. Achava que assim tornaria menos insuportável a imposição do pai. Gostava de música, mas não daqueles concertos em sua casa, quando a mãe ia para o piano e suas amigas e filhas tocavam outros instrumentos tentando surpreendê-los com peças que haviam ensaiado durante semanas.

Admirava a mãe; na verdade, acreditava que não havia mulher mais bela que ela. Alta, magra, com cabelos castanhos e olhos cinza-azulados, Helena Tannenberg era uma mulher naturalmente elegante que sempre provocava murmúrios de admiração onde quer que fosse.

Vê-la ao lado de Greta era o mesmo que lembrar o conto do patinho feio e do cisne. Naturalmente, o cisne era a Sra. Tannenberg.

– Então seu pai quer que você se case com Greta. É a sorte grande! – brincava Georg, provocando Alfred.

– Vamos esperar para ver quem seu pai vai escolher para você.

– Sabe que é inútil até mesmo tentar. Não vou me casar nunca – afirmava Georg.

– Você terá de fazê-lo, todos teremos de fazê-lo. O *Führer* quer todos casados, procriando filhos da verdadeira raça ariana – disse, rindo, Heinrich.

– Ora, vocês podem ter quantos filhos tenham vontade, e um a mais por mim. Eu não tenho intenção de me reproduzir – insistia Georg.

– Vamos, Georg, estou certo de que você gosta de alguma destas jovens. Elas não são de jogar fora... – intervinha Franz.

– Vocês ainda não perceberam meu desinteresse pelas mulheres?

O tom entre cínico e amargo do amigo levou-os a desviar a conversa para outros temas, menos controvertidos. Ninguém queria ouvir o que Georg tinha a dizer a respeito. Se o fizesse, a amizade que lhe professavam não poderia ser a mesma.

O pai de Alfred aproximou-se com Fritz Hermann do grupo formado pelo filho e seus amigos.

Hermann interessou-se pelos estudos dos rapazes e os instou a começar a participar da defesa da Alemanha.

– Estudem, mas não se esqueçam de que o *Reich* precisa de jovens como vocês na linha de frente.

– Nós poderíamos ser admitidos nas SS?

A pergunta de Alfred pegou de surpresa seu pai e também seus amigos.

– Vocês nas SS? Mas isso seria fantástico! Nosso *Reichführer* se sentiria orgulhoso de contar com jovens como vocês. Eu posso providenciar imediatamente seu ingresso nas SS. Amanhã à tarde passem em meu escritório. Vocês já sabem onde fica o quartel-general da ESHA (Escritório de Segurança do *Reich*), na Prinz Albrechtstrasse. Este sarau está sendo muito melhor do que eu esperava! – exclamou um satisfeito Fritz Hermann.

Depois que o Sr. Tannenberg e o Sr. Hermann foram chamados por outro grupo de convidados, Georg repreendeu Alfred.

– É possível saber o que você está pretendendo? Não tenho a menor vontade de me juntar às SS nem à Gestapo nem a nenhum dos gloriosos corpos do *Reich*! Minha intenção é ajudar meu pai e continuar escavando onde nos permitam. Quero ser arqueólogo, não soldado, e achava que vocês queriam a mesma coisa.

– Vamos, Georg, você sabe que não poderemos ficar mais muito tempo sem nos juntarmos o exército, às SS ou a algum outro corpo. Nossos pais começam a ser malvistos; o meu não quer que eu vá para o exército, pois bem, entrarei nas SS, onde espero que meu futuro sogro me encontre um futuro cômodo no qual não tenha de me preocupar com nada. Vocês deveriam fazer o mesmo – justificou-se Alfred.

– Quer saber de uma coisa, amigo? – interveio Heinrich. – Você tem razão. Eu vou com você ao encontro com Hermann. Não me cairá mal assumir um bom posto nas SS e deixar de depender de meu pai.

– Ou seja, vamos ser SS – admitiu Franz.

– Você tem uma idéia melhor? – perguntou-lhe Alfred.

– Não, realmente não. Eu também estou com você – assentiu de novo Franz.

– São uns estúpidos! Qual é o motivo disso? – Na voz de Georg percebia-se certo tom de desespero.

– O motivo é que estamos em guerra e temos a obrigação de fazer algo pela Alemanha. Meu pai tem razão, para morrer, vale qualquer um, e por isso temos de estar onde possamos ser úteis sem que nos matem, e, além disso, que o lugar possa nos ser útil. Creio que pedirei a Hermann que me envie a algum dos campos, talvez a Dachau. É um bom lugar para passar a guerra.

O secretário de Fritz Hermann pediu-lhes que esperassem em uma sala contígua ao escritório, e deu-lhes a entender que seu chefe estava naquele momento com o próprio Himmler.

Os quatro amigos aguardaram, pacientemente, durante meia hora, antes de serem recebidos por Hermann.

– Entrem, entrem! É uma alegria tê-los aqui. Falei com o *Reichführer* a seu respeito e quando tiverem cumprido com todas as formalidades e ingressado nas SS eu os levarei para conhecê-lo.

Fritz Hermann ouvia, pacientemente, as pretensões dos jovens, com as quais concordou: Alfred e Heinrich queriam ser enviados ao escritório político de algum dos campos onde estavam aprisionados os inimigos da Alemanha, Frank preferia ir ao *front* em alguma das unidades das SS, as Waffen, e Georg pediu para ser incorporado a alguma unidade dos serviços de informação.

– Perfeito! Perfeito! Nas SS, vocês poderão desenvolver o melhor de sua inteligência e de suas qualidades!

Naquela tarde, os quatro amigos saíram da sala de Hermann convertidos em membros das SS. Fritz Hermann havia se revelado muito eficiente e em pouco menos de duas horas encontrara para cada um deles um destino dentro do quartel-general; dessa forma, poderiam continuar seus estudos na universidade e, ao mesmo tempo, pertencer às SS.

– Bebamos pela Alemanha! – disse Alfred levantando uma jarra de cerveja.

– Bebamos por nós – respondeu-lhe Georg.

Foi uma noite longa, tanto que só voltaram para suas casas depois do nascer do sol. Estavam iniciando uma nova etapa de suas vidas, mas os quatro juraram que nada nem ninguém destruiria sua amizade, não importaria onde cada um estivesse no futuro. Tinham dois anos pela frente antes que Fritz Hermann se encarregasse de enviá-los a seus destinos. Um destino que no caso de Alfred Tannenberg seria a Áustria, como contato do Escritório de Segurança do Reich.

Heinrich acompanharia Alfred à Áustria, como supervisor do Serviço Central de Administração e Economia das SS, um organismo encarregado da supervisão dos campos – e na Áustria ficava o de Mauthausen, um dos preferidos de Himmler. Franz ingressou em uma das unidades especiais de comandos das SS e Georg foi admitido na SR, o serviço de informação controlado pelo temido Reinhardt Heydrich, que era um escritório que competia com outro não menos eficiente, o de Abwer, controlado pelo almirante Canaris.

Franz Zieris, o comandante de Mauthausen, recebeu com cautela os dois jovens enviados por Berlim, sobretudo Alfred Tannenberg. Chegava do quartel-general, e, além do mais, era um protegido de Fritz Hermann, com cuja filha, Greta, acabara de se casar. Portanto, ninguém precisava dizer a Zieris que a carreira de Tannenberg deveria ser meteórica. Tanto Alfred como Heinrich eram oficiais das SS e pertenciam a uma categoria especial, a dos universitários, em contraste com o chefe Zieris, cuja profissão havia sido a de carpinteiro.

É certo que Tannenberg acabou sendo um oficial mais competente do que Franz Zieris havia imaginado. Além do mais, tinha idéias engenhosas para levar a cabo as ordens de Himmler; deveriam desfazer-se dos prisioneiros que não tinham nenhuma utilidade. Alfred e Heinrich sabiam como atingir o objetivo do *Reichführer*: a receita era fazer os prisioneiros trabalharem até a extenuação durante alguns meses e, quando estivessem transformados em verdadeiras ruínas humanas, eliminá-los.

A vida naquela aldeia, situada no coração do vale do Danúbio e cercada de abetos, acabou sendo tão prazerosa como os dois amigos desejavam. O lugar não poderia ser mais pitoresco, com as chácaras espalhadas pelos campos e o rio caudaloso abrindo caminho entre as árvores. A paisagem aprazível contrastava com a máquina de morte do campo de Mauthausen, que havia aberto filiais por todo o território devido ao volume de prisioneiros que chegavam semana após semana.

A organização do campo de Mauthausen era semelhante à de outros campos. Tinha escritório político, departamento de custódia dos detidos, serviço sanitário, administração e chefatura da guarnição.

Zieris acompanhou-os durante a visita a Mauthausen, mas depois encarregou um de seus homens, o comandante Schmidt, de explicar-lhes o funcionamento do campo.

– Para distinção os deportados usam um triângulo costurado em suas roupas que indica seu delito. O verde é o dos delinqüentes comuns; o negro, o dos anti-sociais, ciganos, mendigos, batedores de carteira; o rosa, o dos homossexuais; o vermelho, o dos delinqüentes políticos; o amarelo, o dos porcos judeus, e o roxo, o dos que fazem as chamadas objeções de consciência.

– Há tentativas de fuga? – perguntou Heinrich.

– Vocês querem ver uma tentativa de fuga? – perguntou-lhe, por sua vez, o comandante Schmidt.

– Não entendi...

– Venham, vou lhes oferecer um espetáculo de fuga ao vivo. Acompanhem-me até a pedreira.

Heinrich e Alfred olharam-se espantados, mas seguiram o comandante. Desceram os 186 degraus daquela que era conhecida como "escada da morte", que separava a pedreira do campo. Schmidt chamou um dos *kapos* encarregados da vigilância dos prisioneiros. O *kapo* usava um triângulo verde e, conforme contou-lhes o comandante, aquele homem havia assassinado vários homens. Alto, corpulento e caolho, o *kapo* inspirava um temor profundo nos prisioneiros, que haviam experimentado sua brutalidade em não poucas ocasiões.

– Hans, escolha um destes miseráveis – pediu o comandante Schmidt ao *kapo*.

O assassino não pensou duas vezes e saiu em direção a um homenzinho de cabelos brancos, com as mãos desoladas e tão magro que parecia não ter mais forças para se mexer. Seu triângulo era vermelho.

– É um maldito comunista – afirmou o *kapo*, enquanto o empurrava até o lugar onde estavam o comandante e os dois novos oficiais das SS.

O comandante Schmidt não disse absolutamente nada; tirou-lhe o boné que usava e atirou-o na direção do alambrado.

– Pegue-o – ordenou ao prisioneiro.

O homenzinho começou a tremer e hesitou em obedecer à ordem, embora soubesse que não tinha opção.

– Vá buscar o boné! – gritou Schmidt.

O homenzinho começou a caminhar em direção ao alambrado com passos lentos até que de novo a voz imperiosa do comandante, instando-o a correr, obrigou-o a iniciar uma patética corrida. Quando chegou perto do alambrado onde havia caído seu boné, não teve nem tempo para se agachar e recolhê-lo. Uma rajada de uma submetralhadora disparada por uma das sentinelas acabou com o que lhe restava de vida.

– Às vezes, o boné cai sobre a cerca, e, ao pegá-lo, o prisioneiro recebe uma carga de alta tensão que acaba com ele. Uma boca a menos para alimentar.

– Impressionante – afirmou Heinrich.

– Muito fácil – sentenciou Alfred.

– Muito fácil? – perguntou, preocupado, o comandante.

– Sim, é um modo muito simples de acabar com a escória.

– Na verdade, senhor, temos outros métodos.

– Queremos vê-los – pediu Heinrich.

Aparentemente, aquela era uma sala com alguns chuveiros, mas o cheiro que impregnava as paredes indicava que não era água o que saía do encanamento.

– Utilizamos gás Cyclon B, que é um composto de hidrogênio, nitrogênio e carbono – informou o comandante Schmidt.

– E dão banho nos prisioneiros com isso? – perguntou Heinrich, dando uma risada.

– De fato. Eles são trazidos para cá e quando querem começar a entender já estão mortos. Aqui nos desfazemos dos recém-chegados. Quando o comando envia um excesso de prisioneiros dos quais devemos nos livrar imediatamente, assim que chegam ao campo são trazidos para cá e tomam um banho do qual nunca escapam.

"Os outros deportados não têm a menor idéia do que acontece aqui; caso contrário, poderiam ficar tentados a se rebelar se os trouxéssemos para o chuveiro. Quando já estão há algum tempo em Mauthausen e já não servem para nada, são enviados a Hartheim. Claro que também há outros banhos, não menos eficazes."

– Outros banhos? – quis saber Heinrich.

– Sim, estamos experimentando um novo sistema para nos desfazer dos indesejáveis. Quando eles terminam de trabalhar na pedreira, mandamos que entrem no tanque que fica no final da esplanada. Eles ficam nus e são obrigados a agüentar durante meia hora a água gelada. A maioria cai morta por problemas de circulação, como afirma o doutor.

A visita continuou à tarde. Schmidt acompanhou-os ao castelo de Hartheim. O lugar parecia encantador, e o serviço era amável e eficiente.

O comandante levou-os para conhecer as velhas masmorras, que eram fechadas com portas pesadas e alçapões. Na realidade, haviam instalado naquele porão outra câmara de gás para os prisioneiros que já estavam havia algum tempo em Mauthausen.

– Quando estão muito doentes, lhes dizemos que vamos trazê-los para cá, a este castelo, que, na verdade, é um sanatório. Eles sobem nos caminhões cheios de confiança. E quando chegam aqui, tiram a roupa, são fotografados e trazidos para este subterrâneo. Depois de receberem a ducha de gás, são queimados no crematório. Mas temos uma boa equipe de dentistas, tanto aqui como lá embaixo, em Mauthausen, para arrancar os dentes de ouro destes desgraçados.

"Além disso, Hartheim também recebe para liquidar esses seres que desonram nossa sociedade: já nos livramos de mais de 15 mil doentes mentais chegados de toda a Áustria."

– Impressionante – afirmou Alfred.

– Estamos apenas cumprindo as ordens do *Führer*.

Alfred Tannenberg e Heinrich aprenderam a conhecer a si próprios em Mauthausen. Descobriram que sentiam prazer em tirar a vida de outros homens. Alfred preferia, como Zieris, o comandante supremo de Mauthausen, matar dando um tiro na nuca dos prisioneiros.

Heinrich achava divertido atirar os bonés dos prisioneiros nos alambrados, como lhes havia mostrado o comandante no primeiro dia.

Havia tardes em que matava com este método dezenas de homens desesperados, alguns dos quais caminhavam para a morte como se ela fosse o caminho da liberdade.

Também fizeram uma boa amizade com alguns dos médicos do campo que gostavam de fazer experiências com os prisioneiros.

– A ciência avança graças ao fato de que aqui dispomos de material de sobra para conhecer melhor os segredos de nosso corpo – contava Alfred a Greta durante a sobremesa nas longas noites de inverno, explicando-lhe com todo luxo de detalhes como homens, mulheres e crianças ainda saudáveis eram inoculados com vírus para que se pudesse observar o desenvolvimento das enfermidades. Também eram operados de doenças inexistentes para que se conhecessem melhor os mistérios do corpo humano.

Greta concordava, submissa, com tudo o que seu marido lhe dizia, sem questionar uma única de suas palavras. Em Mauthausen, e nos outros campos que Alfred era obrigado a visitar com muita freqüência, não havia seres humanos, ou pelo menos não havia gente como eles, só judeus, ciganos, comunistas, homossexuais e delinqüentes, e a sociedade podia muito bem prescindir deles. A Alemanha não precisava de uma gentalha como aquela, e se seus corpos podiam ser úteis ao avanço da ciência, pelo menos suas vidas teriam algum sentido, pensava Greta, olhando, entusiasmada, para o marido.

– Heinrich, falei hoje com Georg. Disse que Himmler está satisfeito com os acordos a que estamos chegando com os grandes industriais. Nós lhes forneceremos mão-de-obra e eles tornarão a Alemanha e nossa causa maiores. As fábricas precisam de operários e nossos homens estão no *front*. Além disso, Himmler quer que estejamos preparados para que, depois da guerra, as SS tornem-se economicamente auto-suficientes. Aqui temos gente de sobra para servir a esse fim.

– Vamos, Alfred, a mão-de-obra daqui só serve para carregar as pedras da pedreira. Além do mais, não estou de acordo com essa política. Devemos eliminá-los ou nunca vamos solucionar o problema da Alemanha.

– Podemos usar mais as mulheres... – sugeriu Alfred.

– As mulheres? Devemos exterminá-las primeiro, é a única maneira de evitar que tenham filhos, e que estes voltem a chupar o sangue da Alemanha – argumentou Heinrich.

– Bem, pois queiramos ou não, ordens são ordens, e devemos cumpri-las. Você precisa selecionar os prisioneiros que estejam em melhor estado. Nossas fábricas precisam de operários e Himmler quer que os forneçamos.

– Eu também falei com Georg.

– Eu sei, Heinrich, eu sei.

– Então deve estar sabendo que chegará daqui a alguns dias com seu pai.

– Estou há horas organizando tudo. Zieris não quer falhar. O pai de Georg é um dos médicos preferidos do quartel-general e o tio de Georg, que também virá, é um ilustre professor de física. O restante da expedição será formada por outros civis que contam com o apreço do *Führer* e têm muito interesse em conhecer as experiências dos médicos de Mauthausen.

– Você sabe, Alfred, estou querendo ver Georg...

– Eu também, Heinrich; além do mais, Georg está nos preparando uma surpresa; pode ser que traga Franz.

– A única carta de Franz era desoladora. A situação não está indo bem no *front* soviético.

– As coisas não estão indo bem em lugar nenhum, nós dois sabemos disso. Bem, não falemos agora de política.

– Alfred, você sabe qual é a experiência que querem mostrar ao pai de Georg e aos médicos de Berlim?

– Estas cadelas são uma carga difícil de agüentar. Já chegaram ao campo grávidas, não podemos gastar o dinheiro do Estado para manter essa gente. Os médicos querem ver o nível de resistência das mulheres em circunstâncias extremas. O doutor acredita que as muito raposas podem agüentar mais do que parece.

"Eu lhes sugeri que as tragam para cá, e que elas desçam até a pedreira e subam com as pedras amarradas nas costas. Veremos quantas agüentarão e quantas procurarão pelas balas dos guardas, embora você já saiba que eu considero um erro deixá-las morrer tão facilmente. É uma morte rápida, muito rápida para essa gentalha. Creio que elas também serão abertas para que possam examinar os fetos; não sei o que querem comprovar, mas, segundo o doutor, isso servirá para ampliar os conhecimentos científicos da humanidade.

– E os filhos? – perguntou Heinrich. – Algumas foram levadas para os campos com seus bastardos.

– Também serão levados para a pedreira, e depois, para assistir ao tratamento médico que daremos às mães. Venha, vamos falar com o doutor. É ele quem está desenvolvendo a fórmula da injeção. Veremos como reagirão quando a agulha for cravada em seus corações. É claro que algumas tomarão antes um banho.

– Quantas serão submetidas à experiência?

– Selecionei cinqüenta, entre judias, ciganas e presas políticas. Algumas já estão mais mortas do que vivas, e por isso nos agradecerão por estarem chegando ao final.

O dia amanhecera nublado, perolado por uma chuva fina, e um vento gelado infiltrava-se pelas frestas, mas o mau tempo não parecia afetar os dois oficiais das SS. Eles olhavam, impacientes, para os relógios, esperando que as portas do campo se abrissem permitindo a entrada da fileira de carros procedentes de Berlim.

De pé, alinhadas em filas e imóveis, cinqüenta mulheres esperavam em silêncio pelo destino que aqueles oficiais haviam pensado para elas. Sabiam que aquele era um dia especial; os *kapos* do campo haviam lhes dito, alguns rindo e outros com olhares de conspiração, que jamais se esqueceriam daquilo que lhes ia acontecer.

Algumas estavam havia dois anos no campo, trabalhando para as fábricas que forneciam material à máquina de guerra alemã; outras haviam chegado havia poucos meses, mas no rosto de todas desenhavam-se com igual aspereza a fome e a desolação.

Haviam sofrido todo tipo de torturas e abusos por parte de seus guardiões, que as faziam trabalhar de sol a sol, mostrando-se inclementes diante de qualquer sinal de cansaço ou debilidade.

Quando alguma parava de trabalhar e caía esgotada, recebia uma boa quantidade de golpes com os chicotes e bastões de que os guardiões do campo tanto gostavam.

Mas pelo menos estavam vivas no meio daquele pesadelo em que transcorria sua existência; haviam sido muitas as companheiras que tinham visto morrer sem poder socorrê-las.

Algumas caíam vencidas no chão, onde eram destruídas a pontapés pelos mais cruéis dos *kapos*; outras caíam fulminadas por um ataque de coração depois de atingir o limite de sua resistência; também havia as que desapareciam, as mais extenuadas, as que já não conseguiam trabalhar, e de repente os homens apareciam numa manhã qualquer para levá-las. Nunca mais voltariam a vê-las, nem ficavam sabendo da sorte que poderiam ter tido.

Quando deixavam filhos, as outras mulheres, fazendo um esforço sobre-humano, procuravam protegê-los como se fossem delas, até que as crianças cresciam e eram levadas pelos homens a outro setor ou a outro campo.

Os carros entraram lentamente na esplanada. O grupo de civis que desembarcou deles parecia estar impaciente, olhando com curiosidade a seu redor. Mauthausen era considerado um dos campos mais importantes do *Reich*, um modelo seguido por outros campos.

Georg e Alfred fundiram-se em um abraço, depois de se saudar com o braço esticado e dizer o obrigatório "*Heil*, Hitler!". Antes que os dois amigos se separassem, ouviram a exclamação alegre de Heinrich:

– Franz! Deus do céu, você veio!

– Franz! – Alfred abraçou imediatamente o amigo.

Os quatro demonstraram, sem nenhum pudor, a alegria provocada pelo encontro, sem se importar com os olhares críticos do comandante de Mauthausen, Zieris, nem dos outros chefes das SS. Sabiam que eram poderosos, intocáveis, favoritos do regime.

O pai de Alfred fabricava boa parte dos uniformes de que necessitavam os soldados. O de Franz, advogado, havia se convertido em um eficiente diplomata a serviço do *Führer*, tendo conseguido, anos antes, convencer um bom número de países a participar dos Jogos Olímpicos de Berlim, o que o havia transformado em um homem da máxima confiança do círculo do *Führer*. O pai de Heinrich era um dos advogados que havia colocado seu talento a serviço da construção do edifício legal da nova Alemanha, ao passo que o pai de Georg era médico da confiança dos altos mandatários das SS.

As mulheres observavam aqueles quatro jovens oficiais que se destacavam dos demais, enquanto algumas estremeciam e apertavam as mãos dos filhos, que haviam sido obrigadas a levar à esplanada do campo.

Os meninos mal conseguiam se sustentar em pé, pois estavam extremamente cansados, mas obedeciam às mães, conscientes do terror que poderia explodir se contrariassem aqueles homens de negro.

Os quatro oficiais que pareciam tão felizes aproximaram-se para examinar as prisioneiras. O desprezo e o asco refletiam-se nos olhos daqueles jovens diante da visão das mulheres que eram pouco mais do que ruínas humanas.

– Grande espetáculo! – disse Franz.

– Vamos, amigo, você se divertirá muito! Hoje será um grande dia! – garantiu-lhe Heinrich.

– Bem, viemos nos divertir. Vamos ver o que vocês nos prepararam – disse Georg.

– Hoje será um dia inesquecível, eu lhes garanto – sentenciou Alfred.

Depois Alfred Tannenberg fez um sinal para os *kapos* e estes começaram a amarrar pedras nas costas das prisioneiras.

Tannenberg voltou a dizer:

– A gente vai se divertir. Vocês não vão esquecer nunca este dia.

As mulheres tremeram de medo diante das palavras daqueles oficiais das SS, e um traço de desolação ainda maior do que aquela que já estava refletida em seus rostos pareceu apoderar-se delas.

– Um dia inesquecível – murmurou de novo o oficial das SS, enquanto sorria.

33

Clara observava o avô cochilar. De vez em quando ele entreabria os olhos e parecia sorrir para seres imaginários que não estavam ali.

Estava cansada, mas a recuperação aparente do avô a enchia de esperança. Não que acreditasse que Alfred Tannenberg pudesse voltar a ser o mesmo, mas, pelo menos, não estava morto, e, devido às circunstâncias, era mais do que esperava. Resolveu ir até a escavação para falar com Ayed Sahadi, e depois convidaria Picot, Fabián e Marta para jantar; também diria a Gian Maria e a Salam Najeb que se juntassem a eles. O médico estava esgotado e lhe faria bem distrair-se um pouco.

Com a ajuda de Aliya, levou o avô para o interior do hospital de campanha e colocaram-no na cama. Tannenberg tentava resistir, mas as duas mulheres mostraram-se inflexíveis; o ancião precisava descansar.

Depois de trocar a garrafa de soro e dar-lhe umas pílulas prescritas pelo Dr. Najeb, Aliya sentou-se ao lado do enfermo disposta a não perdê-lo de vista, como Clara havia lhe ordenado.

Salam Najeb passou pelo hospital antes de ir ao jantar oferecido por Clara. Encontrou o paciente agitado, gritando ordens em uma língua que lhe pareceu estranha. Quando aproximou-se para injetar-lhe um calmante, o terror se desenhou nos olhos de Tannenberg, que procurou impedi-lo com o braço que podia mover. Aliya e um dos guardas seguraram-no para que o Dr. Najeb pudesse aplicar a injeção. Ninguém entendia o que dizia, mas sabiam que os insultava. Depois, caiu em um sono agitado.

– Não saia do lado dele, Aliya, e se perceber alguma mudança, me avise imediatamente.

– É o que eu farei, doutor.

A enfermeira sentou-se ao lado de Tannenberg e pegou um livro para se distrair enquanto ouvia os ruídos do acampamento, avivados pela hora do jantar. Suspirou, resignada. Ela havia sido contratada para isso, para cuidar do ancião enquanto os outros saíam para respirar um pouco. Resolveu não pensar em nada e mergulhar na leitura; apagou todas as luzes, exceto uma pequena lâmpada que iluminava as páginas do livro apoiado em seus joelhos.

Não ouviu nada, tampouco viu a figura que avançou sobre ela tampando-lhe a boca. A última coisa que sentiu foi o frio do aço abrindo-lhe a garganta. Não podia gritar, nem mesmo se mexer. Morreu sem saber quem a havia matado.

Lion Doyle pensou que lamentava ter precisado matar Aliya. Mas não havia outra opção. Não podia deixar testemunhas.

Aproximou-se rapidamente da cama onde Alfred Tannenberg dormia profundamente, embora seu sono fosse coalhado de pesadelos. Não perdeu nem um segundo; cortou-lhe a garganta como havia feito com a da enfermeira e depois, para garantir que não sobreviveria, rasgou seu ventre de baixo para cima com o punhal.

O ancião nem percebeu e Lion Doyle saiu do hospital em silêncio, tão depressa como havia entrado. Naquela noite ninguém sentiria sua falta. Picot, Fabián e Marta estavam com Clara. O restante da equipe terminava de arrumar as bagagens, pois no dia seguinte os helicópteros chegariam para levá-los a Bagdá. Ele também partiria; não havia encontrado nenhuma desculpa plausível para ficar. Na realidade, se reprovava por não ter liquidado Tannenberg antes. Estivera enganando a si mesmo, dizendo que eram muitas as dificuldades. De fato, isso era verdade, mas também o era que havia gostado daquele lugar, onde era tratado como se fosse mais um dos membros da equipe de Picot. Lamentava não ser quem dizia ser. Só sentia saudades de Marian, mas sabia que se ela estivesse ali também teria sido feliz.

Escondeu-se nas sombras da noite para rastejar até um lugar do acampamento onde pudesse esperar até que descobrissem os cadáveres. Fumaria, fumaria até ouvir soar o alarme.

Quando terminaram de jantar, Clara resolveu acompanhar o Dr. Najeb até o hospital para ver como estava o avô.

Caminharam lado a lado, em silêncio. O jantar havia sido agradável porque, sem terem feito nenhum acordo, todos pareciam ter concordado que era melhor não falar de nada do que acontecera nas últimas semanas.

Fabián os havia distraído, contando uma porção de anedotas de seus muitos anos de magistério.

Os homens que faziam a segurança do hospital lhes deram boa-noite.

Clara entrou na frente, seguida do médico, e seu grito ressoou em todo o acampamento. Foi um grito agudo e prolongado que pareceu interminável.

Aliya estava estirada no chão no meio de uma poça de sangue. Alfred Tannenberg estava branco como uma vela, com as mãos crispadas agarradas aos lençóis tingidos de sangue.

O Dr. Najeb tentou tirar Clara do quarto, mas ela não parava de gritar e não permitia que se aproximasse, e, ao ver os guardas entrarem, avançou sobre eles, distribuindo socos e pontapés e insultando-os brutalmente.

O Dr. Najeb não pôde impedir que Clara se apoderasse de uma das pistolas dos guardas e começasse a atirar indiscriminadamente enquanto os insultava, atingindo dois deles com suas balas.

– Porcos! Vocês são uns porcos inúteis! Matarei todos vocês! Porcos!

Os gritos de Clara soaram no silêncio da noite como os de uma besta ferida, estremecendo todos aqueles que os ouviram. Picot, Fabián e Marta foram correndo até o hospital, seguidos por Gian Maria e outros membros da expedição, entre os quais estavam Lion Doyle e Ante Plaskic. Antes de todos, porém, chegou Ayed Sahadi, que foi quem conseguiu tomar-lhe a arma e segurá-la até que ficasse imóvel.

Gian Maria tirou-a do hospital depois que o Dr. Najeb conseguiu injetar-lhe um poderoso tranqüilizante.

Foi uma longa noite, na qual reinaram os gritos, as reprovações e a confusão. Ninguém tinha visto nada, nenhum dos guardas que sobreviveram aos disparos de Clara pôde relatar o que havia acontecido, pois não tinham visto nem ouvido nada. Nem os métodos brutais usados por Ayed Sahadi ao interrogar os guardas e os não menos violentos do comandante da guarnição de Safran serviram para extrair deles outra declaração que não fosse a de que não sabiam de nada.

– Há um assassino entre nós – afirmou Picot.

– Sim, certamente quem matou o Sr. Tannenberg e Aliya é o mesmo que assassinou Samira e os dois guardas e que quase acaba com a vida de Fátima – respondeu uma pesarosa Marta.

Lion Doyle ouvia estas especulações com o mesmo ar compungido dos demais membros da equipe, embora sentisse o olhar frio de Ante Plaskic perfurando suas costas.

– Tenho vontade de deixar este lugar.

– Eu também, Fabián – disse Yves Picot ao amigo. – Felizmente, só nos resta mais um dia, o de hoje; partiremos amanhã; por nada deste mundo eu ficaria aqui mais um minuto.

Clara não pôde se despedir deles. O Dr. Najeb havia lhe dado uma boa dose de tranqüilizantes que a manteriam prostrada, sem se inteirar do que acontecia a seu redor. Fátima, apesar de sua debilidade, administrava a situação.

Todos os integrantes da missão arqueológica haviam partido, a não ser Gian Maria.

Lion Doyle sabia que ainda tinha uma pendência, a morte de Clara, mas tentar fechar seu contrato naquelas circunstâncias teria sido suicídio.

Reprovava-se não ter feito seu trabalho muito antes, embora tentasse compensar o sentimento de fracasso dizendo-se que era muito complicado, quase impossível: matar um protegido de Saddam e a neta dele, pessoas guardadas durante as 24 horas do dia. E por isso volta e meia pensava que ter conseguido matar Tannenberg fora um êxito; achava que deviam aumentar seu cachê e, também, felicitá-lo, embora Tom Martin, seu chefe no Global Group, simplesmente esperasse que os empregados cumprissem seu trabalho. Ao menos ele havia realizado metade de sua tarefa e essa metade lhe parecia ser a mais importante, pois não conseguia compreender o que Clara poderia ter feito para que alguém desejasse vê-la morta. Claro que aquele não era um problema seu; não era de ficar se metendo nas decisões alheias; ele era apenas um profissional e nada mais.

Mas Lion Doyle não se iludia demasiadamente, e por isso reconhecia que os meses passados no Iraque haviam lhe deixado uma marca que seria difícil apagar.

Ayed Sahadi colocara seis homens à porta do quarto de Clara, além de ter mandado cercar a casa, sem deixar um palmo sem vigilância. O coronel anunciara sua chegada e já o havia informado da irritação manifestada pelo círculo de Saddam diante do assassinato de Alfred Tannenberg. Queriam uma cabeça, e o coronel estava disposto a encontrá-la.

Gian Maria rezava em silêncio pedindo a Deus pela alma de Tannenberg e da pobre Aliya, que, como a enfermeira anterior, havia encontrado a morte pelo simples fato de estar cuidando de um velho agonizante. Sabia que o assassino tentaria dar um fim à vida de Clara e não perdoaria a si mesmo se não fosse capaz de evitar o crime.

Havia pedido a Fátima que lhe permitisse ficar na casa ao lado de Clara, mas a mulher havia negado, e Ayed Sahadi tampouco o apoiara, porque considerava absurdo que um sacerdote tentasse fazer o papel de um segurança.

O coronel só chegou no meio da tarde, causando uma verdadeira comoção no acampamento militar e na aldeia. Desta vez, chegava acompanhado por uma equipe maior. Eram 12 de seus melhores homens, interrogadores calejados com os mais duros adversários do regime de Saddam, sujeitos que, com seus métodos, eram capazes de fazer até as pedras falarem.

Ahmed Huseini havia determinado que a equipe de arqueólogos passasse dois dias em Bagdá antes de ser transportada à fronteira da Jordânia, de onde viajaria a Amã e, de lá, cada um a seu país de origem: Picot a caminho de Paris, Marta Gómez e Fabián a Madri, outros professores a Berlim, Londres, Roma... Todos vivenciavam uma sensação claustrofóbica e desejavam deixar o Iraque quanto antes, mas Ahmed havia lhes pedido para ter um pouco de paciência porque, naquele momento, dispor de um helicóptero não era fácil e tampouco era aconselhável arriscar a vida indo por terra à fronteira jordaniana.

No saguão do hotel Palestina, encontraram alguns dos jornalistas que os haviam visitado em Safran; eles disseram estarem certos de que a guerra começaria em questão de dias; pelo menos essa era a informação que chegava de suas redações. Alguns queriam ir embora antes da invasão, mas a maioria estava se organizando para quando a guerra começasse e, para se prevenir do que pudesse acontecer, armazenavam provisões de víveres e de água engarrafada.

Lion Doyle enviou um fax claro e categórico à sede da Photomundi: "Volto amanhã. Estou levando material suficiente, mas não todo. Nos últimos dias, tem sido muito difícil trabalhar. Porém o mais importante foi feito."

Naquela noite, Picot e o restante da equipe de arqueólogos foram jantar com Miranda e outros jornalistas.

– Por que você não volta com a gente? – sugeriu Picot a Miranda.

– Porque não seria eu se partisse agora. Não agüentei todo esse tempo para fugir no último instante.

– Eu a convido para passar alguns dias comigo em Paris; na verdade, gostaria que você ficasse todo tempo que quisesse.

Miranda olhou para Picot com um sorriso cúmplice. A jornalista gostava do arqueólogo asssim como ele gostava dela, mas os dois sabiam que suas vidas eram paralelas que nunca se cruzariam, e que, se tentassem, poderiam se ferir mutuamente.

– Deixe para lá, Yves.

– Por quê? Você me disse que estava sozinha.

– E estou.

– Então...

– Então nada. Você é incrível, tão incrível que não quero que seja uma aventura de uma noite.

– Não estou lhe propondo uma aventura de uma noite – reclamou Picot.

– Eu sei, mas devido às nossas circunstâncias, duvido de que pudéssemos nos dar mais que isso.

– Por favor, Miranda, dê uma oportunidade a você e, no caminho, também a mim!

– Quando sair da maldita guerra que está prestes a começar, irei encontrá-lo em Paris ou onde quer que você esteja, e então, friamente e distanciados deste momento, riremos de tudo isso que estamos dizendo agora e beberemos alguma coisa e depois iremos cada um para o seu lado, como amigos, ou... Bem, veremos.

Picot não insistiu. Sabia que Miranda ficaria em Bagdá e sentiu uma pontada de inquietação pensando no perigo que, certamente, correria.

Ahmed Huseini, que jantava com eles, bebia compulsivamente um uísque atrás do outro. Fabián tentava acalmar aquele sujeito que parecia não ter preservado um traço do homem que fora.

O seguro e elegante diretor do departamento de Escavações Arqueológicas se transformara em uma pessoa desalinhada, com olheiras profundas e a angústia refletida no olhar inquieto, que passeava de um lugar a outro como se temesse por sua vida.

– Você irá a Safran? – quis saber Marta Gómez.

– Não sei, o Dr. Najeb não me deixou falar com Clara. Espero que o permita amanhã. Farei o que ela quiser, irei se puder ser de alguma ajuda.

– Mas é sua mulher! Como você não poderá ajudá-la em um momento como este? – protestou Marta.

– Não sei, professora, não sei... Eu... Enfim, tudo o que ocorreu é terrível, e agora a guerra... Não sei o que vai acontecer... Em todo caso, Clara deve voltar a Bagdá. Não creio que possa ficar muito tempo sozinha.

Fabián fez um sinal para Marta instando-a a não continuar, e desviou a conversa para a futura exposição que estavam querendo organizar.

– Queria agradecer muito a você por ter conseguido convencer as autoridades iraquianas a permitir que exponhamos o que foi encontrado em Safran.

– O professor Picot já assinou os papéis – assentiu Ahmed.

– E você, quando irá a nosso encontro? – perguntou-lhe Fabián.

– Eu? Não sei, depende de Clara. Eu gostaria de partir agora, amanhã mesmo se pudesse... Mas não é fácil sair do Iraque, e agora que Tannenberg está morto, não me deixarão partir...

O toque do celular de Ahmed interrompeu a conversa. O homem não se levantou para ir conversar discretamente em outro lugar, mas ficou escutando em silêncio a voz que, do outro lado da linha, parecia estar lhe dando ordens.

Ahmed Huseini assentia sem replicar com a face cada vez mais crispada.

– Era... Era o coronel. Vocês não sabem quem ele é; bem, é uma pessoa muito importante...

– O coronel? Sim, nós o conhecemos, esteve em Safran, chegou com uma equipe de investigadores depois que Samira e dois guardas apareceram mortos – lembrou Fabián.

– Parecia um homem terrível – murmurou Marta.

– Amanhã, na primeira hora, parto para Safran ao lado de uma comitiva de personalidades de meu país para assistir ao enterro de Tannenberg. No palácio presidencial, querem que seja enterrado com todas as honras. Recebi ordens para ir, para estar com Clara e convencê-la a voltar a Bagdá.

– É o mais sensato – afirmou Lion Doyle.

– E o que vai acontecer conosco? – perguntou Picot, com um traço de preocupação na voz.

– Vocês partirão de helicóptero depois de amanhã, na primeira hora. Não há mudanças em seu programa. Karim, meu assessor, é sobrinho do coronel e evitará qualquer problema; se eu não voltar a tempo, irá com vocês até a base. Mas acho que voltarei amanhã mesmo e, se for possível, com Clara.

Ahmed Huseini deu o jantar por terminado. Não tinha ânimo para continuar ali, e o excesso de bebida estava fazendo efeito: a cabeça girava, estava com vontade de vomitar e os olhos ardiam. Sabia que a melhor coisa a fazer seria tentar dormir, mas não sabia se iria conseguir.

Picot estava cansado, mas não tinha vontade de ir deitar, e por isso sugeriu ao grupo que fossem beber algo no bar, e quase todos aceitaram; na realidade, apenas Ante Plaskic despediu-se e foi dormir.

– Que sujeito mais esquisito – afirmou Miranda, enquanto Ante atravessava o saguão dirigindo-se ao elevador que o levaria a seu quarto.

– É mesmo – garantiu Picot.

– Não fez nada fora do comum – defendeu-o Marta.

– Você tem razão, mas durante estes meses manteve distância de todos, não fez a menor tentativa de ser amável – respondeu Picot.

– Trabalhou bem, foi sempre educado, fez tudo o que lhe pedimos... Parece-me injusto reprová-lo por não ser simpático, sobretudo porque sabia que a equipe não simpatizara com ele – insistiu Marta.

– Bem, tanto faz. O fato é que é esquisito – insistiu, por sua vez, Picot.

Ficaram bebendo até tarde, conversando a respeito da guerra, certos de que estava prestes a começar. Ninguém sabia quando, talvez em alguns dias ou em um mês, mas a única dúvida que não tinham era a respeito da decisão de Bush de invadir o Iraque.

Três helicópteros pousaram na terra amarelada, a alguns metros do que restava do acampamento dos arqueólogos.

Clara, ao lado do coronel, esperava com ar ausente que aqueles homens que representavam o regime acabassem de descer dos helicópteros; havia vários generais e dois ministros, além de algumas pessoas próximas do clã de Saddam.

Todos apertaram sua mão, manifestando-lhe condolências e afirmando que o Iraque havia perdido um de seus melhores amigos e aliados. Limitou-se a ouvi-los; na verdade, tinha dificuldade de entender o que lhe diziam, pois era incapaz de prestar atenção em qualquer coisa que não fosse a dor que a dilacerava de tal maneira que achava estar prestes a parar de respirar.

Não conseguia afastar da cabeça a imagem do avô degolado. Quem o assassinara procurava não apenas eliminá-lo, mas também humilhá-lo, como se quisesse lhe devolver quem poderia saber que tipo de ofensa.

Até aquele momento nunca se sentira sozinha, nem mesmo quando os pais morreram naquele estranho acidente. Não podia suportar a dor da evidência de que o avô estava morto, e não era capaz de encontrar consolo em nenhuma das palavras que ouvia, nem mesmo nas mais sentidas de Fátima, que a estreitou entre os braços como quando era menina, tentando devolver-lhe a serenidade perdida.

Ahmed aproximou-se de Clara e beijou-a suavemente na face; depois a segurou pelo braço e a levou até sua casa.

Clara não ofereceu resistência. Tanto lhe fazia que Ahmed estivesse ali, embora Fátima tivesse anunciado sua presença, instando-a a permitir que o marido a acompanhasse, pelo menos para preservar as aparências em um momento como aquele.

Quando entraram na casa, Fátima serviu chá e doces aos homens que esperavam a formação do cortejo que seguiria para o lugar onde Alfred Tannenberg seria enterrado.

Em um primeiro momento, Clara pensou em pedir ao coronel que um helicóptero a transportasse, ao lado do ataúde do avô, até a cidade do Cairo, onde o enterraria. Depois, pensou que ao avô tanto faria um lugar como outro: ela o conhecera bem e sabia que nunca sentira um verdadeiro apreço por qualquer lugar em especial. Mas ela, sim, acreditava no valor dos símbolos, e por isso resolveu enterrar o avô perto das ruínas do templo onde com tanta ânsia ainda procuravam aquelas tábuas que tinham sido a grande obsessão de sua vida.

Não ficou ao lado dos homens; trancou-se no quarto onde o avô jazia no ataúde.

Fátima havia lavado e preparado o cadáver do homem ao qual servira com lealdade durante quarenta anos, e o fez com o mesmo respeito e reverência que teria se ainda estivesse vivo.

Clara segurou a mão inerte do avô e não pôde evitar um choro desesperado.

– Vovô... Vovô... Por quê? Por que fizeram isto com você? Meu Deus, ajude-me a encontrar o assassino! Vovô, não me deixe... Não me deixe, por favor...

Batidas suaves na porta anunciaram a presença de Fátima, que entrou para lhe dizer que chegara o momento de levar o ataúde.

Clara começou a chorar com mais força e abraçou-se ao corpo sem vida do ancião, gritando seu desespero.

Com a ajuda de Ahmed, Fátima afastou-a, enquanto o coronel fechava o caixão; depois, ajudado por outros homens, levou-o da casa até o carro que os conduziria por algumas centenas de metros até o lugar onde estava preparada uma cova, cavada na terra açafroada, na qual Tannenberg descansaria pelo resto da eternidade.

O Dr. Najeb aproximou-se de Clara e ofereceu-lhe uma pílula, que ela recusou. Queria sair da penumbra em que estava havia dois dias, desde quando encontrara o avô assassinado, por mais que a dor ameaçasse quebrá-la por dentro. Salam Najeb não insistiu.

As manhãs de março são cálidas no Iraque, e aquela não era uma exceção. Todos os homens e mulheres de Safran, além dos soldados da guarnição e das autoridades das aldeias e cidades mais próximas, apinhavam-se em torno do lugar onde havia sido preparado o túmulo de Alfred Tannenberg.

Os aldeões observavam com curiosidade os generais e ministros vindos de Bagdá, e alguns cochichavam que no último minuto poderia surgir o próprio Saddam Husein.

Não houve nenhum ritual religioso, católico ou muçulmano. E também ninguém disse uma palavra de despedida ao defunto. Clara expressara seu desejo de que o avô fosse enterrado sem nenhuma solenidade; o único ritual deveria ser o da dor daqueles que o amavam, e ela sabia que, de todos que estavam ali congregados, apenas ela e Fátima haviam amado o velho homem.

Os homens desceram o ataúde até depositá-lo na areia seca da cova, e o grito de Clara rompeu o ar límpido da manhã. Ahmed segurou-a com força, mas não pôde evitar que a mulher tentasse se atirar na cavidade onde a terra começava a cobrir o caixão. Foi a mão firme do coronel que conteve Clara, impedindo-a de consumar o gesto. Ela gritou e chorou sem pudor, até que a levaram daquele lugar assim que o ataúde foi coberto.

A volta para casa transcorreu em silêncio.

O coronel acudiu ao quarto que servira de escritório a Alfred Tannenberg para falar com Clara e Ahmed.

– Você está em condição de ter uma conversa? – perguntou-lhe, afetuosamente.

– Sim, sim... – respondeu ela, sorvendo as lágrimas que ainda inundavam-lhe os olhos.

– Então, me ouça, e veja em mim o pai que já não tem, pois seu avô era tudo para você. Ahmed me disse que você está informada sobre os negócios de seu avô; se isso é verdade, está sabendo, perfeitamente, que não podemos parar a operação que está em andamento. Seu marido ficará à frente de tudo, e você partirá; em minha opinião, é melhor que você saia quanto antes do Iraque. Acho que deveria ir para a cidade do Cairo e ficar em sua casa. Lá você estará em segurança até que tudo isso termine. Depois, poderá cuidar da exposição que está sendo organizada pelo professor Picot. Não sei o que acontecerá em um mês, nem mesmo se estaremos vivos até lá, espero que sim, mas acredito que esse homem, Picot, cumprirá sua palavra e a fará co-responsável pela exposição.

– Não quero partir – murmurou Clara.

– Menina, a guerra está prestes a começar. Por isso, seria absurdo que você ficasse aqui, a não ser que queira morrer. Não aconselho que o faça, até porque seu avô não gostaria que fosse morta.

– Quero ficar mais alguns dias.

– Está bem, fique, mas você precisa sair do Iraque antes de 20 de março. De qualquer modo, não posso continuar mantendo muitos soldados nesta aldeia, e todos os homens disponíveis, inclusive os daqui, serão chamados a cumprir seu dever para com a pátria.

– Clara, volte comigo para Bagdá – pediu-lhe Ahmed.

– Ficarei mais alguns dias... Quero estar aqui. Voltarei no dia 17 ou no dia 18...

– Se você demorar mais, não poderei tirá-la do Iraque – afirmou o coronel.

Quando os helicópteros partiram, Clara sentiu-se aliviada. O séqüito de Bagdá havia permanecido cinco horas em Safran, mas ela sentia uma necessidade imperiosa de estar sozinha, de não ter de falar nem escutar ninguém, de tentar recompor-se por dentro para enfrentar a vida sem o avô.

Gian Maria havia mantido uma respeitosa distância durante o enterro e o tempo de permanência dos representantes do governo de Saddam. Conseguira falar rapidamente com Ahmed, a quem assegurara que cuidaria de Clara e a faria regressar quanto antes a Bagdá.

Ahmed havia pedido ao sacerdote que telefonasse para que pudesse enviar algum transporte que os levasse à capital ou diretamente à fronteira com a Jordânia.

O comandante do contingente de soldados ordenou que começassem a levantar o acampamento. A ordem era voltar a seu quartel.

O chefe da aldeia hesitava em aproximar-se da casa para perguntar a Clara se os homens continuariam trabalhando na escavação ou poderiam retomar seus afazeres habituais; alguns já haviam recebido a ordem de se apresentar às forças militares.

Clara reuniu-se com o homem na companhia de Fátima, de Ayed Sahadi e do Dr. Najeb, que haviam recebido do coronel a atribuição de cuidar dela.

Para o espanto de Fátima e do Dr. Najeb, Clara afirmou ao chefe da aldeia que os trabalhos arqueológicos continuariam por mais alguns dias e que precisaria de todos os homens disponíveis. Estava disposta a dobrar seus salários se trabalhassem noite e dia.

Quando o homem se foi, Ayed Sahadi perguntou-lhe, preocupado, se não seria melhor dar a missão por encerrada.

– Ficaremos mais alguns dias, talvez dez, e nesse tempo trabalharemos sem descanso; pode ser que ainda encontremos o que procuro.

Ninguém se atreveu a contrariá-la, devido a seu estado de desolação. Ayed Sahadi garantiu-lhe que trabalhariam com afinco, mas advertiu-a de que contariam com menos operários do que haviam contado até aquele momento, já que, como havia lhes avisado o chefe da aldeia, muitos já tinham sido convocados. Mas Clara não pareceu dar importância a este fato, e bateu o pé: continuaria trabalhando, nem que fosse sozinha.

Lion Doyle não conseguia conciliar o sono. Não afastava a idéia de ficar em Bagdá.

Ao voltar de Safran, Ahmed contara-lhe que o coronel queria que Clara voltasse a Bagdá, mas ela havia insistido em ficar mais alguns dias, embora tivesse aceitado regressar; Doyle se perguntava, agora, se valeria a pena correr o risco de matá-la naquela cidade em estado de guerra ou se deveria esperar que fosse encontrar Picot em alguma cidade européia onde não seria difícil acabar com ela. Entrar no Iraque tinha sido fácil; o difícil seria ir embora, caso explodisse a maldita guerra; ou seja: saía com a equipe de arqueólogos ou ficaria sem saber como nem quando poderia fazê-lo, e, sobretudo, se poderia cumprir integralmente o contrato.

Para ficar, precisava de uma desculpa, mas isso, pensou, não seria difícil; bastava dizer que ficaria para continuar trabalhando, sobretudo naquele momento em que os enviados especiais afirmavam que a guerra era iminente. Decidiu ligar para Londres e falar com o diretor da Photomundi; explicaria ao falso chefe da agência o que acontecera nas últimas horas. Ele já teria recebido o fax que, certamente, estaria nas mãos de Tom Martin, mas seria melhor ter uma conversa; não podiam restar dúvidas a respeito da morte de Alfred Tannenberg. Mais: se garantiria pedindo instruções; Tom Martin era a pessoa que teria de decidir se ele deveria ficar ou partir.

Ante Plaskic resolvera ficar. O croata ouvira as conversas cruzadas durante o jantar, e agora sabia que dentro de alguns dias Clara estaria em Bagdá; ele precisaria saber se a mulher voltara trazendo alguma coisa, trazendo aquelas malditas tábuas que estavam procurando havia meses; se fosse assim, deveria apoderar-se delas e tirá-las do Iraque. Estava decidido a cumprir a tarefa pela qual vinha sendo pago com muita generosidade.

Plaskic perguntava-se quem seria o assassino de Tannenberg, e não conseguia tirar da cabeça que o homem que havia matado o ancião era aquele fotógrafo, Lion Doyle, embora também suspeitasse do capataz, Ayed Sahadi. Pensou que o mais provável era que o assassino fosse Sahadi, a quem qualquer pessoa poderia ter subornado para perpetrar uma vingança contra o homem poderoso que Alfred Tannenberg havia sido.

Era pouco provável que Clara Tannenberg fosse encontrar as tais tábuas, mas não podia correr riscos, e por isso ficaria em Bagdá. Diria a Picot que havia localizado alguns amigos e por isso só regressaria à Europa dias mais tarde; não dava a menor importância ao fato de que o professor poderia acreditar ou não em sua história. Dava na mesma.

34

Tom Martin acabou de ler o fax que o diretor da agência Photomundi havia lhe enviado aquela manhã. Não pudera fazê-lo antes porque tinha acabado de chegar em Paris, onde passara o dia reunido com colegas de profissão. Sua secretária o avisara sobre o fax e por isso havia ido diretamente ao escritório. Resolveu ligar imediatamente para o diretor da Photomundi.

O homem estava dormindo quando o toque do telefone arrancou-o de um sono profundo.

– Diga.

– Olá, sou eu.

– E quem é você...? Ah, me perdoe, ainda estou dormindo. Que horas são?

– Duas da manhã.

– E você começa a trabalhar a esta hora? – perguntou o mal-humorado diretor da agência de fotografia.

– Antes, muito antes, na realidade trabalho 24 horas. Diga-me uma coisa: você recebeu alguma outra informação de seu colaborador em Bagdá?

– Não.

– Nem uma chamada telefônica?

– Tampouco.

– Bem, estão se levante e vá para o escritório. Tenho certeza de que vai voltar a se comunicar com você.

– Sim, mas a esta hora... – protestou o homem.

– Não perca tempo, nem o seu nem o meu, e faça o que eu lhe disse. Estou esperando notícias e sei que elas chegarão ainda esta noite.

O diretor da Photomundi praguejou antes de aceitar as ordens de Tom Martin. No entanto, não podia se recusar; Martin era um de seus melhores clientes fixos e, por isso, se estava lhe pedindo para sair da cama às duas da madrugada e ir imediatamente para o escritório, não tinha outro remédio.

É claro que Lion Doyle tinha o número de seu celular, portanto poderia encontrá-lo a qualquer momento, até mesmo em um momento como aquele em que estava deitado placidamente na cama. De qualquer forma, levantou-se e foi tomar uma ducha para acordar. Iria esperar no escritório pela ligação do maldito Lion Doyle.

Estava colocando a gravata quando ouviu o celular tocar. A voz de Lion Doyle era inconfundível e ligou o gravador; mais tarde, entregaria a fita com a gravação da conversa a Tom Martin.

– Fico feliz em estar falando com você. Recebeu o fax?

– Sim, recebi. E você, como vai?

– Estou estranhando vocês não terem me ligado e estou louco para voltar, principalmente por causa dos acontecimentos dos últimos dias. Você não sabe como as coisas têm sido terríveis. O avô de Clara Tannenberg apareceu assassinado. Sim, Clara, a arqueóloga que co-financiava a expedição com o professor Picot. O avô era um velho doente e ninguém entende como conseguiram matá-lo; era protegido durante as 24 horas do dia. Mesmo assim, alguém enganou os guardas e cortou-lhe o pescoço, e também o da enfermeira que cuidava dele. Você pode imaginar a situação. Agora, por sorte, estamos em Bagdá, prontos para voltar ainda hoje pela manhã, a não ser que você queira que eu fique para fazer alguma reportagem especial... Sempre resta alguma coisa por fazer. Bem, embora eu ache que não servirão para nada, fiz algumas fotos da tragédia de Safran. Nunca se sabe...

O diretor da Photomundi concordou com tudo o que lhe dizia. Disse ao fotógrafo que procuraria os jornais e revistas para saber se queriam que ele ficasse. Ligaria para ele mais tarde, que mantivesse o celular desocupado.

Às três em ponto, Tom Martin recebia em seu escritório a fita em que estava gravado o diálogo entre Lion Doyle e o diretor da Photomundi, que um de seus homens fora buscar na casa deste último.

Sorriu ao ouvir as explicações cínicas de seu homem. "Lion é um grande ator", pensou o presidente do Global Group.

Lion havia realizado pelo menos metade da tarefa, sem dúvida a parte mais difícil, a de eliminar Alfred Tannenberg, e por isso, pensou, seus clientes podiam se dar por satisfeitos; é claro que precisaria consultá-los imediatamente para saber se renunciavam à morte de Clara Tannenberg ou se era imprescindível que a mulher morresse. Para ele dava no mesmo, mas acreditava que ter conseguido matar o ancião em um país como o Iraque era uma grande façanha, principalmente porque Tannenberg era um protegido do regime de Saddam.

Não tinha outro remédio: precisava ligar para o falso Sr. Burton, mesmo às três e dez da madrugada.

O professor Hausser dormia o sono leve de quem já deixou para trás a juventude e a maturidade. Acordou imediatamente ao ouvir o som de um dos celulares que mantinha permanentemente ligados. Acendeu a luz do abajur e atendeu.

– Falando.

– Sr. Burton?

– Ele mesmo.

– Quem fala aqui é Martin.

Hans Hausser sentiu uma pontada de acidez na boca do estômago; olhou para o relógio, que marcava uma e meia da manhã.

– Diga.

– O trabalho encomendado foi feito, quer dizer, metade do trabalho, digamos que a parte mais importante. O principal objetivo está eliminado.

– Tem certeza?

– Certeza absoluta.

– Tem provas?

– É claro.

– E o que aconteceu com... Com a outra parte?

– Fazer o que me foi pedido foi um milagre. O senhor sabe qual é a situação no lugar do acontecimento?

– Bem, quando vocês realizarão o resto?

– É por isso que estou telefonando. Talvez pudéssemos terminar o trabalho aqui na Europa. Lá as possibilidades são menores, devido às circunstâncias há riscos enormes, mas, se o senhor quiser, tentaremos mesmo assim. Enfim, preciso de instruções: esperamos um pouco para fazer a segunda parte ou tentamos de novo. O que eu quero lhe dizer é que lá as possibilidades são menores.

O professor respirou fundo para ganhar tempo. Não sabia o que dizer. Não podia decidir sozinho. Precisava consultar seus amigos.

– Dê-me alguns minutos. Daqui a pouco eu ligo de volta.

– Está bem. Estarei esperando. Mas, por favor, me dê uma resposta antes das seis da manhã.

– Ela será dada muito antes.

Carlo Cipriani estava lendo. Havia jantado com velhos amigos, médicos como ele, e, ao voltar para casa, sentou-se para ler tranqüilamente no silêncio da noite. Ao ouvir o telefone tocar, assustou-se e respondeu imediatamente.

– Carlo...

– Hans?

– Sim, meu amigo, sou eu.

– O que aconteceu? – perguntou, temeroso, o médico.

– Foi feito. Não existe mais.

– Como? O que você quer dizer...?

– Morreu. Ele morreu. Acabam de me ligar para dizê-lo, e há provas.

– Mas... Você tem certeza, Hans?

– Sim, tenho certeza. Foi feito.

Ficaram em silêncio sem saber o que dizer, os dois procurando dentro da alma alguma emoção especial que não conseguiam encontrar, embora tivessem levado toda a vida esperando por aquele momento.

– O monstro está morto – conseguiu murmurar Carlo Cipriani.

– Sim, nós conseguimos. Quer saber de uma coisa? Estou sentindo um vazio por dentro – afirmou Hans Hausser com uma voz sem nenhuma emoção.

– E, no entanto...

– E, no entanto, fizemos o que devíamos fazer. Não morreríamos em paz se não tivéssemos feito.

– Você ligou para Bruno e Mercedes?

– Não, liguei primeiro para você. Precisamos tomar uma decisão agora mesmo em relação à neta.

– Ela está viva? – perguntou Carlo Cipriani.

– Sim. As dificuldades para fazer o trabalho foram enormes, e ainda falta ela. Estão me perguntando se devem continuar tentando lá onde estão ou se podem concluir a tarefa aqui na Europa. Parece que ela está vindo.

– Para onde?

– Não sei, mas está saindo de lá.

– Hans, você acha que a gente deve fazer?

– Não sei... Podemos deixar as coisas como estão ou...

– Mercedes não se conformará – afirmou um pesaroso Carlo Cipriani.

– E a gente, Carlo? Nós nos conformaremos?

– Você acha que nossa consciência pode suportar tudo?

– A minha pode com isto, eu lhe garanto, meu amigo – afirmou sem qualquer traço de dúvida o professor Hausser.

– Você tem razão. Acho que ainda estou em estado de choque...

– Eu também estou – afirmou Hausser.

– O que você acha de deixarmos que eles decidam sobre o lugar mais adequado para realizar o... o trabalho? – perguntou o Dr. Cipriani, pensando que Mercedes não renunciaria a uma vingança completa.

– Eu concordo.

– De qualquer maneira, diga-lhes que não renunciaremos à segunda parte.

– Não podemos renunciar. Esperamos a vida inteira e hoje Deus quis nos dar de presente a notícia do fim do monstro.

– Deus nunca esteve conosco, Hans, nunca; não estava lá, não estava aqui durante todos estes anos. Mercedes tem razão: se ele existe, nos abandonou.

Voltaram a ficar em silêncio, cada um perdido em suas próprias reflexões, enfrentando os fantasmas de um passado que teimava em não se desvanecer.

– Ligarei para Bruno e depois para Mercedes. Havendo alguma novidade, voltarei a ligar.

– Faça isso, Hans, faça. Esta será uma noite muito longa.

– Eu dormirei em paz, Carlo.

– Boa-noite, Hans.

Deborah assustou-se com a campainha do telefone e pulou da cama.

– Deborah, fique tranqüila, é apenas um telefone –disse-lhe seu marido.

– Mas, Bruno, são quase duas da manhã. Se estão ligando, só pode ser para nos dar uma notícia ruim, comunicar uma desgraça...

Bruno Müller saiu da cama e foi até o salão pegar o telefone. Deborah foi atrás dele, cheia de medo e tiritando de frio, do frio que é provocado pela incerteza.

– Quem é? – perguntou Bruno Müller com voz firme.

– Bruno... É Hans...

– Hans, o que aconteceu? – perguntou Bruno, assustado.

– O monstro está morto.

– Meu Deus! – exclamou o músico.

– Deus não teve nada a ver com morte dele. Fomos nós.

Bruno Müller sentiu uma onda de calor percorrer seu corpo e, depois, o frio invadir suas entranhas. Seu rosto refletia tantas emoções que parecia prestes a sumir.

– Bruno! Bruno! O que está havendo? – perguntou Deborah, muito alterada.

– Deborah, Deborah, volte para a cama.

– Mas, Bruno... – queixou-se a mulher.

– Faça o que eu estou lhe dizendo! – gritou o delicado violinista.

Hans Hausser ouvia a conversa pelo telefone, sabendo das infinitas emoções que naquele momento cruzavam a alma do amigo.

– Hans, você tem certeza? – perguntou, temeroso, Bruno.

– Sim, tenho, o monstro não existe mais. Acabamos com ele.

– Conseguimos fazê-lo. Vencemos, finalmente... Poderei morrer em paz comigo mesmo.

Hans Hausser concordou em silêncio com as palavras do amigo.

Mercedes dormia profundamente. Havia tomado pílulas para descansar, pois nos últimos meses mal conseguia conciliar o sono por algumas horas.

O telefone tocou insistentemente até que ela o ouvisse e respondesse.

– Sim...

– Mercedes?

– Sim...

Hans Hausser achou que a amiga falava com ele do além. O tom pastoso da voz e a dificuldade de articular palavras deixaram-no preocupado.

– Você está passando bem?

– Quem é? – conseguiu dizer Mercedes, que tinha dificuldades de sair do mundo dos sonhos.

– Sou eu, Hans...

– Hans? Hans… Meu Deus, o que aconteceu?

– Tenho boas notícias, por isso liguei para você em uma hora desta. Percebo que você estava dormindo profundamente.

– Hans, diga...

– O monstro está morto.

A mulher soltou um grito que mais parecia um uivo. Um grito dolorido saído de suas entranhas. Pegou um copo d'água na mesinha de cabeceira e bebeu um gole, tentando afastar as brumas em que se encontrava. Depois, conseguiu a duras penas sentar-se na cama e colocar os pés no chão.

– Mercedes, você está bem? – quis saber Hausser.

– Estava... Estava dormindo profundamente. Tomei uma pílula porque tenho sentido dificuldades para dormir e... Hans, é verdade?

– Sim, é verdade, ele está morto, e existem provas.

– Como foi? Quando? – pressionou-o Mercedes.

– Já foi enterrado.

– Sofreu?

– Não sei, ainda não conheço os detalhes.

– Espero que tenha sofrido e que, no último minuto, tinha percebido por que estava morrendo. E ela? A neta...

– Está viva.

– Por que? Não pode haver perdão para nenhum de seus descendentes – afirmou Mercedes, com certa histeria.

– Não há perdão, como você disse, mas as coisas devem ser bem-feitas. Aparentemente, eles tiveram dificuldade para completar o trabalho e agora estão perguntando se devem continuar tentando lá naquele lugar ou se podem terminá-lo aqui, na Europa, para onde está previsto que ela virá.

– E como nós vamos saber o que é melhor? – perguntou, irritada, Mercedes.

– Fomos avisados de que eles precisariam de tempo para fazer um trabalho bem-feito, talvez até de seis meses, e foi o que aconteceu. Quantos meses se passaram? O que faremos agora?

– Que façam o que lhes pedimos. Que cumpram todo o contrato. E quanto antes melhor.

– Então...

– Hans, você tem certeza? É verdade que o monstro não existe mais?

– Tenho, Mercedes, tenho certeza.

Mercedes começou a chorar, e seus soluços emocionaram tanto o velho amigo que ele também não pôde evitar que as lágrimas jorrassem de seus olhos.

– Mercedes, pelo amor de Deus, não chore, fique calma, Mercedes, não chore... Por favor, Mercedes, você precisa ser forte, Mercedes, não chore...

35

– Mercedes, não chore; por favor, filha, não chore.

A menina, agarrada à mão da mãe e tremendo de frio e de fome, mal conseguia sustentar-se em pé. O guarda a havia empurrado, irritado porque ela não ficava quieta na fila onde as prisioneiras e seus filhos estavam. Ao cair no chão, seu rostinho havia batido no barro. Levantara-se imediatamente, porque a mãe a puxara, morrendo de medo. Nos campos, os prisioneiros procuravam se confundir com a cor cinza do céu para não chamar a atenção dos SS, nem dos *kapos*, nem de nenhum daqueles homens dispostos a fazê-los sofrer.

A mãe apertava sua mão, pedindo-lhe em voz baixa e cheia de angústia que não chorasse. O guarda que a empurrara havia se distraído com outra criança que saíra da fila, e Mercedes usou aqueles preciosos segundos para tentar prender as lágrimas, como a mãe lhe pedira.

Ficou observando um grupo de oficiais das SS abraçarem calorosamente outros oficiais que haviam acabado de descer de alguns carros pretos. Os homens pareciam alegres e um deles dizia a um outro que aquele seria um dia inesquecível.

Durante alguns instantes, Mercedes ficou tentando imaginar o que os oficiais poderiam fazer de especial para tornar aquele dia inesquecível, e voltou a tremer.

Um dos *kapos*, de nome Gustav, aproximou-se de onde estavam e mandou que as crianças formassem uma fila diante das mães. Os menores recusavam-se a soltar a mão materna, mas um dos guardas apareceu com uma chibata e começou a distribuir chicotadas, o que fez as mulheres implorarem aos filhos para que obedecessem aos homens imediatamente.

– Ouçam! – gritou um oficial das SS em um tom de voz que assustou os pequenos. – Um comitê científico veio de Berlim só para vê-los – continuou dizendo o SS –; vocês vão colaborar com a ciência; suas vidas terão alguma utilidade. Todas vocês descerão até a pedreira, onde ganharão um presente, e terão de subir imediatamente com ele. Seus bastardos ficarão aqui, pois também temos um presentinho para eles.

As palavras do companheiro das SS fizeram Alfred rir, e Georg perguntou-lhe, com curiosidade, pela duração da prova.

– Veremos do que as cadelas são capazes – respondeu-lhe Alfred.

Mercedes engolia as lágrimas enquanto a mãe lhe sorria tentando tranqüilizá-la, ao mesmo tempo que começava a descer para a pedreira. A mulher estava grávida de oito meses; sete meses antes, fora levada a um dos comandos subordinados a Mauthausen e ela mesma não acreditava que pudesse ter conseguido sobreviver até aquele momento. Pensava que sua força era herança dos pais, trabalhadores rurais como os avós e todos os antepassados até onde sua memória alcançava. Outras mulheres em seu estado teriam morrido, incapazes de resistir às torturas e ao trabalho de sol a sol. Algumas haviam desaparecido; foram levadas à enfermaria para uma avaliação do estágio de sua gravidez e não voltaram nunca mais. Ela estava ainda mais magra do que antes de ter ficado grávida, e seu ventre, apenas inchado, nem chamava a atenção.

Havia sido detida pela Gestapo na França de Vichy quando tentava fugir com a filha. Deportaram-nas para a Áustria em um trem de gado; ficaram trancadas em um vagão do qual não puderam descer nem de noite nem de dia. Ali, amontoadas ao lado de outras centenas de prisioneiros, diziam-se que enquanto estivessem vivas não perderiam a esperança. O marido era espanhol e, como ela, trabalhava para a Resistência. Havia sido morto em um embate com a Gestapo em pleno centro de Paris quando tentava escapar de um posto de controle. Ficara sozinha, sem saber que estava grávida. Tentou fugir para a Espanha onde pretendia refugiar-se com a família do marido, em parte dizimada durante a guerra civil. Pensava em ir a Barcelona e procurar a mãe, certa de que esta as ajudaria. Os chefes da Resistência aceitaram levá-la até a fronteira, mas foi detida no posto de controle.

Quando chegou ao campo, foi obrigada a ficar nua ao lado das outras prisioneiras, e entregaram-lhe a roupa que devia usar; colocaram-lhe no peito um triângulo vermelho no meio do qual aparecia a letra F. O triângulo vermelho era o dos presos políticos, e a letra, a de sua nacionalidade.

Só soube muito depois que estava esperando um filho. Achava que as regras haviam sumido devido ao medo, às torturas, à falta de comida e ao cansaço. Quando, finalmente, convenceu-se de que ia ser mãe outra vez, chorou desesperadamente, culpando-se por transformar o filho que nasceria em um prisioneiro desde seu primeiro dia de existência. Depois, o desespero deu lugar à esperança e à vontade de viver. Descobrir-se grávida também lhe deu novas forças: precisava manter-se viva pelo filho que ia nascer e por Mercedes; os dois precisariam dela, ela era a única família que tinham, embora tivesse feito Mercedes decorar o endereço da avó em Barcelona, para o caso de algum dia conseguir sair dali com vida.

– Por que esses bastardos também não descem para carregar pedras? – perguntou Georg.

– É uma idéia, mas reservamos outra surpresa para eles. Vão tomar um banho ali. Veremos o que são capazes de agüentar – respondeu Heinrich, dando uma risada.

– Por que não descemos para ver como estão as cadelas? – propôs-lhes Alfred.

O alegre grupo de oficiais e civis desceu alguns degraus das "escadas da morte" para ver melhor o que estava acontecendo no fundo da pedreira, onde as mulheres lutavam para conseguir suportar o peso das pedras que estavam sendo amarradas às suas costas. Alguns soldados as empurravam ao mesmo tempo que gritavam para que não parassem, mas muitas não podiam suportar a carga e caíam no chão esmagadas pelas pedras. Das cinqüenta mulheres, 15 morreram por causa dos pontapés dos soldados que, além disso, golpeavam-nas com bastões para que ficassem em pé e subissem os 186 degraus que levavam da pedreira à esplanada do campo.

Chantal mal conseguia respirar; apenas a imagem de Mercedes e o desejo de ver o filho nascer faziam com que pudesse arrancar forças das profundezas de sua alma. Caminhava curvada, arrastando os pés ao mesmo tempo que tentava conter as náuseas, e, embora seu gesto fosse de dor, sorria por dentro por ser capaz de superar cada passo.

Um, dois, três... De repente, levantou os olhos e viu com horror os guardas empurrando as crianças para que descessem até a pedreira.

Mal conseguia distinguir Mercedes, mas supôs que estivesse assustada, prestes a chorar. Ergueu-se para que a filha a visse, tentando transmitir-lhe uma força da qual na verdade carecia. Temia o que os SS pudessem estar inventando, pois não conseguia entender por que empurravam os filhos na direção delas.

A idéia havia sido do capitão Alfred Tannenberg e foi muito aplaudida pelos amigos. Os meninos deviam dar cacetadas com porretes de madeira nas nádegas das mulheres, como se elas fossem burros de carga.

– Elas são mulas – disse-lhes Alfred, rindo – e vocês, os condutores. Precisam ser duros: se alguma tropeçar e cair, batam com força, não importa que seja sua mãe; se vocês não fizerem isso, serão carregados com pedras e faremos com que sejam açoitados até chegarem aqui em cima.

Os pequenos estavam aterrorizados, mas nem se atreviam a chorar, sabendo que se o fizessem seriam castigados. Cada um pegou o pau que lhes davam e desceram a escada, temerosos. As mulheres que, a duras penas, ainda estavam nos primeiros degraus, olharam para eles cheias de expectativa, até que compreenderam o jogo cruel idealizado por aquelas mentes perversas dos homens das SS.

– Aquele que não espancar a mula será castigado – gritava Alfred Tannenberg, diante das risadas dos amigos e dos outros convidados que assistiam ao espetáculo.

– Vamos, vamos! Comecem! – gritavam os *kapos*.

As crianças olhavam, angustiadas, para as mães, sem se atrever a levantar os porretes.

– Mercedes, bata em mim com o pau, pelo amor de Deus, não se preocupe! – implorava Chantal à filha.

De repente, uma mulher caiu e seu rosto afundou no barro. Um dos *kapos* aproximou-se e começou a chutá-la, mas Alfred mandou que parasse e procurou o filho da prisioneira.

– Ei, você! Venha cá! – ordenou a uma menina tão magra que parecia um espectro.

A menina, que tinha uns oito anos e mal conseguia agüentar o porrete, aproximou-se temerosa e parou a alguns passos do oficial das SS.

– É sua mãe? – perguntou o capitão Tannenberg.

A menina assentiu, sem palavras.

– Pois comece a golpear a mula até que se levante. Vamos, faça o que eu estou mandando!

Houve alguns segundos de silêncio. A menina não se mexeu. Mal conseguira entender o que aquele homem lhe dizia; era surda e ainda não era capaz de ler com velocidade os lábios daqueles que se dirigiam a ela.

O capitão Tannenberg irritou-se ao vê-la imóvel e pegou o pedaço de pau, com o qual golpeou sem piedade a mulher que jazia sobre o barro. A pequena olhou-o com horror e atirou-se ao chão ao lado da mãe, enquanto os oficiais das SS explodiam em risos.

De repente, um menino apenas dois anos mais velho do que a pequena aproximou-se e tentou ajudar a mulher e a menina a se levantarem. Tannenberg olhou para ele com os olhos esbugalhados pela raiva.

– Como você se atreve! Bastardo!

Segundos depois, derrubou o pequeno com um pontapé, tirou a pistola do coldre e disparou contra a menina; o menino ficou estendido sobre o terceiro degrau enquanto sua mãe mal conseguia gemer. A mulher tentou se aproximar, arrastando-se, do corpo inerte da filha, mas um chute de Tannenberg em seu rosto transformou-a em uma pasta de carne ensangüentada. O menino fez um sinal de que se levantaria, mas não conseguiu; o oficial voltou a chutá-lo até deixá-lo inconsciente, estirado ao lado do corpo da mãe e da irmã, que já estavam mortas.

– Vamos, mulas! Vamos! As mulheres que não andarem depressa vão terminar como esta, e vocês, ou espancam as mulas ou vão acabar como este desgraçado. A mãe era uma maldita comunista, uma raposa italiana, mas já fizemos justiça. A porca havia parido esse ser a que chamava de filha. Isso era uma menina? Não. Era um monstro! – gritava Tannenberg, excitado pelo espetáculo do qual ele mesmo fazia parte.

Mercedes começou a tremer, assustada ao ver o amigo Carlo estirado no chão sem se mexer. Carlo era mais velho que ela, tinha dez anos, mas sempre mostrava-se solidário e amável e dizia-lhe que não devia ter medo.

Os homens das SS gritavam para que açoitassem as mulheres, e Mercedes deixou escapar uma lágrima. Não queria bater na mãe e olhou desesperada em volta: nenhum dos amigos levantara o porrete. Sentiu uma mão sobre seu braço. Era a mão de Hans, que, com os olhos, instava-a a caminhar.

– Mercedes, por favor, não pare; levante o porrete, mas não bata em sua mãe.

– Não, não... – gemeu a menina.

Uma mulher grávida gritou ao cair desesperada no chão. Estava abortando ali, naqueles degraus, tomada por uma dor terrível e pela angústia. A Sra. Müller era austríaca, uma judia austríaca professora de piano que se escondera na casa de amigos, mas alguém a denunciara e quatro meses antes havia chegado àquele inferno ao lado do pequeno filho Bruno.

O capitão Tannenberg aproximou-se dela e olhou-a friamente. Depois, fez um sinal a um dos médicos do campo.

– Doutor, o senhor acredita que os fetos judeus são como os outros? Deveríamos checar. Não acredito que esta porca sirva para muito mais.

Todos ficaram esperando em silêncio, enquanto o médico se agachava e, com um bisturi, abria o ventre da mulher que urrava de dor; depois, arqueou o corpo e parou de gritar. Estava morta. Os outros médicos haviam se aproximado curiosos para participar daquela cesariana improvisada, feita sem nenhum tipo de anestésico.

O pequeno Bruno começou a chorar, desesperado; tentou afastar-se, mas um *kapo* segurou-o com força, obrigando-o a contemplar a carniçaria a que sua mãe estava sendo submetida.

Algumas crianças começaram a vomitar, incapazes de suportar aquela cena dantesca, enquanto os visitantes de Berlim aplaudiam, entusiasmados.

Haviam subido 15 degraus quando Chantal tropeçou e caiu; um fio de sangue surgiu na comissura de seus lábios.

O capitão Tannenberg empurrou Mercedes em direção à mãe.

– Bata nela! Vamos! Essa mulher é um animal! Não passa de uma mula! Faça o que eu estou mandando!

Mercedes estava paralisada pelo terror. Não era capaz de emitir nenhum som, e olhava com os olhos esbugalhados para aquele homem que a empurrava.

– Espanque a mula! Faça o que eu estou mandando! – gritou o capitão Tannenberg, cada vez mais enfurecido.

Chantal não conseguia falar, percebia que a vida estava lhe escapando e sentia-se impotente para proteger a filha e aquela criança que iria nascer. Conseguiu esticar a mão na direção de Mercedes e esta ajoelhou-se ao lado da mãe, começando a chorar.

O capitão Tannenberg aproximou-se de Chantal e deu-lhe um pontapé no ventre deixando-a inconsciente, enquanto o sangue começava a correr entre suas pernas. Depois levantou o chicote para golpeá-la, mas não pôde fazê-lo: dentes pequenos e afiados cravaram-se em seu pulso com força inusitada, provocando uma gargalhada dos espectadores vindos de Berlim.

Mercedes mordeu a mão do capitão com força. Tinha apenas cinco anos e era um saco de ossos, mas havia tirado de algum lugar força e coragem para enfrentar aquele animal.

O capitão Tannenberg empurrou-a, atirando-a no chão. Estava furioso por ter sido atacado por aquela menina andrajosa, ia atirar nela, mas desviou a pistola para o ventre de Chantal. Disparou na barriga da mulher como se fosse um alvo: um tiro no centro e quatro em volta dele; depois, desembainhou o punhal regulamentar das SS e abriu-a em duas, como se fosse um animal, arrancando das entranhas da morta o cadáver de um menino que nunca nasceria. Depois, atirou-o em Mercedes, que foi atingida no rosto pelos restos daquela criatura.

Os gritos da menina eram aterrorizantes, mas o capitão Tannenberg ainda não havia terminado com ela: levantou-a com uma única mão e empurrou-a escada abaixo. O corpo da pequena ficou desmaiado entre as pedras de granito, com a cabeça vertendo sangue.

O pequeno Hans Hausser correu escada abaixo para tentar socorrê-la, sem ouvir o gemido angustiado da mãe, que temia as represálias daquele capitão das SS.

Um dos *kapos* agarrou-o no salto e não deixou que chegasse até o lugar onde jazia o corpo inerte de Mercedes.

– Você, judeu, quer acabar como ela?

O *kapo* surrou o pequeno Hans sob o olhar indiferente do capitão Tannenberg e seus amigos, que continuavam observando as dificuldades que as mulheres tinham para chegar ao "topo", ao final da escada.

Das cinqüenta mulheres, só 16 conseguiram chegar. As outras ou haviam tropeçado, caindo escada abaixo, ou, desesperadas, haviam se dirigido às sentinelas, esperando que as matassem, como sabiam, de ouvir dizer, que faziam com os homens.

A Sra. Hausser foi uma das poucas a chegar à esplanada do campo, mas não se iludia. Sabia que isso não era suficiente para comprar sua vida. Olhou para trás tentando descobrir onde estava o filho e chorou ao ver que um dos *kapos* o espancava com um pedaço de madeira.

Marlene Hausser encontrou forças para gritar, tentando, desesperadamente, fazer com que o filho a ouvisse.

– Hans, você tem de viver! Filho, não se esqueça nunca disso! Viva! Viva!

Uma sentinela derrubou-a no chão com um golpe. A primeira coisa que viu quando abriu os olhos foram as botas de um dos oficiais das SS.

– Esta mulher sofre do coração. Precisa ser operada com urgência – disse o jovem loiro de aspecto angelical afundado no odiado uniforme negro.

Um dos *kapos* levantou-a do chão e, aos empurrões, conduziu-a à enfermaria ao lado das mulheres que haviam restado. Os médicos chegados de Berlim e seus colegas de Mauthausen estavam se preparando para operar as sobreviventes de doenças de que nenhuma delas padecia.

– Vamos desperdiçar anestesia? – perguntou um dos enfermeiros auxiliares.

– Aplique só a quantidade suficiente para que não se mexam muito; eu não gosto de operar ouvindo gritos – respondeu um dos médicos.

Deitaram Marlene Hausser em uma maca e amarraram-lhe as pernas e os braços. A mulher sentiu uma picada no braço e pouco depois foi invadida pelo sono; não podia evitar fechar os olhos, embora ouvisse tudo o que diziam a seu redor. Só conseguiu articular um grito quando o bisturi afundou em seu peito, abrindo-a até abaixo da caixa torácica. A dor era insuportável e ela chorava impotente, desejando morrer.

Mesmo assim conseguiu articular uma oração para seu filho Hans. Se Deus realmente existisse, não se cevaria de mais um pequeno inocente e permitiria que ele vivesse.

Antes de exalar o último suspiro, sentiu que lhe apertavam o coração.

O cadáver de Marlene Hausser foi esquartejado por aqueles homens que se diziam médicos e ansiavam por explorar os mais recônditos lugares do corpo humano.

Uma depois da outra, as 16 sobreviventes da "escadaria da morte" foram operadas de enfermidades de que não padeciam. Coração, cérebro, fígado, rins... Órgãos vitais dissecados em pequenos pedaços, enquanto os médicos presentes exibiam seus conhecimentos em longas dissertações.

Aqueles homens também se distraíram com alguns dos cadáveres das mulheres que haviam ficado sobre os degraus da morte. Chegaram a cortar a cabeça da pequena italiana surda, para estudar com mais sossego os ouvidos da pobre desgraçada.

Enquanto isso, os *kapos*, instados pelo capitão Tannenberg, haviam mandado as meninas e os meninos tirarem as roupas para tomar banho. Um tanque cheio de barro e um jorro de água gelada caindo sobre as cabeças atormentadas daquelas criaturas que haviam acabado de ficar órfãs foi a última diversão com que Tannenberg brindou seus convidados de Berlim.

Algumas crianças morreram congeladas e outras sofreram um colapso; apenas meia dúzia conseguiu sobreviver, embora fossem morrer horas mais tarde.

Naquela noite, os homens de Berlim degustaram um copioso jantar e nenhum deles falou sobre o que era realmente importante: a Alemanha estava perdendo a guerra. Todos se comportaram como se seu exército fosse um colosso que ainda estava arrasando as intumescidas terras da Europa. Só mais tarde, quando Alfred Tannenberg ficou a sós com Georg, Heinrich e Franz, eles puderam soltar as rédeas de suas preocupações. Disseram-se, então, o que jamais diriam diante de outros que não fossem eles mesmos, e começaram a pensar nas rotas de fuga a serem usadas quando Hitler perdesse a guerra.

– Eu avisarei vocês – garantiu-lhes Georg –; quero que você e Heinrich estejam preparados; já disse ao Franz para pedir uma transferência ao quartel-general, a influência de seu pai e dos meus será suficiente para que o consiga. A única coisa que não pode fazer é voltar para o *front*.

– Você está tão certo assim de que perderemos a guerra? – perguntou, inquieto, Alfred.

– Ela já foi perdida. Espero que você não acredite na propaganda de Goebbels. Nossos soldados começaram a desertar. Hitler não é mais o mesmo, não é capaz de entender o que está acontecendo, e as pessoas que o cercam têm muito medo dele e não têm coragem de informá-lo. Precisamos ser práticos. Precisamos enfrentar a realidade: os Aliados vão querer humilhar a Alemanha, e quem vai pagar a conta são os homens que, como nós, foram leais ao *Führer*. Por isso, precisamos ir preparando as vias de fuga. Vocês conhecem meu tio; é um verdadeiro sábio. Antes da guerra, um colega norte-americano convidou-o a viajar aos Estados Unidos; deveria não apenas visitar sua universidade como trabalhar em um dos laboratórios secretos do governo. Meu tio está há meses trabalhando aqui na Alemanha no projeto de uma bomba que poderia pôr um ponto final na guerra, no entanto, temo que não termine a tempo. Mas estamos com sorte. Seu colega norte-americano manobrou para ficar em contato com ele. Ofereceu-se para tirá-lo da Alemanha. Há pessoas poderosas em seu país dispostas a ser generosas e a perdoar os cientistas que quiserem colaborar com os Estados Unidos. No início meu tio ficou assustado, e apressou-se em me contar a história. Eu o incentivei a continuar em contato com o amigo, e agora pode ser muito útil a nosso processo de fuga.

– Mas, Georg, não acredito que também possa salvar todos nós – afirmou Heinrich.

– Devemos começar a preparar nosso próprio plano de fuga – interrompeu-o Alfred.

– Precisaremos de novas identidades... – disse Franz.

– Já me encarreguei disso. Há meses, mandei preparar documentos falsos para alguns amigos meus muito especiais – respondeu, rindo, Georg. – A coisa boa de trabalhar nos serviços secretos é que você acaba conhecendo uma gentalha muito interessante com habilidades incríveis. Eu lhes darei novas identidades; deixem isso por minha conta. O importante é que vocês estejam preparados para fugir assim que eu os avisar. Você, Franz, esteve no *front*, mas eu venho informando Heinrich e Alfred sobre a situação, embora Alfred tenha dificuldade de acreditar que a Alemanha possa ser derrotada. Mas essa é a verdade, e por isso vocês devem estar de malas prontas.

– De nossa parte, não há nenhum problema – garantiu Heinrich, falando por ele e por Alfred.

– Eu estou de licença, e por isso ninguém vai procurar por mim no *front* por esses dias. Amanhã, quando chegarmos a Berlim, pedirei a transferência – comentou Franz.

– Então, combinado – disse Georg –, e agora vamos começar a pensar no que faremos depois de sair da Alemanha...

Mercedes delirava. Carlo, Hans e Bruno observavam-na assustados, temendo assistir à sua morte. Eles haviam sobrevivido por milagre, ali estirados sobre os frios degraus onde suas mães haviam tombado, chutados por guardas que os consideraram mortos. Depois, quando os homens de Berlim entraram na enfermaria para admirar as operações ao vivo, ninguém pareceu interessar-se pelos cadáveres que jaziam na "escadaria da morte", e muito menos por aqueles meninos feridos que estavam mais mortos do que vivos.

Quando Hans se aproximara para socorrer Mercedes, uma das sentinelas o havia golpeado até fazê-lo perder os sentidos. Mesmo assim, pôde ouvir o grito da mãe pedindo-lhe que vivesse.

Uma equipe de prisioneiros foi obrigada a limpar a "escadaria da morte" e, do jeito que puderam, ergueram aquelas crianças e as levaram para um dos pavilhões. Foram colocadas sobre um colchão e um médico polonês, chamado Lechw, tentou reanimá-las com pouco mais do que pedaços de pano empapados de água com os quais limpou o sangue de suas feridas.

A menina era quem se encontrava em pior estado. Estava inconsciente e o prisioneiro polonês praguejava em voz baixa, impotente por não ter meios para poder curá-la. Pensou que deixariam os meninos ficar ali, pois tinham perdido suas mães, mas a menina ou seria transferida ou a fariam desaparecer na enfermaria, lugar de onde poucos doentes conseguiam sair com vida.

O médico polonês costurou a cabeça de Mercedes com a agulha e a linha que os presos usavam para remendar suas roupas. Um dos prisioneiros, um russo, tirou não se sabia de onde uma garrafa com restos de vodca que estendeu ao doutor para desinfetar a cabeça da menina. Esta gemia e retorcia-se de dor, mas não conseguia sair do estado de inconsciência provocado pelos golpes.

Um dos prisioneiros alertou sobre as conseqüências de ter uma menina entre eles.

– Se ela for descoberta, poderão fazer qualquer coisa com a gente também...

– E o que você sugere? Devemos entregá-la ao *kapo*? O filho-da-puta do Gustav será capaz de estrangulá-la com as próprias mãos. Duvido que a leve ao pavilhão das mulheres de onde vieram estes meninos... – respondeu o médico.

– Na verdade, com esse cabelo raspado nem se sabe se é uma menina ou um menino – interveio outro prisioneiro.

– Mas vocês ficaram loucos! Se ela for descoberta, seremos moídos a pancadas! – disse um homem bem mais velho.

– Eu não vou entregá-la. Façam o que acharem melhor – respondeu o polonês, enquanto limpava os restos de sangue da cabeça da menina.

Aquela menina lhe recordava a sua, que não sabia que destino tivera. Alguns amigos haviam lhe garantido que protegeriam sua mulher e sua filha, mas teriam conseguido fazê-lo ou sua pequena estaria em um campo como o de Mauthausen? Se fosse assim, pedia a Deus que alguém tivesse piedade dela, a mesma que sentia agora por aquela menininha que jazia inconsciente e que não sabia se conseguiria sobreviver.

– Por favor, não a entreguem.

Os homens olharam para o menino que horas antes tentara defender a mãe e a irmã na escadaria da morte.

– Como você se chama? – perguntou-lhe o médico polonês.

– Carlo Cipriani, senhor.

– Pois bem, Carlo, você tem de nos ajudar para que não nos descubram. Procurem não chamar a atenção de ninguém; é difícil não ser percebido pelos *kapos*, mas não é impossível – explicou o polonês.

– Sim, senhor, vamos fazer isso, não é verdade? – disse Carlo, dirigindo-se aos amigos Bruno e Hans.

Os meninos assentiram; por nada no mundo fariam alguma coisa que delatasse Mercedes. Depois, sentaram-se no chão, perto do colchão onde estava a pequena, à espera de que a vida lhe voltasse. Eles também estavam feridos, embora as que mais sangrassem fossem as feridas da alma. Suas mães haviam sido brutalmente assassinadas diante de seus olhos, fazendo-os se sentir impotentes por não poder ajudá-las.

Naquela noite, Mercedes esteve em coma navegando pelas espessuras das trevas próximas à morte. Foi um milagre que na manhã seguinte tivesse recuperado a consciência, conforme afirmou o médico polonês.

Carlo apertou a mãozinha de Mercedes assim que a viu abrir os olhos. Havia velado a amiga durante toda a noite ao lado de Hans e Bruno. Os três haviam rezado, pedindo a um Deus que não conheciam que se apiedasse da amiga. O médico lhes disse que Deus os ouvira, arrancando-a da penumbra.

Quando os *kapos* chegaram ao pavilhão mandando que os homens saíssem para se formar, não prestaram atenção nas crianças feridas que se escondiam, cheias de medo, em um dos cantos da construção.

Haviam coberto Mercedes e era quase impossível percebê-la; e ninguém se aproximara do colchão para ver o pequeno vulto que nem se movia.

Quando se viram sozinhos, Hans deu um pouco de água para Mercedes beber. A menina olhou para ele agradecida, porém o que mais sentia era medo, um medo profundo que se aninhara em suas entranhas. Sentia um gosto de sangue nos lábios; o gosto do sangue do irmão morto que aquele homem das SS havia atirado em seu rosto.

– Temos de matá-lo – sussurrou Carlo, e os três amigos olharam para ele repletos de expectativas.

Eles quase não podiam se mexer por causa dos golpes recebidos e das feridas mal curadas, mas aproximaram-se para ouvir as palavras ditas pelo menino em um tênue murmúrio.

– Matar? – perguntou Mercedes.

– Temos de matá-lo, ele matou nossas mães – insistiu Carlo.

– E nossos irmãozinhos já... já não poderão nascer – disse Mercedes, com os olhos cheios de lágrimas.

Nem Hans, nem Bruno nem Carlo deixaram escapar lágrima alguma, apesar da enorme dor que atormentava suas almas.

– Minha mãe dizia que quando você deseja muito alguma coisa, ela acaba se realizando – disse, timidamente, Hans.

– Eu quero que o matemos – insistiu Carlo.

– E eu também – disse Bruno.

– E eu – afirmou Mercedes.

– Pois o mataremos – disse, por último Hans –, mas como?

– Quando pudermos – respondeu Bruno.

– Aqui será difícil – afirmou um pesaroso Hans.

– Pois quando sairmos daqui. Não vamos ficar muito mais tempo – insistiu Bruno.

– Isso é quase impossível, não creio que sairemos vivos daqui – afirmou Hans.

– Minha mãe dizia que os Aliados vão ganhar, ela estava sabendo – insistiu Hans.

– Quem são os Aliados? – perguntou Mercedes.

– Todos os que estão contra Hitler – respondeu-lhe Hans.

– Vamos jurar – propôs Carlo.

Colocaram as mãos sobre as de Mercedes e fecharam os olhos, conscientes da solenidade daquele momento.

– Juramos que mataremos esse homem malvado que matou nossas mães e nossos irmãos.

Os meninos repetiram as palavras de Carlo e ratificaram com os olhares que cruzaram aquele juramento que seria uma obrigação pelo resto de suas vidas. Mantiveram as mãozinhas juntas, apertando-as para imprimir força ao juramento e se incentivarem.

Passaram o resto do dia imaginando o momento em que o matariam, discutindo sobre como e com quê. Quando à noite os homens chegaram ao barracão, encontraram-nos trêmulos de frio, famintos, mas com um olhar brilhante nos olhos, e só conseguiram atribuí-lo à febre que os quatro tinham em conseqüências das feridas sofridas.

O médico polonês examinou-os e em seu rosto desenhou-se a preocupação. Uma das feridas da cabeça de Mercedes estava infeccionada. Voltou a lavá-la com os restos da vodca daquele prisioneiro russo que sabia como se apoderar de coisas que não eram suas.

– Precisamos de remédios – afirmou o médico.

– Não se atormente, não há nada a fazer – respondeu outro prisioneiro polonês, um engenheiro de minas.

– Não vou desistir! Sou médico e lutarei pela vida destas crianças até o último suspiro que me restar!

– Não encham o saco – interferiu outro polonês. – Esse aqui – disse, apontando para o russo – conhece o pessoal que faz a limpeza da enfermaria, e talvez possa lhes pedir para trazer alguma coisa.

– Mas eu estou precisando para agora – queixou-se o médico.

– Dê-nos um tempo – pediu seu amigo.

Amanhecia quando o médico polonês sentiu que alguém pressionava seu braço. Adormecera quando tentava guardar o sono das crianças. Seu amigo e o russo entregaram-lhe um embrulho e depois cada um foi para seu catre.

O médico desembrulhou com cuidado o pequeno pacote e teve de reprimir um grito de alegria quando viu o conteúdo. Bandagens, desinfetante e analgésicos formavam o melhor butim com o qual seria possível sonhar.

Levantou-se cuidadosamente para não acordar ninguém e observou o sono inquieto das quatro crianças. Tirou um pedaço do pano com o qual havia coberto a cabeça de Mercedes e começou a desinfetar mais uma vez sua ferida. A menina acordou e ele fez um sinal para que não gritasse e suportasse a dor. A pequena mordeu a manta que a cobria e, pálida como a morte, ficou quieta enquanto o médico parecia preocupado limpando sua ferida. Depois aceitou um copo d'água e as duas pílulas que o doutor lhe ofereceu.

Hans, Bruno e Carlo também receberam os cuidados do médico, que voltou a lhes curar as feridas que cobriam seus pequenos corpos. E eles também receberam um analgésico para suportar melhor a dor, embora já estivessem praticamente acostumados com ela.

– Eu ouvi um dos *kapos* dizer que a guerra vai mal – afirmou um comunista espanhol, enquanto observava o médico polaco terminar de atender às crianças.

– E você acredita nisso? – respondeu-lhe o doutor.

– Sim, acredito sim. Ele estava conversando com outro *kapo*, parece que ouviu um comentário de um dos oficiais que vieram de Berlim. E tenho um amigo que faz a limpeza da sala de rádio que garante que os alemães estão nervosos, ouvem a BBC durante todas as horas do dia e que alguns começam a ser perguntar o que será deles se a Alemanha perder a guerra.

– Deus lhe ouça! – exclamou o polonês.

– Deus? O que Deus tem a ver com isto? Se Deus existisse, não teria permitido esta monstruosidade. Eu nunca acreditei em Deus, mas minha mãe sim, e suponho que deva estar rezando para que eu volte algum dia. Mas se sairmos daqui, não terá sido por causa de Deus e sim dos Aliados. São eles que vão nos libertar. E você, acredita em Deus? – perguntou o espanhol, com um tom não isento de ironia.

– Eu sim, acredito, e se não fosse assim não teria suportado tudo isto. Ele está me ajudando a sobreviver.

– E por que não estendeu uma mão às mães destes pobres desgraçados? – perguntou-lhe, apontando para as crianças.

Mercedes ouvia a conversa sem perder palavra, fazendo um grande esforço para entender o que os homens diziam. Falavam de Deus. Quando estava em Paris, a mãe às vezes a levava à igreja, iam à Sacré Coeur, porque moravam perto. Nunca ficavam muito tempo; a mãe entrava, fazia o sinal-da-cruz, parecia murmurar algo e depois iam embora. A mãe dizia que Deus protegeria o papai e que iam à igreja para pedir a Ele que o fizesse. Mas o pai desapareceu e elas tiveram de fugir, e Deus não havia feito nada para evitá-lo.

Pensou nas palavras daquele espanhol que dizia que Deus não estava ali, e o silêncio lhe deu razão. Não, Deus não estava em Mauthausen, não tinha a menor dúvida a respeito disso. Fechou os olhos e começou a chorar, procurando evitar que ouvissem; via sua mãe destroçada sobre as pedras daquela escadaria interminável.

Consolou-a ouvir os homens chegarem a um acordo a respeito do que fariam com ela. Os amigos Carlo, Hans e Bruno suplicaram àqueles homens que lhe permitisse ficar com eles, comprometeram-se a tomar conta dela, juraram que não incomodariam e assumiram o compromisso de não chorar para que não a descobrissem.

Por isso continuaria ali, naquele pavilhão, como se fosse um menino e teria de se comportar como tal, e, sobretudo, tentar passar despercebida; se fosse descoberta, todos pagariam e por nada no mundo ela faria alguma coisa que pudesse causar mal.

Alfred Tannenberg estava nervoso. A ligação de Georg urgindo-o a viajar imediatamente com Heinrich para Berlim acontecia apenas uma semana depois da visita a Mauthausen.

Georg não lhe tinha dado nenhuma explicação; a única coisa que lhe dissera é que estaria esperando por eles à primeira hora do dia seguinte em seu escritório.

Zieris, o comandante de Mauthausen, tentara seduzi-lo para que permanecesse quando lhe anunciou que estava partindo. Foi cortado secamente; ele, Tannenberg, estava indo a Berlim por ordem do Serviço Central de Segurança do Reich, e o mesmo se dava com o amigo Heinrich.

Viajaram boa parte da noite e chegaram a Berlim quando estava prestes a amanhecer. Heinrich propôs que cada um fosse até a casa dos pais para dar-lhes um abraço e tomar um banho antes de se apresentarem aos escritórios do RSHA, e Alfred gostou da idéia. Tinha vontade de abraçar o pai e até de ouvir as reprimendas da mãe que, certamente, se queixaria ao vê-lo mais magro.

Às oito da manhã em ponto os dois oficiais estavam na sala de Georg, onde também estava Franz. Depois da saudação hitlerista, os quatro amigos trocaram um grande abraço.

– Perdemos. É uma questão de dias que isso se precipite. Os russos cruzaram nossas posições. Hitler está fora de si, mas perdeu a guerra e ninguém manda mais na Alemanha. Devemos partir.

– E Himmler? – perguntou Alfred.

– Eu convenci Himmler de que devo ir à Suíça para reunir-me com um grupo de nossos agentes. Diante do rumo que a guerra estava tomando, convenci-o há meses da necessidade de nos prepararmos para o que pudesse acontecer. Por isso, prevendo a queda do Reich, há pessoas em vários países organizando a chegada dos nossos.

Georg tirou de uma gaveta três pastas e deu uma a cada um dos amigos; eles as abriram e examinaram seus novos documentos de identidade.

– Você, Heinrich, irá a Lisboa e de lá para a Espanha. Temos bons amigos no círculo do general Franco. Passará a se chamar Enrique Gómez Thompson. Seu pai é espanhol, e sua mãe inglesa, por isso não fala o idioma, pois viveu sempre fora da Espanha. Você tem aí o número de um de meus melhores homens, um agente que há muito tempo está envolvido na organização da infraestrutura necessária para recepcionar alguns amigos se perdêssemos a guerra. É um velho colega nosso da universidade, Eduard Kleen.

Heinrich assentiu, sem tirar os olhos daqueles documentos que o transformariam em outro homem.

– Como chegarei a Lisboa?

– Você seguirá amanhã à tarde em um avião; espero que os Aliados não o derrubem – respondeu, rindo, Georg. – Oficialmente, estará indo para nossa embaixada de Lisboa. Você também tem aí o ofício com sua nomeação para o posto de adido militar adjunto. Quando o fim da guerra for anunciado, você deverá sair de Lisboa; antes, precisará entrar em contato com nosso amigo Eduard Kleen. Ele providenciará sua viagem à Espanha. O primeiro destino será Madri, onde lhe dirá o que fará depois. Eduard fez um bom trabalho. Estes documentos são espanhóis de verdade, foram fornecidos por nossos companheiros franquistas; não há nada que os amigos não façam quando você coloca um bom punhado de notas sobre sua mesa.

– E eu estou sendo mandado para o Brasil... – comentou Franz enquanto lia os dados de seu novo passaporte.

– Sim. Temos de ir a lugares onde ninguém nos procurará, onde tenhamos amigos, onde os governos façam vista grossa e não tenham nenhum interesse em perguntar quem somos. O Brasil é um bom refúgio. Ali vive outro dos meus agentes favoritos. É um *bon-vivant* que, como Eduard, está há meses preparando alguns esconderijos para algumas pessoas importantes que não têm a menor intenção de passar o resto de seus dias em uma prisão.

– Eu não falo português – queixou-se Franz.

– O que podemos fazer? É um bom destino, Franz, não se queixe. O que a gente não pode fazer é ir em grupo a um mesmo lugar. Não seria inteligente, mas sim uma loucura, uma estupidez.

– Você tem razão, Georg – comentou Alfred, que se sentia satisfeito com a identidade que o amigo lhe entregara. Suíço, seria um suíço de Zurique, mas seu destino final era a cidade do Cairo.

– E você, Georg? – quis saber Franz.

– Eu, como já lhes disse, partirei amanhã mesmo; em primeiro lugar, irei para a Suíça, acompanhando meu tio, e de lá nossos amigos norte-americanos nos levarão a seu maravilhoso país. Meus pais seguiram hoje e ficarão na Suíça com falsa identidade. Quanto aos de vocês, quero que falem com eles e no máximo em duas horas me digam o que pretendem fazer. Posso levá-los para a Suíça e dar-lhes documentos falsos, mas precisamos fazer isso ainda hoje; amanhã eu não estarei mais aqui e não confio em ninguém, a não ser em mim mesmo e em vocês.

"Vocês têm duas horas; vão para casa, falem com suas famílias, mas sejam discretos; se alguém ficar sabendo e esta história chegar a ouvidos errados, seremos fuzilados. Espero por vocês aqui dentro de duas horas."

– Mas Himmler não vai aceitar que você desapareça... – comentou Franz.

– Eu não vou desaparecer. Vou ficar encarregado de supervisionar os refúgios escolhidos por nossos agentes. E, logicamente, também temos amigos nos Estados Unidos. Mais do que vocês imaginam.

Alfred Tannenberg aguardava com impaciência pela resposta do pai. Este havia ficado em silêncio, perdido em seus próprios pensamentos, sem dar atenção aos pedidos angustiados da mulher.

– Papai, por favor, quero que vocês saiam daqui – insistiu Alfred Tannenberg.

– É o que faremos, filho, é o que faremos, mas não quero ficar muito longe da Alemanha. Mesmo perdendo a guerra, este é nosso país.

– Papai, não temos tempo a perder...

– Está bem. Vamos nos preparar.

Franz e Heinrich não tiveram dificuldades para convencer os pais. Estavam dispostos a atravessar a fronteira e instalar-se na Suíça, de onde acompanhariam os acontecimentos. Havia muito tempo o dinheiro de todos eles estava sob a excelente proteção dos bancos suíços e, por isso, não era problema para nenhum deles viver no país vizinho.

Georg provou mais uma vez que era um grande administrador. Duas horas depois, quando os amigos voltaram a seu escritório, já tinha os passes assinados para todos e cada um dos membros de suas famílias. Deviam partir naquela mesma tarde, o mais tardar ao anoitecer, porque, insistia, a guerra estava prestes a terminar.

Depois, convidou-os a almoçar em sua casa.

– Bem, agora precisamos tratar da segunda parte. O que nós vamos fazer quando sairmos daqui?

– Casar-nos – afirmou, sem vacilar, Franz.

– Casar-nos? – perguntou Heinrich.

– Sim, já conversei sobre isso com Alfred e é a coisa mais inteligente a fazer. Devemos nos casar imediatamente com uma mulher do país onde vamos viver. Ele não pode, porque já está casado com Greta, mas é uma boa idéia.

– Casem vocês. Eu não tenho a menor intenção de contrair matrimônio – disse Georg, e os amigos não fizeram nenhum comentário.

– Tenho um plano para propor.

As palavras de Alfred despertaram a curiosidade dos amigos. Todos conheciam sua inteligência distorcida, sua capacidade de improvisar nas circunstâncias mais difíceis. Cansara de demonstrar suas habilidades.

– Nossos pais têm dinheiro e por isso não deveríamos nos preocupar, mas eu temo que talvez não seja tão fácil conseguir recursos para viver. Sim, eu sei que nós temos nosso próprio dinheiro, o que economizamos durante esses anos, mas talvez não possamos sacá-lo todo. Além do mais, não sabemos o que acontecerá, nem qual será o esforço que os vencedores farão para nos perseguir. Somos oficiais das SS, nossos nomes são conhecidos, não somos pessoas insignificantes, e nossos pais também não o são. Creio que ficarão mais tempo na Suíça do que acreditam, e temo que se começarem a procurar pelos responsáveis pelo... que aconteceu aqui alguém poderá dizer que nós também somos em parte responsáveis. Quero dizer que devemos montar nosso próprio negócio, e eu lhes asseguro que será um negócio próspero.

Eles o ouviam cheios de expectativas, sabendo que a idéia de Alfred sem dúvida os surpreenderia.

– Vamos nos dedicar à arte, às antiguidades, à nossa profissão. Não somos arqueólogos?

– Vamos, Alfred, do que se trata? – perguntou-lhe Franz, com um tom impaciente.

– Meu destino é a cidade do Cairo, o de Georg, Boston, você está indo para o Brasil e Heinrich para a Espanha: é perfeito! – Alfred falava mais para si próprio do que para os amigos.

– Explique-se – pressionou-o Georg.

– Ainda tenho as tábuas que tomamos dos velhos em Harã, além de outras tábuas e objetos que trouxemos, você se lembram?

– Sim, é claro – respondeu Heinrich.

– Bem, pois vamos vender antiguidades, objetos únicos que são o sonho de qualquer colecionador. O Oriente está cheio de antiguidades, de peças com mais de dois mil anos.

– E de onde vamos tirar esses objetos? – perguntou Franz.

– Vejo que, na universidade, você não foi um aluno muito aplicado. Você não se lembra de nenhuma lição a respeito de ladrões de túmulos? Os países do Oriente têm governos corruptos; é tudo uma questão de dinheiro, de dinheiro para escavar onde e como quisermos, de dinheiro para ficar com aquilo que encontrarmos, de dinheiro para comprar até objetos que estão em museus. Nesses países, ninguém se importa com eles. As pessoas nem sabem qual é o valor daquilo que possuem. Eu lhes garanto que há pessoas no mundo dispostas a pagar o que a gente pedir por determinados objetos e nós vamos seduzi-las. Eu organizarei o negócio a partir da cidade do Cairo. Ficarei me movimentando entre a Síria, a Transjordânia, o Irã, a Palestina... Eu fornecerei a matéria-prima e vocês se encarregarão de vendê-la; você, Georg, será o responsável pelo mercado norte-americano, Enrique pelo europeu e Franz pelo latino-americano. Naturalmente, precisaremos de fachadas, mas pensaremos a respeito disso quando chegar o momento.

Alfred Tannenberg falava com tanto entusiasmo que contagiou os amigos. Os quatro homens deixaram a imaginação voar, fazendo planos para o futuro imediato.

– Em definitivo: vamos roubar em grande escala, vamos ficar com os tesouros que esses ignorantes não sabem que têm – garantiu Alfred.

– Deveríamos montar uma empresa de importação e exportação, com escritórios nos países em que vamos nos instalar – sugeriu Heinrich.

– Você, Georg, que vai viver em Boston, deveria aprender como se fez para montar uma entidade cultural encarregada de promover a arte. Os norte-americanos têm fundações... Não sei se uma fundação pode nos encobrir, mas necessitamos de uma fachada relacionada com a arte, uma associação ou fundação que com o tempo passe a financiar expedições arqueológicas, de cujos frutos nós, naturalmente, nos apoderaremos. Uma fundação é sempre algo opaco, e por isso a partir dela poderemos agir para vender arte a quem quiser comprá-la – afirmou Alfred.

– As fundações não são empresas – disse Franz.

– A nossa será, embora não vá parecer. Será como nós mesmos; parecerá uma coisa, mas será outra. Precisamos de respeitabilidade – respondeu-lhe Alfred.

– Mas não é fácil ter uma fundação; as fundações dependem de bancos, de universidades, e eu não sei o que vou encontrar nos Estados Unidos – comentou Georg, preocupado.

– Você vai encontrar o seguinte quadro: os norte-americanos pagarão bem a seu tio, lhe darão imediatamente acesso aos círculos acadêmicos, o designarão para trabalhar em projetos secretos... Vocês vão conhecer gente importante. Tudo dependerá de como você vai se organizar, de como conseguirá se fundir à paisagem e navegar na esteira de seu tio. Não, não poderemos ter uma fundação nem no primeiro ano nem no segundo, antes precisaremos ingressar na sociedade em que cada um de nós irá viver. Quando não chamarmos mais a atenção, quando fizermos parte do cenário, começaremos a colocar nosso plano em andamento. Enquanto isso, irei estocando material para quando chegar o momento. Quanto a montar uma empresa de importação e exportação, me parece ser uma boa idéia. Na Europa, vão precisar de tudo, nós a destruímos, tudo precisa ser reconstruído, e você acaba de dizer que temos, nos Estados Unidos, mais amigos do que imaginamos. A paz nos tornará ricos – disse, rindo, Alfred.

– Venderemos as tábuas de Harã? – quis saber Georg.

– Não, não o faremos. Quero encontrar o resto. Se acharmos as tábuas escritas pelo tal do Shamas revolucionaremos o mundo da arqueologia, e, é claro, também ficaremos extremamente ricos. Mas não devemos nos precipitar. Eu me encarregarei de continuar escavando em Harã, de procurar na areia do deserto, onde quer que estejam as tábuas em que está escrita a versão do Gênesis contada pelo patriarca Abraão a esse Shamas. O que Abraão sabia a respeito da Criação? Sua versão é a mesma que a da Bíblia? Eu lhes asseguro que não pararei até encontrar todas as tábuas; quando estiver com elas, resolveremos o que fazer, e o que fizermos terá repercussão mundial.

– Não é conveniente que nos tornemos visíveis – respondeu Georg, inquieto.

– Fique tranqüilo. Não ficaremos visíveis. Lembre-se de que dentro de alguns dias já seremos outros; além do mais, sempre haverá pessoas para nos servir de fachada. Eu ainda não lhes disse, mas meu único sonho é encontrar essas tábuas... Deus, o que eu não daria para encontrá-las!

– Vocês não foram obrigados a agüentá-lo esses anos todos sonhando com as tábuas de Harã – queixou-se Heinrich –, mas não houve um dia em que não tenha me falado delas. Está inteiramente obcecado!

– O que temos de ter claro é o que vamos fazer e como. Parece-me importante que a gente encontre uma maneira de ficar em contato. Quanto às tábuas de Harã... Eu as compartilharei com vocês, é claro, mas deixem que eu me encarregue primeiro de encontrá-las e aí decidiremos o que fazer com elas – exigiu Alfred.

– Por mim, tudo bem – concedeu Alfred.

– O que acontecerá com o *Führer*?

– Espero que você não se torne sentimental, não é verdade, Franz? Para a gente, tanto faz. Não podemos nos associar a um perdedor. Tinha uma grande idéia para a Alemanha, mas não soube ganhar a guerra, e por isso seria absurdo deixar-nos vencer com ele – foi a resposta fria de Georg.

– Mas onde ele está? – insistiu Franz.

– Parece que foi convencido a se instalar no *bunker*, não sei direito, mas tampouco me importa; estou saindo daqui do mesmo modo que vocês. Quem acredita que ele está preocupado conosco? Salve-se quem puder. Esta é a única coisa a ser feita. Ele já tem seu lugar na história.

Despediram-se sabendo que ficariam muito tempo sem se ver, mas juraram lealdade até o fim de seus dias, felicitando-se pelo negócio idealizado por Alfred. Iam roubar, arrebatar das entranhas do Oriente seus mais preciosos tesouros. Tanto fazia a quem pertencessem, estavam dispostos a vendê-los pelo melhor preço, e sabiam que sempre encontrariam colecionadores inescrupulosos e ansiosos por possuir peças únicas, fora do alcance dos comuns dos mortais.

Em Mauthausen, a primavera demorava a chegar. Fazia frio e os prisioneiros, mais mortos do que vivos, observavam a inquietação de seus guardiões, convencidos de que algo estava prestes a acontecer. Nos últimos dias, os sentinelas mostravam-se mais brutais e atiravam ao menor tropeço.

Alfred Tannenberg contemplava o exterior do campo da janela do escritório de Zieris. A noite trouxera consigo uma geada e os sentinelas que guardavam o campo esfregavam as mãos, inquietos. Alfred e Heinrich haviam chegado havia apenas uma hora a Mauthausen e foram imediatamente à sala de Zieris para mostrar-lhe os papéis com suas novas ordens. O comandante do campo os escutara com curiosidade, sem atrever-se a fazer perguntas que, tinha certeza, aqueles oficiais tão bem relacionados se recusariam a responder.

Tentaria depois averiguar por seus próprios meios por que os dois oficiais haviam sido requisitados para missões fora da Áustria, em um lugar indeterminado.

Assim que se despediram de Zieris, Heinrich e Alfred Tannenberg dirigiram-se às suas casas, localizadas fora do campo, na encantadora aldeia que lhe emprestara seu nome, Mauthausen.

Em pouco menos de duas horas Heinrich havia feito as malas e recolhido todos os seus pertences pessoais da casa onde vivera nos últimos anos sob os cuidados de *fräulein* Heines. A governanta deixara escapar uma lágrima ao saber que o educado oficial das SS estava indo embora e, provavelmente, não voltaria nunca mais, mas entendeu que aquele não era um momento para grandes arroubos de sentimentalismo e ajudou seu senhor a guardar seus objetos em duas maletas e um baú. Depois, na hora da despedida, ele entregou-lhe algumas notas que, lhe disse, ajudariam-na até que encontrasse outra casa à qual pudesse prestar seus eficientes serviços.

Quinze minutos depois, Henrich batia com força na porta da casa de Tannenberg. Quando o amigo abriu, compreendeu que estava acontecendo alguma coisa que o preocupava muito. Sabia que Greta, a esposa de Alfred, estava esperando um filho, mas ainda faltavam dois meses para que desse à luz.

– O que está acontecendo? – perguntou Heinrich, sem disfarçar a preocupação que lhe provocava o rosto circunspecto de Alfred.

– Greta... Está mal, muito mal. Mandei chamar o médico. Espero que não perca nosso filho. Eu não a perdoaria...

– Vamos, não diga uma coisa dessas! Deixe-me vê-la...

– Entre, mas não o aconselho a entrar no quarto. A criada está tentando ajudá-la...

– Então, não vou ficar. Eu devo partir e você também. Lembre-se de que Georg quer que amanhã estejamos longe daqui.

– Não se preocupe. Volte a Berlim e pegue o avião para Lisboa, eu... Eu verei o que poderei fazer, mas agora não me resta outro remédio a não ser ficar aqui.

– Georg disse para partirmos quanto antes!

– Georg não tem uma esposa grávida, de modo que farei o que puder, e neste momento não posso simplesmente ir embora.

– Você tem de atravessar a fronteira amanhã à noite... – insistiu Heinrich.

– Não sei se poderei, mas vá você, faça-me esse favor, saia quanto antes daqui; não ficarei tranqüilo até saber que todos vocês estão a salvo.

Trocaram um longo abraço. Eram unidos não só pela infância e pelos anos passados na universidade, mas também o tempo vivido em Mauthausen os marcou para sempre. Haviam feito da dor alheia sua maior diversão, tanto que tinham perdido a memória do número de prisioneiros que chegaram a torturar e a matar pessoalmente.

– Voltaremos a nos encontrar – garantiu Alfred.

– Estou certo disso – respondeu-lhe Heinrich.

O médico levou muito tempo para chegar e quando apareceu Alfred lhe disse, ameaçando-o, que a demora lhe custaria caro. Greta gritava de dor e a criada fora incapaz de dar-lhe qualquer ajuda.

Alfred esperou durante uma hora na cozinha bebendo aguardente enquanto o médico lutava para salvar a vida de seu filho e de Greta. Não rezou pedindo a ajuda de Deus porque não acreditava em nada, e por isso usou aquela hora para planejar uma tentativa de sair o mais rápido possível da Áustria, já que não poderia partir naquela noite, ao contrário do que Georg havia previsto.

Quando viu o médico no umbral da porta e atrás dele, chorando, a criada, soube que algo não havia corrido bem. Levantou-se da cadeira e, aproximando-se do doutor, esperou que ele dissesse alguma coisa.

– Sinto muito, mas foi impossível salvar a menina, e sua mulher... Bem, o estado da Sra. Tannenberg é muito delicado. Ela precisa ser transferida a um hospital. Perdeu muito sangue. Se ficar aqui, não acredito que possa agüentar.

– Uma menina? Era uma menina? – conseguiu perguntar, vermelho de raiva.

– Sim, era uma menina.

Alfred esbofeteou o médico e este não resistiu. Nunca teria ousado enfrentar um oficial das SS e muito menos um homem como aquele, cujo olhar deixava claro que não conhecia nenhum limite.

Tampouco atreveu-se a se mexer, e assim permaneceu em pé, com o rosto avermelhado pela bofetada e pela vergonha, sentindo uma dor insuportável no ouvido.

– Consiga uma ambulância! Imediatamente! – gritou Tannenberg. – E você – disse à criada –, vá ficar com minha esposa!

A mulher saiu depressa da cozinha, temendo que também batesse nela. Greta gemia, meio inconsciente, chamando pela filha perdida.

A ambulância demorou mais uma hora para chegar e então Greta já entrara em um estado profundo de inconsciência, que a Tannenberg parecia estar próximo da morte.

Quando chegaram ao hospital, Greta já era um cadáver, e a única coisa que os médicos puderam fazer foi assinar um atestado de óbito.

Tannenberg não demonstrou mais emoção do que fúria, uma fúria que os médicos e enfermeiras atribuíram à perda da esposa, embora, na realidade, o capitão das SS estivesse enfurecido por ter perdido horas preciosas de sua planejada fuga.

Agora precisaria avisar aos pais de Greta e esperar que chegassem para assistir ao enterro, o que o retardaria pelo menos uns dois dias, e Georg havia deixado claro que o tempo corria contra eles. Pelo menos, pensou, Heinrich e Franz executariam o plano inicial. Ele seria obrigado a ficar até o enterro de Greta; agir de outro modo seria enfrentar seu poderoso sogro Fritz Herman, o que significaria provocar a ira de Himmler e, enquanto a Alemanha não caísse definitivamente, esses homens eram os que manejavam os fios daquele já desfalecido Reich.

Voltou para casa com o cadáver de Greta e ordenou à criada que amortalhasse o corpo da mulher. Não sentia muito sua perda, embora tivesse sido uma esposa entusiasmada e leal que jamais o decepcionara; submetera-se a todos os seus caprichos sem questioná-los ou protestar. Haviam demorado vários anos para conceber um filho, uma filha, dissera o doutor, e Greta sentia-se imensamente feliz por isso. Ele próprio gostara da idéia de ter uma descendência e sentia que o perturbava saber que Greta abrigava uma criança em seu ventre. Imaginava-o loiro, de pele muito branca e olhos azuis, sorridente e feliz.

O comandante de Mauthausen mostrou-se solícito quando ficou sabendo da morte de Greta e perguntou-lhe pelo adiamento de sua missão fora da Áustria; Tannenberg não lhe respondeu. Limitou-se a informar que o sogro, Fritz Hermann, estava prestes a chegar e ele deveria tomar todas as providências para fazer as honras de um dos homens mais próximos de Himmler.

Zieris entendeu a mensagem e não insistiu, mas lhe fez uma confidência.

– Há algumas horas, recebi uma ligação de Berlim. A Cruz Vermelha está insistindo com Himmler para que a permita visitar Mauthausen. Eles estão há meses tentando entrar nos campos. Tenho amigos que me garantem que nosso *Reichführer* pretende negociar uma saída com os Aliados. Temo que tudo já esteja perdido... Os russos já ocuparam parte da Alemanha e os Aliados estão prestes a tomar a Áustria, mas suponho que você saiba de tudo isso. Ou estou enganado?

Tannenberg não respondeu. Limitou-se a ficar em silêncio, em pé, olhando fixamente para o comandante do campo.

– É uma pena que você vá embora. Está chegando um contingente das SS para nos ajudar a evacuar o campo. Precisamos nos desfazer de alguns prisioneiros. Isto aqui tem de parecer... Bem, apenas com um campo de prisioneiros. O castelo de Hartheim vai ser transformado, imediatamente, em um orfanato. E devemos apagar todos os vestígios das câmaras de gás, dos fornos crematórios..., enfim, temos uma tarefa árdua pela frente, sinto que você não possa nos dar uma ajuda porque não temos muito tempo para cumprir as ordens.

O comandante não conseguiu tirar Alfred Tannenberg do silêncio em que havia se instalado. Não era difícil perceber que, para Alfred Tannenberg, nada do que Zieris lhe contava seria um problema.

Herr Hermann e sua esposa choraram, desconsolados, a morte da filha Greta e da neta recém-nascida. Agora que o *Reich* estava ruindo, Tannenberg achou que seu outrora influente sogro não passava de um homem comum sem nenhuma imaginação para tentar se salvar. Não lhe disse que estava indo embora, mas apenas que recebera uma missão: a de conseguir, não importa o que acontecesse, que as SS sobrevivessem para tentar, algum dia, devolver sua grandeza à Alemanha.

Fritz Hermann ouvia o genro enquanto enxugava as lágrimas.

Quando os sogros, mais aturdidos do que qualquer outra coisa, despediram-se dele para regressar a Berlim, Tannenberg suspirou aliviado. Finalmente poderia organizar sua própria fuga, porque era evidente que não havia mais tempo a perder.

Pegou os documentos que Georg havia lhe dado e os guardou em uma pasta de couro. Depois, com uma pequena maleta onde guardava as tábuas de Harã e algumas roupas, mais duas bolsas, uma com dólares e a outra repleta de anéis, relógios e jóias confiscadas dos prisioneiros que chegavam ao campo, dispôs-se a deixar Mauthausen para sempre.

Um carro com um motorista o esperava na porta de casa. Saiu sem sequer se despedir da criada e tampouco cumprimentou o soldado que o levaria até a Suíça.

Quando chegaram à fronteira, sorriu, aliviado. Quando chegasse a Zurique, procuraria os pais, mas não ficaria muito tempo na Suíça. Uma vez mantidos os contatos previstos por Georg, viajaria imediatamente à cidade do Cairo. Mas a primeira coisa a fazer era ir a Zurique e lá adotar a nova personalidade que o amigo lhe havia proporcionado.

Os pais haviam se instalado em um hotel discreto próximo ao centro da cidade, que naqueles dias estava abarrotada de agentes de todos os lugares do mundo à procura de informações, mas, sobretudo, era uma plataforma invejável para se observar o fim do III *Reich*.

A mãe abraçou-o aliviada e o pai tampouco disfarçou a emoção que sentia ao vê-lo; a mãe começou a chorar quando ele anunciou o falecimento de Greta e a perda da filha.

– Quanto tempo você vai ficar com a gente? Em Berlim, só me disse que nos encontraríamos aqui e que havia sido encarregado de uma missão delicada – quis saber o pai.

– Não ficarei mais do que dois dias, o tempo necessário para encontrar um avião que me leve a Lisboa ou a Casablanca, de onde seguirei para a cidade do Cairo.

– À cidade do Cairo? Por que você precisa ir ao Egito?

– Papai, não preciso lhe dizer que perdemos a guerra.

– Não diga uma coisa dessas! A Alemanha ainda pode ganhar! Hitler jamais se renderá!

– Vamos, papai, você aceitou vir para a Suíça porque estava consciente da situação.

– Eu vim porque você me convenceu de que era melhor esperar aqui pelo final da guerra, mas ainda não a dei por perdida.

– Pois faça isso, quanto antes você assumir, melhor será para a família. Eu sei que você vai querer voltar quando a guerra terminar, mas eu, se estivesse em seu lugar, não o faria. Os Aliados caçarão todos aqueles que tiveram um papel relevante ao lado de Hitler e eles serão julgados como o *Führer*. É melhor aceitar a realidade, por isso estou indo para a cidade do Cairo; começarei uma vida nova, deixarei tudo para trás. Não posso fazer mais nada pela Alemanha.

A tristeza apoderou-se de *Herr* Tannenberg, que olhava com incredulidade para o filho.

– Você também vai nos deixar? – perguntou-lhe, diretamente, a mãe.

– De certa maneira sim, vou deixá-los. Precisamos nos separar. Não posso levá-los comigo; se vocês me levassem a sério, ficariam aqui na Suíça. Papai, nosso dinheiro está aqui, e é quantia suficiente para vocês viverem com comodidade o resto de suas vidas. Se voltar à Alemanha quando a guerra terminar, acabará perdendo tudo.

– Você ficará em contato com a gente? – perguntou-lhe sua mãe.

– Sim, procurarei fazer com que saibam como estou e também ter notícias sobre vocês e o resto da família. Mas não sei nem como nem quando poderei fazê-lo. Estou entrando na clandestinidade: vou mudar de nome e tenho de assumir uma nova identidade; por isso, não será fácil contatá-los regularmente. Sempre que puder, o farei, mas não correrei riscos e nem permitirei que vocês os corram.

A mãe começou a chorar, enquanto o pai, de pé, caminhava pela sala, ruminando as palavras do filho.

– Conversei com os pais de Georg e de Heinrich. Os de Franz estão em Genebra –disse-lhe.

– Eu sei, Georg preparou tudo meticulosamente. Aqui vocês ficarão bem, há muitos alemães, muitos amigos que sabem, como a gente, que o *Reich* está acabado. Se eu fosse você, papai, começaria a pensar em montar algum negócio, algo que lhe permita fincar raízes na Suíça e manter-se ocupado. E faria mais uma coisa: começaria a manifestar em voz alta a decepção com Hitler, que levou a Alemanha à ruína, que se sente enganado.

– Mas isso seria uma infâmia!

– Isso seria aceitar a realidade. Em alguns meses, Hitler será um pestilento; será julgado pelos Aliados e enforcado. Procurarão por todos os que colaboraram com ele para fazer o mesmo. Por isso, está na hora de estabelecer distância.

– Eu achava que nas SS haviam lhe inculcado o sentido da honra – queixou-se o pai.

– Nas SS me ensinaram, antes de tudo, a sobreviver, e é isso o que eu vou fazer.

– O que você vai fazer no Cairo, filho? – perguntou-lhe, suavemente, a mãe.

– Casar-me assim que puder.

– Meu Deus! Mas, filho, você ficou viúvo há menos de quatro dias!

– Eu sei, mamãe, eu sei, mas guardar luto não serve para nada. Tenho de deixar de ser Alfred Tannenberg, tenho de começar uma nova vida, e, para isso, preciso que alguém me permita viver de acordo com minha nova identidade.

– Você deixará de se chamar Tannenberg? Você tem vergonha de seu sobrenome? – perguntou, vermelho de ira, o pai.

– Não, não me envergonho de ser um Tannenberg, mas não quero que me fuzilem por sê-lo; por isso, até que saibamos o que acontecerá após a queda do *Reich*, o melhor é passar despercebido, e dificilmente um oficial das SS conseguiria não ser notado.

– Filho – insistiu a mãe –, diga-nos o que você vai fazer na cidade do Cairo. Está precisando de alguma coisa, peça-nos o que quiser...

– Preciso de dinheiro, de francos suíços, de dólares... O que você puder me dar, papai. Quanto ao que vou fazer... Bem, Heinrich, Georg, Franz e eu chegamos a um acordo; quando for possível, abriremos uma empresa de importação e exportação, de preferência de antiguidades. Mas isso será mais adiante. A primeira providência é chegar à cidade do Cairo, procurar por um contato indicado por Georg e desaparecer na paisagem até o final da guerra. Não sei exatamente quais serão meus passos, serei obrigado a improvisar, mas estou certo de que a melhor maneira de ser outro é encontrando uma família que me acolha e me proteja e por isso me casarei assim que puder.

Naquela noite jantou com os pais e as irmãs, assim como com os pais de Heinrich e de Georg. Estes demonstraram a mesma preocupação de seus pais com a decisão adotada pelos filhos, embora os pais de Georg estivessem aliviados por saber que seu filho estava indo com um tio para os Estados Unidos.

Todos resistiam em virar exilados e diziam que regressariam quando a guerra terminasse; achavam que os Aliados não julgariam a população civil, porque, para fazê-lo, seriam obrigados a levar ao banco dos réus uma boa parte da Alemanha.

– Vocês logo verão que os futuros chefes da Alemanha serão alguns dos delinqüentes políticos que hoje estão presos nos campos, a menos que alguém tome a providência acertada de matá-los antes – comentava Alfred.

Dois dias depois, Alfred Tannenberg despedia-se de seus pais. Em seu íntimo, sabia que era para sempre. Não podia dar um passo atrás e muito menos voltar à Alemanha, e por isso, fosse qual fosse o destino dos pais, seus caminhos estavam se separando ali de maneira irremediável.

Quando o avião aterrissou na cidade do Cairo, sentiu um nó no estômago. Naquele momento, começava o resto de sua vida e não conseguia ver nada além de incerteza. Havia viajado com seu passaporte autêntico, como lhe recomendara Georg; só deveria usar os papéis falsos quando seu instinto lhe dissesse que chegara o momento, ou seja, quando se tornasse oficial que a Alemanha havia perdido a guerra, o que aconteceria em questão de semanas ou talvez até de dias.

Um táxi levou-o a um hotel discreto que ficava perto da embaixada norte-americana. Sorriu para si mesmo pensando na proximidade de seus inimigos, que nunca suspeitariam que um oficial das SS se hospedaria ao lado deles.

O hotel cheirava a ranço e a maioria dos hóspedes era européia: refugiados, espiões, diplomatas, aventureiros. Entregou seu passaporte ao recepcionista.

– Vejamos, Sr. Tannenberg, só me resta um quarto duplo. Se quiser ficar com ele, terá de pagar como se fosse ser ocupado por duas pessoas – disse-lhe o homem da recepção, sabendo, de antemão, que aquele alemão alto e de olhar tão gelado como o aço não se recusaria a pagar o dobro.

Alfred Tannenberg assentiu, consciente de que essas eram as regras do jogo e que de nada serviria protestar e muito menos chamar aquele homenzinho sorridente de ladrão.

– Está bem, não há problema. Na verdade, estou esperando por outra pessoa – disse, jactando-se.

– Ah, sim? E quando vai chegar essa pessoa? – quis saber o recepcionista.

– Eu lhe direi assim que souber – respondeu Tannenberg com ar de indiferença.

O quarto não era muito espaçoso, mas da janela era possível ver o Nilo. Uma cama grande, uma mesinha com um abajur, um sofá que podia ser usado como cama, uma mesa e duas cadeiras, além de um armário, constituíam todo o mobiliário. Uma porta levava a um pequeno banheiro. Tannenberg disse a si mesmo que aquele seria seu lar provisório até que encontrasse o agente de Georg, um oficial das SS, também encarregado de encontrar esconderijos para outros companheiros que, conscientes da situação na Alemanha, haviam encontrado as desculpas pertinentes para fugir a tempo.

Na realidade, todos haviam saído de Berlim com o beneplácito de seus chefes. George supostamente para supervisionar os agentes no estrangeiro, Franz para incorporar-se aos efetivos das SS na América do Sul, Heinrich para integrar a representação diplomática da Alemanha em Portugal e ele para trabalhar com um grupo de agentes avançados na cidade do Cairo. Todos tinham uma cobertura oficial e, além disso, papéis falsos para que pudessem assumir a qualquer momento sua nova identidade.

Resolveu ser prudente e, por isso, depois de ter estudado o mapa da cidade do Cairo, saiu para procurar o lugar onde, segundo Georg, encontraria sem contato. Caminhou durante uma hora, confirmando que o Cairo era cheio de europeus. Chamou sua atenção o trânsito caótico: os táxis cruzavam as ruas sem olhar nem à direita nem à esquerda, os motoristas pareciam ter o dedo grudado das buzinas e os pedestres driblavam os perigos do tráfego com indiferença.

Sorriu satisfeito ao ver o letreiro do restaurante: "Restaurante Kababgy."

Empurrou a porta e entrou. Um garçom perfeitamente uniformizado aproximou-se solícito, falando em inglês.

Alfred Tannenberg falava o inglês com desenvoltura, mas surpreendeu-se ao ver que também o fizesse aquele garçom cairota; este confundiu a perplexidade do novo cliente com desconhecimento da língua e perguntou-lhe que idioma falava.

– Francês, alemão, italiano, espanhol...?

– Alemão – conseguiu dizer Tannenberg.

– Ah, seja bem-vindo! O senhor tem reserva?

– Não, não tive tempo, acabo de chegar e... Bem, um amigo me disse que esse é um dos melhores restaurantes da cidade.

– Obrigado, senhor, e... Pode me dizer quem é seu amigo?

– Bem, é possível que o senhor não conheça a pessoa... É um alemão, como eu.

– Entre nossos clientes, temos muito europeus, como o senhor... Mas entre, vou procurar uma mesa.

Jantou com apetite, observando os outros comensais do restaurante; ficou claro que a clientela era variada. Quando voltou ao hotel, disse a si mesmo que no dia seguinte iria procurar seu contato. Georg havia lhe dado um endereço próximo a Jan el Jalili, o lugar onde os velhos artesãos cairotas elaboram e guardam seus tesouros.

Despertou pouco antes do amanhecer e sentiu-se cheio de vida. Estava querendo continuar descobrindo a cidade, visitar as pirâmides e até mesmo viajar até Alexandria, mas disse a si mesmo que essas excursões teriam de esperar.

Jan el Jalili era uma cidade dentro da cidade, as ruas estreitas, tortuosas, pareciam todas iguais e o cheiro denso de especiarias produzia uma agradável excitação em seu estômago. Andou durante muito tempo incapaz de encontrar o endereço que procurava, até que resolveu perguntar a um homem que, sentado diante da porta de sua pequena loja, fumava um longo cigarro aromático. O homem lhe explicou amavelmente por onde deveria ir e, ao se despedir, disse-lhe que não se perderia porque, na cidade do Cairo, todo mundo conhecia a loja de Yasir Mubak.

O edifício de três andares parecia mais cuidado do que as outras casas da região. Um letreiro explicava que ali ficava a sede de um negócio de importação e exportação, além de uma loja onde prometiam antiguidades autênticas.

Quando empurrou a porta, surpreendeu-se ao ver que estava em uma loja apinhada de objetos. Não existia um centímetro onde não houvesse alguma coisa, mas um rápido olhar foi suficiente para saber que aquelas antiguidades eram, na realidade, quinquilharias e imitações. Um jovem de aspecto matreiro aproximou-se dele.

– Em que posso ajudá-lo?

– Estou procurando o Sr. Mubak.

– Ele o espera?

– Não, na realidade não sabe que eu chegaria hoje, mas lhe diga que venho da parte de *Herr* Wolter.

O jovem olhou-o de cima a baixo e titubeou, mas logo apontou-lhe uma cadeira onde poderia esperar, enquanto perdia-se em uma escada que levava aos andares superiores.

Tannenberg esperou mais de um quarto de hora sabendo que estava sendo observado até que Yasir Mubak desceu a escada e aproximou-se sorridente.

– Entre, entre, os amigos de *Herr* Wolter são sempre bem-vindos. Quer vir até minha sala?

Seguiu o homem pelas escadas até o primeiro andar, onde uma porta os levou a uma sala ampla, decorada à ocidental; outra porta dava no escritório do Sr. Mubak. Não sabia de onde vinham, mas ouvia o sussurro de vozes e máquinas de escrever, o que evidenciava que naquele lugar havia mais gente trabalhando.

– Bem, senhor... Já me disse seu nome?

– Não, não lhe disse ainda. Sou Alfred Tannenberg e tenho certa urgência de me encontrar com o Sr. Wolter.

– Claro, claro... Veja, eu mandarei um recado ao Sr. Wolter para que saiba que quer vê-lo e ele entrará em contato com o senhor. Deseja que eu lhe envie um bilhete ou lhe transmita alguma coisa especial?

Tannenberg tirou um envelope lacrado do bolso e o entregou a Yasir Mubak.

– Entregue-o de minha parte a *Herr* Wolter e diga-lhe que estou no hotel Nacional.

– Pode deixar, eu o farei. Posso servi-lo em mais alguma coisa?

Ia responder quando a porta do escritório foi aberta e entrou uma mulher morena, muito parecida com Yasir Mubak e vestida como ele, à ocidental. A mulher usava um sóbrio *tailleur* e blusa branca, sapatos pretos de salto alto e os cabelos presos em um coque.

– Sinto muito! Pensei que você estivesse sozinho...

– Entre, entre... Alia, apresento-lhe o Sr. Tannenberg. Ela é minha irmã e me ajuda muito nos negócios.

Alfred Tannenberg ficou em pé e bateu os calcanhares, inclinando a cabeça. Não se atrevia a lhe dar a mão, porque, embora a mulher parecesse ocidentalizada, talvez também achasse que era uma ofensa ser tocada por um homem.

– Senhora...

– Muito prazer, Sr. Tannenberg – respondeu-lhe Alia, em um alemão aceitável.

– A senhora fala meu idioma!

– Sim, vivi alguns anos em Hamburgo, acompanhando minha irmã mais nova, casada com um homem de negócios de seu país.

– Meu cunhado é fabricante de roupa e nós lhe fornecíamos algodão. Conheceu minha irmã e... Bem, apaixonaram-se, se casaram e viveram alegremente em Hamburgo até alguns anos atrás. A guerra obrigou-os a deixar a Alemanha e agora vivem aqui – explicou Yasir.

– E eu vivi longas temporadas em Hamburgo ajudando minha irmã com seus quatro filhos endiabrados – explicou Alia, por sua vez.

Yasir Mubak convidou Tannenberg para tomar uma xícara de chá e este aceitou, sem deixar de observar Alia. A mulher não era bonita nem feia, nem alta nem baixa, mas tinha algo de especial, que imediatamente o atraiu. Durante a hora em que ficou no escritório de Mubak, não parou de observar Alia de viés. Tannenberg calculou que a mulher teria por volta de trinta anos e parecia muito saudável. Foi nesse momento que tomou a decisão. Casar-se-ia com Alia Mubak, se o agente das SS confirmasse que aquela era uma família confiável, embora devesse sê-lo porque os escritórios de Mubak eram o ponto de encontro dos agentes das SS que chegavam da Alemanha.

Naquela mesma noite recebeu a visita de *Herr* Wolter, na verdade o comandante das SS Helmut Wolter.

Tinham mais ou menos a mesma idade e pareciam irmãos gêmeos. Wolter era loiro, tinha olhos azuis de aço e a pele branca, agora queimada pelo sol. Alto, de compleição atlética, era o modelo de oficial que Himmler gostava de ter nas SS.

O comandante Wolter colocou-o a par da situação do Egito. Como os outros países da região, os egípcios simpatizavam com a causa de Hitler, e seu ódio aos judeus era proporcional ao dos alemães. Ali estavam seguros, não tinham nada a temer, e naqueles anos ele e outros alemães haviam estabelecido uma sólida organização. Visto que a guerra parecia perdida, ela se dedicaria a proteger os seus à espera de que a situação voltasse a mudar na Alemanha. As SS, disse-lhe, jamais se renderiam.

Mas afora o discurso patriótico, que Alfred supôs que Wolter se via obrigado a fazer, sentiu simpatia por aquele agente que estava havia cinco longos anos na cidade do Cairo e que viajara pelo Oriente estudando o terreno e distribuindo dinheiro para comprar vontades.

– Yasir Mubak é de confiança?

– Sim, claro que sim. É cunhado de um empresário alemão, nazista como nós, que prestou grandes serviços ao *Reich*. Yasir e o restante da família simpatizam com nossa causa e nos têm prestado ajuda de maneira incondicional. Podemos confiar em Yasir como em nós mesmos – assegurou-lhe o comandante Wolter.

– Ele trabalha para nós?

– Colabora conosco, nos fornece muita informação de boa qualidade. Yasir tem sua própria rede de agentes espalhados por todo o Oriente Próximo. É um comerciante e afirma que como tal tem de estar bem informado. Sua colaboração é gratuita, nunca aceitou dinheiro.

– Não gosto de homens que não cobram por seu trabalho – disse Tannenberg.

– É que ele não trabalha para nós, trabalha conosco. Essa é a diferença, capitão.

– E sua família?

– Yasir está casado, tem cinco ou seis filhos, várias irmãs e irmãos, pais já velhos e um sem-fim de tios, primos e outros parentes. Se gostar de você, um dia o convidará a entrar em seu santuário familiar. Eu lhe asseguro que é uma grande experiência.

– Eu conheci sua irmã Alia.

– Ah, sim, Alia! É uma mulher peculiar, a solteirona da família, e ajuda Yasir nos negócios pois fala inglês e alemão. Este aprendeu em Hamburgo, esteve lá fazendo o papel de tia solteirona com os quatro filhos da irmã.

– Solteirona?

– Tem trinta anos e, no Egito, quando uma mulher chega a essa idade sem se casar dificilmente encontrará um marido, a não ser que sua família lhe dê um dote extraordinário. Mas ela não parece preocupada em ficar solteira; além do mais, as pessoas daqui acham-na um pouco esquisita; não quer se vestir como as outras mulheres e não é bem-vista por causa disso, embora ninguém se atreva a dizer nada porque Yasir é um homem bem relacionado com os hierarcas do governo.

Alfred Tannenberg ouviu com atenção as informações do comandante Wolter sobre a família Mubak; depois, os homens falaram do futuro imediato e do papel que o próprio Alfred poderia desempenhar no serviço secreto das SS no Egito.

Nos dias seguintes, o capitão Tannenberg foi tecendo seu próprio plano de ação. As notícias que chegavam da Alemanha eram contundentes; os Aliados estavam cada vez mais perto de ganhar a guerra e, entre a comunidade internacional que naqueles dias lotava os melhores hotéis da cidade do Cairo, também não havia dúvidas: a derrota da Alemanha daria início a uma nova era.

Uma tarde, Tannenberg visitou Yasir no edifício de Jan el Jalili e lhe fez, abertamente, duas propostas.

– Yasir, meu amigo, desculpe-me se por acaso ofendê-lo com o que vou lhe dizer, mas gostaria de obter sua permissão para cortejar Alia. Minhas intenções são claras como a água: se ela quiser e sua família nos abençoar, para mim seria uma honra que se tornasse minha esposa.

Yasir ficou olhando-o espantado. Não conseguia entender como aquele homem bem-apessoado, que, além do mais, dispunha de fortuna pessoal, tivesse se encantado por sua querida irmã. Alia não era atraente, pensou, nem se destacava por nada, a não ser por seu conhecimento de inglês e alemão, além de ter aprendido a escrever à máquina. Ele não tinha certeza de que seria uma boa esposa e a família havia se resignado; Alia permaneceria solteira. E, de repente, aquele alemão pedia-lhe permissão para cortejá-la. "Por quê?", se perguntou.

– Não farei nada sem seu consentimento – disse-lhe Tannenberg, ao ver aflorar a dúvida no olhar do novo amigo.

– Falarei com meu pai. É ele quem tem de lhe dar a permissão. Se meu pai quiser considerar sua proposta, você ficará sabendo.

Mas Yasir ainda teria outra surpresa.

– Bem, meu amigo, gostaria agora de falar de negócios. Quero montar uma empresa... Uma empresa de antiguidades, e também quero financiar escavações arqueológicas. Você sabe que eu sou arqueólogo, bem, fui antes da guerra.

Desde que chegara à cidade do Cairo, Tannenberg pudera avaliar que tipo de homem era Yasir Mubak. E chegou à conclusão de que a única coisa que importava ao comerciante era ganhar dinheiro; quanto mais, melhor. Com a ajuda de Yasir, poderia levar a cabo algumas de suas idéias; na realidade, poderia realizar o objetivo compartilhado com seus camaradas Georg, Franz e Heinrich: saquear os tesouros arqueológicos do Oriente e colocá-los à venda, e estava seguro de ter encontrado em Yasir o sócio adequado para o empreendimento.

Depois de cinco horas, durante as quais Yasir exigiu que ninguém os incomodasse, chegaram a um acordo para formar uma companhia dedicada às antigüidades. Yasir continuaria tocando seus negócios e seria sócio de Tannenberg naquele que o capitão queria colocar em andamento. Os contatos de um e as idéias do outro poderiam torná-los ainda mais ricos do que já eram; além do mais, tinham algo em comum: careciam de escrúpulos.

A resposta do pai de Alia e Yasir chegou a suas mãos uma semana depois, por meio de um bilhete enviado pelo ancião, no qual o convidava a almoçar na sexta-feira seguinte com sua família.

Alfred Tannenberg sorriu, satisfeito. As coisas não podiam estar indo melhor: acabara de colocar um negócio em andamento e, além disso, ia se casar. O casamento com Alia tinha muitas vantagens, entre outras, a de que passaria a fazer parte do clã Mubak e isso significaria estar sob a proteção de uma das principais famílias do Egito, e ele precisaria de proteção, agora que a guerra estava chegando à sua fase final. Além disso, ser sócio de Yasir lhe abriria as portas em todo o Oriente, onde poderiam desconfiar de um estrangeiro, mas não de um membro da respeitada família Mubak.

A vantagem de viver em uma época extraordinária como a da guerra permitiu-lhe convencer o pai de Alia a não retardar demasiadamente o casamento, mas, mesmo assim, teve de aceitar deixar que se passassem alguns meses.

No dia em que o comandante Wolter lhe telefonou para informá-lo a respeito do suicídio de Hitler surpreendeu-se com sua indiferença à notícia, e pelo fato de que sua única preocupação era a situação que os SS que estavam no Egito e em outros lugares do Oriente precisariam enfrentar. Mas o comandante Wolter lembrou que acionariam os planos previstos e entrariam na clandestinidade; tinham documentos falsos e dinheiro para isso. A guerra chegara no fim e os Aliados haviam se deparado com uma dura realidade: o inferno existia na terra, e não era outro que os campos de concentração plantados na Alemanha, na Áustria, na Polônia... Em todos aqueles países onde Hitler havia colocado sua bota.

– Sem os malditos norte-americanos, não teríamos sido derrotados – queixou-se o comandante Wolter.

– Começamos a perder a guerra na Rússia, Hitler se equivocou, avaliou mal Stalin – respondeu-lhe Alfred.

– Eu me pergunto por que os Estados Unidos não entenderam Hitler – insistiu Wolter.

Alfred Tannenberg sopesou com Yasir e com Wolter se devia ou não adotar uma nova identidade. O comandante Wolter insistiu para que o fizesse; Yasir, por sua vez, disse que ninguém iria procurá-lo no Egito, e que seu pai não gostaria que sua filha se casasse com um homem com falsa identidade. O argumento fez Alfred resolver que continuaria se chamando Tannenberg. Sabia que correria riscos, mas concordava com Yasir ao dizer que no Egito poderia sobreviver com sua própria identidade.

Um ano depois do final da guerra, Alfred Tannenberg já estava casado com Alia Mubak e, o que era melhor, os negócios começavam a ter mais sucesso do que esperava. Havia conseguido entrar em contato com Georg, que, sob a proteção do tio, começava a tecer sua nova vida nos Estados Unidos. Heinrich estava em Madri, desfrutando sua nova identidade sob o manto protetor do regime de Franco, e Franz estava exultante no Brasil, onde a rede das SS havia se mostrado extremamente eficiente no papel de proteger seus membros. É claro que ainda precisaria passar um tempo antes que o negócio do roubo de antiguidades, do modo como o haviam concebido, começasse a funcionar, mas Tannenberg estava fazendo o que acreditava ser necessário, que consistia em começar a procurar os objetos que colocariam no mercado quando chegasse o momento oportuno.

Yasir apresentou-o às pessoas adequadas, ladrões de túmulos que conheciam o vale dos Reis como a palma da mão. Mas foi ele, o próprio Alfred Tannenberg, quem, aplicando seus conhecimentos da história antiga, fez um plano detalhado para financiar escavações na Síria, na Jordânia, no Iraque... Acima de tudo, empenhou-se, pessoalmente, em dirigir uma equipe que começou a trabalhar em Harã.

Sonhava com as tábuas de Abraão, as tábuas escritas por aquele Shamas que relatavam as histórias contadas pelo ancestral.

Tannenberg contagiou Alia com sua paixão pelas tábuas bíblicas e convenceu Yasir da importância do empreendimento.

Aquelas tábuas eram sua obsessão, o motor principal de sua vida; estava convencido de que no dia em que reunisse todas elas, entraria pela porta da grande História e ninguém se importaria com o que fora. Não que se arrependesse do que havia sido feito em Mauthausen, pelo contrário, mas tinha consciência de que as potências Aliadas queriam levar a julgamento aqueles que haviam trabalhado nos campos. Ele seria caçado, mas logo percebeu que não o fariam com empenho suficiente e, como dizia Yasir, ninguém iria procurá-lo no Egito.

Naquele país, e mais tarde na Síria e no Iraque, encontrou um refúgio seguro, assim como muitos de seus camaradas. Foi tomando conhecimento do tribunal de Nuremberg enquanto voltava a escavar em Harã, sonhando em encontrar as tábuas sobre a Criação do mundo. Em Harã, Alia concebeu seu filho Helmut, enquanto seu rastro perdia-se entre as areias dos desertos do Oriente Próximo.

36

– Mercedes, por favor, não chore...

As palavras de Bruno não produziam o menor efeito sobre o ânimo de Mercedes, que não conseguia conter as lágrimas.

Carlo aproximou-se com um copo d'água e Hans tirou do bolso do paletó um lenço branco imaculado e ofereceu-o à amiga.

Àquela hora da tarde em Barcelona o bulício da rua infiltrava-se pelas frestas das janelas da casa de Mercedes.

A idéia de reunir os quatro havia sido de Hans e em apenas algumas horas todos haviam aterrissado em Barcelona, preocupados, além de tudo, com o choque emocional no qual Mercedes mergulhara desde que soubera da notícia da morte de Alfred Tannenberg.

– Sinto muito, sinto – desculpou-se Mercedes –, não posso evitar, não parei de chorar desde que vocês me ligaram.

– Mercedes, por favor, não chore... – insistiu Carlo.

– Querem saber de uma coisa? Parece-me um milagre que tenhamos conseguido matar o monstro. Sempre pensei que algum dia conseguiríamos, mas às vezes me desesperava e... – Mercedes voltou a deixar escapar as lágrimas.

– Vamos, vamos, por favor, não chore, precisamos ficar contentes, cumprimos nosso juramento e sobrevivemos a ele – disse Bruno, tentando procurar palavras de consolo.

– Ainda me lembro do dia em que os norte-americanos chegaram a Mauthausen... Você estava escondida naquele pavilhão que era o nosso. Parecia um menino, o bom médico polonês salvara sua vida e convenceu os outros a deixar que ficasse ali – recordou Carlo.

– Se a tivessem descoberto... – disse Hans.

– Não sei o que teriam feito, mas, certamente, aquelas bestas fariam o doutor e os outros homens do pavilhão pagarem caro – pensou em voz alta Bruno.

– Naquela época você era mais firme do que agora e não chorava tanto – tentou brincar Carlo.

Mercedes enxugou as lágrimas com o lenço de Hans e bebeu um gole d'água.

– Perdoem-me... Vou... Vou lavar o rosto. Já volto.

Quando a mulher saiu do salão, os três amigos trocaram olhares, sem disfarçar a angústia que sentiam.

– Eu fico me perguntando como é possível que o monstro tenha conseguido viver todos estes anos no Oriente Próximo sem que ninguém o tivesse denunciado – lamentou Bruno.

– Muitos nazistas refugiaram-se na Síria, no Egito, no Iraque, assim como no Brasil, no Paraguai e em outros países latino-americanos. O caso de Tannenberg não é o único, ainda há muitos nazistas vivendo tranqüilamente, transformados em anciões que não são incomodados por ninguém – disse Hans.

– Não se esqueçam de que o grande *mufti* de Jerusalém era um fiel aliado de Hitler e que os árabes eram em sua maioria partidários do regime nazista. Então por que estamos espantados? – respondeu Carlo.

– Como não conseguimos encontrá-lo durante todos esses anos? – perguntou-se Bruno.

– Porque, mesmo que tenha mudado de identidade, é mais fácil encontrar um homem em um país democrático do que em um país feudal ou ditatorial – respondeu Carlo.

Mercedes voltou ao salão mais tranqüila, embora com os olhos avermelhados pelo pranto.

– Mas ainda não lhes agradeci por terem vindo – disse-lhes, esboçando um sorriso.

– Todos estávamos precisando nos ver e estar juntos – respondeu Hans.

– Meu Deus do céu, como foi longo nosso caminho! – exclamou Mercedes.

– Sim, mas valeu a pena. Todos esses anos de sofrimento, de pesadelos, tiveram, no final, a única recompensa possível: a vingança – respondeu Bruno.

– A vingança, sim, a vingança; durante todos esses anos não tive um único minuto de dúvida de que deveríamos cumprir nosso juramento. O que vivemos... Aquilo foi... Foi o inferno. Por isso penso que se Deus existir e nos castigar nunca poderá ser pior do que Mauthausen – disse Mercedes, de novo com os olhos marejados de lágrimas.

– Você voltou a falar com Tom Martin? – perguntou Carlo a Hans, para tentar distrair Mercedes.

– Sim, e disse-lhe que devem completar o trabalho, quanto antes melhor. Assegurou-me que seu homem faria o que foi acordado, e enumerou as enormes dificuldades que tiveram de enfrentar para cumprir a missão. Acha que não sei avaliar o que significa infiltrar-se no Iraque e matar um homem que era protegido por Saddam – respondeu Hans.

– Ele precisou de muito tempo para fazer o trabalho – comentou Bruno.

– Sim, mas por isso mesmo conseguiu fazê-lo e nos custou o preço que pagamos. O Global Group não é uma agência de assassinos comuns; se fosse, certamente não teria conseguido matar Tannenberg. De qualquer maneira, insisti com ele que a segunda parte do trabalho, a eliminação de Clara Tannenberg, deveria ser mais rápida do que a do avô – explicou Hans.

– Eliminar Clara pode ser mais complicado; todos os jornais parecem estar certos de que Bush dará a ordem para atacar o Iraque a qualquer momento e, se for assim, se a guerra começar, o homem de Tom Martin não terá facilidades para concluir seu trabalho – disse Carlo, com um traço de preocupação.

– Mas não sabemos se haverá guerra ou não, por mais que os jornais falem de sua iminência – respondeu Bruno.

– Ela acontecerá, tenho certeza. A administração norte-americana já decidiu. Há muito em jogo – respondeu Carlo.

– Quer saber de uma coisa? Eu sempre o admirei pelo fato de poder ser comunista – disse-lhe Hans.

Carlo riu, embora seu riso estivesse marcado pela angústia.

– Minha mãe estava em Mauthausen por ser comunista; bem, na verdade, porque meu pai era comunista. Ele morreu antes de chegar ao campo e minha mãe... Minha mãe o adorava e assumiu a ideologia dele como se fosse sua, porque também era a de seus pais. Eu poderia ter sido outra coisa? Porém, além do mais, continuo acreditando que há elementos positivos na ideologia comunista, apesar do horror que sofreram atrás da Cortina de Ferro, com Stalin e os *gulag*.

– De qualquer modo, eu não sei se me importam muito as razões. Bush vai livrar o mundo de um miserável, de um assassino, porque é isso que Saddam é – comentou Hans.

– Mas, para acabar com Saddam, vão ter de morrer muitos inocentes, e isso, meu amigo, é moralmente inaceitável. Vocês sabem, porém, que eu nunca serei contrário aos norte-americanos. Devemos nossas vidas a eles – afirmou Bruno.

– Quantos inocentes morreram para que fôssemos libertados? – respondeu-lhe Hans. – Se os Estados Unidos não tivessem sacrificado milhares de seus homens, nós teríamos sido mortos em Mauthausen.

– Vocês dois têm razão – sentenciou Mercedes.

Ficaram em silêncio, perdidos em seus pensamentos. Sua visão da realidade sempre fora marcada pelo horror de Mauthausen.

Carlo levantou-se da cadeira onde estava sentado, deu uma palmada e com um tom de voz que tentava parecer alegre sugeriu a seus amigos que fossem celebrar com uma boa comida.

– Você é nossa anfitriã e por isso nos surpreenda. Tente fazer com que o almoço seja inesquecível. Nós o conquistamos. Levamos cinqüenta anos esperando por esse momento.

Os quatro estavam conscientes de que deviam fazer um esforço e superar as emoções das últimas horas. Mercedes prometeu-lhes convidá-los ao melhor almoço com o qual poderiam sonhar.

Nenhum deles havia conseguido, ao longo de suas vidas, superar a fome. Fazia muitos anos que tinham deixado para trás os suplícios de Mauthausen, mas carregavam gravada a dor e a fome nos lugares mais profundos de seu ser.

37

Gian Maria estava limpando cuidadosamente uma tábua, na qual mal se viam os sinais cuneiformes, quando um operário entrou gritando na sala onde trabalhava.

– Venha, senhor! Venha! Há uma outra sala! Um muro desabou! – gritou o homem, tomado de uma grande agitação.

– O que aconteceu? De que muro você está falando?

Saiu atrás do homem, que quase corria em direção à escavação. Ayed Sahadi, muito alterado, dava ordens ao grupo de operários que haviam, fortuitamente, chegado à outra sala quando um deles golpeou o muro com uma picareta.

– O que aconteceu? – perguntou Gian Maria ao capataz.

– Esse homem aqui golpeou o muro e ele desabou. Encontramos um outro aposento onde há restos de tábuas. Já mandei chamar a Srta. Clara.

Nesse momento, Clara chegava correndo, seguida por Fátima.

– O que encontraram? – perguntou.

– Outra sala com outras tábuas – respondeu Gian Maria.

Clara pediu aos operários que escorassem o aposento, além de recolher todas as tábuas que encontrassem. Gian Maria sentou-se no chão para examinar os novos achados. Doíam-lhe os olhos de tanto ler aqueles sinais esmaecidos pela passagem do tempo, mas sabia que cedo ou tarde Clara lhe pediria para decifrar as tábuas encontradas.

Não encontrou nenhuma que chamasse sua atenção e, com cuidado, começou a alinhá-las para que os operários a transportassem ao acampamento, onde havia alguns dias estavam guardando em um contêiner algumas das peças que Picot não levara com ele.

Ficou pensando que a volta de Ante Plaskic havia sido um bem enorme. Ahmed Huseini ligara para Clara anunciando-lhe que o croata, no último momento, havia decidido ficar no Iraque e voltar a Safran sem dar atenção à opinião de Picot, que, irritado, dissera que deixara de ter responsabilidade sobre o que pudesse lhe ocorrer.

Ante Plaskic havia convencido Ahmed a facilitar seu regresso a Safran, mesmo este tendo lhe assegurado que Clara não ficaria na aldeia mais de uma semana. Foi tanta sua insistência que, apesar da situação caótica em que Bagdá vivia, conseguiu enviá-lo de volta em um helicóptero militar. Desde que chegara não havia parado de trabalhar ajudando Clara em seus esforços de continuar escavando.

– Quantas tábuas foram encontradas? – perguntou Clara a Gian Maria, assustando o sacerdote, que estava concentrado na classificação das tábuas sob o olhar atento de Ante Plaskic.

– Ai, você me assustou! – gritou Gian Maria.

– Valem a pena? – insistiu Clara.

– Ainda não sei, algumas são registros de transações comerciais, outras parecem conter orações, mas não tive tempo de examiná-las a fundo. De qualquer maneira, elas serão colocadas no contêiner; estou achando que você vai querer levá-las para Bagdá...

– Sim, mas eu gostaria que você fizesse um esforço e... Bem, que as examinasse com atenção, pois, talvez...

– Clara! Você ainda acredita que vai encontrar as tábuas que seu avô procurava?

– Elas estão aqui! Têm de estar aqui! – respondeu-lhe Clara, irritada.

– Está bem, não se aborreça. Mas seja ao menos realista: contamos com pouquíssimos operários; Ahmed tem feito o que pode, mas os homens estão debandando. Alguns estão sendo convocados pelo exército e outros... Bem, você sabe perfeitamente o que está acontecendo; outros preferem cuidar de suas casas, parecem que farejam a guerra.

– Temos dois dias, Gian Maria, apenas dois dias; dentro de dois dias Ahmed nos tirará daqui. O ministério está dando a escavação por terminada.

Ante Plaskic assistia em silêncio à conversa entre Gian Maria e Clara. Na realidade, nunca dizia nada, só marcava presença.

Clara estava muito nervosa e sensível desde o assassinato do avô para se preocupar com algo ou alguém que não fosse ela própria e seu desejo de encontrar as tábuas de Shamas. Por isso, pouco lhe importava que o croata tivesse voltado; nem lhe perguntara pelos motivos; recebera-o com indiferença; na verdade, não precisava dele para nada.

Sua relação com Gian Maria era diferente. Sentia afeto pelo sacerdote, o tipo de afeto que se sente por uma criança. Gian Maria estava sempre perto dela, disposto a ajudá-la, e ela agradecia-lhe sem dizer palavra.

Picot e a equipe de arqueólogos haviam partido havia poucos dias, mas para Clara parecia uma eternidade. Onde antes ficava o acampamento sempre ruidoso não havia nada, exceto os armazéns vazios e uma calma permanente. O tempo voltara a ficar parado naquele lugar perdido do sul do Iraque.

Restavam alguns poucos operários, pois o exército estava convocando os homens. Os que haviam ficado olhavam-na de maneira diferente, ou pelo menos isso era o que percebia Clara, certa de que a ausência do avô levara a uma diminuição da consideração que aqueles homens tinham por ela.

A presença de Ayed Sahadi era a única coisa que garantia certa ordem e fazia com que os operários trabalhassem quase sem descanso.

Clara sabia que a invasão começaria em 20 de março e que deveria estar longe do Iraque o mais tardar no dia 19, mas sentia que algo a retinha naquela terra empoeirada e procurava ganhar tempo, consciente de que, se ficasse ali, poderia morrer. Os aviões de combate não distinguem os amigos dos inimigos, os traidores dos leais.

O relógio marcava cinco da manhã quando a campainha do celular despertou-a. Quando ouviu a voz assustada de Ahmed, assustou-se.

– Clara...

– Por Deus, Ahmed! O que houve?

– Clara, você deve vir já.

– Há... Há alguma novidade?

– Estou preocupado.

– Você está exaltado.

– Chame como quiser, mas você não deveria esticar o tempo até o momento final. Ontem à noite conversei com Picot. Ele está exultante.

– E onde está?

– Em Paris.

– Paris? – suspirou Clara.

– Disse que começou a se mexer para viabilizar a exposição e quer saber se você vai.

– Se vou para onde?

– Não sei, suponho que para o lugar onde ela será montada. Não lhe perguntei.

– E você vai?

– Quero acompanhá-la – respondeu Ahmed, com prudência.

Sabia que o ministério do Interior gravava todas as conversas, e que o palácio havia determinado que se fizesse uma investigação exaustiva do assassinato de Tannenberg. As pessoas próximas a Saddam eram obcecadas pelo tema da traição e por isso acreditavam que o assassino de Tannenberg fazia parte do círculo íntimo do ancião.

– São cinco da manhã. Se você não tem mais nada a me dizer...

– Tenho sim: você deve vir, hoje já são 17 de março...

– Eu sei, mas ficarei até o dia 19. Hoje encontramos outro aposento e várias dezenas de tábuas.

– Não, Clara, você não deve ficar. Deve estar em Bagdá, em sua casa. O exército vai mobilizar todos os homens, só lhe restam poucos operários.

– Mais dois dias, Ahmed.

– Não, Clara, não; vou enviar ainda hoje o helicóptero...

– Eu não irei, Ahmed, pelo menos espere até amanhã.

– Está bem. Amanhã, ao amanhecer.

***

Gian Maria não havia dormido durante toda a noite. Havia ficado acordado para continuar classificando as últimas tábuas encontradas antes que fossem embaladas pelos operários e depositadas no contêiner que as levaria a Bagdá.

Seus olhos doíam de tanto fixar o olhar nos sinais difusos gravados no barro. Ainda restavam algumas tábuas para examinar quando pegou uma delas a esmo. O sacerdote estremeceu e a tábua quase caiu no chão, o que a teria transformado em cacos. Na parte superior, aparecia o nome de Shamas. Sentiu sua respiração se acelerar e começou a ler, passando o dedo pelas linhas regulares dos sinais cuneiformes.

"No princípio, Deus criou o céu e a terra. Ora, a terra estava vazia e vaga, as trevas cobriam o abismo, e um grande vento agitava a superfície das águas."

"Deus disse: 'Haja luz', e houve luz. Deus viu que a luz era boa, e Deus separou a luz e as trevas. Deus chamou à luz 'dia' e às trevas 'noite'. Houve uma tarde e uma manhã: primeiro dia."[1]

As lágrimas inundaram os olhos do sacerdote. Sentia-se profundamente comovido e sentiu uma necessidade peremptória de cair de joelhos e dar graças a Deus.

Abraçou aquele pedaço de barro cheio de sinais desenhados mais de três mil anos antes por um escriba que garantia que o patriarca Abraão havia lhe ditado a história da Criação para que os homens soubessem a verdade.

Aquela tábua de barro recolhia as palavras de Abraão inspiradas por Deus e que muitos séculos mais tarde apareceriam no livro por excelência que é a Bíblia.

Gian Maria conseguiu, a duras penas, continuar lendo, tão grande era a emoção que sentia.

"Deus disse: 'Haja um firmamento no meio das águas e que ele separe as águas das águas', e assim se fez. Deus fez o firmamento, que separou as águas

[1] Bíblia de Jerusalém, Gênesis, I, 1.

que estão sob o firmamento das águas que estão acima do firmamento, e Deus chamou ao firmamento 'céu'. Houve uma tarde e uma manhã: segundo dia."[2]

Continuou lendo sem se dar conta de que o fazia em voz alta. Sentia-se perto de Deus como nunca antes havia se sentido. E soube que, além daquela tábua, iria encontrar, na pilha que ainda esperava para ser classificada, outras com a assinatura de Shamas.

Começou a procurar, ansioso, fixando sua atenção na parte superior das tábuas, ali onde os escribas colocavam seus nomes. Primeiro encontrou um pedaço de tábua, depois outros e, assim, conseguiu juntar, entre fragmentos e tábuas inteiras, oito pedaços de barro com o nome de Shamas.

O sacerdote rezava, ria, chorava, tal era o acúmulo de emoções que o dominavam à medida que ia encontrando as tábuas de barro naquela pilha descoberta horas antes.

Sabia que precisava avisar a Clara, mas sentia a necessidade de degustar a solidão daquele momento, para ele carregado de espiritualidade. Aquilo era um milagre, dizia a si mesmo, e dava graças a Deus por tê-lo eleito para ser a pessoa que se depararia com o barro cozido em que estava impresso o rastro divino.

Tentava decifrar aqueles sinais cuidadosamente gravados pelo cálamo de Shamas, e pensava em quem seria aquele escriba, por que conhecia o patriarca Abraão e como este resolvera lhe contar a história da Criação.

Perguntava-se, também, pela curiosa trajetória daquele homem cujas primeiras tábuas foram escritas em Harã, onde o avô de Clara encontrara as duas tábuas em que afirmava que o patriarca Abraão iria lhe relatar o Gênesis. E, no entanto, o mesmo Shamas havia deixado suas pegadas também em Safran, naquele templo perto de Ur, onde haviam encontrado restos de tábuas com disposições legais, comunicados oficiais, listas de plantas, poemas...

Em algumas aparecia o nome de Shamas, em outras os nomes de outros escribas.

A sala onde haviam aparecido os últimos restos de tábuas não era extraordinária. Pequena, não tinha nenhuma decoração, a não ser os suportes nas paredes em que antigamente os escribas apoiavam as prateleiras onde colocavam suas tábuas. Clara tinha dito que aquele quarto parecia ter sido de um homem, pelas dimensões reduzidas e porque os restos das tábuas encontradas não eram os habituais; ali só havia fragmentos de poemas, o que indicava que aquela não era uma dependência oficial do templo; talvez fosse o lugar de trabalho do *um-mi-a*, o mestre.

[2] *Ibid*, I, 6.

Gian Maria pensou na reviravolta que sua vida havia sofrido naqueles meses. Deixara para trás a segurança dos muros vaticanos, a rotina confortável partilhada com outros sacerdotes, a tranqüilidade de espírito.

Nem se lembrava mais de quando havia sido a última vez que dormira de um só tiro, porque, mesmo antes de deixar Roma à procura de Clara, todas as noites tinham sido povoadas pelo medo. Medo de não ser capaz de deter a mão disposta a perpetrar um crime.

De novo seus olhos encheram-se de lágrimas enquanto lia as palavras que levavam ao instante em que Deus criou o homem:

"Deus disse: 'Façamos o homem à nossa imagem, como nossa semelhança, e que eles dominem sobre os peixes do mar, as aves do céu, os animais domésticos, todas as feras e todos os répteis que rastejam sobre a terra.'

"Deus criou o homem à sua imagem,

"À imagem de Deus ele o criou,

"Homem e mulher ele os criou.

"Deus os abençoou e lhes disse: 'Sede fecundos, multiplicai-vos, enchei a terra e submetei-a: dominai sobre os peixes do mar, as aves do céu e todos os animais que rastejam sobre a terra.' Deus disse: 'Eu vos dou todas as ervas que dão semente, que estão sobre toda a superfície da terra, e todas as árvores que dão frutos que dão semente: isso será vosso alimento.'"[3]

A luz infiltrava-se pela janela quando Gian Maria percebeu que estava sendo observado por Ante Plaskic. Não havia notado a chegada do croata, tão mergulhado estava na leitura das tábuas.

– Ante, você não imagina o que eu encontrei!

– Diga-me – respondeu, secamente, o croata.

– O avô de Clara tinha razão. Ele sempre acreditou que o patriarca nos legou a história da Criação, e aqui está. As tábuas existem. Veja...

O croata aproximou-se de Gian Maria e pegou uma das tábuas. Parecia-lhe inacreditável que os homens pudessem matar por aquele pedaço de barro, mas era assim, e teria de fazê-lo se alguém tentasse impedi-lo de se apoderar delas.

– Quantas são?

– Oito. Encontrei oito. Dou graças a Deus porque quis fazer-me este favor – respondeu, com alegria, o sacerdote.

– Devemos embrulhá-las bem para que não sofram nenhum dano. Se você quiser, posso ajudá-lo – ofereceu-se o croata.

[3] Bíblia de Jerusalém, I, 26.

– Não, não, antes precisamos avisar a Clara. Sei que nada poderá lhe compensar a perda do avô, mas pelo menos terá realizado seu sonho. Isto é um milagre!

Nesse momento, Ayed Sahadi entrou no armazém e olhou os homens de cima a baixo.

– O que está acontecendo? – perguntou-lhes, com um traço de desconfiança na voz.

– Ayed, encontramos as tábuas! – exclamou Gian Maria, feliz como uma criança.

– As tábuas? Que tábuas? – perguntou Ayed.

– A *Bíblia de Barro*! O Sr. Tannenberg tinha razão, Clara tinha razão. O patriarca Abraão explicou a um escriba sua idéia da origem do mundo. É uma descoberta revolucionária, uma grande descoberta para a história da humanidade – disse-lhe, cada vez mais emocionado, Gian Maria.

O capataz aproximou-se da mesa onde estavam alinhadas as oito tábuas, três delas reconstruídas porque estavam partidas em pedaços. Pedaços colados por Gian Maria até torná-las legíveis. Elas não poderiam ser restauradas em Safran. Esse trabalho deveria ser feito por especialistas, e Gian Maria sonhava que Clara lhe permitisse levar as tábuas para Roma, para que fossem examinadas pelos cientistas do Vaticano, que até poderiam reconstruí-las com as técnicas avançadas com que contavam.

Aquela havia sido a noite mais importante de sua vida, pensou Gian Maria, que continuava rezando sem, por isso, deixar de falar com Ayed Sahadi e Ante Plaskic.

O capataz pediu a Gian Maria que fosse até a casa de Clara. Não queria deixar o croata sozinho com as tábuas. O sacerdote aceitou sem reclamar e saiu com passos apressados em direção à casa de Clara. Encontrou-a já vestida e tomando uma xícara de café ao lado de Fátima.

– Vejo que você madrugou – disse, cumprimentando-o.

– Clara, a *Bíblia de Barro* existe – conseguiu dizer, emocionado.

– É claro que existe! Tenho certeza disso. Afinal de contas, tenho duas tábuas que provam sua existência.

– Nós a temos, temos a *Bíblia de Barro*, a encontramos.

Clara olhou-o espantada, sem conseguir entendê-lo. Gian Maria sempre dizia coisas que a deixavam desconcertada.

– Estavam ali, naquela sala que vocês descobriram ontem; são oito, oito tábuas com vinte centímetros de largura. São... São a *Bíblia de Barro*.

Clara Tannenberg havia ficado em pé, dominada por uma excitação incontrolável.

– Mas o que você está dizendo? Onde elas estão? Diga-me o que foi encontrado!

Gian Maria pegou-a pela mão e puxou-a. Saíram da casa e foram, correndo, até o armazém, enquanto o sacerdote ia lhe contando o que acontecera durante a noite.

Ayed Sahadi e Ante Plaskic deixavam transparecer a tensão do momento. Os dois homens se olhavam, medindo-se, mas Clara não lhes deu atenção. Foi até a mesa onde estavam dispostas as oito tábuas.

Pegou uma delas procurando o nome do escriba e sentiu uma onda de emoção ao ver na parte superior os sinais cuneiformes com o nome de Shamas. Depois começou a ler em silêncio aqueles sinais gravados como cunhas no barro mais de três mil anos antes.

Não pôde evitar as lágrimas e Gian Maria foi contagiado pela emoção de Clara. Choravam e riam ao mesmo tempo, enquanto examinavam e voltavam a examinar as tábuas, tocando-as para se sentirem seguros de que elas, de fato, estavam ali e não eram fruto de nenhum sonho.

Depois, embalaram as tábuas cuidadosamente e Clara insistiu em mantê-las por perto.

– Vou colocá-las na mesma caixa das outras. Não quero me separar nem um segundo delas.

– Deveríamos deixá-las sob vigilância – sugeriu Ayed Sahadi.

– Ayed, você manda que me vigiem durante as 24 horas do dia; por isso, estando comigo, as tábuas estarão seguras.

Ayed Sahadi encolheu os ombros; não tinha vontade de brigar com aquela mulher teimosa que desejava perder de vista quanto antes. Se o coronel não tivesse exigido que a protegesse mesmo com sua vida, teria partido deixando-a entregue à própria sorte.

– Quando vamos embora daqui? – perguntou Ante Plaskic.

– Você acabou de chegar e já está querendo ir embora? – respondeu-lhe Clara.

– Bem, eu pensei que ainda poderia ser útil, por isso voltei – desculpou-se o croata.

– Quero que os operários tentem limpar um pouco mais a região na qual encontramos as tábuas; talvez a gente devesse partir depois de amanhã.

– Não. Iremos hoje à tarde. Acabo de telefonar para o coronel e ele está enviando um helicóptero para nos levar de volta a Bagdá ainda esta tarde.

– Mas não podemos partir agora! Precisamos procurar mais! – gritou Clara, com desespero.

– Você sabe que não pode ficar mais tempo, que precisa ir embora! Não brinque com a sorte e não coloque em perigo a vida dos outros! – gritou por sua vez Ayed Sahadi, para o espanto de Clara.

– Não grite comigo! – protestou Clara.

– Eu não gritei, e se o fiz... Bem, eu recebi ordens e elas serão cumpridas. Preparem-se. Vamos partir hoje à tarde.

38

O homem cochilava com os olhos fechados na quietude de seu escritório. Acabara de terminar uma longa reunião e resolvera descansar por alguns minutos, e por isso disse a seu secretário que não lhe passasse ligações nem o incomodasse até que avisasse.

O toque do interfone tirou-o do torpor. Abriu os olhos, irritado. Despediria todo o pessoal de sua secretaria por ter ousado interrompê-lo. Não suportava que não cumprissem à risca suas ordens. Ouviu de novo o apitinho e a voz atemorizada de seu secretário quebrou o silêncio.

– Sr. Wagner, é urgente...

Levantou-se do sofá e foi se sentar atrás da mesa. Apertou o botão que o comunicava com sua secretária.

O rugido era mais do que uma pergunta; queria saber por que o incomodavam.

– É o Sr. Brown, senhor, o presidente da fundação Mundo Antigo; disse que é muito urgente, que precisa lhe dizer algo que não pode esperar.

George Wagner desligou o telefone disposto a mandar ao inferno o homem que havia manipulado como se fosse uma marionete durante os últimos quarenta anos.

– Fale – disse a Robert Brown.

– Você não sabe o que aconteceu! Ela foi encontrada! Existe! – gritou Brown.

– Mas o que você está dizendo? Não fique aí balbuciando sandices.

Robert Brown engoliu a saliva tentando se tranqüilizar; Ralph Barry, que estava a seu lado, bebeu um copo de uísque de uma vez só.

– A *Bíblia de Barro*... Existe... Foi encontrada. Oito tábuas com o Gênesis, assinadas por Shamas... – conseguiu dizer Robert Brown.

George Wagner apertou os braços da poltrona, procurando não deixar transparecer nenhuma emoção.

– De que você está falando?

– Acabo de receber um comunicado informando que ontem, em Safran, no Iraque, descobriram outro aposento do templo. Ao que parece, tratava-se de uma sala pequena, como a de um escriba. Encontraram algumas dúzias de tábuas e só perceberam há algumas horas que entre elas estava a *Bíblia de Barro*. São oito tábuas, três delas em péssimo estado; será necessário reconstruí-las, mas não há dúvida de que fazem parte da *Bíblia de Barro* – concluiu Robert Brown.

George Wagner sentiu o impacto. Alguns dias antes, Alfred Tannenberg havia sido morto, assassinado, e agora aparecia a *Bíblia de Barro*... O destino quisera enganar seu amigo negando-lhe o que mais desejava no mundo; na realidade, aquilo que havia sido a razão de sua existência.

– Onde estão as tábuas? – perguntou.

– Em Safran; bem, pode ser que a esta hora já estejam em Bagdá. Iam levar Clara a Bagdá. Nosso homem está com ela e quando puder pegará as tábuas, embora a situação seja muito delicada.

– Quero que apanhe as tábuas agora e, quando estiver com elas, o tiraremos de lá. Ligue para Paul Dukais. Diga-lhe que se trata de uma prioridade; apoderar-se das tábuas é mais importante do que qualquer outra coisa, inclusive o restante da operação.

– Mas... Ainda não consegui falar com nosso homem. A mensagem me foi enviada por nossos amigos – comentou Robert Brown.

– Não terão se enganado? – perguntou, desconfiado, George Wagner.

– Não, não há nenhum equívoco, posso garantir. A *Bíblia de Barro* existe.

– O que sabemos de Ahmed Huseini?

– Tem as mesmas instruções de nosso homem: apoderar-se das tábuas. Não se preocupe. Elas serão nossas – respondeu Brown.

– Sim, sim, me preocupo; é natural que elas fiquem com a gente; em caso contrário, mandarei cortar suas cabeças.

Robert Brown ficou alguns segundos em silêncio. Sabia que George Wagner não costumava ameaçar em vão.

– Vou ligar agora mesmo para Paul Dukais... – afirmou.

– Faça isso.

– E se ela...? Bem... E se Clara resistir?

– Clara é um grão de areia em nossas vidas – foi a resposta do mentor.

O coronel acabara de chegar à Casa Amarela e sentia a presença de Alfred Tannenberg naquele escritório que fora do amigo, no qual estava naquele instante falando com Clara.

Ahmed Huseini assistia, nervoso, à conversa, temendo a reação da mulher.

– Minha menina querida, é melhor que você me entregue as tábuas; eu as tirarei do Iraque e farei com que as depositem em um lugar seguro.

– Mas você acaba de dizer que amanhã mesmo preciso estar fora do Iraque... Por que não posso levá-las comigo?

O militar estava muito preocupado com a situação e não conseguiu, diante de toda pressão, fazer uma demonstração de seus dons diplomáticos.

– Clara, seu avô tinha sócios, e você já sabe o que vai acontecer quando a guerra começar... Por isso, não seja teimosa e facilite nosso trabalho.

– Estas tábuas não têm nada a ver com os negócios de meu avô. São minhas e de mais ninguém.

– Os sócios de seu avô não pensam assim. Entregue-as para receber sua parte quando chegar o momento.

– Não, não estão à venda, e não estarão jamais – respondeu Clara, com um tom de voz cheio de desafio.

– Por favor, não torne as coisas difíceis! – suplicou-lhe Ahmed.

– Não, não estou tornando nada difícil; simplesmente me nego a permitir que vocês me roubem. Meu avô me explicou, detalhadamente, a natureza de seus negócios, e me garantiu que estas tábuas, a *Bíblia de Barro*, eram minhas, e por isso não fazem parte do negócio.

O coronel ficou em pé e aproximou-se de Clara. A jovem leu nos olhos do homem que ele estava disposto a fazer qualquer coisa para apossar-se das tábuas. O medo percorreu sua espinha. Olhou para Ahmed, mas nos olhos do marido só havia angústia e resignação. Onde estava o homem pelo qual se apaixonara? Compreendeu que precisava ganhar tempo, ou, caso contrário, seria obrigada a perder tudo, até mesmo a vida.

– Se eu entregá-las, vocês me prometem não fazer nada antes de eu conseguir falar com os sócios de meu avô? – perguntou, mudando o registro de voz.

– Claro, claro... Os sócios de seu avô são senhores razoáveis. Não querem prejudicá-la. É uma boa idéia discutir o assunto com eles. Mas, agora, não me faça perder mais tempo. Você sabe que só faltam dois dias para que comecem a nos atacar, e precisamos sair daqui, tanto você como nós. Eu terei mais dificuldades para fugir, mas acabarei conseguindo. Por isso, não me atrase.

– Bem, amanhã lhe darei as tábuas...

– Não, amanhã não, agora; quero-as agora, Clara.

Clara compreendeu que não podia fazer outra coisa a não ser entregá-las, pois o coronel não iria embora sem elas.

– Está bem – respondeu com a voz cansada –, espere-me aqui.

Saiu da sala e subiu de dois em dois os degraus das escadas que levavam a seu quarto. Fátima ainda estava desfazendo a bagagem.

– Vá até seu quarto e me traga uma roupa sua. Estamos indo embora! – ordenou à velha criada.

– Mas para onde? O que está acontecendo? – perguntou a mulher, alarmada.

– Querem me tomar a *Bíblia de Barro*. Precisamos fugir agora mesmo. Não posso lhe pedir que me acompanhe, porque se me pegarem seremos mortas... Mas pelo menos se apresse e me traga sua roupa.

– E Gian Maria e o outro homem, Ante Plaskic? Eu os levei aos aposentos de hóspedes... Eles poderão ajudá-la... Vou avisá-los...

– Não! Faça o que eu lhe disse! Depressa!

Clara pegou uma bolsa e encheu-a de roupa colhida ao acaso; também guardou nela o saquinho onde mantinha as tábuas. Temia que acabassem despedaçadas, mas correria o risco; tudo, menos entregá-las ao coronel. Se o fizesse, jamais voltaria a vê-las.

Fátima chegou cheia de pressa com as roupas que Clara havia lhe pedido. Em um minuto, Clara colocou uma túnica negra sobre a roupa que vestia e cobriu a cabeça com um véu preto que quase chegava aos pés.

– Você vem? – perguntou a Fátima.

– Sim, não vou abandoná-la – respondeu a mulher, atemorizada.

Ayed Sahadi estava no patamar da escada, esperando para ver aparecer as duas mulheres. O coronel o tinha mandado vigiar a escada, e ele havia se plantado no patamar, de onde podia ver a porta do quarto de Clara.

Fátima reprimiu um grito de medo ao ver o homem do coronel encostado na parede e fumando um de seus inconfundíveis charutos egípcios.

Clara cravou os olhos nos de Ayed Sahadi medindo-o, avaliando sua possível reação.

– O que você está fazendo aqui? – perguntou-lhe, raivosamente.

– O coronel me mandou – respondeu ele, encolhendo os ombros.

– O coronel desconfia de mim – afirmou Clara.

– Você acha que ele tem motivos? – perguntou, com tom brincalhão, o homem que durante os últimos meses havia sido sua sombra.

– Ele quer a *Bíblia de Barro* – respondeu Clara.

– Quem está atrás dela são os sócios de seu avô. É parte do negócio – respondeu Ayed Sahadi.

– Não, não é. Você sabe melhor do que ninguém quanto trabalhamos para consegui-las; estas tábuas não são apenas um tesouro arqueológico, são o sonho de meu avô.

– Não se meta em problemas; se você não entregá-las, eles a tomarão, por isso aja com inteligência.

– Quanto você quer para me ajudar?

A proposta de Clara surpreendeu o homem. Não esperava que ela tentasse suborná-lo, pois sabia que trair o coronel era como assinar sua sentença de morte.

– Minha vida não tem preço – respondeu, seriamente.

– Até sua vida tem preço. Diga quanto você quer para me ajudar a sair daqui.

– Desta casa?

– Do Iraque.

– Você dispõe de um passaporte egípcio, poderá ir embora quando quiser; além disso, tem a permissão do coronel.

– Esta permissão não me servirá para nada se eu não entregar as tábuas. Duzentos e cinqüenta mil dólares são suficientes?

A cobiça ficou estampada no sorriso nervoso de Ayed Sahadi. O homem sentia correr em seu sangue a tentação do dinheiro, mesmo sabendo que aceitá-lo seria um ato de traição.

– De qualquer maneira, eu vou ganhar dinheiro. Faz muito tempo que trabalho para o coronel e conheço as regras de meu negócio.

– Então você conhece as leis da oferta e da procura. Eu preciso sair do Iraque e você pode me ajudar a sair. Quanto está querendo? Estabeleça o preço. Eu pagarei.

– Você pode me pagar meio milhão de dólares?

– Posso lhe pagar meio milhão de dólares no Egito ou na Suíça, em qualquer lugar fora do Iraque. Não tenho esse dinheiro aqui.

– E como posso ter certeza de que me pagará?

– Porque se não o fizer, você poderá me matar, ou entregar-me ao coronel, o que seria a mesma coisa.

– Também posso entregá-la agora.

– Pois o faça ou aceite minha oferta, mas não temos tempo a perder.

Ele não teve tempo de responder. O ruído de uma porta se abrindo distraiu-o e a Clara. Gian Maria acabara de sair do quarto de hóspedes e os observava, cheio de expectativas.

– Mas o que está acontecendo? – perguntou, sem entender por que Clara vestia as roupas xiitas que pareciam com as de Fátima.

– É muito fácil entender: o coronel quer a *Bíblia de Barro* e eu não quero entregá-la, e, por isso, estou propondo a Ayed Sahadi que me ajude a escapar.

Gian Maria olhou-a espantado, sem conseguir entender o alcance das palavras de Clara.

Ficaram em silêncio durante alguns segundos cruzando os olhares, até que Ayed Sahadi esboçou uma careta e, com um sinal, mandou-os entrar no quarto de Gian Maria. Uma vez lá, ficou andando, nervoso, pelo aposento, enquanto pensava sobre a maneira de conseguir o meio milhão de dólares que Clara lhe oferecia sem arriscar a vida. Chegou à conclusão de que aquela era uma aposta de cassino; se ajudasse Clara, poderia perder a vida ou ganhar mais dinheiro do que jamais havia sonhado.

– Se ele nos encontrar, seremos mortos – murmurou Ayed Sahadi.

– Sim, seremos – respondeu Clara.

– Você conhece esta casa melhor do que eu e sabe que ela está sendo vigiada por soldados.

– Posso sair como se fosse Fátima. Ninguém prestará atenção em mim.

– Então faça o seguinte: vá até a cozinha, pegue uma sacola e saia pela porta de trás como se estivesse indo às compras. Fátima deve ficar no quarto dela e você, Gian Maria, no seu.

– Mas para onde irá Clara? – perguntou Gian Maria, aterrorizado.

– Eu acho que o único lugar onde poderá estar segura, pelo menos durante algumas horas, é o hotel Palestina – respondeu Ayed Sahadi.

– Você ficou louco! O hotel está cheio de jornalistas e muitos deles conhecem Clara – disse Gian Maria, cada vez mais assustado.

– É por isso que deve procurar alguém em quem acredite que possa confiar, talvez aquela jornalista, a que ficou muito amiga do professor Picot. Peça-lhe que a esconda até que eu possa ir buscá-la. Mas não saia de seu quarto.

– Você acredita que posso confiar nela? – perguntou-lhe Clara.

– Eu acho que ela gosta do professor Picot e ele não gostaria de saber que aconteceu alguma coisa com você porque não a ajudaram; isso criaria uma barreira entre os dois. Por isso, embora a jornalista não tenha uma grande simpatia por você, ela a ajudará.

– Olhe só, você é um psicólogo! – respondeu, acidamente, Clara.

– Não podemos perder tempo. Vá embora! Cubra o rosto. Fátima a ajudará a colocar o véu como é usado pelas mulheres xiitas. E deixe essa bolsa tão grande que leva na mão. Você precisará esconder as tábuas em outro lugar. Procure uma coisa menor...

– É que não cabem... – protestou Clara.

– Temos um carrinho de compras – lembrou Fátima; talvez caibam nele.

– Boa idéia! – exclamou Clara.

– Eu a acompanharei – afirmou Gian Maria.

– Nem pense nisso! Você quer que matem a todos? Vá, Clara. E vocês, façam o que eu lhes disse. Em poucos instantes, isso aqui virará um inferno. O coronel vai quer interrogá-los, e a pior parte ficará com você, Fátima...

– Ela vem comigo! – afirmou Clara.

– Não, não pode ir. Temos uma única oportunidade. Não a desperdice. Agora tudo depende de Fátima. O coronel ordenará que a torturem, certo de que ela saberá como você conseguiu escapar. Se ela falar, seremos todos mortos... A não ser que...

– A não ser que...? – perguntou Gian Maria.

– Que façamos com que acreditem que Clara foi embora sem lhes dizer nada ou que alguém a raptou e levou também as tábuas... – disse Ayed Sahadi, pensando em voz alta.

– Mas os soldados dirão que viram uma mulher saindo e acreditaram que fosse Fátima; por isso, a história do seqüestro não se sustenta – comentou Clara, desanimada.

– Bem, então vamos apostar tudo. Tentem sair as duas e, se não forem detidas pelos soldados... Dirijam-se ao hotel Palestina, eu irei encontrá-las mais tarde. E você, Gian Maria, tranque-se em seu quarto, finja que está dormindo. Onde está o croata? – quis saber Ayed Sahadi.

– Em um quarto que fica no andar térreo, perto da porta da garagem – informou Fátima.

– Melhor assim. Esperemos que não perceba nada.

As duas mulheres escorregaram sigilosamente para a cozinha. Procuravam não fazer barulho; mal se atreviam a respirar. Gian Maria, extremamente angustiado, refugiou-se em seu quarto, ajoelhou-se e começou a rezar, pedindo a Deus que as ajudasse. Só Deus poderia salvá-las, ele bem o sabia.

Clara despejou o conteúdo da bolsa no carrinho de compras, ajeitando da melhor maneira as tábuas, para evitar que sofressem algum dano. Depois, abraçou Fátima e, neste instante, sentiu que a amava como à mãe que mal tivera tempo de conhecer.

Abriram a porta da cozinha que dava para o quintal e caminharam com passos decididos e tranqüilos até o portão que levava ao exterior. Ninguém parecia prestar atenção nelas. Quando alcançaram a rua, Clara murmurou a Fátima que não apressasse o passo e continuasse tranqüila, sem ter mais pressa do que habitualmente. Andaram em silêncio, e a Casa Amarela ficou para trás.

Ayed Sahadi estava acendendo outro cigarro quando Ahmed Huseini apareceu ao pé da escada perguntando, nervoso, por Clara.

– Não saí daqui, e, portanto, deve estar em seu quarto – respondeu Sahadi, aspirando a fumaça do tabaco.

Ahmed Huseini subiu a escada com passos rápidos, aproximou-se da porta do quarto que também havia sido seu e bateu com os nós dos dedos para se anunciar. Não obteve resposta.

– Clara, abra para mim!

Voltou-se para o lugar onde Ayed Sahadi estava apoiado e perguntou por Clara de novo.

– Já lhe disse que não saí daqui desde que fui enviado pelo coronel. Posso lhe garantir, é claro, que não a vi sair, e por isso tem de estar aí.

Ahmed Huseini abriu a porta e entrou no quarto. Fátima havia colocado flores em uma jarra sobre a cômoda; o cheiro das flores e do perfume de Clara impregnavam o aposento, provocando-lhe uma onda de nostalgia.

– Clara... – sussurrou, esperando que a mulher aparecesse entre as sombras que começavam a apagar a tarde, embora fosse evidente que ela não estava ali.

Saiu do quarto e, com gesto contrito, voltou a perguntar a Ayed Sahadi.

– Mas onde está minha mulher?

– Não está no quarto? – Ayed Sahadi procurou imprimir um tom de espanto em sua voz.

– Não, não está, você deve tê-la visto sair...

– Não, ela não saiu, posso lhe garantir. Aqui, nem o ar se mexeu desde que o coronel me mandou ficar vigiando. Tem de estar aí...

– Não! Ela não está! – gritou Ahmed.

Ayed Sahadi dirigiu-se ao quarto e abriu a porta. Entrou como se realmente acreditasse que iria encontrar Clara.

– Precisamos avisar ao coronel! – disse Ahmed Huseini.

– Espere... Talvez ela esteja em algum outro lugar da casa – respondeu Ayed Sahadi.

Cada um foi procurar em uma parte da casa, sem dar com ela nem com Fátima. Duas das criadas disseram acreditar ter visto Fátima sair com alguém, achavam que com alguma de suas primas, pois a mulher estava vestida com as roupas usadas pelas xiitas.

Quando entraram na sala de estar, o coronel falava ao celular e, pelo tom, não foi difícil perceber que estava discutindo com alguém.

Ao ver os dois homens desacompanhados, o coronel não teve dificuldade em imaginar que Clara havia desaparecido.

– Onde ela está?

– Não sei. Fiquei no patamar da escada, e ali permaneci até a chegada de Ahmed. Portanto, foram embora antes que você tivesse me mandado. Eu não saí do lugar.

– Procuramos por elas na casa inteira – disse Ahmed, temendo a reação do coronel.

– Fomos estúpidos! – gritou o coronel. – Ela é tão esperta quanto o avô e conseguiu nos enganar!

Saiu da casa aos berros, dando ordens aos soldados que faziam a segurança. Um minuto depois, as duas criadas estavam sendo interrogadas. Um dos homens do coronel arrancou Gian Maria de seu quarto e, quase aos empurrões, levou-o até a sala, onde Ante Plaskic já respondia às perguntas do coronel.

– Você ajudou-a a fugir! – bradou o militar.

– Posso lhe garantir que não fiz isso – afirmou, sem demonstrar medo, o croata.

– Sim, sim, você o fez e confessará! E também você – gritou o coronel, dirigindo-se a Gian Maria.

– O que aconteceu? – perguntou Gian Maria, pedindo a Deus que o perdoasse por estar mentindo.

– Onde está Clara Tannenberg? Você sabe! Ela não dava um passo sem você! Diga onde ela está!

– Mas... Mas... Eu... Eu não sei... Clara... Clara... – Gian Maria parecia estar surpreso com aquela situação.

Um dos soldados aproximou-se do coronel e sussurrou alguma coisa em seu ouvido. As duas criadas não sabiam de nada. Haviam visto Fátima sair com outra mulher. Acharam que se tratava de uma de suas parentes. Estavam com o carrinho de compras e não desconfiaram de nada.

– Então saiu vestida como as mulheres xiitas... É preciso procurar nas casas dos parentes de Fátima – ordenou o coronel.

Gian Maria foi espancado por um dos homens do militar. O sacerdote imaginou que não suportaria o interrogatório e, mais uma vez, encomendou-se a Deus, pedindo-lhe que lhe desse forças para não trair Clara. Não o fez, mesmo tendo perdido dois dentes; quando o soldado terminou, um de seus ouvidos sangrava.

Ante Plaskic também não estava em melhor estado depois de ter passado pelas mãos de seu interrogador. A sorte, pensou o croata, estava do seu lado; o normal seria que o homem o tivesse arrebentado, e ele havia se contentado em lhe dar uma surra.

– Não sabem de nada – afirmou Ayed Sahadi.

– E como você sabe disso? – perguntou-lhe o coronel.

– Porque, se ela fugiu, como tudo indica, não disse nada a ninguém. Ela nos conhece. Sabe que nossos métodos são capazes de fazer qualquer homem abrir a boca e, por isso, não podia correr o risco de confiar em alguém.

O coronel pensou nas palavras de Ayed Sahadi e as fez suas. Seu homem de confiança tinha razão. Clara sabia que ele interrogaria todas as pessoas da casa e, se fosse necessário, mandaria matá-las, e, por isso, não podia se dar ao luxo de confiar seus planos a ninguém.

– Você tem razão, Ayed, tem razão... Bem, deixem esses dois para lá. Quero que os homens vigiem a casa – ordenou –; nós vamos para o quartel-general, para começar a caça. A pequena Tannenberg pagará caro por ter me desafiado.

– Coronel, faltam apenas dois dias. Não seria melhor esquecer Clara por agora? – perguntou Ahmed Huseini, fazendo um esforço para parecer tranqüilo diante do militar.

– Você quer salvá-la? Pois tire isso da cabeça. Não vou deixar ninguém me enganar!

– Dentro de dois dias os norte-americanos e os ingleses começarão a bombardear o Iraque; acho que temos um trabalho a fazer. Mike Fernández ligou para mim hoje de manhã. Está preocupado, e muito; teme que o desaparecimento de Tannenberg dificulte a operação – acrescentou Ahmed Huseini.

– Esse boina-verde está sempre preocupado. Nós faremos nosso trabalho e ele que faça o dele – respondeu o coronel.

– Senhor, insisto que Clara não deve ser uma prioridade. O importante é a operação. Nossa missão é difícil, nossos homens têm de dar início à ação no momento em que começarem a nos bombardear; não deveríamos nos distrair com Clara. Ela não pode ir muito longe...

– Ouça, Ahmed, eu posso cuidar de Clara e da operação. É você quem parece não ser capaz de controlar uma mulher. Nossos amigos de Washington querem a *Bíblia de Barro*, ela é a parte mais importante do negócio, e por isso a terão. Quero vê-lo dentro de meia hora em minha sala; diga a meu sobrinho para também estar presente.

Quando o coronel saiu, Ahmed Huseini tentou ajudar Gian Maria a se sentar numa poltrona. Depois, pediu a uma das criadas que pegasse na caixa de primeiros socorros o que fosse necessário para cuidar das feridas do sacerdote.

Ante Plaskic ainda estava no chão, sem se mexer, e Ahmed Huseini também tentou ajudá-lo a ficar em pé, mas o croata estava em pior estado do que Gian Maria, mal conseguia se mover e, por isso, deixou-o onde estava.

Os dois soldados que haviam ficado no aposento olhavam impassíveis, sem fazer nada para ajudá-lo. Eram os mesmos que tinham acabado de interrogar o sacerdote e o croata e tanto lhes fazia se estes vivessem ou morressem; eles só realizavam seu trabalho, que era obedecer ao coronel.

Ayed Sahadi tomou conta da situação e ordenou aos dois homens que voltassem a revistar a casa; era preciso ter certeza de que todas as portas que levavam ao exterior estavam vigiadas, como havia ordenado o coronel.

– Gian Maria, onde está Clara? – perguntou Ahmed.

– Eu não sei... – respondeu o sacerdote, em um murmúrio.

– Ela confia em você – insistiu Ahmed.

– Sim, mas não sei onde está, não a vi desde que chegamos aqui. Eu... Eu também gostaria de encontrá-la. Estou preocupado com o que possa lhe acontecer. O coronel... Ele é um homem terrível.

Ahmed Huseini encolheu os ombros, em um gesto de cansaço. Uma sensação de náusea oprimia-lhe a boca do estômago.

– Não quero que lhe aconteça nada; se você sabe onde ela está, me diga, para que eu possa tentar ajudá-la. É minha esposa...

– Eu não sei onde está, temo por ela – respondeu o sacerdote, procurando o olhar de Ayed Sahadi, que acabara de levantar Ante Plaskic e deitá-lo no sofá.

– Eu tenho de ir, o coronel está me esperando em sua sala e a você também, Ayed; não podemos ficar muito mais tempo aqui. As criadas poderão ajudá-los. Vocês precisam ir embora, ir embora quanto antes; abandonem hoje mesmo o Iraque. Ligarei para meu trabalho para que tragam um passe que lhes permita passar pelos controles, caso resolvam usar a estrada. Eu, se fosse vocês, procuraria partir quanto antes.

Gian Maria assentiu às palavras de Ahmed Huseini. Mal conseguia se mexer, mas sabia que precisava tomar uma atitude.

– Irei para o hotel Palestina – conseguiu dizer.

– Ao Palestina? Por quê? – quis saber Ahmed.

– Porque ali está a maioria dos estrangeiros e quero saber como sair daqui; se posso ir com alguém, se podem me ajudar...

– Posso tentar lhes arranjar um carro que os leve até a fronteira com a Jordânia, mas ainda não sei se conseguirei, não tenho certeza, devido às circunstâncias – afirmou Ahmed.

– Se não houver outro remédio, pedirei sua ajuda, mas, se for possível, preferiria não ter de recorrer a você. Acho que não devemos provocar o coronel – respondeu Gian Maria.

– Acho que vocês devem ir para o Palestina, onde estarão melhor do que aqui, e sigam o conselho do senhor Huseini: saiam do Iraque quanto antes – afirmou Ayed Sahadi, trocando, com Gian Maria, um olhar cheio de significados que foi percebido por Ante Plaskic.

Antes de sair, Sahadi aproximou-se do sacerdote e lhe disse, em voz baixa:

– Não diga a esse homem onde Clara está. Não confio nele. Não é o que parece ser.

Gian Maria não respondeu. Depois, quando Ahmed Huseini e Ayed Sahadi já haviam ido embora, fez-se silêncio na casa; do jardim chegavam os ecos de algumas palavras trocadas pelos soldados e isso era tudo.

Levaram mais de meia hora para conseguirem se mexer; as duas criadas tentavam ajudá-los. Muito nervosas diante daquela situação, as mulheres não sabiam bem o que fazer.

Ante Plaskic pediu-lhes que conseguissem analgésicos, tentando limpar os restos de sangue da cara. Ainda precisaram de um bom tempo para recuperar os movimentos e até a capacidade de articular as palavras.

Clara e Fátima entraram no hotel Palestina com passos rápidos antes que alguém lhes perguntasse para onde estavam indo. Por sorte, havia certa confusão na entrada, onde um grupo de jornalistas descarregava equipamentos de televisão de um jipe enquanto outros apareciam apressados para lhes ajudar.

Na recepção, disseram-lhe que Miranda estava em seu quarto, o 501, e que a avisariam imediatamente. Clara esperou que o recepcionista tivesse Miranda do outro lado da linha e pediu para falar diretamente com ela, embora o homem insistisse para que dissesse seu nome, que deveria transmitir à sua cliente.

– Olá, Miranda, sou amiga do professor Picot, nos conhecemos em Safran, posso subir para falar com você?

Miranda reconheceu a voz de Clara e achou estranho que a mulher não tivesse dito, abertamente, quem era, preferindo usar o artifício de mencionar Picot, mas convidou-a a subir.

Dois minutos depois, quando abriu a porta do quarto, deu de cara com duas mulheres xiitas cobertas da cabeça aos pés. Convidou-as a entrar e depois de fechar a porta ficou esperando, cheia de curiosidade.

– Obrigada, você está salvando nossas vidas – disse-lhe Clara, afastando o véu do rosto e indicando a Fátima com um gesto que se sentasse na única cadeira que parecia haver no quarto.

– Eu sabia que era você. Reconheci sua voz. O que está acontecendo?

– Preciso sair do Iraque. Encontrei a *Bíblia de Barro* e querem tomá-la de mim.

– A *Bíblia de Barro*! Então ela existe? Meu Deus, Yves não vai acreditar!

Clara não deixou de notar que Miranda referia-se a Picot por seu nome de batismo. Ayed Sahadi fora capaz de perceber que entre a jornalista e Picot havia mais do que uma simples simpatia e, por isso, achou que ela a ajudaria para fazer um favor ao arqueólogo.

– Você vai me ajudar?

– Mas em quê?

– Eu já lhe disse. Preciso sair daqui.

– Em primeiro lugar, me conte o que aconteceu e me diga quem está querendo lhe tomar a *Bíblia de Barro*. As tábuas estão aqui? Posso vê-las?

Clara enfiou a mão no carrinho de compras e pegou, com todo cuidado, um objeto embrulhado em vários pedaços de pano. Colocou-o em cima da cama de Miranda e começou a desembrulhar seu conteúdo até revelar as oito tábuas de barro. Em um pacote menor, estavam as duas tábuas que o avô encontrara em Harã.

Miranda ficou extasiada diante daqueles pedaços de barro gravados com sinais que para ela eram ininteligíveis. As tábuas eram como aquelas diante das quais se extasiara tantas vezes no Louvre, onde seu pai a levava quando era pequena, explicando-lhe que os homens haviam aprendido a escrever em tábuas de barro.

Com voz pausada, Clara foi lendo o conteúdo das tábuas e Miranda não pôde deixar de se sentir emocionada.

– Como vocês as encontraram? – perguntou.

– Foi Gian Maria... Bem, na realidade encontramos outro aposento no templo e várias dúzias de tábuas, algumas quebradas. Gian Maria começou a classificá-las e descobriu que entre as tábuas estavam estas.

– E quem quer tomá-las de você? – quis saber a jornalista.

– Todos, meu marido, os homens de Saddam, o coronel... Acreditam que pertencem ao Iraque – disse, desculpando-se.

– E é verdade. Elas pertencem ao Iraque – foi a resposta séria de Miranda.

– Você acha que, nesta situação, meu país está em condições de preservar estas tábuas? Você acha que Saddam dá importância a alguma coisa? Você sabe, assim como eu, que vai haver uma guerra, e por isso a última preocupação de nossos governantes é a arqueologia.

Miranda não parecia muito convencida da explicação de Clara, intuía que ela estava escondendo algo.

– Ligue para Picot... –sugeriu-lhe.

– Todas as comunicações estão grampeadas. Se ligar para ele e lhe disser o que encontrei, serei localizada e ficaremos sem a *Bíblia de Barro*.

– Mas o que você está querendo, exatamente?

– Tirá-las do Iraque e mostrá-las ao mundo – mentiu Clara. – Quero que façam parte da exposição que o professor Picot está organizando. Você sabe que meu marido conseguiu uma permissão para que tirassem do Iraque algumas das peças encontradas em Safran. Eu quero que a *Bíblia de Barro* faça parte dessa exposição, quero que o mundo conheça a maior descoberta arqueológica dos últimos cinqüenta anos. A *Bíblia de Barro* levará à revisão de muitas teorias históricas e arqueológicas. Mais do que isso: vai causar uma grande comoção entre os cristãos, pois é a prova evidente da existência do patriarca Abraão, e de que devemos a ele tudo aquilo que sabemos do Gênesis como está relatado na Bíblia encontrada no Templo de Jerusalém nos tempos do rei Josias.

As duas mulheres ficaram se olhando, em silêncio. Desconfiavam uma da outra, talvez porque entre elas houvesse uma rivalidade da qual nem eram conscientes, e o motivo era Yves Picot. Clara também sabia que a jornalista a considerava uma protegida do regime de Saddam e, por isso, não era uma pessoa confiável, por mais que Miranda fosse contra a guerra.

– Não entendo por que não lhe permitem levar estas tábuas; seu marido não obteve permissão para tirar do país mais de vinte peças encontradas no templo, além de não sei quantas tábuas?

– Estas têm um valor religioso de primeira grandeza, para não falar do valor histórico e arqueológico. Você não entende; não são algumas tábuas a mais; trata-se da própria Bíblia, da primeira Bíblia escrita pelo homem, ditada por Deus ao patriarca Abraão. Você acha que o regime vai permitir que saiam do Iraque? São uma peça fundamental; podem, inclusive, até ser uma moeda de troca se as coisas ficarem mal para Saddam... Por favor, Miranda, me ajude!

– Você está me pedindo para tirar estas tábuas do Iraque?

– Sim... E também a mim... Não sei...

– E Gian Maria?

– Está na Casa Amarela, ficou lá com Ante Plaskic.

– Por quê? Por que eles não estão aqui?

– Porque eu fui obrigada a fugir. Fui ajudada por Ayed Sahadi, mas se alguém ficar sabendo disso ele será morto, assim como nós duas. Gian Maria virá ao meu encontro se isso for possível.

– E o croata?

– Ele não sabe de nada, não lhe disse nada.

– Por quê?

– Não sei, eu... Eu só confio em Gian Maria.

– E o capataz?

– Está me ajudando por dinheiro, por muito dinheiro, embora também possa me entregar se alguém lhe oferecer mais.

– E seu marido?

– Meu marido não sabe que estou aqui, não acredito que me denunciaria, mas também não quero correr riscos, nem fazer com que ele corra. Estamos nos separando. Faz meses que cada um escolheu seu próprio caminho.

– Mas eu não posso fazer nada – protestou Miranda.

– Pode deixar que eu fique aqui com Fátima. Ninguém virá nos procurar em seu quarto. Não incomodaremos você. Dormiremos no chão. Ayed Sahadi prometeu vir nos buscar, e se não vier... Bem, pensaremos em outra coisa.

– Procurarão por você aqui.

– Não, ninguém acreditará que fiquei em Bagdá. Todos pensarão que estou fugindo em direção a alguma fronteira: como estou com Fátima, seremos procuradas na fronteira com o Irã, já que Fátima tem parentes no outro lado.

Miranda acendeu um cigarro e foi até a janela. Precisava pensar. Sabia que Clara não lhe estava dizendo toda a verdade, embora desse para perceber que estava assustada e Fátima muito mais. Havia algo que não se encaixava e seu instinto dizia-lhe que se ajudasse aquela mulher poderia se meter em confusão. Além do mais, não concordava com a idéia de tirar a *Bíblia de Barro* do Iraque. Aquelas tábuas eram patrimônio dos iraquianos e só com a permissão do povo iraquiano poderiam sair do país. Era correto que o Iraque estava à beira de uma guerra; todas as notícias diziam que o presidente Bush ordenaria a qualquer momento que começassem os bombardeios, mas ainda restavam esperanças, ainda se travava uma batalha no Conselho de Segurança das Nações Unidas, em que países tão poderosos como a Rússia, a França e a Alemanha opunham-se a qualquer ação bélica.

Clara estava consciente das dúvidas da jornalista e adiantou-se, apresentando-lhe uma solução.

– Pelo menos nos permita ficar aqui até a chegada de Ayed Sahadi. Depois iremos embora. Não queremos comprometê-la. À noite e com o toque de recolher, seremos presas.

– Eu gostaria de saber o que você fez para que seu amigo Saddam queira prendê-la – perguntou Miranda.

– Não fiz nada, de verdade. Se conseguir sair do Iraque, você poderá comprovar que não a enganei. Eu e o professor Picot apresentaremos ao mundo inteiro esta descoberta.

– Fiquem esta noite. Não há muito espaço, mas acho que conseguiremos nos ajeitar. Conversaremos amanhã. Agora preciso sair, meus colegas estão me esperando.

Quando Miranda fechou a porta do quarto, Clara sentiu uma onda de alívio. Conseguira quebrar a resistência da jornalista, embora tivesse consciência de que ela ainda não havia decidido até quando continuaria a ajudá-la. Uma coisa de que tinha certeza é que não a denunciaria, e isso, por si só, era tudo de que precisava até que Ayed Sahadi entrasse em contato com ela ou fosse buscá-la.

Na sala do coronel, no quartel-general dos Serviços Secretos, a atividade era mais intensa do que habitualmente. O militar gritava com alguém que o ouvia do outro lado da linha telefônica, enquanto um soldado entrava e saía constantemente, depositando sobre a mesa do coronel papéis e documentos que outro soldado recolhia imediatamente e guardava em pastas de arquivo enfiadas em seguida em bolsas negras de náilon.

Ahmed Huseini balançava um copo de uísque e Ayed Sahadi fumava um de seus charutos aromáticos, os dois esperando que o coronel terminasse a conversa telefônica.

Quando, finalmente, desligou, os dois homens ficaram esperando, cheios de expectativas.

– Não querem que eu vá; no palácio, preferem que eu fique aqui, em Bagdá. Eu disse ao assessor do presidente que sou um soldado e quero voltar para a minha unidade, que está em Basora, e, de passagem, avaliar pessoalmente a situação na fronteira com o Kuwait. Não sei se me permitirão fazê-lo – explicou-lhes, sem disfarçar sua contrariedade.

– Deveria estar na fronteira depois de amanhã; Mike Fernández está esperando por você no lugar combinado para tirá-lo do Iraque e levá-lo ao Egito. Na cidade do Cairo, você deve entrar em contato com Haydar Annasir, que, como você sabe, é um dos cérebros da organização de Tannenberg. É ele quem lhe dará os documentos e o dinheiro necessário para que viva placidamente pelo resto da vida com a nova identidade – explicou-lhe, em tom cansado, Ahmed Huseini.

– Eu sei... Eu sei... Você está querendo me explicar o que devo fazer? Se não sairmos daqui antes do dia 20, pode ser que não consigamos fazê-lo nunca – queixou-se o coronel.

– Eu tenho de ficar – respondeu Ahmed.

– É sua obrigação. Você precisa coordenar a operação, mas os ianques não farão nada contra você, como garantiram os amigos de Tannenberg – replicou o coronel.

– Ninguém sabe o que acontecerá – queixou-se Ahmed.

– Nada! Não acontecerá nada! Você será levado daqui, assim como Ayed. Ele ficará com você. Encarreguem-se os dois de que a operação seja um sucesso.

“Os homens de Tannenberg estão preparados, você não pode fraquejar; se virem que você está enfraquecido, tudo irá por água abaixo. Tannenberg não está mais aqui e, por isso, eles precisam confiar em alguém; você é o marido da neta dele, o chefe da família, comporte-se como tal!”, o tom do coronel era de aborrecimento.

– Onde estará Clara? –perguntou-se, em voz alta, Ahmed Huseini.

– Estamos procurando por ela. Eu ordenei um alerta especial em todos os postos fronteiriços. Mas devemos ser prudentes, não podemos alertar o palácio – disse Ayed Sahadi.

– Sua esposa é muito esperta, mas não tanto para que não sejamos capazes de encontrá-la – sentenciou o coronel.

– Se quiser, coronel, poderemos repassar de novo os detalhes da operação. Irei encontrar alguns dos homens para saber se é preciso lhes dar novas instruções – interferiu Ayed Sahadi.

– Façamos isso – respondeu o coronel.

Miranda ficou distraída durante todo o jantar. Não conseguia parar de pensar em Clara. Teve a tentação de ligar para Picot em Paris, ou para aquela arqueóloga, Marta Gómez, para lhes perguntar o que deveria fazer, mas, se os telefones estivessem mesmo grampeados, a única coisa que conseguiria com isso seria a prisão de Clara e a dela própria por tê-la escondido.

– Você está passando mal?

– Não, não, só estou cansada.

O cinegrafista da televisão francesa encolheu os ombros diante da resposta de Miranda. Era evidente que a mulher não havia prestado atenção na conversa durante o jantar e sua testa franzida era um sinal evidente de que algo a preocupava.

– Bem, eu lhe direi o que Lauren Bacall disse a Humphrey Bogart: se precisar de mim, assovie...

– Obrigado, Jean, mas estou bem. Essa situação é muito cansativa; estamos aqui há muito tempo esperando que os norte-americanos resolvam começar a guerra; já estou cheia.

– Pois é melhor que você se arme de paciência, a não ser que queira ir embora – respondeu o francês.

– Não, não quero ir embora, mas estou quase querendo que aconteça alguma coisa de uma vez por todas, mesmo que seja a guerra.

– Como sempre, você está sendo politicamente incorreta – disse uma jornalista inglesa que a conhecia de outras guerras.

– Eu sei, Margaret, eu sei, mas todos vocês estão tão cansados quanto eu, e posso apostar o que quiserem que estão desejando que aconteça alguma coisa.

A discussão durou até a meia-noite; depois, foram encerrar o jantar bebendo generosamente em um lugar discreto que ficava perto da rua Baladiya.

Na volta ao hotel, Miranda recusou-se a tomar uma saideira e dirigiu-se a seu quarto, ansiosa por saber se Clara ainda estava lá.

Abriu a porta com cuidado e encontrou as duas mulheres no chão, encolhidas perto da parede, cobertas com uma colcha. Clara e Fátima dormiam profundamente, e Miranda viu uma mistura de cansaço e desesperança refletida em seus rostos.

Despiu-se com cuidado e ficou pensando se deveria lhes dizer para dividir a cama com ela. Depois pensou que de nada adiantaria acordá-las; a cama era pequena e não daria para as três.

– Onde está Clara?

Gian Maria esperava que Ante Plaskic lhe fizesse a pergunta e estava preparado para mentir.

– Não sei. Gostaria muito de saber onde poderia encontrá-la. Temo por ela.

– Ela não partiria sem se despedir de você – insistiu o croata.

– Você acha que se eu soubesse onde está não lhe diria? Teria dito até àqueles homens que nos espancaram... Eu... Eu não estou acostumado com a violência, e se soubesse...

– Não teria dito nada, estou certo disso – cortou-o Ante Plaskic.

– Está bem! Você sabe de muita coisa!

– Sim, sei do que um homem é capaz.

– Sou um sacerdote.

– Também sei do que é capaz um sacerdote. Na guerra, o sacerdote do meu povoado ajudava as pessoas. Um dia, apareceu uma patrulha de paramilitares procurando por um homem, um chefe de nossas milícias. Ele estava escondido na igreja, mas o padre não o entregou; foi torturado diante de toda a população; arrancaram sua pele em tiras, mas mesmo assim não disse nada. Seu sacrifício foi em vão: encontraram o homem e o mataram depois de destruir a aldeia.

Gian Maria não pôde disfarçar a impressão que havia lhe causado o relato do croata e, fazendo um esforço, aproximou-se dele e pôs uma das mãos em seu ombro.

– Não quero compaixão – respondeu-lhe Ante Plaskic.

– Todos nós precisamos de piedade e de compaixão – respondeu o sacerdote.

– Eu não.

A noite já havia caído e os dois pareciam ter se recuperado o suficiente para tentar deixar a Casa Amarela. As duas criadas ajudaram-nos a organizar a exígua bagagem que carregavam. Uma delas lhes disse que um primo seu morava ali perto e que, se lhe pagassem bem, poderia levá-los de carro até o hotel Palestina. Aceitaram e então aguardavam que a mulher voltasse com o primo.

– Por que você não confia em mim? – perguntou o croata.

– O que o leva a pensar que não confio em você?

– Ninguém confia em mim. Não é necessário ser um lince para perceber que eu estava sobrando em Safran. Procuravam me evitar sempre que podiam.

– Se fosse assim, o professor não o teria aceitado na equipe e Clara não teria permitido que ficasse.

– Mas eu sou tão insignificante que, apesar do mal-estar que lhes causava, não me levavam em consideração. Quando eu desaparecia de sua frente, paravam de pensar em mim; na realidade, eu passava os dias trancado no armazém.

– Vejo que você tem pena de si mesmo.

– Você está enganado. Só estou descrevendo a realidade. Nem eles gostavam de mim e nem eu me importava com eles.

– E, então, porque aceitou o trabalho?

– Porque era isso, trabalho; não há quem não precise trabalhar.

Finalmente a criada chegou com o primo, que os ajudou a entrar no carro. Não levaram mais de um quarto de hora para chegar ao hotel Palestina. Ainda havia gente transitando entre o saguão e o bar. O recepcionista jurou-lhes que não tinha nenhum quarto livre; só depois de muita insistência e de aceitar algumas notas de dólar entregues discretamente concordou em mostrar-lhes dois quartos; antes foram avisados de que estavam em péssimas condições porque seriam reformados, mas as circunstâncias haviam impedido a realização dos trabalhos.

O homem da recepção tinha razão. Os quartos aos quais os levou precisavam não apenas de pintura; o carpete também conhecera tempos melhores e os banheiros não estavam muito limpos.

– Vocês terão de se ajeitar com isso. Já vou lhes trazer cobertores.

Gian Maria quis saber se Miranda e o restante dos jornalistas que haviam estado em Safran continuavam no hotel. O recepcionista disse-lhe que sim.

– Bem, talvez amanhã um deles não se importe em dividir o quarto com a gente – disse o sacerdote, com um brilho de esperança nos olhos.

Miranda dormia profundamente quando a insistência de batidas secas na porta devolveram-na à realidade.

Levantou-se de um salto e, a caminho da porta, tropeçou em Clara, que dormia profundamente, assim como Fátima.

– Quem é? – perguntou, em voz baixa, e a resposta surpreendeu-a.

– Gian Maria; por favor, abra, depressa.

O sacerdote entrou no quarto olhando para trás, preocupado com a possibilidade de estar sendo seguindo.

– Elas estão aqui! Graças a Deus! – disse, ao ver os vultos encolhidos no chão.

– Espero que você seja capaz de me dar uma explicação sobre o que está acontecendo – pediu-lhe a jornalista.

– Se a encontrarem, podem matá-la – foi a resposta de Gian Maria apontando para Clara, que, naquele momento, parecia sair do sono profundo em que estivera mergulhada.

– Por quê? – insistiu Miranda.

– Porque encontrou a *Bíblia de Barro* e querem tomá-la – respondeu Gian Maria.

– Essas tábuas não são dela, pertencem aos iraquianos, e por isso não concordo com vocês – respondeu Miranda.

– Você não vai nos ajudar? – perguntou Clara, já totalmente acordada.

– Você quer se apoderar de uma coisa que não lhe pertence; trata-se, simplesmente, de um roubo. Não posso aceitar que ninguém roube, mesmo estando às vésperas de uma guerra.

– A Bíblia é minha! – respondeu Clara, com a voz carregada de angústia.

– A *Bíblia de Barro* pertence ao Iraque, por mais que você a tenha encontrado. Mas, além disso, você não está me dizendo a verdade. Seu avô e você são duas pessoas de confiança do regime de Saddam; tanto é assim que seu marido não teve dificuldades para conseguir as permissões e todas as bênçãos do regime para que o professor Picot pudesse tirar do Iraque boa parte das peças encontradas em Safran; então, por que não permitiriam que levem estas tábuas? Sim, já sei que são uma descoberta extraordinária, mas isso não significa que não possa conseguir a autorização para apresentá-las ao mundo inteiro na exposição que Picot está preparando. Também não posso entender por que a estão perseguindo e, muito menos, por que uma menina do regime afirma que sua vida corre perigo. A não ser, o que é claro para mim, que você queira ficar com uma coisa que não é sua, e isso a transforma em ladra, aqui ou em qualquer parte do mundo. Por isso, gostaria que amanhã você encontrasse outro lugar para se esconder. Não quero ter nada a ver com um roubo, e duvido muito que o professor Picot aprove sua atitude.

As palavras de Miranda caíram sobre Clara como um balde de água fria. Fátima, que havia acordado e observava a cena sentada no chão, cobriu o rosto com as mãos.

– E você, Gian Maria... Acho estranha sua atitude. Você é um sacerdote e fica impassível diante de um roubo; mais do que isso, também quer ajudar o ladrão, neste caso a ladra. Sinceramente, não consigo entendê-lo – continuou falando Miranda.

As palavras da jornalista atingiram o sacerdote que, em nenhum momento, havia pensado que aquelas tábuas poderiam não pertencer a Clara. Depois de alguns segundos de perplexidade, respondeu a Miranda:

– Você tem razão, pelo menos em parte. Mas... Bem, acho que as coisas não são só o que parecem, como você as está descrevendo. Olhe para meu rosto, acenda a luz.

Miranda acendeu a luz do abajur da mesa de cabeceira e conseguiu ver o rosto machucado do sacerdote, assim como sua mão toda roxa.

– O que aconteceu com você? – perguntou, alarmada.

– O coronel queria saber onde estava Clara – respondeu o sacerdote.

– O coronel?

– Não sei se você chegou a conhecê-lo em Safran. É um homem muito poderoso; ele quer as tábuas, mas não para o Iraque; quer usá-las para fazer algum negócio. Acho que Clara poderá nos explicar, mas o que ouvi na Casa Amarela foi alguma coisa sobre uns amigos de Washington, que a guerra começará amanhã e coisas do estilo.

– A guerra vai começar amanhã? E como esse coronel sabe disso? Não estou entendendo nada – disse Miranda.

– É muito complicado explicar. Ele quer a *Bíblia de Barro* para vendê-la, por isso está me perseguindo; quer tomá-la. Eu não vou roubá-la, só quero que o mundo a conheça e depois vou deixá-la em um lugar seguro até que a guerra termine e possa ser devolvida ao Iraque – explicou Clara, que havia improvisado essa desculpa para aplacar a desconfiança de Miranda.

– Ou seja, temos um coronel corrupto que quer estas tábuas... Bem, então o denuncie e entregue-as às autoridades. Por exemplo, a seu marido, que, pelo que sei, é diretor de um departamento de arqueologia ou algo parecido. Não é verdade?

– Não posso – protestou Clara.

– Seu marido também é corrupto? Ora, Clara!

– Pense o que quiser. Entendo que não queira me ajudar e por isso Fátima e eu sairemos daqui, mas permita que fiquemos mais um dia. Se sairmos agora às ruas, seremos presas. Ayed Sahadi prometeu tirar-nos daqui, foi ele quem sugeriu que nos refugiássemos neste hotel. Mas não se preocupe, quando o dia raiar, nós iremos embora. Eu lhe prometo.

Miranda ficou olhando para Clara sem saber o que fazer. Não confiava nela; na verdade, não gostava de Clara. Seu instinto lhe dizia que aquela mulher não era sincera, que por trás daquelas palavras desesperadas havia uma impostura.

– Saiam assim que amanhecer – sentenciou Miranda.

– Por favor, ajude Gian Maria – pediu Clara, com a voz cheia de súplica.

– Não, não preciso de ajuda. Não se preocupe – disse Gian Maria.

– Sim, você precisa sim. Precisa sair do Iraque amanhã mesmo, antes que os bombardeios comecem. Não sabemos quanto tempo a guerra vai durar. Parta; se ficar aqui, será um homem morto. O coronel permitiu que você viesse para cá? – quis saber Clara.

– Ele deixou Ante Plaskic e eu prostrados depois de ter mandado seus homens nos interrogarem. Ayed Sahadi o convenceu de que você o conhece bem e que, portanto, não nos teria dito jamais para onde pensava fugir. Ele pareceu aceitar os argumentos, e nos deixou ali, na Casa Amarela. Seu marido dava a impressão de estar desesperado; mesmo ao lado do coronel, acho que quer ajudá-la.

– Não, ele não quer me ajudar, quer a *Bíblia de Barro*.

– Ahmed não é um homem ruim, Clara – respondeu-lhe Gian Maria.

– Faça-me um favor e vá embora. Eu não posso sair daqui facilmente, talvez isso demore dias ou até meses, mas você tem de partir: se ficar, só aumentará minha angústia – afirmou Clara.

– Muito comovente! – interrompeu-os Miranda. – Mas são vocês... Não consigo entendê-lo, Gian Maria, não entendo o que você está fazendo.

– Não posso explicar, não sei explicar, mas posso assegurar que estou agindo de acordo com minha consciência, e estou convencido de que não estou fazendo nada de errado. Eu... Eu acredito que Clara não ficará com essas tábuas, que algum dia as devolverá. Ela sabe que não são dela, mas, nestas circunstâncias... Miranda, às vezes é muito difícil dar respostas...

– Até agora, nem você nem Clara me deram nenhuma resposta, e por isso não quero ter nenhuma relação com este roubo. Quanto a essa história de que a guerra vai começar amanhã... Vocês têm certeza?

– Na verdade, começará no dia 20, quer dizer, amanhã ainda haverá tempo para Gian Maria sair do Iraque – afirmou Clara.

– Como você pode ter tanta certeza de que a guerra começará no dia 20? – insistiu a jornalista.

– Foi o que o coronel disse...

– Mas, pelo que eu sei, o coronel trabalha para o exército de Saddam e não o dos Estados Unidos, e, por isso, duvido que conheça a data em que Bush vai dar a ordem de atacar, a não ser...

– Em que mundo você vive, Miranda? – perguntou-lhe Clara, com amargura.

– E você?

– Em um mundo em que os homens decidem sobre a vida e a morte dos demais por causa de negócios, para fazer negócios bons e rentáveis. Com esta guerra, muitos ganharão dinheiro demais – foi a resposta irada de Clara.

– A única coisa que eu sei é que se houver guerra muitas pessoas morrerão, morrerão por nada – disse Miranda, furiosa.

– Por nada? Não se iluda, eu acabo de lhe dizer: morrerão porque alguns homens vão ganhar dinheiro, muito dinheiro, e, além disso, aumentarão seu poder, aquele que têm agora e o que terão no futuro. É por isso que haverá guerra, é por isso que foram feitas todas as guerras. Nem você nem eu podemos evitá-las, e, além do mais, se não fosse esta, seria outra; é a história, Miranda, a história da humanidade. Algo que se aprende na arqueologia é que a maioria das cidades que resgatamos do fundo da terra foram destruídas em uma guerra, ou abandonadas depois de uma. Há coisas que não podem ser mudadas.

Clara falava com dureza, deixando ver que sentia comiseração por Miranda, que parecia não entender a realidade que a cercava.

– Quer saber? Você e eu sempre estaremos em campos opostos. São pessoas como você que provocam a desgraça de seus congêneres – respondeu a jornalista, sem disfarçar o desprezo que sentia por Clara.

– Por favor! Por favor – tentou intervir Gian Maria. – Esta discussão é absurda, estamos todos nervosos...

– Nervosos? Você ouviu o que Clara disse? Esta mulher não dá importância a nada nem a ninguém, só à realização de seus desejos e, logicamente, a ela mesma. A mim me parece... Parece um monstro.

A afirmação de Miranda foi como uma sacudida que deixou todos em silêncio. Ainda faltavam algumas horas para o amanhecer e a tensão no quarto começava a ficar insuportável igualmente para todos.

Clara não deu importância ao que Miranda dissera e aproximou-se de Gian Maria.

– Você fará o que eu lhe pedi e irá embora?

– Mas e você? Quero ajudá-la...

– Você acredita que eu possa fugir atravessando o Iraque com um sacerdote? Quanto tempo você acha que o coronel levaria para nos encontrar? Eu só terei uma chance, e não posso desperdiçá-la por sua causa.

– Eu não quero que aconteça nada a você por minha culpa, quero ajudá-la – protestou Gian Maria.

Foram assustados por batidas secas na porta. Ficaram em silêncio. Miranda fez um gesto, indicando-lhes que entrassem no banheiro. Depois abriu a porta.

Ayed Sahadi parecia nervoso e entrou empurrando-a sem dizer palavra até que a porta fosse fechada.

– Onde estão? – perguntou.

– Onde estão quem?

– Não tenho tempo a perder! Onde está Clara?

Empurrou a porta do banheiro e sorriu. Gian Maria, Clara e Fátima estavam grudados na parede. O rosto de Fátima refletia medo, o de Gian Maria, preocupação, e o de Clara era desafiador.

– Saiam, vamos – ordenou a Clara e a Fátima.

– Quero ir com vocês – pediu Gian Maria.

– Seria um estorvo – disse Clara.

– Por que você não o ajuda a sair daqui? – perguntou Ayed a Miranda.

– E como? Diga-me o que devo fazer para tirá-lo daqui. Segundo acabam de me contar, a guerra começará amanhã. Por isso, tentar chegar à fronteira seria um suicídio.

Ayed Sahadi olhou para Clara com uma muda reprovação. Por que contara à jornalista que a guerra estava prestes a começar?

– Pois que fique aqui. Os norte-americanos sabem que este é o hotel dos jornalistas e por isso não será bombardeado.

– Quero acompanhá-los – insistiu Gian Maria.

– Não acredito que você possa nos ser útil... – disse Ayed, pensando em voz alta.

– Gian Maria, você não virá. É minha vida a que está em perigo, e por isso você não irá conosco.

A afirmação de Clara parecia não deixar lugar a nenhuma dúvida, mas Ayed Sahadi continuava pensativo; seria conveniente ou não tirar proveito da presença do sacerdote?

– Você vai levá-las para onde? – perguntou Gian Maria.

– Não lhe direi. Se o coronel resolver voltar a interrogá-lo pode ser que não seja tão benevolente como da última vez – respondeu Ayed.

– Mas se o torturarem, poderá dizer que Clara foi embora com você – disse Miranda.

– Mas não sabe para onde, e por isso iremos embora. Cubram os rostos, e que sigam minhas instruções. Há homens do serviço secreto em todos os lugares – explicou Ayed Sahadi.

– E como sairemos daqui? – quis saber Clara.

– Em um tapete; na realidade, em dois tapetes. Há um caminhão na entrada de serviço esperando para levar alguns tapetes; é assim que vocês sairão do hotel. E nos encontraremos mais tarde. Precisamos ir agora até o elevador de serviço.

Saíram do quarto deixando Miranda e Gian Maria. A jornalista parecia aliviada, enquanto o sacerdote tinha um ar de desolação.

– Você quer beber alguma coisa? – ofereceu Miranda a Gian Maria.

– Eu não bebo – respondeu o sacerdote, com um sussurro.

– Eu também não; tenho algumas garrafas porque ajudam a comprar vontades. Mas acho que vou tomar um trago hoje à noite.

Foi pegar um copo no banheiro e abriu uma garrafa de burbom que estava no fundo do armário. Serviu-se de dois dedos e levou o copo aos lábios, sentindo o líquido queimar-lhe a garganta e, segundos depois, aquecer suas entranhas.

– O que Clara representa para você? – perguntou, de supetão, ao sacerdote.

Gian Maria olhou para ela sem saber o que responder. Não podia dizer a verdade.

– Nada, nada do que você possa imaginar. Tenho uma obrigação moral com ela. Isso é tudo.

– Uma obrigação moral? Por quê?

– Porque sou sacerdote, Miranda; por isso, Miranda. Às vezes Deus nos coloca em situações insuspeitadas. Sinto muito não poder lhe dar outra resposta.

Miranda aceitou a explicação de Gian Maria. Sabia que o sacerdote não a enganava e percebia a convulsão interna que parecia fazê-lo sofrer.

– É verdade que a guerra vai começar amanhã? – perguntou-lhe.

– Foi o que o coronel e Ahmed disseram.

– Hoje é dezenove...

– Pois começarão a bombardear amanhã.

– Como eles podem saber disso?

– Não sei, conversaram com uns homens de Washington, mas o certo é que não sei direito. Acabei de levar uma surra mais horrível do que você possa imaginar.

– Sim, eu consigo imaginar. E onde está Ante Plaskic?

– No quarto dele. Também apanhou muito; foi difícil colocá-lo em pé e trazê-lo até aqui.

– Quem o trouxe?

– Um primo de uma das criadas de Clara.

– E agora o que vai fazer?

– Eu? Não sei... Sinto que... Sinto que estou quase fracassando. Não serei capaz de sair do Iraque sem saber se Clara está bem.

– Mas ela precisa se esconder, não entrará em contato com você.

A conversa foi interrompida por batidas na porta. Miranda e Gian Maria ficaram quietos, como se quisessem ter certeza de que aqueles golpes haviam sido um erro. Mas voltaram a bater, e uma voz incitou-os a abrir a porta.

Clara estava pálida, Fátima tremia e Ayed Sahadi parecia furioso.

– É impossível sair daqui! O coronel não confia em ninguém. Mandou cercar o hotel. Revistaram o caminhão e os soldados o estão vigiando. Não nos descobriram porque o chofer não sabe de nada, só que tinha de transportar uma carga. Vão ter de ficar aqui.

– Aqui? Não, eu lhe garanto que não vão ficar aqui. Procure outro lugar. Não vão ficar aqui, não vão ficar no meu quarto – respondeu Miranda.

– Saia e diga aos soldados para prendê-las – desafiou-a Ayed –; elas ficarão aqui até que possamos tirá-las ou serão presas.

– Não ficarão no meu quarto! – afirmou a jornalista.

– Então que venham para o meu! – ofereceu Gian Maria.

– Você arranjou um quarto? Em que andar? – perguntou Ayed Sahadi.

– No quarto. É um quarto horrível. Só tem uma cama, o chuveiro está quebrado, mas poderemos nos ajeitar.

– E Ante Plaskic? – quis saber Clara.

– Está no primeiro andar.

– Mas poderá querer vê-lo. Não seria estranho que se aproximasse de seu quarto – disse Ayed.

– Pode ser, mas, se o fizer, não o deixarei entrar.

– E o serviço de limpeza do hotel? O que as moças dirão quando encontrarem no quarto duas mulheres xiitas que não estão registradas no hotel? – perguntou Miranda.

– Ouçam, as coisas são como são, e por isso seremos obrigados a improvisar. Se você não deixá-las ficarem aqui, serão obrigadas a ir para o quarto de Gian Maria. Tomara que o coronel não mande revistar o hotel. Agora nos diga como devem fazer para chegar a seu quarto.

Voltaram a sair, acompanhados por Gian Maria. Miranda serviu-se de mais dois dedos de burbom, bebeu-os de um gole e se deitou. Estava esgotada, precisava dormir, embora soubesse que seria difícil. Não podia parar de pensar na informação de que a guerra começaria dentro de algumas horas. Como Clara e Ayed conseguiram saber disso?

Foi acordada pelo toque do telefone. Seus colegas a esperavam para tomar o café da manhã e sair gravando pelas ruas de Bagdá. Quinze minutos depois e com o cabelo molhado do banho, chegava ao saguão do hotel.

Passou o resto do dia nervosa, sem saber o que fazer. Devia partilhar com os colegas o que sabia? Devia lhes dizer que a guerra começaria algumas horas depois? Devia ficar em silêncio?

Ligou para seu chefe em Londres e este lhe disse que havia fortes rumores de que a guerra era iminente. Quando perguntou-lhe se os combates começariam naquele mesmo dia ele riu.

– Se eu soubesse, teria um grande furo! Hoje é 19. Há dois dias, o presidente Bush deu um ultimato a Saddam; você sabe muito bem que todas as embaixadas estão sendo evacuadas e recomendando a seus compatriotas que saiam do Iraque; por isso, a matraca pode começar a cantar a qualquer momento, mas não sabemos quando. Eu ligarei para você, embora esteja achando que você vai ligar antes para mim, assim que começarem a bombardear.

Miranda não fez nada para ter notícias de Clara nem de Gian Maria. Sabia que estavam no hotel, um andar abaixo de seu próprio quarto, e preocupava-se com o que poderia acontecer com eles, mas, ao mesmo tempo, dizia a si mesma que não queria ser cúmplice de um roubo, e era isso o que Clara estava querendo fazer, estava tentando roubar a *Bíblia de Barro*.

Naquela noite, prolongou a conversa com o restante de seus colegas, certa de que o ruído das bombas não demoraria a se fazer presente. Quando, de repente, o céu começou a se iluminar com rajadas de fogo e um ruído ensurdecedor inundou o mundo, Miranda sentiu medo. Era 20 de março. A guerra havia começado.

Horas mais tarde, as redações informavam aos jornalistas enviados a Bagdá que as forças da coalizão haviam entrado no Iraque. A sorte fora lançada.

39

Mike Fernández olhou para o relógio com impaciência. As tropas norte-americanas e britânicas haviam começado a invasão terrestre do Iraque. Naquela mesma hora, iria começar a operação que ele e Tannenberg haviam planejado minuciosamente durante o último ano. O ex-coronel dos boinas-verdes disse a si mesmo que nada poderia sair errado, que nem mesmo a morte de Alfred Tannenberg era um motivo suficiente para que algo falhasse. Havia muito dinheiro em jogo; os homens sabiam que receberiam grandes somas se se apoderassem do botim e chegassem ao ponto marcado. Em questão de horas todos estariam longe do Iraque.

Naquele mesmo instante, em Bagdá, um grupo de homens vestidos em uniformes militares e com gorros cobrindo seus rostos esperavam por um sinal de seu chefe para abandonar o armazém onde estavam escondidos havia algumas horas.

Todos eles haviam servido durante anos a Alfred Tannenberg. O assassinato do homem que fora seu chefe os mergulhara na apatia, mas o genro de Tannenberg lhes assegurara que não haveria nenhuma mudança na operação, e o mais importante: todos receberiam de acordo com o trabalho que iriam realizar. Ele, disse-lhes, era agora o chefe da família Tannenberg e esperava deles a mesma eficiência e lealdade que haviam demonstrado no passado ao velho senhor.

O dinheiro que embolsariam pela operação lhes garantiria um futuro sem problemas e, por isso, não hesitaram em aceitar dar continuidade ao trabalho. O que fariam depois da operação só o tempo diria. Seriam leais até o momento em que atravessassem a fronteira com o Kuwait e entregassem o botim àquele ex-oficial norte-americano, um sujeito legal, que sabia mandar e se fazer obedecer.

A campainha do celular do chefe alertou-os de que a hora havia chegado. O chefe atendeu e ouviu a ordem que todos esperavam para dar início à operação.

– Estamos indo – disse-lhes.

Ficaram em pé e checaram mais uma vez as armas; desceram os gorros, cobriram seus rostos, e, com seus negros macacões de camuflagem, tornaram-se invisíveis nas sombras da noite, enquanto embarcavam no caminhão militar que os aguardava.

As bombas e as baterias antiaéreas iluminavam o céu de Bagdá, e as sirenes atemorizavam os cidadãos trancados em suas casas.

Cruzaram com outros veículos militares sem chamar a atenção e, finalmente, desembocaram na porta traseira do Museu Nacional de Bagdá. Em questão de segundos estavam dentro do edifício.

Alguns dos guardas que faziam a segurança do museu tinham partido havia muitas horas; outros tinham insistido em trabalhar naquela noite. O ruído das bombas e os apagões não pareciam amedrontrá-los. Haviam desligado todos os alarmes e o museu ficara entregue à própria sorte.

Os homens de gorros, munidos de sacos de náilon, foram recolhendo, cuidadosamente, andar por andar, os objetos apontados nas listas que carregavam. Não conversavam. Aquele que parecia ser o chefe preocupava-se em fazer com que nenhum dos objetos fosse nem mesmo arranhado, e, sobretudo, que os homens não caíssem na tentação de colocá-los em outro lugar que não fossem os sacos de náilon.

Em menos de um quarto de hora, os homens haviam se apoderado de painéis de marfim criteriosamente cinzelados, armas, ferramentas, jarros de terracota, tábuas, estátuas e esculturas em basalto, diorito e alabastro, em ouro e prata, objetos de madeira, selos cilíndricos... Era tal o volume de objetos que mal conseguiam carregá-los.

Depois, com a mesma rapidez com que haviam entrado, saíram do museu. Nenhum bagdali poderia imaginar que naquela noite seu patrimônio estava sendo roubado; só rezava para sobreviver.

Ahmed Huseini esperava, impaciente, na escuridão de seu escritório. Sentiu seu coração se acelerar ao ouvir o toque do celular.

– Foi feito. Estamos partindo – afirmou o chefe do comando.

– Correu tudo bem?

– Sem contratempos.

Dois minutos mais tarde, outro homem lhe deu seu informe: acabara de sair com seus homens do museu de Mosul. Como em Bagdá, não tiveram nenhum problema para entrar e sair do museu em tempo recorde. Era uma vantagem saber o que deveriam carregar. A lista preparada por Ahmed Huseini evitava que os homens levassem objetos desnecessários.

O diretor do departamento de Antiguidades dera provas de seu profundo conhecimento na hora de elaborar as listas com instruções precisas sobre os objetos que deveriam pegar.

Outras ligações, estas de Kairah, Tikrit e Basora, uniram-se às recebidas anteriormente. De cabo a rabo do país os comandos de Alfred Tannenberg haviam executado com êxito sua missão: carregavam em bolsas de náilon a alma do Iraque, sua história; na realidade, levaram boa parte da história da humanidade.

Ahmed Huseini acendeu um charuto. A seu lado, o sobrinho do coronel falava em outro telefone para informar seu tio do êxito da missão, embora, na verdade, esta só fosse terminar quando o comando chegasse a seus destinos: Kuwait, Síria, Jordânia...

As luzes da sala continuavam apagadas. Estavam sozinhos no ministério, ou acreditavam nisso. O coronel havia lhes ordenado que não saíssem dali; deveriam coordenar a operação, e por isso haviam descido as persianas e fechado as janelas para evitar serem transformados em um alvo involuntário das bombas que caíam onde quer que fosse.

Como e quando sairiam do Iraque? O coronel havia garantido a Ahmed que seu melhor homem, Ayed Sahadi, o tiraria no momento oportuno, mas Ayed não dera sinal de vida e, àquela hora, poderia estar lutando com sua unidade, ou até mesmo ter ido com o coronel a Basora para de lá tentar chegar ao Kuwait. Morto Tannenberg, Huseini não confiava no coronel; na verdade, não confiava em ninguém, porque sabia que não lhe conferiam a autoridade que o avô de Clara tivera; sabia que se tivessem de sacrificá-lo, o fariam sem hesitar. Mas ainda se passariam algumas horas antes de saber se seria abandonado à própria sorte ou se, de fato, Ayed iria buscá-los.

Paul Dukais acendeu um charuto. Acabara de receber uma ligação de Mike Fernández, confirmando o êxito da operação.

– Nós fizemos o impossível, agora cabe a você fazer o que só é difícil – brincou o ex-boina-verde.

– Espero não pôr tudo a perder, garoto – continuou brincando Dukais. – Vocês fizeram um excelente trabalho.

– Sim, fizemos, senhor.

– Alguma baixa?

– Algumas equipes foram obrigadas a se defender, mas nada grave, senhor.

– Bem, quando puder, volte para casa, sua missão terminou.

– Quero antes ter certeza de que as cargas estarão onde devem estar.

– Faça isso.

O presidente da agência Planet Security esfregou as mãos, satisfeito. O negócio dele não era as antiguidades, mas depositar a preciosa carga em seu destino lhe traria grandes benefícios, além de receber uma comissão de 2% do total do valor dos objetos vendidos.

Robert Brown e Ralph Barry estavam preparando a reunião anual do patronato da fundação quando Paul Dukais deu-lhes a boa nova. Os dois homens comemoraram imediatamente, servindo-se de um uísque duplo. Bem, se seu mentor, George Wagner, não sorrisse diante de uma notícia como aquela, ficaria comprovado, definitivamente, que nada seria capaz de comovê-lo.

– Paul, me diga o que acontecerá agora – pediu Robert Brown.

– Agora a carga será devidamente embalada e dentro de alguns dias, espero que não mais de dois ou três, chegará a seu destino. Uma parte irá diretamente para a Espanha, outra para o Brasil e a outra ficará aqui.

"Alfred Tannenberg não está mais entre nós, mas Haydar Annasir, seu braço-direito, tem uma lista detalhada dos lotes que deve encaminhar a cada destino. Se não houver nenhum contratempo, e não há a menor razão para que haja, faremos o impossível e o difícil."

– O que você sabe a respeito de Ahmed Huseini e de Clara?

– Mike diz que Clara desapareceu, e com elas as tábuas, mas sabemos que mais cedo ou mais tarde a encontraremos. Nenhuma mulher que estiver escondendo um tesouro arqueológico poderá desaparecer para sempre. Quanto ao bom Ahmed, está previsto que ele será tirado do Iraque antes da chegada de nossos meninos; é uma questão de dias.

– Você tem certeza de que conseguirão tirá-lo? É um homem ligado ao regime...

– Ahmed era um homem de Tannenberg que estava próximo de Saddam. Não o julguemos mal – respondeu, com cinismo, Dukais.

– Claro, claro. Eu aprecio seus conhecimentos e seu corte intelectual – respondeu Robert Brown, o presidente da fundação Mundo Antigo.

– Quanto à Clara, não se preocupe. Ela será encontrada. Além do coronel, tenho um homem muito especial envolvido em sua procura. Ele esteve perto dela nos últimos meses. Se há alguém capaz de encontrar sua pista, esta pessoa é ele.

– E está em Bagdá?

– Meu homem? Sim, ficou ao lado de Clara. Não se preocupe. Ele a encontrará.

– O que me preocupa é a *Bíblia de Barro*...

– Se encontrarmos Clara, nos apoderaremos das tábuas. Ela não será capaz de recusar nossa oferta – disse, rindo, Paul Dukais.

Clara estava desesperada no pequeno quarto do hotel, de onde não saíra nos últimos dias. Temia que a qualquer momento a porta se abrisse e o coronel entrasse para matá-la. Não voltara a estar com Miranda, embora soubesse por Gian Maria que perguntara por ela. A jornalista havia pelo menos guardado segredo de sua presença naquele quarto.

Gian Maria, por sua vez, era obrigado a driblar todos os dias as perguntas de Ante Plaskic sobre o paradeiro de Clara. O croata desconfiava dele e o sacerdote acabara desconfiando do croata; era estranha sua insistência em querer informações sobre Clara. Felizmente, a confusão originada pela guerra dava um descanso a Gian Maria. Lutar para sobreviver já era muita coisa.

– Ayed não voltou – queixou-se Clara.

– Não se preocupe. Sairemos daqui de algum modo – consolou-a o sacerdote.

– Mas como? Você não percebe que estamos no meio de uma guerra? Se os norte-americanos ganharem, serei presa, e se Saddam for o vitorioso, também não poderei ir embora.

– Confie em Deus. Graças a Ele conseguimos nos salvar até agora.

Clara não queria ferir os sentimentos dele dizendo-lhe que ela não confiava em Deus, que só confiava nas próprias forças, por isso assentia e guardava silêncio.

Preocupava-se com o estado de Fátima. A mulher mal comia e estava emagrecendo a olhos vistos. Não se queixava, mas seu rosto estampava um grande sofrimento. Clara insistia para que lhe contasse o que estava acontecendo além da angústia provocada pela incerteza, mas Fátima não respondia, limitava-se a acariciar seu rosto enquanto seus olhos se enchiam de lágrimas.

Ouvia a BBC e outras emissoras que conseguia sintonizar através das ondas curtas, mas era Gian Maria quem lhe fornecia as melhores informações, as que os correspondentes em Bagdá recebiam de suas redações.

Em 2 de abril, Gian Maria entrou no quarto anunciando que as tropas dos Estados Unidos estavam na periferia de Bagdá; no dia seguinte, levou a informação de que os norte-americanos haviam assumido o controle do aeroporto internacional de Saddam, localizado no sul da cidade.

– Onde está Ayed Sahadi? Por que não voltou? –perguntava-se Clara.

Gian Maria não tinha resposta. Telefonara inúmeras vezes para os vários números de Ayed; no princípio, respondera um homem com voz crispada, mas, nos últimos dias, o telefone tocava e ninguém atendia.

– Será que ele me traiu?

– Se o tivesse feito, já teríamos sido presos – argumentou Gian Maria.

– Então por que não veio e nem me mandou um aviso?

– Vai ver que não pôde. Vai ver que está sendo vigiado pelo coronel.

Certa tarde, Gian Maria entrou no quarto acompanhado por Miranda.

– Seu amigo croata está fazendo muitas perguntas a seu respeito – disse a Clara.

– Eu sei, mas Ayed Sahadi me advertiu sobre ele, disse que não é de confiança.

– Já sabe que você está aqui. É impossível manter segredo – afirmou a jornalista.

– E quem lhe disse? – perguntou Clara.

– Na verdade, o hotel está cheio de iraquianos. Muitos companheiros meus abrigaram seus intérpretes, outros, seus amigos; até os empregados do hotel receberam seus familiares, sabendo que aqui há uma possibilidade de sobrevivência. Os norte-americanos e britânicos sabem que os jornalistas estão hospedados aqui. Por isso, o serviço do hotel não se espantou com sua presença. Gian Maria não precisou distribuir gorjetas gordas para que finjam que não sabem de Fátima e de você. Mas era inevitável que seu amigo Ante Plaskic ficasse sabendo, mais cedo ou mais tarde. Acaba de me abordar para perguntar novamente por você, e quando lhe disse que não sabia de nada, disparou que sabe que você está aqui, escondida no quarto de Gian Maria. Menti-lhe, disse-lhe que Gian Maria está abrigando pessoas que conhecia, mas acho que não acreditou em mim; eu também não teria acreditado. Só quero avisá-los para terem cuidado.

– O que podemos fazer? – perguntou Gian Maria a Miranda.

– Não sei, só quis avisá-los. Não entendo por que vocês não confiam em Plaskic; em todo caso, ele insiste em encontrá-las e por isso acho que a qualquer momento vai bater na porta para saber se eu estava mentindo ou não, se quem está de fato escondida nesse quarto é Clara ou pessoas que ele não conhece.

– Então preciso sair daqui – afirmou Clara.

– Mas você não pode sair! Será presa! – exclamou, assustado, Gian Maria.

– Estou exausta! – gritou Clara.

– Acalme-se! – ordenou-lhe Miranda. – Você não vai conseguir nada com sua histeria.

– Deixe-a se esconder em seu quarto – implorou Gian Maria a Miranda.

– Não, sinto muito, eu já lhes disse que não concordo com o que vocês estão fazendo.

– Mas não estávamos fazendo nada de errado – defendeu-se Gian Maria.

– Estão roubando – foi a resposta contundente de Miranda.

– Eu não roubei nada! A escavação foi financiada pelo professor Picot e por meu avô, e a maior parte dos recursos e dos investimentos foi de meu avô. Eu já lhe disse que devolverei estas peças no dia em que o Iraque voltar a ser um país. Você quer que eu vá para onde? Gian Maria me disse que vocês, os jornalistas que estão aqui, informaram que o Museu Nacional foi assaltado; a quem, devo, então, entregar as tábuas? A Saddam?

Miranda ficou em silêncio, avaliando a angústia manifestada por Clara.

– Está bem, vamos para o meu quarto, mas só pelo tempo necessário para que o croata se convença de que você não está aqui. Pegue a chave e suba, eu estou saindo, meus colegas estão me esperando; se você não sabe, há unidades norte-americanas em alguns bairros da periferia de Bagdá. A qualquer momento as tropas chegarão ao centro da cidade.

– Tenha cuidado – pediu-lhe Gian Maria.

Miranda lhe sorriu, agradecida, e saiu do quarto sem se despedir.

Quando a jornalista voltou, horas depois, encontrou Clara e Fátima sentadas na cama de seu quarto.

– Começaram a derrubar as estátuas de seu amigo Saddam – disse, cumprimentando-as.

– Quem? – quis saber Clara.

– Os iraquianos.

– Foram pagos para isso – meditou Clara em voz alta, enquanto Fátima começava a chorar mais uma vez.

– A cena foi filmada pelas televisões de meio mundo. Ah! E os norte-americanos já controlam praticamente toda a cidade. Este 9 de abril passará para a história – disse, em tom cáustico, Miranda.

– Não sei o que fazer... – disse Clara, em voz baixa.

– Pergunte-se o que você pode fazer – respondeu Miranda.

– Onde está Saddam? – perguntou, de repente, Fátima, surpreendendo as duas mulheres.

– Ninguém sabe. Eu acho que está escondido. Oficialmente, a guerra já foi vencida pelas tropas da coalizão, mas ainda há troca de tiros e algumas unidades do exército iraquiano ainda não se renderam – respondeu Miranda.

– Mas quem está mandando no Iraque? – insistiu Fátima.

– Neste momento, ninguém. Bagdá é uma cidade em guerra na qual os vencedores ainda não tomaram o controle e os perdedores ainda não se renderam totalmente; no entanto, muitos iraquianos saíram às ruas para saudar os norte-americanos. Em situações como esta, é difícil saber o que está acontecendo; o que predomina é uma grande confusão – explicou a jornalista.

– As fronteiras estão abertas? – perguntou Clara.

– Não sei, suponho que não, mas imagino que muitos iraquianos estejam tentando fugir para os países vizinhos.

– E você ficará no Iraque até quando? – quis saber Clara.

– Até quando meu chefe permitir. Quando isto aqui deixar de ser notícia eu irei embora; não sei se dentro de uma semana ou de um mês.

Gian Maria estava ciente de que não havia conseguido convencer Ante Plaskic de que não sabia nada a respeito de Clara. Havia mantido uma longa conversa com o croata e só dissera mentira atrás de mentira.

– Mas como você pode imaginar que Clara está em meu quarto! – recriminou-o. – Eu dei abrigo a pessoas que conheci quando estive aqui trabalhando para uma ONG. Pediram-me ajuda porque este hotel é o único lugar seguro de Bagdá.

Depois o convidou para dar uma olhada no quarto, pensando que Ante Plaskic se daria por satisfeito, embora não fosse difícil perceber que não seria assim.

– Você não acha que chegou a hora de irmos embora, Gian Maria?

– Acho que será difícil sair agora do Iraque. Em primeiro lugar, terão de restabelecer as comunicações... Entrar num carro e tentar chegar à fronteira... Não sei. Acho que é perigoso.

– Podemos perguntar a Miranda. Eu ouvi alguns jornalistas dizerem que assim que os norte-americanos afirmarem que ganharam a guerra eles partirão – insistiu o croata.

– Bem, poderemos tentar partir com eles, embora eu prefira ficar para dar uma ajuda; os iraquianos vão precisar; os efeitos da guerra são terríveis. Há famílias inteiras destruídas, crianças que se perderam dos pais, homens e mulheres mutilados... Eu sou um sacerdote, Ante, e aqui precisam de mim – justificou-se Gian Maria.

No dia 15 de abril, as forças da coalizão deram a guerra por terminada e vencida. Bagdá era um caos e os iraquianos lamentavam-se da espoliação sofrida. O Museu Nacional havia sido arrasado, assim como outros museus do país, e muitos iraquianos achavam que seu orgulho nacional havia sido ultrajado.

Ahmed Huseini sentia-se culpado pela traição que ele mesmo protagonizara. Ayed Sahadi explicara-lhe que as peças roubadas estavam fora do Iraque, em lugares seguros, e que em pouco tempo os dois estariam imensamente ricos. Só precisavam esperar pela chegada de seu homem de contato. Paul Dukais planejara tudo meticulosamente: um de seus homens iria buscá-los com as permissões pertinentes para que deixassem o país sem que ninguém lhes fizesse perguntas comprometedoras.

Ayed Sahadi também não estava disposto a renunciar ao dinheiro prometido por Clara. Não havia ido procurá-la no hotel, sabendo que lá estaria mais segura do que em qualquer outro lugar para onde a pudesse levar, pois sabia que o coronel tinha olhos e ouvidos em todas as partes. Correra um risco desnecessário na noite em que havia ido buscá-la, e por isso decidiu deixá-la entregue à própria sorte até que a situação ficasse mais clara. Agora o coronel estava a salvo, havia cruzado a fronteira com o Kuwait, onde, com um passaporte falso, havia se transformado em uma pessoa distinta, em um cidadão que naquele momento descansava em um luxuoso hotel nas redondezas da cidade do Cairo.

Quando Ayed Sahadi entrou no saguão do hotel Palestina, reconheceu Miranda no meio de um grupo de jornalistas que discutiam calorosamente com alguns oficiais norte-americanos. Esperou que a jornalista se afastasse do grupo para aproximar-se dela.

– Srta. Miranda...

– Ayed! Vejam só! Eu achava que você tinha desaparecido para sempre. Seus amigos estão sentindo sua falta...

– Acredito que sim, mas, se tivesse vindo antes, teria colocado suas vidas em perigo; e, além do mais, eu sabia que com você e Gian Maria estariam em boas mãos.

– Incrível! Você é daqueles que entregam os mortos para os outros – protestou Miranda, provocando uma risada de Ayed.

– Bem, me diga onde estão.

– De novo no meu quarto. O croata anda perguntando, desesperadamente, por Clara, e nem Gian Maria nem ela querem que o garoto fique sabendo de qualquer coisa, por isso voltei a abrigá-la.

– Não se preocupe. Estou aqui para levá-la embora.

– E vocês vão para onde, posso saber?

– Em primeiro lugar, para a Jordânia, e depois para o Egito. A Srta. Clara tem uma casa muito bonita na cidade do Cairo e lá a espera a fortuna de seu avô. Ela não lhe disse?

– E vocês vão conseguir chegar à Jordânia?

– Seremos levados por alguns amigos.

– E Gian Maria?

Ayed Sahadi encolheu os ombros. Não tinha a menor intenção de levar o sacerdote com ele. Não fazia parte do acordo que fizera com Clara, e, portanto, o padre podia ir para o inferno.

Miranda acompanhou-o até seu quarto, louca para perder Clara de vista quanto antes.

Clara ouviu em silêncio as explicações de Ayed Sahadi.

– Eu tomarei as providências para que não aconteça nada com você – garantiu-lhe.

– Caso contrário, não receberá um dólar – ameaçou-o Clara.

– Eu sei.

– Quero acompanhá-los – interrompeu-os Gian Maria.

Clara olhou para Ayed e não lhe deu chances de responder.

– Ele virá conosco. Faz parte do pacote.

– Terei de cobrar mais. Precisamos saber se os homens que vão mandar para nos tirar daqui gostarão de levar mais uma pessoa.

– Ele virá comigo – afirmou Clara, apontando para Gian Maria.

– E o que vocês farão com seu amigo Ante Plaskic?

– Você se despeça dele pela gente – respondeu Ayed Sahadi.

– Muito engraçadinho! – exclamou Miranda.

Quando saíram do hotel, ninguém pareceu prestar atenção em Ayed Sahadi e nas duas mulheres vestidas de negro da cabeça aos pés. Nenhum dos três percebeu que Ante Plaskic os observava escondido atrás de uma pilastra do saguão.

O croata não deixou de notar que Clara carregava uma bolsa que segurava com força, em que, tinha certeza, guardava a *Bíblia de Barro*. Precisava apenas segui-la e tomar as tábuas por bem ou por mal, mesmo que fosse obrigado a matar o falso capataz.

No entanto, suas intenções viram-se imediatamente frustradas. Os dois homens e as duas mulheres subiram em um carro que desapareceu no caos da cidade. Voltara a perder Clara; agora seria obrigado a procurá-la fora do Iraque, e sabia onde: cedo ou tarde a mulher iria ao encontro de Yves Picot, e por isso precisaria chegar antes dela e ficar esperando.

Lion Doyle havia chegado muito antes à mesma conclusão de Ante Plaskic; ele estava disposto a levar a bom termo a parte que faltava para cumprir o contrato: a eliminação de Clara. O professor Picot era o fio de Ariadne.

40

Roma estava tão bela como sempre. Gian Maria ficou pensando em como conseguira viver tão longe de sua cidade nos últimos meses. Agora se dava conta de que havia sentido falta de seu aprazível cotidiano. As orações ao amanhecer, a leitura tranqüila...

Gian Maria entrou na clínica e dirigiu-se ao consultório do pai. Maria, a secretária de Carlo Cipriani, cumprimentou-o afetuosamente.

– Gian Maria, que alegria!

– Obrigado, Maria.

– Entre, entre. Seu pai está sozinho. Ele não me disse que você apareceria por aqui...

– Vou lhe fazer uma surpresa; não o avise, por favor.

Bateu suavemente na porta com os nós dos dedos para anunciar-se e entrou em seguida.

Carlo Cipriani ficou petrificado ao ver o filho. Levantou-se como se tivesse dificuldades para se mexer, sem saber o que fazer nem o que dizer. Gian Maria observava-o sem pestanejar, parado no meio da sala. O pai percebeu que havia emagrecido e tinha a pele curtida pelo ar e pelo sol. Não era mais o jovem pálido com aspecto doentio que sempre havia sido; agora era um homem, um homem diferente que o media com o olhar.

– Meu filho! – exclamou, temeroso; em seguida, aproximou-se dele e lhe deu um abraço emocionado.

O sacerdote respondeu ao abraço do pai e este sentiu-se aliviado.

– Sente-se, sente-se. Chamarei seus irmãos. Antonino e Lara estão muito preocupados com você. Seu superior mal nos dava notícias suas; só dizia que estava bem, mas não quis nos dizer onde estava. Por que você partiu, meu filho?

– Para evitar que você cometesse um crime, papai.

Carlo Cipriani sentiu naquele instante o peso de sua existência sobre as costas e, curvando-se, foi se sentar em uma poltrona.

– Você conhece minha história, nunca a escondi de você nem de seus irmãos. Como pode me julgar? Fui implorar seu perdão e o perdão de Deus.

– Alfred Tannenberg está morto. Foi assassinado. Eu suponho que você saiba disso.

– Sim, eu sei, eu sei, e não me peça para...

– Que você peça perdão? Você não acaba de me dizer que foi ao confessionário para pedir perdão por esse crime?

– Meu filho!

– Eu fiz o que você não pode imaginar para tentar evitar que meu pai tivesse esse peso na consciência. Eu lhe garanto que teria dado minha vida para que você não condenasse a sua.

– Sinto muito, sinto as dores que possa lhe ter causado, mas não acredito que Deus vá me condenar por ter... Por ter desejado a morte do monstro.

– Até mesmo a vida do monstro era de Deus, e só Ele poderia tirá-la.

– Estou percebendo que você não me perdoou.

– Você está arrependido, papai?

– Não.

A voz de Carlo soou forte e categórica, sem qualquer traço de dúvida, enquanto cravava o olhar nos olhos do filho.

– O que você conseguiu, papai?

– Fazer justiça. A justiça que nos foi negada quando éramos crianças indefesas e o monstro exigia que açoitássemos nossas mães porque dizia que eram mulas de carga. Vi minha mãe morrer sem poder fazer nada, assim como minha irmã. Você não pode me julgar.

– Sou um sacerdote e seu filho e o amo muito, papai.

Gian Maria aproximou-se do pai e voltou a abraçá-lo, enquanto os dois começavam a chorar.

– Onde você estava, filho?

– No Iraque, em uma pequena aldeia chamada Safran, tentando evitar que você matasse Alfred Tannenberg, E temendo, também, pela vida de Clara.

– Ele não hesitou em matar minha irmã. Era surda e não entendeu as ordens do monstro. Ele a destruiu.

– Clara deve pagar pela morte de sua irmã? – perguntou Gian Maria, muito sério, afastando-se do pai.

O médico não respondeu. Levantou-se da poltrona e deu-lhe as costas, começando a andar pela sala sem olhar para o filho.

– Ela é inocente. Não lhes fez mal nenhum – suplicou-lhe.

– Gian Maria, você não pode entender; é um sacerdote. Eu sou apenas um homem, pode ser que, a seus olhos, o pior dos homens, mas não me julgue, filho, apenas me perdoe.

– A quem você está pedindo perdão? A seu filho ou ao sacerdote?

– Aos dois, filho, aos dois.

Carlo Cipriani voltou a ficar em silêncio, desejando que o filho voltasse a abraçá-lo, mas Gian Maria levantou-se da cadeira e deixou a sala sem despedir-se do pai, reprovando a ira que atravessava sua alma.

***

– Onde está Clara?

A voz de Enrique chegava com interferências através da linha telefônica, embora estivessem utilizando a de segurança máxima, e por isso George Wagner respondeu irritado.

– Em Paris, com o professor Picot. Mas não se preocupe. Acabo de falar com Paul Dukais e ele me garantiu que um homem dele continua infiltrado no círculo de Picot e que o sujeito se apoderará das tábuas.

– Pois deveria tê-las tomado antes – protestou Enrique Gómez da quietude de sua casa sevilhana.

– Sim, deveria tê-lo feito, e eu já disse a Dukais que não lhe pague se não nos entregar a *Bíblia de Barro*. Ao que parece, o homem acaba de voltar do Iraque e conseguiu aproximar-se de novo de Picot; dessa maneira, sempre estará sabendo onde as tábuas estão guardadas.

– Organize um grupo... – propôs Enrique.

– Frankie me disse a mesma coisa. Faremos isso no momento adequado. Pelo que sei, o professor Picot quer montar uma exposição com tudo o que foi encontrado, e apresentar à comunidade científica e ao público em geral a *Bíblia de Barro*. Mas até lá ficará na caixa-forte de um banco. As tábuas ficarão ali até a inauguração da exposição e por isso somos obrigados a esperar por esse momento. Até que isso aconteça, o homem de Dukais nos será útil, pois fez parte do grupo que estava com o professor no Iraque e poderá nos manter informados dos passos dados por Clara e Picot.

– E o marido?

– Ahmed? Pedimos a ele que não perca Clara de vista, mas, ao que parece, estão praticamente separados e a garota não confia nele, sabe que trabalha para nós; por isso, não sei se nos será útil.

– Vamos, George; Ahmed tem sido extraordinariamente útil. Se não fosse por ele, a operação de assalto aos museus não teria sido um êxito.

– Tudo foi planejado por Alfred – respondeu George, quase sussurrando.

– Mas foi ele quem executou, com a ajuda do coronel, e por isso devemos reconhecer o que fez.

– Vão receber muito dinheiro, mas agora, meu amigo, a prioridade é pegar a *Bíblia de Barro*. Tenho um comprador muito especial, uma pessoa que está disposta a pagar muitos milhões de dólares para ser dono da prova de que Abraão existiu e por intermédio dele se difundiu o Gênesis.

– Sejamos prudentes, George; seria uma loucura colocar no mercado os objetos que nos trouxeram.

– Vamos esperar, eu lhe prometo, mas posso garantir que a pessoa que está querendo a *Bíblia de Barro* não tem a menor intenção de exibi-la ou de expô-la em algum museu.

– Seu pessoal da fundação Mundo Antigo já fez o inventário do material? – quis saber Enrique.

– Eles estão no meio do trabalho e contam com o auxílio de Ahmed.

– Eu também preciso que vocês me dêem uma ajuda para classificar as peças que estão comigo.

– E também Frankie; não se preocupe; eu já mandei que Robert Brown e Ralph Barry cuidem disso. De qualquer maneira, se você quiser ir adiantando o trabalho, Ahmed pode seguir para Sevilha.

– O que faremos com Clara?

– Ela está causando muitos problemas, além de nos desafiar... É um mau exemplo...

– Você tem razão, meu amigo.

***

Yves Picot ouvia em silêncio seu interlocutor, que, do outro lado do telefone, parecia não ter pressa em parar de falar. Fazia mais de dez minutos que o professor não dizia uma única palavra, extremamente atento ao que lhe diziam. Quando, finalmente, desligou, suspirou aliviado. Clara o pressionava para que a exposição com os objetos do templo de Safran fosse montada quanto antes, sem entender as razões das dificuldades de um evento como aquele que queriam organizar. Clara Tannenberg repetia que não estavam se empenhando tanto como deviam para atingir seus objetivos. Os objetos estavam embalados, as fotografias de Lion Doyle haviam ficado prontas, cada um dos arqueólogos participantes da missão havia escrito um texto sobre aspectos concretos da escavação e dos objetos encontrados, e, além do mais, como se isso fosse pouco, tinham a *Bíblia de Barro*. Clara precisava apresentar ao mundo aquelas tábuas que queimavam suas mãos, pois sabia que a cada dia que passava aumentava o perigo de que as arrebatassem, mesmo estando no cofre forte de um banco suíço.

Por isso, Clara não lhe havia permitido desfrutar um merecido descanso e desde que chegara a Paris o pressionava diariamente.

Ainda bem, pensou, que Marta Gómez era a quintessência da eficácia, pois ela estava tão empenhada como Clara em colocar em andamento a organização da exposição. Em poucas semanas, haviam mobilizado fundações e universidades à procura de apoio e dinheiro. Na realidade, ele também havia colocado seu grão de areia, ligando para amigos influentes do mundo acadêmico e financeiro, e os havia seduzido com a informação de que a exposição revelaria ao mundo uma grande descoberta.

Pelo que Fabián acabara de lhe dizer, Marta havia conseguido que o primeiro destino da exposição fosse Madri. Ele teria preferido que a inauguração fosse em Paris, mais precisamente no Louvre, mas, para que isso fosse possível, teriam de esperar alguns meses. O Louvre programava todas as suas exposições e eventos especiais com muita antecedência.

Fabián havia lhe anunciado que uma instituição bancária espanhola e duas grandes empresas haviam aceitado financiar a organização da exposição. Isso sem contar que as autoridades acadêmicas da Universidade Complutense, assim como os responsáveis pelo ministério da Educação e Cultura também haviam demonstrado um grande entusiasmo. Era uma grande oportunidade para Madri, que seria a primeira capital a sediar a exposição e ainda por cima no Museu Arqueológico Nacional; depois seria a vez de Paris, Berlim, Amsterdã, Londres e Nova York.

Ligaria para Clara; queria lhe dar as boas-novas, mas tinha quase certeza de que Marta já a avisara. As duas mulheres pareciam ter estreitado suas relações por conta de seu empenho em inaugurar quanto antes a mostra.

***

Os quatro amigos haviam se reunido em Berlim. Hans Hausser pedira-lhes que fossem até sua cidade porque, nos últimos dias, não estava se sentindo bem. Mercedes ficou preocupada com o fato de Hans ter emagrecido tanto e com a palidez enfermiça de seu rosto.

– Fui a Londres, como havíamos combinado, para ver Tom Martin, o presidente do Global Group. Eu lhe disse que não lhe pagaremos o que falta até que o contrato esteja integralmente cumprido. Já havia lhe dito isso por telefone, mas agora não restam dúvidas de que estamos falando seriamente.

– E o que ele disse? – perguntou Mercedes.

– Que o preço havia subido porque seu homem precisa de mais tempo que o previsto para cumprir a missão, devido às enormes dificuldades encontradas. Mas eu lhe disse que não, que não lhe daremos nem um euro a mais se não cumprirem sua parte do contrato, que teve um preço fechado. Discutimos, mas acabamos chegando a um acordo. Se o homem resolver o problema nos próximos dias, lhe daremos um prêmio; caso contrário, receberá o que havia sido acertado.

– Onde está Clara Tannenberg? – quis saber Bruno Müller.

– Até alguns dias atrás, estava em Paris, mas agora está em Madri organizando uma exposição com os objetos de um templo no qual, ao que parece, passou vários meses escavando com um grupo de arqueólogos de meia Europa. Não sei como puderam fazer isso, levando-se em conta a situação do Iraque – respondeu Hans Hausser.

Carlo Cipriani parecia triste e ausente, quase não falava e parecia deixar o olhar vagar sem detê-lo em seus amigos.

– O que o está preocupando, Carlo? – perguntou-lhe Hans.

– Nada... Na realidade, acho que talvez pudéssemos deixar isso pra lá. Alfred Tannenberg já está morto. Cumprimos nosso juramento.

– Não! – gritou Mercedes. – Não vamos voltar atrás. Juramos que mataríamos ele e seus descendentes. Clara Tannenberg é sua única neta, e deve morrer.

Bruno Müller e Hans Hausser baixaram a cabeça, sabendo que nada nem ninguém conseguiria convencer Mercedes do contrário.

– É o que faremos, é o que faremos, mas eu entendo o que Carlo está dizendo. A moça é inocente...

– Inocente? Inocente era minha mãe, a de vocês, e nossos irmãos. Inocentes éramos todos que estávamos em Mauthausen. Não, ela não é inocente. É parte da semente do monstro. Se vocês estiverem pensando em desistir, é só me dizer... Eu irei adiante, não me importa que me deixem sozinha – respondeu Mercedes, com raiva.

– Por favor, Mercedes, não discutamos. Faremos o que dissemos que faríamos, mas a reflexão de Carlo merece ser levada em conta – interrompeu-a Bruno.

– Clara Tannenberg morrerá, queiram vocês ou não. Eu lhes garanto – afirmou Mercedes.

Eles compreenderam que nada nem ninguém evitaria a morte da jovem.

***

Ante Plaskic tirava os livros das caixas e colocava-os nas estantes vazias, sob o olhar atento de um dos agentes de segurança do Museu Arqueológico.

Pensou que, na verdade, Yves Picot era um sentimental; apesar da resistência de Clara em aceitar que colaborasse na organização da exposição, o professor havia argumentado que não seria justo excluí-lo ou a qualquer pessoa que tivesse trabalhado em Safran. A professora Gómez havia apoiado a decisão de Picot.

E assim estava havia duas semanas em Madri fazendo de tudo; de fato, Picot o colocara sob as ordens de Marta Gómez, e esta havia acreditado, assim como o professor, em sua história de que se sentia orgulhoso em poder participar da organização daquele acontecimento que era fruto dos meses passados no Iraque.

Fabián e Marta haviam conseguido, também em um tempo recorde, editar um catálogo: um livro de duzentas páginas sobre o templo de Safran. Picot tinha certeza de que as vendas do catálogo seriam importantes.

Ante ficou observando Lion Doyle de viés. Não havia se surpreendido ao encontrá-lo participando da montagem da exposição. Lion, ao contrário dele, despertava a simpatia de todos que acreditavam que era um fotógrafo de sorte. Mas Ante dizia a si mesmo que Lion não era o que parecia ser, assim como Ayed Sahadi não era um simples capataz.

Ouvindo um pedaço de conversa aqui, outro ali, sempre ao acaso, ficara sabendo que Sahadi conseguira tirar Clara sã e salva do Iraque junto com o marido, Ahmed Huseini, e os levara até o Cairo, onde, aparentemente, haviam resolvido permanecer até que as coisas ficassem mais claras em Bagdá. A cidade do Cairo parecia ter sido também a cidade onde Clara resolvera se separar do marido; Ahmed não estava em Madri, embora tivesse ouvido dizer que estaria presente no dia da inauguração da exposição.

Enquanto organizava os livros, dizia a si mesmo que não poderia fracassar mais uma vez.

O homem da agência Planet Security, a empresa que o havia contratado para apoderar-se da *Bíblia de Barro*, deixara bem claro: devia tomar as tábuas imediatamente; para isso, contaria com a ajuda de um grupo de especialistas em roubo que ficariam esperando por seu sinal quando achasse que o momento oportuno havia chegado.

Nas últimas duas semanas, mal havia saído do Museu Arqueológico; por isso, conseguira conhecê-lo bem e, o que era mais importante, os trabalhadores e seguranças do museu haviam se acostumado com suas andanças pelo edifício.

Havia se empenhado, especialmente, em travar relações com os seguranças que tomavam conta da sala onde ficavam o sistema de alarme e os monitores por meio dos quais controlavam todos os espaços do museu.

Pedira aos homens que integrariam o comando que se familiarizassem com o edifício, mas sem chamar atenção, e, por isso, quase todos eles haviam ido visitá-lo como simples turistas. Não disporiam de muito tempo para pegar as tábuas, e fugir seria o mais complicado. Seu plano consistia em roubar as tábuas antes da abertura da sala onde seriam exibidas; levá-las mais tarde seria quase impossível, porque não sabia se elas ficariam ali durante muito tempo. Picot havia mandado fazer réplicas fidedignas das tábuas e isso podia significar que depois da inauguração da exposição o museu ficaria com as cópias e as originais voltariam a ser guardadas. Ele não podia correr esse risco.

Preocupava-o não ter conseguido que lhe dissessem quando iam transferir a *Bíblia de Barro* para o Museu Arqueológico, que estava então em uma caixa-forte de um banco madrileno. Marta havia lhe contado que guardavam, como se fosse um grande segredo, a existência das tábuas, e que só no dia da inauguração tornariam pública a descoberta, diante da imprensa de todo o mundo.

Clara não havia permitido nem mesmo que as tábuas fossem para Roma, onde seriam analisadas pelos cientistas do Vaticano. Gian Maria insistira em dizer que o melhor aval das tábuas seria o reconhecimento de sua autenticidade pela Santa Sé, mas Clara Tannenberg havia respondido que o Vaticano não teria opção a não ser render-se às evidências.

Faltavam dois dias para a inauguração e os responsáveis pelo museu haviam preparado uma sala, dotando-a de medidas extraordinárias de segurança que tinham o objetivo de impedir que as tábuas corressem qualquer risco.

Clara e Picot, ao lado de Fabián e Marta, haviam se encarregado, pessoalmente, de organizar a sala, desde as luzes até os painéis, passando pela vitrine onde as tábuas ficariam expostas, embora elas só fossem ser depositadas no lugar uma hora antes da abertura das portas do museu para a inauguração da exposição.

– Você está nervosa? – perguntou Picot a Clara.

– Sim, um pouco, custou-nos tanto chegar até aqui... Quer saber de uma coisa? Estou sentindo falta de meu avô; ele não merecia morrer daquele jeito, e nem que o privassem deste momento.

– Você ainda não tem idéia de quem possa tê-lo assassinado?

Clara negou com a cabeça, enquanto procurava conter as lágrimas.

– Vamos! Falemos de outra coisa – consolou-a Picot, passando a mão em um de seus ombros.

– Estou interrompendo alguma coisa?

Yves Picot afastou-se de Clara e ficou olhando para Miranda, sem saber o que fazer. A jornalista havia conseguido de alguma forma engenhosa entrar no museu quando ainda faltavam algumas horas para a inauguração.

Clara aproximou-se de Miranda e deu-lhe um beijo na face, ao mesmo tempo em que afirmava que era uma alegria reencontrá-la. Depois saiu da sala, deixando-a com Picot.

– Parece que você não se alegrou em me ver... – disse a jornalista ao atônito professor.

– Procurei por você inutilmente. Espero que tenham lhe dado o recado em seu trabalho – respondeu Picot, protestando.

– Eu sei, mas tive de ficar mais tempo do que o previsto no Iraque, e você sabe como está a situação no país.

– Como você ficou sabendo da exposição?

– Ora, professor, eu sou jornalista e leio os jornais. Em Londres, garantem que vocês vão revelar uma descoberta extraordinária.

– Sim, a *Bíblia de Barro*...

– Eu sei. Clara e eu tivemos sérias divergências por conta dessas tábuas.

– Por quê?

– Porque, em minha opinião, elas foram roubadas. Quero dizer que eu acho que pertencem ao Iraque e não poderiam ter saído do país sem permissão.

– Você quer me dizer quem poderia dar essa permissão? Eu lhe recordo que a guerra havia começado.

– O próprio marido. Ahmed Huseini é o nome dele, não é? Afinal de contas, era o chefe do Departamento de Antigüidades.

– Por favor, Miranda, não seja ingênua! De qualquer maneira, nós não vamos ficar com as tábuas. Quando a situação melhorar, elas voltarão ao Iraque. Enquanto isso, ficarão no depósito do Louvre, que é o museu mais importante de arte mesopotâmica.

Fabián interrompeu-os, nervoso.

– Yves, acabam de ligar do banco; o caminhão blindado já está vindo para cá.

– Vamos até a porta; venha conosco, Miranda.

Assim que as tábuas foram depositadas, Clara fechou a vitrine com uma chave e apertou o braço de Gian Maria, emocionada; depois, virou-se para onde estavam Picot, Fabián e Marta e lhes sorriu.

O chefe da segurança do museu voltou a lhes explicar as medidas extraordinárias que haviam sido adotadas para aquela sala e Clara pareceu satisfeita com o que ouvia.

– Você está muito bonita – elogiou-a Fabián.

Ela, agradecida, deu-lhe um beijo na testa. O *tailleur* vermelho-fogo iluminava seu rosto bronzeado, no qual se destacava o brilho de aço de seus olhos azuis.

Dez minutos depois, eram abertas as portas do museu para a entrada de membros do governo espanhol, entre os quais a vice-presidente e dois ministros, além de autoridades acadêmicas vindas de todas as partes do mundo para assistir à inauguração de uma exposição que prometia ser extraordinária.

Arqueólogos e professores europeus e norte-americanos admiravam os objetos encontrados, distribuídos por vitrines que ocupavam várias salas do museu. Enquanto isso, a professora Gómez e Fabián Tudela explicavam às autoridades espanholas os pormenores de cada objeto encontrado.

Os garçons, carregando bandejas repletas de bebidas e de canapés, caminhavam entre os convidados; parecia que a visão de tanta beleza havia lhes aberto o apetite.

Picot e Clara tinham resolvido que só uma hora mais tarde mostrariam solenemente aos convidados e à imprensa a sala onde estavam guardadas as tábuas que compunham a *Bíblia de Barro*.

Os convidados especulavam entre eles sobre o que poderia ser a surpresa que lhes haviam prometido para aquela tarde de sábado.

Ante Plaskic avistou a equipe de homens da Planet Security dispersos pelo museu; alguns estavam disfarçados de garçons, outros de agentes de segurança, e até mesmo de convidados. Não deixou de notar, também, que Lion Doyle, apesar de exibir um sorriso permanentemente desenhado no rosto, tinha um ricto que denunciava tensão.

Da maneira como havia planejado o roubo, sua única alternativa era tentar se apoderar das tábuas antes da abertura da sala onde estavam expostas. Correriam um grande risco, mas não teriam outra oportunidade de pegar a *Bíblia de Barro*. Repassou mentalmente as severas medidas de segurança que seriam obrigados a enfrentar e caminhou para a sala onde ficava o alarme. Tinham dez minutos para pegar as tábuas e sair do museu.

– Senhoras e senhores, um minuto de silêncio, por favor – pediu Yves Picot. – Eu peço-lhes que terminem de visitar estas salas, porque, em 15 minutos, lhes convidarei a nos acompanhar até uma sala muito especial, onde depositamos um tesouro arqueológico de valor incalculável, cuja descoberta terá uma repercussão transcendental, não apenas na comunidade acadêmica, mas também na sociedade e na Igreja. Acompanhem-nos, por favor.

O professor Yves Picot, Marta Gómez e Fabián Tudela explicavam à vice-presidente do governo espanhol a importância da descoberta da *Bíblia de Barro*; mais atrás vinha Clara, ao lado de um ministro e do reitor da Universidade de Madri.

Uma mulher elegantemente vestida, usando um *tailleur* Chanel, e com um rosto tão belo como sereno, apesar da idade, aproximava-se despreocupadamente de Clara. A mulher sorriu para a arqueóloga e Clara respondeu ao sorriso amável da desconhecida. Alguém deve ter empurrado a mulher; ela pareceu tropeçar, o que a fez cair sobre Clara. Ao afastar-se daquela mulher, uma expressão de dor tomou o rosto de Clara, enquanto a senhora desculpava-se e continuava andando com um sorriso desenhado nos lábios.

Clara estava explicando ao reitor que aquilo que iria ver eram algumas tábuas com um conteúdo extraordinário quando, de repente, levou a mão ao peito e caiu no chão diante do estupor de todos que estavam à sua volta.

Yves Picot e Fabián ajoelharam-se imediatamente, tentando reanimar o corpo desmaiado de Clara, que abria e fechava os olhos, como se estivesse esconjurando um pesadelo.

Fabián gritou pedindo um médico e uma ambulância, enquanto Miranda intuía que um fato extraordinário acabara de acontecer. Ante Plaskic fez um sinal aos homens da agência, e estes entenderam que deveriam aproveitar a oportunidade que o destino lhes presenteara.

Um dos convidados disse ser médico e aproximou-se para examinar Clara, descobrindo um minúsculo orifício na região do coração.

– Depressa, uma ambulância! Ela está morrendo!

Dois agentes de segurança, seguidos por um convidado elegante, escapuliram do lugar e dirigiram-se à sala onde estava guardada a *Bíblia de Barro*.

Ante caminhou às pressas para a pequena sala onde os monitores exibiam até o lugar mais recôndito do museu. Entrou sem bater na porta e atirou duas vezes no guarda que vigiava os painéis. Afastou o corpo do homem, ocultando-o em um canto e fechou a porta, disposto a não deixar ninguém entrar. Desligou todos os alarmes do museu. Pôde ver com nitidez seus companheiros entrando na sala; antes que o agente de segurança pudesse reagir, atiraram nele com uma pistola com silenciador. Em menos de dois minutos, haviam guardado as tábuas em uma bolsa e ido embora.

O croata sorriu para si mesmo. Estava prestes a completar a missão. Se ele não estivesse no comando, a operação não poderia ter sido realizada em circunstâncias como aquela.

Depois, cravou os olhos em outro monitor, onde se via Clara nos braços de Picot, para quem Fabián e vários agentes de segurança abriam caminho para a saída do edifício.

Não soube por que, talvez por indiferença, chamou sua atenção a figura de uma mulher mais velha que aparecia em outro dos monitores. A mulher não parecia prestar atenção ao que estava acontecendo; na verdade, era a única que não demonstrava nenhuma preocupação; caminhava lentamente, procurando a porta de saída.

Perguntou-se o que aquela mulher estaria carregando na mão; parecia segurar alguma coisa, mas não conseguiu perceber o que era.

Mercedes Barreda saiu do museu e respirou com prazer o ar quente da primavera de Madri. Sempre gostara da harmonia do bairro de Salamanca, onde ficava o Museu Arqueológico. Começou a caminhar sem rumo, tranqüila e intimamente satisfeita com o momento vivido. Não prestou atenção nos homens elegantemente vestidos que entravam em automóveis que os esperavam. Sua única preocupação era com o estilete que havia cravado no coração de Clara. Não deixara vestígios porque estava usando finíssimas luvas de couro, que seriam atiradas em um bueiro. Mas não o faria naquele bairro e sim em qualquer outro lugar distante dali.

Caminhou sem destino durante uma hora e depois parou um táxi, pedindo que a levasse ao hotel Ritz, onde estava hospedada.

Pensou em voltar para Barcelona, mas mudou de idéia; não tinha por que fugir, ninguém estava atrás dela, era impossível que alguém a relacionasse à morte de Clara Tannenberg. Mesmo assim, trocou de roupa e voltou a sair, em direção à estação. Encontrou um bueiro perto do Museu do Prado e livrou-se do estilete. Depois voltou ao hotel, pensando em como tinha sido fácil acabar com a vida de Clara.

Não tivera a menor dúvida sobre o método que utilizaria para matá-la. Quando era adolescente e vivia em Barcelona, a avó havia lhe relatado o assassinato de Isabel da Áustria.

Um homem aproximara-se da imperatriz e cravara-lhe o estilete; a mulher caiu morta pouco tempo depois; poucas gotas de sangue manchavam seu vestido.

Quando começou a sonhar em matar Clara, havia visualizado o momento em que cravaria o estilete em seu coração. Não fora fácil encontrar a arma. Procurara o objeto em lojas de quinquilharias usadas e até mesmo vasculhara o material usado pelos operários de sua empresa. Foi encontrar num ferro-velho o brinquedo desejado. Limpou-o e poliu-o como se fosse uma obra de arte.

Ao voltar ao quarto do hotel, abriu a geladeira, tirou uma garrafa de champanhe e serviu-se de uma taça. Pela primeira vez em muitos anos sentia-se realizada e satisfeita.

***

Lion Doyle estava furioso. Clara Tannenberg estava morta, mas ele não a havia matado, e isso poderia significar não receber o restante de seus honorários. Imaginou que o assassino fosse um profissional; não fosse assim, não podia imaginar quem poderia ter tido a coragem e o sangue-frio de assassinar Clara diante de centenas de pessoas. Haviam cravado alguma coisa em seu coração, um objeto fino e alongado que havia lhe atravessado o órgão vital. Mas quem teria sido?

Ele estava pensando em matá-la naquela noite. Sabia que estava hospedada na casa de Marta Gómez e que ninguém estranharia se ele aparecesse para fazer uma visita. Deixariam que entrasse e, uma vez ali, acabaria com a vida da Tannenberg que faltava. Pensara que também seria obrigado a matar a professora Gómez, mas este seria apenas mais um inconveniente. O problema era que agora não podia dizer a Tom Martin que havia realizado o trabalho. Lion irritou-se ao ver Gian Maria chorar; o sacerdote saía desolado do museu ao lado de Miranda e a caminho do hospital, para onde haviam levado o cadáver de Clara para atestarem sua morte e fazerem a autópsia.

George Wagner acabara de terminar uma reunião quando sua secretária lhe passou uma ligação urgente de Paul Dukais.

– Missão cumprida – disse a ele.

– Tudo?

– Sim, temos o que você queria. Além disso... A neta de seu amigo sofreu um acidente. Alguém a assassinou.

– Quando o pacote vai chegar?

– Já está viajando. Amanhã.

Wagner não fez nenhum comentário. Nem Enrique Gómez nem Frankie dos Santos fizeram críticas ao assassinato de Clara. Não lhes importava e, além do mais, não tinham nada a ver com aquilo.

Sua única preocupação era começar a colocar no mercado os objetos da rapina perpetrada nos museus do Iraque. George havia sugerido que, excepcionalmente, se reunissem para comemorar o êxito do empreendimento e tomar posse da *Bíblia de Barro*. Desejavam tê-la em suas mãos antes de entregá-la ao comprador.

Lion Doyle ligou de uma cabine para Tom Martin.

– Mataram Clara Tannenberg – disse a ele.

– E...?

– Não sei quem foi – respondeu, compungido.

– Venha para cá, precisamos conversar.

– Chegarei amanhã.

No hospital, Yves caminhava de um lado para o outro da sala de espera, incapaz de dizer palavra. Tampouco Miranda, Fabián e Marta tinham vontade de conversar; Gian Maria só era capaz de chorar.

Dois inspetores da polícia esperavam, como eles, pelo resultado da autópsia. O inspetor García havia lhes pedido que, ao serem informados, o acompanhassem à delegacia para tentar elucidar os fatos.

O legista saiu da sala onde acabara de autopsiar Clara.

– Alguém aqui é da família da Sra. Tannenberg?

Picot e Fabián olharam-se, sem saber o que responder. Marta tomou conta da situação.

– Nós somos seus amigos, não tem mais ninguém aqui. Tentamos entrar em contato com o marido, mas até agora não conseguimos localizá-lo.

– Bem... A Sra. Tannenberg foi assassinada com um objeto penetrante, um estilete, algo assim... Um objeto delgado e longo que chegou até seu coração. Sinto muito.

O médico deu-lhes mais alguns detalhes do resultado da autópsia e depois entregou o relatório ao inspetor García.

– Inspetor, ficarei aqui ainda durante algum tempo; se precisar de algum esclarecimento, me ligue.

O inspetor García, um homem de meia-idade, assentiu. Aquele caso era mais complicado do que parecera à primeira vista e ele precisava de resultados rápidos. A imprensa estava procurando o ministério para obter informações. O fato não poderia ser mais chamativo: uma arqueóloga iraquiana assassinada no Museu Arqueológico de Madri quando inaugurava uma exposição na presença de autoridades políticas e acadêmicas, na qual se propunha a revelar um tesouro que, por sua vez, havia sido roubado diante dos olhos de duzentos convidados, entre os quais a vice-presidente e dois membros do governo.

Imaginava as manchetes dos jornais do dia seguinte, e não só da imprensa espanhola; os meios de comunicação de todo o mundo também repercutiriam o fato. Já recebera ligações de seus superiores instando-o a explicar se havia encontrado alguma pista do assassino e, sobretudo, do motivo do crime, que, imaginavam, deveria estar relacionado com o roubo do misterioso tesouro. A vice-presidente havia sido taxativa: queria resultados imediatos.

Era precisamente o que se dispunha a fazer interrogando os amigos da arqueóloga.

Na delegacia fazia calor, e por isso abriu a janela para deixar entrar um pouco de ar fresco, ao mesmo tempo que convidava Picot e os companheiros a se sentar. O jovem sacerdote estava no auge da depressão e não parava de chorar; abraçava-se a Marta como uma criança perdida.

A noite seria longa, pois todos eles seriam interrogados pelo policial que queria respostas para duas perguntas: quem e por que haviam matado Clara Tannenberg?

Um auxiliar do inspetor estava com a televisão da sala ligada e naquele momento começava o noticiário das nove. Ficaram todos em silêncio, vendo desfilar diante de seus olhos as imagens daquela tarde da qual não se esqueceriam pelo resto de suas vidas.

O locutor informou que, além do assassinato da arqueóloga iraquiana e dos guardas, havia sido realizado um importante roubo no Museu Arqueológico: algumas tábuas de valor incalculável que eram chamadas de a *Bíblia de Barro*. Tratava-se de uma peça rara que iria ser mostrada naquela noite à imprensa e à sociedade.

Yves Picot deu um soco na mesa e Fabián soltou um palavrão. Haviam matado Clara para levar a *Bíblia de Barro*, disse Picot, e nem Fabián nem Marta nem Miranda tiveram a menor dúvida de que essa havia sido a causa.

O grito de Gian Maria os desconcertou. O sacerdote olhava para a tela e uma máscara de horror havia aflorado em seu rosto infantil.

Na tela, Clara caminhava ao lado de um dos ministros no meio de um grupo de pessoas; de repente, ela pareceu tropeçar, mas depois continuou andando, até que, segundos depois, caiu fulminada.

O que os olhos de Gian Maria viam não podia ser visto pelos do inspetor García, nem os de Picot ou de Marta. No meio do tumulto, em um átimo de segundo, Gian Maria havia avistado o perfil de uma mulher que conhecia muito bem.

Mercedes Barreda, a menina de Mauthausen, a menina que havia sofrido ao lado de seu pai a crueldade sem limites da loucura de Hitler.

Gian Maria compreendeu naquele momento que Mercedes era a assassina de Clara e sentiu uma dor aguda no peito, que, na verdade, era o reflexo da dor que sentia na alma. Não podia denunciá-la, disse a si mesmo, porque isso seria o mesmo que denunciar seu pai, mas não fazê-lo o faria sentir-se cúmplice do assassinato de Clara.

O inspetor García pediu-lhe que dissesse o que havia visto na televisão e o sacerdote, com um fio de voz, afirmou que não havia visto nada; simplesmente sentia-se incapaz de reviver o assassinato de Clara.

Acreditaram nele. Yves Picot, Marta Gómez e Fabián Tudela acreditaram, mas a atitude de Gian Maria havia semeado a dúvida no espírito do inspetor García e também no de Miranda.

O policial estava certo de que Gian Maria havia visto alguma coisa ou alguém que lhe arrancara aquele grito de angústia, e Miranda dizia a si mesma, mentalmente, que deveria conseguir um vídeo para esmiuçá-lo até encontrar um sinal que pudesse justificar a atitude do sacerdote.

Yves Picot explicou ao policial com todo luxo de detalhes como eram as oito tábuas a que chamavam de *Bíblia de Barro*, além de alertá-lo sobre o valor arqueológico e religioso das peças.

O inspetor García viu-se diante de uma história extraordinária: a vivida por três arqueólogos e a jornalista nos últimos meses no Iraque. De Gian Maria não conseguiu arrancar quase nada.

Seus superiores continuavam pressionando-o: tinham de dizer alguma coisa aos meios de comunicação. O episódio era um escândalo; um roubo e vários assassinatos ao mesmo tempo pareciam algo irreal.

O inspetor pediu várias vezes a Picot e a seus colegas que voltassem a lhe contar os acontecimentos das últimas horas; quem tinham visto, quem sabia da existência das tábuas, de quem suspeitavam. Além disso, pediu-lhes uma relação de todas as pessoas que haviam tido um contato direto com as tábuas. Saíram da delegacia exaustos, convencidos de que em algum lugar que não conseguiam imaginar estava enredado o fio de Ariadne.

"O que vai ser de mim depois disso?", pensou o sacerdote desesperado quando, já avançada a noite, voltava ao hotel em companhia de Miranda e Picot.

***

Carlo Cipriani entrou no táxi. Sentia-se esgotado, apesar de o vôo de Barcelona durar apenas duas horas.

Havia sido difícil despedir-se de Mercedes, de Hans e de Bruno. Eles haviam protestado, tentando convencê-lo de que o que os unia era mais forte do que a vida e a morte. Tinham razão: a não ser de seus filhos, não gostava tanto de ninguém como dos amigos; por eles, sacrificaria tudo o que tinha, mas achava que chegara o momento de procurar a paz, e só poderia alcançá-la distanciando-se deles.

Não havia reprovado Mercedes de nenhum modo. E foi assim que também agiram Hans e Bruno. Ela não lhes contou o que havia feito; não foi necessário que o fizesse; eles souberam assim que a olharam.

Mercedes confessou-lhes que nos últimos dias dormira tranqüila, em paz consigo mesma. Bruno não soube lhe dizer como se sentia; Hans começou a chorar.

Agora, de volta a Roma, Carlo Cipriani dizia a si mesmo que tinha de enfrentar de maneira diferente o que lhe restava de vida. Dirigiu-se à praça de São Pedro do Vaticano.

Quando entrou na basílica, sentiu o alívio da penumbra.

Naquele mesmo instante, também o inspetor García, acompanhado de um sacerdote, dirigia-se ao interior do templo. Procurava por Gian Maria. Havia convencido seus chefes a permitir que viajasse a Roma para voltar a falar com o sacerdote.

O inspetor García não prestou atenção no homem que, com passos cansados, dirigia-se ao confessionário, onde o sacerdote que o acompanhava havia apontado que estava Gian Maria.

Carlo Cipriano chegou antes do inspetor ao confessionário e, enquanto ajoelhava-se, pôde ver como o jovem havia envelhecido e um ricto amargo apoderara-se de seu rosto.

– Ave Maria Puríssima.

– Sem pecado concebida.

– Padre, sou culpado pela morte de duas pessoas. Tomara que Deus possa me perdoar e tomara que meu filho também o faça!

– Você se arrepende?

– Sim, padre.

– Então, que Deus o perdoe e que perdoe a mim por não ser capaz de perdoá-lo.

O inspetor García viu o ancião levantar-se com os olhos cheios de lágrimas. Parecia que o homem sentia falta de ar e estava prestes a desmaiar.

– O senhor está se sentindo mal?

– Não, não se preocupe – disse Cipriani, enquanto continuava andando sem olhar para trás.

Gian Maria saiu do confessionário e apertou a mão do policial.

– Perdoe-me por ter vindo até aqui para incomodá-lo; pedi permissão a seus superiores para vê-lo. Eu gostaria de voltar a conversar com você. Não é obrigado, se não quiser... –disse-lhe o inspetor.

Gian Maria olhou-o sem responder e começou a andar a seu lado, enquanto via o pai cair de joelhos diante da *Pietá* de Michelangelo e esconder o rosto entre as mãos. Sentiu uma onda de piedade por ele e por si mesmo. Naquele dia também chovia sobre Roma.

Este livro foi composto em
Minion e impresso pela
Ediouro Gráfica sobre papel
chamois fine dunas 80 g
para a Ediouro em fevereiro de 2006.